Wolfram Fleischhauer

Wolfram Fleischhauer est né en 1961 à Karlsruhe, en Allemagne. Il a étudié la littérature en Allemagne, en France, en Espagne et aux États-Unis. Il a travaillé neuf ans comme maître de conférences à Bruxelles. Avec *La Ligne pourpre*, best-seller en Allemagne, Fleischhauer allie admirablement une intrigue passionnante à une authentique érudition

LA LIGNE POURPRE

WOLFRAM FLEISCHHAUER

LA LIGNE POURPRE

Traduit de l'allemand par Olivier Mannoni

JC Lattès

Titre de l'édition originale
DIE PURPURLINE
publié par Weitbrecht Verlag.

ISBN 978-2-266-16343-9

Prologue

Hier j'ai revu son portrait.

Dans la pénombre, faiblement éclairée par la lumière tamisée du musée, elle regarde sans me voir la salle qui s'étend derrière moi.

Située à ma droite, elle paraît encore plus immobile que le tableau lui-même, d'où tout mouvement a fui. Elle tient la tête bien droite au-dessus de son corps dénudé et crayeux, illuminé par un puissant éclairage latéral. Sous ses cheveux coiffés en hauteur, à la manière d'une perruque, son visage exprime l'étonnement ; un instant plus tard on aurait peut-être pu y lire une émotion, mais le peintre n'a pas voulu nous la montrer. La petite bouche, comme dessinée pour le baiser – mais il s'agit là encore d'un souhait que notre regard complète au fil de sa quête –, est du même rouge que les lourds rideaux repoussés en plis volumineux vers le bord du tableau, rappelant une scène de théâtre que l'on viendrait de dévoiler. Une perle en forme de larme orne l'anneau d'or qu'elle porte à l'oreille ; de là, une ombre allongée passe par l'épaule et le bras, pour descendre jusqu'à la main gauche. Le bras, plié à l'horizontale à hauteur du nombril, repose sur le rebord garni de tissu d'une baignoire en pierre dans laquelle se tient la femme. Devant, sa main gauche est comme suspendue, un geste qui n'a que l'apparence du refus. En réalité, sa main nous montre quelque chose : entre le pouce et l'index se trouve une bague en or enchâssant un saphir. Mais comment la tient-elle ? À peine au contact de l'éminence des doigts, l'anneau semble être seulement saisi par les ongles, avec d'infinies précautions, comme si l'or était trop chaud ou le saphir empoisonné. Nous cherchons une explication, peut-être dans la main droite, mais celle-ci pend mollement sur le bord de la baignoire, le petit doigt étrangement écarté.

Juste au-dessus des doigts qui tiennent la bague, nous voyons la pointe du sein, couleur noisette, de la femme au bain. Nous croyons alors comprendre aussi l'expression énigmatique de son visage, une première intuition traverse notre esprit, car le pouce et l'index d'une autre main tentent d'attraper ce mamelon comme pour en extraire une épine. Ces doigts sont longs et fins, mais d'un rouge terre de Sienne, une couleur incomparablement plus chaleureuse que celle des membres laiteux de la dame qui tient l'anneau. Et de nouveau cette intuition s'insinue en nous, comme une pensée qui reculerait devant les mots. À moins que notre imagination ne nous joue des tours ?

Deux femmes se tiennent là. Sans têtes, les deux silhouettes sont parfaitement équivalentes, deux bustes nus dans une baignoire, reliés par le jeu des mains, la droite reposant sur le rebord tandis que la gauche serre du bout des doigts une bague pour la première, le bout du sein pour la seconde. Mais le visage de la dame de gauche a l'air triomphal et sournois. Un souffle de rouge vivace éclaire sa peau.

L'espace intérieur, l'arrière-plan éloquent du tableau s'ouvre peu à peu, révélant derrière les rideaux bordeaux à demi tirés, une autre silhouette, une femme de chambre peut-être, qui se tient assise près d'une cheminée. Elle est penchée sur son ouvrage, une étole blanche qui descend de part et d'autre de ses genoux. Accroché au mur, derrière elle, un miroir au cadre d'or dont le reflet n'est pas argenté, mais noir. À côté d'elle, dans ce qui constitue le centre véritable du tableau, semblant voler au-dessus du jeu énigmatique des mains, une table couverte de velours vert foncé. Les plis alignés donnent l'impression presque physique que le tissu vert a été jeté sur le meuble un instant plus tôt. La dimension du temps surgit, là, devant nous. Le lissage progressif de l'étoffe sur la table, qui est peut-être un catafalque, et le faible éclat d'un feu déclinant dans la cheminée, transforment la femme de chambre en une Parque tissant et défaisant les fils du destin sous le miroir noir où loge la mort. Mais pourquoi ? Pourquoi si tôt ? Peut-être le sait-il, cet homme dont nous ne discernons que le bas-ventre à peine voilé, au-dessus de la cheminée ? Mais lui aussi n'est qu'un tableau, un tableau dans le tableau, qui semble quitter l'œuvre picturale proprement dite pour entrer dans la réalité. Nous ne savons pas qui il est. Le peintre ne lui a pas donné de visage. Il est assis là, comme épuisé par une nuit d'amour, à même le sol, enveloppé d'un somptueux tissu pourpre qui lui ceint les hanches. L'inconnu trône au-dessus de la scène, du feu qui décline, de la table tendue de vert, de la Parque, des deux dames au premier plan et de leurs gestes mystérieux.

Mais nous devinons à présent que le regard de la dame, à droite, ne voit plus le monde. Nous imaginons le petit échafaudage de bois qui la maintient dressée dans sa baignoire pour donner l'apparence du vivant. La lumière de ses yeux est éteinte, le corps inanimé sous la peau cireuse, les gestes de sa main figés. Comme par moquerie, on semble avoir glissé une bague entre ses doigts. La mine victorieuse, l'air rusé, la deuxième dame nous regarde. Dans ses mains à elle, le sang bat encore, la volonté vit toujours, tandis qu'en l'autre ne brille plus qu'un dernier éclat du monde, un minuscule point de lumière blanche sur la perle en forme de larme qui orne son oreille. Il semble que ce soit l'unique issue vers le monde situé *devant* le tableau, jusqu'aux bougies qui brûlent dans l'atelier, une boutique misérable où la puanteur des candélabres et de leur fumée se mêle à l'odeur forte du vernis, par une nuit silencieuse de l'an 1600. Et l'on croit presque entendre le grattement doux et discret d'un pinceau qui apporte avec précaution les ultimes retouches aux visages des personnages, pour clore à tout jamais le mystère de leur histoire.

Première partie

La main de la sœur

1.

Bien entendu, je ne me doutais pas encore à cette époque que la découverte de Koszinski recelait la clef du tableau. Lui-même n'avait pas plus compris que moi la véritable signification de sa trouvaille, sans cela sa voix au téléphone n'aurait certainement pas été aussi calme. Il m'informa, certes, qu'au cas où je voudrais lui rendre une dernière visite avant mon départ en voyage il aurait peut-être une information susceptible de m'intéresser, mais il noya cette nouvelle dans les détails du trajet qu'il me faudrait accomplir et dans l'inventaire de quelques journaux de langue anglaise qu'il souhaitait que je lui apporte faute de pouvoir les obtenir dans son hôtel, là-haut.

Notre dernière rencontre remontait à plus de trois ans, mais les longs intervalles au cours desquels nous n'avions que des contacts épistolaires n'affectaient pas notre relation. Il m'aurait de toute façon été difficile d'entretenir d'autres types d'amitié : professeur non titulaire de littérature américaine, je menais une vie de nomade, ayant passé une grande partie des quinze dernières années au Canada et aux États-Unis. Depuis peu, j'y jouissais même de la totalité des droits civiques, une nouveauté qui ne s'était exprimée que dans mon passeport et dans mon changement de prénom : j'avais abandonné celui d'Andreas pour m'appeler Andrew Michelis. C'est une bourse de doctorat qui m'avait conduit à Chicago au début des années 1980. Je n'avais pas tardé à m'y laisser séduire par les possibilités qu'offraient la recherche et l'enseignement américains, et mon année d'étude s'était transformée en un séjour de huit ans. Ensuite, il n'était plus pensable de revenir en Allemagne. Le manque de structure de l'enseignement m'y aurait été assez vite insupportable, sans même parler du fait qu'après une aussi longue absence, j'avais perdu depuis très longtemps les indispensables relations universitaires. Au fil des missions de plus en plus rares qui me menaient en Allemagne, je découvris en outre qu'avec les années j'étais devenu un visiteur dans mon propre pays. Le temps avait effacé les souvenirs qui me liaient à mes anciens amis, et nous menions tous des vies tellement différentes que nous avions du mal à rattacher encore les unes aux autres des biographies désormais très éloignées.

Nicolas Koszinski faisait exception. Contrairement à moi, c'était un sédentaire qui vivait depuis de nombreuses années à Stuttgart où il exerçait la profession d'archiviste à la Bibliothèque régionale. Mais intérieurement, c'était un nomade, un infatigable habitant des mondes de l'imprimé, doté d'un goût étrange pour le protocole qui l'avait conduit à me vouvoyer encore après des années d'amitié.

J'avais évoqué dans l'une de mes dernières lettres ma mission de chargé de cours à Fribourg. Mon seul étonnement tenait donc au fait qu'il ne m'avait pas appelé plus tôt. Son invitation avait apporté une distraction bienvenue dans mes préparatifs de départ pour mon prochain domicile provisoire et je l'avais acceptée sans hésiter. J'aurais certes aussi pu passer l'été à réactiver mes contacts en Europe. On organisait à Amsterdam un colloque qui semblait intéressant et j'avais beau ne pas encore avoir annoncé ma présence au congrès des américanistes à Zurich, on comptait sans doute sur moi. Peut-être avais-je instinctivement espéré être dégagé de ce type d'obligations ? J'avais du mal à admettre cette idée, mais les signes en étaient si clairs que j'aurais dû me l'avouer depuis longtemps : j'étais devenu insensible au charme de la littérature. Je n'avais pas seulement commencé à éviter les conférences de spécialistes ; au fil des ans, mes séminaires, eux aussi, étaient devenus plus techniques, plus abstraits. J'avais forcé mes étudiants à mener des recherches d'une minutie formaliste, et je m'étais pour ma part précipité dans les débats théoriques qui faisaient rage à l'époque. Je finis cependant par comprendre qu'en pratiquant toutes ces analyses microscopiques j'avais sans doute seulement espéré soulever un dernier voile du mystère qui m'avait jadis poussé à faire des belles-lettres une profession. Mais au moment où je le compris, cette passionnante machine à produire du texte, dont je croyais connaître les mécanismes sur le bout des doigts, m'était depuis longtemps devenue étrangère, voire indifférente. J'enseignais mécaniquement les théories les plus récentes de ma discipline, je les assimilais et les transmettais comme un médecin dispense de nouveaux médicaments. J'étais capable de traiter de n'importe quel sujet, mais j'avais perdu depuis longtemps la faculté de m'étonner.

Est-ce aussi pour cette raison que je n'avais plus l'ambition acharnée qu'on récompense le plus souvent par une chaire de professeur ? J'avais vagabondé trop tôt, je m'étais intéressé à la musique, dont les lois m'étaient cependant restées étrangères. Ensuite, j'avais abandonné un certain temps les livres pour la peinture – un simple intermède, là encore, car les peintres traitaient des thèmes trop proches de ceux que je cherchais à abandonner. En étudiant les maîtres anciens, je retrouvai les trames et les motifs que je maîtrisais si bien : légendes antiques, tableaux historiques et autres grands moments de la tradition chrétienne. Mon regard glissait sur ce monde que j'avais l'impression de trop bien connaître. Une fois seulement, il resta accroché à une toile étrange, troublante, qui résista à mon indifférence et dont la fascination ranima ce que je croyais avoir perdu. Je ne sais plus où j'ai vu pour la première fois ces deux dames au bain. Au fil des années, cette scène rencontrée dans les livres d'art, les catalogues, sur les couvertures de toutes sortes d'ouvrages et même en décor de studio pour une émission de télévision m'était devenue tellement familière qu'elle me faisait l'effet d'un élément fixe dans le flot d'images qui caractérisait mon époque – un élément qui, de surcroît, n'avait aucune origine identifiée. À plusieurs reprises, m'étant retrouvé une fois de plus devant cette peinture, j'avais tenté d'en savoir davantage sur le contexte du tableau. Qui l'avait peint, qui avait incité un peintre du XVIe siècle à livrer aux regards deux dames nobles dans une baignoire ? La toile était tout de même relativement connue. Pourtant, mes promenades dans l'histoire de l'art produisirent toutes le même résultat : au cours de ses quatre siècles d'existence, personne n'était parvenu à donner à ce tableau une interprétation conforme aux règles de l'histoire de l'art.

La toile avait été peinte vers 1590 dans l'entourage de l'école de Fontainebleau ; l'une des dames était une maîtresse d'Henri IV – on n'en savait pas plus. Le peintre n'était pas identifié, et les chercheurs n'avaient aucune explication convaincante à apporter à cette étrange pantomime des deux femmes dans leur baignoire. Des doigts resserrés sur la pointe du sein de la première dame, qui était tout de même duchesse, on pouvait penser qu'il s'agissait d'un geste précieux renvoyant sans doute, symboliquement, à une grossesse : ce geste correspondait tout à fait au goût du maniérisme et on le trouvait aussi, sous une forme analogue, dans d'autres toiles. Mais l'interprétation symbolique ne laissait aucune place au caractère unique, et même mystérieusement indécent, de ce pincement sur le mamelon. Qu'un personnage de tableau tienne entre ses doigts une bague, un œillet ou même une paire de lorgnons était une chose ; qu'une dame noble saisisse de cette manière la pointe du sein d'une de ses pareilles en était une autre. À des questions comme celle-ci, l'histoire de l'art et ses érudits ne pouvaient m'apporter aucune réponse. Faute de source clairement identifiée, lisait-on, la toile conserverait sans doute son secret à tout jamais.

Est-ce pour cette raison que je l'avais remarquée ? Ce qui m'avait touché dans cette singulière composition était-il ce dont je déplorais de plus en plus l'absence dans mes recherches ? J'en parlai à des amis et gardai un temps sur moi une petite reproduction de la peinture, avec l'espoir de rencontrer peut-être, un jour, une personne mieux informée sur ce tableau. Je l'avais sans doute évoqué aussi un jour devant Koszinski, mais cela devait remonter à des années et il avait dû me faire la même remarque que tant d'autres. Oui, m'avait-il dit, il connaissait cette œuvre, et elle était effectivement étrange, comme tant de peintures de cette époque.

Je passai encore deux journées à Fribourg, consacrées à la liquidation de mon appartement dans la maison des professeurs invités. Dans la canicule du mois de juillet, emballer mes affaires fut une torture ; je fus heureux lorsque les déménageurs eurent chargé mon barda et que le semi-remorque vert eut pris la route pour Bruxelles où je devais tenir à l'automne un séminaire et un cours

– une invitation obtenue par le truchement d'un collègue. On m'attendait à la mi-septembre. Les deux mois de liberté s'annonçaient comme un don du ciel. Je n'avais pas de projets, je l'ai dit. Un essai destiné à un recueil sur le naturalisme américain se trouvait sur mon bureau vide, prêt pour l'impression, seules les notes appelaient encore quelques corrections. Après une brève hésitation, je glissai le manuscrit dans le sac de toile que je comptais déposer chez le concierge pour le week-end. Pendant ma visite chez Koszinski, de toute façon, je n'arriverais à rien. Mais à ce moment-là, je ne pressentais pas encore à quel point cette impression était fondée...

L'hôtel de Koszinski se trouvait sur un plateau, à environ une heure de Fribourg en voiture. Sur le fauteuil avant droit de la Fiat que j'avais louée pour le week-end, j'avais posé le dernier *Economist*, le *Financial Times* de la veille et une édition du *Scientific American* contenant un article sur les hiéroglyphes qui intéresserait Koszinski. Le soleil était déjà un peu oblique lorsque je dirigeai la voiture vers le parking de l'hôtel. À la réception de cet établissement luxueux et adapté avec goût au paysage plaisant de la région, on m'informa que M. Koszinski s'était permis de me réserver une chambre et m'attendait vers seize heures trente sur la terrasse, où il comptait se rendre après un traitement thermal qu'il n'avait pu reporter.

Je m'installai dans ma chambre, pris une douche, passai un costume d'été léger et rejoignis la terrasse, chargé des journaux de Koszinski. Les clients étaient nombreux, mais je trouvai une table libre et m'assis sur l'un des fauteuils en osier chauffés par le soleil. Devant moi s'étendait un paysage où l'on pouvait admirer toutes les nuances de vert imaginables. L'herbe claire descendait le coteau en pente douce, elle s'assombrissait en encerclant les premiers sapins et épicéas qui se resserraient peu à peu à mesure qu'ils s'éloignaient et avançaient par vagues jusqu'à l'horizon, décrivant chaque fois de nouvelles teintes. Là-bas, le soir qui approchait avait déjà déposé une fine brume sur la forêt et changé le vert saturé en un bleu tendre et frais, de telle sorte que la forêt paraissait pousser paisiblement vers les nuages qui s'assombrissaient. C'était cet instant où l'après-midi commence à basculer dans la soirée, cette transformation minime mais évidente de la lumière, dans laquelle les objets paraissent sortir brutalement de leur torpeur. Les tendres arrondis devenaient durs et froids, un léger frisson parcourait le monde dans cette direction et un puissant courant semblait partir de ce point à l'horizon où, d'ici à quelques heures, disparaîtrait le grand disque rouge.

— Une vue magnifique, n'est-ce pas ?

Je le vis surgir devant moi, cramoisi. De toute évidence, il subissait encore les effets secondaires d'un bain de boue.

Je me levai. Notre accolade fut cordiale. Son petit visage rond était toujours aussi sympathique. Ma chambre me plaisait-elle ? demanda-t-il. Avais-je envie d'un café, ou plutôt d'un thé ? Son regard s'éclaircit lorsqu'il tomba sur les revues.

Je lui racontai brièvement les principales étapes de mon existence au cours des dernières années. Il grimaça lorsque je mentionnai Bruxelles.

— Une ville épouvantable. Vous savez quelle est l'injure préférée des chauffeurs de taxi, là-bas ?

Je secouai la tête, amusé.

— Architecte ! C'est tout vous dire ! Cette ville a été complètement massacrée.

Il s'essuya le front et fit signe à la serveuse. Pendant qu'il lui parlait, je ne pus m'empêcher de balayer d'un regard curieux quelques papiers déposés devant lui, sur la table. Les feuilles paraissaient anciennes et jaunies. Celle du dessus était auréolée et l'on distinguait au milieu la trace d'une estampe rectangulaire, à moitié dissimulée par le porte-clefs en acajou de sa chambre d'hôtel.

Lorsqu'il eut passé commande et se tourna de nouveau dans ma direction, il remarqua mon air curieux.

— En réalité, je comptais attendre demain pour vous en dire plus, mais j'étais trop impatient de voir votre réaction.

Il rangea son mouchoir d'un geste minutieux. Je le dévisageai avec une certaine curiosité.

— Tiens donc, des documents anciens ? m'enquis-je finalement, non sans moquerie.

Il fronça les sourcils, comme s'il se demandait si cela valait la peine de me mettre dans son secret. Je refusai la cigarette qu'il me proposa, mais lui tendis du feu.

— Question de point de vue. En fait c'est plutôt une affaire de famille.

Son regard suivit le sillage scintillant d'un avion qui filait vers l'ouest, bien au-dessus de nos têtes, et gravait dans le ciel une ligne argentée. Il toisa les gens assis autour de nous sur la terrasse, qui profitaient de cette fin d'après-midi ensoleillée. Puis son visage s'assombrit et il parut regarder à travers moi comme pour observer des temps lointains. J'attendis courtoisement que prenne fin cette excursion au temps jadis. Mais en réalité, c'était l'inverse. Avec Koszinski, j'avais parfois l'impression que le présent, bien plus que le passé, constituait un enfer inextricable où il ne se rendait qu'en touriste. Un promeneur entre les mondes, une vieille âme perturbée.

Deux heures plus tard, la terrasse était nettement moins peuplée. Devant nous, sur la table, se trouvaient quelques tasses à café vides et deux verres de jus de raisin tout juste servis ; mon interlocuteur marquait l'une de ses longues pauses de réflexion par lesquelles il avait coutume d'interrompre ses explications.

Je récapitulai encore une fois les étapes qu'il avait mentionnées. Il s'était rendu à Londres pour participer à une vente aux enchères de manuscrits incunables. L'atmosphère à la fois solennelle et indécente d'une vente publique lui avait donné l'impression d'assister à une exécution. Ni lui ni son collègue de la Bibliothèque régionale n'avaient acquis quoi que ce soit. Comme d'habitude, les Japonais les avaient devancés. Il soupçonnait même les enchérisseurs venus de Suisse de n'être que les hommes de paille d'un consortium de Kyoto. Cela étant dit, on pouvait se réjouir de voir des manuscrits médiévaux précieux tomber entre les mains de pays civilisés ; en Europe, dans le passé, on ne les avait pas toujours maniés avec beaucoup de soin. Après la vente, ils avaient fait un saut à Paris afin de mener des négociations avec la Bibliothèque nationale sur une série de reproductions en fac-similé.

Ce n'était pas une besogne particulièrement excitante, mais elle les avait tout de même retenus quatre jours dans la capitale française. En rentrant à Stuttgart, Koszinski avait fait le détour par Kehl, afin de rendre visite à des parents. Connaissais-je Kehl ? me demanda-t-il. Je répondis par la négative, avant de préciser que j'avais bien traversé la ville à quelques reprises, mais que je ne l'avais jamais vraiment visitée. Lui, m'expliqua-t-il, faisait régulièrement une halte à Kehl lorsqu'il revenait de Paris, ce qui était le cas à peu près tous les deux ans. Des parents éloignés y dirigeaient une maison d'édition, et comme on était en quelque sorte dans la même branche, ce bref séjour à Kehl était devenu pour lui une sorte d'habitude à ses retours de la capitale française.

Cette fois aussi, on l'y avait reçu cordialement, malgré le chaos généralisé. C'est qu'on était en plein déménagement : des cartons de tous les côtés. Des déménageurs grognons en tenue bleue. De la poussière. Des téléphones qui sonnaient dans le vide, enfouis sous des tas de papier. Aux antipodes des salles climatisées des grandes bibliothèques nationales où il passait ses années et où, depuis peu, le ronflement des ordinateurs recouvrait le cliquetis austère des sismographes. On ne pouvait s'imaginer plus grand contraste : ici, l'activité fébrile d'une maison d'édition qui rappelait l'affairement nerveux d'une salle d'accouchement, là-bas, la froideur scientifique de la conservation, la momification jalouse de réflexions oubliées depuis longtemps dans des archives stériles.

Ses lointains parents avaient totalement sous-estimé l'ampleur du déménagement. L'inspection des fonds allait leur prendre des mois. C'est que la maison d'édition existait depuis le début du siècle et ses racines étaient censées remonter jusqu'à l'époque de l'expulsion des huguenots. Les pistes vérifiables s'arrêtaient cependant aux environs de 1800 pour se perdre dans un univers de légende. Les premiers fondateurs étaient censés descendre de huguenots qui, après la chute de La Rochelle, en 1628, s'étaient ralliés à l'exode vers l'Est d'innombrables pratiquants de confessions non reconnues et s'étaient réfugiés dans le sud de l'Allemagne. Mais on ne connaissait pas les détails de cet épisode.

À la fin, au lieu de tout mettre soigneusement en ordre, ses parents s'étaient contentés d'un tri hâtif.

Désormais, les cartons attendaient dans les caves l'heure où ils seraient convoyés vers leur nouvelle destination. Il n'avait pas pu résister et avait demandé à son cousin s'il pouvait encore jeter un coup d'œil sur les collections retirées. Celui-ci lui répondit qu'il lui en serait même reconnaissant, mais qu'il ne fallait pas trop en attendre : il n'y trouverait presque plus que des ouvrages défraîchis sans valeur et de vieilles correspondances.

Il s'était promené dans les caves, le long de murs désormais nus sur lesquels se dessinait encore l'empreinte des étagères disparues. Malgré la mise en garde de son cousin et bien que ses avertissements se soient confirmés, il resta plusieurs heures dans les sous-sols. Registres de comptes, almanachs, calendriers pour bonnes ménagères, bibles imprimées à la va-vite, livres de cuisine, bilans, livrets de chansons, romans jamais réédités, petits recueils de poésie imprimés en quadrichromie à vous fendre le cœur, quelques collections annuelles de quotidiens regroupés dans des cartons cirés qui avaient autrefois été verts, une partition du *Vaisseau fantôme*, un *Guide de l'Alsace*, un dictionnaire espagnol-allemand, des montagnes de courrier commercial. En un mot : rien du tout. Il n'avait guère eu envie de fouiller d'autres cartons et de perturber le sommeil profond des exemplaires résiduels de manuels, guides de conseils et almanachs d'associations. Les autres salles offraient le même tableau : la ramification géométrique des traces d'étagères sur les murs, et devant, les cartons marqués d'une croix bleue ou rouge en fonction du sort auquel on les destinait.

Il avait éprouvé une étrange sensation dans la région du ventre : le frisson du survivant. Peu importait le contenu de ces cartons, l'absence de valeur, l'absurdité, l'insignifiance de ces écrits, cela le touchait toujours avec une agréable tristesse. Il était ainsi fait, voilà tout. Non, ce n'était pas un collectionneur. Il lui manquait pour cela la discipline et l'avidité. C'était plutôt un observateur, un géologue de la pensée qui éprouve de la joie lorsqu'il voit comment les idées se recouvrent, strate après strate, s'interpénètrent, se séparent et prennent fin brutalement, comme si elles touchaient une veine de roche dure, avant de réapparaître en un autre point totalement inattendu. Il n'avait aucune méthode et savait parfaitement que sa manière d'agir était profondément subjective et sans doute aussi erronée. Mais c'était sa nature, il était un homme de mythes, pas de contes de fées.

Des quotidiens déchirés et du papier d'emballage froissé jonchaient le sol autour de lui. Des rayons de soleil cherchaient leur voie à travers le vasistas et filtraient par le carreau opaque pour se répandre en une flaque blanchâtre. Le bruit d'un diesel qui approchait fit vibrer les murs. Un faucheux traversa sur le plafond de la cave avec la même douceur que s'il marchait sur de la neige et prit le large, indigné.

À côté de l'une des boîtes posées sur le sol, Koszinski trouva un petit morceau de carton sur lequel figurait un dessin étrange. Dans un premier temps, il fut moins étonné par l'image que par la consistance du matériau. Il lui avait fallu regarder de plus près pour comprendre qu'il ne s'agissait pas d'un carton ordinaire et à moitié pourri, mais d'un morceau de toile – tellement couvert de crasse que cela ne sautait pas aux yeux. Il tint à contre-jour ce morceau grand comme une boîte d'allumettes et constata avec un certain étonnement que ce n'était pas une toile tissée à la machine. Même un profane pouvait, avec un peu d'exercice, faire la distinction entre un tissage à la main et un tissage mécanique, et lui qui avait, par sa profession, l'habitude de passer des parchemins aux rayons X avait immédiatement reconnu la structure à la fois fine et rudimentaire de la toile. Tout le monde savait, bien entendu, que le métier à tisser avait été inventé en 1745 en France. Quarante ans plus tard, Cartwright, en Angleterre, expérimentait pour la première fois avec succès un procédé de tissage mécanique. Mais près de soixante ans s'étaient ensuite écoulés avant que cette toile ne soit commercialisée. En Allemagne, le premier métier à tisser mécanique fut présenté par Schönherr, en 1845, à Chemnitz. Vers cette époque, il est possible que l'on ait aussi produit de la toile à peindre mécanique.

Tout en parlant, Koszinski versa du sucre sur son assiette, le lissa et y dessina une ligne avec un cure-dent. Lorsqu'il eut fini, il tourna précautionneusement l'assiette dans ma direction et je discernai un S élancé percé d'une flèche ascendante. J'observai le dessin pendant un certain temps et haussai les épaules.

— Vous parlez français ? demanda-t-il.

— Laborieusement.

— Comment appelleriez-vous cela ?

— « Un S percé d'un trait » ? proposai-je.

À la table voisine, un groupe de clients se leva. On ôta des vêtements des dossiers, des chaussures grincèrent sur le gravier. Un enfant s'était assoupi, le visage sur l'épaule de son père, qui secoua la tête sans rien dire lorsque son épouse lui tendit sa veste avec une expression interrogative.

Koszinski regarda le petit garçon qui dormait. Puis il dit :

— Ce signe est un rébus typique. On part du sens abstrait des symboles pour revenir à la sonorité de l'onomatopée originelle formée par les lettres ou les signes. Les enfants déchiffrent ce genre de choses en deux minutes.

Il avait écarté les cartons posés à côté du morceau de toile. Tous portaient une croix bleue, ils étaient donc destinés au pilon, et il n'eut aucun scrupule à les vider de leur contenu. Il s'agissait vraisemblablement de restes d'une bibliothèque arrivés par Dieu sait quel cheminement dans la cave de la maison d'édition. Peut-être les rescapés d'un stock détruit par une inondation : on voyait partout des auréoles.

Il avait pioché à l'aveuglette dans les cartons. L'odeur du vieux papier lui montait au nez. Il feuilleta au hasard quelques vieux classeurs et gros cahiers sans rien découvrir qui parût avoir le moindre rapport, même très éloigné, avec ce dessin étrange. Il continua néanmoins à chercher : il trouvait étonnant qu'un vieux morceau de tissu apparaisse sans aucune raison par terre, dans les archives d'une maison d'édition.

Les cinq ou six premiers cartons recelaient des collections reliées de vieilles revues parues au début du siècle, mais dénuées de toute valeur bibliophilique. On pouvait comprendre le pilonnage de vieux numéros de journaux sans intérêt, tout comme celui des cartons suivants, qui contenaient sans exception du courrier commercial. Un philatéliste débrouillard y aurait peut-être fait çà et là des découvertes intéressantes, mais lui, Koszinski, se passionnait aussi peu pour les timbres que pour les recoins inexplorés de la Voie lactée.

C'est alors, tout d'un coup, que le paquet lui tomba entre les mains. Il s'agissait d'une enveloppe brun foncé en papier ciré. Quatre boutons de cuir étaient cousus au revers. Un cordon rouge et blanc décrivant un « huit » courait plusieurs fois autour de chaque paire de boutons se faisant face et maintenait le paquet fermé. Une partie des rebords bâillait, laissant apercevoir des feuilles de papier empilées.

Il renversa l'un des cartons qu'il avait vidé et déposa le paquet sur cette petite table improvisée. Puis il enleva les fils, ce qui ne fut pas particulièrement difficile, le cordon étant devenu fragile avec le temps. Lorsqu'il voulut défaire les nœuds, ils se décomposèrent entre ses doigts comme les alvéoles d'une ruche abandonnée. Il ouvrit prudemment les pans de papier ciré et examina avec satisfaction la première feuille. Oui, cela ne faisait aucun doute. La feuille était nue, mais on distinguait clairement en haut une trace d'estampe. Il prit le petit morceau de toile portant l'étrange dessin et le posa sur la feuille. L'image s'insérait parfaitement dans l'empreinte laissée sur le vieux papier. La coloration brunâtre de la toile correspondait exactement à l'auréole finement veinée que l'eau avait laissée sur le parchemin.

— Et c'étaient les papiers qui se trouvent ici, devant vous ?

Il hocha la tête.

— Je n'ai pris que le compte rendu des interrogatoires. Le dessin et les autres textes se trouvent en haut, dans ma chambre.

— Des interrogatoires ?

— Oui. Celui-là, par exemple. (Il me tendit quelques feuillets.) Celui d'un citoyen de Paris, daté du 12 avril 1599. Il y est question d'un incendie qui, apparemment, détruisit partiellement une maison, rue des Deux-Portes, à Paris, dans la nuit du 10 au 11 avril 1599. On avait trouvé un cadavre dans les ruines. Une pure invention, si vous voulez mon avis. Mais c'était bien fait.

Je pris en main l'une des feuilles. « *Le témoin a pour nom Gaston Bartholomé. Il est âgé de trente-sept ans, marchand de bois de son état, et habite rue des Deux-Portes à Paris.* » Les lettres étaient pleines de volutes et allongées, mais on les déchiffrait assez facilement.

Les feuilles étaient écrites au recto et au verso, et paginées sur le coin supérieur gauche.

— Une invention ?

— Oui. L'ensemble est un mélange de faits historiques et de fantasmagories évidentes. La liasse complète doit compter quelque chose comme deux cents feuillets d'écriture serrée, certainement le résultat de longues années de travail. Sans doute la version au propre d'une série de chapitres de roman, ou quelque chose de ce genre. Il n'y a pas une correction, pas un mot biffé. Les différentes parties ont très peu de liens les unes avec les autres. Par la suite, après avoir très longtemps travaillé sur cette histoire, j'ai peu à peu compris sur quoi l'ensemble était censé déboucher. Mais ma première impression a été d'être tombé sur des fragments, ou peut-être, pour mieux dire : sur des ébauches.

Je lui rendis les papiers.

— Et pourquoi ne voulait-on pas garder ces documents ? Ça ne se jette pas, ce genre de choses.

— C'est aussi ce que je me suis dit. J'ai remonté la liasse et j'ai montré ma trouvaille à mon cousin. Il était certes étonné de ce que j'avais mis au jour, mais ça ne l'intéressait pas particulièrement. Je lui ai demandé s'il pouvait s'agir, à sa connaissance, de l'œuvre de l'un de ses ancêtres défunts et il m'a simplement répondu qu'il n'existait sans doute personne dans sa famille qui ne cachât pas quelque chose dans ses tiroirs. Mon cousin jeta un regard furtif sur les papiers et, du bout des doigts, tint le petit morceau de toile à contre-jour. C'est l'instant que choisirent les déménageurs pour faire irruption dans la pièce en portant à pleins bras des rouleaux entiers de plastique à bulle avec lequel ils avaient l'intention d'emballer les photocopieurs. Pour mon cousin, cela mit un terme à notre discussion. Il fit glisser les papiers vers moi, sur la table, et me dit que, si j'y découvrais quelque chose d'intéressant, je pouvais le prévenir. Je sortis de ce chaos pour me réfugier dans la kitchenette et feuilletai au hasard dans la liasse de papiers. Je voulais vérifier si cela valait la peine de les emporter avec moi à Stuttgart. Mon regard tomba alors sur un nom de famille, et je compris tout d'un coup ce que ce rébus venait faire sur la couverture.

Koszinski regardait, pensif, les lignes qu'il avait dessinées devant moi sur l'assiette pleine de sucre.

Puis il me dévisagea comme s'il attendait une réaction à ses propos étranges. Mais l'incompréhension se lisait manifestement sur mes traits.

— Vous ne comprenez pas ? demanda-t-il.

Je haussai les épaules.

— Comprendre quoi ?

Il eut un sourire mystérieux.

— Sans vous et sans l'indice trouvé dans le manuscrit, je n'y serais sans doute jamais venu.

— Sans moi ?

— Oui. Regardez le rébus. *Un « S » percé d'un trait.*

— Oui, et alors ?

— Maintenant oubliez tout le superflu. Les éléments essentiels sont le « S » et la flèche.

Il saisit le cure-dent, versa du sucre dans la soucoupe et écrivit ESS.

— Et maintenant ?

— Maintenant, voilà la deuxième partie.

Il traça encore quelques lignes avant de retourner la soucoupe vers moi.

— *Ess... trait ?*

Il me fit un clin d'œil comme à un écolier qu'une seconde seulement sépare encore de la grande illumination mathématique.

Mais, même avec la meilleure volonté du monde, je ne pouvais m'expliquer où il voulait en venir.

— *Estrait*, dis-je, incertain.

Il me regarda alors comme quelqu'un à qui il faut expliquer que la terre est ronde. Je compris d'un seul coup.

— Êtes-vous en train de me dire... ?

Ses yeux brillaient de plaisir.

— Mais oui. La duchesse de Beaufort. Maîtresse d'Henri IV. Le décès sans doute le plus énigmatique de tout le XVIe siècle. Votre dame au bain. Gabrielle. Gabrielle d'*Estrées*.

On entendit, depuis le bâtiment principal, résonner la cloche du dîner.

2.

Le lendemain matin, nous nous retrouvâmes près du puits, dans le parc. Le ciel était nuageux et les rares promeneurs portaient des parapluies et des imperméables légers. Koszinski paraissait cependant en savoir plus sur le climat que les autres curistes, car sa tenue était tout aussi estivale que la veille.

Nous descendîmes la rampe qui menait à la rue, puis nous tournâmes dans un sentier étroit qui pénétrait dans la forêt et nous suivîmes les repères qui nous guidaient vers les hauteurs.

— Nous avons de la chance. Ces quelques nuages vont dissuader la plupart des visiteurs de faire de longues marches, alors que le soleil va percer dans deux heures. Nous avons donc toute cette belle région pour nous.

C'est Koszinski qui, après le dîner, avait proposé de faire une promenade pendant la matinée. Je brûlais bien sûr d'impatience à l'idée d'en savoir plus sur les documents et l'étrange dessin qu'il m'avait montrés sur la terrasse, mais le programme de cure de Koszinski lui prescrivait de se coucher tôt. Par ailleurs, lorsque je le pressai de questions, il me répondit que l'histoire était trop longue, trop complexe, et qu'il préférait tout me raconter d'une seule traite le lendemain. Pour amener enfin notre discussion sur le sujet, je finis par dire :

— Le récit que vous m'avez fait hier à propos de Gabrielle d'Estrées m'a rendu curieux. Après le dîner, je suis allé consulter les encyclopédies dans la salle de lecture.

— Et alors ? Qu'avez-vous trouvé ?

— *Estragon* et *Estremadure.*

Il secoua la tête.

— Mieux vaut ne pas être mentionné du tout que de l'être après une herbe aromatique.

Il prit une petite boîte dans la poche intérieure de sa veste et en sortit le morceau de toile qu'il m'avait décrit la veille. Il était conservé dans les règles de l'art, entre deux lames de verre de la taille d'une main dont on avait entouré les rebords avec du ruban de gaze noir.

— Regardez-le à contre-jour, vous reconnaîtrez la structure irrégulière de la toile. Je l'ai montré à un ami restaurateur. Selon lui, il a dû être tissé aux environs de 1800. Mais seule une analyse chimique permettrait d'être plus précis. Or il s'agit d'une procédure très onéreuse. En tout cas, ce petit tableau est un peu plus âgé que l'auteur des papiers que j'ai trouvés. Ou bien notre homme a découvert le rébus quelque part et celui-ci date effectivement de la fin du XVIIIe ou du début du XIXe siècle, ou bien l'auteur lui-même s'est rendu à Fontainebleau et y a fait une copie de l'emblème en utilisant la vieille toile comme support. Vous connaissez le château de Fontainebleau ?

Je ne le connaissais pas.

— Le rébus est peint sur les boiseries du cabinet royal, dans ce qu'on appelle aujourd'hui le salon Louis XIII. Un grand M au centre, entouré de lys ; à sa gauche et à sa droite, ce « S » percé d'un trait qui se transforme également en lys vers le haut et vers le bas, comme vous pouvez le voir sur ce dessin. Les bannières blanches des Bourbons étaient toujours ornées de trois iris. Le M désigne vraisemblablement Sa Majesté le roi de France, qui a dû imaginer ce jeu de signes.

J'observai le dessin. Le S était plein de volutes et ses extrémités étaient en croissants de lune. Avec la flèche posée de biais à travers la lettre, ce petit tableau rappelait presque, de loin, le symbole du dollar américain. Les lys n'étaient que grossièrement esquissés, mais on en reconnaissait facilement la forme.

— Et le manuscrit ? demandai-je. Je crains de ne pas comprendre le lien entre tout cela.

Il reprit la décoration et la rangea soigneusement dans sa boîte.

— Oui. Le lien. C'est bien ce qui est singulier, que personne, apparemment, n'ait encore vu ce lien. Le portrait des deux dames dans la baignoire est déjà assez étrange. Mais le destin du modèle n'est pas moins mystérieux. Je veux parler de cette Gabrielle d'Estrées. On n'a jamais élucidé les circonstances de sa mort subite, quelques jours avant son mariage avec Henri IV. On pourrait supposer que les historiens ou les historiens de l'art auraient travaillé là-dessus. Personnellement, l'idée ne me serait certainement jamais venue d'établir un rapport entre la biographie de Gabrielle d'Estrées et cette peinture. Quand on se penche sur les événements qui se sont déroulés à l'époque, toute cette histoire devient extrêmement énigmatique. Vous voyez, un lointain parent à moi a été aussi impressionné que vous par ce tableau et a laissé quelques notes à son sujet. Je n'ai pas de mal à comprendre que ce vieux monsieur n'ait plus décroché de cette histoire. Je comprends cependant tout aussi bien qu'il n'en ait pas vu le bout.

— Un vieux monsieur ?

Il secoua la tête pour s'excuser.

— Vous avez raison. Je ferais peut-être mieux de vous raconter les choses dans l'ordre, l'histoire est déjà suffisamment embrouillée comme cela. Après avoir lu le manuscrit, chez moi, j'ai appelé à Kehl en demandant s'il était possible de savoir qui avait rédigé ces feuillets. Je ne précisai pas, bien entendu, que j'avais l'impression d'avoir fait une découverte remarquable. Par peur de laisser passer une affaire, mon cousin m'aurait peut-être demandé de rapporter les papiers pour les ranger aussitôt dans les nouvelles archives et les y oublier parmi des centaines d'autres projets. Je mentis donc en lui racontant qu'il s'agissait d'une sorte d'essai sur les guerres de Religion en France, ce qui, à dire vrai, n'était même pas faux. Quelqu'un avait voulu écrire un roman historique et avait, pour des motifs compréhensibles, abandonné à mi-parcours. Mon cousin, à l'autre bout du fil, supposa qu'il s'agissait vraisemblablement de notes pour les conférences que feu son arrière-grand-père donnait régulièrement à Bâle. Il s'appelait Jonathan Morstadt. On n'en savait pas beaucoup plus à son propos. Morstadt était mort en 1912. Les deux guerres mondiales n'avaient pas seulement décimé sa descendance, mais aussi réduit en cendres la maison de la famille, enterrant sous les ruines tous les documents et photographies qui existaient encore de cette époque. Seuls quelques cartons avaient survécu aux bombardements.

« Mon cousin se rappela qu'à la fin des années 1950, il avait reçu une lettre d'un thésard de Bâle. Le chercheur préparait une thèse sur les sociétés historiques et voulait savoir si les descendants de Jonathan Morstadt avaient encore des documents le concernant, et s'il pouvait, le cas échéant, les examiner. On informa l'étudiant que tout le legs de l'aïeul avait hélas été détruit, raison pour laquelle on lui serait à l'inverse très reconnaissant d'indiquer ce qu'il avait découvert sur ce cher parent. La réponse était tout aussi empreinte de regrets : hormis le fait que son nom était mentionné dans le compte rendu des sessions ordinaires des « Amis de l'histoire du protestantisme », on ne savait rien de lui. Le thésard remercia courtoisement et ne donna plus jamais de nouvelles. Voilà ce que savait mon cousin.

Tandis que nous cheminions dans la forêt, Koszinski replongea dans le silence. Je contenais difficilement mon impatience.

— Je n'avais certes pas découvert grand-chose, reprit-il enfin, mais je disposais au moins d'un nom, celui de l'auteur supposé du manuscrit. À ma connaissance, il n'a jamais rien publié. Quelques recherches m'ont permis de dénicher les annales de cette société historique de Bâle qui avait travaillé entre 1889 et 1906 sur l'histoire du protestantisme avant que le manque d'argent ou la mort de ses membres ne provoque sa dissolution. Je n'ai pas trouvé d'article ou de recueil dont l'auteur eût été mon lointain parent. Mais à quoi bon fouiller dans les bibliothèques, alors que la trouvaille la plus intéressante que je pouvais faire se trouvait sur la table, à côté de moi : l'ensemble des écrits inédits de Jonathan Morstadt, ancien éditeur à Kehl, sur le Rhin, spécialiste du protestantisme français. Plus je lisais les feuilles du manuscrit, plus j'avais cependant l'impression de n'avoir affaire qu'en deuxième lieu à un historien. Comme ce paquet de feuilles était la copie au propre de fragments d'un livre inachevé, je tentai tout d'abord de reconstituer l'ordre des différents chapitres. Je supposais que le vieux Morstadt ne savait pas encore où il devait combler des failles ni quelles parties de chapitres il assemblerait par la suite. La pagination des feuillets, elle aussi, n'était continue qu'au sein des différentes sections du manuscrit et recommençait à la page une après la fin de chaque chapitre. Lorsque j'eus parcouru le manuscrit une première fois, j'établis un index et pourvus les différents chapitres d'un titre lorsqu'ils n'en avaient pas. Morstadt avait utilisé quatre sortes de textes. Il y avait d'une part les interrogatoires ou consultations dont vous avez vu un exemplaire hier, puis une série de copies de lettres dont certaines semblent provenir des archives Médicis à Florence et pourraient être tout à fait authentiques. En tout cas, elles portent des numéros d'archives bien réelles, et leur origine était attestée par les mots *Mediceo Filza.* Quelques chapitres sont écrits du point de vue d'un narrateur connaissant toute l'histoire. Enfin, le manuscrit contenait aussi des fragments du journal d'un artiste qui se rendit à Paris en 1598 pour devenir peintre de cour.

— Si je vous comprends bien, il s'agit de plusieurs récits ?

— Oui, si l'on veut. Bien que l'une de ces histoires se soit effectivement déroulée comme le raconte l'auteur du manuscrit dans plusieurs passages de son texte et que le terme de « récit » ne soit donc pas tout à fait adéquat. Je dois cependant vous avouer qu'après tout ce que j'ai lu sur les événements de l'époque je ne sais plus moi-même faire la part entre ce qui est historiquement attesté et ce qui est inventé. Dieu sait ce qui s'est déroulé au printemps 1599 à Paris ! Quand on travaille un certain temps sur cette affaire, on bute inévitablement sur le même problème : une bonne partie des documents historiques prétendument officiels sont des faux avérés. Pensez seulement aux Mémoires du marquis de Rosny, le futur duc de Sully, dans lesquels on cite des lettres dont on peut dire, avec une vraisemblance proche de la certitude, qu'elles ont été inventées. Le cas de cette Madame d'Estrées n'est d'ailleurs toujours pas élucidé aujourd'hui, et je doute que la vérité soit connue un jour. Morstadt paraît toutefois avoir découvert quelque chose dans le tableau : l'artiste aurait laissé un indice dans cette peinture étrange. Mais voilà que j'anticipe de nouveau, alors que j'avais décidé de raconter les choses dans l'ordre.

Koszinski s'interrompit une fois de plus, mais un instant seulement. Il donnait l'impression de remettre de l'ordre dans ses idées. Je m'attendais à un bref rapport. J'eus droit à un véritable tableau historique.

3.

Nous sommes en 1590. Après trente années de guerre de Religion, la France est presque entièrement détruite. Henri IV de Navarre est roi depuis un an, mais quel roi ! Sa capitale abrite les Espagnols et la Ligue catholique. Pour ces derniers, Navarre n'est qu'un hérétique protestant ayant par malheur survécu à la nuit de la Saint-Barthélemy. Il ne se passe pas une journée sans qu'il soit brûlé en effigie quelque part dans le royaume. Partout la guerre civile fait rage, attisée par l'intervention des autres puissances européennes. La domination catholique est écrasante. À l'est, la Lorraine et les Guise, cette famille détestée dont les membres, chefs de la Ligue catholique, se sont implantés à Paris et veulent porter au trône Charles de Bourbon, qui meurt cependant au cours de cette année. Au nord-est, les Pays-Bas sont occupés par les Espagnols. Et pour finir, à la frontière sud du royaume, l'Espagne, foyer de la Contre-Réforme. Philippe II d'Espagne ne manque pas une occasion d'envoyer ses armées approfondir encore la scission de la France. Henri, revenu à sa foi protestante originelle, est excommunié et ne peut donc plus être roi légitime. Il changera de confession cinq fois au fil de son existence. On ne peut guère dissocier politique et religion. Montaigne raconte qu'il se trouva un jour au bord de la mer avec Navarre à observer le coucher du soleil. Lorsqu'il lui demanda quelle était la vraie religion, le roi marqua un long silence et regarda fixement les flots. Il finit par se détourner et prononcer ces mots devenus célèbres : *Qu'en sais-je ?* Un sceptique, comme la plupart des gens intelligents.

Le 9 novembre 1590, le roi campe à Soissons. Henri de Navarre a trente-sept ans, il possède une chemise, un pantalon, n'a pas de linge mais un royaume que lui conteste la moitié du monde civilisé. Il est marié *de jure* avec une femme qui a levé à plusieurs reprises des troupes contre lui et qu'il a fini par faire interner à Usson, à proximité de ce qui est aujourd'hui Clermont-Ferrand. Vous la connaissez sûrement : il s'agit de la fille de Catherine de Médicis, Marguerite, celle que les Français appellent « La reine Margot ». Il n'est jamais simple de se faire une image à peu près réaliste des gens de cette époque. Pour certains d'entre eux, cela paraît même totalement impossible. La personnalité de Marguerite est ensevelie sous les scandales qu'on lui prête : le giron le plus insatiable de l'histoire.

Paris demeure imprenable. Lors du dernier siège, à l'automne, cinquante mille personnes sont mortes de faim et pourtant la ville ne tombe pas. Lorsque Mayenne, le chef de guerre de la Ligue, reçoit le soutien du duc de Parme, Henri doit interrompre le siège. Il se replie à Soissons et y passe l'hiver.

Parmi les compagnons d'Henri se trouve Roger de Saint-Larry, duc de Bellegarde, vingt-sept ans, l'un des nobles les plus en vue de l'époque. Pendant la chasse, il vante au roi les mérites de sa toute dernière conquête, attisant ainsi la curiosité du roi qui réclame de voir la belle en personne. C'est ainsi que le 10 novembre, ils parcourent à cheval les quinze kilomètres qui les séparent du château de Cœuvres.

S'ils sont à Cœuvres, se dit le roi, la demoiselle est une d'Estrées. Un enfant des sept péchés capitaux. Une belle famille. Le seigneur du château porte sur la tête des cornes dignes d'un cerf capital, celles dont l'avait affublé sa femme quelques années plus tôt, en s'enfuyant à Issoire avec le marquis d'Allègre.

Mais le cocu, Antoine d'Estrées, était absent à leur arrivée à Cœuvres. Le roi et son escorte aperçurent de loin les toits d'ardoise luisant d'humidité sur les tours de l'ouvrage. Bellegarde, tout joyeux, chantait les louanges de sa belle maîtresse tandis qu'ils approchaient du pont-levis à cheval et adressa un signe énergique aux hommes en livrée lorsqu'ils eurent franchi le portail du château. Les serviteurs se seraient brisé l'échine, tiraillés qu'ils étaient entre la soumission et le désir d'apercevoir le roi. Bellegarde fit attendre Henri dans la grande salle et revint peu après avec Diane, l'aînée des deux sœurs. Gabrielle ne s'était pas encore montrée et il n'y avait personne d'autre dans le château.

La révérence de Diane était bien faite, respectueuse, mais sans la moindre trace d'abaissement. Ses jolis yeux étroits lancèrent d'en bas une sorte d'éclair vers le roi. Elle le savait : ce n'était pas une courbette, mais un remerciement circonspect à un public enivré. Henri IV lui concéda ce triomphe et prit sa revanche en laissant son regard s'attarder longuement sur les fameux joyaux de la famille qui s'offraient à lui dans l'écrin formé par la robe jaune et profondément échancrée de la jeune femme. Puis une silhouette apparue en haut de l'escalier détourna son attention. Pauvre Bellegarde. Il ne tarda pas à comprendre qu'il avait commis une erreur impardonnable. Le roi semblait avoir vu un fantôme. Diane, désormais une cendrillon, sourit en toute connaissance de cause et courut vers l'escalier pour accueillir sa sœur.

Mon Dieu, se dit le roi, cherchant déjà les mots pour

les lettres qu'il va lui écrire. Mais les termes qui lui viennent à l'esprit sont vides et plats : des métaphores naïves, pleines de marbres, de lis, de roses et de pourpre. Il se détourne et cède le pas à Bellegarde. Tandis que celui-ci salue Gabrielle, le roi traverse la cour intérieure. Il fait quelques pas et observe le manoir. Derrière lui les amoureux chuchotent alors que le roi s'efforce de garder contenance. Mais son esprit est déjà ailleurs. Il dresse l'inventaire des autres personnages, ceux dont il faut tenir compte. Il y a d'abord le père, Antoine d'Estrées, l'un de ces hommes qui veulent beaucoup et ne sont capables de rien. Puis la tante, Madame de Sourdis, sœur de la mère qui a pris la poudre d'escampette. Son mari, Monsieur de Sourdis, fut autrefois gouverneur de Chartres, désormais aux mains de la Ligue. Elle partage en revanche son lit avec Monsieur de Chiverny, chancelier démis. Autant de pauvres diables, des tonneaux percés. Henri voit déjà le visage sévère et blême de son trésorier, Rosny, calculant ce que lui coûtera cette liaison. Et alors ? N'est-il pas le roi ?

Il se retourne, se dirige vers le couple et envoie Bellegarde faire une promenade. La révérence de Gabrielle est infiniment moins travaillée que celle de sa sœur. Cela lui donne une authenticité proche de la naïveté. Il est vrai qu'elle ignore que l'homme qui se trouve devant elle se consume et ne lui laissera pas de répit avant qu'elle ne soit devenue sienne. Elle accepte gracieusement les hommages dus à son rang et y répond selon les règles. Le petit lapin discute avec le serpent de la pluie et du beau temps, pense sa sœur, amusée, se réjouissant par avance du visage que fera la tante lorsqu'elle apprendra la nouvelle.

Entre-temps, le roi a recouvré la vue et contemple avec un léger frisson la beauté parfaite de sa Gabrielle. Car elle sera à lui, il le sait, et tout en détournant son attention par des mots galants, il laisse ses regards fureter sur elle tels des voleurs, dérobant ici un sourire, là un reflet de lumière sur une peau blanche comme le plumage d'un cygne, ici la ligne tendre et élancée des lèvres.

Ce fut peut-être le seul instant où ils se firent face en toute innocence. Ils n'étaient rien, ni l'un ni l'autre : elle, une beauté de dix-sept ans issue d'une famille à la réputation sulfureuse ; lui, un roi sans royaume ni capitale, frappé par l'anathème pontifical. Si l'un des nombreux couteaux qu'on lui destinait avait atteint son but au cours de ces années-là, nous connaîtrions à peine son nom aujourd'hui, et Gabrielle aurait peut-être réussi à franchir le cap des vingt ans avant qu'un époux jaloux ne l'étrangle. Ce roi aux mauvaises dents et au cou mal lavé n'arrive pas à la cheville de l'élégant amant de la dame qui en est à son troisième tour de fontaine et lorgne de temps en temps dans leur direction. Si cela ne tenait qu'à elle, ce petit jeu aurait déjà pris fin. Mais lorsque le roi prend congé, elle l'entend dire, comme à travers une brume : « Je reviendrai. »

C'est bien possible, mais cela laisse la jeune fille indifférente. La nouvelle intéressera d'autant plus sa tante. L'imagination de Madame de Sourdis donne sans cesse naissance à de nouveaux projets gigantesques auxquels cette nouveauté inouïe ouvre la porte. Elle aura rappelé à sa nièce en quelques phrases tranchantes que l'on peut s'engager sur un chemin sans aller jusqu'à son terme et qu'elle commettrait une impardonnable bêtise en repoussant de son lit le roi de France. Gabrielle proteste, mais le regard impérieux de sa tante fait taire la belle. Puis elle entend les ordres : aucune faveur avant qu'il ne brûle de désir. Elle n'aura pas de mal à s'y plier : il lui suffit pour s'en convaincre de penser au visage barbu et ridé de ce presque quadragénaire et à son odeur de soldat. Puis Madame de Sourdis donne le prix à payer : des postes pour son mari, mais aussi pour Chiverny, son amant, et bien entendu pour le vieux d'Estrées. Et puisque l'on compte prendre une ville au printemps, pourquoi pas Chartres, cela libérerait déjà le poste de gouverneur pour son époux.

Gabrielle ne l'écoute pas vraiment. Elle se rappelle cette soirée de septembre où Bellegarde monta l'escalier qui le menait à elle, dans la tour, et se coucha à son côté. Le clair de lune était son seul habit et elle se donna comme de la neige fraîchement tombée à cet homme tendre et bien fait. C'est lui que j'aime, se dit-elle, et je l'aimerai toujours. J'apprendrai peut-être à rendre l'autre heureux, pour le bien de la famille, mais personne n'achètera mon cœur. Longue vie à vous, Roger de Saint-Larry. Ne m'oubliez pas, roi de mon cœur, car voici que débute la laideur de la vie.

Au printemps 1591, Henri et ses troupes faisaient le siège de Chartres, qui ne voulait pas tomber, mais le roi était plein d'énergie et de confiance. Il passait ses journées dans les fossés et sur les remparts afin de superviser le siège mais consacrait ses soirées à une autre conquête qu'on lui avait amenée au camp. La famille de Gabrielle pouvait en être sûre : dès que la ville tomberait, il paierait.

Les catholiques qui soutenaient encore Navarre ne cachèrent pas le déplaisir que leur inspiraient ces manigances trop compréhensibles. Les protestants réagirent eux aussi avec une colère retenue. Après tout, c'est à cette Gabrielle et à son clan qu'ils devaient l'assaut de Chartres, une ville sans importance, alors que l'on ne touchait pas à Rouen, qui en avait bien plus.

Le 20 avril 1591, Chartres tomba et l'on vit que les calculs de Madame de Sourdis tombaient juste. Henri nomma Monsieur de Sourdis gouverneur et Chiverny chancelier. Pourtant, au lieu d'attaquer enfin Rouen, on commença par perdre un temps précieux devant Noyon. Au bout du compte, le vieux d'Estrées se retrouva une fois encore sans fonction – le poste de gouverneur l'attendait dans la récalcitrante Noyon. C'est ainsi que l'on se fait des ennemis.

Gabrielle savait faire la part des sentiments et des affaires. Dès que les circonstances le permettaient, elle partait pour Cœuvres où Bellegarde attendait dans l'ombre. Henri, si l'on en croit la rumeur, surprit l'indocile à l'une de ses escapades nocturnes. L'autre eut juste le temps de se cacher sous le lit. Le roi qui n'était pas un monstre laissa tomber au sol quelques miettes des pâtisseries qu'il consomma avec sa belle après leurs ébats, pour qu'il puisse y goûter lui aussi et surtout prendre conscience de sa situation désespérée. Bellegarde la comprit effectivement et se retira aussitôt pour faire la cour à Mademoiselle de Guise et à sa mère.

Les histoires qui couraient sur sa famille ne tardèrent pas à échauffer les oreilles du père de Gabrielle. Antoine d'Estrées, peut-être renforcé par le fait que son épouse adultère avait reçu sa juste peine et gisait parmi les déchets à Issoire, la gorge tranchée, auprès de ce briseur de familles qu'était le marquis d'Allègre, maria en deux temps trois mouvements sa fille Gabrielle au veuf Nicolas d'Amerval, Monsieur de Liancourt. Cette histoire ne plaisait guère à ce dernier, mais il accepta – on ne tarda pas à constater qu'il avait surestimé ses capacités. Tétanisé par la crainte de toucher sans autorisation à la propriété du roi, ce père de quatorze enfants ne put commander sa virilité pendant la nuit de noces. C'est du moins ce qu'il affirma très humblement après qu'Henri de Navarre, de fort méchante humeur, lui eut fait une visite. Un coup de sabot de cheval, avait-on appris ensuite, lui avait ravi ses facultés sexuelles, raison pour laquelle il n'avait cédé et épousé ladite d'Estrées qu'à contrecœur, sur l'insistance du beau-père. Le mariage n'était pas consommé, et quelques mois plus tard Gabrielle quitta le château de Liancourt à tout jamais pour retrouver définitivement Henri.

Gabrielle porta chance à Henri. Il en avait besoin. L'époque était tendue. S'il restait protestant, il n'accéderait jamais à son trône. La Ligue était trop puissante. Son Paris, il aurait pu l'affamer jusqu'au dernier habitant. Mais qu'y aurait-il gagné ? Un massacre infini, une ville pleine de morts. L'autre parti, l'assemblée des ordres de la Ligue à Paris, était tout aussi désemparé et ne parvenait pas à choisir un contre-candidat. Si Navarre était catholique, ils le couronneraient le lendemain. Mais la démarche était périlleuse. Ses huguenots se sentiraient abandonnés. Et pouvait-il courir le risque de s'aliéner l'Angleterre, l'unique allié sur lequel il puisse compter ? Élisabeth préférerait qu'il mette sa capitale à genoux plutôt que d'aller s'humilier à la Curie, mais elle était trop fine politique pour ne pas voir l'avantage que lui procurerait cette conversion. Henri préférait acheter avec de l'or qu'avec du sang. C'était d'une manière générale un souverain assez peu violent qui réduisit de trois jours à un seul le droit de pillage accordé à ses mercenaires.

Philippe d'Espagne avait beau maîtriser le monde, il ne le comprenait plus. Lui, le roi très-chrétien, ne put que constater, impuissant, que le pendule commençait lentement mais sûrement à pencher du côté de l'hérétique français. Les dépêches qui lui parvenaient de Paris dans son gigantesque mausolée de l'Escurial lui glaçaient le sang. Ses ambassadeurs étaient bien forcés de lui dire que son plan – placer l'infante sur le trône – n'obtiendrait jamais le soutien du Parlement. Aucun prince étranger, aucune princesse étrangère ne pouvait occuper le trône de France, cela allait contre la loi salique et donc contre le fondement de la monarchie française. En revanche, si Navarre changeait de confession, on pouvait craindre que Paris ne lui ouvre ses portes.

Vint l'été 1593. Tandis qu'aux états généraux réunis à Paris, la discorde s'intensifiait à chaque séance, Navarre réfléchissait aux conséquences de sa conversion – de son saut de la mort, comme il l'appelait. Il conféra avec les prélats sur le purgatoire, l'indulgence, la hiérarchie des anges. Ses compagnons de combat regardaient l'avenir avec crainte, mais il les tranquillisa en prononçant des paroles sans ambiguïté : lui, roi des Français, des catholiques comme des protestants, ne se laisserait pas couper en deux, et ceux qui pensaient le contraire ne tarderaient pas à s'en mordre les doigts. Sa raison lui disait ce qu'il avait à faire. Les faits lui dictaient le chemin. Les catholiques qui le soutenaient encore parce que le royaume était à leurs yeux plus important que la foi ne resteraient pas éternellement fidèles à un hérétique excommunié. Dès que l'assemblée, à Paris, se serait mise d'accord sur un roi, il serait perdu. Gabrielle le prit enfin par les sentiments. On disait que sa tante le lui avait fait comprendre à demi-mot : seule Sa Sainteté pouvait prononcer le divorce du roi. Entre elle et le trône, il y avait le pape et la foi hérétique d'Henri. Refusez-vous à lui, chuchota la rusée à l'oreille de sa belle nièce, les larmes et les implorations feront le reste.

Le 25 juillet 1593, Navarre se présenta devant l'autel après avoir franchi la porte de Saint-Denis et, sous les regards d'une foule curieuse, fut accueilli par l'archevêque de Bourges.

— Qui êtes-vous ?

— Je suis le roi.

— Que désirez-vous ?

— Je désire être accueilli au sein de l'Église catholique, apostolique et romaine.

Puis il prononça, comme convenu, sa profession de foi.

Le coup réussit. Plus rien ne s'opposait au couronnement. Comme Reims était aux mains de la Ligue, on se replia sur Chartres. On se procura aussi, Dieu sait où, une huile susceptible de servir pour l'onction. Ce ne furent que de petites péripéties par rapport aux rumeurs qui venaient d'Espagne. Philippe, disait-on, avait été contaminé par la maladie. Cette honte coupa l'herbe sous les pieds des Espagnols qui, restés à Paris, continuaient à brailler. L'idée qu'un roi converti mais venu du pays valait toujours mieux que le rejeton d'un fanatique syphilitique et étranger commença à s'imposer.

En mars 1594, l'heure fut enfin venue. L'entrée des troupes à Paris était préparée depuis longtemps. Le roi franchit à l'aube la Porte Neuve et pénétra dans sa ville. La surprise fut telle qu'il ne se heurta pratiquement à aucune résistance. Quelques lansquenets furent abattus, on jeta promptement à l'eau une poignée de gardes récalcitrants. Le duc de Feria reçut l'ordre de rassembler ses troupes pendant la matinée et de quitter la ville au plus tard à quinze heures, sous peine d'être expulsé par la force. L'armée d'occupation espagnole, démoralisée, ne réagit pas. Elle se retira sous une pluie battante en empruntant la porte de Saint-Denis lorsque l'heure convenue eut sonné. Installé sur les remparts, Henri les suivait du regard. On ne tira pas un seul coup de feu. Seuls le bruit des bottes dans la boue et le grincement des roues des charrettes rythmèrent ce repli. Un empire s'en allait sur la pointe des pieds.

L'Espagne était battue, mais le chemin de la paix serait encore long. La Ligue était scindée, elle n'était pas détruite. Le roi était enfin maître de sa ville, mais il lui manquait encore l'absolution du pape. Peu après, le sort des armes tourna en faveur d'Henri. Il força Lyon à capituler. Suivirent Poitiers, Quimper, Cambrai, Amiens. Un peu plus tard, ce sont Beauvais, Péronne, Doullens et Saint-Malo qui rendirent les armes. Henri jugea le moment venu de prendre officiellement et solennellement possession de sa capitale et de son titre de souverain. Au soir du 15 septembre 1594, il pénétra dans sa ville à la lueur des flambeaux. De nombreux nobles, officiers, fonctionnaires royaux, ainsi que quelques troupes et une foule de joyeux badauds l'accompagnaient.

Mais s'il avait organisé ce spectacle, c'était au moins autant pour sa maîtresse, installée en tête du cortège dans une somptueuse chaise à porteurs. Gabrielle arborait sa couleur préférée : une robe de velours vert émeraude entièrement brodée de perles et de pierres précieuses dans lesquelles se reflétait l'éclat des torches. Que pouvait-elle bien se dire au moment où elle entrait dans la capitale, portée à travers les rues boueuses ? Quatre automnes ne s'étaient pas écoulés depuis ses dix-sept ans, l'époque où elle vivait au château de Cœuvres, au sein d'une famille d'incapables, à la réputation douteuse et dépourvue de toute influence, où des serviteurs écartaient les mouches qui tournaient autour de sa jolie tête. À présent, elle menait le cortège triomphal du roi qui avait reconquis sa capitale et humilié l'Espagne.

Les spectateurs n'en croyaient pas leurs yeux. Qui donc était cette femme qui entrait dans leur ville comme une reine ? Elle était belle, cela ne faisait aucun doute. Mais était-il dans les mœurs d'un souverain catholique d'envoyer, avant son sacre, sa maîtresse en éclaireur comme une coûteuse poupée vêtue de neuf ? Les espions du pape éparpillés dans la foule observaient attentivement le spectacle. L'un d'entre eux, répondant au nom de Bonciani, se fraya un chemin devant les boulangers et les vendeuses du marché pour avoir une meilleure vue. Lorsqu'il eut enfin faufilé son maigre corps de diplomate dans les rangs des spectateurs trapus, la grande dame était déjà passée et il n'aperçut que l'arrière de sa somptueuse coiffure. En se glissant dans la foule, il imaginait déjà quelques phrases pour la dépêche qu'il comptait envoyer le soir à Rome, où l'on suivait avec un certain intérêt les événements parisiens.

À cette époque, Clément VIII, pape depuis 1592, se souciait plus du roi que de sa maîtresse. Il se trouvait dans une situation embarrassante. Les tenants et les aboutissants de la politique que menaient l'Espagne et la Ligue ne lui avaient pas échappé. Le seul contrepoids sérieux à la pieuvre des Habsbourg était la France. Si Rome trouvait en Navarre un allié catholique contre le tout-puissant Philippe, elle se libérerait de cet étranglement. Autour de Clément, les envoyés de Philippe crachaient tout leur venin sur le roi de France. Quelques années plus tôt, Clément se le rappelait fort bien, son prédécesseur Sixte Quint s'était déclaré neutre sur la question française. Philippe envoya le comte d'Olivares à Rome. Comme par miracle, quelques jours après cette vive discussion, Sixte Quint était alité, souffrant d'une sévère affection qui l'emporta peu après. À présent, cinq ans plus tard, la situation de l'Espagne et de la Ligue était incomparablement plus favorable et Clément se gardait bien de toucher aux mets qu'on lui servait pendant les entretiens difficiles.

Il se méfiait tout autant de ce converti qui changeait de religion comme de chemise. Pour gagner Paris, il avait abjuré. Mais sa foi était aussi authentique que la perruque de ses valets. Accorder l'absolution à Henri de Navarre équivalait à donner la communion à l'Antéchrist. Mais voilà : pouvait-on faire confiance à l'Espagne ? C'est aussi la question que se posaient Florence et Venise. Sans la France, toute la chrétienté serait livrée corps et biens aux Habsbourg. Et que se passerait-il si Henri, excommunié, fondait une Église d'État en France ? Rome survivrait-elle à un deuxième schisme ? L'ombre menaçante d'un autre Henri se dessinait à l'horizon.

C'est alors qu'un jeune jésuite s'en prit à la vie du roi Henri. Pendant une réception au Louvre, il sortit tout d'un coup de la foule, un couteau à la main, se précipita sur le monarque, manqua son cou de justesse et lui fendit la lèvre. Trois jours plus tard, on écartelait le coupable et l'on en profitait pour bannir l'ordre des jésuites. Le temps était à l'orage et, pour la première fois depuis des années, Rome reçut un ambassadeur du roi de France.

Ce fut le tournant. Tandis que les armées de Philippe battaient de l'aile, les entremetteurs d'Henri obtenaient à Rome l'absolution de leur roi. L'un après l'autre, les chefs de la Ligue abandonnèrent leur résistance. Gabrielle, devenue marquise de Monceaux, y reçut en janvier 1596 le puissant chef de guerre qu'était Monsieur de Mayenne. On mangea dehors et l'on se divertit avec des pastorales que l'hôtesse faisait interpréter pour l'édification de tous. C'est toujours un de moins qui me lancera ses tueurs aux trousses, se dit peut-être Henri tout en levant son verre à l'attention du gros Mayenne, dans le jardin décoré pour l'occasion.

Deux années le séparaient encore de la paix. Il ne faisait aucun doute qu'il allait devoir l'imposer par la force. Mais au fond, tout était déjà décidé. Il était roi, catholique de surcroît et souverain légitime au sein de l'Église. Aucun soldat espagnol n'avait plus le droit de raser des villes et d'abattre des paysans sur ses terres sous prétexte de défendre la chrétienté contre les hérétiques. Chacun savait de toute façon qu'il s'agissait d'un prétexte. Beaucoup de sang allait cependant couler avant que la paix ne règne enfin.

Mais certains voyaient déjà plus loin. Parmi ceux-là, Maximilien de Béthune, marquis de Rosny et futur duc de Sully. On aurait difficilement trouvé un homme ayant, depuis ses jeunes années, servi le roi avec autant de loyauté ; il en avait été richement récompensé. Nul n'égalait son intelligence et son savoir-faire. Tandis que les différentes troupes se disputaient encore les villes, les plans de l'administration du royaume se trouvaient déjà dans les tiroirs de Rosny. On y exposait les mesures à prendre pour assainir les finances de l'État en faillite auquel les fonctionnaires corrompus et une noblesse opportuniste s'accrochaient comme des sangsues. Sans argent, on ne pouvait pas réparer les routes et les ponts. Sans voies de communication, il n'y avait pas de commerce. Et sans commerce, pas d'impôts. La gabelle avait été mise en gage. Les fermiers généraux, lorsqu'ils prenaient la peine d'augmenter les impôts, en acheminaient une partie à Florence puisqu'on avait accordé au grand-duc Ferdinand de Médicis le droit de se servir sur ces prélèvements en compensation de crédits de guerre. Lorsque le fermier général avait lui aussi pris sa part, seul un maigre reliquat tombait dans les caisses de l'État. Dans ses registres, Rosny avait recensé avec soin les sommes monstrueuses qui échappaient ainsi au contrôle du royaume. Les fonctionnaires du Conseil des Finances avaient peur de cet homme implacable, huguenot jusqu'au bout des ongles, incarnation blafarde et inflexible du sens du devoir et de l'honneur.

Rosny n'avait pas la moindre pitié pour les serviteurs de l'État corrompus et engraissés. Il avait couché sur le papier toutes les charges rassemblées contre eux. Le roi n'avait qu'à faire l'addition et ils seraient liquidés. Ce serait aussi sobre, irréfutable et élégant qu'une démonstration arithmétique.

Les incalculables élans de cœur de son souverain causaient plus d'embarras au marquis de Rosny. Depuis huit ans déjà durait sa liaison avec cette Gabrielle qui, à chaque accouchement, empilait un titre de noblesse au-dessus des anciens. Dès le début, elle s'était montrée familière avec lui, probablement sur les conseils de la Sourdis qui continuait à tirer les ficelles en coulisse. Il se rappelait sans doute que Gabrielle avait conseillé au roi de le nommer, lui, Rosny, au Conseil des Finances. Bien joué, s'était-il dit, mais on ne m'achète pas. Je n'ai pas besoin de vos messes basses pour entrer au Conseil. Vous, en revanche, vous ne serez jamais reine. Vos efforts sont inutiles.

La pluie qui avait depuis la Toussaint transformé la ville de Paris en un marécage froid et humide ne déclina pas au cours des dernières journées de l'année 1598. La rougeole et la varicelle faisaient rage dans la plupart des quartiers et il ne se passait pas une heure sans que l'on transporte des cercueils d'enfants dans les rues sinistres. La toux et la fièvre n'épargnaient personne. Les mauvaises récoltes et la hausse rapide du prix des céréales qui s'en était suivie firent le reste : ceux qui avaient cru avoir surmonté le pire avec la guerre et le siège regardaient, résignés, cet ennemi nouveau et invisible faucher inexorablement une vie après l'autre. On priait sans interruption, partout on célébrait des messes, et les seuls à tirer quelque profit de tout cela étaient les médecins, qui trouvaient là un nouveau terrain d'expérimentations pour leurs mixtures toujours nouvelles et rarement efficaces.

Le 13 décembre 1598, à Saint-Germain, on baptisa du nom d'Alexandre le plus jeune fils du roi. Malgré le mauvais temps, l'affluence était gigantesque ; comme si les gens espéraient que cet heureux événement apaiserait leur propre détresse. D'ailleurs, ne sentait-on pas autour de ce roi la main bienveillante de Dieu ? Une grave maladie qui, quelques semaines plus tôt, l'avait laissé un pied dans la tombe s'était finalement révélée moins forte que lui. Lui et Gabrielle, désormais duchesse de Beaufort, entourée par des marraines et parrains illustres – Diane de France, la duchesse d'Angoulême et le comte de Soissons – s'avancèrent vers le cardinal pour lui demander que leur fils reçoive le sacrement de la Sainte Église romaine.

Le roi lui-même, chuchotait-on, n'avait pas souhaité une cérémonie aussi dispendieuse : après tout, il ne s'agissait pas d'un enfant de France. On racontait aussi que le marquis de Rosny, récemment nommé Premier conseiller aux Finances, avait refusé de payer le salaire ordinairement dévolu aux musiciens pour un baptême de la Couronne, en expliquant qu'il n'y avait pas d'enfant de France et donc pas de baptême royal.

Lorsque le roi l'avait appris, il avait par précaution envoyé le marquis s'expliquer et se réconcilier avec la duchesse. Mais celle-ci, informée bien avant par les musiciens, avait coupé la parole au grand seigneur et l'avait jeté dehors. Le roi en personne s'était présenté chez elle pour la remettre à sa place, racontait-on, ce qui n'avait cependant eu qu'une seule conséquence : la duchesse offusquée avait fondu en larmes et s'était exclamée qu'elle préférait mourir plutôt que de supporter cette honte. Le roi, avait-elle protesté, ferait mieux de se demander dans quel camp il se trouvait : celui de Gabrielle, que tous appréciaient, ou celui du marquis de Rosny, dont la moitié du royaume se plaignait. À quoi le roi, chuchotait-on, aurait répondu qu'il se séparerait plus facilement de dix maîtresses de son genre que d'un serviteur comme le marquis de Rosny. On disait qu'alors, la duchesse avait sorti un couteau et proclamé qu'il n'y avait pas de place pour elle au côté du roi, que la lame pouvait bien transpercer ce cœur où lui n'avait jamais placé que sa propre image, et d'autres propos du même genre. Personne n'était vraiment capable de dire comment l'affaire s'était terminée. Même l'impression pacifique et solennelle que devait produire le somptueux ballet des cinq nations, donné l'après-midi, resta toute superficielle. Intérieurement, la division continuait à ronger les esprits.

Les sujets affaiblis par la faim et la maladie ne manquaient pas une occasion d'assister aux vifs duels oratoires que provoquait en permanence l'édit de tolérance de Nantes sur tous les lieux publics. Sous les cris approbateurs ou indignés de la foule, les théologiens se livraient à des disputes sans fin et nourrissaient de paroles et de discours ces silhouettes émaciées qui n'avaient plus rien à se mettre sous la dent.

Même le jour de Noël, alors qu'après quatre messes le peuple restait si nombreux devant les églises qu'on se vit contraint de tenir pendant trois jours supplémentaires des offices et des eucharisties, la tension ne s'apaisa pas. Ce fut donc peut-être une chance que la pluie et le froid aient poussé les habitants dans les maisons, où ils se regroupèrent autour des cheminées lorsqu'il leur restait quelque chose à brûler.

Le dernier jour de cette année agitée qui avait enfin

apporté la paix disparut à son tour derrière un voile de pluie fine et ininterrompue. On célébrait des fêtes çà et là, mais la lueur des torches dans les rues et ruelles qui semblaient mortes rappelait plutôt l'éclat solennel des chapelles ardentes, et dans la plupart des maisons, on priait d'autres saints que ceux du calendrier.

Les journées de janvier passèrent blêmes et grises. Une cérémonie d'adoubement, déjà reportée quatre fois à cause de la pluie incessante, se tint finalement au monastère des augustins au troisième jour de la nouvelle année. Lorsqu'elle fut terminée, le roi profita de l'occasion pour informer l'assemblée étonnée que Madame Catherine, sœur du roi, épouserait à la fin du mois le duc de Bar, marquis du Pont.

On s'étonna. D'une manière générale, on parlait beaucoup de mariages et personne n'ignorait l'objectif poursuivi avec cette politique d'alliances par le sang. Comment aurait-on pu expliquer autrement qu'une princesse protestante de haute lignée se présente devant l'autel aux côtés d'un prince catholique lorrain ? Cela ne pouvait avoir qu'une seule signification : la Lorraine avait décidé de mettre un terme aux hostilités contre Henri. On faisait la paix par mariages interposés avec l'ancien ennemi juré. Il était évident que l'on contrecarrait ainsi les intentions de Rome. Comment le Saint-Siège pouvait-il tolérer ces unions mixtes pourtant interdites ? C'est une provocation absurde, pensaient les esprits faibles, tandis que les malins se disaient qu'il faut de temps en temps défier les ennemis puissants et les impressionner pour qu'ils ne vous piétinent pas. La vérité était plus simple : Henri se préoccupait toujours et avant tout du royaume, et en second lieu seulement de la religion. S'il pouvait obtenir la Lorraine bon marché, les formes importaient peu. Mieux valait un mariage illégitime qu'une guerre de Religion légale.

Tandis que ces alliances apaisaient, au moins en apparence, les remous des dernières décennies, elles agitaient d'autant plus le clergé et le Parlement. À Paris, le Parlement refusait toujours de ratifier l'édit de Nantes. Chaque jour on arrêtait des conjurés, des fanatiques religieux prêts à assassiner le roi. L'hérésie faisait tache d'huile et pour chaque homme chassé de la ville, langue percée et lèvres coupées, dix autres apparaissaient promettant les flammes de l'enfer à l'édit et au roi.

Tant qu'il le put, Henri ignora ces agitateurs. Ils pouvaient brailler et s'arracher les cheveux autant qu'ils le voulaient. Quand on a vu trop de folie, ou bien l'on y succombe, ou bien l'on s'immunise. Trente années de guerre ne suffisaient-elles pas ? Valait-il mieux faire partir en fumée toute la ville de Paris et ses habitants plutôt que de laisser en vie un seul hérétique ? Il secoua la tête, approcha de la fenêtre de sa demeure au palais du Louvre et regarda la ville à ses pieds. Personne ne tolérerait que les hérétiques et les schismatiques sèment à nouveau la discorde au sein de son peuple exténué qui ne résisterait plus à pareille épreuve. L'édit devait être ratifié et respecté quoi qu'il advînt. Si seulement il avait eu une personne à qui se fier ! Même ses plus proches conseillers étaient divisés. De toutes parts on entendait courir des rumeurs d'intrigue et de trahison, chacun accusait les autres, et s'il avait prêté foi à chacune de ces dénonciations, il se serait retrouvé depuis longtemps seul devant un amas de traîtres exécutés.

À l'automne de l'année précédente, alité et blessé à Monceaux, entouré de médecins qui luttaient pour lui sauver la vie, il avait soudain entrevu ce qui se produirait après sa mort. Tout aurait été vain. La seule éventualité de son trépas avait provoqué dans tout le royaume des troubles qui avaient parfois viré à l'insurrection. Mais il avait plu à Dieu de le guérir de ses blessures. Le Seigneur ne s'était certainement pas soucié de lui, mauvais serviteur qu'il était, affligé de doutes et incertain sur la juste foi, mais le royaume ne devait pas être perdu, et le roi pensait que c'était la seule raison pour laquelle Dieu avait placé sa main protectrice au-dessus de lui. Le bénéficiaire de cette grâce n'avait-il pas l'obligation de tout faire pour assurer la pérennité de son règne ? N'était-ce pas le premier de ses devoirs ?

Comme en réponse à une question restée en suspens, Gabrielle entra dans la pièce accompagnée de ses enfants. Elle portait le petit Alexandre dans ses bras, César et Catherine-Henriette marchaient à côté d'elle. Il alla vers eux à grands pas, embrassa les enfants avec ferveur et ôta le petit paquet tout chaud des mains de Gabrielle.

Il sentit qu'elle tremblait d'émotion.

— Langlois est revenu, dit-elle. Marguerite a accepté le divorce. La procuration est là.

Le roi le savait depuis longtemps.

Portant un regard amoureux sur le visage de la jeune femme, que la joie contenue avait légèrement teinté de rouge, il la prit par la main et la mena vers la grande fenêtre de laquelle on avait vue sur la ville et les champs environnants.

— C'est là-bas, par la porte de Saint-Denis, que j'ai vu l'armée espagnole passer devant moi. Vous rappelez-vous ? Il pleuvait comme aujourd'hui et ce jour est resté dans ma mémoire le plus beau de ma vie. Près de cinq années se sont écoulées.

— Et celui qui vous l'avait offert n'est plus de ce monde.

Henri hocha la tête avec satisfaction. Philippe, son grand adversaire, était mort à l'automne. Lorsque la nouvelle était arrivée, personne n'y avait cru. Il est vrai qu'on avait si souvent annoncé son trépas au cours des années précédentes !

— Laissons les morts enterrer les morts.

Elle posa sa tête contre son épaule et glissa sa main dans la douce chevelure de la petite fille qui se tenait contre sa jambe, fatiguée. Henri poursuivit à voix basse :

— Depuis trois semaines, Sillery est en route pour Rome. Le document lui facilitera la tâche. Je vais immédiatement envoyer un messager.

Gabrielle se tut et regarda, songeuse, les vitres verdâtres. Elle écouta le souffle lourd de l'homme à côté d'elle, sa main ferme sur son épaule. S'ils s'étaient simplement tenus ici, à la fenêtre, au-dessus des événements qui se déroulaient à leurs pieds, elle se serait sentie bien et en sûreté à côté de lui. Mais elle devinait ses pensées, et ce qu'elle ne parvenait pas à savoir, c'est sa tante qui le lui servait avec les nouvelles quotidiennes, comme une série de plats peu appétissants.

On dit que quelques jours plus tard arriva au Louvre une autre lettre de la reine, une missive envoyée d'Usson et dans laquelle Marguerite récusait son accord pour le divorce. Elle avait, écrivait-elle, accueilli avec beaucoup de reconnaissance l'offre du roi lui permettant de rentrer d'exil et, après de longues discussions avec ses conseillers, en avait accepté les conditions. Elle avait bien compris l'importance qu'avait aux yeux du roi le fait de contracter un nouveau mariage pour obtenir par ce biais ce que Dieu lui avait, à elle, refusé : offrir à la Couronne et au Royaume des héritiers légitimes. Cependant, avec un tel accord, elle ne pouvait que craindre pour le salut du Royaume et de son âme : on lui avait appris que le roi avait visiblement l'intention d'épouser ensuite sa maîtresse, Gabrielle d'Estrées. Elle ne tolérerait pas qu'une femme d'aussi basse extraction, dont le mode de vie déplorable et sordide avait fait courir toutes sortes de rumeurs, vînt prendre sa place. Jamais elle ne céderait le terrain devant une alliance aussi honteuse et elle s'estimait dans l'obligation de tout faire pour éviter pareille ignominie au roi, à elle-même et à la France entière.

Les négociations suivirent pourtant leur cours. Sillery arriverait bientôt à Rome. Le pape serait naturellement informé depuis longtemps et ne prendrait pas de gants pour demander à l'ambassadeur si le roi de France croyait pouvoir le mener par le bout du nez.

L'envoyé du monarque, Sillery, qui avait imaginé cette scène avant même d'avoir atteint les Alpes, attendit que le premier accès de colère du souverain pontife se fût dissipé et répondit en termes pondérés :

— Mon seigneur et roi vous fait part de sa très humble soumission. J'ignore ce qui, par diverses voies, a pu vous venir aux oreilles, mais à distance, bien des choses paraissent menaçantes et complexes qui, vues de près, sont familières et simples. Mais surtout, le temps presse. Dieu a fait un miracle et délivré le roi d'une grave maladie. Il ne voulait pas admettre qu'une paix si difficilement conquise succombe avant l'heure aux querelles intestines.

— Je me réjouis que vous sachiez si justement interpréter les décisions divines.

Sillery ne se laissa pas troubler.

— La France a un grand roi, mais elle n'a pas d'héritiers. Vous n'ignorez pas qu'en près de vingt-sept ans l'union nouée par Catherine entre le roi et Marguerite n'a pas donné d'enfant. La reine s'est en outre rendue coupable de haute trahison contre la Couronne et d'adultère. Tout cela constituerait déjà un motif suffisant s'il ne s'y ajoutait pas la consanguinité illégale entre les deux époux. Le roi vous prie donc instamment de déclarer la nullité du mariage. Tant qu'une nouvelle reine n'offrira pas au roi de France des héritiers légitimes, la discorde, le malheur et une nouvelle guerre civile risquent de frapper le royaume. Telle est la situation que l'on m'a chargé de soumettre à votre réflexion.

— Je sais dans quelles difficultés se trouve la Maison des Bourbons. Pensez-vous donc que je n'implore pas quotidiennement le Créateur d'apporter une solution ? Mais qu'exigez-vous de moi ? Dois-je, au nom de l'inceste, accepter que s'installe dans le château du Louvre un nid de bâtards et de putains ?

Sillery baissa les yeux, consterné. Il ne s'était pas attendu à une attaque d'une telle brutalité. Aldobrandini devait être profondément désemparé pour utiliser un langage aussi cru. Plus les mots étaient forts, plus l'argument était faible.

— Le roi ne vous a jamais trompé. Vous avez en lui l'un de vos plus fidèles alliés. Mais il ne pourra venir vers vous que lorsqu'on lui aura ôté ses chaînes.

— Comme il l'a fait à Nantes ?

— Depuis Nantes, la paix règne en France. Le pays prospère. L'ombre noire de la guerre s'est éloignée. L'édit semble être un bien faible prix pour une telle rédemption.

Le pape soupira bruyamment et tourna d'un seul coup le dos à l'ambassadeur. Quelle arrogance ! On ne conclut pas de traité avec l'Antéchrist. Ou bien on le détruit, ou bien il vous anéantit, selon l'impénétrable dessein de Dieu. La voix de l'ambassadeur était celle du compromis et de la corruption.

— Je vais vous dire quelque chose, monsieur de Sillery...

Mais celui-ci ne l'écoutait déjà plus et chassait cette vision désagréable en observant, de sa calèche, le paysage qui défilait devant lui. Il n'y avait de toute façon aucune chance d'aboutir et à chaque heure qui passait, l'ambassadeur sentait son cœur se serrer à l'idée de la mission impossible qui lui avait été confiée. Emmitouflé dans de lourdes couvertures, la tête rentrée dans les épaules, il regardait, plongé dans ses réflexions, les champs en friche saupoudrés de givre, écoutait le battement monotone des sabots et le cliquetis gelé de l'attelage à quatre chevaux : un scarabée aux nombreuses pattes, mais lourd et pesant, qui rampait lentement vers les Alpes.

4.

Koszinski interrompit son récit et se coucha dans l'herbe. Il me fallut un moment pour revenir au temps présent. Nous étions arrivés sur un haut plateau avec une ample vue sur la plaine du Rhin. Fribourg s'étendait bien en dessous de nous. Au loin, la tour de la cathédrale émergeait de la chape de brume pesant sur la ville. À l'horizon se dessinaient les contours fantomatiques des Vosges et je n'avais pas de mal à imaginer qu'un attelage à quatre chevaux, quatre cents ans plus tôt, avait emprunté ces chemins cahoteux pour rejoindre le Sud.

Koszinski replia ses genoux sur sa poitrine et se concentra sur le panorama. Je l'imitai. Nous restâmes un moment ainsi, à observer la région sans rien dire. Les noms qu'avait prononcés Koszinski tournaient dans ma tête. Je lui demandai s'il avait lu tout cela dans le manuscrit.

— Non, non. Pour l'auteur, toute cette histoire était bien sûr sous-entendue. N'oubliez pas qu'il était membre d'une société historique et que ses interlocuteurs connaissaient sans doute par cœur les articles de l'édit de Nantes. Il existe quantité de livres sur le règne d'Henri IV. Son amour pour Gabrielle d'Estrées a fait de sérieuses vagues, notamment à cause de la fin étrange qu'a connue la malheureuse duchesse quelques jours avant la date prévue pour son mariage avec le roi. Les principales études historiques sur le cas de Gabrielle d'Estrées ont été publiées dès les années 1880.

— Le roi voulait épouser Gabrielle et Rome ne le tolérait pas ?

— Oui, c'est la version officielle.

— Et pourquoi ?

— Pourquoi Rome était contre ce mariage ?

— Oui.

— Il y a de nombreuses raisons à cela. Le pape Clément n'a pactisé que du bout des lèvres avec Henri de Navarre. La foi de ce roi ne lui inspirait aucune confiance. L'édit de Nantes était un véritable camouflet pour le Saint-Siège. Politiquement, le choix d'Henri était certes compréhensible – du point de vue actuel, c'était même une prouesse diplomatique ; mais à l'époque, on pensait autrement. C'est le salut du christianisme qui était en jeu. On a peine à imaginer l'importance de la vraie foi dans l'esprit des contemporains. Lorsque l'édit de Nantes fut signé, Descartes avait deux ans et le procès de Giordano Bruno se déroulait à Rome. La politique s'en est mêlée elle aussi, bien entendu. La France devait servir de rempart contre les Habsbourg. Une alliance forte entre Paris et Rome aurait desserré l'étau mis en place par Philippe et affaibli sa suprématie. Il fallait prononcer le divorce d'Henri et de Marguerite et bénir un nouveau mariage, tout le monde s'accordait sur ce point. À cette époque, c'est-à-dire en 1599, la mort d'Henri aurait immédiatement rallumé les combats fratricides entre princes de sang. Les autres maisons de la noblesse auraient fait valoir leur prétention au trône. La question religieuse aurait huilé les rouages de la machine de guerre et fait surgir les puissances étrangères. Tout aurait recommencé, la France aurait vraisemblablement été rayée de la carte ou aurait connu un destin analogue à celui de l'Allemagne. Les principautés auraient pris leur autonomie en fonction de leur obédience et chassé de leurs terres ou assassiné tous ceux qui avaient une autre foi. Il fallait l'empêcher à tout prix. On avait besoin d'héritiers légitimes – en termes historiques : d'une mère pour Louis XIII. On avait déjà une candidate, Marie de Médicis, la nièce de Ferdinand de Médicis, grand-duc de Toscane. Mais le roi était fou de Gabrielle.

— Elle faisait donc obstacle aux projets de la grande politique ? demandai-je.

— Ça n'est pas aussi simple que cela. La seule chose sûre, c'est que Gabrielle, quelques jours avant la date prévue pour son mariage avec Henri IV de Navarre, mourut d'une mystérieuse maladie. Le roi l'avait envoyée passer les fêtes de Pâques à Paris, lui-même restant à Fontainebleau. Officiellement, il ne voulait pas risquer un scandale si peu de temps avant leurs noces. Gabrielle était à l'époque au sixième mois de grossesse et, compte tenu des circonstances, elle était affaiblie. En outre, de sombres pressentiments et les pronostics pessimistes de ses astrologues l'affligeaient. Mais nul ne peut plus dire en toute certitude ce qui s'est passé. Les témoignages sont contradictoires. Après un déjeuner dans un hôtel particulier italien à Paris, la duchesse s'effondra et fut prise d'effroyables convulsions dont elle ne se remit pas jusqu'à sa mort, le samedi de Pâques. Son entourage était tellement choqué par cet événement qu'aucun des témoins n'a fait un récit logique de ce qui s'est passé entre le mercredi précédant Pâques et le jour de son décès, le samedi de Pâques. Gabrielle est morte dans d'abominables souffrances au matin du 10 avril 1599, quelques jours seulement avant la date prévue pour son mariage avec le roi. Henri ne la revit jamais vivante, mais Gabrielle n'avait pas cessé de le réclamer et lui écrivit quelques lettres pendant son agonie. Lorsqu'elle fut tombée dans le coma, le Vendredi saint, le roi quitta Fontainebleau et se mit en route pour Paris afin de l'assister pour ses dernières heures. Mais il fut retenu avant d'être arrivé dans la ville. On lui fit croire que la duchesse n'était déjà plus de ce monde et il repartit dans son château.

Koszinski marqua une pause lourde de sous-entendus. Je l'observai avec curiosité.

— Oui, je sais à quoi vous songez. Tout laisse penser que quelqu'un a contribué à la mort subite de Gabrielle. Les spéculations sur ce point n'ont jamais totalement cessé. Un an plus tard, Henri IV épousait Marie de Médicis et la nièce du grand-duc de Toscane montait sur le trône de France. Voilà les faits.

Il marqua une brève pause et ajouta :

— Mais ce qui rend toute cette histoire aussi étrange, ce sont ces tableaux.

— La peinture dont je vous avais parlé ?

— Oui. Enfin, c'est-à-dire, non. Dans le manuscrit, on parle de huit autres peintures qui semblent avoir un lien avec cette toile des deux dames au bain que vous m'avez montrée un jour. Avez-vous approfondi ce sujet ?

Je secouai la tête.

— J'ai tenté à plusieurs reprises de trouver quelque chose là-dessus, mais il semble que l'on ne dispose d'aucune information attestée sur cette peinture. L'original est accroché au Louvre, mais si l'on en croit le catalogue, on ne sait pas grand-chose à son propos.

— Étrange, n'est-ce pas ?

Koszinski prenait visiblement plaisir à me mettre sur des charbons ardents.

— Alors ? demandai-je.

— Continuons à marcher, on raconte tellement mal lorsqu'on est assis.

Nous nous levâmes et reprîmes notre chemin.

— Lorsque j'eus lu tout ce que je viens de vous résumer à très gros traits, je comprenais déjà mieux tout ce dont on parlait dans le manuscrit. Je vous ai sans doute déjà dit qu'une partie non négligeable des feuillets est consacrée à la biographie d'un peintre. Différents passages évoquent une série de peintures apparemment liées aux événements énigmatiques qui ont accompagné la mort de la duchesse. J'ai recopié les passages en question et les ai donnés en lecture à un ami historien de l'art. Il m'appela au téléphone le soir même et m'informa que les tableaux étaient facilement identifiables. Certains d'entre eux provenaient du cercle de l'École de Fontainebleau. Il s'agissait notamment de différentes versions d'un portrait conservé au Louvre et qui, bien qu'il fût d'origine anonyme, jouissait d'un degré de notoriété considérable. Ces versions étaient éparpillées dans la moitié de l'Europe : Montpellier, Florence, le château de Chantilly. Un exemplaire était aussi exposé à Bâle. Cette dernière information m'étonna le moins.

— La peinture du Louvre n'est donc pas mentionnée dans ces documents ?

— Je vous l'ai déjà dit : oui et non. Le récit semble aller dans cette direction, mais le manuscrit s'interrompt d'un seul coup. L'histoire est en quelque sorte incomplète. Mais écoutez la suite ! Plusieurs mois plus tard, j'ai passé quelques jours à Paris et j'en ai profité pour aller voir l'original au Louvre. À l'époque, le palais n'avait pas encore été rénové, la pyramide de la cour intérieure n'existait pas encore et l'on pénétrait dans le musée par la porte aujourd'hui condamnée, face à l'église Saint-Germain-l'Auxerrois. J'ai fait la queue, acheté un billet, je suis passé devant les gigantesques colosses de pierre égyptiens et je me suis dirigé vers l'escalier qui mène aux collections de peintures.

« Il n'y avait pas beaucoup de monde. On voyait quelques groupes d'écoliers. Des couples se promenaient bras dessus, bras dessous dans les vastes salles des peintures. Des touristes étaient plongés dans leurs guides de voyage multilingues ou écoutaient attentivement les explications que leur prodiguait une voix féminine sur audio guide. Lorsque j'eus trouvé la salle, la toile me sauta immédiatement aux yeux. Je me suis souvent demandé depuis pourquoi je ne l'avais pas remarquée auparavant. Après tout, ce n'était pas la première fois que je venais ici. Le tableau ne m'avait sans doute pas intéressé. Un proverbe allemand dit que l'œil dort jusqu'à ce que l'esprit l'interroge et le réveille. Il en va de même avec les livres. On commence une lecture qu'on abandonne bientôt parce qu'on ne la comprend pas. Et un beau jour, on reprend le livre et on ne le lâche plus.

« Au début, j'observais à distance la manière dont les autres visiteurs réagissaient au tableau. La plupart semblaient décontenancés, s'immobilisaient un bref instant devant la toile pour y jeter un coup d'œil méfiant. Certains se retournaient comme s'ils craignaient d'être pris sur le fait. Mais personne ne paraissait éprouver un grand plaisir à s'y attarder. Haussements d'épaules, sourires amusés, hochements de tête. Cette peinture semblait rayonner d'une énergie étrange et unique ; elle attirait les curieux, mais pour les repousser aussitôt avec la même force. Aujourd'hui encore, j'ignore l'origine de ce phénomène.

Koszinski marqua une nouvelle pause. Nous nous promenâmes en silence dans la forêt. Les pensées qui l'absorbaient ne m'étaient visiblement pas destinées. Il reprit enfin la parole :

— Nos yeux ont d'étranges habitudes. On nous éduque à ne pas voir. S'il en était autrement, nous ne pourrions pas remonter une rue commerçante animée sans que l'abondance des stimuli visuels nous fasse perdre la raison. C'est pour cela que nous apprécions aussi la simplicité des peintures anciennes, même si, au fond, nous ne savons rien d'elles. Comparées à notre monde, elles nous paraissent relativement faciles à comprendre. C'est peut-être précisément de cette ignorance que provient le bien-être que nous éprouvons en les regardant. Les tableaux ne veulent pas nous vendre de marchandises ni nous informer sur des situations difficiles dans notre entourage ou dans un pays lointain. Leur teneur religieuse ne nous émeut pas réellement. Le roi que l'on a représenté sous les traits de Jupiter, la duchesse à laquelle on a prêté les attributs de Diane ? Cela n'a plus d'importance. Les paysages que nous découvrons ne sont ni politiques ni publicitaires. Ce ne sont pas des allégories de la destruction, ni des miroirs aux alouettes destinés aux touristes que nous sommes. Non, dans le meilleur des cas, la société de chasse est dissimulée derrière un récit d'Ovide. Nous n'avons pas à la juger, à nous prononcer, à modifier notre comportement à son égard. Il n'est même pas nécessaire de connaître l'histoire. On nous la communique aimablement, nous la lisons, nous hochons la tête, nous regardons une dernière fois, satisfaits, la toile magnifique, et nous nous en allons. Les quelques explications que les historiens de l'art ont rassemblées à notre intention nous suffisent car nous avons confiance dans le fait que les gens, à l'époque, savaient bien ce qu'ils voyaient sur leurs tableaux. Bacchus, Cérès, Protée, Circé, Daphné... Nous lisons, nous regardons. *La Sibylle de Tibur*. *Le triomphe de David sur Goliath. L'enlèvement de Proserpine. La mise au tombeau. L'incendie de Troie.* Ces titres nous suffisent. Ils sont pourtant aussi peu loquaces que des épitaphes...

— Ou que les entrées d'un catalogue.

— Oui, n'est-ce pas ? Je me suis approché de la toile. *École de Fontainebleau. Peinture anonyme. Gabrielle d'Estrées et l'une de ses sœurs. Vers 1600.* C'est vraiment le tableau le plus singulier que j'aie jamais vu. Vous le connaissez. Deux dames posent nues dans une baignoire de pierre sur le rebord de laquelle on a jeté un drap. La dame, qui pour l'observateur se situe à la droite du tableau, représente sans doute Gabrielle. Dans sa main gauche, du bout des doigts, elle tient une bague, tandis que sa main droite pend, toute molle, sur le rebord de la baignoire. À côté d'elle, sa sœur a également la main droite sur le rebord de la baignoire, tandis que le pouce et l'index de sa main gauche pincent le bout du sein droit de Gabrielle.

— Et le bord du tableau est encadré par de somptueux rideaux pourpres. On a l'impression de se trouver devant une scène de théâtre. L'expression des deux dames laisse penser qu'elles doivent soutenir le regard d'un public nombreux.

— Oui, répondit Koszinski en hochant la tête. Mais face à l'original, je découvris encore d'autres détails que je n'avais pas du tout remarqués à l'époque, lorsque vous m'avez montré la petite reproduction. Il y avait encore d'autres éléments étranges.

— Vous voulez parler de la femme à l'arrière-plan ?

— Pas seulement. Au milieu se dresse une table ou un coffre recouvert d'un drap vert. Cet objet dissimule une cheminée qui referme l'espace à l'arrière. Un feu déclinant jette un faible rayon de lumière sur le drap vert sombre. À côté de la cheminée est assise une femme occupée à un travail manuel. Entre elle et la cheminée, un miroir noir est accroché au mur. Vous rappelez-vous ce qu'il y a au-dessus de la cheminée ?

La question me prit de court. J'avais déjà observé ce tableau à d'innombrables reprises mais je fus incapable de répondre immédiatement. Koszinski avait de toute façon déjà repris son récit.

— Un détail que l'on oublie facilement et que l'on ne distingue correctement que sur l'original. Au-dessus de la cheminée, on distingue une autre toile, un tableau dans le tableau, si l'on veut. Il montre le bas-ventre nu d'un homme. Un tissu rouge lui ceint les hanches comme s'il venait de sortir du lit, épuisé.

— Ah, oui ! Si, je me le rappelle. Je l'avais pris pour une décoration murale sans importance. Un détail d'une scène mythologique, peut-être.

— Tout est possible. Mais pourquoi la duchesse se serait-elle fait représenter ainsi ? Et que signifient ces gestes singuliers ? Qui est la femme penchée sur son ouvrage, à l'arrière ? Une femme de chambre ? Et que penser des autres objets ? Un miroir noir. Une table ou un coffre sur lequel on a étendu un drap vert sombre. Un feu qui s'éteint et au-dessus la moitié d'un autre tableau montrant le bas-ventre à peine voilé d'un homme nu.

La passion avec laquelle Koszinski décrivait cette œuvre était contagieuse et je sentis se ranimer la fascination qui s'était emparée de moi quelques années plus tôt face à cette scène étrange.

— Mais la plus grande énigme, dis-je, est sans doute le jeu des mains des deux dames. Que signifient ces deux doigts qui pincent le bout du sein ?

— Je me suis bien entendu posé la question. Ce geste est peut-être censé faire allusion, sur le mode allégorique, à une grossesse, et les doigts symbolisent l'époque qui suit l'accouchement, en tentant de faire sortir du mamelon une goutte de lait imaginaire. Mais une telle interprétation ne peut masquer le fait que ce geste a quelque chose d'inouï, pour ne pas dire pervers.

Je savais que, faute d'autre possibilité, les historiens de l'art avaient choisi cette interprétation-là, qui n'était certes pas tout à fait satisfaisante, mais avait au moins l'apparence de la plausibilité.

— J'ai lu, dis-je, qu'au moment supposé de la réalisation de ce tableau la duchesse était enceinte. Le geste de sa sœur fait vraisemblablement allusion à la naissance imminente de l'enfant. Cela expliquerait aussi ce que fait la femme de chambre à l'arrière-plan. Elle coud une petite robe de baptême pour l'enfant à naître.

— Et dans ce cas le tableau accroché au-dessus de la cheminée, sur la toile, celui qui montre le bas d'un corps masculin, désigne vraisemblablement le père de l'enfant.

Je restai bouche bée. Je n'avais pas encore envisagé cette possibilité.

— Oui, pourquoi pas ?

— D'accord. Mais dans ce cas pourquoi ne pouvons-nous pas voir son visage ? Quel intérêt aurait eu la duchesse à instiller le doute sur l'identité du père de son enfant ? N'oubliez pas qu'elle était la maîtresse en titre du roi de France et qu'elle avait de bonnes perspectives d'accéder au trône. Et pourquoi l'atmosphère est-elle aussi écrasante au milieu, dans le fond : la table couverte de drap vert, le feu qui décline derrière, la femme assise, recroquevillée ?

Je me rappelais bien le côté mélancolique et sombre de la peinture, mais il y avait un autre détail que Koszinski n'avait pas encore mentionné et il hocha la tête lorsque j'abordai la question :

— Ce qui reste totalement inexplicable, c'est la

bague que la duchesse tient du bout des doigts comme un morceau de métal brûlant. Elle la serre entre le pouce et l'index de la main gauche, comme s'il s'agissait d'une épine tout juste ôtée de sa peau. On a presque l'impression qu'elle ne la tient pas réellement.

— Effectivement, glissa Koszinski, on pourrait croire qu'elle a été ajoutée après coup au tableau.

— Comment cela ? (Je m'immobilisai malgré moi.) Qu'est-ce qui vous fait croire ça ?

— Simple supposition. Mais je peux comprendre votre étonnement. J'ai été aussi surpris que vous l'êtes à présent lorsque six mois plus tard, au Palazzo Vecchio de Florence, j'ai retrouvé les deux dames dans une peinture analogue. C'était la même scène : deux dames au bain. Mais le fond avait disparu, les rideaux rouges étaient fermés. Le même couple dans la baignoire, Gabrielle et sa sœur, associées par le jeu de leurs mains, à une petite différence près : la dame, à gauche, ne saisissait pas le bout du sein de la duchesse, mais lui tendait l'annulaire de la main gauche. La duchesse, pour sa part, faisait un mouvement donnant l'impression qu'elle passait une bague au doigt de sa sœur, que celle-ci lui tendait comme pour un mariage. Mais vous l'aurez sans doute deviné : l'endroit où, sur le premier tableau, la duchesse tenait la bague du bout des doigts était vide sur le second. On n'y voyait pas le moindre anneau.

Je le regardai, incrédule.

— Le même tableau, dites-vous.

— C'est une parfaite imitation de la toile du Louvre. La composition est un peu différente, mais elle est sans aucun doute du même peintre.

— Et qui est ce peintre ?

— Inconnu. Comme celui du tableau du Louvre.

— Les deux toiles sont anonymes ?

— Oui. Il s'est avéré que l'on en savait tout aussi

peu sur le tableau de Florence que sur son pendant du Louvre. Mais l'histoire récente de la version florentine, au moins, est mieux connue. Son dernier propriétaire était Goering, rien de moins. Le maréchal du Reich avait utilisé un homme de paille pour faire passer en Italie les toiles impressionnistes volées à des collectionneurs juifs, en France, en 1941. Il avait échangé ces œuvres contre celles de maîtres italiens. C'est ainsi qu'il est entré en possession de cette œuvre.

Avant même que j'aie assimilé toutes ces informations, Koszinski fit ressortir de son étonnante mémoire d'autres noms et dates.

— C'est seulement en 1948 qu'on a retrouvé la toile. Finalement, on l'a rapportée à Florence. Par ailleurs, la peinture du Louvre est mentionnée pour la première fois dans une anecdote de la première moitié du XIXe siècle. Une peinture qui, si l'on en croit sa description, est identique à celle du Louvre, s'est trouvée pendant de longues années à la Préfecture de Paris, rue de Jérusalem. Selon des récits transmis oralement, Louis-Philippe aurait protesté contre ce tableau lors d'une inspection de la Préfecture et ordonné qu'il fût masqué. Lorsqu'on ôta le voile, quelques années après, le tableau avait disparu. Un demi-siècle plus tard, il réapparut. C'était, pour être précis, le 29 mars 1897, lors de la vente aux enchères de la collection d'un certain baron Jérôme Pichon, à Paris. C'est là-bas, je suppose, que l'auteur du manuscrit a vu la toile pour la première fois. Selon le catalogue, elle a été achetée par une dame Guibert de Guestre ; en tout cas, c'est elle qui l'a vendue au Louvre en 1937. Depuis, l'œuvre appartient au musée.

— Et vous croyez que votre défunt cousin, ce Morstadt, a vu les peintures et voulu écrire un livre à leur sujet ?

— J'ignore s'il projetait d'écrire un livre ou une

simple étude. Les notes que j'ai trouvées forment un ensemble de textes sans ordre bien précis. Mais après avoir vu les toiles, j'ai peu à peu commencé à comprendre pourquoi elles ont tellement fasciné le vieux Morstadt. J'ai alors mené des recherches un peu plus ciblées. Mais ce que j'ai trouvé n'a fait qu'accroître ma confusion. J'ai découvert d'autres versions du tableau. Une légion de peintres semble s'être frottée à ce thème à l'époque et au cours des siècles suivants. Mais autant cette scène semble avoir stimulé l'imagination des artistes, autant ils en savaient peu sur l'origine et le sens de ces images. Je me suis fait envoyer des catalogues de ventes aux enchères. En 1917, une autre partie de la collection Pichon a été vendue. Dans le catalogue de la vente, je suis tombé sur la reproduction d'une peinture qui ne fait qu'ajouter encore d'autres énigmes à celles, déjà nombreuses, des deux premiers tableaux.

« Au premier plan, on voit, comme d'habitude, les deux dames dans une baignoire. À gauche, la sœur, à droite la duchesse, qui porte cette fois un collier de perles au cou. Sa main gauche joue avec les perles ; pour le reste, les mains des deux dames ne font aucun geste particulier. Entre les deux dames, au centre et au deuxième plan, on a représenté une nourrice qui allaite un enfant. À l'arrière-plan, enfin, on voit une femme de chambre déposer une cruche sur une table. À la différence des deux autres toiles, sur celle-ci, les deux personnages principaux sont désignés par de grandes lettres d'or. Ce fut très instructif : pour la première fois, je pouvais ainsi vérifier qui le peintre croyait avoir face à lui à l'époque. Je dis bien « croyait », car le tableau, la chose est à peu près certaine, n'a été peint que quelques années après la mort de Gabrielle d'Estrées. On le voit entre autres au fait que la dame de gauche est désignée comme la duchesse de Villars.

— Je ne comprends pas.

— Eh bien, à droite se trouve la duchesse, Gabrielle d'Estrées. À gauche, suppose-t-on, sa sœur, Juliette-Hyppolite. Sur le tableau, on la présente comme la duchesse de Villars. Gabrielle est morte en avril 1599. Or à cette époque, sa sœur ne pouvait pas encore être duchesse, parce que Villars n'était qu'un marquisat. Villars n'est devenu un duché qu'en 1627.

— Mais le tableau date peut-être tout de même de l'époque de Gabrielle ? Les noms n'auraient été ajoutés qu'après 1627 ?

— C'est aussi une possibilité, bien entendu. Mais le style pictural est totalement différent. Si vous observez les deux toiles l'une à côté de l'autre, la version de 1917 semble n'être qu'une copie maladroite de la version du Louvre. Mais je vois bien que je mets votre imagination à rude épreuve. Vous n'arrivez sans doute plus à faire le tri entre tous ces tableaux que je vous décris avec mes pauvres mots. Si cela peut vous consoler, il m'est arrivé exactement la même chose. Au bout d'un moment, j'avais sur ma table de travail toutes sortes de reproductions, mais les étranges variantes que présentaient les différentes versions se recoupaient à tel point que je n'étais pratiquement plus capable d'observer un tableau en particulier sans être forcé de penser immédiatement à tous les autres. Et si vous croyez que l'affaire s'arrête là, je vais être forcé de vous décevoir.

Koszinski savoura un instant l'attente et la tension qu'il avait fait naître en moi, avant de reprendre :

— Le troisième jour, comme victime d'un mauvais sort, je suis tombé sur la reproduction d'une nouvelle toile, celle-là exposée au musée Fabre, à Montpellier. Elle ressemblait au cheveu près à celle dont je viens de parler, sauf qu'une main inconnue ne s'était pas contentée d'ôter les lettres d'or, mais avait en outre pudiquement couvert les deux dames d'un voile blanc transparent. S'agissait-il de ce troisième tableau dont j'avais trouvé la reproduction dans l'un des catalogues de vente aux enchères de 1917 ? Avait-il été retouché pour répondre à la pruderie de l'époque ? En avait-on profité pour effacer les lettres d'or qui perturbaient la toile ? Deux tableaux m'avaient conduit à la bibliothèque : celui du Louvre et celui de Florence. Lorsque j'en sortis, je portais dans ma serviette les reproductions de trois autres œuvres, mais je ne savais strictement rien de plus sur leur origine ou leur signification.

— Mais les documents de votre cousin fournissent sans doute des renseignements sur ce point ?

— Si Morstadt ne s'est pas trompé en écrivant son histoire, ces peintures sont directement liées à la mort énigmatique de la duchesse. On dirait que le peintre de ces tableaux a été mêlé d'une manière ou d'une autre à une intrigue contre la vie de Gabrielle. Mais, même sans cela, ces tableaux sont suffisamment originaux. Il s'agit en tout cas de peintures à l'huile coûteuses, certainement des commandes. Mais qui les a passées ? Et pourquoi ? Les informations qui se trouvent dans les documents ne répondent pas vraiment à ces questions. Après tout, le manuscrit n'est qu'un fragment. Morstadt n'a pas su terminer cette histoire. Pourtant, il me semble parfois que la solution s'y trouve cachée quelque part. Mais pour en juger, il faudrait bien entendu que vous preniez connaissance du début. Tout commence avec un peintre répondant au nom de Vignac qui se rendit à Paris en 1598 pour devenir peintre de cour et dont la biographie va croiser, d'une manière totalement imprévisible, le destin de Gabrielle d'Estrées.

— Vignac, avez-vous dit ?

— Oui, c'est ainsi que le peintre se serait appelé.

Nous étions revenus à proximité de l'hôtel thermal.

Un vent léger s'était levé, la cime des grands sapins se balançait majestueusement au-dessus de nous. Le récit de Koszinski m'avait plongé dans une tension qui me rappelait les semaines et les mois au cours desquels cette peinture étrange m'avait moi-même captivé.

— Voilà, vous connaissez les dessous de l'affaire, dit-il pour finir. Si vous le désirez, je vous laisse les documents jusqu'à demain. Mais je dois vous mettre en garde : le manuscrit est lacunaire et l'on n'y entre pas si facilement que ça. N'en espérez pas trop. J'ai bien sûr ma théorie sur toute cette histoire, raison pour laquelle votre opinion sur ce sujet m'intéresse. Et puis après tout, c'est *votre* tableau, n'est-ce pas ?

— Mon tableau ?

Il me lança un regard aimable et se contenta de répondre :

— Je ne vous ai encore jamais entendu parler de quoi que ce soit avec pareil enthousiasme. À l'époque, cette toile vous avait proprement ensorcelé.

Ensorcelé. Oui, c'était le terme qui convenait. J'avais flairé un mystère, je l'avais porté en moi, puis oublié. Il remontait à présent à la surface, mais d'une manière plus pressante, plus exigeante.

Le soir, en revenant de ma séance de natation, lorsque j'allai chercher la clef de ma chambre, le portier de la réception me remit une enveloppe molletonnée.

Arrivé dans ma chambre, je l'ouvris et posai les documents sur le lit. La feuille de garde portant la trace de l'estampe était vierge. Sur le deuxième feuillet, je trouvai une table des matières rédigée par Koszinski. Je parcourus les dix-huit titres de chapitre. Puis je déposai les documents sur la table, tournai précautionneusement quelques pages et observai les feuillets. L'écriture était remarquablement claire et régulière. Les lignes noires sur le papier jauni ne laissaient paraître aucune espèce de travail de composition. On ne voyait nulle part un signe de correction ni une rature. Je lus le premier paragraphe du premier chapitre et sentis mon cœur battre plus fort. C'était comme si quelqu'un venait d'ouvrir la porte d'une chambre dérobée. Poussé par une curiosité fébrile, je continuai à feuilleter et survolai sans les lire quelques passages des chapitres suivants. Il n'y avait pas de transition entre les différentes parties. Koszinski l'avait bien dit : un amas de descriptions, de notes et d'interrogatoires. Le journal du peintre datait même de 1628, c'est-à-dire de bien après les événements relatés dans le chapitre d'introduction. Et qu'avait dit Koszinski ? La solution se trouvait-elle cachée quelque part ?

Je pris un stylo et attrapai le papier à lettres sur la commode, à côté du téléviseur. L'enveloppe molletonnée se trouvait encore sur le lit. Je glissai la main à l'intérieur, mais elle ne contenait plus rien. Lorsque je la posai sur la commode, je découvris l'inscription au verso. *LE MANUSCRIT DE KEHL*, y lisait-on en capitales tracées au feutre noir. En dessous brillait un grand S percé d'un trait.

J'éteignis le plafonnier, saisis la première partie du manuscrit, approchai la lampe de bureau et me mis à lire.

Deuxième partie

La main de Dieu

1.

Manus Dei

À l'aube du 10 avril 1599, le médecin personnel du roi entre dans la chambre. La Rivière écarte les curieux, approche du lit et observe le corps qui y repose. La morte a les yeux révulsés. Les mains et les pieds sont encore liés aux montants du lit avec des lambeaux de drap graisseux déchirés à la hâte. Le visage a pris une teinte noire, les convulsions abominables l'ont strié de rides profondes. Le sol est jonché de morceaux de bois mordus et de dents cassées. L'odeur de l'urine et la puanteur âcre du vomi remplissent la pièce. La chaleur exceptionnelle de ce printemps libère des nuées de mouches entrées au cours des trois derniers jours dans la chambre par les fenêtres mal fermées, malgré les éventails que l'on agite en permanence. Et les badauds, les curieux qu'on a laissés passer pour défiler devant le corps agonisant de cette malheureuse – le médecin ne parvient pas à comprendre pourquoi – ne valent guère mieux que ces insectes. Ils sont là par dizaines et La Rivière sent que la foule observe chacun de ses mouvements, la plus fine transformation de son visage. Il sait que de nombreux yeux et oreilles autour de lui attendent son verdict, tendus, suspicieux, craintifs. Il sent la gravité de l'instant, le côté monstrueux de toute cette affaire. À l'arrière-plan, on s'occupe de Mademoiselle de Guise, qui a perdu connaissance, et de Madame de Sourdis, elle aussi évanouie. Le regard de La Rivière glisse nerveusement sur les visages de ceux qui l'entourent, où se reflètent incrédulité, effroi, compassion ou malin plaisir, tristesse et désespoir.

De l'extérieur, assourdi, le bruit du jour qui se lève entre dans la chambre : des bruits de charrettes et de calèches sur le pavé mal taillé, le cri des marchands, parfois l'aboiement d'un chien ou le hennissement d'un cheval. On entend l'appel solitaire d'une cloche qui semble retentir à une distance infinie. Pourtant le calme s'impose enfin dans cette pièce où l'on aurait pu croire, un instant plus tôt, que tous les diables du royaume s'étaient donné rendez-vous pour ravager joyeusement le corps de la duchesse Gabrielle d'Estrées, ce corps d'à peine vingt-six ans, le plus aimé du royaume.

La Rivière passe en revue pour la centième fois dans son esprit l'évolution de la maladie. Il ne trouve aucune explication, aucun précédent. On lui a raconté le moment où la jeune femme a quitté Fontainebleau, l'état d'excitation où se trouvait alors la duchesse. Quelques jours encore et Rome allait prononcer le divorce du roi, ouvrant la voie à un nouveau mariage. Pâques passées, les trois enfants de Gabrielle cesseront d'être des bâtards : ils deviendront des enfants royaux. Mais les chiromanciens sont formels : le quatrième enfant, celui qu'elle attend, va contrecarrer ses grands projets. Plus la date approche, plus elle dort mal. Elle rêve de grandes flammes qui la consument et se remémore les images consolatrices de la tenue de noces carmin déjà exposée depuis des semaines à Paris. Elle ne quitte pas Henri de Navarre qui veut la garder à Fontainebleau au-delà des fêtes de Pâques, en attendant les nouvelles de Rome.

Gabrielle sait qu'elle s'y trouve en de bonnes mains : elle a promis le sceau à l'entremetteur d'Henri, Brulart de Sillery qui, attiré par la perspective de cet honneur, fera tout pour entrer dans les grâces du Saint-Siège et le gagner à la cause du mariage royal. Après Quasimodo, le roi l'épousera. Si nécessaire, on trouvera en France un évêque pour prononcer le divorce. Et si l'on n'y parvient pas, l'invasion turque en Hongrie et l'attitude insolente des Espagnols rappelleront à Clément qu'il ne peut pas se passer du roi de France.

Si seulement il n'y avait pas ces prophéties. Y penser l'empêche de respirer, comme il y a quelques semaines, dans sa maison de la rue Froidmanteau à Paris, lorsque les diseuses de bonne aventure regardaient sombrement dans le vide, l'une après l'autre, sans parvenir à déceler sur la paume de ses mains un quelconque signe annonçant son destin royal. Et ce Bizacasser, ou Rizacazza, comme d'autres le nommaient, a, dit-on, prophétisé en janvier qu'elle ne vivrait pas jusqu'à Pâques. Les éphémérides annoncent la mort d'une grande dame. Le scepticisme du roi ne la console guère : les voyants, affirme Henri, mentent toujours jusqu'à ce que tout le monde y croie, pour faire du mensonge une vérité factice. Qui s'y hasarderait dans son cas ? Elle passera Pâques avec Sa Majesté qui a congédié toute la Cour afin que chacun puisse se soucier du salut de son âme.

Mais voilà Benoît, le confesseur, qui demande au roi comment il compte se conformer aux lois de l'Église. Dieu n'approuve pas, dit le religieux, que l'on passe les jours de Pâques dans le péché avec sa maîtresse. Qu'elle donne donc le bon exemple en allant se recueillir loin de lui, à Paris. Le peuple le verra d'un bon œil et les usages seront respectés pour la plus grande gloire du roi catholique.

Lorsqu'on lui rapporte ces mots, elle s'effondre, elle pleure, elle implore, et sait pourtant qu'aucune objection n'y fera rien. On a raconté au médecin ce que les espions disent avoir entendu derrière la porte, dans la nuit du dimanche au lundi, l'avant-dernière qu'ils aient passée ensemble. Le roi est navré, mais le devoir religieux l'impose. La voix tendre et tranquillisante du monarque se mêle aux sanglots de la duchesse jusqu'à ce que l'émotion de la jeune femme se soit apaisée dans le sommeil. Au matin, lorsque le cortège se met en marche en direction du fleuve, elle a retrouvé contenance. Le roi avance auprès d'elle et le cortège atteint Melun, où ils dînent, puis Savigny, où ils passent une nuit paisible. Lorsque le roi entre dans les appartements de la duchesse, ils échangent un regard ; mais hormis le gazouillis des oiseaux et le bruissement du vent, aucun son ne trouble ces derniers moments ; le roi s'approche de sa bien-aimée, mais Gabrielle se détourne.

Elle ne laisse éclater sa douleur que le lendemain matin, lorsqu'ils se retrouvent devant le fleuve où le bateau l'attend déjà. Elle s'agrippe à lui. Sa voix est saccadée. Ils ne se reverront plus jamais, lui dit-elle. Son beau visage est d'une pâleur cadavérique et le soleil ne semble toucher que les traits des personnes qui l'entourent, comme s'il n'était déjà plus utile d'éclairer Gabrielle. Le roi est à deux doigts de céder, il la serre contre lui et s'imagine déjà revenu avec elle à Fontainebleau, il pose les mains de Gabrielle contre ses lèvres, couvre sa belle peau de baisers, par millions, comme s'achève chacune de ses lettres. Quelqu'un chante-t-il la chanson de Gabrielle ? *Cruelle départie, malheureux jour ! Que ne suis-je sans vie ou sans amour !*

La belle image se brouille : la duchesse se dirige vers le bateau escortée par Bassompierre et le duc de Montbazon, sentant encore sur son poignet la douce pression des mains royales. Puis elle tourne vivement la tête et lui confie ses enfants. Alors que les chevaux tirent déjà la barge dans le fleuve, ses vœux traversent l'eau pour rejoindre la silhouette qui, sur la rive, la suit du regard et lui fait signe, puis disparaît derrière un voile de larmes.

Elle accosta près de l'Arsenal. Elle était attendue par son beau-frère, le maréchal Baligny, et par sa sœur Diane, qui habitait à proximité. Son frère, le marquis de Cœuvres, l'aida à débarquer. Elle fut immédiatement entourée par les dames de Guise et de Retz et par leurs filles. À peine était-elle arrivée dans la maison de sa sœur que la rumeur se répandit comme sur une traînée de poudre : la duchesse est en ville ! On afflua pour voir la future reine. Celle-ci préféra se retirer devant ces nombreux visiteurs ; c'est La Varenne qui proposa de dîner dans l'hôtel particulier bien isolé du financier italien Zamet. On y conduisit la duchesse qui rentra, soulagée, dans ses appartements, tandis qu'en bas, les demoiselles de la noblesse se disputaient déjà l'honneur de la servir au souper.

Le mardi, le calme régnait encore. La femme du marquis de Rosny fut la seule à pouvoir rencontrer Gabrielle et la duchesse lui fit le grand honneur de l'autoriser désormais à être présente à son lever et à son coucher. La sévère Rachel de Cochefilet hocha la tête, soumise ; elle avait les lèvres juste assez épaisses pour se les mordre de rage. Puis elle rentra en toute hâte chez elle se plaindre à son mari : ou bien la putain du roi avait perdu la raison, ou bien elle-même risquait de perdre la sienne sous peu. Le marquis de Rosny n'en dit bien sûr pas un mot lorsqu'il alla à son tour présenter ses hommages à Gabrielle, avant de partir à la campagne, le soir même, avec son épouse. Il annonça seulement que l'on verrait bien si la corde ne romprait pas. On se rappellera cette remarque.

Pendant ce temps, chez Zamet, on servait la soupe. La duchesse mangea normalement. On affirma plus tard qu'elle avait mal digéré un citron, une poire ou une orange. Mais aucune des personnes présentes ne remarqua rien de particulier.

Le mercredi, elle remplit les devoirs religieux qui l'avaient amenée à Paris. Elle se rendit à confesse le matin, puis dans l'église du Petit Saint-Antoine, où elle retourna l'après-midi. On célébrait l'office des ténèbres, le peuple était venu nombreux écouter la belle musique et voir la superbe duchesse. On la conduisit en chaise à porteurs. Montbazon avançait à côté d'elle ; derrière, les princesses de Lorraine et d'autres dames dans leur calèche. Le printemps était déjà bien avancé et la vigne fleurissait au bord du chemin. La journée était magnifique, le malheur n'y avait plus sa place.

Dans l'église, la chaleur exceptionnelle se faisait encore plus lourde. On avait édifié une tribune pour la duchesse, et bien qu'elle fût ainsi protégée de la masse de l'assistance, il ne fallut pas longtemps avant qu'elle ne commence à se plaindre de malaise. Mademoiselle de Guise, qui l'accompagnait, lui montra des lettres venues de Rome, dont le contenu paraissait favorable – elle souhaitait sans doute autant se redonner des forces à elle-même. Peu après le début de la messe, la chance sembla pourtant abandonner les deux femmes : Gabrielle souffrait de violentes migraines.

On la reconduisit dans le logis de Zamet. Elle fut frappée d'une première crise en allant se promener dans le jardin. Une violente convulsion la secoua et la fit s'effondrer sur place. Lorsqu'elle se fut remise, elle exigea qu'on la conduise immédiatement dans la maison de sa tante, Madame de Sourdis, qui ne séjournait cependant pas à Paris à cette date. On envoya immédiatement un messager. Il erra pendant la moitié de la nuit dans le comté de Chartres et trouva finalement Madame de Sourdis à Alluye. Une insurrection, à Chartres, la retint pendant quelques jours, en sorte qu'elle arriva à Paris seulement le samedi.

On se hâta alors de conduire la duchesse dans la maison de sa tante. Mademoiselle de Guise remarqua d'abord la pâleur singulière de son visage. La Rivière entend encore la voix bouleversée de la demoiselle lorsque, toujours sous le choc que lui avait causé la première crise, elle évoqua devant lui l'état de la duchesse :

« Nous avons dû quitter l'église avant la fin de la messe, la duchesse se plaignant de maux de tête et de suffocation. Nous sommes entrées chez Zamet. Elle y a fait quelques pas dans le jardin et s'est effondrée d'un seul coup. Lorsqu'elle est revenue à elle, elle a imploré Monsieur de la Varenne de la conduire immédiatement dans la maison de sa tante. Nous l'y avons donc portée. Nous venions d'y arriver et de la coucher dans le lit lorsque tout son corps s'arc-bouta, porté par une force puissante et inconnue. Elle resta ainsi quelques instants, puis se recroquevilla en poussant un cri terrifiant et fut prise d'une nouvelle convulsion qui la paralysa encore pendant plusieurs secondes. En un instant, son corps tout entier fut recouvert de sueur froide. Quand la crampe abandonna son corps, elle se fixa sur son visage, qui n'était plus qu'un masque grimaçant. J'entendis ses dents s'entrechoquer lorsque son menton tapait contre sa poitrine. À chaque nouvel accès, l'air lui échappait par saccades, comme si elle recevait de puissants coups de poing ; elle eut bientôt l'écume à la bouche. Nous eûmes bien du mal à tenir la malheureuse dans son lit, et des compresses froides finirent par lui apporter un peu de répit. »

Mais ce n'était que le prélude. Le jeudi matin, on la vit encore pour la communion à Saint-Germain-l'Auxerrois, à quelques pas seulement du Louvre, où l'on avait déjà tout préparé pour installer ses meubles. Le prêtre qui la confessa l'aura sans doute suivie des yeux avec inquiétude en la voyant franchir les quelques mêlées qui séparaient l'église de la maison de sa tante. Ce furent ses derniers pas. L'avait-elle senti ? Était-ce pour cette raison qu'elle avait écrit une première lettre au roi en lui demandant l'autorisation de retourner à Fontainebleau ? On laissa parvenir celle-là. Mais il ne reçut jamais les deux autres, écrites au prix d'un effort purement surhumain. Elle était aussi trop faible pour revenir dans la maison de l'Italien, où l'on avait prévu de lui servir encore un repas.

Vers deux heures, elle alla se coucher. Un peu plus tard, le drame débuta. La crise fut si sévère que les domestiques, saisis d'effroi, quittèrent les lieux. La Varenne, qui ne pouvait perdre la tête parce qu'il l'avait mise en gage de la santé de la duchesse, fit quérir la sage-femme, Madame Dupuy, puis courut derrière le page pour qu'il aille aussi chercher le médecin du roi. La Rivière trouva le message vers trois heures et demie, en rentrant chez lui, et repartit aussitôt pour le décanat.

En pénétrant dans la maison, il n'était déjà plus certain de se rendre auprès d'une vivante ou d'une morte, tant les lieux lui parurent vides et abandonnés. Au rez-de-chaussée, il passa devant les meubles de la duchesse, qu'on s'apprêtait à déménager au Louvre. Arrivé à moitié de l'escalier, il perçut un cri, un cri strident qui lui fit monter les dernières marches d'un bond, et avant de comprendre ce qui lui arrivait, une folle à laquelle même les efforts de deux personnes ne pouvaient imposer le calme se tordait entre ses mains. « Allez chercher du lait chaud », ordonna-t-il entre ses dents à Mademoiselle de Guise qui, pétrifiée par la terreur, regardait fixement le médecin.

Pendant ce temps-là, la tête de la malade alla cogner contre les piliers du lit qui craquèrent sous le choc et retomba sur les oreillers qui se teignirent de rouge. Puis, dans un mouvement fulgurant, ses mains se dirigèrent vers son bas-ventre auquel les convulsions avaient donné la dureté de la pierre. Mais impuissantes, elles se serrèrent et ses poings volèrent vers son visage pour y chercher la source de la douleur. Puis ils s'abattirent de nouveau sur le ventre, comme si la patiente cherchait à pénétrer à mains nues dans ses propres entrailles pour en arracher la douleur. Son visage ne méritait déjà plus ce nom. Des yeux, on ne voyait plus que le blanc, et à chaque tressaillement de la tête, les dents s'enfonçaient profondément dans les lèvres déjà mordues jusqu'au sang. Avec l'agilité d'un chat, le médecin saisit un coin de l'oreiller et le glissa dans la bouche de la femme – juste à temps : cette fois-ci, la langue aurait été coincée entre les dents.

Lorsque la demoiselle de Guise arriva avec le lait, il ne leva même pas les yeux. Quelques minutes à tenter de contenir la malade avaient suffi à épuiser les forces d'un homme adulte et en bonne santé. Le souffle court, il donna des ordres. On attacha Gabrielle à son lit. Le corps tremblait, comme s'il se préparait et rassemblait ses forces. Le pouls n'était plus sensible, ce n'était qu'une vibration. Une première pause des convulsions permit d'ouvrir la veine du bras droit. Tandis que l'on faisait passer les coupes qui se remplissaient de sang les unes après les autres, le souffle se tranquillisait et les muscles se détendaient.

La Varenne n'en crut pas ses yeux en entrant dans la chambre. Que diable ce médecin avait-il l'intention de faire avec du lait ? Comme si elle n'avait attendu que son apparition, celle qui, un instant plus tôt, semblait encore à moitié morte ouvrit les yeux et le dévisagea. Celui-ci se retourna rapidement et se signa, mais de telle sorte que personne ne le voie. Le médecin, lui aussi, était ahuri. Il avait déjà vu beaucoup de malades suspendus entre la vie et la mort, mais encore aucun aller et venir ainsi, sans transition, entre les deux mondes. « Donnez-moi une plume et du papier », dit-elle si faiblement que ceux qui l'entourent comprennent à peine le sens des mots qui viennent péniblement à ses lèvres enflées. On la détache de nouveau et La Varenne descend l'escalier pour aller chercher ce qui lui a été demandé. Lorsqu'il revient, elle est assise dans son lit, le regard fixé vers le lointain. Mademoiselle de Guise lui parle avec douceur, mais on a l'impression qu'il s'agit plus de se consoler elle-même que de rassurer celle qui voit peu à peu le monde s'éloigner.

Lorsqu'elle a terminé la lettre, il est cinq heures et demie et une tendre pénombre obscurcit les abords de la maison. Elle n'a pas la force de plier ni de sceller sa missive, et La Varenne, qui la porte au messager, survole les lignes pressantes écrites par la jeune femme. Que le roi lui permette, demande-t-elle, de revenir à Fontainebleau : elle craint pour sa vie. La Varenne sent la sueur lui monter au front. Par désespoir, ou poussé par l'illusion que lui fait ce bref répit, il ajoute à la lettre que l'urgence n'est pas si grande que cela.

Lorsque à son retour on lui annonce qu'il s'est trompé, le messager est déjà à cheval. Mais cette fois, on a attaché Gabrielle dès le début de la crise et toute la fureur du corps se décharge contre les articulations qui, sous la violence des convulsions, craquent comme des branches mortes. Durant de longues secondes, son tronc se cabre comme si un animal sauvage en était captif. Puis la tête se retourne, donnant l'impression que les dents tentent d'arracher le mal à partir du dos. Le médecin n'a jamais rien vu de tel, mais refuse de se l'avouer – sauf à croire que ce ne sont pas de mauvaises humeurs, mais de mauvais esprits qui sont ici à l'œuvre, et il n'est pas compétent dans ce domaine. À la fin, pourtant, il tranchera pour l'hypothèse du mauvais esprit, on ne sait jamais. D'ici là, puisqu'il ne peut guérir la maladie, il tente au moins de ne pas entraver le cours naturel des choses. Un patient ordinaire aurait perdu conscience depuis longtemps et succomberait à l'irrémédiable d'une telle force. Mais Gabrielle affronte chaque nouvelle crise, se jette à sa rencontre avec une énergie inexplicable et la combat jusqu'à ce que l'animal sauvage se soit épuisé à la lutte.

Il était huit heures. Peu après, elle s'endormit.

Dans ses rêves, elle parcourut d'innombrables couloirs, passa devant d'interminables séries de portes fermées. Lorsqu'elle fut arrivée au terme des galeries, une porte se dressa devant elle, s'ouvrit d'un coup et s'effrita en mille morceaux. Derrière, il faisait noir et au-delà de ces ténèbres on discernait une obscurité encore plus profonde, où errait le roi. Mais elle avait beau savoir qu'il était là, prisonnier des plis de la nuit qui l'entourait, elle ne le voyait nulle part. Puis la pénombre se dissipa et ouvrit la vue sur une chambre vide où la première lueur de l'aube auréolait timidement les objets.

C'est ainsi que la trouva Mademoiselle Dupuy lorsqu'elle arriva le vendredi matin. Tout Paris évoquait désormais cet événement inouï, et au fil de la journée la moitié de la ville défila devant le décanat. Comme toujours, le peuple savait avant les principaux intéressés ce qui s'annonçait réellement. La future reine agonise et le roi reste à Fontainebleau, indécis, les dépêches à la main ? D'ordinaire, un claquement de doigt le faisait accourir au galop, et pour sa bien-aimée du moment, il était capable d'abandonner une bataille à moitié gagnée afin d'aller courir le jupon. Et où avait-on logé cette noble demoiselle ? Chez Zamet, dans ce bordel de la noblesse ? On disait pourtant que, pour éviter le scandale, elle devait passer les journées de Pâques loin de Fontainebleau. La nouvelle va de bouche à oreille ; au cours de la journée, elle se dote de rimes et les poèmes cinglants auxquels elle donne jour résonnent dans les rues, sous la fenêtre de la mourante. On ne méconnaît pas non plus la gravité de l'heure. Le diable vient de préférence le vendredi chercher les femmes en couches, et tant mieux si c'est Vendredi saint. Cela n'étonne personne et les consciences se tranquillisent. Les domestiques qui ont quitté la maison la veille, pris de panique après les premières crises, ont déjà décidé qu'il ne s'agissait pas d'un mal ordinaire. Quoi de plus rapide qu'une rumeur ? Dans les estaminets, on écoute dans un mélange de tension et d'effroi les récits des serviteurs et des pages, et l'on ne s'étonne guère que nul ne veuille rester sur le lieu où le diable mène ses sombres affaires. On pourrait bien être atteint par la contagion – et qui peut être certain de ne pas être le prochain qu'emportera la Camarde ? Dans ces cas-là, la meilleure chose à faire est d'aller prier ailleurs. Et puis qu'espère encore la sage-femme ? Le médecin a donné du lait chaud. N'importe quel barbier, n'importe quel apothicaire dans la ville sait ce que cela signifie.

Au logis de Mme de Sourdis, pourtant, on faisait tout pour maîtriser les crises. Les convulsions avaient diminué et l'on espérait pouvoir éviter leur récidive en plongeant la malade dans un bain chaud. Mais lorsqu'on baigna la duchesse, l'eau se teignit subitement de rouge sombre, et finalement de brun. Gabrielle gémissait, son souffle était faible, elle n'avait presque plus conscience. Lorsqu'on l'eut ramenée dans son lit, les convulsions recommencèrent. On la fit saigner, on lui administra trois lavements et quatre suppositoires d'herbes pressées qui devaient inciter le corps à expulser un fruit encore loin d'être mûr. Constatant que cela ne fonctionnait pas, on envisagea d'aller le chercher par la force, mais toute intervention sur ce corps en proie à d'incessants tressaillements était impossible. On attacha à nouveau la duchesse au montant du lit et l'on s'efforça, en lui faisant ingérer toutes sortes de liquides, d'apaiser le mal au moins pour un instant. L'art médical était ainsi arrivé au bout de ses ressources. La Rivière déclina toute autre responsabilité, arguant qu'un corps qui résistait avec tant d'obstination aux remèdes de la médecine relevait désormais d'une autre instance. Le soir même elle perdit la vue. Puis son ouïe cessa de fonctionner. Les crampes étaient désormais mécaniques, comme si la maladie était devenue autonome.

C'est dans cet état que la virent les curieux qui purent entrer sans obstacle dans le logis. Ils étaient des centaines à traîner dans la maison, et furent plusieurs dizaines à arriver jusque dans la chambre mortuaire. Marie Hermant, la rousse gouvernante de la mourante, se jeta au sol en poussant un grand cri puis enlaça l'inconsciente avec force plaintes et pleura dans son cou des larmes amères. Sa tristesse était si puissante, son chagrin si violent qu'elle détacha les bijoux que la duchesse portait au cou et aux oreilles. Son époux, Monsieur de Mainville, capitaine de la Garde, la rejoignit, prit dans ses bras sa femme effondrée, la consola et fit glisser les joyaux dans sa poche. Pendant ce temps-là, Madame de Martigues arrivait sur place ; elle aussi, profondément émue, s'agenouilla près du rebord du lit pour embrasser les chères mains de la mourante. On trouva plus tard les bagues de la duchesse emmêlées dans le rosaire de la dame.

Personne ne comprenait ce que faisait le roi. Quelqu'un peut-être en aurait été capable, mais l'émotion lui avait coupé le souffle. Fouquet de La Varenne n'était pourtant pas une petite nature. Pendant la guerre, il avait même couru le risque de fréquenter la cour espagnole, devenu agent secret contre la Ligue, lorsqu'un message de celle-ci au roi d'Espagne avait été intercepté. Il avait alors fallu trouver un espion afin d'aller chercher, pour le compte des protestants, la réponse des Espagnols. Il ne s'était pas contenté d'imaginer ce stratagème : il était allé l'appliquer en personne. Il partit pour Madrid, fut reçu par Philippe et parvint à franchir de nouveau la frontière française quelques heures seulement avant que son arrestation ne soit ordonnée.

Mais les événements qui se déroulaient désormais à Paris lui firent découvrir la peur. Le roi ne lui avait-il pas dit, à lui, La Varenne, qu'il répondait sur sa tête de la sécurité de la reine ? Pourquoi l'avait-il envoyée dans la capitale, d'où la Cour tout entière s'était retirée ? Et c'est chez Zamet qu'il devait prendre ses quartiers ? Zamet, ce pantin des Médicis, ce cordonnier de Lucques, cette tête de pont des Italiens dans la capitale française ? Chacun savait combien la mort de sa bien-aimée venait à point nommé pour les Italiens et notamment pour le grand-duc Ferdinand, qui voulait placer sa nièce sur le trône de France. Mais La Varenne écarta cette idée. C'est précisément parce que tout le monde le savait qu'il était exclu de servir une mauvaise soupe à la rivale dans un restaurant italien. Et puis Zamet n'aurait jamais tué une personne qui lui devait soixante-dix mille thalers, somme que le prêteur avait mise à la disposition de la duchesse afin qu'elle puisse acheter Beaufort. Elle était là, à présent, couchée à l'étage. Elle vomissait ce qui lui restait de vie, et lui, La Varenne, était censé savoir ce qu'il fallait faire... Que voulait le roi ? Quel était son intérêt ? La Varenne connaissait ses faiblesses : c'est lui qui avait organisé toutes ses aventures amoureuses, depuis la découverte des nouvelles beautés jusqu'à la corruption des laquais. La liste était sans fin. À celle-là, bien sûr, il avait promis le mariage, mais il n'y avait rien d'exceptionnel à cela. Il lui était déjà arrivé de faire pareille promesse pour une seule nuit, il ne l'avait pas tenue. Et cela lui arriverait encore. Le roi n'était pas homme à aimer. Il était simplement incapable de résister aux femmes, et cela constituait un danger pour l'État.

La Varenne remâchait toutes ces pensées tandis que celle qui lui avait été confiée s'affaiblissait peu à peu et que les habitants de Paris tournaient comme des mouches autour de son lit. Après qu'il eut envoyé le message, la veille, et qu'il eut ensuite assisté à l'aggravation de l'état de la duchesse, il tenta de rattraper le messager pour faire en personne son rapport au roi. Celui-ci eut du mal à y croire et préféra attendre. La Varenne sentit pourtant que le roi était indécis. Il va se rendre à Paris, se dit-il, il va voir l'état pitoyable de la duchesse et, en entendant ses implorations, il va l'épouser *in extremis.* La Varenne revint le soir même à Paris, au chevet de cette mourante qui ne voulait pas quitter le monde sans avoir revu le roi. Elle avait même trouvé la force surhumaine d'écrire deux lettres à Henri, mais on ne les lui apporta pas.

La Varenne ne s'était pas trompé. À l'aube, le roi envoya en éclaireur un messager qui devait lui faire venir des Tuileries un véhicule avec lequel il entrerait *incognito* dans Paris. Mais le messager n'était pas pressé : le roi le rattrapa avant même qu'il soit arrivé dans la capitale et lui demanda pourquoi il avait traîné ainsi.

Pareille pression faillit faire perdre la raison à La Varenne. Il rédigea finalement le message qui pouvait lui coûter la tête. Alors que Gabrielle, sous ses yeux, résistait aux crises dans l'attente du roi, il écrivit un bref billet : « La duchesse est morte. Sire, ne venez pas. » Une fois ces mots sur le papier, il fit porter le message à deux seigneurs, Bassompierre et le maréchal d'Ornano, qui quittèrent Paris au grand galop afin d'intercepter le roi devant la ville.

Ils l'attendaient à Villeneuve-Saint-Georges, devant la maison de Bellièvre, qui s'était joint à eux. Le roi fut étonné par cette sortie. Comment donc ? Comptaient-ils lui interdire l'accès à sa ville ? Il devait rejoindre la duchesse. Il demanda brutalement aux trois hommes de lui laisser le passage. Alors Bellièvre avança devant le roi et lui tendit le billet de La Varenne.

— La duchesse est morte, Sire.

Puis il ajouta :

— Vous ne pouvez pas la rejoindre, on ne comprendrait pas votre acte. Il entamerait votre prestige.

Mais son prestige était, à cet instant, le dernier des soucis du roi. La nouvelle était encore trop neuve, trop fraîche. Les oiseaux chantaient autour de lui, le soleil brillait dans un ciel sans nuage et sa ville se dessinait au loin. Il ne comprit pas. Comme à travers un banc de brume, il entendit Bassompierre lui décrire les dernières heures de la jeune femme, ses terribles convulsions, son visage affreusement déformé.

— En rendant visite à la duchesse, Votre Majesté se gâterait à tout jamais le souvenir de sa beauté. Rien de ce que vous aimiez en elle ne lui est resté. La maladie a tout pris. Épargnez-vous cette vision.

Et au fur et à mesure que la vérité pénétrait lentement dans sa conscience, son cœur se noua. Il mit pied à terre, fit quelques pas à droite et à gauche, puis se jeta dans l'herbe et pleura comme un enfant. Les pensées passaient devant lui, mais aucune ne lui semblait suffisamment simple pour répondre à la simplicité de sa douleur. Et il fut infiniment étonné de constater que l'image de Gabrielle se dissipait déjà dans son souvenir. Était-ce la tristesse qui lui faisait monter les larmes aux yeux, ou la honte que lui causait son soulagement ?

La racine de mon cœur est morte. Elle ne repoussera plus, écrit-il le soir même à sa sœur Catherine. On verra bien à quelle nouvelle maîtresse il promettra le mariage d'ici à quelques semaines – cette fois, ce sera par écrit. Et il ne tiendra pas non plus sa promesse, car un roi est avant tout marié à son pays. Même un homme comme lui le sait. Et s'il venait à l'oublier, il se trouverait bien quelqu'un pour le lui rappeler.

Il finit par se relever. Bassompierre tenait son cheval. Les deux autres restèrent à l'écart. Le messager, Puipeyroux, fit mine d'aider le roi à monter en selle, mais celui-ci refusa d'un geste fatigué, ouvrit sa tunique et s'essuya le visage avec le coin de sa chemise. Nul ne prononça le moindre mot. On échangea des regards, mais tous le sentaient : l'affaire était réglée. Le roi leva les yeux vers le ciel, comme pour se perdre dans le bleu infini. Dieu aime ce pays, pensa-t-il, et il ne voulait pas le perdre. Il marcha en direction de Fontainebleau, fit signe à Puipeyroux qui prit les rênes de son cheval des mains de Bassompierre et suivit le roi. Quelqu'un entonna-t-il le chant de Gabrielle ? *Adieux cruels. Jours de douleur. Si je n'avais cette vie ni ce cœur !* Puis ils montèrent en selle et s'éloignèrent.

La force avec laquelle elle attendait la venue du roi permit à Gabrielle de rester en vie encore une nuit et une journée entières. Le samedi matin, vers cinq heures, elle mourut enfin. Lorsque sa tante arriva, peu après, la maison s'était déjà, de nouveau, remplie de curieux. Le médecin finit par arriver. On lui ouvrit un passage et il approcha du lit de la morte. Les traces de son agonie n'étaient que trop visibles, et le visage teinté de noir, épouvantablement déformé, décrivait un terrible contraste avec les taies blanches des oreillers que l'on venait de changer.

La Rivière observa ce tableau sans rien dire. Puis il recula et se tourna vers la foule. Dans un coin, on s'occupait de Madame de Sourdis qui avait perdu connaissance. Les gens étaient de plus en plus nombreux à se serrer dans la pièce. Soudain, le silence se fit. La Rivière regarda les visages de ceux qui l'entouraient. Tous les yeux étaient dirigés vers lui. Que voulaient-ils de lui ? Il jeta un dernier regard sur la morte. Puis il prononça la phrase libératrice :

— *Hic est manus dei.*

Un murmure parcourut l'assemblée. On se signa. Le cliquetis des chapelets sortis à la hâte emplit la salle. La Rivière quitta la maison, suivi par les badauds que la peur et le besoin de propager la nouvelle dans la ville poussaient dans les rues.

Quelques heures plus tard, au matin du 10 avril 1599, le pape Clément, à Rome, quitta subitement sa chapelle privée après plusieurs jours de méditation et déclara que son colloque avec Dieu était terminé. Un témoin nota ses mots : « Dieu a fait jouer la Providence. »

2.

Une lettre

Claude Dembourg à la duchesse de Toscane
Archives Médicis, Mediceo Filza n° 5948

Madame,

Mercredi est arrivé à Rome un messager apportant la nouvelle que Madame de Monceaux est morte la veille de Pâques... À cette date le roi se trouvait à Fontainebleau. Lorsqu'il a entendu parler de la maladie, il est immédiatement parti pour Paris, mais elle avait déjà trépassé, comme le lui a garanti le maréchal d'Ornano qui avait chevauché à sa rencontre.

Autant que je sache, il n'a pas revu la morte. Le lendemain, il n'a pas manqué de célébrer les Pâques et d'imposer les mains aux malades, sans être trop ému par ce trépas. Il semble que le Seigneur le guide et écarte de lui tout mal et toute fatigue inutile, car chacun estime qu'il n'avait que cet obstacle sur son chemin.

Le duc de Savoie sera très chagriné par cette nouvelle, car la duchesse était son principal appui pour reconquérir le marquisat de Saluzzo.

Il a fait à la duchesse de grands et beaux cadeaux

dans l'espoir qu'on lui restituerait cette province. L'ambassadeur et les agents du duc de Savoie déploient désormais d'immenses efforts pour être reçus par Monsieur de Sillery, dans l'espoir de pouvoir traiter l'affaire avec lui.

Mais le pape est sur ses gardes. Hier il a reçu Monsieur de Sillery pour un entretien de deux heures. Dieu a inspiré le roi lorsqu'il a envoyé cet ambassadeur, très bien vu ici, qui s'entend admirablement à défendre les avantages de Sa Majesté et de la France. Je pars à présent pour accompagner Monsieur de Sillery dans ses discussions.

Remis à Rome, le 2 mai 1599

Votre très dévoué serviteur
Claude Dembourg

3.

12 avril 1599

Le témoin a pour nom Gaston Bartholomé. Il est âgé de trente-sept ans, marchand de bois de son état, habitant rue des Deux-Portes à Paris.

La porte a été ouverte par la force ?

Oui. Il a fallu quelques coups de hache, mais au bout du compte elle s'est ouverte. Nous nous attendions à être accueillis par des flammes et nous avons hésité un instant à entrer parce que l'obscurité était totale dans la maison.

Aucune lumière ne brûlait ? Nulle part ?

Non. Il y faisait parfaitement noir. Quelques-uns d'entre nous sont entrés en courant, je ne me rappelle plus dans quel ordre, et des badauds nous ont suivis depuis la rue, mais l'étroitesse de l'entrée et, plus encore, la peur ont retenu le plus grand nombre.

Décrivez la pièce.

D'abord on n'a pas vu grand-chose. La lueur des torches ne nous précédait que d'une longueur de bras. Nous n'avons pas tardé à accrocher quelques flambeaux aux murs. L'air était vicié et très chaud, il flottait une odeur de brûlé. Mais je n'ai rien remarqué d'autre. La pièce semblait inhabitée et désaffectée. De la poussière tournoyait dans l'air, sans doute soulevée par la chute de la porte.

Continuez.

Ensuite tout alla très vite. Nous voulûmes savoir d'où provenait cette odeur d'incendie. Nous ne découvrîmes aucun feu dans la maison. Pourtant, la fumée continuait à se répandre à l'extérieur. C'est moi qui me suis dit que le foyer de l'incendie se situait peut-être à l'arrière de la maison. Lorsque j'eus trouvé et ouvert la porte donnant sur la cour, mon soupçon se confirma. Une épaisse chape de fumée pesait sur la cour intérieure. Nous fûmes d'abord incapables d'établir l'origine de ces nuées. Nos yeux pleuraient, la fumée nous suffoquait. Finalement, il s'avéra qu'elle s'échappait d'une baraque accolée au bâtiment principal. C'était un réduit composé de planches grossièrement assemblées et dépourvu de fenêtre, qui avait peut-être servi d'écurie ou de grange. La fumée s'en échappait entre les lattes de bois. Quelques-uns d'entre nous repartirent aussitôt dans la maison pour réclamer de l'eau, mais les cloches d'incendie sonnaient depuis un bon moment et des gens accouraient de toutes parts avec des tuyaux. Avant que nous ne puissions réellement réfléchir, des haches s'abattirent sur les planches de la cabane, car les nombreuses torches pouvaient certes percer l'obscurité, mais pas cette fumée qui nous prenait à la gorge et ne cessait de s'épaissir. Nous n'eûmes donc pas le temps de chercher une entrée : l'air suffisait tout juste pour courir, les yeux fermés, vers la paroi de bois, donner rapidement quelques coups de hache et ressortir à grands pas dans la rue, par le bâtiment principal, pour reprendre son souffle. Fort heureusement les planches ne tardèrent pas à céder ; mais, dans notre hâte, nous avions totalement oublié de songer aux conséquences de nos actes. À peine quelques planches s'étaient-elles abattues au sol que des flammes jaunes jaillirent soudain dans notre direction. Quelle qu'ait été la taille du foyer avant cet instant, l'air qui fit subitement irruption par cette ouverture dans la paroi de la cabane fut bien la cause de ce violent incendie qui aurait consumé la maison, la cour et peut-être même toute la rue si Dieu n'était pas intervenu.

Avez-vous pu regarder à l'intérieur de cette baraque après avoir ouvert le trou dans la paroi extérieure ?

Je revenais tout juste dans la cour lorsque les premières flammes jaillirent de la fumée. Nous savions qu'à présent nous ne devions plus attendre un seul instant pour verser de l'eau par l'orifice si nous ne voulions pas tous courir à notre perte. À demi aveugle, je me dirigeai rapidement vers cette ouverture d'où s'échappaient désormais les flammes et jetai au hasard dans la cabane l'eau que j'avais apportée.

Avez-vous pu distinguer quelque chose à l'intérieur ?

C'était atroce. Pendant le bref instant où je suis passé devant l'ouverture, j'ai aperçu une silhouette humaine debout dans la pièce. J'ai cru, bien entendu, que mes sens se jouaient de moi. Dans les nuages de fumée, à la lueur vacillante des flammes, une personne humaine, une sorte de fantôme, s'est lentement tournée vers l'ouverture. Je dis que je l'ai vue, mais c'est déjà trop dire. C'est plutôt son image qui a glissé devant moi, comme un visage dans le brouillard. D'autres, qui voulaient à leur tour jeter leur eau sur le feu, me poussèrent sur le côté, et lorsque mon tour revint, les flammes étaient si vives que je fus incapable de discerner quoi que ce soit. Nous parvînmes à contenir l'incendie jusqu'à ce que, avec l'aide de Dieu, s'abatte l'orage qui, vous le savez certainement, éteignit finalement l'incendie et empêcha que toutes nos habitations et nos cours partent en fumée, car tel aurait certainement été notre sort, et Dieu soit loué qu'il Lui ait plu de nous épargner, nous qui ne le méritons pas.

Savez-vous quelle était l'apparition qui vous a causé pareil effroi ?

À ce que j'ai entendu dire, on a trouvé un cadavre dans les ruines de la cabane.

Comment expliquez-vous que cette personne n'ait pas tenté de se libérer des flammes ? Il existait pourtant, dans la maison, sous l'escalier, une petite porte qui donnait sur ce réduit ? Pourquoi aurait-elle dû rester dans les flammes ? Et vous l'y avez bien vue debout, n'est-ce pas ?

Je ne puis le jurer. J'ai vu une silhouette fantomatique qui se tournait lentement vers l'ouverture que nous avions percée dans le mur.

Avez-vous vu son visage ?

Non.

Ses vêtements ?

Je ne pourrais pas les décrire, tout est allé si vite.

Vous ne pouvez donc pas dire si cette personne était l'un des habitants ?

Non, monsieur.

Mais vous connaissiez les habitants de la maison ?

Oui. Vaguement.

Suffisamment cependant pour les reconnaître même si vous les rencontriez dans des circonstances aussi exceptionnelles que celles-ci ?

Je n'ai vu cette personne qu'un bref instant, de côté, entourée de flammes et de fumée.

Comment cette personne était-elle habillée ?

Avec une chemise, peut-être un pourpoint. Tout s'est estompé devant mes yeux. Même les rêves sont plus distincts que cette image fugace.

Mais il y avait bel et bien quelqu'un dans cette pièce, et cette personne s'est lentement tournée vers vous ?

Oui, très lentement. Comme quelqu'un qui se dirige vers une porte, mais change d'avis et fait demi-tour.

Et le feu ne l'impressionnait absolument pas ?

La personne que j'ai vue se déplaçait comme si elle était absorbée dans ses pensées.

Avez-vous pu distinguer la couleur de ses cheveux ?

Non, il m'a été impossible de voir vraiment sa tête, parce qu'elle était entourée de fumée. Ce que j'ai vu, c'était le contour d'une silhouette qui se tournait dans ma direction.

On vous a alors poussé sur le côté et vous êtes revenu avec de l'eau, peu de temps après ?

Oui.

Qu'avez-vous vu cette fois-là ?

Rien. Des flammes.

La silhouette avait disparu ?

En tout cas on ne la voyait plus. Les flammes s'étaient propagées dans toute la cabane.

Croyez-vous qu'il eût été possible de sortir de la baraque sans se faire remarquer ?

La porte de l'entrée, comme vous l'avez déjà dit, se trouvait sous l'escalier qui menait au premier étage de la maison. Quelqu'un avait condamné avec des planches clouées l'entrée d'origine, dans la cour. Les volets étaient eux aussi verrouillés. Si quelqu'un s'était trouvé dans le réduit et avait voulu s'en échapper discrètement, il n'aurait pu le faire que par les toits. S'il était entré dans la maison par la porte, on l'aurait certainement remarqué. Il y avait foule sur les lieux, les gens couraient de tous les côtés.

Avez-vous raconté à quelqu'un ce que vous aviez aperçu ?

Oui, bien entendu. Je l'ai crié tout autour de moi, ce qui ne m'a valu, plus tard, que moqueries. Car celui qu'on a trouvé ensuite dans les décombres n'arpentait certainement pas le sol de la cabane pendant que les flammes brûlaient tout autour de lui.

Bien, résumons donc ce que vous avez déclaré jusqu'ici. Le 10 avril, la nuit du dimanche de Pâques, un incendie éclate pour des raisons inexpliquées dans la maison Perrault. On le remarque vers minuit parce qu'il dégage de la fumée. Les riverains estiment que le seul foyer possible est la maison de Perrault, laquelle est inhabitée. On force la porte et l'on constate qu'il n'y a pas d'incendie dans le bâtiment principal. C'est vous qui découvrez la source du feu, dans l'arrière-cour. On ouvre un trou dans la cabane, ce qui provoque un dangereux embrasement. Avant que la baraque ne soit totalement livrée aux flammes, vous voyez à l'intérieur la silhouette fantomatique d'une personne vivante qui marche à travers le feu. On ignore si elle a pu s'en libérer. Aucun témoin n'a vu quiconque sortir de la cabane, et l'on peut donc supposer que la personne que vous avez aperçue est bien le cadavre que l'on a retrouvé plus tard dans les décombres. Vous n'avez rien remarqué d'autre, et seule la Divine Providence a permis d'éviter de plus gros dommages. Est-ce bien cela ?

Oui, c'est ainsi que tout s'est produit.

La maison Perrault, dites-vous, était inhabitée ?

Oui. Perrault a quitté Paris après les malheureux événements survenus l'été de l'an passé. Sa femme est morte en couches et lui...

Cela ne fait rien à notre affaire. Depuis, donc, la maison était vide ?

Non, elle ne l'a pas été tout de suite. Messieurs Lussac et Vignac y ont logé pendant l'hiver. Perrault la leur a laissée, Dieu sait pourquoi.

Vous connaissiez bien Perrault ?

Oui, comme on dit connaître. C'était un protestant, bien sûr, mais honorable. Le destin l'avait éprouvé plus que de raison. Il venait de Picardie et il y est sans doute retourné après la mort de sa femme. Mais nous ne faisions pas beaucoup d'affaires ensemble.

Et les messieurs Vignac et Lussac ?

Ils sont arrivés en juin de l'an passé, au moment précis où la tragédie suivait son cours.

Revenons à la soirée en question, lorsque vous êtes entré dans la maison. Vous dites dans votre déclaration que la porte était fermée à clef. Le portail de la cour était lui aussi verrouillé et les volets clos de l'intérieur. Il n'y avait donc pas de libre accès à la maison ?

C'est exact.

C'est dans cet état que se trouvait la maison lorsque Messieurs Lussac et Vignac l'ont quittée en mars ou en avril ?

Oui.

Ils ont tous deux fermé la demeure à clef et nul n'y a plus habité depuis ?

C'est bien cela.

Et c'était au mois de mars ?

Cela remonte à quelques semaines. Je ne suis pas sûr de la date.

Et personne n'est jamais allé y faire un tour ? Vous n'avez jamais revu ces messieurs ?

Non, monsieur.

Savez-vous ce qu'est devenu cet autre homme ?

Lussac ?

Oui.

Il a disparu avec Vignac. Je ne l'ai jamais revu.

Vous avez dit tout à l'heure que l'on avait entendu des bruits dans la maison, le jour même où vous en avez forcé la porte ?

Oui, c'est exact.

Mais la maison était inhabitée. Comment l'expliquez-vous ?

Il y a là-dedans quelqu'un qui n'a pas besoin de porte.

Avez-vous vous-même entendu quelque chose ?

Tout l'après-midi, il y a eu un bruissement. Le soir, on a aussi perçu des bruits de tissu déchiré, de branches cassées, et un battement sourd, indéfinissable, qui a cependant cessé après les vêpres.

Vous vous moquez ?

Demandez à n'importe quel habitant de la rue, on vous confirmera mes dires.

Et pourtant nul n'a eu l'idée d'aller vérifier ce qui s'y passait ?

Non.

Est-il possible que ces bruits aient été liés au saccage de l'atelier ?

Peut-être.

Revenons à ces individus et à ce que vous savez d'eux. Vignac et Lussac sont arrivés à Paris l'an dernier ?

C'est bien cela.

D'où venaient-ils ?

Du Sud. De La Rochelle, autant que je sache. Après l'édit, ils se sont sans doute sentis suffisamment en sécurité pour entreprendre ce long voyage.

Savez-vous pourquoi ils sont venus à Paris ? L'édit interdisait pourtant de pratiquer la religion dans la ville.

Avec votre permission, je ne pense pas que ces deux-là se soient souciés de religion.

Quand les avez-vous vus pour la première fois ?

En juin, le jour où la femme de Perrault accouchait. Je les ai vus le matin quitter la rue de Haute-Fuelle pour entrer dans la rue des Deux-Portes.

Dans ce cas ils sont sans doute entrés dans la ville par Saint-Germain.

C'est vraisemblable. On les aura enregistrés à la porte de la cité.

Ils sont venus à pied ?

Oui, mais en compagnie d'un écuyer qui leur montrait le chemin.

Et l'écuyer les a conduits jusqu'à la maison.

Oui.

Leur avez-vous parlé ?

Non, pas du tout. C'était au petit matin, et j'avais des affaires urgentes à régler sur le quai. Et puis je ne les connaissais pas du tout, ces messieurs.

Et le même soir la femme de Perrault est morte en couches ?

Cette nuit-là, oui. Les cris n'ont cessé qu'à l'instant où le matin s'apprêtait à éclairer ce désastre. L'après-midi, on a enterré la mère et l'enfant. Le lendemain, Perrault quittait la ville. Il n'est pas revenu depuis.

Mais les deux messieurs sont restés ?

Oui. Ils y ont passé tout l'hiver.

Vous êtes-vous rendu dans la maison pendant cette période ?

Oui, j'y suis allé quelquefois. Je leur ai rendu visite à cause de l'argent des chandelles. C'est que chaque riverain doit payer sa part pour l'éclairage de la rue, voyez-vous. Ensuite nous avons parlé d'une commande de bois de chauffe. Ces jeunes messieurs m'ont demandé d'évaluer les réserves de bois et, si nécessaire, de les compléter. Sur ce, j'ai inspecté la cour intérieure et les réserves de bois, fort importantes. Tandis que je mesurais les stères, ce Vignac est arrivé dans la cour en compagnie d'une jeune fille et m'a demandé si le stock de bois me paraissait suffisant. J'ai répondu par l'affirmative, sur quoi il m'a expliqué que dans mon évaluation, je devais faire entrer en compte non seulement la maison, mais aussi la cabane.

Il voulait chauffer la cabane ?

J'en ai été aussi étonné que vous et j'ai demandé s'il s'y trouvait une cheminée. Alors son accompagnatrice a pouffé et a écarquillé les yeux pour se moquer de ma surprise. Monsieur Vignac m'a demandé d'augmenter les réserves d'un tiers, et m'a congédié sans autre explication.

Quand était-ce ?

Eh bien, l'argent des chandelles est toujours collecté vers la Saint-Michel.

Et savez-vous quelque chose de cette fille ?

Pas grand-chose. On disait que ces deux-là l'avaient ramassée quelque part sur la route. Elle était aussi belle que mal éduquée, et l'on racontait qu'elle était italienne, ce qui est bien possible si l'on se fie à son apparence et à ses mauvaises manières. Mais elle parlait comme nous autres. Elle n'est apparue qu'après le moment où Perrault a quitté Paris, et je ne pense pas qu'il aurait approuvé que pareille femme fréquente sa maison. On dit qu'elle logeait chez un parent à proximité de l'Arsenal. Mais je sais seulement ce qu'on se racontait.

Savez-vous ce qu'elle est devenue ?

Non. Depuis que les deux messieurs ont disparu, on n'a plus revu cette jeune fille dans le quartier. Elle sera sans doute partie avec eux. Depuis, d'ailleurs, il n'y a plus eu de visiteurs.

Plus de visiteurs ? Que voulez-vous dire ?

Eh bien, une fois, quelqu'un est venu demander où habitaient les messieurs de La Rochelle. C'était sans doute au mois de décembre. Il était aux alentours de cinq heures, le soir venait de tomber. Je me rappelle, c'était le jour où l'on avait exposé l'homme-loup d'Angers près du pont Saint-Michel, avant de le conduire à la Conciergerie. J'étais allé voir ce démon, j'avais le cœur empli de crainte et l'âme de prières. Je m'apprêtais à rentrer chez moi lorsque quelqu'un me barra le chemin et me demanda si je pouvais lui indiquer la maison Perrault. Je ne fus pas qu'un peu effrayé, empli que j'étais de ce sombre pressentiment que l'homme et la bête échangeaient leur forme et que cette nouvelle religion mettait tout sens dessus dessous. L'homme qui m'avait abordé était de petite taille, mais ses vêtements étaient de grande allure. Je le renseignai, sur quoi il revint de l'autre côté de la rue, où on l'attendait déjà. Lorsqu'il y fut, il échangea quelques mots avec une dame, tout en faisant à plusieurs reprises de grands gestes dans ma direction. La dame hocha la tête à mon intention, ce que j'interprétai comme un remerciement, auquel je répondis en m'inclinant à mon tour. Puis ils descendirent la rue et entrèrent dans la maison que je leur avais indiquée. Je les vois encore devant moi, car malgré le soir qui tombait, je distinguais la chevelure de la femme sous le tissu de son vêtement. Une cape noire dont la large capuche lui recouvrait toute la tête. Mais ses cheveux d'un rouge incandescent brillaient dessous comme si elle portait le crépuscule dans son vêtement et l'aube sur la tête.

Savez-vous combien de temps dura cette visite ?

Non, je ne les ai pas vus repartir.

Connaissez-vous le nom de cette femme ?

Non, monsieur.

Était-elle toujours accompagnée ?

Je n'ai jamais revu l'homme qui était avec elle à l'époque, ce que je ne regrette pas non plus, car pour être honnête, il ne m'a pas peu effrayé ce soir-là, et ce n'était pas seulement parce que j'avais les membres tétanisés par la peur, à cause de l'homme-loup. J'ai même cru, au début, que c'est lui qui m'avait suivi et se tenait à présent devant moi en chair et en os. J'ai rarement vu homme aussi laid. Ses vêtements distingués démentaient sa constitution naturelle, dont j'espère seulement qu'elle ne reflétait pas l'état de son âme. Il m'arrivait tout juste à la poitrine et lever la tête lui était visiblement pénible, en sorte que la posture courbée était sans doute celle qu'il adoptait le plus souvent, et que marcher droit ne lui était pas franchement agréable. Il parlait avec un accent étranger et roulait les « r » d'une manière qui laissait penser qu'il avait plus d'une langue dans la bouche et ne les maîtrisait pas.

Un Espagnol ?

Possible.

Connaissez-vous son nom ?

Non, monsieur.

Et ces visites se sont répétées ?

Elle est venue encore une fois. Au mois de janvier.

En compagnie du valet ?

Non, je n'ai pas revu le valet et ne souhaite point le revoir. La dame est venue seule, il est vrai qu'elle connaissait le chemin à présent. Je me suis un peu étonné de la voir arriver à pied, car vous vous le rappellerez sûrement, cet hiver-là on avait bien du mal à se frayer un chemin dans les rues boueuses. Cela dit, on ne manquait pas de paille que l'on jetait dans les flaques les plus profondes pour parvenir jusqu'à la maison à peu près au sec. On ne voit pas souvent de dame comme celle-là dans notre rue. On a été d'autant plus surpris de la voir arriver sans accompagnateur car manifestement, on l'avait envoyée auprès des messieurs pour remplir une mission.

Qu'est-ce qui vous le fait penser ?

Une simple supposition, monsieur. Pourquoi pareille femme, dont l'apparence a si peu en commun avec la vie des gens d'ici, se donnerait-elle d'elle-même la peine de venir dans ce quartier ?

Que savez-vous d'autre sur les deux messieurs ? Quelles étaient leurs occupations ?

Personne ne savait rien de précis à leur propos. Quand on leur posait la question, ils prétendaient toujours avoir des vues sur je ne sais quelle charge et être venus à Paris pour l'investir. Mais la décision, à les en croire, traînait en longueur : raison pour laquelle ils étaient convenus avec Perrault, leur parent, d'habiter dans un premier temps dans sa maison, en attendant que la décision soit prise.

Et alors ? Était-ce exact ?

Je n'en sais rien. Si vous voulez mon avis, il n'y avait pas une once de vérité là-dedans.

Et quelle est la vérité, selon vous ?

Je ne me suis jamais particulièrement soucié de ce que les gens racontent dans la rue. Toutes sortes de rumeurs couraient dans le voisinage. Demandez donc à Allheboust.

Allheboust ?

L'apothicaire. J'ai souvent vu les deux messieurs se rendre chez lui, et une fois je les ai observés dans des activités que je préfère ne pas vous décrire, car ce genre d'occupation ne me plaît guère. Tout ce qui se passait autour de cette maison baignait dans un certain secret. Dieu sait ce que ces messieurs pouvaient bien faire avec les casseroles, les sacs, les produits et les morceaux de bois.

Que vous a raconté Allheboust ?

Il ne m'a jamais rien raconté. Allheboust est aussi causant qu'une carpe. Lorsqu'il arpente les rues avec sa carriole, c'est son second, le Sébastien, qui bonimente à sa place. Le plus souvent, de toute façon, il erre dans les forêts, dans les champs ou dans les carrières des environs lorsqu'il n'est pas assis dans sa boutique à concocter ses mixtures. Je ne sais pas non plus comment ces deux messieurs sont parvenus à établir le contact avec ce vieux hibou. Dans la rue on raconte qu'ils se seraient procuré à plusieurs reprises toutes sortes de médecines chez Allheboust, et qu'à cette occasion ils l'auraient interrogé sur les autres commerçants et marchés de la ville, où ils pourraient se procurer différentes huiles et autres teintures. Bien entendu, cela avait excité la curiosité d'Allheboust, qui avait demandé à quelle fin ils avaient besoin de tout cela. Sur quoi Vignac lui avait expliqué qu'un parent de La Rochelle, lequel appartenait lui aussi à la corporation des apothicaires, lui avait demandé de chercher pour lui dans la capitale, bien mieux approvisionnée, quelques substances dont il avait besoin pour expérimenter de nouvelles préparations. Bizarrement, ce Vignac manifesta du reste un vif intérêt pour les affaires d'Allheboust ; il discuta avec lui de l'interaction des éléments et des substances de la nature, déployant des connaissances qui ne sont pas données à tout le monde. Il connaissait ainsi, dit-on, les dénominations latines de toutes sortes de roches étrangères, le nom de plantes et de minéraux, ainsi que les substances, extraits et formules que l'on en tirait.

D'où les gens le tenaient-ils ?

C'est Sébastien, le brailleur, qui le racontait à qui voulait bien l'entendre.

Et les activités que vous mentionniez tout à l'heure ? De quoi s'agissait-il ?

C'était à la fin octobre. J'avais passé une journée loin de Paris pour régler mes affaires et je me trouvais sur le chemin du retour. Il pleuvait à seaux et le chemin était si mauvais que j'avançais à grand-peine. Pardessus le marché, mon cheval clopinait et je fus forcé de m'arrêter. Presque personne ne cheminait par ce temps épouvantable. Je tuais le temps en nettoyant tant bien que mal mes vêtements trempés et de temps en temps je regardais les environs pour vérifier si, en un point quelconque de l'horizon, je ne voyais pas percer un coin de ciel bleu. Soudain, je remarquai que sur l'un des champs qui s'étendaient entre moi et la ville, quelques personnes travaillaient sur un lopin de terre.

Je n'y vis d'abord rien d'anormal ; mais il me parut ensuite assez bizarre que par un jour comme celui-là des paysans se soient rendus aux champs. Je me dis qu'une brève discussion avec eux me distrairait un peu. Je me dirigeai vers le champ en longeant un fossé ; mais je ne tardai pas à m'enliser dans la boue, et je m'apprêtais déjà à faire demi-tour lorsque je vis tout d'un coup les paysans s'agiter et recouvrir en toute hâte quelque chose qui se trouvait par terre. Je constatai alors que ce n'étaient pas du tout des paysans, mais des gens de la ville. J'ignore s'ils m'avaient vu et si cela leur avait fait prendre la fuite, ou si un danger approchait d'un autre côté, les incitant à quitter le champ au plus vite. Quoi qu'il en soit, leur attitude annonçait un péril, et je restai donc un instant accroupi dans le fossé.

Lorsque je me redressai à demi pour voir ce qui se déroulait, la compagnie était arrivée à un jet de pierre de moi. Je fus bigrement effrayé, car non seulement j'eus l'impression qu'ils étaient sortis du néant pour se planter devant moi, mais je vis aussi que c'était Allheboust qui traversait le champ en compagnie des deux inconnus. Il pleuvait des cordes, tous trois tenaient la tête baissée pour assurer leur pas sur le sol détrempé ; ils passèrent ainsi devant moi sans me remarquer. Je voulus un instant les appeler, mais quelque chose dans leur attitude me rendait méfiant et je craignais que mon apparition en ces lieux ne les mette en colère. À vrai dire, les apparences étaient que je les avais suivis pour les espionner. Tandis que je restais assis dans mon fossé, indécis, les trois autres disparurent en direction de la ville.

Je voulus revenir tout de suite auprès de mon cheval et prendre le chemin du retour, mais la curiosité fut la plus forte. J'attendis encore quelques minutes, jusqu'à ce que je puisse être sûr que personne ne se trouvait plus dans les parages. J'allai alors inspecter le lieu où j'avais vu les trois hommes un peu plus tôt. Ma déception ne fut pas mince : j'avais pataugé dans la boue, je m'étais crotté de la tête aux pieds, tout cela pour arriver devant un tas de fumier auquel se mêlaient toutes sortes d'ordures. Autour, on trouvait encore quelques bâtons avec lesquels Allheboust avait sans doute pioché dans ce monceau d'immondices. Dieu sait pourquoi ! Peut-être cherchait-il un trésor, ou des soldats étrangers cachés. Je pris l'un des bâtons et l'enfonçai à plusieurs reprises en différents endroits du tas, juste pour ne pas être resté totalement inactif. Chaque fois, bien entendu, le morceau de bois s'enfonça profondément, sans rencontrer ni pépite d'or, ni Allemand apeuré. Je n'aurais du reste rien trouvé et serais sans doute revenu très rapidement si cette odeur agressive ne m'était pas d'un seul coup montée au nez. Je fis plusieurs fois le tour des lieux et tentai de déterminer d'où venait cette puanteur, mais ne pus en trouver la source. J'essuyai les gouttes de pluie sur mon visage et constatai avec effroi que c'était ma propre main qui avait pris cette odeur écœurante. J'en découvris enfin la cause : le bâton que j'avais ramassé et que je portais toujours était imbibé de vinaigre.

Vous pouvez imaginer dans quel état d'esprit je me trouvais. Allheboust et ses expériences diaboliques ! Que venais-je faire ici, sur ce champ abandonné de Dieu où l'on n'avait rien d'autre à ramasser que du crottin de cheval et un imbécile ? Je m'apprêtais déjà à partir et enfonçai encore à quelques reprises mon bâton dans cet amas. À un coude environ de profondeur, la pointe rencontra quelque chose de dur. Je touchai l'objet d'aussi près que je pus, avant de me mettre à ôter les couches de fumier qui le recouvraient. Apparut alors un récipient d'argile, à peu près de la taille d'un calice et plus large vers le haut que vers le bas. Pour être précis, il était composé d'une partie supérieure et d'une partie inférieure reliées par un épais cordon. Ce fait était déjà suffisamment étrange, mais ce que je trouvai à l'intérieur, après avoir dressé le récipient sur le sol devant moi et défait le nœud, était encore plus étonnant. À peine avais-je retiré la partie supérieure que je fis un bond en arrière, croyant avoir affaire à un serpent qui jaillirait du pot d'un instant à l'autre. Dans le pot, accroché à plusieurs anneaux moulés à l'intérieur, on voyait un large ruban gris tourné en spirale. Il avait l'épaisseur d'un petit doigt et à peu près une demi-main de long. Je n'osai pas l'ôter du récipient, car il s'agissait sans aucun doute d'un mauvais enchantement ou d'une autre diablerie : j'avais déjà bien trop séjourné en ces lieux. Je trouvai aussi l'explication de l'odeur de vinaigre : en dessous de la spirale, le récipient en était rempli. Mais je n'examinai pas plus longtemps cet objet, refermai le fût aussi vite que je le pus, remis tout dans l'état où je l'avais trouvé et me hâtai de revenir auprès de mon cheval, puis, avec lui, dans la ville.

Quand tout cela s'est-il produit ?

Comme je l'ai déjà dit, fin octobre...

Pouvez-vous vous rappeler à quelle date précisément ?

Je ne peux m'en souvenir.

Quel jour de la semaine était-ce ?

Attendez. Je me rappelle que c'était l'époque où l'on parlait dans toute la ville de la maladie du roi. La cour avait quitté la ville et se trouvait à Monceaux. C'est le jour où l'on garda les portes de la ville fermées jusqu'à une heure tardive de la matinée. Le désordre était partout et des deux côtés de la porte se pressait une foule de gens désireux d'entrer ou de sortir. Des rumeurs couraient : quelque chose de grave était arrivé au roi et la reprise des combats n'était qu'une question de temps.

C'était le 30 octobre, un vendredi. On avait fermé les portes parce qu'on voulait arrêter le gouverneur de Cran, c'était cela, la raison.

Dans ce cas c'était sans doute vendredi.

Et c'est ce jour-là que vous avez observé Allheboust et les deux autres messieurs sur le champ ?

Non. Ce jour-là j'ai quitté la ville, avec un certain retard, en sorte que j'ai été forcé de passer la nuit à l'extérieur et d'attendre le lendemain pour revenir. Si ce que vous dites est vrai, alors cette affaire s'est produite un samedi, le 31 octobre.

En avez-vous jamais parlé à Allheboust ?

Non.

Revenons à ce récipient en terre cuite que vous avez trouvé sur le champ. Il était rempli de vinaigre et l'on y avait disposé un ruban gris enroulé en spirale ?

Oui, c'est bien cela.

Avez-vous touché le ruban ?

Par mon âme, non !

Avez-vous pu discerner s'il avait une origine organique ?

Je ne comprends pas.

Vous avez dit qu'il ressemblait à un serpent. En était-ce vraiment un ? L'objet était-il issu d'un animal ou d'un humain ? Ou bien n'était-ce qu'une simple branche nouée qui vous aura induit en erreur ?

Non, cela ressemblait véritablement à un serpent. Sauf que je ne lui ai pas vu de tête. Dieu sait ce que c'était, peut-être l'une de ces folles préparations qu'Allheboust fait absorber à ce faible d'esprit de Sébastien ? Il est vrai qu'elles ne peuvent pas lui faire de mal.

Et vous êtes sûr que c'est du vinaigre qui se trouvait dans le récipient ?

Cela puait le vinaigre. Mais je l'ai immédiatement refermé.

Avez-vous pu distinguer si les trois hommes portaient quelque chose avec eux lorsqu'ils sont passés devant vous ?

L'un des deux messieurs avait un sac et Allheboust traînait la sacoche qu'il a toujours sur lui lorsqu'il se promène dans la région. Mais je ne peux pas dire s'ils sont allés chercher quelque chose là-bas. Peut-être venaient-ils tout juste d'enterrer le récipient ? Peut-être est-ce pour cela qu'ils y étaient allés ?

Voyez-vous encore quelque chose qui pourrait être de quelque intérêt ?

Non, monsieur, Dieu m'en est témoin, je ne me rappelle rien d'autre. Cela remonte très loin.

Jurez-vous par Dieu Notre-Seigneur d'avoir dit la vérité et rien que la vérité ?

Je jure que tout s'est passé comme je l'ai dit. Je déclare en outre que ce compte rendu m'a été lu à voix haute et que je n'ai aucune sorte d'objection à faire concernant la justesse des dires qui y ont été relatés. Que le Seigneur m'en soit témoin. Amen.

Protocole signé à Paris ce lundi 12 avril 1599.

4.

Post-Scriptum

Charles Lefebre à Son Excellence...
Medico Filza n° 5963

Excellence,

Vous avez bien fait de me confier sans délai l'enquête sur l'incendie de la rue des Deux-Portes, car comme vous allez le voir, vos craintes étaient plus que justifiées. Nous sommes hélas arrivés trop tard, et si j'en crois mon opinion, qui ne fait pas foi, l'interrogatoire des riverains n'apportera pas à lui seul beaucoup d'informations sur le mort et l'autre disparu.

Comme vous pourrez le conclure du protocole joint à cette lettre, les personnes en question n'entretenaient aucune relation avec les habitants de la rue. Des déclarations des voisins, il résulte que ces personnes ont donné de fausses indications à leur entourage. Les rares éléments que vous avez bien voulu me transmettre à propos des deux individus en question ne recoupent en aucune manière les informations que le témoin a fournies à leur propos.

Le même jour, j'ai aussi interrogé le médecin qui a examiné le cadavre. Il s'agit d'un certain Giacomo Ballerini, natif de Padoue, et qui ne réside ici, à Paris, que depuis quelques mois. Il a été le premier à inspecter le corps après qu'on eut retiré celui-ci de sous les ruines. Il a indiqué s'être rendu sur les lieux le matin qui suivit l'incendie. La garde a noté son arrivée vers huit heures trente. Il a expliqué qu'il était médecin, on lui a donc laissé le passage. On l'a conduit dans la cour en le faisant passer par la maison, jusqu'aux restes calcinés de la cabane. Il a raconté que quelques personnes étaient en train d'ôter des décombres de lourdes poutres dont une partie fumait encore. On les avait aspergées d'eau et empilées contre le mur.

Lorsque je lui demandai s'il connaissait les habitants de la maison, il répondit que la personne répondant au nom de Vignac avait travaillé pour lui comme assistant des années auparavant. Interrogé sur la deuxième personne, répondant au nom de Lussac, il affirma ne pas la connaître. Je le priai de m'indiquer où se trouvait ce Vignac, sur quoi il me dévisagea avec étonnement et répondit que c'était là une question singulière, puisqu'on avait retrouvé sa dépouille sous les ruines calcinées de la baraque. Je lui fis remarquer que le mort qu'on y avait trouvé était brûlé à un degré qui le rendait méconnaissable et qu'il était donc certes vraisemblable mais nullement certain que ce cadavre soit celui de la personne en question. Lorsque je lui demandai s'il s'était déjà rendu dans cette maison, l'interrogé répondit qu'il n'y avait encore jamais mis les pieds.

D'où tenait-il alors, demandai-je, que Vignac y habitait ?

Il déclara qu'il avait rencontré Vignac par hasard, trois mois plus tôt, sur le marché situé près des halles. Ils ne s'étaient pas vus depuis des années et n'avaient eu aucune nouvelle l'un de l'autre. Vignac lui avait raconté qu'il habitait dans la maison d'un ami, rue des

Deux-Portes, et qu'il travaillait pour le compte d'un Flamand en dehors de la ville. Lui, Ballerini, s'était retrouvé une fois dans cette rue, par hasard et après les faits, mais n'était pas entré dans la maison.

Je lui demandai ensuite de parler de l'état du cadavre proprement dit.

L'interrogé fit alors cette description : le corps était brûlé à peu près aux trois quarts. Le visage de la personne n'était plus reconnaissable. Les cheveux, les sourcils et les cils avaient été totalement dévorés par les flammes. La peau de sa tête s'était tellement rétractée que l'on ne pouvait plus parler que d'un crâne entouré de cuir. On avait eu beaucoup de mal à soulever le corps.

J'interrompis le témoin à ce moment-là, le greffier étant incommodé. Je priai l'interrogé de nous épargner ces détails et de nous résumer l'essentiel en termes concis. Le médecin indiqua que le corps était couché sur une table qui s'était sans doute affaissée sous le poids du toit effondré. De son point de vue, cependant, la personne n'était déjà plus en vie au moment où l'incendie avait éclaté. Un examen plus précis lui avait en effet permis de constater que le mort avait un nœud autour du cou. Ce nœud avait été accroché par une corde d'environ trois pieds à la poutre du toit tombée à quelques mains seulement du mort lorsque le faîtage s'était écroulé. Le médecin en concluait que la personne s'était pendue avant de brûler. On pouvait penser qu'il avait lui-même mis le feu, puis, Dieu lui pardonne, avait choisi cette mort rapide.

Cette conclusion présente l'avantage de recouper l'affirmation un peu énigmatique du témoin Bartholomé qui, vous le lirez, a affirmé qu'il avait aperçu quelqu'un debout dans les flammes. Il a sans doute vu le corps du défunt, suspendu à sa corde. Les flammes, la fumée et l'excitation lui ont fait croire que quelqu'un se trouvait dans la pièce et paraissait « absorbé dans ses pensées ». C'est en ces termes que s'est exprimé le témoin.

Quelques questions me vinrent après avoir remercié le médecin. J'avais en particulier oublié de lui demander le nom du Flamand chez qui ce Vignac avait travaillé. Cependant, lorsque j'envoyai un garde le chercher, il n'était pas chez lui. Le garde laissa l'ordre que le médecin se présente immédiatement pour un nouvel interrogatoire. Mais celui-ci n'a pas répondu à cette convocation et on ne l'a pas revu depuis. La suite de l'enquête a montré qu'il a quitté la ville immédiatement après cet entretien, ce qui peut être un hasard ou l'indice du fait qu'un autre interrogatoire lui aurait été désagréable.

Il ne vous aura certainement pas échappé qu'une seule personne est susceptible de nous faire avancer sur cette affaire. Il me semble donc indispensable de trouver Perrault, le propriétaire de la maison et de l'interroger sur les deux individus. Je poursuivrai bien entendu mes recherches avec la discrétion qui s'impose compte tenu des événements.

Trouver le deuxième homme en fuite ne devrait plus être qu'une question de jours.

Que Dieu vous préserve des maléfices qui sont à l'œuvre autour de nous.

Remis à Paris, ce 12 avril 1599

Votre très humble serviteur
Charles Lefebre

5.
Journal de Vignac

La Rochelle, le 18 octobre 1628

Je reviens tout juste d'une promenade dans la ville qui ressemble déjà à une morgue. Dans les rues où l'herbe pousse entre les pavés errent des personnages émaciés qui ne gouvernent plus ni leur voix ni leurs gestes. Au cours des six derniers mois, huit mille personnes sont mortes, dont deux mille ces deux dernières semaines. Nous n'avons plus la force d'enterrer les morts. On les traîne tant bien que mal jusqu'au cimetière, ou bien on les fait descendre au bout de cordes au pied des murs de la ville, où ils restent sans sépulture. Beaucoup meurent chez eux sans que nul le sache, et la putréfaction ne s'empare même pas de leur corps desséché par les privations. Quelques malheureux affamés mangent n'importe quelle plante qui tombe entre leurs mains, y compris la jusquiame et la belladone ; ils tombent malades ou perdent la raison, se promènent nus dans les rues ou sont pris d'accès de rage. On rapporte des scènes atroces où certains se sont laissés aller à manger de la chair humaine.

Les dernières réserves ont été consommées voici plusieurs semaines. On s'est mis à faire cuire des peaux de bêtes. Une fois les poils brûlés, on les racle soigneusement, on les lave, on les fait bouillir et si on les laisse cuire suffisamment longtemps, elles ont aussi bon goût que du gibier frais. Les chanceux qui possèdent encore un peu de graisse s'en servent pour confectionner des boulettes. J'aurais cru que manger de la peau d'âne et de cheval était la dernière extrémité à laquelle nous pousserait la faim, mais depuis que même le dernier chien a disparu des rues, quelques malins se sont mis à consommer du parchemin. On mange non seulement les feuilles vierges, mais aussi les pages écrites. On ne redoute pas non plus de se nourrir de vieux livres. On les plonge dans l'eau un ou deux jours et on les laisse gonfler, puis on les fait cuire une journée durant jusqu'à ce qu'ils soient mous et tendres et l'on en fait de la fricassée ou des boulettes en les mélangeant avec des herbes ou des épices. Comme le parchemin se fait rare, nous mangeons désormais les peaux de tambour qu'on détache de leur fût avant de les faire cuire. C'est aussi le sort des fonds de tamis ; lorsque cette source sera tarie et qu'on ne trouvera vraiment plus rien dans la ville, on reviendra certainement aux tas de fumier pour vérifier si, dans la hâte et l'inattention dues à l'abondance, on n'y aurait pas jeté quelque chose qui puisse encore être utilisé. J'ai entendu dire que l'on recueille déjà les sabots des chevaux, et puisque nous avons commencé à broyer la corne et à la manger, les lanternes de la ville disparaissent une à une. On les abat pour leurs disques de corne que l'on fait rôtir et que l'on consomme aussitôt.

Il n'existe presque rien que nous refusions de manger. Même des objets que les porcs et les chiens laissent au sol sans y prendre garde sont ramassés, broyés, cuits, rôtis et dévorés. Licols, poitrails, selles, croupières, si élimés soient-ils, sont découpés en morceaux et apprêtés. Sur les étals des bouchers, on se les arrache à prix d'or. On y distingue encore les trous de couture.

On a trouvé aujourd'hui une charge d'explosif déposée contre la maison du maire. Les conjurés, si incroyable que cela puisse paraître, semblent ne même pas avoir eu la force de l'allumer. Ce qui montre bien dans quel état se trouvent la ville et la population qui y est enfermée. À chaque appel du matin, la troupe est moins nombreuse que la veille et, face à ces silhouettes squelettiques qui ne sont souvent même plus capables de porter leurs armes, on ne peut réprimer le sentiment de voir défiler une armée de fantômes. Personne ici n'est plus capable de faire même cent pas de suite sans s'effondrer, exténué. On ne trouve même plus un volontaire pour sonner les grandes cloches du sermon.

Compte tenu de notre situation désespérée, ces notes me paraissent absurdes, comme si j'écrivais sur des feuilles de hêtre déjà gondolées par l'automne. L'encerclement de la ville est total et notre chute n'est sans doute plus qu'une question de temps. Il est peu vraisemblable qu'aucun des mots que j'écris ici survive aux murs bientôt calcinés de cette cité. Je ne pense pas que le roi et son implacable cardinal laisseront passer l'occasion d'effacer à tout jamais le moindre souvenir de nous. Dieu nous a abandonnés. De temps en temps seulement, Il revient fermer les yeux d'un habitant. Pour le reste, Il semble considérer que nos ennemis sont de meilleurs serviteurs.

Toutes ces années d'agitation m'ont fatigué. Parvenu au terme de mon existence, je ne vois plus que des énigmes qui éclairent à peine la fin de ma vie. Me voici en ma cinquante-huitième année et je me sens divisé en deux parts égales entre les deux siècles sur lesquels a couru mon existence terrestre. Tout ce qui m'entoure semble s'orienter vers quelque chose pour lequel le monde n'a pas encore de nom. Je ne cesse de reprendre le livre du Philosophe et j'y trouve exprimé dans le plus beau langage qui soit tout ce que je pense et éprouve. Mais en même temps je me sens saisi par la peur d'une époque où les seules pensées que l'on accepte de lire dessinent un grand point d'interrogation. Il m'arrive de soupçonner les religions et les philosophies d'être le lieu où se rendent les vérités lorsqu'elles meurent. Elles y survivent encore un moment dans les livres savants et les rituels, et finissent par être totalement oubliées parce que personne ne les comprend plus.

Il ne me reste plus grand-chose à faire. La goutte me paralyse les mains. Quelques heures suffisent après mon lever pour que mes yeux, déjà, ne remplissent plus leur office et je passe mes nuits à épier l'activité muette de mon corps. Je me demande souvent ce qui se produit dans l'obscurité de ma poitrine, et je m'étonne parfois de n'avoir pas produit plus d'efforts, au fil des ans, pour me familiariser avec cette partie de moi-même que je connais le moins bien. Je contemple mes mains, mes ongles avec la petite demi-lune qui en forme la base et c'est sans doute la certitude de ne bientôt plus pouvoir habiter ce corps qui me rend à ce point curieux d'en connaître les rouages.

Le cardinal Richelieu a fait murer le port. Parfois des navires anglais se profilent devant la côte, mais ils ne sont pas en mesure, ou bien – j'incline plutôt à le croire – ils n'ont pas la volonté d'attaquer la flotte de blocus française et de libérer la rade. Le roi ne négocie plus, ce qui est un mauvais signe et me renforce dans l'idée qu'il est sûr de son affaire. Pourquoi négocier ce que l'on obtiendra de toute façon tôt ou tard ? Cette fois, aucune élection du roi de Pologne ne nous sauvera.

Ils se tiennent de nouveau à nos portes, dans leurs

armures luisantes. Quel étrange coup du sort : je vis mes derniers jours là où a débuté ma vie de pécheur. Tout est confus en moi. On ne comprendra pas les quelques témoignages que j'ai laissés. J'en suis arrivé au point où je crains de ne plus les comprendre moi-même.

C'est la raison pour laquelle je veux utiliser le peu de temps qui me reste pour expliquer ce qui a donné le jour à mon œuvre, dont j'ignore où elle se trouve aujourd'hui et dont même la valeur me paraît douteuse. Si Dieu le veut, il me préservera de la tentation d'apaiser ma faim avec ces pages une fois que je les aurai écrites, et m'offrira une mort rapide. Même s'il m'arrive de croire qu'être forcés de manger, à la fin de notre vie, tout ce que nous avons écrit, nous guérirait de notre arrogance.

Je m'appelle Vignac. J'ai vu le jour en 1570, deux ans avant le massacre des adeptes de l'autre foi. Mon père était lui aussi à Paris à l'époque où Catherine fit voltiger la faux, la nuit de la Saint-Barthélemy. En apprenant cette nouvelle, ma mère a failli devenir folle. Nous nous sommes réfugiés à La Rochelle, qui était sans doute à l'époque le plus sûr bastion contre les incendiaires et les meurtriers catholiques. Mais les réformés ne valaient pas mieux. Je n'ai jamais compris la différence entre une épée catholique et une épée protestante quand on l'enfonce dans l'intestin d'un pauvre diable. Seuls l'assassinat et le vol semblent être sacrés aux yeux de toutes les religions. Le premier siège de La Rochelle, qui a débuté au printemps 1573, avait déjà failli me coûter la vie. Ma mère eut les plus grandes difficultés à me nourrir pendant les quatre mois de blocus, et lorsque les troupes se sont enfin retirées parce que le roi était appelé en Pologne, elle était tellement affaiblie qu'elle mourut quelques semaines plus tard. Comme elle ne possédait rien, on l'enterra avec des centaines d'autres dans une grande fosse, à l'extérieur de la ville. C'est là mon premier souvenir, et le plus vif : la vue de cette fosse où s'empilaient les morts cousus dans des sacs, puis la chaux blanche que l'on répandait dessus avant de combler le trou.

Comme tous les orphelins, on m'amena à l'église où nous attendîmes que quelqu'un se charge de nous. Au bout de quelques jours, un couple d'un certain âge vint passer en revue les petits garçons et les petites filles assis par terre dans l'église. Ces deux-là me choisirent, franchirent le portail en laissant leur nom au bedeau qui l'inscrivit en grandes lettres noires dans un registre, puis m'emmenèrent chez eux sans rien dire. À peine étions-nous arrivés que l'on me conduisit à un atelier attenant à la maison. On m'assigna une place à laquelle se trouvaient toutes sortes d'outils et l'on m'expliqua ce que j'avais à faire. On me donna une auge en pierre et un instrument de la taille d'une main, en forme de battant de cloche, réalisé dans le même matériau. Puis on alla chercher un petit sac, on le posa devant moi sur la table, on l'ouvrit et l'on en fit rouler quelques noix de muscade. L'homme, dont je ne connaissais même pas le nom, me montra comment on broyait et moulait la noix avec le pilon. Lorsqu'il se fut convaincu que je savais à peu près me servir de cet instrument, il se contenta d'annoncer « Quand toutes les noix seront pilées, il y aura à manger », et disparut.

Je ne saurais dire combien de noix, d'os, de noyaux, de morceaux de charbon, de pierres, de graines et d'autres substances j'ai broyés au cours des dix premières années de ma vie. On me réveillait tôt le matin, on me servait une tasse de lait brûlant et un morceau de pain, puis je passais toute la journée à écraser des matériaux dans l'atelier de l'apothicaire. Lorsque je fus plus âgé, Bollier, car tel était son nom, me fit jurer de ne jamais dire à personne quels produits et quelles matières il me donnait à moudre. Je tins naturellement parole, mais plus tard, je reconstituai de mémoire certaines recettes et techniques qui me furent très utiles dans mon propre travail.

Bollier pensait sans doute avoir fait une bonne prise à l'église. J'avais la main habile et, en plus de la laborieuse préparation des poudres et des huiles, il me faisait dessiner toutes sortes d'outils et d'instruments qu'il imaginait pendant ses journées de travail, mais qu'il n'était pas capable de transposer lui-même en traits et en lignes. Parfois, il sortait de la boutique, rejoignait l'atelier en courant et me dictait une de ses inventions que j'inscrivais directement sur le parchemin. Il m'expliquait le mode de fonctionnement et la forme de l'outil dont il avait besoin, et je traduisais son idée en une image (au rythme de ses cris impatients, « Plus long ! Plus large ! Plus courbé ! ») qu'il apportait ensuite à un forgeron pour évoquer avec celui-ci les détails et le coût de sa fabrication.

Bollier était connu dans toute la ville pour ses outils. Il arrivait aussi qu'on mentionne son apprenti capable de si bien mettre en images les idées de son maître, qu'il suffisait ensuite d'un forgeron ou d'un menuisier habile pour produire les pinces et tenailles nées de l'imagination de Bollier – infatigable. La Rochelle, qui devait son nom au fait qu'elle se situait sur un sous-sol rocheux pratiquement inépuisable, possédait une industrie florissante de transformation du charbon et du calcaire. Le long des enceintes, on extrayait constamment de nouvelles réserves de ces matériaux que l'on brûlait sur place. Bollier s'intéressait beaucoup à cette technique d'obtention de la chaux – d'une manière générale, il s'intéressait à tout ce qui pouvait, même à très long terme, constituer une source de profit. Il étudia chaque geste et chaque étape du procédé de combustion et, lorsque lui venait une idée sur la manière dont on pouvait simplifier ou améliorer une phase du travail, il se précipitait dans l'atelier et me demandait de consigner ses plans sur le papier.

Pour ma part, j'en eus bientôt assez de ne dessiner que des outils et des creusets. Je sentais déjà que ces croquis avaient éveillé en moi une passion qui, à chaque battement de mon cœur, se faisait plus forte et plus pressante. Lorsqu'on ne me surveillait pas, il m'arrivait de plus en plus souvent de mettre de côté ces malheureuses auges de pierre et de dessiner. Dès que je commençais à observer une forme en me demandant comment je pouvais la restituer sur le papier, j'oubliais tout ce qui se passait autour de moi. Rien ne me paraissait plus mystérieux que de suivre de la pointe du crayon toutes les nuances du plissé d'une robe jetée négligemment sur une chaise à côté de la porte. Cet objet tout simple était fait d'innombrables détails. Le bleu indigo saturé qui virait au noir profond dans les courbes, la fine veinure du tissu, l'ourlet dentelé, la manière dont le col sortait de la collerette, celle-ci disparaissant à son tour dans une garniture en fourrure que je ne me lassais pas d'observer. Je dessinais tout ce qui me tombait sous les yeux. Avec quelle légèreté avais-je observé le monde jusque-là ! Je n'avais jamais porté qu'un regard superficiel sur ce qui m'entourait. Seuls le dessin, l'examen attentif des formes et des couleurs me permettaient d'établir un véritable contact avec les choses.

Bollier finit par remarquer mon activité et notre première confrontation eut lieu lorsqu'il découvrit mes dessins. Avec son âme de boutiquier, il ne voyait aucun sens à dessiner des manteaux ou des herbes si l'on pouvait gagner quelques pièces tout de suite en traçant le schéma d'un bon outil. Comme j'étais incapable de lui expliquer ce qui me poussait à réaliser ces dessins, il les mit au feu sans la moindre hésitation et me fit comprendre qu'à l'avenir, je devrais renoncer à ce type d'occupations. Je ne bronchai pas, mais c'est Bollier que j'aurais quant à moi fait griller de bon cœur.

Ma colère finit par s'apaiser. Je restais là où j'étais, pour la simple raison que je n'avais aucun autre endroit où aller. La seule idée de traverser les marécages situés devant La Rochelle me terrifiait. La France entière était en guerre. Partout des troupes traversaient le pays et les atrocités que l'on racontait à leur sujet auraient ôté à quiconque le courage de quitter la ville. Je ne possédais que ce que je portais sur moi, car je ne voyais rien de l'argent que Bollier gagnait avec mes dessins. Il considérait sans doute cette source de revenus comme un juste dédommagement pour m'avoir fait entrer dans sa maison. Plus j'y réfléchissais, plus je sentais monter en moi la rage que m'inspirait mon sort. Je ne lui jalousais pas cet argent. Je lui devais ma reconnaissance, et le fait qu'il se dédommage ainsi des sacrifices qu'il avait faits pour moi ne me choquait pas. Mais je comprenais bien qu'il voulait m'enchaîner à son atelier pour que je dessine des outils à longueur d'année. Or un besoin puissant, irrésistible de création grandissait en moi. Lorsqu'un objet attirait mon regard, c'était uniquement pour imaginer comment je pourrais le démonter et le recomposer. Les choses ne me paraissaient intéressantes que dans la mesure où, de la pointe de mon crayon, je pouvais leur redonner forme sur le papier et les recréer entièrement, elles et le secret de leur beauté.

Ainsi continuai-je à m'adonner secrètement à ma passion. Comme je devais m'attendre à tout moment à ce que Bollier me découvre, j'avais pris l'habitude de dessiner très vite. Lorsque je l'entendais s'affairer à l'extérieur ou lorsqu'il discutait d'une potion avec un client, je sortais rapidement mon bloc à croquis et je dessinais d'un trait vif et sûr le premier objet venu. Cela pouvait être une chaussure, ou bien ma propre main, ou encore le visage d'un homme qui venait de passer dehors. Dès que les bruits cessaient dans la boutique, je faisais instantanément disparaître le dessin.

C'est finalement cette faculté de dessiner vite et avec précision qui me permit de m'évader de chez Bollier. Tout ce que j'ai appris chez lui m'a rendu plus tard d'inestimables services et avoir dû le quitter de manière aussi honteuse me chagrine. Mais au fond, il n'avait jamais fait que m'exploiter. S'il était venu me chercher à l'église, c'est qu'il avait besoin d'un apprenti à bon marché. Et si son choix s'était porté sur moi, c'est que j'étais le plus âgé et donc le plus grand des orphelins, ce qui lui avait évité de perdre son temps en commençant par m'apprendre à marcher. Il avait ainsi pu me planter immédiatement dans son atelier, et j'y serais encore, à piler des graines de lin et à dessiner de temps en temps une pièce de taraudeuse, si un certain Ballerini n'était pas arrivé un beau jour dans la ville.

C'est par Bollier que j'entendis son nom pour la première fois : il était revenu du port très excité en racontant que l'un des plus célèbres chirurgiens du monde y avait débarqué. On disait qu'il venait de Padoue, ou peut-être d'Orient, nul ne le savait très précisément. En tout cas, il avait étudié à Padoue où son érudition et son habileté lui avaient valu gloire et honneur. Juste après son arrivée, il avait enlevé des chancres à quelques habitants, avec un tel doigté que tous les spectateurs assuraient ne pas avoir vu couler une goutte de sang. Puis il avait utilisé une pince d'un nouveau genre pour soulager un capitaine de deux dents infectées, et l'avait fait avec tant d'art que l'officier était resté assis la bouche ouverte bien après que Ballerini eut terminé son travail. On n'avait pu dire si le rire des badauds allait au militaire, planté devant le médecin, l'air ahuri, ou bien exprimait la joie d'avoir dans la ville un guérisseur aussi habile. Les gens accouraient pour se faire soigner et de nouvelles rumeurs plus fantastiques les unes que les autres circulaient chaque jour sur ce grand élève d'Hippocrate, de sorte qu'à la fin, on aurait cru que Dieu en personne était descendu dans le port de La Rochelle pour y entreprendre la guérison du monde.

Bollier n'aurait pour rien au monde manqué l'occasion d'accueillir chez lui ce génie de la médecine. C'est ainsi que par une journée de juin 1586, le grand Giacomo Ballerini déjeuna à notre table tandis que dehors, devant la maison, les voisins accouraient pour voir cette célébrité. Bollier lui montra fièrement sa boutique d'apothicaire et tous deux échangèrent une foule de noms latins qu'ils étaient seuls à comprendre. Ballerini s'intéressait particulièrement aux outils que Bollier avait fabriqués et, lorsque l'apothicaire lui montra les dessins des instruments, le regard de l'Italien s'arrêta soudain sur ma personne. « On me dit que tu es un dessinateur doué, fit-il. Ce que je vois ici me satisfait beaucoup. Exerce ton art, car ils ne sont pas nombreux ceux qui savent observer si finement et possèdent en outre le don de restituer si plaisamment ce qu'ils ont contemplé. » Sur ces mots, il fit mine de tourner les talons. Je crus avoir été foudroyé. Il me sembla que la déesse Fortune se trouvait devant moi sous le masque de cet homme grand et noble et, sans comprendre d'où me venait la force de m'exprimer ainsi, je lui criai : « Monsieur, prenez-moi avec vous afin que je puisse mettre mon art à votre service ! »

Aucun faucon ne tombe du ciel aussi vite que la main de Bollier lorsqu'elle s'abattit sur moi. Lorsque je me fus remis de cette gifle, l'assemblée était déjà rentrée dans la maison. J'étais comme paralysé par la rage et je devais lutter de toutes mes forces contre la tentation de leur courir après, de jeter Bollier au sol et de lui arracher le cœur à mains nues. Plus encore que la douleur cuisante à la joue, c'était l'humiliation infligée devant toute l'assistance qui m'avait mis dans une fureur noire. Mon instinct m'ordonna cependant de ne rien commettre de ce que mon cœur m'ordonnait et de faire plutôt usage de ma raison. Ma rage et ma colère aveugle laissèrent soudain place à une idée. Je pris une feuille de papier et, tandis que la compagnie déjeunait et que Ballerini se faisait choyer par ce misérable petit apothicaire, je dessinai avec une hâte fiévreuse un portrait du chirurgien, tel que le bref instant où il m'avait parlé m'en avait laissé le souvenir.

Une demi-heure environ me suffit et je fus moi-même étonné du résultat. J'ai rarement réussi à dessiner aussi vite de tels portraits par la suite et il semble y avoir quelque chose de vrai dans l'idée que, sous le feu de l'enthousiasme, des débutants naïfs parviennent à faire naître des choses qu'un maître ne peut plus atteindre même après des années de perfection et de maîtrise. Même le grand Michel-Ange, sur le carton où il montre le peuple des baigneurs qui, pris de surprise, sortent de l'Arno et se jettent sur leurs armes, a trouvé une force figurative qu'il n'a plus jamais obtenue par la suite. Et même si je suis loin de pouvoir me comparer au plus grand de tous les artistes mortels, une chose me lie pourtant à lui : je sais qu'au fil des ans nous pouvons certes nous montrer plus intelligents et accroître notre savoir-faire, mais qu'aucune étude, si longue soit-elle, et qu'aucun effort, si assidu soit-il, ne peut ressusciter la grâce qu'une jeunesse inconsciente reçoit dans une sorte de sommeil.

Lorsque j'entendis dire que le médecin s'apprêtait à partir, je me frayai un chemin parmi la foule, m'agenouillai devant lui et lui remis le dessin avant que Bollier n'ait pu s'interposer. J'entendis de toutes parts des commentaires admiratifs. Bollier était tiraillé entre la joie que lui causaient les remarques flatteuses du médecin et la fureur que lui inspirait le fait de me voir importuner son hôte avec mes gribouillages. Il avait depuis longtemps compris pourquoi je me comportais ainsi et n'attendait que l'instant où l'assemblée se serait dispersée pour me dire à sa manière ce qu'il pensait de mon comportement. Je pense qu'il m'aurait tué ou m'aurait brisé les deux jambes pour m'empêcher de partir, si Ballerini n'avait fini par me rendre le portrait en prononçant ces mots : « Reste avec tes instruments. Dans le meilleur des cas les dessins de ce genre alimentent la gloire mais ils ne remplissent jamais un estomac. » À l'instant même où il quittait la maison, une main froide et ferme se referma sur mon cou et me poussa dans une pièce isolée.

Les semaines qui suivirent cet incident furent les pires de toute mon existence. Bollier me frappa si longtemps que ceux qui purent m'apercevoir à l'époque me prirent pour un spectre. Il n'interrompit ses corrections qu'au moment où il se dit qu'un apprenti à demi mort ne lui servirait plus à rien. Il me garda donc enfermé dans son atelier, en ne me donnant que le strict nécessaire. À un jet de pierre du lieu où je me trouve aujourd'hui et où je relate ces événements anciens, je me tenais accroupi, battu et enfermé comme un chien, le regard de mes seize ans tourné vers la fenêtre et vers le puits que j'aperçois encore de ma place. De tout juillet et août, je ne quittai pas la maison, je passai mes journées dans l'atelier sombre et étouffant tandis qu'à l'extérieur, la canicule réchauffait des ruelles désertes.

Je songeais au sinistre destin que m'avait attribué le sort, à mon pauvre père que je n'avais jamais connu et dont le vent dissipait les cendres dans les faubourgs de Paris. Je pensais à ma mère que les vers rongeaient dans sa tombe à quelques pas de la ville : elle pouvait attendre plus de chaleur et de paix de la terre froide que de ce monde affligé par la peste et la guerre où nous errions et où la seule chose qui nous distinguait de la vermine était notre capacité de lever la tête pour demander grâce au ciel. Chaque mouvement était une source de douleur. Être continuellement assis dans la pénombre engourdissait mes sens. Mon espoir de jamais pouvoir échapper à cette maudite maison semblait bien illusoire. Je n'étais personne et je ne possédais rien.

Oh, Seigneur ! Si seulement la Destinée m'avait offert un nom et un peu de terre, je ne me serais jamais retrouvé pris dans cet engrenage où m'a poussé l'ambition.

Un jour de septembre, un gamin des rues frappa à la fenêtre de l'atelier. À peine l'avais-je ouverte que sa main se précipita en avant et m'attrapa par le col. Je pris peur, je reculai et j'eus tout juste le temps de le maudire avant de remarquer qu'il avait laissé tomber un morceau de papier dans ma chemise. Je lui lançai encore quelques injures tandis qu'il s'en allait, afin de ne pas éveiller les soupçons, puis fermai la fenêtre et attendis jusqu'au soir pour lire le billet sans être dérangé. Cette précaution faillit me coûter ma fuite. Il était déjà neuf heures lorsque je pus déplier le petit mot et le parcourir : « La science ne fait jamais repos et suit le cercueil empli d'eau de saint Séverin. »

Je sus immédiatement ce que cela signifiait. Ma décision était prise. Mieux valait mourir que de se laisser pourrir par la phtisie dans cet atelier et passer le restant de mes jours à piler des graines de lin. J'ôtai mes chaussures et les glissai sans bruit dans une sacoche en cuir dont Bollier se servait pour récolter les herbes et qu'il avait posée sur une chaise. Ce fut l'unique objet que j'empruntai à cette maison – j'ai dû l'y rapporter bien des années plus tard.

Le temps était clément, je pus me contenter de vêtements légers. Il n'aurait de toute façon guère été possible de fouiller les armoires sans éveiller l'attention des habitants. Bollier n'était pas là. Sans doute se trouvait-il à l'auberge du coin et racontait-il pour la centième fois le séjour du grand Ballerini à son domicile. Sa femme dormait. Quant aux domestiques, ils s'étaient dispersés dans les ruelles à la tombée de la nuit ou se promenaient sur les places. J'étais déjà arrivé à la porte de l'atelier qui donnait sur la cour, mais je revins encore une fois dans la chambre à coucher, posai un pantalon et une chemise sur la chaise, mes chaussures à côté, roulai un chiffon noir de telle sorte qu'il ait à peu près la forme d'une tête et arrangeai le lit afin qu'on ait, de loin, l'impression que quelqu'un y dormait. Puis je me faufilai de nouveau au rez-de-chaussée de la maison.

Il faisait parfaitement noir dans les pièces d'habitation, mais je connaissais le moindre recoin de ma prison. En un instant, je passai devant la table où nous prenions nos repas, poussai la porte et me glissai dans l'officine et devant le comptoir, puis empruntai le petit passage qui menait à l'atelier. Ici, je devais me montrer plus prudent, car il était encombré d'ustensiles et de récipients qui auraient causé grand bruit si je les avais heurtés. J'avançai à tâtons, bras tendus, explorant du bout des orteils le sol froid en terre battue, et je crus sérieusement que mon cœur avait cessé de battre à l'instant où je sentis, dans le noir, quelque chose de mou au bout de mes doigts qu'empoigna aussitôt une main inconnue. Avant que j'aie pu pousser un cri d'effroi, je sentis une autre main se poser sur ma bouche ; avec la même énergie bienveillante, ce corps inconnu me serra et m'immobilisa. Ce n'étaient pas les mains de Bollier qui s'emparaient de moi dans l'obscurité. Paralysé par l'effroi, je n'avais pourtant aucune sensation de danger. Lorsque les mains me lâchèrent et que, peu après, la lueur d'une lampe à huile éclaira la chambre, je vis devant moi le visage fatigué et rongé de chagrin de la femme de mon maître.

Elle ne prononça pas un mot, se contentant de m'observer. Mes lèvres étaient incapables d'articuler la moindre phrase. Avec cet instinct dont seules disposent les femmes, elle avait dû pressentir que je voulais m'enfuir. Mais elle n'avait pas donné l'alarme : elle m'avait surpris ici, dans l'obscurité. Dans quel but ? Je n'eus pas le temps de réfléchir longtemps à cette question. Je me contenterai de dire qu'à l'époque, si elle avait donné le moindre signe de vouloir me trahir ou me retenir, je l'aurais étranglée sans hésiter. Dieu me punira un jour pour cette pensée, car tel un ange abandonnant soudain son masque de vieille femme méchante, elle se contenta de m'étreindre, me remit une petite bourse et me conduisit à la porte d'entrée qu'elle déverrouilla sans bruit. « Dieu soit avec toi », chuchota-t-elle avant de me pousser doucement dans la nuit éclairée par la lune, tandis que la honte me faisait monter les larmes aux yeux.

Je rejoignis le port au plus vite, en empruntant les ruelles étroites. Je devais éviter le chemin qui passait devant l'hôtel de ville et traversait la place du Marché, bien que c'eût été le trajet le plus court. Les portes donnant vers le port, qu'un mur séparait de la ville à cet endroit-là, auraient de toute façon été fermées. Mais au nord de la cité, le mur n'était pas encore achevé, et il me suffirait d'y franchir une petite barrière, à cette heure déserte et sans surveillance. Protégé par l'obscurité, j'atteignis la place et vis devant moi le moulin dont le contour se découpait sur le ciel nocturne. Non loin de là, j'aperçus aussi la tour à la lanterne qui annonçait le port. L'air de l'océan me rafraîchissait le visage. C'était la pleine lune. La marée était haute et emplissait le port. Les navires se berçaient à la houle légère, comme portés par l'espoir et l'attente.

Alors seulement, je pris conscience que j'étais sur le point d'embarquer sur un navire qui devait traverser la mer et l'effroi me glaça le sang. Comptait-on me faire affronter cette gigantesque étendue d'eau dans une telle coquille de noix ? Cette perspective aurait presque suffi à me faire renoncer à toute mon entreprise, mais le souvenir de l'atelier de Bollier m'inspirait un effroi bien plus profond encore. Je demandai donc à la ronde quels étaient les navires qui devaient partir pour Bordeaux – car en lisant le petit mot de Ballerini, j'avais immédiatement deviné que telle était ma destination.

Le deux-mâts que l'on m'avait décrit était solidement amarré au débarcadère. Le quai était vide, le chargement se trouvait depuis longtemps à bord et le navire hollandais n'attendait que la fin de la marée haute pour sortir lorsque débuterait le reflux des eaux. Ballerini avait vraisemblablement déjà embarqué. Mais je ne pus voir si l'équipage était à son poste. La passerelle de bois qui reliait le quai au pont était vide et sans surveillance. Je la franchis en deux petits bonds et en moins de temps qu'il ne fallait à deux vagues pour claquer contre le mur du port je me retrouvai assis à côté d'un empilement de tonneaux qu'on avait arrimés non loin de la proue, à bâbord.

Je ne sais pas ce qui m'incita à me dissimuler ainsi. Après tout, Ballerini m'avait bien fait comprendre qu'il comptait m'emmener avec lui. Mais j'étais dans un tel état de peur et d'excitation à l'idée que quelque chose pourrait faire échouer mon entreprise au dernier moment, que j'étais fermement résolu à attendre, pour me montrer, que la ville où j'avais passé en prisonnier la quasi-totalité de mon existence soit hors de vue. Je restai tapi dans ma cachette et attendis que débutent les préparatifs du départ. Mais rien ne se produisit. J'épiais le moindre bruit, le moindre mouvement qu'il m'était possible d'observer de ma cachette, mais le temps s'écoulait sans que rien se passe. La fatigue eut bientôt raison de moi et je m'endormis dans l'odeur de bois imbibé de vin que dégageaient les fûts. Autant mon assoupissement dans les vapeurs de raisin fermenté avait été agréable, autant mon réveil fut brutal, provoqué par une douche d'eau salée et froide qui s'abattit sur moi de tous côtés. De terreur, je bondis sur mes jambes et je me serais sans doute précipité par-dessus le bastingage et vers une mort certaine si une main ne m'avait saisi et fait sortir de derrière les tonneaux pour me tirer vers le milieu du navire. Avant de pouvoir comprendre ce qui m'arrivait, je fus entouré par un groupe de matelots qui me rouèrent de coups de pied à m'en faire perdre l'ouïe et la vue, en beuglant dans un charabia parfaitement incompréhensible. Ils finirent par me lâcher, me remirent debout et, lorsque j'ouvris les yeux, je vis le visage rouge de colère d'un homme barbu dont la bouche laissait échapper non seulement des relents de charogne, mais aussi un flot de sons rageurs et gutturaux. À ces éructations enragées qui s'échappaient du cloaque de son gosier et me plongeaient autant dans la stupeur que dans un extrême écœurement, succédèrent des gifles retentissantes dont la force faillit me dévisser la tête. Cette manière énergique de décharger sa mauvaise humeur, loin d'apaiser sa rage, fit cependant jaillir de sa gorge infecte un nouveau flot d'insultes et de jurons qui se déversa sur moi dans un nuage de pets. Je crus que le Jugement dernier était arrivé et que j'avais devant moi un prince de l'enfer qui me récitait la liste de mes péchés et les punitions qu'ils me vaudraient. Mais c'était juste un quartier-maître hollandais puant qui, fort heureusement, me lâcha lorsque le rejoignirent deux autres personnes venues me tirer de cette damnation prématurée.

J'entendis Ballerini faire la leçon au capitaine, lequel rabroua à son tour le quartier-maître et dispersa les matelots avec quelques grossièretés, sur quoi ceux-ci, déçus que l'on ait mis si tôt un terme à ce beau spectacle, s'éparpillèrent sur le navire. Ballerini et le capitaine échangèrent quelques mots que je ne compris pas. Puis le capitaine s'éclipsa et l'on me conduisit sous le pont, là où le chirurgien disposait d'une cabine.

Lorsque je me fus assis, il me tendit une serviette pour que je puisse me sécher, et quand cela fut fait, il me donna un morceau de pain et un peu de vin dans un gobelet en terre cuite. Mon apparition subite sur le navire paraissait l'amuser. Il avait sans doute renoncé à me voir arriver puisque je ne l'avais pas rejoint au port le soir même et fut d'autant plus surpris de me trouver là. Il semblait en outre satisfait d'être parvenu à garder au sec ce passager clandestin qui avait bien failli rejoindre ses semblables au fond de la mer. Il me regarda mastiquer le pain, m'offrit encore un peu de vin et me pria de ne pas quitter la cabine. Puis il sortit pour payer au capitaine le prix de mon passage.

Je ne quittai pas la cabine pendant toute notre brève traversée vers Bordeaux. Je ne tenais guère à revoir les membres de l'équipage qui s'étaient si méchamment joués de moi et je fus heureux lorsque nous débarquâmes enfin dans le port et pûmes tourner le dos à ces créatures à l'étrange sabir. À peine à terre, je fus emporté dans le tourbillon du port. Des gens venus des quatre coins du monde affluaient dans les rues de cette ville dont on disait qu'elle abritait plus de trente mille personnes. Les rues étaient plus larges que celles de ma ville natale et nous traversâmes plusieurs places somptueuses avant d'arriver à une auberge où Ballerini comptait prendre ses quartiers pour la nuit. Il me donna ma soirée : il avait, me dit-il, quelques affaires à régler. Je parcourus donc Bordeaux, encore totalement abasourdi d'avoir réussi à m'enfuir et à échapper au triste destin qui semblait m'être réservé. Je ne savais pas encore dans quel but Ballerini m'avait emmené et je jouissais donc sans la moindre arrière-pensée des impressions qui s'offraient à moi.

Je montai sur la place des Colonnes et me promenai entre les majestueux piliers romains, dernières traces du gigantesque édifice qui s'était jadis dressé ici. Je grimpai même sur le jardin qui se trouvait en hauteur des colonnes et fis quelques croquis des décorations en stuc. Lorsque je laissai mon regard glisser vers l'est, je vis à quelque distance l'église Saint-Séverin. Le petit mot de Ballerini me revint à l'esprit et je décidai d'aller dans le jardin de l'église chercher les traces de la légende. On racontait en effet qu'à Saint-Séverin, le Christ en personne était apparu sous les traits d'un évêque. Dans la cour de l'église se trouve un assez grand nombre de cercueils en pierre empilés les uns sur les autres et attachés par des chaînes de fer. À la pleine lune, l'un de ces cercueils se remplit d'eau, puis se vide progressivement jusqu'à la nouvelle lune, où il est parfaitement sec. Ce qu'il y a de singulier, c'est que ledit cercueil repose sur un autre, à quatre pieds au moins au-dessus du sol. Lorsque j'arrivai au cimetière, le ciel à l'ouest s'était déjà teinté d'orange. Des prairies alentour montaient les coassements de milliers de grenouilles, le grésillement et le bourdonnement d'insectes invisibles. Des hirondelles filaient à toute vitesse entre les murs et remontaient comme des flèches vers le ciel. De toutes parts montait le parfum des herbes et des fleurs que l'humidité du soir arrachait à la végétation et qui emplissait l'air d'un lourd arôme automnal. Le calme était complet dans l'enceinte du cimetière et j'avançais lentement le long des cercueils empilés en croix. C'étaient de simples blocs de pierre excavés. On voyait encore les traces de burin : personne ne s'était donné la peine de polir la pierre. Il n'y avait là personne à qui j'aurais pu demander comment ces objets étaient arrivés ici.

Je grimpai sur les cercueils du dessus et à mon grand étonnement j'en avisai effectivement un où l'eau montait à une main du rebord. J'y fis glisser mes doigts et vis mon reflet s'estomper dans les ondes, puis reprendre forme lentement. Je restai ainsi longtemps devant ce cercueil de Saint-Séverin, à prier en silence et remercier Dieu de m'avoir sauvé.

Lorsque je revins en ville, je trouvai Ballerini à l'hôtel, occupé à négocier avec quelques charretiers qui devaient nous accompagner pour la suite de notre voyage. Comme je pus le comprendre au cours de cette discussion, ils étaient censés nous escorter jusqu'à Toulouse. Nous y séjournerions pendant quelques jours, puis nous poursuivrions notre chemin à travers le Rouergue, jusqu'à Montpellier. On parla beaucoup des risques et des bandes de marauds qui écumaient le pays et dépouillaient les voyageurs en toute impunité ; on disait qu'entreprendre pareil voyage sans escorte armée équivalait à un suicide. Les charretiers qui se rendaient au marché de Toulouse étaient fort heureux qu'un voyageur aisé veuille se joindre à eux : cela permettrait de rassembler une somme suffisante pour payer quatre Gascons armés qui nous protégeraient contre les attaques et autres désagréments.

Mais ces quatre frères d'armes firent honneur à la réputation dont jouit la population de cette région. Nous n'étions pas en route depuis quelques heures, qu'ils s'arrêtèrent soudainement et nous demandèrent d'attendre quelques instants pour qu'ils puissent prendre un peu d'avance et vérifier la sûreté du chemin que nous allions devoir emprunter à travers la forêt. Au bout d'une heure, ne les voyant pas revenir, nous mîmes notre convoi en mouvement, pensant qu'ils nous attendaient sans doute à l'orée du bois. Mais nous ne les trouvâmes ni à la lisière de la forêt, ni plus loin. Leurs traces, que l'on discerna encore un moment sur le chemin, se perdaient dans une clairière du sous-bois.

Des vitupérations se firent alors entendre dans notre groupe. Un Espagnol déchira même sa chemise de rage et de désespoir, et comme c'est souvent le cas, faute d'avoir les coupables sous la main, on désigna comme responsable le premier venu. En moins de temps qu'il ne faut pour le dire, quelques négociants furieux entourèrent l'épicier qui avait recruté les quatre gardes et menacèrent de le pendre sur-le-champ s'il ne prenait pas les frais à sa charge. Après de longues disputes au cours desquelles le pauvre marchand d'épices reçut un coup qui lui fendit la lèvre, les esprits finirent par s'apaiser et nous nous hâtâmes de rejoindre Cadillac où, revenus à la raison, nous demandâmes au capitaine de la garde de nous procurer une escorte fiable. Ballerini, qui avait joué un rôle non négligeable dans le règlement de l'affaire, déclara que nous pouvions nous estimer heureux que ces quatre voleurs se soient contentés de l'argent versé pour assurer notre protection, et que l'idée ne leur soit pas venue de nous dépouiller intégralement.

Après tout, dit-il, le monde et ses habitants étaient ainsi faits que l'on ne devait pas s'étonner qu'un malheur arrivât, mais plutôt qu'il n'ait pas été pire. Si l'on était sorti à peu près indemne d'une situation dangereuse, il ne fallait pas incriminer Dieu, mais remercier le Ciel d'avoir au moins évité de plus grands dommages.

Les villes et les paysages que nous traversions me firent l'effet des pages d'un livre énigmatique sur lesquelles un auteur doué d'une imagination infinie a placé les personnages et les phénomènes les plus étranges. Dans chaque bourg, dans chaque ville, d'autres tenues, édifices et mœurs s'offraient à mon étonnement. Mais il nous arrivait aussi de rencontrer de singulières apparitions. Nous aperçûmes un jour un troupeau de bœufs qui portaient tous autour du cou une grande roue de bois. Lorsque nous demandâmes à un paysan ce qu'était cette étrange collerette, si ces ruminants avaient obtenu des titres de noblesse et suivaient à présent la mode des cours européennes, on nous expliqua que ces roues de bois empêchaient les bœufs de se lécher, ce qui rendait leur chair particulièrement tendre. Quand nous eûmes entendu cette explication, quelques-uns, à l'arrière, firent remarquer que, dans ce cas, c'était sans doute l'inverse : les courtisans, avec leurs collerettes, imitaient les bœufs avec l'espoir de préserver la douceur de leur chair pâle.

Le douzième jour nous atteignîmes Toulouse. Nous vîmes de loin, à la lumière du soir, les murs en brique rouge des forteresses, si majestueuses qu'il nous sembla chevaucher avec l'armée d'Agamemnon vers l'imprenable Troie. Les murs de la cité sont d'une telle solidité que même les projectiles les plus puissants ne peuvent y laisser guère plus que la trace de leur propre taille. De nombreuses fortifications, murailles et bastions imposants entourent la ville que protège en outre un profond fossé. Les ruelles que nous empruntâmes ensuite étaient pavées de pierres brutes et coupantes, et nous fûmes très heureux d'avoir des chaussures à nos pieds.

On pourrait raconter bien des choses remarquables sur la ville, notamment sur son marché où l'on peut admirer toutes sortes d'objets et de produits. Le fameux pastel auquel cette province devait encore tant de richesses n'avait pas encore été détrôné par l'indigo. Dans les moulins à pastel, on broyait toujours les feuilles d'isatis pétries et roulées en boules dures, dont on pouvait tirer une belle couleur bleue. Dans l'atelier de Bollier, j'avais déjà vu quelques-unes de ces petites boules, mais je n'avais encore jamais observé en une seule fois pareille quantité de cette teinture jadis si convoitée et aujourd'hui presque oubliée.

Mais le plus surprenant, lors de cette halte, fut ce qui se produisit le lendemain aux environs de midi. Nous étions installés dans notre auberge lorsqu'un cri sauvage s'éleva soudain dans la rue. En un instant, la foule se rassembla et l'on entendit au milieu de cet attroupement des clameurs déchirantes qui perçaient le brouhaha. Ballerini bondit et se faufila dans cet écheveau. Je le suivis et, quand je me fus enfin frayé un chemin parmi les corps agglutinés, je le vis penché au-dessus d'une petite fille dont les deux jambes étaient coincées sous un énorme tonneau. La charrette d'où était tombé le fût se trouvait encore à côté ; sur son siège, le cocher consterné regardait vers le sol. Quelques colosses tentaient de soulever l'objet, mais ils ne purent rien contre cette masse immense. Ils s'apprêtaient à le faire rouler pour l'éloigner du corps de la fillette lorsque Ballerini, furieux, leur demanda s'ils voulaient de surcroît broyer les pieds de l'enfant. Il leur ordonna d'aller chercher des cales au plus vite. Lorsque ce fut fait, on les disposa à gauche et à droite des jambes de la victime et l'on fit rouler le fût sur les cales, à quelques pouces de hauteur. Puis on fit sortir la pauvre enfant de sous le tonneau.

Ballerini prit la petite dans ses bras. Je me précipitai en avant pour lui ouvrir un chemin dans la foule et le chirurgien me suivit, portant l'enfant dont les jambes écrasées pendaient du corps comme les membres inanimés d'un pendu. Un nouveau cri parcourut la foule lorsque nous entrâmes dans l'auberge. Ceux qui étaient attablés se levèrent d'un bond, on jeta au sol assiettes et chopines et Ballerini posa l'enfant sur l'une des tables. Le visage de la fillette était blanc comme la craie. Elle gardait les yeux rivés au médecin qui lui parlait d'une voix tranquillisante et lui assurait que tout irait bien. Ballerini attrapa un drap blanc qu'il glissa dans la main de deux des personnes présentes, à gauche et à droite de la table, pour qu'elles le tiennent tendu entre elles à la hauteur du ventre de la petite, afin qu'elle ne puisse voir ses jambes. Et tandis qu'à l'autre extrémité de la table on faisait tout ce que l'on pouvait pour fortifier le corps et l'âme de la malheureuse avant l'épreuve, Ballerini m'envoya chercher sa sacoche.

Lorsque je revins, le tumulte avait recommencé devant l'auberge. La mère de l'enfant était arrivée et se déchaînait comme une folle, réclamant à cor et à cri qu'on la laissât accéder à sa fille. On lui ouvrit le passage et par miracle elle retrouva ses esprits dès qu'elle eut constaté l'étendue des dégâts. Elle posa ses mains protectrices autour de la tête de l'enfant et se mit à chanter doucement, suscitant chez ceux qui l'entouraient tant de tristesse et de compassion que les larmes leur montèrent aux yeux.

Pendant ce temps-là, Ballerini avait palpé les membres écrasés où l'on voyait déjà apparaître les couleurs les plus répugnantes. Le fût, dans sa chute, l'avait d'abord atteinte par le rebord, broyant les jambes de la petite au-dessus du genou. Puis il avait basculé, s'était couché sur le côté et avait fracassé les tibias. Le sang suintait de cette masse comprimée de peau, de muscles et de fragments d'os et se déversait sur la table. On avait attaché les bras et le haut des jambes de l'enfant à la table, si bien que les cris de douleur que lui arrachait chaque contact n'étaient accompagnés que par un effroyable tressaillement du corps. Je crus défaillir lorsque Ballerini prit une paire de ciseaux et découpa les vêtements jusqu'à la hauteur du nombril. Lorsqu'il l'eut fait, il lava les excrétions que le petit corps terrorisé avait rejetées. Il approcha une deuxième table, ordonna que l'on dénoue les liens et demanda que l'enfant, qui s'était tordue de douleur pendant tout ce temps, soit attachée sur les deux tables à la fois de telle sorte que ses cuisses ne reposent plus sur rien. Lorsque ce fut fait, il ouvrit sa sacoche et envoya chercher un prêtre.

D'un geste, il pria la mère de le rejoindre et échangea quelques mots avec elle. Je ne pus comprendre ce qu'ils disaient. Il lui posa manifestement des questions auxquelles la femme, pétrie d'angoisse, répondit en secouant la tête. Soudain, elle recula et dévisagea fixement le médecin, horrifiée. Ballerini se détourna brutalement, haussa les épaules et commença à refermer sa sacoche. La femme se précipita alors à ses pieds, s'accrocha à ses jambes et l'implora de faire tout ce qui était en son pouvoir pour sauver sa fille. Ballerini la releva brutalement, lui chuchota, l'air furieux, quelque chose à l'oreille, sur quoi la pauvre femme hocha la tête sans interruption en l'assurant qu'il aurait tout ce qu'il voulait pourvu qu'il intervienne rapidement et utilise tout son art afin que, par la volonté de Dieu, son enfant soit sauvée. L'ensemble de la scène ne dura qu'une minute, et je fus incapable de comprendre ce qui s'était déroulé entre les deux protagonistes. Je n'eus pas le loisir d'y réfléchir longtemps : un murmure parcourut la foule lorsque le chirurgien alla rechercher sa sacoche et étala ses instruments sur la table. Tandis qu'il préparait à côté de lui, à portée de main, scalpels, courroies de cuir et fers à cautériser, il ordonna que l'on apporte une casserole de charbons ardents et que l'on fasse chauffer les fers. J'observai avec étonnement ces ustensiles qui ressemblaient aux instruments de torture employés par les Turcs. Les couteaux étaient plantés dans des manches de bois sculptés dont chacun s'achevait sur un épais pommeau qui offrait une bonne prise. Les lames avaient des tailles différentes, certaines étaient finement courbées en forme de faucille, d'autres se ramifiaient sous la pointe qui s'ouvrait comme un double sabre affûté. Les fers, longs comme le bras, dont Ballerini entoura la poignée d'un morceau de drap, se distinguaient par leur extrémité. L'une était ronde et large comme une grosse pièce de monnaie et servait sans doute à cautériser les vaisseaux sanguins ouverts. L'autre, destinée à refermer les os, était moulée en forme de cœur pour pénétrer dans l'os scié et le cautériser. À côté se trouvaient quelques pinces que l'inventivité d'un forgeron avait permis de transformer en étau. Mais c'est un instrument terrible, sorti d'un étui fourré de velours rouge, qui m'impressionna le plus. Deux oiseaux de proie au regard sombre tenaient entre leurs quatre serres un cadre en fer forgé où l'on avait fixé une longue lame à dents fines. Je fus longtemps incapable de détourner mon regard de ces monstres au bec desquels pendaient des langues sinueuses de reptiles. Les deux têtes ornaient la monture d'une scie sur laquelle on lisait en grandes lettres les mots PATERE UT SALVERIS.

Le prêtre arriva en compagnie de deux bourgeois qui éloignèrent Ballerini de la table. Quelle mouche l'avait-il piqué, demandèrent-ils, d'organiser une opération ici ? Qui était-il ? Pouvait-il seulement prouver sa qualification pour la tâche qu'il s'apprêtait visiblement à accomplir ? Ballerini donna son nom et son titre. Il était, dit-il, en route pour Montpellier, où il devait enseigner l'art de la chirurgie à l'université, sur invitation du fameux médecin Saporta. Il s'était trouvé par hasard sur les lieux au moment où cet accident s'était produit, et l'on ne pouvait plus attendre pour mener cette opération, certes triste et regrettable, mais inéluctable si l'on ne voulait pas que cette malheureuse enfant perde la vie en l'espace de quelques heures. Pouvait-il prouver ce qu'il disait ? lui demanda-t-on. Ballerini produisit une lettre, et tandis que les deux bourgeois l'étudiaient, on apporta le récipient plein de charbons ardents. Le chirurgien posa les fers dans la cheminée puis se tourna vers la petite fille qui, à demi inconsciente, répétait en bredouillant les mots latins que le prêtre lui récitait. Le visage de l'enfant avait pris la couleur de la cendre. Ses cheveux noirs, trempés de sueur, descendaient sur les bras de sa mère qui lui entourait la tête, comme pour la protéger. Plus l'opération approchait, plus le silence et même le recueillement se répandaient dans la salle. Le prêtre murmurait ses prières, les deux bourgeois examinaient la lettre de Ballerini, les charbons crépitaient dans le chaudron, laissant s'échapper de minces volutes de fumée.

Les deux bourgeois avaient fini de lire la lettre ; ils échangèrent un regard grave et la rendirent à Ballerini. Celui-ci n'hésita pas une seconde de plus, saisit un couteau et effectua rapidement quelques entailles. On n'entendit qu'un bref bruit sourd, une sorte de clapotis aussitôt recouvert par un glapissement. À l'instant même, Ballerini se retourna et prit la scie, les mains ensanglantées. La pauvre créature, folle de douleur et d'angoisse, se débattait dans ses liens comme une furie, et chaque fois qu'elle reprenait son souffle, on entendait le bruit déchirant de la scie aux deux dragons. Ballerini travaillait vite. Les cris atroces de l'enfant semblaient ne pas l'impressionner. À peine eut-il détaché la jambe gauche qu'il fit apporter les fers, pressa le métal incandescent sur les nombreux points d'où le sang jaillissait furieusement, tarissant une source après l'autre. L'air s'emplit de l'odeur suave et fétide de la chair brûlée et, quand il se mit à sectionner la deuxième jambe, les cris de l'enfant s'arrêtèrent soudain et sa tête retomba dans les bras de la mère. Pendant quelques minutes on n'entendit que le bruit de cisaillement produit par la scie puis, peu à peu, le sifflement du métal brûlant qui, d'un baiser de feu, refermait pour toujours les vaisseaux sanguins qu'avait ouverts la lame.

Au bout d'une demi-heure tout était terminé. Les moignons étaient entourés de draps blancs. L'enfant était toujours inconsciente, mais son cœur battait, et seules la grâce de Dieu et l'habileté des apothicaires décideraient désormais du sort de la pauvre créature.

Nous quittâmes la ville le jour même. Ballerini craignait que les choses ne tournent mal pour lui si l'enfant ne se remettait pas. Nous partîmes en direction de Castres et avançâmes le dos au soleil jusqu'à ce que nos ombres s'allongent devant nous ; nous passâmes la nuit à la belle étoile. Le lendemain le soleil brillait de nouveau et vers midi nous atteignîmes une clairière où nous fîmes une halte. Ballerini m'ordonna de m'installer à mon aise dans l'herbe. Je jetai mon ballot au sol, me couchai à côté et laissai mon regard errer dans le bleu clair du ciel de midi. J'entendis Ballerini fouiller ses bagages à côté de moi, mais ces bruits ne m'arrachèrent pas à mes rêveries. Je n'en sortis qu'au moment où il m'adressa la parole.

— Debout, mon garçon, il est temps de montrer ce que tu sais faire.

Je me retournai vers lui, somnolent. Mais dès que j'eus vu ce qu'il avait étalé dans l'herbe, à ses pieds, je reculai, horrifié. Quel démon ! C'est donc cela qu'il avait obtenu de cette pauvre femme en détresse ! Ma gorge se noua, mais Ballerini me regardait, l'air sévère et peu amène.

— Allez, ne fais pas de manières. Au travail. Pareille occasion ne se présente pas tous les jours.

Je répondis, encore incrédule, à son regard. Mais il m'adressa plusieurs clins d'œil et me signifia par quelques mouvements de la main que je devais aller chercher mes plumes. Je ne compris qu'à ce moment-là ce qu'il comptait faire avec les monstruosités qui reposaient au sol, devant lui. Et tandis que, bouleversé par l'écœurement et l'horreur, je sortais de mon sac plume, encre et papier, il s'appliquait déjà, en commençant par les orteils, procédant par entailles fines et réfléchies, à disséquer les jambes amputées de l'enfant.

6.

Interrogatoire du marquis de Rosny

Charles Lefebre : Marquis, vous savez que le roi m'a chargé de mener une enquête sur les circonstances de la mort de la duchesse. Êtes-vous prêt à répondre devant nous à quelques questions ?

Rosny : Faites votre office.

C.L. : Où vous trouviez-vous au moment de la mort de la duchesse de Beaufort ?

Rosny : Dans mon château de Rosny, où je m'étais rendu afin de passer les journées de Pâques en compagnie de Madame la princesse d'Orange et de quelques autres personnalités de haut rang.

C.L. : Avez-vous vu Madame la duchesse avant son départ ?

Rosny : Oui. J'ai pris congé d'elle chez Monsieur Zamet, où elle était logée.

C.L. : Comment s'est déroulée cette visite ?

Rosny : La duchesse était souffrante et fort incommodée par sa grossesse. Mais elle m'a manifesté un grand attachement et m'a aussitôt prié d'oublier nos anciennes querelles. Elle-même, me dit-elle, l'avait déjà fait.

Elle me jura qu'elle avait toujours été ma meilleure amie et m'assura de son affection. Elle ajouta que les grands services que j'avais rendus au roi et à l'État l'obligeaient plus que jamais à me prouver sa reconnaissance. Elle comptait m'en dire plus sur ce point à mon retour, et me promit de ne rien entreprendre désormais avant d'avoir pris mon conseil.

C.L. : Comment avez-vous réagi à ces avances ?

Rosny : Je l'ai remerciée comme il se devait, sans laisser paraître que je devinais de quoi il s'agissait, bien que je l'aie su, cela va de soi.

C.L. : La duchesse faisait manifestement allusion à son prochain mariage avec le roi. Ce projet était connu. Vous en étiez informé mieux que personne. Comment avez-vous donc pu feindre de ne pas comprendre ce que voulait dire la duchesse ?

Rosny : Bien que cette affaire ait déjà été très avancée, je ne croyais pas que les intentions de la duchesse de Beaufort seraient couronnées de succès. J'avais été témoin des oscillations du roi, constamment tiraillé entre la loyauté qu'il devait à son cœur et celle qu'il devait à son État. En outre, par trois lettres que m'avait écrites la reine, je savais que celle-ci était fermement résolue à empêcher ce mariage.

C.L. : Le roi ne doutait plus. Il avait pris une décision, vous le saviez forcément. Quant à la résistance de la reine Marguerite de Valois, pourriez-vous nous montrer les lettres qu'elle vous a écrites ?

Rosny : Voici la dernière. La reine me dit de ses propres mots que les hésitations et les doutes qu'elle éprouve sont dus au fait qu'elle ne veut pas céder sa place à une femme de réputation aussi douteuse.

C.L. : Je me dois de vous dire que cette lettre, dans laquelle on ne reconnaît nullement le style de la reine, est en contradiction formelle avec les faits. La reine avait accepté le divorce et signé le 3 février 1599, au commencement de la procédure, une lettre de pouvoir qui arriva à Paris six jours après cette date.

Rosny : Je n'ai pas eu connaissance de cette pièce.

C.L. : J'ai bien du mal à l'admettre, compte tenu de votre position au Conseil royal et de la grande confiance dont vous jouissez auprès de Sa Majesté. Mais dites-nous tout d'abord si votre épouse, la marquise de Rosny, n'est pas elle aussi allée prendre congé de la duchesse de Beaufort.

Rosny : Je l'y ai moi-même envoyée.

C.L. : Que s'est-il passé lors de cette rencontre ?

Rosny : La duchesse a réservé à Madame de Rosny un accueil très aimable. Elle lui a dit qu'elle voulait l'aimer comme sa meilleure amie. Elle lui a en outre demandé de se comporter avec elle en toute liberté et d'être présente à son lever et à son coucher quand bon lui semblerait.

C.L. : Quelle impression cette entrevue a-t-elle produite sur votre épouse ?

Rosny : Elle est revenue très en colère. Elle m'a demandé si elle, marquise de Rosny, devait considérer comme un honneur la liberté d'être présente au lever et au coucher de la duchesse de Beaufort. Elle avait ressenti cette offre comme une offense. Si elle devait rendre pareil honneur, ce serait seulement à une reine de France digne et vertueuse.

C.L. : Qu'avez-vous répondu à votre épouse ?

Rosny : Je lui ai dit que je savais bien ce que signifiait ce langage, et que je lui en dirais plus à ce sujet en une autre occasion. Mais j'ai ajouté que d'ici là, elle devait veiller à n'en parler à personne et à garder ses pensées pour elle, notamment face à la princesse d'Orange, qui croyait avoir un grand intérêt dans cette affaire.

C.L. : Un témoin a cru entendre encore d'autres propos de votre part.

Rosny : Eh bien, j'ai ajouté que l'on verrait bien comment se terminerait cette histoire et si la corde ne romprait pas.

C.L. : Nous vous demanderons tout à l'heure d'expliquer ces mots, car ils sont ambigus et peuvent même prêter à de fâcheuses interprétations. Mais reprenons d'abord votre déposition. Comment avez-vous appris la mort de Madame de Beaufort ?

Rosny : Deux jours après notre arrivée au château de Rosny, le samedi d'avant Pâques, très tôt le matin, avant même le lever du jour, je bavardais avec mon épouse, qui était encore au lit. Nous parlions des espoirs qu'avait Madame la Duchesse d'épouser le roi. Je commençai par lui exposer mes réflexions, lui parlai des grands obstacles qui, de mon point de vue, s'opposaient à pareille union, ainsi que des inconvénients et des catastrophes qui en résulteraient indubitablement. J'entendis soudain la cloche de la porte, dont le long cordon arrive de l'autre côté des douves, et une voix qui criait : « Au nom du roi ! Au nom du roi ! »

J'ordonnai immédiatement de faire abaisser le pont et d'ouvrir la porte. Lorsque je descendis l'escalier, je rencontrai un messager qui m'annonça, tout ému : « Monsieur, un message du roi. Il souhaite que vous vous rendiez aujourd'hui à Fontainebleau.

— Jésus ! mon ami, répondis-je, le roi est-il malade ?

— Non, Monsieur, mais il est plus triste et en colère que jamais auparavant. La duchesse est morte !

— La duchesse est morte ? m'exclamai-je. Mais comment cela ? Quelle maladie fulgurante l'a-t-elle donc emportée ? Et d'où le tiens-tu ? » lui demandai-je. Je le fis monter dans ma chambre pour dissiper la tristesse qui me prenait en ces lieux et lui proposai de tout me raconter en mangeant un morceau, car il avait certainement faim.

Arrivé dans la chambre, le courrier nous informa de ce qu'il savait sur la mort de la duchesse. Il était passé par Paris sur le chemin de Rosny et y avait rencontré Monsieur de La Varenne qui lui avait remis une lettre à mon attention.

C.L. : Nous allons entendre sous peu Monsieur de La Varenne. Mais dites-nous auparavant, je vous prie, quels mots vous avez adressés à votre épouse lorsque vous êtes entré dans sa chambre, encore profondément ému de la nouvelle que vous veniez d'apprendre. Le messager a entendu ces paroles et nous en a fait part.

Rosny : J'ai trouvé mon épouse encore au lit et je lui ai dit en la serrant dans mes bras : « Ma fille, il y a bien des nouvelles. Vous n'irez ni au coucher, ni au lever de la duchesse, car la corde a rompu. À présent qu'elle est morte, Dieu lui donne une bonne et longue vie. Voilà le roi délivré de beaucoup de questions sans réponse et de problèmes sans solution. »

C.L. : Ce sont bien les paroles qu'on vous a entendu dire. Elles ont été abondamment commentées et l'on a beaucoup spéculé dessus. Ceux que leurs mérites et leur dignité élèvent au-dessus des autres ont toujours des ennemis. Les vôtres ont attribué à ces mots une portée qu'ils n'auraient sans doute jamais pu avoir dans vos pensées. Pourriez-vous nous dire précisément, je vous prie, ce que vous vouliez exprimer ainsi ? Vous aviez dit lors de votre conversation avec votre épouse que l'on verrait bien comment cette histoire se terminerait et si la corde ne romprait pas.

Rosny : C'est une expression figurée que l'on utilise généralement pour exprimer que quelque chose peut prendre un tournant inattendu. J'ai toujours pensé que ce mariage serait empêché au dernier moment, ou bien par le pape, ou bien par la reine Marguerite, ou bien par le roi lui-même. Je croyais qu'au moment décisif il n'oserait pas franchir le pas. C'est cela qui m'a incité à dire que la corde romprait peut-être. Mais je l'admets, la seule issue à laquelle je n'aurais jamais cru est celle que la Providence a provoquée. Que l'obstacle ait été l'œuvre de Dieu ou des hommes, mes prédictions se sont avérées et c'est cela qui m'a fait dire, plus tard : la corde a rompu.

C.L. : L'idée que la mort de la duchesse pourrait détourner tous les périls qui menaçaient la France ne vous est donc venue qu'après l'événement !

Rosny : Certainement ! Je vois bien où vous voulez en venir en posant cette question. On soupçonne l'existence d'un complot contre la vie de la duchesse. On n'ose certes pas m'accuser publiquement d'y avoir trempé, mais on suppose que j'ai été au courant et que je n'ai rien entrepris pour l'empêcher, que je n'ai rien fait, mais laissé faire.

C.L. : Eh bien ?

Rosny : Si j'avais eu vent de ce crime et si je n'avais rien fait pour l'empêcher, je serais tout aussi coupable. Je n'ai pas la réputation de prendre des gants avec les sujets de mauvaises mœurs, et je ne crois pas que l'on puisse me reprocher de m'être jamais commis avec des criminels pour obtenir un avantage ou accroître mon prestige. Pour noircir avec pareil soupçon une longue vie exclusivement consacrée au bien de l'État, il faut plus que ces mots prononcés hâtivement et qu'il m'est possible d'expliquer sans la moindre honte. Avant de chercher des complices, il faudrait en outre commencer par prouver qu'il y a seulement un coupable. Or, on ne l'a pas fait et on ne pourra pas le faire. Vous avez interrogé Monsieur Zamet, mais qu'avez-vous appris ? Il n'y a rien qui puisse être mis à sa charge. Il a déclaré que la duchesse était décédée de mort naturelle. La hâte considérable avec laquelle elle a quitté son établissement – l'unique indice que l'on ait jusqu'ici allégué contre lui – peut parfaitement s'expliquer par le désir que la duchesse avait d'être plus près du Louvre, où elle attendait le roi. Monsieur de Cheverny, dont vous devriez avoir lu la déposition, confirme les dires de Monsieur Zamet sur ce point. Monsieur de Cheverny a beaucoup perdu à la suite de la mort de la duchesse, et lorsqu'il a appris l'événement, il s'est plaint publiquement du malheur qu'il y avait à s'être si étroitement attaché à elle. Mais a-t-il exprimé le moindre soupçon de l'existence d'un crime, lui qui devrait tant tenir à en apporter la preuve ? Les autres parents de la duchesse, ses sœurs, sa tante de Sourdis, ont-ils émis le moindre doute sur la nature du mal qui l'a enlevée ? Le roi lui-même, qui l'aimait tant, aurait-il partagé les soupçons que l'on ose laisser s'exprimer aujourd'hui ? Non. Il continue à honorer Monsieur Zamet de son amitié. S'il fait mener aujourd'hui cette enquête, c'est par respect pour la Justice. Pour ce qui me concerne, il m'a accordé le grand honneur de me faire nommer surintendant des Finances après la mort de la duchesse...

C.L. : ... et grand-maître de l'artillerie, une fonction qui, jusqu'à la mort de la duchesse, était réservée au père de la défunte et dont le roi n'a osé le décharger que lorsque sa fille n'était plus en mesure de lui assurer sa protection.

Rosny : Libre à vous d'établir ce genre d'associations perfides. Me croyez-vous vraiment assez bas pour assassiner, dans le but de recevoir une fonction, la personne que mon roi a le plus aimée ? Je l'admets, c'était pour moi un calvaire que de voir une charge pour laquelle j'avais toutes les qualifications, occupée par une personne aussi incompétente. Mais si vous considérez qu'un soupçon contre moi est fondé sur ce motif, vous pourriez tout aussi bien soupçonner le roi lui-même, car c'est lui qui se voyait constamment placé en porte à faux par l'impéritie absolue de Monsieur Antoine d'Estrées. Et le roi lui-même a-t-il jamais exprimé ne fût-ce que l'ombre d'un soupçon à mon égard ? Nullement. Au contraire. Le jour de la catastrophe, profondément inquiet, il m'a fait venir et sous les yeux de la Cour, en public, il a cherché auprès de moi une consolation à la peine que lui causait ce triste événement. Cela m'a permis de lui parler de la Providence divine qui place souvent notre salut dans des événements funestes où nous croyons voir notre fin. Tout cela ne prouve-t-il pas suffisamment que jamais il n'a conçu le moindre soupçon à mon égard et qu'il ne m'a, à aucun moment, cru responsable de son malheur ?

C.L. : Après la mort de la duchesse de Beaufort, vous avez fait arrêter et conduire à la Bastille deux de ses domestiques, une femme que l'on appelle La Rousse et l'époux de celle-ci. Pourquoi avez-vous agi de la sorte ?

Rosny : Ces deux personnes disposaient de connaissances intimes sur la vie privée de la duchesse et avaient envers elle une dette considérable. Mais, au lieu de préserver sa mémoire, ils ont commencé à la salir et à répandre à son propos toutes sortes d'histoires calomniatrices ou du moins inexactes. J'ai mis un terme à ce scandale.

C.L. : N'aviez-vous pas d'autre but en les faisant arrêter ?

Rosny : Non. La duchesse de Beaufort et moi-même étions brouillés. C'est un fait que je n'entends nullement dissimuler. J'ai eu souvent maille à partir avec elle, en raison de ses exigences et de son orgueil excessif. Autant que je l'ai pu, j'ai tenté d'influencer le roi pour qu'il n'accomplisse pas un acte qui aurait à mes yeux nui à sa réputation et à la sûreté de l'État. En accord avec ses meilleurs conseillers, je souhaitais pour lui une autre union conjugale. J'ai fait tout cela publiquement, au vu et au su de tous, car comme je l'ai déjà prouvé à plusieurs reprises, je ne suis nullement amateur des ruses et des manœuvres. La Providence a détourné de nous les dangers que je prévoyais. J'ai considéré cette mort comme une bénédiction et me suis exclamé, à l'instar du médecin La Rivière : *Hic est manus Dei.* Mais, dans le même temps, je me suis rappelé ce que je devais au roi qui avait honoré cette dame de son amitié. Par respect pour elle et pour ses enfants, qui sont aussi ceux du roi, et en mémoire du grand amour que ce prince lui avait porté, j'ai puni ceux qui la calomniaient. Cela permet de juger comment j'aurais procédé contre de possibles meurtriers si j'avais cru qu'il existait à la mort de la duchesse une autre cause que la volonté divine.

Propos consignés à Paris ce 4 mai 1599.

7.
Un visage

Le paysage s'étendait humblement sous les nuages noirs. Des hirondelles filaient à hauteur de tête au-dessus des champs, s'élevaient tout d'un coup à la verticale et dessinaient une trace sombre qui s'effaçait rapidement dans la pénombre plus obscure encore. Aucun souffle de vent ne croisait leur vol. Bleu argent, comme si un Dieu s'y était noyé, le fleuve roulait sans bruit vers l'horizon. Sur le fleuve, en aval, le ciel s'embrasait. Rouge et Jaune s'affrontaient, s'enlaçaient passionnément dans leur prison bleu nuit pour donner naissance à un sombre vermillon. Puis ils se détachaient l'un de l'autre, carmin et safran, lapis-lazuli, combattants épuisés et suicidaires qui, comme aiguillonnés par le blanc vif qui déclinait, se jetaient une dernière fois dans le noir qui les noyait dans un pourpre somptueux.

Les deux cavaliers firent faire demi-tour à leur monture et filèrent dans la direction d'où ils étaient venus. Un coup de tonnerre déchira le silence. Les chevaux angoissés écumaient et enfonçaient leurs sabots dans la terre retournée. La tête collée au cou de leur monture, les deux hommes galopèrent vers le village situé derrière les collines. Vignac fut le premier à l'atteindre. Le cheval de Lussac avait commencé à faiblir. Vignac avait déjà mis pied à terre lorsque son compagnon franchit la clôture délabrée. L'air était tendu à se rompre, mais le ciel ne lâchait toujours pas la moindre goutte d'eau.

Les maisons dispersées aux alentours étaient inhabitées. Des murs couverts de suie sortaient de la terre brune. Au-dessus des pans de murs, des poutres éclatées s'élevaient sur les faîtages effondrés. La destruction du village devait remonter à plusieurs années. Lussac examina l'un des sabots de son cheval et en ôta d'un geste sûr un caillou qui s'était glissé sous le fer. Pendant ce temps-là, Vignac allait de maison en maison, cherchant des ruines qui pourraient leur offrir une protection contre l'orage imminent. Il découvrit finalement un abreuvoir pourvu d'un toit qui avait échappé à la destruction générale. À peine avait-il attaché son cheval et fait signe à Lussac de le rejoindre que la pluie commença à tomber.

Peu de temps après, la terre autour d'eux n'était plus qu'une éponge. Les maisons calcinées s'élevaient, lugubres silhouettes, derrière le rideau de pluie. Des bourrasques poussaient l'eau à l'horizontale et n'épargnaient pas le petit abri. Les vêtements dépenaillés des deux voyageurs absorbaient l'humidité et prenaient peu à peu une teinte sombre.

Lussac, de mauvaise humeur, leva les yeux vers le ciel où défilaient des nuages gris et déchiquetés par le vent. Il ferma les yeux et montra les dents, comme s'il avait voulu faire une grimace à l'orage. Vignac regardait fixement devant lui, la tête enfoncée dans les épaules, pour que la pluie qui ruisselait ne lui rentre pas dans le cou.

Lussac s'assit au bord de l'abreuvoir et posa ses bottes dans la boue. « Mon Dieu ! Dans quelles conditions ont-ils dû vivre ici ! » Vignac laissa son regard se promener dans les ruines et imagina ce qui avait dû se dérouler dans ce village. Il vit des gens sortir des maisons, muets, craintifs, tête basse et mains levées. Autour d'eux, une foule de cavaliers. L'un d'entre eux, furieux, fait des va-et-vient au galop dans la rue en criant que tous ceux qui se cachent dans les maisons seront décapités sur-le-champ. Mais ils sortent tous, se postent devant leur demeure et attendent en tremblant ce qui va leur arriver. La rue principale est jonchée de cadavres, presque uniquement des paysans faiblement armés. Le jeune capitaine approche de nouveau au galop et hurle si fort que sa voix se transforme en un glapissement : « *Lutheranos, fuera, lutheranos !* » Soudain il descend de cheval, s'empare d'une femme terrorisée qui se presse contre le mur d'une maison. Il lui arrache sa capuche et se retrouve avec toute sa chevelure dans la main. Le visage furieux du jeune capitaine espagnol est la dernière chose que le fils de paysan travesti distinguera de ce monde : il sent aussitôt une onde de chaleur se propager dans sa poitrine et voit l'Espagnol reculer, le couteau ensanglanté à la main, au nom du Père, du Fils et du Saint... Ce sont alors les soldats qui mettent pied à terre et s'abattent sur les autres habitants, sans se demander s'il s'agit de véritables femmes ou d'hommes déguisés.

Vignac ferma les yeux. Mais ces images ne voulaient pas s'estomper. Lorsqu'il les ouvrit de nouveau, c'était bien la rue vide qui s'étendait devant lui, bordée de maisons calcinées. Il ne fallut pourtant pas longtemps pour que le crépitement de la pluie se mue de nouveau en un tintement d'armes auquel se mêlaient les cris atroces des enfants, et sans cesse, entre les deux, le bruit sourd et sec d'une épée qui s'abat sur une nuque.

Trois jours les séparaient encore du château vers lequel ils se dirigeaient. Trois jours par temps sec. Une semaine entière s'il continuait à pleuvoir ainsi. Bien que la plupart des incendies aient remonté à plusieurs mois, peut-être même à des années, une chape de silence et de terreur flottait encore sur ces lieux. C'est par là qu'étaient passées les armées catholiques et protestantes, le sort de la guerre profitant tantôt à un camp, tantôt à l'autre. Entre les fronts, les misérables cabanes des paysans que ce monstre aux mille têtes ravageait dans l'indifférence.

Tous désormais parlaient de paix. L'incroyable s'était produit. Navarre les avait tous vaincus : d'abord Farnèse, puis les troupes de l'empereur, Mayenne, et pour finir Mercœur. L'Espagne, ce gigantesque empire dont aucune carte ne pouvait inventorier la totalité des terres, ne portait plus que des coups hésitants et sans force, livrant des escarmouches insignifiantes dans les provinces dont on n'était pas sûr. Ici et là on prenait une ville, tout en sachant qu'on ne pourrait la tenir.

Vignac regarda autour de lui avec dégoût. Lussac cracha loin dans l'une des flaques.

— Maudit pays !

Vignac ne répondit pas tout de suite. Puis, comme si la réponse venait de lui être suggérée par les plus hautes instances, il dit :

— Un jour nous vivrons à Paris dans des logis chauffés.

— Qu'est-ce qui te rend si sûr de toi ?

— C'est fini. Nous avons un roi qui force les Espagnols à conclure la paix et nous aurons un édit qui nous protégera contre les papistes. Lorsque cette guerre lamentable sera terminée, il y aura du travail à Paris.

— L'avenir, toujours l'avenir... Pour l'instant, nous n'avons plus grand-chose à manger et il nous reste au moins trois jours de voyage.

Lussac ferma les paupières et tira brusquement sur les rênes de son cheval. Des deux, c'était lui le plus grand. Ses boucles noires trempées pendaient sur ses épaules, encadrant un jeune visage imberbe et en perpétuel mouvement. Ses yeux d'un brun profond allaient et venaient en permanence, saisissant avec méfiance tout ce qui se trouvait aux alentours. Son nez étroit surplombait discrètement de larges lèvres charnues entre lesquelles on apercevait des dents très disjointes chaque fois qu'il examinait quelque chose de près. Se concentrer semblait lui être douloureux.

Vignac était de stature moyenne. Ses cheveux brun foncé étaient coupés court afin d'éviter les poux. Bien qu'il fût, à vingt-six ans, le cadet de son compagnon de route, il donnait l'impression d'un homme dont la jeunesse remontait loin. De nombreuses rides entouraient ses yeux. La méfiance et la curiosité s'affrontaient constamment sur son visage. Ses traits ne se détendaient que lorsqu'il peignait. Dans ces moments-là, en effet, il parlait avec Dieu et avait la certitude que celui-ci l'écoutait.

Ils regardaient dans le vide, sans rien dire, tandis que la pluie crépitait sur le petit toit de bois. Les gouttes éclataient et se transformaient en embruns. Les chevaux tremblaient. Lussac leur caressa le museau pour les tranquilliser et les ramena à couvert. Vignac regarda, songeur, les grands yeux tristes des animaux et se laissa envelopper avec reconnaissance par la chaleur qu'exhalaient leurs corps puissants. Puis le roulement de tambour que provoquaient les gouttes de pluie se transforma en un staccato assourdissant. Des grêlons gros comme des cailloux éclataient de toutes parts dans la boue et sur les murs en ruine. À quelques mètres de là, un merle aux ailes fatiguées sautillait entre les sillons. Il s'immobilisa d'un seul coup. Quelque part, un mur s'effondra en grinçant. Les chevaux renâclèrent, mais se tranquillisèrent de nouveau lorsque Lussac leur tendit quelques tranches de betterave qu'il était rapidement allé chercher dans l'une des bâtières.

L'orage finit par se calmer. La grisaille se dissipa de toutes parts, laissant place aux premières couleurs. Peu après, on entendit le chant des oiseaux se mêler au gargouillement de l'eau qui s'écoulait.

Il leur fallut un moment pour ramener les chevaux dans la rue. Ils s'enfonçaient jusqu'aux genoux dans la boue. Le sol y était tout aussi instable, si bien qu'ils n'osèrent pas monter en selle. Les animaux dérapaient sans arrêt, aspergeant les deux voyageurs qui poursuivaient leur chemin en lançant des jurons.

— Raconte-moi quelque chose sur ton oncle Perrault, finit par demander Vignac.

Lussac essuya son visage trempé de sueur et se sécha la main à son pantalon.

— Que veux-tu savoir de lui ? Je le connais à peine. Je ne l'ai vu qu'une fois, au baptême de ma sœur. C'était il y a huit ans. Il est entré à Paris avec Navarre et y est resté.

— Soldat ?

— Oui, à l'époque. Il est redevenu tailleur de pierre. Dans ma famille tout le monde est tailleur de pierre. Sauf moi...

— ... le sculpteur.

— Tout à fait, confirma fièrement Lussac avant d'ajouter : la seule forme d'art qui puisse montrer l'homme tout entier.

— C'est ce qu'affirmaient déjà les sculpteurs de Venise il y a un siècle et Giorgione leur a fait la leçon.

— Une peinture ne peut jamais montrer qu'un côté d'un objet. Même le peintre le plus habile ne peut rivaliser avec une statue.

— C'est précisément ce que disaient les sculpteurs à l'époque. Giorgione leur a répondu en leur lançant un défi. Il a affirmé qu'il était possible de représenter sur une peinture une personne ou une chose de telle sorte qu'on puisse l'admirer de tous les côtés sans changer de point de vue. La peinture, disait-il, était même supérieure à la sculpture car il n'était pas nécessaire de tourner autour de l'œuvre pour pouvoir le faire.

— Ah ! un vrai fanfaron !

— Écoute-moi donc ! Il a peint un homme nu qui tournait le dos à l'observateur. Devant lui, à ses pieds, il a représenté une source où se reflétait la face de l'homme. À sa gauche, il avait peint sa cuirasse resplendissante ; sa surface polie renvoyait le profil gauche de la personne représentée. Et l'on pouvait regarder le profil droit sur un miroir accroché de l'autre côté. Lorsque les sculpteurs virent la toile, ils durent admettre que la peinture est un art plus grand et plus complet, capable, d'un seul regard, de voir bien plus que la sculpture.

— Allons donc !

Vignac éclata de rire.

Le chemin boueux laissa place à une piste sablonneuse, et ils montèrent en selle. Des champs en friche s'étendaient de part et d'autre, couverts de hautes mauvaises herbes. C'était déjà ainsi depuis des semaines. Des régions entières désertées. Pas un champ cultivé. Juste des pissenlits et des orties balayés par le vent.

Quel triste contraste avec les paysages qu'il avait traversés ces dernières années ! Vignac se rappela les journées qu'il avait passées à chevaucher avec Ballerini dans le Languedoc, en allant vers Montpellier. Quel somptueux tableau offraient alors ces contrées, débordantes de fertilité et de vie ! Même le vin y était si fort qu'il fallait le couper avec de l'eau.

— Pourquoi as-tu quitté Montpellier à l'époque ?

Lussac semblait avoir deviné ses pensées.

— Ballerini n'avait plus rien à m'apprendre. Et je pensais que quatre années suffisaient comme remerciement pour m'avoir tiré de La Rochelle. Parfois je le regrette. J'y ai été très heureux. Connais-tu Montpellier ?

— Non. Mais on dit que les femmes y sont très belles.

— On peut le dire. C'est d'ailleurs de là que la ville tire son nom. *Mons puellarum*, la montagne des femmes. Les filles y ont une peau de pêche mûre.

— Et il t'a laissé partir comme ça, sans autre forme de procès ?

— L'accord était clair : je devais lui servir de dessinateur jusqu'à ce qu'il ait achevé son manuel de chirurgie. Je te le jure, je ne dessinerai plus jamais d'organe ou d'os. Ballerini m'a forcé à m'asseoir avec lui devant des cadavres ouverts et tellement décomposés qu'ils partaient en lambeaux sous ses doigts. Je devais être présent et réaliser des dessins après chaque entaille. Je frissonnais chaque fois qu'il avait obtenu un corps. Je me tenais dans l'amphithéâtre d'anatomie, à côté de Ballerini, et j'attendais qu'il ait prononcé sa conférence d'introduction. J'avais le regard fixé sur ce corps qui, couché à côté de moi, serait bientôt éventré comme un fruit pourri tombé de l'arbre. N'est-ce pas un péché d'ouvrir une poitrine, laquelle est le siège de l'âme ? Peut-être celle-ci ne monte-t-elle pas tout de suite au ciel, peut-être attend-elle le Jugement dernier, enfermée dans notre corps inanimé ? Où notre âme attendrait-elle le Sauveur, sinon dans notre corps ? Le pire, c'était que l'intérieur de ces corps avait l'aspect d'une machine certes ingénieusement conçue, mais dépourvue d'âme.

Il n'y avait strictement rien d'humain là-dedans. Ouvre un cochon et tu crois voir l'intérieur d'un homme.

Lussac poussa un soupir agacé. Ils chevauchèrent un certain temps sans rien dire. Mais Vignac n'en avait pas encore terminé avec son histoire. Il finit par dire :

— Une fois nous avons disséqué une femme enceinte. Lorsque nous lui avons ouvert le ventre, nous y avons trouvé le lieu où l'enfant avait sans doute dû grandir. Mais la petite créature que nous avions extraite de sa chair ressemblait à un batracien translucide. Une dispute opposa alors les étudiants : certains disaient que la femme avait peut-être forniqué avec un animal, d'autres qu'un diable abominable l'avait fécondée. Moi, je ne me posais qu'une seule question : comment Dieu peut-il tolérer que des animaux et des monstres grandissent en nous ? Ballerini répondit que c'était une absurdité, que n'importe quel enfant trouvé à ce stade dans le ventre d'une mère défunte avait le même aspect. On lui rétorqua que justement, toutes ces femmes étaient mortes, preuve qu'il s'agissait bien d'une grossesse morbide. Et puis comment pouvait-on expliquer qu'un enfant commence par ressembler à un batracien et vienne ensuite au monde sous les traits d'un être humain ? À quoi Ballerini riposta qu'un poussin sortant de son œuf n'avait pas non plus l'aspect de la créature que l'on trouvait lorsqu'on ouvrait la coquille à la moitié de la couvaison. On lui répliqua qu'on ne pouvait rien conclure sur l'être humain en se fondant sur l'exemple de la poule, que cela transgressait les règles des Saintes Écritures, selon lesquelles il était avéré que l'homme était unique et à l'image de Dieu.

Lussac grogna une nouvelle fois.

— Unique et à l'image de Dieu ! Surtout les curés grassouillets dans leurs robes. Sans parler de la populace ! Ces êtres puants qui vous collent au corps et aux talons dès qu'on arrive dans une ville, quelle qu'elle soit. Et les Saintes Écritures ? Dis-moi, je te prie, comment il se fait que dans la Bible, on ne dise rien de cette terre légendaire qu'a découverte ce Génois ? Si Dieu est omniscient et a donné les Textes saints aux évangélistes, il aurait dû y dire quelque chose sur le salut de l'âme des sauvages vivant sur cette terre lointaine, non ? Tout est tellement embrouillé. Quand j'écoute les abbés, les choses semblent toujours limpides. Mais lorsque je fais usage de ma propre tête, plus rien ne va.

— Tu ferais mieux de moins réfléchir et de prier plus souvent.

Le chemin descendait à pic et devenait pierreux. Ils mirent de nouveau pied à terre et menèrent prudemment les chevaux en bas d'une pente. Une fois arrivés, ils virent s'élever à leur gauche, à une certaine distance, une colonne de fumée. Lussac plissa les yeux, mais ne put en distinguer l'origine.

— Qu'en dis-tu ? demanda Vignac.

Lussac haussa les épaules.

— Je ne suis encore jamais allé dans cette région. Peut-être un village. Ou quelques paysans qui font brûler un champ.

— Après une pluie pareille ?

— Oui, c'est bizarre. Le chemin décrit une grande courbe autour de ce point. Il n'est vraisemblablement pas très avisé de s'y rendre.

Ils chevauchèrent encore pendant une demi-lieue, gardant toujours à l'œil la colonne de fumée qui se dessinait sur le ciel comme une traînée de charbon. Un vent léger soufflait, mais là-bas, l'air semblait parfaitement immobile : la fumée montait droit vers le ciel.

C'est alors qu'ils entendirent un battement de sabots.

— Bon sang, fit Vignac. Dans les fourrés, vite !

Ils tirèrent sur les rênes de leurs chevaux et descendirent le coteau en direction d'un petit bois. À peine arrivés, ils sautèrent de leurs selles, poussèrent leurs montures dans les fourrés et se cachèrent entre les feuilles. Le bruit des sabots se rapprochait. Les chevaux des deux hommes devenaient nerveux.

— Nous sommes perdus, chuchota Lussac. Les traces vont les conduire tout droit jusqu'ici... Malédiction ! Pourquoi ces chevaux sont-ils aussi agités ?

On percevait déjà le cliquetis des armes. Le sol se mit à vibrer, et cette vibration finit par se transformer en tremblement. La jument de Vignac hennissait d'angoisse et bottait autour d'elle.

— Lussac, par tous les saints, elle s'échappe !

Mais Lussac avait suffisamment à faire avec son propre cheval.

Puis tout alla très vite. Des cavaliers passèrent au grand galop à quelques mètres d'eux. Terrorisée par le nombre de leurs montures, la jument de Vignac voulut s'échapper, mais quelque chose de noir surgit soudain des buissons, attrapa la tête de l'animal et le fit tomber. Vignac était pétrifié de terreur. Une bête sauvage, se dit-il en un éclair. Mais il n'osa pas lever les yeux. L'effroi le paralysait. À un jet de pierre, les cavaliers inconnus continuaient à défiler devant eux. Le moindre mouvement pouvait les trahir. Mais la jument ne bougeait plus. Lussac sortit son couteau. Vignac l'observa, les yeux écarquillés. Puis tous deux regardèrent le ballot qui s'était enroulé autour de la tête du cheval de Vignac. Il ne bougeait plus et semblait ne faire plus qu'un avec l'animal immobile. Vignac discerna des cheveux noirs et à côté, étendu sur le sol de la forêt, un pied aux lignes gracieuses. Comment était-ce possible ? Il fit un signe à Lussac tout en tenant son index sur les lèvres. Puis il posa sa tête contre terre, si près du sol que l'odeur lui en monta au nez. Mais tout était déjà fini. Cinq ou six cavaliers passèrent encore devant eux. Ce furent les derniers.

Dès que le roulement de sabots eut cessé, Lussac se redressa, se jeta d'un bond à côté du cheval de Vignac et saisit à pleines mains le ballot sombre. Une chevelure noire vola brutalement vers l'arrière, et la lame de Lussac s'abattit sur la tache blanche qui brillait en dessous. Le corps léger fit un mouvement fulgurant sur le côté, mais Lussac parvint à le retenir par la tête et projeta la créature au sol. Puis il leva une nouvelle fois sa lame, mais fut atteint par un coup de pied qui, l'espace de quelques secondes, lui coupa le souffle, suivi d'un coup de poing qui le fit basculer en arrière. Lorsqu'il leva de nouveau les yeux, il vit que Vignac tenait une jeune fille par les épaules. Mais celle-ci se libéra d'une secousse, en criant, fit un bond en arrière, se retrouva tout d'un coup agenouillée devant eux et les regarda fixement.

Lussac sentit dans sa bouche le goût amer du sang. Vignac se mit lentement à genoux et, sans quitter la fille des yeux, il leva les mains pour l'apaiser. Le visage de la petite était blafard et sur sa joue gauche se dessinait, rouge foncé, la fine trace de la lame de Lussac qui avait manqué sa cible. Son souffle était un râle, elle haletait et tremblait, ses traits se déformèrent et, sans cesser d'observer Lussac, elle se mit à sangloter comme un enfant. On eut un bref instant l'impression qu'elle allait étouffer. Tandis que les larmes et la morve transformaient son visage en un masque plaintif et que son joli corps tressaillait comme si on le frappait, elle continuait à regarder Lussac. Ses lèvres tremblantes ne couvraient presque plus ses dents. On voyait qu'elle voulait se lever et partir en courant, mais elle n'avait d'autre choix que de rester là, tel un animal pris au piège, ligotée par une panique qui allait croissant et à laquelle son cœur courageux n'avait plus rien à opposer.

Ses sanglots s'apaisèrent. Vignac alla vers elle, la prit dans ses bras et la tint fermement jusqu'à ce que la prochaine convulsion déclenchée par l'angoisse soit passée, et la suivante aussi. Lussac contempla la scène en silence et essuya son visage trempé de sueur. Puis on entendit de nouveau des bruits de sabots.

La jeune fille laissa échapper un cri. Vignac la fit tomber au sol avec lui et lui couvrit la bouche de sa main. Lussac bondit vers le cheval de Vignac qui s'était redressé et dodelinait de la tête, abasourdi.

Les cavaliers s'arrêtèrent lorsqu'ils eurent atteint le chemin qui surplombait le talus. Lussac vit qu'il s'agissait de ses compatriotes. Ils restèrent là un moment, indécis, semblant se demander s'il valait la peine de mener la traque. Ils finirent par faire demi-tour et s'éclipsèrent dans la direction d'où ils étaient venus. Puis le silence s'installa de nouveau.

Lussac se signa.

Vignac s'était levé et l'avait rejoint.

— Des Espagnols ?

— Non. Des Français.

— Et les autres ?

— Je ne sais pas. Ils ne ressemblaient pas à des Espagnols. Dieu sait que des soldats de tous les pays traînent chez nous par les temps qui courent.

Puis il se retourna et se dirigea vers la fille toujours assise par terre et qui paraissait incapable de faire le moindre mouvement. Elle devait avoir seize ou dix-sept ans, elle était maigre. Ses traits lui rappelèrent les jeunes filles qu'il avait connues dans le Sud. Ses cheveux bleu noir tombaient bien en dessous de sa poitrine. Ses sourcils étaient fins et élancés. Ses yeux, rougis par les larmes, brillaient d'un éclat mat. La tunique noire de paysanne qui lui descendait jusqu'à la taille était déchirée sous le cou, ses clavicules saillaient sous la peau. Ses mains étaient sales et couvertes d'égratignures, ses jambes vêtues d'un tissu de lin grossièrement tissé et étroitement noué autour des chevilles. Elle n'avait pas de chaussures et ses pieds semblaient n'avoir jamais connu le confort d'un cuir souple.

Lussac s'approcha d'elle et s'inclina.

— Je n'ai qu'une vie et pourtant je vous en dois deux. Si j'étais un dieu, je pourrais vous payer ma dette. Mais je ne suis qu'un homme, et fautif par-dessus le marché. Je vous prie donc de me pardonner.

Elle ne prononça pas le moindre mot, se contentant de regarder avec angoisse celui qui, un instant plus tôt, en voulait encore à sa vie.

Vignac s'approcha d'eux.

— Mon ami n'est pas un mauvais bougre, il avait aussi peur que vous à présent. Pardonnez-lui et remercions tous trois le ciel de nous avoir épargnés.

La jeune fille se taisait, les yeux encore emplis de larmes. On aurait dit que son regard transperçait les deux hommes comme s'il s'agissait de fantômes. Leurs voix lui parvenaient de loin, mais elle ne comprenait pas le sens de leurs paroles.

Vignac s'occupa de sa jument. Elle avait les jambes tremblantes, mais elle paraissait indemne. Il regarda la jeune fille avec étonnement et se demanda comment elle avait bien pu réussir à faire tomber le cheval. Puis il décrocha la bâtière, en sortit du pain et du vin et les lui tendit. Elle mangea et but en silence. Aucun des trois ne prononça le moindre mot.

Au bout de deux heures, ils reprirent leur route. Lussac chevauchait à l'avant. Vignac et la fille le suivaient à distance. La colonne de fumée qui montait toujours vers le ciel leur indiquait le chemin. Lorsqu'ils furent arrivés à portée de voix du village détruit, Vignac s'arrêta et regarda de loin Lussac avancer à cheval entre les cabanes calcinées.

Celui-ci revint peu après et rapporta ce qu'il avait vu : on trouvait de nombreuses traces de sabots dans tous les champs avoisinants. Du village, il ne restait qu'une demi-douzaine de tas de cendres qui fumaient encore et au milieu, un tumulus de terre fraîchement amassée qui ne résisterait pas longtemps aux charognards. Les pillards avaient manifestement été surpris et n'avaient pu emporter leur butin. Les sauveteurs, arrivés trop tard, avaient prélevé leur taxe. Quelques chats et chiens crevés jonchaient le sol. Le genêt était en fleur, comme pour se moquer d'eux.

Le visage de la jeune fille demeurait impavide. Les deux hommes prononcèrent une prière à voix basse, puis dirigèrent leurs chevaux vers l'ouest. Les volutes de fumée semblaient s'accrocher à eux. De temps en temps, la fille tournait la tête, comme pour graver dans sa mémoire l'image du point où s'était trouvé son village et qui s'estompait lentement à l'horizon.

À l'orée de la forêt, ils trouvèrent une cabane vide. Ils laissèrent leurs chevaux brouter un instant puis les mirent à l'abri dans la baraque, où ils passèrent eux aussi la nuit, recroquevillés dans la paille humide. Vignac fut le premier à se réveiller. Sans tirer son compagnon de son sommeil, il sortit et fit quelques pas aux alentours, dans la forêt. Un silence lourd, méditatif, l'entoura aussitôt, rendu plus insistant encore par le doux bruissement des feuilles. Ses chaussures s'enfonçaient sans bruit dans la mousse. La lumière du matin scintillait dans la cime des arbres, ponctuant le sol de taches chatoyantes. Puis des colonnes de lumière obliques se dressèrent dans l'espace et l'élargirent.

Vignac était fatigué, mais il ne pouvait plus dormir. Il ne savait pas d'où provenait cette agitation étrange qui s'était emparée de lui des mois auparavant. Ne devait-il pas s'estimer heureux de porter dans son sac les lettres de recommandation qui lui promettaient pour l'hiver un travail, un logis et du pain ? Non, il méprisait cette existence de travailleur à la tâche. Mais les maudites corporations ne lui laissaient d'autre choix que de disputer le peu de travail existant dans ces régions reculées à d'autres artisans itinérants. Les châtelains savaient tirer profit de la détresse où se trouvaient les artistes indépendants. Ceux qui trouvaient à redire aux conditions dures et injustes qu'on leur imposait ne tardaient pas à reprendre la route – lorsque les sbires du patron ne leur donnaient pas toutes les raisons de prendre le large au plus vite et de craindre pour leur intégrité physique ou leur vie. Vignac avait souvent vu ce qui arrivait aux artisans qui contestaient leur salaire. Recevoir une bonne volée était le moindre mal. En Auvergne, on avait coupé sous ses yeux la main d'un tailleur de pierre qui avait montré le poing à son commanditaire.

Mais lui, Vignac, saurait bien un jour se procurer une place honorable. Il ne songeait qu'à cela. Le temps viendrait où il aurait l'occasion de prouver ce qu'il savait faire.

Il atteignit une clairière, se laissa tomber dans l'herbe et contempla les environs. Tout alentour était silencieux. Il ouvrit un sac de cuir qu'il portait toujours sur lui, en sortit un bloc à croquis, le feuilleta et inspecta ses esquisses des derniers mois. Il se concentra pour finir sur une double page où il avait méticuleusement reproduit à la plume deux tableaux. Un œil inexpérimenté aurait jugé ces deux esquisses à peu près identiques. Mais Vignac se rappelait précisément les différences infimes qui caractérisaient les deux versions du tableau, qu'il avait vues des mois plus tôt dans un château du sud de la France. Quelque chose, sur ces toiles, avait capté son attention. C'est pour cette raison qu'il les avait soigneusement copiées. Les deux œuvres n'avaient pourtant rien d'extraordinaire.

Dans une clairière, une femme se tenait près d'une source d'où elle venait de sortir. Des gouttes d'eau brillaient sur son corps blanc comme neige et coulaient de ses épaules, de ses seins et de ses cuisses. À sa gauche, dans l'herbe, une jeune fille regardait d'un air amusé deux hommes qui surgissaient entre les buissons à quelques pas de là. L'un d'eux tenait une flûte. Derrière la baigneuse se trouvaient deux autres jeunes filles qui s'apprêtaient à passer un drap autour de la femme juste sortie de l'eau. À l'arrière-plan on voyait un cavalier précédé d'une meute de chiens aboyant furieusement. Cette scène de chasse était peinte en traits particulièrement vifs : on croyait entendre le glapissement des chiens et le claquement de leur mâchoire. Deux douzaines de pattes filaient à un rythme fulgurant derrière la baigneuse, en direction d'un cerf qui, les membres antérieurs déjà pliés, essayait en vain de soulever sa ramure pour affronter la meute.

Le premier chien était déjà sur lui, plongeant profondément ses crocs dans le flanc mou et exposé de l'animal, dont il arracha avec un grognement de fauve un morceau gros comme le poing. Deux chiens noirs lui sautèrent en même temps à la gorge. Les mâchoires se fermèrent et étouffèrent le hurlement de l'animal. Les chiens retardataires arrivèrent à leur tour. Un bref couinement, et les pattes arrière du cerf cédèrent. Il tomba et roula sur le côté. De toutes parts les animaux s'accrochèrent à lui comme des chiots devenus fous, et le déchiquetèrent. L'animal se débattit en pure perte. La dernière petite étincelle de vie s'éteignit dans un tremblement glacé.

Tout cela était allé si vite que le cavalier n'avait même pas atteint le centre de la clairière. Sur la première toile, il portait une tenue rayée noir et blanc qui le désignait comme un grand seigneur portant le deuil d'un parent éloigné. Sur la deuxième, il était vêtu de sombre et avait les traits du roi Henri. Il regardait de loin, avec satisfaction, l'ouvrage que les chiens accomplissaient à sa place. Les dames étaient effarouchées. Le flûtiste portait son instrument aux lèvres. L'autre homme reposait dans l'herbe, immobile, et observait la dame sortie de la source.

Vignac examina les deux croquis. La scène était sans aucun doute inspirée de l'histoire d'Actéon dans les *Métamorphoses* d'Ovide. Un cerf déchiré par les chiens. La dame qui sortait d'une source. Les images montraient l'effroyable vengeance infligée par Diane au malheureux Actéon qui avait regardé la déesse nue dans son bain et que ses propres chiens avaient déchiqueté une fois qu'elle l'eut transformé en cerf. Mais quelle était la fonction du cavalier à l'arrière-plan ? Que venait-il faire dans cette scène ? Vignac ne connaissait ni la Diane, ni le cavalier du premier tableau. Ils étaient vraisemblablement inspirés d'un couple princier dont cette interprétation portait l'amour au niveau de l'allégorie. Mais ce qui fascinait à ce point Vignac était le fait que le peintre du second tableau avait respectivement donné à Diane et au cavalier les traits de Gabrielle d'Estrées et d'Henri IV. Cette légère modification intriguait Vignac. Ne pouvait-il pas s'inspirer de cette idée pour mettre ses propres plans en œuvre ? Il se redressa et traversa la clairière isolée. Le soleil s'était levé à l'horizon et le sous-bois craquait sous l'effet de l'humidité montante. Lorsqu'il rentra dans la cabane, Lussac et la jeune fille dormaient toujours. Il quitta les lieux sans bruit, s'installa sous un arbre, le regard dans le vide, perdu dans ses pensées.

8.

Interrogatoire de La Varenne

Le témoin a pour nom Guillaume Fouquet, Seigneur de La Varenne et Sainte-Suzanne, Contrôleur général des postes et conseiller d'État, âgé de trente-neuf ans. C'est à lui que le roi confia la tâche de conduire la duchesse de Beaufort chez Zamet.

Charles Lefebre : Quel jour Madame la duchesse est-elle allée écouter la messe des ténèbres au Petit Saint-Antoine ?

La Varenne : C'était le mercredi.

C.L. : N'était-elle pas indisposée avant de s'y rendre ?

La Varenne : Elle était depuis longtemps incommodée par sa grossesse qui était assez avancée ; elle avait de plus, comme tout le monde l'a su, l'esprit travaillé par toutes sortes de terreurs nées de la superstition. Elle dîna néanmoins ce jour-là de très bon appétit.

C.L. : Vous avez en effet pris soin d'en informer Monsieur de Rosny. Je lis, dans la lettre que vous avez écrite à ce dernier le 9 avril, que la duchesse était allée écouter l'office des ténèbres après avoir bien dîné, car, ajoutez-vous, « son hôte nous avait servi les viandes les plus friandes et délicates et qu'il savait être le plus selon son goût ». Cela n'avait rien pour vous étonner. Ce n'était pas la première fois que la duchesse mangeait chez Monsieur Zamet. La table de ce financier était toujours servie avec abondance et raffinement. Il ne fit sans doute à cette occasion que ce qu'il faisait quand il recevait le roi ou une personne qualifiée. J'ai donc peine à m'expliquer votre observation. Ce que je comprends encore moins, ce sont ces mots dont vous la faites suivre : « Ce que vous remarquerez avec votre prudence, car la mienne n'est pas assez excellente pour présumer des choses qui ne m'ont pas frappé. » Que vouliez-vous dire ? Ces mots semblent contenir une insinuation.

La Varenne : La maladie de Madame la duchesse a été si rapide qu'elle a paru extraordinaire à beaucoup de personnes. Avait-elle une cause qui prêtait matière à accusations ? Je l'ignore et je voulais dire seulement que, pour ma part, je n'avais rien observé m'autorisant à le penser.

C.L. : Il n'en reste pas moins que vous sembliez par là insinuer quelque chose que vous ne disiez pas, mais que vous vouliez donner à comprendre. Avez-vous donc quelques soupçons à propos du sieur Zamet ?

La Varenne : Je n'ai jamais rien dit de tel.

C.L. : Monsieur Zamet n'était-il pas votre ami ?

La Varenne : Je lui étais en effet très obligé. Lorsque l'armée de Monsieur de Mayenne était devant Dieppe, le roi m'avait ordonné d'aller chercher en Champagne Monsieur le maréchal d'Aumont, et en Picardie Monsieur le duc de Longueville. Mais j'ai été capturé par les hommes de Soissons. C'est Monsieur Zamet qui a avancé l'argent de ma rançon.

C.L. : Ce service aurait dû vous inciter à vous comporter loyalement envers lui et à ne pas faire une remarque qui est oiseuse si elle ne cache une insinuation qui le concerne forcément. On dirait que, craignant d'être impliqué dans l'enquête, vous avez voulu prendre vos précautions et pouvoir dire : j'ai été le premier à émettre des doutes.

La Varenne : Pourquoi aurais-je pris cette précaution ? Je n'avais guère de relations avec Monsieur Zamet. Le service qu'il m'avait rendu, c'est surtout au roi qu'il avait profité, et c'est le roi qui l'en avait indemnisé. J'étais complètement étranger à ses affaires ; je n'avais pas à craindre, si par hasard il était coupable, qu'on m'implique dans son procès, car tout le monde savait que je jouissais aussi bien de la confiance de la duchesse que de celle du roi, qui m'avait chargé de veiller sur elle. J'ignorais encore, la veille de son départ de Fontainebleau, que je devrais l'accompagner : comment aurais-je pu m'associer à un complot tramé contre sa vie, et dans quel but l'aurais-je fait ? Mes véritables intérêts me prescrivaient plutôt de veiller à sa vie que d'œuvrer à sa perte. Je n'avais donc aucune précaution à prendre ni aucun doute à écarter.

C.L. : À quel moment la duchesse fut-elle atteinte de son mal ?

La Varenne : À son retour de l'église du Petit Saint-Antoine. Elle fit alors quelques tours dans le jardin de Monsieur Zamet et c'est pendant cette promenade qu'elle fut soudain frappée d'une grande apoplexie qui manqua la suffoquer.

CL. : Cette crise n'avait-elle pas été précédée de symptômes ?

La Varenne : En effet. Pendant la messe, Madame la duchesse avait été prise de quelques éblouissements, c'est même ce qui la fit revenir au logis du sieur Zamet plus tôt qu'elle n'en avait eu l'intention. L'église était petite et il faisait très chaud. Qui plus est, il y avait grande affluence.

C.L. : Cela est exact. Il paraît établi, en effet, que la duchesse, déjà incommodée par sa grossesse, a beaucoup souffert de la chaleur exceptionnelle de ces journées. À son retour chez Zamet, la duchesse n'a-t-elle pas voulu se rafraîchir en mangeant d'une sorte de gros citron auquel on donne le nom de poncire ?

La Varenne : C'est possible, mais je ne l'ai pas remarqué.

C.L. : Plusieurs personnes l'ont attesté, et attribué la fièvre soudaine qui s'est emparée de la duchesse au fait qu'elle avait consommé ce fruit cru, aigre et froid qui, dans l'état de chaleur où elle se trouvait, aurait provoqué d'abord une colique, puis une pleurésie aiguë.

La Varenne : Les crises rapides et violentes auxquelles la duchesse fut en proie excluent l'idée d'une pleurésie.

C.L. : Quelle était la nature de ces crises ?

La Varenne : C'étaient des suffocations, des convulsions qui revenaient par accès.

C.L. : Mademoiselle la princesse de Guise a parlé, en effet, de convulsions, et nos médecins attestent que ce genre de troubles est très fréquent chez les femmes dont la grossesse est avancée. Continuez.

La Varenne : Dès les premières crises, il y eut perte de la connaissance et de la vue, étouffement, suffocation, convulsions. Nous craignions qu'elle ne fût emportée à tout instant. Mais on parvint à la faire revenir à elle, et dès qu'elle eut un peu repris ses sens, elle ne demanda qu'une seule chose : qu'on lui fasse quitter sur-le-champ le logis du sieur Zamet et qu'on la porte au cloître de Saint-Germain, chez sa tante qui, à ce moment, se trouvait sur ses terres à Alluye.

C.L. : Monsieur de Cheverny, dans sa déposition écrite, nous dit que la duchesse, une fois qu'on l'eut secourue, passa chez Zamet une nuit assez tranquille, et que c'est seulement le jeudi matin qu'elle demanda à être portée au logis de sa tante.

La Varenne : Monsieur le chancelier se trompe. Le mercredi soir, aussitôt après sa première crise, Madame la duchesse voulut être portée chez sa tante. Elle demanda avec tant d'insistance qu'on l'éloigne du logis de Zamet, qu'il ne nous resta d'autre choix que de la conduire immédiatement au logis de sa tante.

C.L. : Qu'arriva-t-il après que la duchesse eut été portée chez sa tante ?

La Varenne : Elle se mit au lit en arrivant et les médecins furent appelés en hâte. Mais comme ses crises devenaient plus vives et plus fréquentes, je décidai d'en avertir le roi et de lui faire savoir que les médecins craignaient pour la vie de la duchesse. D'autant plus que sa grossesse interdisait que l'on fasse usage de remèdes proportionnés à la violence du mal.

C.L. : Ainsi, votre première lettre au roi fut écrite le mercredi ?

La Varenne : Non, le jeudi.

C.L. : La duchesse n'écrivit-elle pas elle aussi quelques lettres ?

La Varenne : C'est possible, quoique je n'en aie rien remarqué ; elle était entourée de ses femmes de chambre et de plusieurs dames de qualité accourues en entendant parler de sa maladie. Elles se retirèrent cependant peu à peu en voyant son état désespéré. Moi-même, je ne suis pas resté tout le temps dans ses appartements.

C.L. : Monsieur de Cheverny raconte qu'elle écrivit trois lettres au roi pendant sa maladie. À la fin de la troisième lettre, elle fut prise d'une nouvelle crise, plus violente encore. C'est seulement à partir de ce moment qu'elle perdit conscience et, quelques heures après, la vue, l'ouïe et les autres sens.

La Varenne : Il m'est difficile de croire qu'elle ait trouvé le temps d'écrire trois lettres dans la soirée du jeudi et dans les courts intervalles de répit que lui laissaient ses crises. À ce moment le chancelier ne se trouvait pas à Paris. Il ne connaît le cours des événements que de deuxième main.

C.L. : Ce qui est sûr, c'est qu'elle en écrivit au moins *une.* Monsieur Puipeyroux l'a portée au roi. Elle y suppliait Sa Majesté d'accepter qu'elle se fasse mettre dans un bateau pour aller la rejoindre à Fontainebleau, persuadée qu'il lui épargnerait cette peine et viendrait la voir aussitôt. Et de fait, dès que Puipeyroux fut arrivé, le roi le fit repartir à Paris, lui demandant de mettre à sa disposition le bac des Tuileries pour lui permettre de passer directement du faubourg Saint-Germain au Louvre sans entrer dans Paris. Sa Majesté partit aussitôt à cheval et fut très étonnée de retrouver Puipeyroux sur le chemin. Le roi lui reprocha vivement de n'avoir pas fait plus vite. Un peu plus loin, à mi-chemin de Paris, Sa Majesté reçut de vous, La Varenne, la nouvelle de la mort de la duchesse, ce qui l'incita à revenir à Fontainebleau. À quel moment avez-vous écrit cette deuxième lettre ?

La Varenne : Vendredi matin.

C.L. : Mais la duchesse n'est morte que le lendemain matin. Comment pouviez-vous donc annoncer au roi dès le vendredi qu'elle avait quitté ce monde ?

La Varenne : Le visage de la duchesse était devenu hideux ; sa tête s'était presque retournée. La voyant dans cet état, je jugeai qu'il était préférable que le roi ne la vît pas ainsi défigurée. Par ailleurs, les médecins avaient déjà abandonné tout espoir. Je voulais éviter au roi les douleurs qu'il aurait éprouvées en voyant tant souffrir celle qu'il avait si tendrement aimée. C'est pourquoi je me suis hasardé à lui écrire pour qu'il ne vienne point : la duchesse était comme morte et sa vue n'aurait fait qu'accroître sa peine.

C.L. : Ce sont là des motifs peu convaincants. Vous êtes inexcusable d'avoir trompé le roi dans une circonstance aussi grave. Vous lui avez ravi la suprême consolation de dire adieu à celle qu'il aimait, et nous savons qu'il y attachait un grand prix. À la réception de votre lettre, il tomba comme foudroyé. Ses serviteurs, Messieurs de Roquelaure et de Frontenac, le conduisirent à l'abbaye de la Saussaye, près de Villejuif, et le couchèrent. Mais il se releva bientôt et dit avec force que, même morte, il voulait la voir et la tenir dans ses bras. Il fallut presque user de la force pour le faire monter dans un carrosse qui se trouvait là, venant de Fontainebleau. Aviez-vous donc des raisons pour empêcher Sa Majesté d'arriver au chevet de la mourante et de constater par elle-même ce qui s'était passé ?

La Varenne : Pas d'autres raisons que celles que j'ai dites. Le roi n'aurait rien appris de la duchesse, car elle avait perdu connaissance. Je voulais éviter au roi une douleur inutile et lui épargner un affreux spectacle qui aurait pu lui faire commettre un acte irréfléchi. Je n'ai pas agi autrement que les serviteurs les plus proches du roi qui l'empêchèrent de se rendre à Paris. Tel Monsieur de Bellièvre qui rencontra Sa Majesté sur la route et lui dit également que la duchesse était morte, bien qu'il ait su la vérité. Tous ces messieurs ont obéi au même sentiment que moi : par intérêt pour le roi, ils l'ont détourné de l'affreux spectacle qui l'attendait à Paris.

C.L. : Admettons que vous vous soyez soucié de ménager la sensibilité du roi. Messieurs d'Ornano et de Bassompierre ne réclamaient pas les mêmes ménagements. Or, vous leur avez récité la même fable qu'au roi. Le vendredi, vous êtes allé les trouver à Saint-Germain-l'Auxerrois où ils écoutaient le sermon de la

Passion et vous leur avez dit que la duchesse était morte. Puis vous avez demandé à ces deux messieurs d'aller au-devant du roi, qui était déjà certainement en route, et de faire en sorte que Sa Majesté ne vienne pas à Paris.

La Varenne : Ces messieurs ont mal rapporté ou mal compris mes paroles. Je n'ai pas dit que Madame la duchesse était morte, mais qu'on la tenait pour morte. Monsieur de Rosny est lui aussi un ami de Sa Majesté et jouit d'une bien plus grande confiance que Messieurs d'Ornano et de Bassompierre. Lui ai-je caché la vérité ? Vous avez entre les mains la lettre que je lui écrivis le vendredi soir et fis porter par le courrier que le roi lui dépêchait pour le faire venir à Fontainebleau. Dans cette lettre, ne lui ai-je pas dit pourquoi j'avais cru devoir agir ainsi envers Sa Majesté ? N'ai-je pas justifié mon comportement à son égard ? Lui ai-je caché que Madame de Beaufort respirait encore à cette heure où déjà le roi la pleurait ? Je cite mes propres mots : « Et moi, je suis ici, tenant cette pauvre femme comme morte entre mes bras, ne croyant pas qu'elle vive encore une heure, étant donné les effroyables crises qui l'agitent. » Veuillez bien remarquer ces mots : « comme morte ». J'ai écrit cette lettre vers neuf heures du soir. Mais depuis le matin où j'avais écrit au roi, la situation était exactement la même, et à chaque instant nous attendions la mort, qui ne survint que le lendemain matin.

C.L. : Mademoiselle de Guise a dit, cependant, que c'est à ce moment-là que la duchesse accoucha, à la suite des remèdes qu'on lui avait administrés.

La Varenne : Mademoiselle de Guise se trompe. D'ailleurs elle n'assista pas à cette scène, puisqu'elle quitta la duchesse après les premiers secours qui lui furent donnés dans la maison de sa tante. La vérité est, au contraire, qu'à cause de sa grossesse avancée, les médecins ne purent user de remèdes proportionnés à la violence du mal. On ne l'a pas fait accoucher. Après son décès, seulement, on a extrait de son ventre, en lambeaux, l'enfant qu'elle portait. Il était mort dès le premier jour de la maladie.

C.L. : Les médecins ont donc ouvert le corps. Ils cherchaient sans doute à déterminer l'origine de la maladie. Savez-vous quel fut le résultat de leur examen ?

La Varenne : Je l'ignore ; mais il y avait là les meilleurs médecins de Paris. Deux d'entre eux étaient même envoyés par le roi. Tous étaient des hommes jouissant d'un certain prestige en raison de leur science et de leur position, et incapables de trahir la vérité. S'ils avaient trouvé les preuves d'une mort violente, il serait tout à fait extraordinaire qu'ils se soient entendus pour n'en rien dire. Le roi, au moins, l'aurait su. Or rien de pareil n'est parvenu à la connaissance de Sa Majesté.

C.L. : Cela prouve combien vous avez agi légèrement en laissant percer des soupçons que vous-même êtes en ce moment conduit à démentir.

Consigné à Paris, ce 7 mai 1599.

9.

Le plan

Trois jours plus tard ils atteignirent le château. Il reposait comme un navire échoué sur les collines à peine boisées de la Bretagne. Ils remirent la lettre de recommandation et on leur attribua une pièce près des ateliers. Après quelques tractations, ils finirent par obtenir que la fille puisse travailler aux cuisines, sans être payée, pour la durée de leur séjour, et qu'elle soit en contrepartie nourrie et logée.

Partout des travaux de réparation étaient en cours. Les douves étaient ensablées. D'innombrables impacts de projectiles criblaient les murs extérieurs et avaient sévèrement endommagé l'intérieur des bâtiments. Le portail central était entièrement détruit, toutes les statues y avaient été démolies. Dès le lendemain, Lussac se pencha sur les anciens dessins et étudia les têtes, les visages, les fresques et les ornements qui devraient bientôt retrouver leur place sur le portail. Vignac rejoignit les peintres qui s'étaient déjà attelés à la restauration de quelques toiles endommagées. Dans la plupart des cas, l'ancienne splendeur était cependant définitivement perdue et l'on se mit à peindre de nouveaux tableaux d'après les anciens modèles.

Ils y passèrent tout l'hiver. Les journées de plus en plus courtes étaient occupées par une multitude d'activités et, au cours des nuits qui rallongeaient, artistes et artisans venus de la moitié de l'Europe séjournaient dans leurs réduits aux minces parois qui empestaient la nourriture, la sueur et les excrétions, et écoutaient le vent balayer les champs à l'extérieur. Les rumeurs des événements survenus dans le royaume leur parvenaient pourtant. Amiens était tombée au mois de novembre : une nouvelle défaite pour l'Espagne qui avait occupé la ville au printemps. Henri avait envoyé en Normandie Du Plessis Mornay, le pape des protestants, pour forcer Mercœur, le dernier Lorrain récalcitrant, à se soumettre. Celui-ci devait être livide de rage, dans son château fouetté par les embruns, au bout du monde. On prenait certes connaissance de toutes ces nouvelles, mais les cœurs étaient trop habités par la terreur et le souvenir de trente ans de guerre pour que ces informations alimentent des espoirs excessifs. Qui pouvait bien savoir ce qu'apporterait le printemps ? Que se passerait-il si Navarre finissait tout de même par tomber sous les coups de l'un des nombreux couteaux qu'on avait lancés à ses trousses ? Quelque part, derrière l'horizon voilé, se scellaient des accords qui pourraient se défaire dès le lendemain. Le vent, la pluie, la chaleur du feu et la faim qui les tenaillait étaient les seules choses auxquelles ils pouvaient se fier.

Lorsque la première neige tomba, ils prirent leurs quartiers dans les caves que rien ne distinguait d'oubliettes, si ce n'est que les portes n'étaient pas verrouillées et que de la paille sèche et propre recouvrait le sol froid. La nourriture chaude et la paie – même modeste – qu'on leur versait transformaient cependant ces réduits obscurs en de vastes pièces revêtant toutes les apparences du luxe et offrant une protection contre les impondérables de la liberté frileuse qui se propageait, incertaine, autour du château.

Vignac travaillait aux boiseries de la salle des repas, qu'il fallait repeindre. Une fois ce travail terminé, de nombreuses salles du château attendraient encore ses fresques. Mais son esprit était ailleurs. Ces deux tableaux qu'il avait vus dans l'un des châteaux, au Sud, et qui représentaient une scène de chasse ne lui laissaient pas de répit. Pourquoi ces peintures le hantaient-elles ? La scène dans la clairière lui revenait constamment et, lorsqu'il fermait les yeux, il voyait le beau visage juvénile d'une dame inconnue, entourée de nymphes sylvestres, s'approprier les traits de la duchesse de Beaufort. Les détails de ces tableaux lui apparaissaient aussi clairement que s'il les avait vus la veille. À l'époque, il avait longuement observé les peintures, peut-être uniquement en raison de leur ressemblance frappante. Une dame, entourée de trois nymphes, debout devant un torrent, tenait pudiquement un drap à la hauteur de son pubis. À sa gauche, un faune accroupi regardait l'observateur, l'air rusé, tandis qu'un autre jouait de la flûte derrière lui. À gauche, à l'arrière-plan du tableau, un noble chevauchait en direction d'un cerf que ses chiens, courant devant lui, avaient déjà jeté au sol. Oui, cela ne faisait aucun doute, c'était la scène d'Actéon, celle du troisième livre des *Métamorphoses* d'Ovide, celle où le petit-fils de Cadmos connaît une fin atroce après avoir surpris au bain Diane, la déesse de la chasse. Celle-ci s'était vengée en le transformant en cerf et en le faisant mettre en pièces par ses propres chiens. Vignac crut entendre les mots énergiques du poète, qui ravivèrent encore en lui le souvenir des deux tableaux :

« À peine eut-il pénétré dans l'antre où la source épanchait sa rosée que les nymphes, dans l'état de nudité où elles se trouvaient, se mirent soudain, en apercevant un homme, à se frapper la poitrine et à remplir toute la forêt de leurs cris perçants ; pressées autour de Diane, elles lui firent un abri de leur corps ; mais la déesse est plus grande qu'elles, elle les dépasse toutes de la tête. Comme des nuages reflètent les rayons du soleil qui les frappent en face, ou comme l'aurore se colore de pourpre, ainsi Diane rougit d'avoir été vue sans vêtement. Quoique environnée par la foule de ses compagnes, elle se tint de côté et détourna son visage ; elle aurait bien voulu avoir des flèches sous la main ; elle prit ce qu'elle avait, de l'eau, la jeta à la figure du jeune homme et, répandant sur ses cheveux cette onde vengeresse, elle ajouta ces paroles qui lui annonçaient sa fin prochaine : “Maintenant va raconter que tu m'as vue sans voile ; si tu le peux, j'y consens.” Bornant là ses menaces, elle fait naître sur la tête ruisselante du malheureux les cornes du cerf vivace, elle allonge son cou, termine en pointe le bout de ses oreilles, change ses mains en pieds, ses bras en longues jambes et couvre son corps d'une peau tachetée. Elle y ajoute une âme craintive ; le héros, fils d'Autonoé, prend la fuite et, tout en courant, s'étonne de sa rapidité. Lorsqu'il aperçut dans l'eau sa figure et ses cornes : “Suis-je assez malheureux !” allait-il s'écrier ; mais aucune parole ne sortit de sa bouche. Il gémit ; ce fut tout son langage ; ses larmes coulèrent sur une face qui n'était plus la sienne[1]... »

Une fin horrible : déchiqueté par ses propres chiens. C'est cette agonie que l'on voyait au fond du tableau.

1. Ovide, *Métamorphoses*, livre III, traduit par Georges Lafaye, Gallimard, 1992. (N.d.T.)

« Ils se dressent de tous côtés autour de lui et, le museau plongé dans le corps de leur maître, caché sous la forme trompeuse d'un cerf, ils le mettent en lambeaux ; ce ne fut qu'en exhalant sa vie par mille blessures qu'il assouvit, dit-on, la colère de Diane, la déesse au carquois. »

Mais qui était le gentilhomme passant à cheval au fond de la clairière ? Le peintre, sur ce point, ne s'était-il pas éloigné du récit mythologique, n'avait-il pas fait de ce cavalier le vengeur du crime d'Actéon ? Oui, c'était forcément cela. C'est pour cette raison que le peintre s'était inspiré du visage de la duchesse de Beaufort pour représenter celui de la déesse. La toile créait un lien allégorique entre ce cavalier et Gabrielle d'Estrées. Le gentilhomme n'était autre que le roi en personne, Henri de Navarre. Nul ne s'approche impunément de l'amante du roi ! Tel était le message qu'exprimaient ces deux toiles.

Cette découverte émut Vignac au plus haut point. Car à peine avait-il compris la petite transformation qui avait permis au peintre de représenter, à travers l'histoire de Diane, l'amour de Navarre et de Gabrielle, qu'une pensée monstrueuse le traversa. Il crut, d'un seul coup, avoir compris l'idée grandiose qui avait inspiré les deux tableaux. Il pensa même avoir trouvé une manière d'échapper à la vie difficile qu'il avait menée jusqu'ici.

Il posa son pinceau et regarda d'un air songeur les lambris devant lui. Mais c'est peu à peu, pendant la nuit, qu'une idée claire se forma dans son esprit : la clef de son destin était dissimulée dans cette vision. Et il se mit secrètement à la chercher.

Au printemps se confirma ce que des voyageurs de passage avaient prophétisé pendant tout l'hiver : Henri allait bientôt soumettre l'ultime rebelle lorrain. Jusqu'au dernier moment, Mercœur se refusa à accepter les nombreuses offres de médiation et à écouter les supplications de sa sœur. Rien ne pouvait plus empêcher la victoire du roi, on ne pouvait plus négocier que son prix et déterminer s'il fallait le payer en sang ou en argent.

La noblesse bretonne abandonna Mercœur et rallia par groupes entiers le camp d'Henri. Les villes ouvraient leurs portes les unes après les autres et faisaient allégeance au roi. Une confrontation militaire, à laquelle le duc récalcitrant ne survivrait sans doute pas, paraissait inévitable. Mais au lieu des mousquets et du tocsin, ce sont les feux d'artifice et le bruit des noces qui résonnèrent lors des premières journées d'avril. Tandis que d'innombrables curieux venus de tous les coins de la province se pressaient devant le château d'Angers, on mariait dans la chapelle richement décorée le fils aîné du roi, César, à la fille unique de Mercœur.

Une semaine plus tard, la Cour partit à Nantes. Mercœur avait rendu le château quelques jours plus tôt. Le 13 avril 1598, la duchesse de Beaufort y mit au monde Alexandre, son deuxième fils. Elle passa encore quelques semaines en Bretagne pour se reposer de l'accouchement et présenter à ses nouveaux sujets son fils aîné, devenu gouverneur de Bretagne à la suite de son mariage avec la fille de Mercœur.

C'est à peu près à cette époque que Lussac s'éveilla une nuit et remarqua que la couche voisine de la sienne était vide. Il ferma les yeux mais sentit qu'il guettait instinctivement des pas qui auraient pu se rapprocher. Après que quelques minutes se furent écoulées sans qu'aucun bruit ait annoncé le retour de Vignac, il se leva et se rendit dans la salle d'entrée en empruntant l'escalier de la cave. Là aussi, tout était calme. Le clair de lune qui tombait par les hautes fenêtres dans la grande pièce diffusait une faible lueur. Indécis, Lussac fit quelques pas dans la salle, s'arrêta et tendit l'oreille.

On n'entendait que le ronflement et le souffle métallique des hommes qui dormaient en dessous, dans les caves. Où pouvait bien être passé Vignac à cette heure de la nuit ? Depuis plusieurs semaines déjà, il arrivait fréquemment qu'on ne le trouve pas. Il faisait souvent preuve d'une grande agitation. Mais cette disparition nocturne était franchement étrange et Lussac espérait que son ami n'avait pas eu la mauvaise idée d'améliorer son pitoyable salaire en perpétuant des actes contraires à la loi. Se promenait-il la nuit dans le château pour commettre des vols ? À peine avait-il émis cette supposition qu'un étrange spectacle le força à accepter une autre explication, tout aussi inquiétante. Sans que le moindre bruit ait annoncé son apparition, il vit soudain Vignac sortir en compagnie de la jeune fille de l'un des couloirs latéraux. Ils traversèrent sans bruit les flaques de lumière que la lune déversait à leurs pieds sur le sol de pierre, entrèrent dans le vestibule de la grande salle et s'arrêtèrent à l'ombre d'un pilier. Peu après la fille se détacha de la pénombre et disparut.

Vignac hésita encore un instant, jusqu'à ce que la porte se soit refermée sur la fille, puis se dirigea vers le dortoir. Mais à peine eut-il fait quelques pas que le chuchotement de Lussac l'arrêta :

— Mais d'où viens-tu donc, par tous les diables ?

Vignac se retourna.

— Silence, silence. Tu ne dors pas ?

— Et toi ? Veux-tu donc qu'on nous enchaîne et qu'on nous pende ?

Vignac lui posa le doigt sur la bouche.

— Pas si fort !

Lussac cracha.

— Bon sang, mais qu'est-ce que tu as sur les doigts ?

Vignac pouffa.

— Excuse-moi. Ça doit être un reste de vinaigre. Mais ne parle donc pas si fort.

— Où étais-tu passé ?

— Viens. Allons nous coucher. Je suis fatigué.

— Ah oui ? Et elle ? Fatiguée, elle aussi ?

— Qu'est-ce qui te prend de venir m'espionner au beau milieu de la nuit ?

— Et toi ? Qu'est-ce que tu as sur les mains ? Je suppose que tu t'es rendu au cellier afin de reprendre des forces pour tes galanteries ? Comment trouves-tu le courage de rôder dans cette maison comme un voleur ?

— Un voleur ? Moi ? Tu dis n'importe quoi. Le seul que l'on vole ici, c'est moi, puisque je me prive de mon sommeil. Mais viens, de toute façon il faut que je te parle de quelque chose. Écoute. Je voudrais que tu écrives à Perrault, à Paris, pour lui dire que nous arriverons en juin.

Lussac n'en crut pas ses oreilles

— En juin ? Comment ça, en juin ? Tu veux t'en aller ? Il n'en est pas question. Ici, nous avons du travail pour au moins dix mois encore. Et que veux-tu que nous allions faire à Paris ?

Vignac le tira à sa suite, dans l'escalier. Les autres dormaient. Personne n'avait remarqué leur absence. Lorsqu'ils se furent couchés, Vignac prit son ami par le bras, l'attira vers lui et lui dit à voix basse :

— Je veux devenir peintre à la Cour.

Lussac le dévisagea. Son camarade avait visiblement perdu la raison. Mais Vignac reprit, imperturbable :

— Regarde-nous, Lussac. Nous vivons ici comme des rats dans une cave, acceptant avec reconnaissance la moindre bouchée de pain et le moindre travail idiot qu'on nous jette en pâture. Lorsque tout sera fait, on nous mettra à la porte et nous serons déjà oubliés. Qui saura encore dans vingt ans qui a réalisé tout cela ? Le monde a un créateur, c'est Dieu. Chacun d'entre nous sait qu'il a un père et une mère qui le regardent et disent, voici mon fils, voici ma fille. Mais nos œuvres à nous sont déjà orphelines quand elles viennent au monde, elles n'ont pas de nom ni de parents. Depuis des années, j'erre de château en château, peignant un plafond ici, réparant quelques corniches là-bas, pour qu'on puisse de nouveau les esquinter à coups de canon l'année suivante. Comptes-tu passer ta vie à buriner des portails détruits ? Écoute, Lussac, j'ai entendu ce que disent les autres : la paix n'est plus qu'une question de temps. Henri nous doit la liberté de culte. Il y aura un édit, des places assurées pour le parti réformé, une participation au gouvernement et à la justice. Ce cauchemar sera enfin terminé. Que Philippe et les catholiques aillent au diable. Il a la vérole ! Voilà un beau chef pour la chrétienté !

« Et que se passera-t-il lorsque la paix sera là ? On construira. Le roi a un conseiller avisé. Il s'appelle Rosny et a déjà réalisé des plans. Et maintenant, imagine : on dit qu'Henri a l'intention d'agrandir le Louvre. Lussac, il veut construire une galerie qui lui permettra de se rendre jusqu'aux Tuileries en longeant la Seine. On y installera des ateliers pour les peintres, les sculpteurs, les graveurs sur bois, les dessinateurs, les peintres de jardin, les horlogers, les portraitistes, tout ce que l'on peut imaginer. Pense un instant à tous les travaux glorieux dont Henri passera commande ! Selon toi, combien de tailleurs de pierre seront nécessaires pour accomplir cette œuvre gigantesque ? Et qui devra sculpter les bas-reliefs ? Les chapiteaux des piliers ? Les anges et les *putti* sur les corniches ? Qui peindra les plafonds et les murs ? Toi et moi, mon cher. À Paris, il y aura du travail, et pas comme ici où l'on nous loge dans la cave comme des porcs et où l'on passe ses journées à barbouiller des grappes de raisins et des pommes sur les lambris de la salle à manger. J'en ai par-dessus la tête de ces travaux indignes. Et ce matériel ! On manque de tout, ici. Ce que je peins aujourd'hui se sera déjà effrité avant que je ne descende dans ma tombe, pour peu que Dieu m'accorde encore une moitié de vie. La craie est mauvaise, l'huile est impure. Elle ne tardera pas à ronger les pigments. Je ne sais pas s'ils sont incapables de faire mieux dans cette région ou si c'est l'avarice qui les pousse à utiliser des matériaux aussi lamentables. C'est stupide, tout cela ne sert à rien, leurs descendants devront tout reprendre de zéro sans même devoir attendre la prochaine guerre. Quant à moi, je me garderai bien de révéler mes recettes pour le lambris grotesque de Monsieur le Marquis.

— Lequel te préserve tout de même de la famine.

— Du travail de ce genre, on en trouve partout. Mais j'ai la clef qui nous ouvrira les portes de Paris. Te rappelles-tu encore les tableaux dont je t'ai parlé un jour ? Les deux scènes sur Actéon ? J'ai toujours à l'esprit ce couple d'amoureux unis dans l'allégorie. Henri et Gabrielle. Lussac, que se passera-t-il s'il y a la paix ? Henri épousera la duchesse de Beaufort. Cela ne fait aucun doute. Gabrielle d'Estrées sera reine. Et tu sais comment vont les choses à la Cour et en politique. Quand on veut une faveur du roi, c'est à la reine qu'il faut s'adresser. Ces pensées n'ont pas cessé de me tourner dans la tête, et tout d'un coup j'ai compris, c'était limpide. Lorsque j'ai aperçu la duchesse à Angers, il y a quelques semaines, tu te rappelles ?

— Au mariage des enfants ?

— Oui. Toi aussi, tu l'as vue pendant la procession. Quel visage divin ! Quel charme émane de sa personne ! Rien d'étonnant à ce que la moitié de l'Europe parle d'elle. As-tu vu ses cheveux ornés d'innombrables brillants sertis dans l'or de sa belle natte ? Sa robe de soie blanche paraissait noire comparée à la peau neigeuse de sa poitrine. Et n'as-tu pas remarqué ses yeux ? Ils avaient la couleur du ciel et brillaient tant qu'il était difficile de déterminer s'ils devaient la vivacité de leur éclat au soleil ou si c'était cet astre qui leur devait son éclat. Ses sourcils réguliers, courbés, d'un noir si aimable. Son nez aquilin. Sa bouche rouge comme le rubis et son cou aussi lisse et blanc que l'ivoire. Ses mains où se mêlent la couleur de la rose et du lis, si bien faites qu'on doit y voir un chef-d'œuvre de la nature, comme toute chose en cette créature. Et lorsqu'elle est passée devant nous, tout m'est revenu d'un seul coup. Les deux tableaux d'Actéon, les regards, les visages, tout cela s'est transformé d'un seul coup en une vision qui me poursuit depuis comme un parfum suave. Te rappelles-tu encore Chenonceaux ?

— Chenonceaux ? Le château ?

— Oui, le tableau dans la grande salle d'entrée.

— Le portrait de la noble dame au bain ?

— Oui. Viens avec moi, je veux te montrer quelque chose.

Il se leva. Lussac voulut le retenir mais Vignac était déjà au seuil de la porte. Ils se faufilèrent dans les couloirs obscurs, atteignirent sans se faire remarquer le rez-de-chaussée, traversèrent l'aile ouest et parvinrent finalement à un petit escalier qui menait à l'une des tours. L'escalier s'achevait sur un palier étroit, et lorsqu'ils eurent fait quelques pas, ils se retrouvèrent dans une salle aux murs élevés dont les fenêtres hautes et allongées laissaient voir le ciel de la nuit. Vignac ferma la porte avec précaution et alluma de simples petites lampes à huile posées çà et là sur le sol de pierre. La surprise laissa Lussac bouche bée. Comment était-ce possible ? D'où Vignac tenait-il cet atelier ? La lueur des lampes dansait sur les murs. Le regard de Lussac tomba sur une table où des pots et des coupes laissaient dépasser l'extrémité de spatules et de pilons enfoncés dans la pâte sèche.

Il fit quelques pas à l'intérieur de la pièce, saisit quelques esquisses posées contre la table, les souleva et les étala devant lui. À la vue de ces images, les battements de son cœur redoublèrent. Il se mit à feuilleter fébrilement les dessins et observa, fasciné, les personnages qui fixaient sur lui leur regard inanimé.

Certaines de ces paires d'yeux regardaient ailleurs, dans le vide, d'autres cherchaient les siens comme l'aurait fait une statue, l'air moqueur, supérieur, froid. Des rideaux qui descendaient lourdement, une main posée sur une corniche tenait un drap fin, comme effarouchée par un regard indiscret. Sur une autre esquisse, on voyait une coupe de fruits remplie de poires, de raisins, de pommes et de fleurs ; devant, une main portait un œillet.

Vignac lui prit ces ébauches et l'entraîna devant la toile montée au bout de la salle. Lussac reconnut immédiatement le tableau. Oui, c'était bien la peinture que l'on trouvait dans le hall d'entrée du château de Chenonceaux. Et pourtant c'était aussi un autre tableau. Il recula, souleva une lampe du sol et tenta de trouver le meilleur angle d'éclairage en le déplaçant légèrement de part et d'autre.

Tandis que Lussac observait la toile dressée devant lui sur le chevalet, il se remémora celle de Chenonceaux. Cela ne lui fut pas difficile : quelques mois seulement s'étaient écoulés depuis qu'il l'y avait vue. Le tableau montrait une dame de la noblesse au bain. Elle était assise dans une baignoire en pierre sur le rebord de laquelle on avait jeté un tissu blanc. La dame était nue et son buste sans voile était tourné vers le visiteur. Mais son attitude et sa chevelure soignée, rehaussée d'une petite coiffe de velours bleu marine au-dessus de laquelle était accroché un diadème qui lui descendait sur le front, conféraient à la dame une dignité qui l'isolait singulièrement de l'univers domestique où elle se trouvait. Les rideaux pourpres qui entouraient la scène donnaient une signification publique à cette mise en scène majestueuse de la vie privée.

La dame regardait dans le vide, par-delà le spectateur. Entre le pouce et l'index de sa main gauche, elle tenait soulevé un morceau du drap blanc qui recouvrait la baignoire, dévoilant un peu du rebord de pierre. Sa main droite se trouvait sur un plateau de bois lui aussi recouvert d'un drap, qui était posé sur le rebord de la baignoire et formait ainsi une table sur laquelle on avait placé une coupe remplie de fruits. Des bracelets d'or tressés ornaient ses poignets, elle tenait un œillet entre les doigts de la main droite. On voyait derrière elle un petit garçon qui venait de se hisser au bord de la baignoire et tendait le bras droit pour attraper l'un des fruits dans la coupe. À côté de lui, sur la gauche du tableau, une nourrice donnait le sein à un nouveau-né. En regardant le tableau de Vignac, Lussac se rappela l'arrière-plan de la peinture de Chenonceaux. Un deuxième rideau pourpre y était à moitié ouvert. On apercevait derrière une table recouverte d'un tissu vert. Debout, juste à côté, une servante posait une cruche d'eau sur un linteau de bois qui se trouvait derrière la table. Derrière la servante, l'âtre diffusait une faible lueur. Au-dessus de celle-ci, on voyait le détail d'une autre peinture sur laquelle était représenté un paysage. Une fenêtre située à côté de la cheminée était entrebâillée, laissant apercevoir des arbres et le scintillement bleu jaune du ciel vespéral. Un miroir et un tableau représentant une licorne ornaient le mur entre la cheminée et la fenêtre.

Lussac se remémorait tous ces détails de la peinture du château de Chenonceaux en observant avec étonnement devant lui, sur le chevalet, le tableau de Vignac. Avec quelle maîtrise celui-ci s'était-il inspiré de l'original ! Il ne s'en était d'ailleurs pas seulement inspiré, il avait aussi remarquablement corrigé les erreurs de perspective, en comprimant moins le corps de la baigneuse, donné des traits plus fins au visage et au cou, raccourci les avant-bras, obtenant ainsi une grâce que le peintre inconnu du premier tableau avait cherchée sans la trouver. Pour le reste, Vignac n'avait pas pris beaucoup de libertés. La baignoire où se trouvait la belle était entièrement calquée sur l'original. Il en allait de même pour la coupe de fruits et le petit garçon qui attrapait la pomme derrière la baigneuse, sous les yeux de la nourrice au sourire bienveillant qui, au centre, allaitait le plus jeune. L'arrière-plan était aussi un plagiat presque intégral. La cheminée, le feu qui y brûlait et, devant, la table couverte de tissu vert sur rebord de laquelle une servante déposait un broc avec lequel elle venait sans doute de rajouter de l'eau dans la baignoire. Le miroir et la licorne ne manquaient pas sur le mur du fond, pas plus que la fenêtre ouverte qui permettait à l'œil de l'observateur de se perdre agréablement vers le ciel sans fin. Tout cela était si parfaitement reproduit que Lussac en ressentit un mélange d'admiration et d'envie.

Il y avait cependant quelque chose de totalement original dans ce tableau, et Lussac commençait à deviner quels desseins poursuivait Vignac avec sa toile. On n'y voyait plus, par exemple, le visage d'une noble inconnue, mais celui de la belle Gabrielle d'Estrées. Au-dessus de la cheminée aussi, Vignac avait opéré une modification. Lussac se rapprocha de la toile et examina l'étrange bas-relief qui figurait sur le tableau de son ami, au-dessus de la cheminée. Il découvrit un sphinx qui tenait un masque entre les pattes. Lussac regarda Vignac et lui adressa un sourire complice. Ce dernier leva les sourcils, comme pour s'excuser. Le masque portait les traits d'Henri de Navarre. Lussac siffla doucement entre ses dents. Il commençait à comprendre. Cet hommage à la duchesse était une parfaite réussite ! La beauté de Gabrielle et sa destinée extraordinaire n'étaient-elles pas connues de toute l'Europe ? N'était-elle pas la femme dont on parlait dans toutes les cours européennes ? Elle avait déjà donné trois enfants à Henri. On voyait ses deux fils sur le tableau, César, six ans, qui tentait d'attraper les fruits dans la coupe, et Alexandre, né au début de l'année, qui prenait le sein de la nourrice. La petite couronne de perles qui ornait la coiffure de Gabrielle était certes encore incomplète, mais comme tout le monde le savait, une fois que Rome aurait donné son accord, plus rien ne s'opposerait au mariage.

Les autres détails que Vignac avait intégrés au tableau n'échappèrent pas non plus à Lussac : l'œillet que Gabrielle tenait à la main était un symbole de chasteté et de noces imminentes. La coupe pleine de fruits placée à côté de la favorite, une belle métaphore de la fécondité. Une cerise unique tombée à côté de la coupe sur le drap blanc, l'allusion à une séparation provisoire avec l'aimé. Mais la signification symbolique de cette cerise solitaire était abolie par la branche en fleur posée juste à côté. Ce signe d'espoir avait remplacé la branche de sapin qui annonçait un sombre avenir sur le tableau d'origine. Et la licorne, à l'arrière-plan, n'était-elle pas un discret hommage à la pureté morale de cette femme de toute beauté ? Selon la légende, cet animal, le plus farouche de tous, ne pouvait être capturé qu'avec l'aide d'une vierge qui dénuderait ses seins devant lui, permettant ainsi au chasseur de s'emparer de l'animal distrait.

Tout cela était admirablement exécuté. Lussac en resta coi pendant plusieurs minutes.

Vignac s'était écarté. Il constatait avec satisfaction que son tableau produisait un effet certain sur son ami. Il en serait sûrement de même avec la duchesse de Beaufort.

— Qu'est-ce que tu as derrière la tête ? demanda Lussac au bout d'un moment.

— Écrire à Perrault pour lui dire que nous voulons aller à Paris.

Lussac hocha la tête.

— Et une fois à Paris, tu comptes envoyer le portrait à la duchesse ?

Un coup de vent secoua les fenêtres, puis un léger courant d'air fit danser les flammes des lampes à huile. Vignac tira un tabouret, s'assit adossé au mur de pierre qui luisait d'humidité. Lussac frissonna, mais ce n'était pas seulement de froid. Le projet de Vignac lui paraissait démesuré. Son ami ne savait-il pas avec quelle jalousie les artistes admis à la Cour veillaient sur leur position privilégiée ? Comment comptait-il donc s'y prendre pour obtenir une audience auprès de la duchesse et lui remettre son portrait ? La simple tentative de l'approcher lui ferait peut-être déjà courir un grand danger. Il ne pouvait en aucune manière compter sur l'aide d'autres peintres. Au contraire : ils feraient tout pour maintenir à distance ce concurrent indésirable. Le projet de Vignac était absurde et dangereux. D'ailleurs, comment était-il parvenu à peindre cette toile ?

— La fille viendra avec nous. Elle continuera à me servir de modèle.

Lussac secoua la tête.

— Perrault n'admettra pas qu'elle habite dans sa maison.

— Eh bien, dans ce cas nous la logerons dans une auberge.

Indécis, Lussac plongea les mains dans ses poches et se dirigea vers la fenêtre. Il entendit derrière lui son ami qui se levait. Puis il sentit les mains de Vignac sur ses épaules.

— Lussac, je t'en prie. Tu n'imagines pas ce que représenterait pour moi la protection de la duchesse de Beaufort. As-tu des scrupules ? Dis-moi lesquels, je saurai les dissiper. Crois-tu que j'ignore comment il faut prendre les jaloux à la Cour ? Penses-tu qu'au cours des nuits passées ici je n'ai pas réfléchi à la manière de mettre mon plan à exécution ? Personne ne saura de quelle main est né cet hommage à la duchesse. Je l'enchanterai secrètement avec des tableaux qui feront battre plus fort le cœur du roi et lui ouvriront les yeux sur cette créature ravissante dont il va faire son épouse et la reine de France. Quant à elle, elle me récompensera d'avoir montré au monde sa destinée extraordinaire, dans des images plaisantes. Je sortirai enfin de La Rochelle, de cette cave obscure où m'a jeté le sort. Le monde entendra parler de moi...

Lussac écouta en silence. L'ambition démesurée qui animait le discours de Vignac le fit frissonner. Mais l'audace de sa réflexion l'impressionna aussi. Il se retourna et se posta de nouveau devant la toile. Puis il regarda Vignac dont les yeux rougis par la lassitude brillaient à présent d'excitation.

— Tu as perdu la raison, chuchota-t-il. Mais c'est d'accord, je lui écrirai.

Vignac se dirigea vers lui et le serra dans ses bras.

— Pas un mot à quiconque. Écris à Perrault et aide-nous à sortir d'ici. Tu n'as rien à y perdre, toi non plus. Allez, viens, allons nous coucher.

10.

Des pistes

Bonciani, le conseiller privé du grand-duc Ferdinand de Toscane, se trouvait déjà à Paris au moment où la Ligue occupait encore la capitale française. Il avait toujours envoyé des rapports fiables et bien informés à son maître qui suivait avec attention les événements en France. Depuis qu'Henri de Navarre avait pris la ville, en 1594, rien ne se passait plus à Paris qui ne fût annoncé à Florence par les dépêches de Bonciani. Celui-ci avait bien sûr un pseudonyme. Il s'appelait à l'époque Baccio Strozzi, et si l'on avait pu ouvrir son cerveau, on y aurait découvert bien des secrets.

Bonciani était un protégé du cardinal Gondi chez qui il occupait deux chambres en mansarde. On l'imaginait sans peine se promenant dans la ville pour apprendre où en étaient les affaires de cœur du roi de France. Car telle était la préoccupation principale de celui qui fournissait à Bonciani son pain et ses missions, Ferdinand de Médicis. Plus le roi aurait de maîtresses, moins il accorderait d'attention à cette d'Estrées qui commençait à inquiéter Bonciani.

Il venait régulièrement présenter ses hommages à la « concubine par la grâce du roi », comme il avait l'habitude de la nommer lors de ses entretiens privés avec les espions de Venise. Il faisait antichambre dans le hall, une boîte de friandises à la main, observant avec dédain les tapisseries turques en attendant que les valets le prient de monter. Le soir, il s'asseyait à la lumière terne de bougies en suif qui dégageaient une fumée graisseuse, et recouvrait de grandes feuilles avec l'écriture en pattes de mouche qui le caractérisait. « Madame la duchesse de Beaufort promet ses bons services. On pourrait encore lui accorder certaines gentillesses. » *Certe gentillezze*. Le lendemain, les dépêches partaient pour la Casa Tiberio Ceuli à Rome. On n'était jamais assez prudent. C'est pour cette raison que sa correspondance secrète à destination de la Toscane passait par une boîte aux lettres dans la Ville sainte.

Il fallait des heures à Bonciani pour traduire ses longs rapports dans le code chiffré complexe qu'il devait utiliser pour rédiger ses dépêches. Même si les lettres étaient interceptées, il n'y aurait eu aucun risque. Le système était si raffiné – une suite de chiffres codés renvoyant à un texte – qu'à lui seul, le texte décrypté ne livrait pas encore le message.

Tandis qu'il transposait laborieusement, une phrase après l'autre, ses observations en séries de chiffres, son esprit travaillait inlassablement aux grandes questions du temps : un balancement constant de poids et de contrepoids tous dotés d'un visage ou d'un nom, un système infiniment complexe de réseaux et de fils reliés les uns aux autres, portant tous une couleur spécifique et susceptibles de nouer diverses alliances. Les Habsbourg enserraient le monde connu à la manière d'un gigantesque corset. Mais partout la cuirasse catholique était bosselée et entaillée par les secousses du protestantisme. Elle ressemblait plus désormais à un pourpoint rapiécé de toutes parts qu'à une armure infaillible permettant de défendre la juste foi. D'une manière générale, aucun des fils ténus de cette gigantesque cote de mailles ne restait à sa place plus longtemps qu'il n'était absolument nécessaire. À la moindre pression, ils se brisaient, se raccrochaient à d'autres en un éclair, imprimant à toute la structure un tremblement des plus dangereux.

Bonciani pouvait observer les permutations sans fin de ce tableau coloré et mouvant sans perdre ni l'entendement, ni la vue d'ensemble. Après tout, il était diplomate. Son sens politique avait été formé à la cour de Florence, aucune bassesse ne lui était donc étrangère. La seule chose qui était susceptible de laisser cet homme pantois était la simplicité, l'ingénuité, la naïveté. En un mot : Gabrielle d'Estrées.

Si cette femme de vingt-cinq ans lui inspirait des sentiments mêlés, c'est aussi parce que tout en partageant avec lui ses friandises, elle prenait, avec des airs de petit oiseau gazouillant, ses informations sur le seigneur florentin qu'il servait. Pouvait-elle réellement être aussi naïve ? Aussi écervelée ? Non, tout comme le reste de la famille, elle ne faisait bien entendu que jouer l'ingénue pour lui faire croire qu'il était en sécurité.

« On éprouve à Florence, disait-il, beaucoup d'intérêt pour la santé et le bien-être du roi de France, votre seigneur. »

À quoi elle répondait sans sourciller : « Comme je me réjouis d'être ainsi à l'unisson avec vous. »

La vipère ne rougissait même pas !

« Prenez garde à la rouerie des gens d'ici, écrivit-il le soir à Florence. Cette Gabrielle porte un visage d'ange, mais c'est une fille de la Bourdaisière, un fruit des sept péchés capitaux. Vous ai-je déjà raconté le destin de sa mère qui, voici huit ans, s'est rendue à Issoire avec un jeune amant, le gouverneur Allègre, pour s'y adonner à des plaisirs honteux et offrir à toute la région un exemple de dépravation morale ? Cet Allègre, en soi parfaitement insignifiant, était un exploiteur dont la cupidité n'avait d'égale que l'avidité et la démesure de sa maîtresse, si bien qu'il ne fallut pas longtemps pour que Némésis apparaisse une nuit sous la forme d'un garçon boucher zélé dans la maison des deux amants, que par avarice ils n'avaient même pas fait garder, afin de leur trancher la gorge. Le lendemain matin, on retrouva leurs cadavres nus sur la place du marché. Le roi n'avait même pas assez d'influence dans cette contrée pour faire arrêter les meurtriers. Ainsi vont les choses en ce pays où il arrive que dans la répression de la corruption et de l'immoralité et où ceux qui exécutent la Justice méritent eux-mêmes la potence. »

Mais lorsqu'il se trouvait assis devant elle et la regardait, ces images déplaisantes se dissipaient. Les calomnies et les offenses glissaient sur cette beauté comme l'eau sur le plumage d'un cygne, et Bonciani était parfois chagriné de devoir la considérer comme une ennemie. Lorsqu'elle marchait au côté du roi dans ses somptueux habits vert foncé aux reflets bleutés, lorsque sa poitrine et ses épaules, délicates mais parfaites, émergeaient au-dessus du calice de tissu où son corps gracile était serti comme de l'ivoire dans du lapis-lazuli, le ravissement en poussait plus d'un au désespoir.

Il fouilla dans de vieux papiers, l'humeur bougonne. Que pouvait-il bien mettre dans son rapport ? Voilà ! Un an plus tôt, déjà, il avait expliqué la situation. Il parcourut les phrases concises qu'il avait écrites à l'époque : « Sans la duchesse de Beaufort, le mariage de votre nièce Marie avec le roi serait affaire réglée en l'espace de quatre mois. Mais l'amour du roi pour sa dame ne cesse de grandir. Un mal incurable va se propager ici si la main sacrée de Dieu ne s'interpose pas. »

Il repoussa la feuille avec dégoût. Pouvait-on s'exprimer avec moins d'équivoque ?

« Pour ce qui concerne le roi, aucune confiance ne peut lui être accordée. Nul ne sait ce qu'il aura en tête demain. C'est en outre un habile négociateur, qui prend de la main gauche ce qu'il vous donne de la droite. Méfiez-vous. Il ne vous fera aucune offre qui ne vous place en position désavantageuse. »

Il leva la tête et dirigea ses yeux fatigués vers le ciel sans étoiles. Non, on attendait de lui des observations plus précises. Bien sûr que le roi était retors. On n'avait pas besoin d'un agent secret pour s'en apercevoir. Bonciani, lui, pouvait faire preuve de plus de subtilité dans son analyse. Il prit une nouvelle feuille de papier. Que signifiaient ces tergiversations dans les négociations de mariage avec Florence ? Quelles étaient les intentions de Navarre ? Tout le monde savait à la Cour que le roi voulait voir sa maîtresse accéder au trône. Et pourtant il continuait de faire des avances ambiguës à Marie. Le scorpion ! Il devait avant tout obtenir le divorce avec Marguerite. Mais le pape ne le concéderait pas tant qu'existerait le risque de voir Henri épouser ensuite sa maîtresse. Bonciani plongea sa plume dans l'encre et écrivit d'un seul trait : « Le roi prétend seulement vouloir épouser Marie de Médicis afin d'obtenir l'annulation de son mariage. Une fois le divorce prononcé, il épousera la duchesse de Beaufort. Gardez votre ouïe et vos yeux bien ouverts, car il ne fait aucun doute que nous avons affaire à une personne des plus habiles. J'ai entendu dire par Villeroi que Votre Excellence est très bien informée de ces choses, mais vous devez savoir que le roi, lorsqu'il le veut, est aussi rusé que n'importe quel homme du commun. Je serais profondément attristé que vous soyez berné, raison pour laquelle il me semble indiqué de réduire ces projets à néant en les communiquant à Sa Sainteté. »

Après une courte pause, il ajouta à la hâte : « Le roi a écrit à Sillery pour s'informer de l'état de la princesse Marie. On raconte ici qu'elle serait devenue grosse au point de ne plus pouvoir procréer. Le connétable m'a donc prié de demander à Votre Excellence un portrait au naturel de la princesse. »

Tandis que Bonciani, installé dans les mansardes du cardinal Gondi, écrivait ses dépêches, la Cour séjournait à Nantes et célébrait la naissance d'Alexandre. Peu après, on fêtait à Angers la soumission de Mercœur et le mariage de César avec la fille de celui-ci.

« On n'imagine pas la situation ici. La reine Marguerite de Valois est détenue au château d'Usson tandis que le roi, à Nantes, assiste fou de bonheur à la naissance du deuxième fils de sa maîtresse. Celle-ci est même parvenue à obtenir pour son aîné la main de la fille unique du duc de Mercœur. Son fils a ainsi la perspective d'entrer en possession de l'un des plus grands héritages du royaume. Les Espagnols, je me permets de le noter, sont totalement décontenancés par les événements. Comme si ces monstruosités ne suffisaient pas, le roi signait à Nantes, le jour même, le funeste édit. »

L'imagination de Bonciani allait bon train. Il voyait le pape Clément VIII sursauter et se retenir difficilement de frapper Navarre d'un nouvel anathème. Quelle idée piquait donc cet hérétique converti ? La liberté de religion pour les protestants ? Des garanties pour leurs villes ? L'accès aux charges publiques pour les hérétiques ? Des juges huguenots ? L'agent vit ensuite le visage blême de Philippe reprendre lentement des couleurs : la cote des Habsbourg était en train de monter à Rome. Madrid doit penser que Navarre joue une partie trop risquée, se dit Bonciani. Mais il fallait tenir compte de l'ensemble du contexte. Que faisaient l'empereur, le cardinal d'Autriche ? L'Angleterre ? Où en était l'avancée des Turcs en Hongrie ?

Bonciani réfléchissait froidement. La Curie avait trépigné et grondé, mais elle avait fini par accepter cet édit. Est-ce à Paris, désormais, que se résoudraient les questions de religion en Europe ? Le pape Clément devait se trouver en position bien incertaine ! Quel affront ! Navarre avait forcé l'Espagne à faire la paix. L'encre de Vervins était encre fraîche. Mais cet édit ! Doter les huguenots de droits politiques ? L'espion passa la totalité des mois d'été à écrire. Il avait des oreilles partout et tentait de déchiffrer les grandes lignes du combat qui s'engageait pour le pouvoir, n'oubliant jamais qu'Henri était désormais le roi le plus puissant de la chrétienté. Après la paix de Vervins, Henri de Navarre était le personnage le plus courtisé dans le jeu européen pour le pouvoir ; désormais, il s'agirait, entre autres, de placer à ses côtés la dame qui conviendrait.

Les dépêches de Bonciani s'attardaient aussi sur les personnages secondaires qui pourraient se révéler d'une quelconque utilité. Les alliés naturels sont les moins coûteux. Il y avait tout d'abord Rosny. Cela ne faisait aucun doute : ce corbeau protestant poursuivait le même objectif que lui, même si c'était pour d'autres motifs. On avait rapporté à Bonciani ce qui s'était déroulé en mars 1598, dans les jardins de Rennes, entre Rosny et le roi. Il avait fallu qu'Henri invite à quatre reprises à la chasse son rigoureux ministre pour trouver enfin le courage de lui dire les choses en face. Chaque fois, il lui avait annoncé qu'il avait des choses importantes à discuter avec lui ; mais c'est seulement à la quatrième qu'il y était parvenu. Il avait pris par la main son meilleur serviteur, comme il avait coutume d'appeler Rosny, et lui avait dit :

— Venez, allons nous promener tous les deux, car il me faut vous entretenir de questions qui me sont déjà restées sur le cœur à quatre reprises, chaque fois que je vous ai convié à la chasse. Vous rappelez-vous ? Mais tant de choses accaparaient mon esprit que je n'ai jamais pu parler librement.

Navarre commença aussitôt à brosser le sombre tableau du royaume tel qu'il l'avait trouvé, son état lamentable et les efforts titanesques qu'il avait entrepris pour le libérer et le remettre en ordre. Il décrivit les peines et les dangers auxquels il s'était exposé, les attaques de toute sorte qu'il avait dû subir et qui avaient fait de lui le roi pacificateur à l'intérieur comme à l'extérieur du royaume. Et pourtant, se plaignit-il, tout ce labeur aurait été accompli en pure perte s'il ne pouvait assurer une descendance directe, compte tenu des prétentions qu'élèveraient sans doute son neveu, le prince de Condé, ainsi que les autres princes du sang. Son épouse, dont il songeait à divorcer, n'avait jamais donné la vie.

Il fit alors passer en revue toutes les candidates possibles et trouva une objection pour chacune d'entre elles. L'infante de Madrid était laide et avait l'air pincé. Il pourrait peut-être s'y accoutumer s'il épousait la Hollande en même temps qu'elle. La cousine de Jean Ier, la princesse Arabelle Stuart, lui aurait aussi convenu si elle s'était au moins trouvée sur la liste des héritières potentielles du royaume, mais la reine d'Angleterre n'y songeait pas un seul instant. Parmi les autres princesses étrangères, les unes étaient des huguenotes et les autres, les Allemandes, des outres à vin. Le grand-duc de Toscane avait une nièce que l'on disait jolie, mais elle était de basse extraction : elle faisait partie d'une famille de marchands, descendait de parvenus qui, six ou huit décennies plus tôt, n'étaient que de petits notables poussés par leur cupidité. Et puis elle était de la même race que cette Catherine de Médicis qui leur avait porté tant de tort, à la France et à lui-même.

Il évoqua ensuite les princesses françaises. Sa nièce, Mademoiselle de Guise, lui aurait bien plu si elle n'avait pas eu la réputation de manquer d'humour et d'être taciturne, or il cherchait une femme plus portée sur l'amour que sur la migraine. Il ne restait plus que les princesses des maisons inférieures, deux de la dynastie du Maine, deux d'Aumale, trois de Longueville et quantité d'autres de plus basse extraction encore. Et pour chacune d'entre elles, il avait quelque chose à redire. Même si elles lui avaient plu, l'objection principale aurait subsisté néanmoins :

— Qui me garantit que je trouverai en elles les trois conditions sans lesquelles je ne prendrai point femme pour épouse ? Qu'elle m'offre des fils, qu'elle ait une nature douce et plaisante et qu'elle ait en outre suffisamment d'esprit pour pouvoir prendre en main les rênes de l'État et veiller sur mes enfants si je venais à mourir. Car elle doit avoir suffisamment d'intellect et de discernement pour suivre mon exemple. Réfléchissez donc un peu, demandez-vous si vous ne connaissez pas une personne qui unisse en elle toutes ces qualités.

Rosny avait compris depuis longtemps où le roi voulait en venir, mais se garda de le faire voir. Il aurait préféré aller en enfer plutôt que d'épargner à son souverain la peine de prononcer lui-même la monstruosité.

— Je ne connais ni princesse ni femme qui puisse se targuer de telles qualités.

— Et que diriez-vous si je vous en citais une ?

— Sire, je dirais que dans ce cas vous devez mieux la connaître que moi et que c'est sans doute une veuve ; dans le cas contraire, vous ne pourriez être certain qu'elle soit en mesure d'avoir des enfants.

— Vraiment ? Croyez-vous ? Mais si vous ne pouvez m'en citer aucune, moi, je le puis.

— Dans ce cas désignez-la-moi, je vous prie, car je dois vous avouer que mon esprit n'y suffit pas.

Le roi se tourna brutalement vers Rosny et s'exclama :

— Vous êtes un homme plein d'esprit ! Je vois bien où vous voulez en venir en jouant ici le niais et l'ignorant. C'est à moi qu'il revient de vous donner son nom, tel est votre but. Soit, je le ferai, et vous devrez alors admettre que ces trois conditions sont réunies en une seule personne : celle de ma maîtresse.

Rosny se figea.

Comme s'il voulait se démarquer de ses propres paroles, Henri ajouta :

— Je ne veux pas dire que j'ai songé à l'épouser. J'aimerais seulement avoir votre point de vue, au cas où, faute d'autre possibilité, je devrais envisager de le faire.

Rosny voyait bien le gouffre au bord duquel le menait le roi. Il savait que Navarre envisageait d'envoyer un messager à Usson pour obtenir que Marguerite donne son accord au divorce. Elle accepterait bien évidemment. Qu'on lui propose de quitter son exil pour revenir à Paris et se défaire de ses dettes immenses aux dépens de la Couronne, comment refuserait-elle ? Légalement, Henri pouvait la faire exécuter pour haute trahison et adultère. Mais Rosny sentait que le roi voulait entendre la vérité. Il allait l'avoir.

— Sire, vous avez parlé tout à l'heure des dangers que vous voulez écarter en concluant cette union. Si vous voulez être certain de voir la France, après votre décès, plonger dans la guerre et le chaos, j'approuve votre idée. Abstraction faite de l'indignation générale que provoquerait pareille démarche, j'attire votre attention sur les intrigues et les prétentions que l'on soulèverait autour des enfants nés de cette manière aussi variée qu'inhabituelle. Puis-je rappeler que le public met fortement en doute votre paternité ? Oublions ces rumeurs terrifiantes selon lesquelles un apothicaire aurait été empoisonné par Madame de Beaufort parce qu'il aurait diagnostiqué une grossesse à une époque où Madame n'avait pas encore accordé ses faveurs à Votre Majesté. Le premier enfant de la duchesse est indubitablement issu d'un double adultère. Le cadet, que la duchesse vient de mettre au monde, se sentira avantagé : Madame de Beaufort s'étant aujourd'hui séparée de Monsieur de Liancourt, il n'est issu que d'un adultère simple. Et que se passera-t-il pour ceux qui suivront peut-être lorsque vous aurez épousé la duchesse de Beaufort ? Ces enfants ne se considéreront-ils pas comme les seuls légitimes ? Je vous prie de songer à toutes ces difficultés avant que je n'en dise plus sur cette question.

— Pas mal, mais vous en avez assez dit pour l'instant, et gardez-vous de commentaires sur ce point devant ma bien-aimée.

Le roi pouvait s'imaginer lui-même la suite du raisonnement. Il connaissait son Rosny, toujours la main sur la bourse, l'esprit clair lorsqu'il s'agissait de chiffres. S'il prend pour épouse la nièce du banquier florentin, la France est débarrassée de ses dettes.

Voilà pour Rosny. Bonciani prenait des notes.

Puis il passa au suivant. Nicolas de Neufville, seigneur de Villeroi. Né en 1542 à Paris, il avait repris en 1567 la charge de secrétaire d'État occupée par son beau-père. Puis il avait rejoint Mayenne, qu'il avait quitté en 1593 lorsque la cause de la Ligue était peu à peu devenue désespérée. Henri le nomma en 1594 secrétaire d'État aux Affaires étrangères. Il avait souvent pris parti contre Rosny, et même contre le roi qui le considérait d'ailleurs comme un partisan secret des Espagnols. Pour ce qui concernait Villeroi, d'une manière générale, Henri semblait davantage miser sur les capacités de son secrétaire d'État que sur sa loyauté.

Bonciani survola les instructions arrivées de Florence : « Nous souhaitons que vous tentiez secrètement d'obtenir un accord avec Villeroi en promettant une part des recettes de la gabelle qui nous reviennent. Cela dans le cas où Villeroi serait prêt à apporter son aide pour rétablir d'autres princes dans leurs anciens droits. Négociez discrètement et en toute confiance avec Villeroi. Gondi et Zamet ont raconté qu'ils lui ont fait des cadeaux pour recouvrer leurs biens. Mais si vous craignez de l'offenser ainsi, Madame de Beaufort s'en chargera de la même manière si vous priez Madame de Sourdis de plaider votre cause auprès d'elle. »

Bonciani siffla entre ses dents. Les choses en étaient donc là. Tandis que Rosny s'efforçait, au nom du roi, d'arracher aux fermiers généraux du grand-duc Ferdinand le droit de fermage de la gabelle, Gabrielle avait l'audace de recommencer à pactiser avec les vassaux dépossédés de Ferdinand, dans la croyance naïve qu'elle pourrait ainsi se faire à Florence des amis qui plaideraient auprès du pape en faveur du divorce du roi. La duchesse avait appâté le duc de Savoie en lui promettant qu'on lui céderait Saluzzo s'il parvenait à mettre les Espagnols de son côté sur la question du divorce. Pas si bête, se dit Bonciani en secouant la tête, néanmoins chagriné par la balourdise de cette diplomatie : Villeroi, à n'en point douter, saurait se garder de laisser la moindre trace d'affaires aussi périlleuses. Quant à la duchesse, une petite allusion à Rosny suffisait à s'assurer que le roi en entendrait parler.

Le suivant sur la liste de Bonciani était Zamet, le cordonnier de Lucques. Lui-même fils de cordonnier, il était arrivé en France dans la suite de Catherine de Médicis et devenu le valet de chambre d'Henri III. Il était apparemment le seul à connaître le secret permettant de coudre des chaussures confortables pour les pieds minuscules du dernier Valois. Ainsi débuta sa richesse. Ayant bâti une fortune rapide grâce à des placements avisés, il finança la Ligue, prêta de l'argent d'abord à Mayenne, puis à Henri IV, moyennant des taux d'intérêt élevés. Mais Bonciani pensait surtout à l'hôtel particulier de l'Italien. Abrité des regards curieux par un mur élevé, il était caché dans la rue de la Cerisaie, non loin de l'Arsenal. Protégé par un jardin à la végétation dense, cette demeure somptueusement décorée offrait tous les agréments imaginables à ceux qui y avaient accès. Le roi y voyait tous ses souhaits exaucés : liberté de mouvement, absence de toute contrainte, possibilité de satisfaire ses désirs, bourse toujours ouverte à ses pertes au jeu, une table abondante pour sa maîtresse et chambres reculées pour d'autres amours d'occasion.

Bonciani écrivit :

« Zamet assure Votre Excellence de l'attachement très dévoué qu'il vous porte. Je lui ai rendu visite il y a quelques jours. Nous en sommes venus à parler de la fâcheuse question du fermage de l'impôt. Il m'a confirmé ce dont Votre Excellence m'informait dans sa dernière missive. À l'avenir, c'est la Couronne de France elle-même qui allouera le fermage par adjudication et vous fera directement verser les parts qui vous reviennent. Zamet ne voit aucun moyen de l'empêcher, mais estime que les seuls à en pâtir seront les anciens fermiers, comme lui et Gondi. Cette nouveauté ne vous causera aucune espèce de préjudice et lui-même serait contraint de se consacrer à d'autres affaires si cette source devait se tarir.

« Mais vous n'aurez guère de peine à imaginer que le véritable motif de ma visite chez lui était tout autre. Je lui ai demandé sans détour quels rapports il entretenait avec la duchesse. Comme je m'y attendais, le cordonnier fit tout pour ne pas répondre clairement à la question et déclara que la grande faveur dont elle jouissait auprès du roi lui permettait de supposer avec quelque certitude qu'elle remplirait toujours les obligations qu'elle avait envers lui. Savez-vous que c'est lui qui lui a prêté l'argent dont elle avait besoin pour acheter le duché de Beaufort ? Tous deux s'accorderont très vite sur les questions d'argent, car c'est elle, en outre, qui l'a convaincu de prêter à Sa Majesté les fonds nécessaires pour la campagne d'Amiens. Pour l'instant, le roi lui rend la pareille. Il s'agit de quarante mille thalers pour les travaux de rénovation au château de Monceaux, somme que Zamet doit avancer à la duchesse.

« Lorsque je suis devenu plus explicite et lui ai demandé s'il était conscient de la situation assez pénible dans laquelle les preuves croissantes d'affection du roi à l'égard de la duchesse avaient placé la Maison de Florence, il répondit qu'il était sûr qu'une solution pouvait être trouvée qui satisfasse toutes les parties concernées. Lorsque je m'enquis comment il imaginait une solution de ce type, il répliqua qu'il se fiait aux talents de diplomates de Messieurs Sillery et Villeroi, auxquels le monarque avait confié le soin de négocier un accord allant dans ce sens.

« Je lui fis alors remarquer que certaines des personnes concernées considéraient pareil accord avec la plus grande réserve, et que le temps viendrait peut-être où il serait difficile de se fier à l'habileté des autres, où il pourrait être indiqué, le cas échéant, de s'en remettre à son propre discernement. À ma dernière question, celle de savoir comment il se comporterait dans un cas de ce type, il ne me fit pas de réponse, mais me donna cette assurance qui ne veut rien dire et dont je vous ai fait part dans les premières lignes de ce courrier.

« J'ai pris désormais l'habitude de me faire accueillir une fois par semaine dans l'hôtel particulier de Zamet, aménagé avec beaucoup de goût, et je puis vous informer que les plats qu'on y sert sont de la plus exquise qualité. Le maître de maison me reçoit toujours avec les signes du plus grand respect et avec toute la déférence que l'on doit à un envoyé de Votre Excellence. La peur se lit sur son visage, mais il tente de la dissimuler. Il serait peut-être temps de compléter le riche menu de notre compatriote qui a fait fortune à Paris par quelques spécialités florentines moins communes. Je suis sûr que le moment venu, on ne manquera pas d'y avoir recours. »

Le valet avait déjà frappé à la porte à deux reprises.

— *Si*, entendit-on depuis l'intérieur de la pièce, suivi d'un rapide *Entrez* !

Le valet ouvrit et s'inclina profondément.

— Veuillez pardonner le dérangement, Messire. Une visiteuse inattendue. Je n'ai pu la renvoyer.

— Sais-tu l'heure qu'il est ? De qui s'agit-il ?

— C'est Madame de Mainville.

— Mainville ? Que veut-elle aussi tard ?

Le valet s'inclina de nouveau.

— Je vais l'informer que vous ne pouvez la recevoir.

— Non, fais-la entrer. J'arrive tout de suite.

— Comme vous le souhaitez.

Bonciani parcourut encore une fois les dernières lignes de la dépêche, devant lui, sur la table. Puis il rangea les papiers dans son secrétaire, le ferma soigneusement à clef et se rendit en bas, dans le salon.

La femme avait pris place dans un fauteuil, à côté du feu. Elle portait une cape bleu marine. Son visage étroit et légèrement allongé reposait sur un cou puissant.

Elle venait tout juste d'enlever sa capuche et, comme les fois précédentes où Bonciani l'avait aperçue, il posa un instant son regard admiratif sur la coiffure rouge feu de la gouvernante de la duchesse de Beaufort. Elle sentit que sa visite l'irritait. Les mouvements de l'homme le trahissaient : la manière dont il avait descendu l'escalier, l'arrêt qu'il avait marqué en la toisant de loin et enfin cette main qu'il avait gardée aussi longtemps que possible sur la rambarde après avoir franchi les dernières marches, comme pour s'assurer un dernier appui avant de traverser l'espace vide qui les séparait. Tout cela exprimait l'incertitude et le désarroi. Bonciani avait montré, sans le dire, qu'il était prêt à envisager toutes les solutions, si improbables soient-elles.

Elle lui tendit la main. Bonciani s'inclina avec retenue.

— Je vous prie d'accepter toutes mes excuses pour cette visite à une heure si tardive.

L'Italien hocha la tête.

— Puis-je vous faire apporter un rafraîchissement ?

— Non, merci, c'est très aimable, mais je n'ai pas beaucoup de temps.

Bonciani s'assit.

— Comment va la duchesse ? Pour le mieux, j'espère ?

— Madame la Duchesse me croit sur la route de Monceaux, où je dois me rendre cette nuit même.

Puis, après une courte pause, elle ajouta :

— Vous serez heureux d'apprendre qu'elle est très incommodée par le temps pluvieux de l'automne et qu'elle passe des nuits très agitées, entourée de médecins et d'astrologues.

Bonciani plissa les yeux. Il se leva, alla à la porte, l'ouvrit brièvement pour s'assurer qu'aucune oreille indiscrète ne se trouvait derrière. Puis il la referma et se dirigea vers la fenêtre. Le vent secouait les vitres et des gouttes d'eau battaient lourdement contre les carreaux grossièrement biseautés. Qu'elle était maussade et mélancolique, cette pluie d'octobre sur la capitale française ! On était en 1598. Était-il vraiment ici depuis huit ans déjà ? Il continuait à ressentir comme un poids accablant tout ce qui se trouvait autour de lui. Les nuages toujours bas, la pluie qui n'en finissait pas, le caractère obtus des habitants. Même les artistes ne parvenaient pas à s'élever au-dessus de cette pesanteur envahissante. Ce qu'on construisait ici était massif et grossier. Trop haut, trop large, avec plein de bonne volonté et sans la moindre idée de la juste mesure. Ne parlons même pas des peintures ! N'importe quel boulanger italien avait plus de sens des proportions que ces gens du Nord avec leurs corps informes et sans grâce. Et voilà cette femme qui venait le voir et croyait pouvoir le déstabiliser en quelques mots.

— Vous connaissez mon rang et ma position ?

Bonciani se retourna et observa la femme. Mais elle ne se laissa pas troubler par son regard sévère.

— Je suis Marie Hermant, Madame de Mainville. Si j'affirmais être plus que cela, ce ne serait pas seulement une exagération, mais aussi un signe de grande ingratitude envers celui auquel il a paru bon de me donner cette place. S'il plaisait à un prince de m'élever, j'en serais reconnaissante et je me plierais humblement à son bon vouloir. Mais s'il lui venait à l'idée de me hausser au-delà de ce pour quoi le Prince de ce monde m'a créée, je le prierais instamment de réserver cet honneur à celle qui a été élue pour cela par la Providence. Cette modestie naturelle n'est pas donnée à toutes. Mon sexe, qui porte déjà le poids du pire crime de l'histoire du monde, tend malheureusement à se montrer arrogant et insatiable. Il y a suffisamment d'exemples à cela.

Non, ne m'interrompez pas. Je sais quelle question difficile tourmente vos pensées. Soyez assuré que des réflexions et des soucis identiques m'habitent. La paix règne enfin. La France respire. Depuis Vervins, le pays ne connaît plus qu'un seul danger. Vous savez à quoi je fais allusion. Écoutez donc ce que j'ai à vous proposer...

11.

Perrault

Votre nom ?

Perrault. Pierre Paul Perrault.

Né le 14 mai en l'an de Grâce 1557. Tailleur de pierre de profession, si je ne m'abuse.

Vous l'avez dit.

Natif de Lyon. Ayant servi dans l'armée du roi de France. Libéré avec les honneurs en 1594, à Paris. Vous avez été blessé ?

Oui, monsieur. Pour moi, le jour du triomphe des troupes royales fut moins heureux que pour les autres, parce que j'avais été atteint par le carreau d'une arbalète ennemie. Mais je ne me plains pas. Le roi m'a généreusement récompensé pour mes services et les dommages que j'ai subis. Comme il ne m'aurait plus été possible de servir sous les armes, même après guérison complète de ma blessure, j'ai pu revenir à mon ancien métier.

J'en suis heureux. Vous savez pourquoi nous sommes ici ?

L'incendie... ?

On vous a donc déjà prévenu ?

Une dépêche m'est parvenue voici deux jours.

De qui ?

De mon neveu.

Lussac ?

Oui.

Excusez-nous de vous importuner avec cet interrogatoire, mais j'ai pour mission d'enquêter sur les circonstances qui ont provoqué l'incendie de votre maison. Êtes-vous prêt à nous donner à ce propos quelques indications qui pourraient nous aider à élucider cette affaire ?

Je répondrai volontiers à vos questions, bien que je craigne de ne pas pouvoir vous apporter grand-chose.

Que savez-vous du lieu où se trouve votre neveu ?

Il y a deux jours, j'ai reçu une lettre de lui. Je vous la donne volontiers à lire. Ce bon à rien a récompensé mon hospitalité de bien piètre manière. Il m'a écrit qu'il était arrivé à Paris vers minuit et qu'il avait trouvé la rue pleine de monde. Un feu avait éclaté dans la baraque mais l'intervention courageuse des voisins et l'orage que la Providence avait fait s'abattre sur l'incendie avaient permis de l'éteindre à temps. Il écrit par ailleurs qu'il se faisait de grands soucis pour son ami que l'on ne retrouvait pas, et qu'il s'était mis en route pour le chercher. Suivaient ensuite quelques excuses et remerciements que j'ai seulement survolés parce que mes mains tremblaient de rage. J'ai fini par jeter la lettre dans un coin après l'avoir chiffonnée.

La lettre venait-elle de Paris ?

Oui, sûrement. D'où pouvait-elle venir ? Un coursier l'a apportée. J'ai payé le prix de deux pains pour le port.

Nous sommes aujourd'hui le mercredi 21 avril. La lettre, dites-vous, vous est parvenue il y a deux jours. Quelques heures suffisent à un coursier pour faire le trajet entre Paris et Clermont. Cela signifie qu'il a écrit la lettre le 19, c'est-à-dire qu'il a attendu neuf jours après l'incendie pour le faire.

Non. La date indiquée sur la lettre était le 13 avril. Cette date figure près de la formule de salutation.

Du mardi, donc.

Oui, mardi de la semaine dernière.

Mais elle n'a été envoyée qu'une semaine plus tard ?

Oui. Effectivement, c'est étrange.

Vous avez appris neuf jours après l'incendie que vous aviez été à deux doigts de perdre votre maison à Paris ?

Maudite canaille !

Attendez. Nous ne savons pas encore ce qui s'est produit. Lussac vous a donc écrit qu'il était arrivé en ville tard dans la nuit, qu'il avait trouvé la rue pleine de monde et la maison en flammes.

C'est exact.

Il n'habitait donc pas dans votre maison à Paris ?

Si, si. Mais pendant tout le mois de mars il a logé ici.

Chez vous ?

Oui.

Dans ce cas, il ne se trouvait pas en ville lorsque le malheur s'est produit ?

Non. Il était sur la route. Une roue de sa calèche s'est brisée, ce qui l'a retardé. Il n'est arrivé rue des Deux-Portes que vers minuit. Mais cela, je vous l'ai déjà dit.

Et auparavant, il était chez vous ?

Oui, je vous l'ai dit, pendant tout le mois de mars. Il s'est présenté ici deux jours après mardi gras. Je n'y ai pas particulièrement réfléchi.

Et son compagnon ?

Vous voulez parler de ce Vignac ?

Oui.

Lussac est venu seul. Il avait pris le coche de Clermont, puis parcouru à pied le reste du chemin. Nous étions tous en train de dîner lorsqu'il a fait irruption dans la maison. Nous avons été très surpris, mais nous étions contents de le voir, nous l'avons tout de suite invité à table, comme cela se fait entre parents et bons chrétiens.

Quelle impression vous a-t-il faite ?

Eh bien, il était affamé, le voyage l'avait fatigué. Je ne l'avais pas revu depuis l'été de l'année précédente, on avait donc bien des choses à se raconter. J'étais curieux de savoir comment s'était passé son séjour à Paris. Ce soir-là, rien d'autre ne m'a frappé chez lui. Ça n'était déjà plus le cas au cours des jours et des semaines qui ont suivi. Mais j'ai attribué cela à l'incertitude de la situation où il se trouvait. Il était en négociations avec Marchant et Petit. Vous savez peut-être que le roi a signé l'an dernier les arrêtés-patentes pour l'achèvement du Pont-Neuf. Lussac s'était présenté chez eux et on lui avait laissé entendre qu'on lui commanderait quelques-uns des masques qui devaient orner le pont. Une affaire lucrative. Il devait cependant montrer des ébauches avant qu'une décision ne fût prise. Il en avait déjà quelques-unes avec lui : des premières esquisses, des visages d'hommes et de femmes ornés de motifs fluviaux, plantes aquatiques, feuilles, palmettes, coquillages, plus imaginatifs les uns que les autres. Cependant, il n'était pas certain qu'elles plairaient aux maîtres d'œuvre, et puis il y avait quantité d'autres candidats. Je l'ai encouragé. Mais il paraissait soucieux, renfermé.

Vous a-t-il dit pourquoi il avait quitté Paris ?

Je lui ai naturellement posé la question, car j'étais passablement inquiet : je lui avais confié la maison et je redoutais à présent qu'elle ne fût plus surveillée. Mais il dissipa mes craintes en m'assurant que Vignac était un homme fiable et de confiance, et que mes biens seraient correctement gardés.

Pourquoi dans ce cas Lussac est-il venu vous voir ?

Eh bien, d'abord pour les dessins. Il voulait entendre mes conseils. Il s'est plaint de Paris, de la poussière, de la puanteur, des dangers qui vous guettent à tous les coins de rue. L'édit interdisait l'exercice de la religion dans la ville. De tout ce qu'il a raconté, j'ai conclu qu'il n'avait pas trouvé beaucoup de charme à cette cité. Les mauvaises récoltes avaient provoqué une forte hausse du prix du pain au printemps. Tout indiquait qu'il voulait se retirer ici, à Clermont, pour travailler à ses dessins et ne pas être exposé à l'agitation de la ville. Ces motifs me paraissaient tellement naturels que je n'ai pas cherché à les approfondir, même s'il ne m'a pas expliqué par lui-même les raisons de sa venue.

Mais il est ensuite reparti pour Paris ?

Oui, le jour que je vous ai dit, le 10 avril, un samedi.

Le samedi de Pâques ?

Oui.

Vous dites qu'il est revenu à Paris le samedi de Pâques ? Mais pourquoi justement ce jour-là ?

Les gens sont libres d'aller et de venir. Je ne sais pas. Il est parti, tout simplement.

Avait-il reçu une nouvelle ? Vignac lui avait peut-être écrit et demandé de venir ?

Non, cela je l'aurais su. Nous n'avons pas reçu de nouvelles de Vignac. Je demandais parfois à Lussac si tout allait bien à Paris, mais il me tranquillisait toujours avec les mêmes mots.

S'était-il produit quelque chose de nouveau qui aurait pu expliquer son départ ?

Ah ! ça, des nouveautés, à cette époque, Dieu sait qu'on n'en manquait pas. Partout dans la région on parlait de cette Marthe qu'on avait amenée de Loches à Paris. Quelques voyageurs de passage l'avaient vue sur la place Sainte-Geneviève, où elle était exposée au peuple. La garce criait qu'elle était habitée par un diable, qu'il lui chuchotait que les huguenots n'étaient que chair de Satan, lequel rôdait tous les jours à La Rochelle ou ailleurs afin de trouver une nouvelle âme pour alimenter sa fournaise. Rien d'étonnant à ce qu'à Paris, on ait cru volontiers à ce bavardage d'agitateurs. On disait que sa mère, déjà, avait été habitée par le diable ; mais les médecins du roi avaient mené sur elle des examens sans équivoque et en avaient conclu qu'il n'y avait pas de démon en elle. Nous avons entendu dire, avec satisfaction, que le roi avait donné à Messire d'Estrées l'ordre de confier la démente à la Justice, et tous les braillements des capucins devant la Conciergerie n'ont pu faire revenir le roi sur sa décision. Messire d'Estrées, il est vrai, eut lui-même, quelques jours plus tard, un grand malheur à affronter, car sa fille, la duchesse de Beaufort, fut emportée par une maladie énigmatique. Mais j'ai entendu dire que la mort de sa fille ne l'a pas empêché de charger le jour même tout ce qu'elle possédait sur son carrosse et de les apporter à Cœuvres. Non, des nouvelles, il y en avait de toutes sortes, mais je ne saurais dire ce qui, parmi elles, aurait incité Lussac à revenir à Paris. Au contraire. Quel bon chrétien ne se détourne-t-il pas avec effroi de pareils événements ?

Votre neveu est donc parti le samedi de Pâques et on ne l'a plus revu depuis ?

Je suis sans nouvelles depuis sa dernière lettre. Mais je pense qu'il reviendra bientôt me donner une explication au sujet de l'incendie.

Je l'espère pour vous comme pour nous, car en réalité c'est lui qui devrait répondre à mes questions, et non vous, qui n'avez eu aucune part dans cette affaire.

Vous ne lui avez donc pas parlé ?

Non.

N'est-il pas à Paris ?

Nous l'ignorons. Nous n'avons trouvé aucune personne vivante dans la maison.

Aucune personne vivante...

Vous ne savez donc pas encore tout ?

Quelqu'un a-t-il été victime de l'incendie ?

On a trouvé un mort dans les ruines.

Miséricorde !

On a remarqué le feu aux environs de minuit. Des voisins sont entrés dans votre maison, ont découvert le feu dans la baraque et ont tenté de l'éteindre. Lorsqu'on a brisé la paroi en planches pour parvenir jusqu'au foyer de l'incendie, celui-ci a redoublé d'intensité et se serait certainement communiqué à d'autres maisons si un orage ne s'était pas abattu peu de temps après. On n'a retrouvé le corps de cette personne qu'au petit matin, après avoir déblayé les décombres. Mais nous ne savons pas qui est le mort. Le cadavre est totalement calciné. Ce qui reste de lui tient dans cette caisse, là-bas.

Dieu du Ciel !

Vous comprendrez que nous aimerions parler à votre neveu. Le mort est vraisemblablement ce Vignac, ce qu'il n'est malheureusement plus possible de vérifier. Mais dites-moi, je vous prie, ce qui se trouvait dans la cabane.

Dans la cabane derrière la cuisine ?

Oui.

Pas grand-chose. Des balais, des seaux, du bois de chauffe, toutes sortes de vieilleries.

Y avait-il une porte ?

Une porte ? Oui, bien sûr qu'il y avait une porte. Et même deux, pour être précis.

Où se trouvaient-elles, ces portes ?

L'une était dans la cour, juste à gauche quand on sortait de la maison. Et puis il y avait encore un accès sous l'escalier. Mais je ne comprends pas. Pourquoi me demandez-vous cela ?

La porte de la cour était clouée. On n'a sans doute pas vu l'entrée sous l'escalier, sans cela on n'aurait pas été obligé d'abattre la paroi de planches dans la cour. Vous ne savez donc pas non plus ce qui se trouvait effectivement dans cette cabane ?

Grand Dieu, il faut que j'aille à Paris immédiatement. Lussac aurait-il été... ?

Non, c'est impossible. Il vous a envoyé une dépêche après l'incendie, ne l'oubliez pas. Bien qu'il soit étonnant, naturellement, qu'il ne vous ait pas encore donné de nouvelles pour vous informer de choses que vous devez à présent apprendre de notre bouche, de si désagréable manière.

Ce bon à rien, cet ingrat ! Je vais partir sur-le-champ pour lui tirer les vers du nez.

Non, je vous en prie, asseyez-vous. S'il n'est pas tombé jusqu'ici dans le filet que nous lui avons tendu, moi et mes hommes, je crains que vous ne le trouviez pas non plus. Je suis navré d'avoir à vous apporter des nouvelles aussi consternantes. Mais je vous en prie, répondez d'abord à mes questions. Je vous ai raconté quelques bribes des événements survenus à Paris, mais je ne sais quasiment rien de votre neveu ou de ce Vignac dont nous pensons avoir trouvé les restes dans les décombres de ce réduit. Si nous mettons bout à bout tout ce que nous avons appris, nous arriverons peut-être à nous y retrouver. Je vous demande de ne pas faire ce voyage qui serait inutile. Votre maison à Paris est placée sous la surveillance de mes hommes. On n'a aucune trace de votre neveu. Il serait absurde de partir pour Paris.

Soit, je vous écouterai. Maudit soit le jour où j'ai laissé entrer ces deux-là dans ma maison. Mais dites-moi, je vous prie, ce que vous avez trouvé dans la cabane.

Il semble qu'ils avaient tous deux installé un atelier dans le réduit qui a brûlé. On a trouvé entre les ruines des restes de toile, des coupes et des pots pour remuer la peinture, mais aussi des panneaux de bois apprêtés, des spatules, des pinceaux, des boîtes contenant toutes sortes de poudres, des bouteilles de teinture, une boîte en argent avec des poils d'animaux, des fils cirés et d'autres objets du même ordre.

Mon Dieu. Un atelier ?

Avez-vous une explication à cela ?

Comment n'y ai-je pas pensé ? Par tous les saints ! Voilà pourquoi il a disparu ! Mais comment a-t-il pu me tromper ainsi ? Et à présent, évidemment, il craint d'avoir attiré ma colère. Il n'a pas tort !

Vous ne saviez donc rien de tout cela ?

Moi ? Si je l'ai su ? Je les aurais chassés le jour même de la maison et de la ville. J'ignore ce qui s'est passé dans l'esprit de Lussac. Comment a-t-il pu tolérer une chose pareille ? C'est certainement ce Vignac qui lui a bourré le crâne. C'est pour cette raison, je suppose, que la cabane était condamnée de l'extérieur, pour que personne ne remarque leur activité. Je comprends maintenant.

Pouvez-vous vous expliquer, je vous prie ?

Je les avais pourtant prévenus ! Écoutez plutôt. Ils sont arrivés tous les deux à Paris en juin de l'an passé. Lussac m'avait écrit quelques semaines auparavant et m'avait demandé si je pouvais leur accorder l'hospitalité, à lui et à son ami. Ils comptaient trouver dans la ville du travail bien payé. Nous en avons discuté un bref instant, mais les circonstances de leur arrivée étaient si mal choisies que j'ai à peine eu le temps de m'occuper d'eux. Ma femme était mourante. J'avais le cœur empli de chagrin et de désespoir : en une nuit j'ai perdu ma femme et l'enfant qu'elle portait. Nous voulions de toute façon depuis longtemps partir pour Clermont. Un hiver encore, et Paris nous aurait vus pour la dernière fois parmi ses tristes habitants. Mais après ce terrible épisode, je n'ai pu rester plus longtemps et je suis parti quelques jours plus tard. Que Lussac et son ami demeurent dans la maison me convenait fort bien. J'étais trop triste. J'ai pris la direction du nord avec ma charrette et jusqu'à ce jour je ne suis pas revenu.

Que venaient faire ces deux hommes dans la ville ?

Je vous l'ai déjà expliqué : ils voulaient trouver du travail. Je leur ai dit tout de suite qu'ils n'avaient aucune chance. Sans avoir été admis dans les corporations, sans protection ni relations parmi les personnes influentes, il est impossible d'obtenir des commandes. La concurrence est féroce. Et pour des peintres comme ce Vignac, c'était même totalement sans espoir. C'est la raison pour laquelle les nouveaux venus s'installent dans les faubourgs, où les corporations n'exercent aucun contrôle. Lussac m'a raconté par la suite que Vignac avait trouvé du travail chez un Flamand, en dehors de la ville. Je me suis donc dit que tout était en ordre. Mais si ce que vous dites est vrai, s'ils ont installé un atelier dans ma maison, je ne m'étonne plus qu'un malheur s'y soit produit.

Comment dois-je l'entendre ?

Il est dangereux de travailler sans autorisation. On met sans arrêt la main sur des artistes qui contreviennent aux lois et travaillent sans permis. S'ils ont la chance d'échapper à la colère d'un maître de corporation et à ses sbires, c'est à coup sûr la punition de la loi qui les frappe. Et puis il y a quantité de têtes brûlées qui ne reculent devant rien, pas même devant la violence, quand la voie judiciaire ne va pas assez vite à leur goût. Si seulement je l'avais su. Lussac ! Mais comment a-t-il pu tolérer cela ?

Personne ne connaissait l'existence de l'atelier.

Comment le savez-vous ?

Nous avons enquêté.

Allons, ceux que cela intéressait l'auront appris et auront mis un terme à son fonctionnement. Je n'ai pas d'autre explication.

Et Lussac vous a caché tout cela par peur que vous ne lui fassiez des reproches.

Cette canaille !

Il n'a jamais parlé de ce qu'ils faisaient à Paris ?

Lussac s'efforçait d'obtenir du travail sur le chantier d'extension de la galerie du Louvre. Ensuite, il a appris que Marchant et Petit allaient reprendre la construction du Pont-Neuf. Mais ça, je vous l'ai déjà dit. Il avait des croquis sur lui.

Et Vignac, disiez-vous, travaillait en dehors de la ville, chez un Flamand. Connaissez-vous son nom ?

Non. Nous en avons brièvement parlé lorsque Lussac était ici. Je lui ai demandé comment allait son ami. Lussac était toujours très peu loquace lorsqu'on se mettait à parler de Vignac.

Et alors ? Qu'a-t-il répondu à votre question ?

Précisément ce que je vous ai déjà dit. Qu'il travaillait à Villejuif.

C'était tout ?

Oui. Il ne parlait pas de lui, et je ne lui ai rien demandé d'autre.

Savez-vous d'où ils se connaissaient ?

Ils s'étaient rencontrés à Lyon.

Cela remonte à quand ?

Deux ans peut-être. Ou plus.

Mais vous avez vu ce Vignac à l'époque, à Paris, lorsqu'ils sont arrivés tous les deux.

Oui, bien sûr.

Le reconnaîtriez-vous ?

Je pense, oui. Mais l'incendie ne l'a-t-il pas... ?

De quoi vit votre neveu ?

Avant qu'ils n'arrivent à Paris, ils avaient travaillé en Bretagne pendant tout l'hiver. Non loin d'Angers. Je ne me rappelle plus précisément le nom de la ville. Ils avaient sans doute touché leur paye lorsqu'ils en sont partis pour venir à Paris.

Se peut-il que Lussac soit venu en mars à Clermont parce que les deux hommes s'étaient querellés ? Ou bien permettez-moi de le formuler autrement : aviez-vous l'impression que Lussac était en colère contre son ami ?

Où voulez-vous en venir ?

Compte tenu des événements, nous sommes forcés de poser cette question. Début mars, sans raison apparente, votre neveu quitte Paris. Il se présente ici, chez vous, ne dit pas un mot sur son compagnon et, quelques semaines plus tard, rentre à Paris sans motif que l'on puisse établir. Lorsqu'il y arrive, votre maison est en flammes et l'on trouve dans les décombres le cadavre d'une personne. Lussac vous écrit une lettre, vous informe, mais incomplètement, de ce qui s'est passé, puis s'éclipse. Lussac ne vous a pas dit la vérité sur ce qui s'est déroulé dans votre maison. Ne serait-il pas possible que d'autres parties de son récit soient mensongères ? Vous avez bien sûr raison lorsque vous dites que, si elles avaient eu vent de cet atelier, les corporations seraient intervenues, et je ne veux nullement nier que des gens en colère qui se croient dans leur bon droit aient parfois tendance à régler leurs comptes eux-mêmes au lieu de laisser aux autorités le soin de faire appliquer les lois. Mais tous deux, sachant qu'ils commettaient des actes illégaux, ont su prendre des précautions pour ne pas être découverts. Par ailleurs votre demeure était fermée. Si un inconnu y était entré pour mettre le feu, il aurait dû fracturer la porte ou une fenêtre. Or tous les verrous et toutes les serrures étaient intacts. Avez-vous une explication à cela ? Hormis Vignac et Lussac, quelqu'un disposait-il encore d'une clef ?

Non. En tout cas, pas que je sache.

À part Vignac et Lussac, personne n'habitait dans cette maison ?

À ma connaissance, non.

Ils sont venus à deux, au mois de juin ?

Mais oui.

Un témoin a affirmé avoir vu Vignac dans la maison en compagnie d'une jeune femme. Il l'a décrite brune et bien faite, une créature impertinente, apparemment assez mal éduquée et dont l'allure laissait penser qu'elle venait du Sud. Connaissez-vous une personne correspondant à cette description ?

Une créature féminine comme celle que vous décrivez pourrait difficilement s'enorgueillir d'être de mes connaissances. Non, ce genre de personnes ne fréquentait pas ma maison.

Cela ne semble malheureusement pas tout à fait exact. Mais revenons au départ de Lussac. Il a quitté Clermont le samedi 10 avril, n'est-ce pas ?

Oui.

À quelle heure ?

Juste après le lever du soleil. Il s'est rendu en ville à pied. D'ici, une heure environ suffit pour atteindre le relais de poste. La calèche de Noyon n'arrive cependant qu'aux environs de midi et, normalement, atteint Paris avant la tombée de la nuit. Dans la lettre de Lussac, on parlait d'une roue brisée, il disait qu'à cause de cela il n'avait atteint sa destination qu'aux environs de minuit.

Comment était-il habillé ?

Il portait un pantalon brun, une chemise en drap flamand, une tunique rouge et une cape grise sans capuche ; et puis une écharpe de laine assortie à sa cape.

Avait-il des bagages ?

Un sac et un étui de cuir pour ses dessins.

Possédait-il un cheval ?

Non. Ils avaient vendu leurs chevaux dès l'été. Mais tiens, regardez, le voilà. C'est un dessin de son ami. Aujourd'hui il porte les cheveux un peu plus longs, mais autrement, c'est un portrait fidèle de mon neveu. Si vous voulez en faire faire une copie, je vous laisse volontiers cette feuille pendant quelques jours.

Je vous remercie. Vous êtes très aimable. Vous ne pouvez donc pas vous expliquer ce qui pourrait avoir incité Lussac à commencer par quitter Paris, puis à y revenir et à vous faire un récit aussi incomplet des événements ?

Non, je ne comprends pas son comportement. Je ne puis croire à ce que vous m'avez raconté. Si seulement vous parveniez à le trouver, l'affaire serait certainement vite élucidée. Il mérite bien des blâmes pour m'avoir ainsi trompé.

Qui sait ? Nous ne pouvons même pas être certains que Lussac connaissait l'existence de l'atelier secret. Peut-être ce Vignac vous a-t-il trompés tous les deux, peut-être est-ce pour cette raison qu'il a envoyé Lussac loin de Paris. Mais encore une dernière question, s'il vous plaît. Connaissez-vous un homme répondant au nom de Giacomo Ballerini ?

Ballerini, dites-vous ?

Oui.

J'ai connu bien des gens dans ma vie, mais aucun ne portait ce nom-là, Dieu m'en soit témoin.

Eh bien. Vous avez répondu sincèrement, et avec l'aide de Dieu, nous allons découvrir la vérité. Je vous remercie.

Oui. Avec l'aide de Dieu quelqu'un parviendra à démêler cet écheveau. Moi je ne le peux pas.

Propos consignés à Clermont, ce 21 avril 1599.

12.

Un entretien

Vignac quitta la maison de Perrault après la tombée de la nuit. C'était une soirée froide et inhospitalière du mois de novembre 1598. Il suivit la rue des Deux-Portes et tourna dans la rue de Haute-Fuelle. Des feuilles tombées lui battaient le visage et un vent d'automne impatient balayait les rues comme une faux. L'église Saint-André se dessinait en noir sur le ciel nocturne. Bien qu'elles aient été désertes, Vignac s'arrêtait souvent dans l'obscurité protectrice des ruelles sans éclairage, épiant le moindre bruit et portant régulièrement la main sur sa veste pour s'assurer que son poignard s'y trouvait encore. Il savait que cela ne lui servirait pas à grand-chose en cas de danger, mais l'arme froide et lourde le tranquillisait.

L'air était humide. Il avait plu toute la journée. Les rues en terre battue s'étaient ramollies et étaient, comme à n'importe quelle saison, recouvertes d'ordures et de déchets. C'était une prouesse de trouver son chemin dans la pénombre sans glisser et s'enfoncer dans un tas de reliefs de poisson ou d'autres immondices encore plus répugnantes. La puanteur ne se dissipa un peu qu'à l'approche du fleuve.

Les barges n'y naviguaient plus après la tombée de la nuit. Il aurait donc dû prendre le chemin de la Cité. Mais il n'était pas conseillé de traverser dans l'obscurité l'étroit enchevêtrement de ses ruelles. Après la tombée de la nuit, même les gardes de la ville ne se hasardaient qu'en groupes lourdement armés dans ce quartier mal famé. Vignac suivit donc la Seine dans le sens du courant et se retrouva peu après devant l'ossature du Pont-Neuf. À ses pieds, l'eau noire bouillonnait entre les fondations remblayées qui, depuis vingt ans, émergeaient du fleuve comme de petites îles abandonnées. On avait attendu ces derniers mois pour reprendre les travaux et l'on avait tendu une trame entre les piles, fine comme une toile d'araignée, faite de planches de bois nouées entre elles. En dessous, des barges étaient amarrées les unes aux autres. Juste au-dessus de la surface de l'eau, on avait construit autour du pied de chaque pile une couronne de poutres chevillées d'où s'élèverait au printemps la charpente des arches à construire.

Il se laissa glisser le long de la pente et monta sur les poutres trempées où son pied menaçait de déraper à chaque pas. Le bruit de l'eau qui déferlait en dessous de lui l'assourdissait et les embruns remontants l'empêchaient de voir. Les mains solidement accrochées à la grosse corde de chanvre, il avançait lentement, hésitant longuement avant de poser son pied sur les poutres branlantes. Au bout de quelques mètres déjà il était couvert de sueur. Sa chemise trempée lui glaçait le dos et le faisait frissonner.

Il s'arrêta quelques minutes sur la première pile. Les deux rives se détachaient du front des maisons telle une gueule gigantesque. À ses pieds, le fleuve ressemblait à une langue noire et vorace. Il claquait des dents.

Pourquoi tant de secret ? Le message de la duchesse, que Valeria lui avait transmis trois jours plus tôt, était parfaitement clair. Il devait se trouver au guichet Saint-Nicolas deux heures après le coucher du soleil. Il lui fallait s'assurer que nul ne le suivrait et que personne n'entendrait parler de ce rendez-vous, sans quoi l'on serait forcé de renoncer à lui passer la commande dont on devait évoquer la teneur au cours de cette rencontre.

Il fit encore un pas sur la poutre glissante, dérapa et tomba. Sa tête heurta violemment le bois, et tandis que ses mains s'agitaient dans le vide, il s'aperçut que son pied s'était pris dans une corde, arrêtant ainsi sa chute. Il se hissa vers le haut, sentit un coup sur son bras et vit son couteau se précipiter dans les flots en passant à quelques centimètres de sa tête. Vignac jura à voix basse et se balança sur le cordage jusqu'à pouvoir regagner l'étroite passerelle. Au bout de quelques minutes, il s'était libéré de la corde qui l'avait si heureusement préservé de la chute. Il avançait désormais avec une prudence redoublée, s'arrêtant à chaque pas pour s'assurer avant d'oser le pas suivant que la poutre à laquelle il s'apprêtait à confier son sort était solidement arrimée à la corde. Il rampa ainsi à travers le cordage qui sentait le goudron et la poix et finit par atteindre l'autre rive.

Sans se soucier de son crâne endolori, il parcourut la centaine de mètres qui le séparait du point convenu et y attendit dans une niche creusée dans le mur. La porte qu'on y avait aménagée resta fermée. On ne lui avait pas donné l'ordre de frapper. Il demeura donc immobile et attendit.

Au bout d'un moment il perçut un changement sur la porte sombre. Quelque chose de noir s'y déplaçait. Vignac plissa les yeux, mais il ne put y discerner qu'une ombre qui se dessinait sur le mur luisant d'humidité. Puis il entendit son nom.

— Maître Vignac ? chuchota quelqu'un, la main devant sa bouche.

À peine fut-il sorti de la niche que l'ombre noire glissa vers lui et le tira en toute hâte par le portail, qui se referma immédiatement avec un bruit sourd.

Vignac, étonné, regarda la personne qui l'avait si brutalement fait passer de l'autre côté du mur. L'inconnu portait une large cape noire. Son visage était invisible : une capuche le dissimulait. Il ne se souciait pas outre mesure de sa présence, se contentant de le guider le long d'une ruelle silencieuse jusqu'à ce qu'ils aient atteint un imposant hôtel particulier dont l'arrière jouxtait le Louvre. Il frappa un coup bref à la porte qui s'ouvrit immédiatement, avalant les deux visiteurs.

Ils traversèrent à vive allure une cour intérieure dépourvue d'éclairage, franchirent une autre porte et se retrouvèrent d'un seul coup dans un vestibule vivement éclairé. Lorsque les yeux de Vignac se furent habitués à la lumière, l'homme masqué qui était venu le chercher au guichet Saint-Nicolas avait disparu.

Vignac regarda autour de lui. Au bout de la salle, deux escaliers de pierre en colimaçon menaient à une galerie d'où l'on pouvait sans doute rejoindre les chambres des étages supérieurs. Deux valets en livrée surveillaient les accès. Dans la cheminée, sous la galerie, brûlait un feu diffusant une chaleur bienfaisante. Le sol était recouvert de marbre rouge et blanc. De somptueux fauteuils bordaient les murs de la grande salle d'entrée, ornés de tapis turcs.

Les valets attendaient, immobiles. Vignac, indécis, se tint là où l'avait laissé l'inconnu et attendit. On entendit quelque part des voix qui semblaient s'efforcer de rester discrètes. Puis le silence se fit. Une porte se referma. On tira un rideau. Il entendit des pas qui s'éloignaient à l'extérieur.

Le cœur de Vignac battait à tout rompre. Il tenta de quitter sa place, ne sachant pas où aller. Mais, dès son premier mouvement timide, il perçut, discret mais implacable, un sévère « Tsss » du valet situé à sa droite. Il regarda, apeuré, le visage inexpressif de l'homme. Mais cet ordre sifflé entre les dents semblait être le seul message qu'il eût à lui transmettre. Après avoir pointé un long regard interrogateur vers le visage impassible de l'homme en livrée, Vignac baissa les yeux et resta immobile.

Quelques minutes s'écoulèrent encore. Puis un autre valet apparut et fit signe à Vignac de le suivre. Le peintre obéit et se dirigea vers une porte que lui indiquait le serviteur, attendit qu'elle s'ouvre et pénétra dans la pièce qui se trouvait derrière.

La salle était petite et basse. Ici aussi, un feu brûlait, mais diffusait, outre sa chaleur, un parfum suave et agréable. Sur un siège, au bout de la pièce, une femme assise le toisait. Vignac s'inclina et esquissa une génuflexion, soucieux de trouver la juste mesure de soumission. Le regard qui le toisa lorsqu'il se fut redressé lui signifia qu'il ne l'avait pas trouvée. La femme se détourna avec une indignation à peine voilée, mais recommença aussitôt à le fixer, l'air résigné et contenu. Elle leva légèrement la main, hésitant comme si elle craignait la contagion, et lui fit signe de s'asseoir.

— J'espère ne pas avoir à déduire de votre apparence que vous avez, sur votre chemin, attiré d'une manière quelconque l'attention sur vous ? Les instructions que vous aviez reçues étaient, je l'espère, sans équivoque, et leur strict respect est la condition absolue de tout autre échange de paroles entre nous. Puis-je être certaine que vous avez entièrement respecté notre accord ?

— J'ai été forcé de choisir un chemin qui ne m'a pas permis d'accorder à ma tenue tout le soin nécessaire. Mais à part quelques poissons, nul ne m'a vu venir ici.

— Ce qui est dans votre propre intérêt. Avez-vous apporté la lettre qui vous a conduit ici, ou bien a-t-elle été victime de votre courageuse traversée ?

— La lettre de Votre Excellence...

Une main se leva et lui coupa la parole :

— Avez-vous cet écrit sur vous ?

— Il repose ici, contre mon cœur.

— Bien. Donnez-le-moi. Je suppose que, vous mis à part, nul ne connaît l'existence de ce document. Tenez. Reprenez-le et jetez-le dans le feu. Notre entretien ne sera pas long. Nous avons déjà perdu trop de temps. J'ai pour charge de vous expliquer en quelques mots la nature de votre mission. J'ignore pourquoi le choix s'est porté sur vous. La personne concernée et ses conseillers n'ont pas pour usage de se révéler à ceux auxquels ils confient leurs missions. C'est pour cela que l'on nous a choisis. Nous sommes tous des serviteurs de Dieu. Rares pourtant sont ceux auxquels il est donné de reconnaître Ses décisions et d'agir conformément à Sa volonté. D'où les lamentations incessantes des esprits mesquins qui prétendent savoir mieux que les rares élus ce qu'il faut faire en Son nom. Et nous qui servons ceux qu'Il a désignés comme ses vicaires selon le droit et la justice éternels, il nous faut tout autant obéir à cette volonté et, faute d'un ordre clair, en suivre l'esprit. Il ne revient pas alors au bras de se demander ce que veut la tête. La mission du bras est d'obéir, et d'obéir correctement. Vous me suivez ?

— « *Car le Seigneur, le Tout-Puissant, est sacré, il règne sur toute la terre...* »

La femme le scruta. Vignac soutint son regard insondable et profita de l'occasion pour regarder la personne tout entière. Elle avait un visage blanc et fin, jeune et pourtant étrangement affecté par l'âge. La tête, immobile même lorsqu'elle parlait, trônait sur une grande collerette de dentelle blanche, laquelle se rattachait à une robe rouge corail dont les épaules étaient largement rehaussées vers le haut, donnant l'impression que le reste du corps était légèrement voûté. Deux nattes entremêlées ornaient sa tête : elles étaient du même rouge que la lourde robe plissée que portait l'inconnue. Son visage blanc avait presque quelque chose de lugubre, et lorsque des mots jaillirent de nouveau de sa bouche, Vignac comprit pourquoi ce jeune visage paraissait vieilli prématurément : sa peau était recouverte d'une épaisse pâte blanche qui dessinait des rides traîtresses autour de sa bouche sévère.

— *Loué, loué soit Dieu, loué soit Notre-Seigneur.* J'ai peine à y croire. On m'avait chargée d'envoyer chercher un peintre, et l'on m'amène un psalmiste. Avez-vous encore d'autres talents à offrir ? Il serait regrettable que nous ne cherchions en vous qu'un artisan habile alors que vous êtes peut-être un ange.

— Ce que j'ai à offrir, c'est le travail de mes deux mains et un œil auquel Dieu a bien voulu prêter le don d'observation. Si Son intention avait été différente, je ne me trouverais sans doute pas maintenant devant vous.

Il sentit ses mots pénétrer lentement dans le corps dissimulé par le tissu rouge. Était-il allé trop loin ? Avait-il parlé trop librement, n'avait-il pas manifesté suffisamment de respect ? Mais que signifiait ce langage affecté de curé ? Cette mise en scène était-elle destinée à vérifier la solidité de sa foi ? S'il avait récité ce verset, c'est parce qu'il ne pouvait rien répondre aux singuliers propos de cette femme. Son discours paraissait truffé de pièges et d'abîmes. Vignac avait le regard vide et indécis. Mais, en réalité, il étudiait secrètement, avec la plus grande attention, chaque détail de cette personne. Son visage était en bonne partie dissimulé sous le fard. Mais son attitude, sa manière de tenir les mains et ses petits pieds serrés qui dépassaient sous le tissu écarlate laissaient deviner le corps derrière le déguisement. Une vieille maxime lui revint à l'esprit : *Il n'est point d'émotion humaine, aussi intangible soit-elle, qui ne trouve son pendant dans une forme ; et point de forme qui ne dissimule une intention.*

— Bien, il ne me revient pas de vous mettre à l'épreuve à des fins inutiles. Le portrait que vous avez fait de ma maîtresse a suscité son attention bienveillante. C'est sans doute à cela que vous devez le fait qu'on soit allé vous chercher. Un travail remarquable, il faut le reconnaître sans jalousie. Enfin, sans jalousie, pour ce qui me concerne, moi qui ne gagne pas ma vie dans votre milieu. Je dois dire que je suis étonnée par votre courage. Lorsque les menuisiers ont accroché le tableau encadré au château de Monceaux et que Madame de Beaufort l'a montré à ses invités, vous auriez dû voir les visages des peintres présents. L'un d'eux a même élevé la voix et noté qu'il était inouï qu'un tableau dont l'auteur est inconnu et qui travaille peut-être dans la clandestinité et sans autorisation soit exposé au nez et à la barbe des peintres légitimes de la Cour. Madame est alors venue à votre secours en demandant à ce peintre si, de son point de vue, il était possible de faire de la mère des enfants du roi de France l'instrument d'un tel affront – sur quoi cet insolent imbécile s'est tu, bien évidemment. Mais ce petit épisode vous montre peut-être qu'il est dans l'intérêt des deux parties de respecter une discrétion absolue sur notre rencontre.

— Mon tableau était un cadeau et un hommage à la duchesse. Il n'a pas été peint à Paris. Les reproches de ce peintre ne me concernent pas.

— Ne nous arrêtons pas à ce genre de détails. Quel qu'ait été le but de votre geste, on lui prêtera un sens caché. N'en va-t-il pas ainsi avec Dieu, Notre-Seigneur ? Il regarde droit dans notre cœur et nous mesure à l'aune de notre foi authentique et non d'après des faits douteux qui signifient tantôt une chose et tantôt l'autre. Tel est bien, n'est-ce pas, le dogme que professent ceux auxquels vous appartenez ?

Voilà qu'elle revenait aux questions religieuses. Mais Vignac sentait que ce n'était que de la poudre aux yeux : elle voulait le mener ailleurs, vers un piège beaucoup plus dangereux. Mais lequel ? On avait pris connaissance de son tableau à la Cour, il avait suscité l'attention, mais aussi, bien sûr, la jalousie. Il s'y était attendu. Son désir le plus ardent s'était exaucé : on voulait d'autres tableaux de lui. Car c'est bien de cela qu'il s'agissait, il n'y avait aucun doute. Pourquoi, dans le cas contraire, cette audience chez la duchesse ? Même si elle ne le recevait pas personnellement, elle avait sans aucun doute donné des instructions à la femme qui se trouvait devant lui. Celle-ci agissait et parlait au nom de la dame la plus influente de France, la future reine. Dans toutes les cours princières d'Europe, on parlait d'elle et du puissant amour qu'elle inspirait au roi. Lui, Vignac, l'avait peinte. Il avait rassemblé tous les attributs possibles de la beauté, de la fécondité, de la grâce et de la dignité royale en un tableau d'ensemble grandiose, et cela ne l'avait pas laissée indifférente. Il avait senti que le modèle de cette noble inconnue enchanterait autant la belle Gabrielle que la perle d'un bijou magnifique.

L'appât avait été habilement amené et on s'y était laissé prendre. On ne voulait pas, bien entendu, le lui faire sentir. Ce que l'on attendait de lui, c'était de la soumission, de l'humilité et d'autres tableaux. Ces questions sur la foi n'étaient qu'un rideau de fumée destiné à lui faire peur. Tout le monde savait bien que la duchesse était protestante, sans même parler du roi. Vignac s'entendit répondre :

— Les œuvres bonnes et pieuses ne produisent jamais un homme bon et pieux. C'est l'homme bon et pieux qui réalise des œuvres bonnes et pieuses. Comme le dit le Christ, « Un mauvais arbre ne porte pas de bons fruits, un bon arbre n'en porte pas de mauvais ».

— Oui, certes, vous avez bien étudié ce bruyant petit moine teuton. Mais nous n'attendons pas de vous des conseils en matière de religion. Vous avez prouvé que vous disposiez d'un talent hors du commun. Ce qui vous manque, en revanche, c'est une juste compréhension du sens des formes dont vous maîtrisez si bien l'aspect extérieur. Vous m'approuverez sans doute si je vous dis que la tâche du peintre ne peut être simplement de reproduire les choses, n'est-ce pas ? Cela, n'importe quel miroir en est capable, et il le fait mieux et plus vite que le plus talentueux de votre corporation. L'art véritable consiste à évoquer à travers la représentation du sujet quelque chose que celui-ci n'est pas en mesure de livrer. Aurait-on autrement besoin de la version peinte d'un château, d'une forêt, d'un paysage ou d'un visage, s'il s'agissait seulement de les arracher à la tyrannie de l'éphémère ? Non, ce serait même péché que de tenter de rivaliser avec le cycle de la Création en se rebellant au moyen de planches colorées, contre le caractère inexorable des projets divins. Montrer l'essence des choses, telle est la mission de l'art. Il doit s'attacher à saisir ce qu'il y a d'unique dans le flux des phénomènes.

« Ces idées ne vous sont pas totalement étrangères non plus, car lorsqu'on observe le tableau que vous avez peint de la duchesse, on devine votre effort certes académique, mais tout de même pas totalement naïf, pour donner un sens. Vous vous êtes inspiré d'un modèle préexistant. Un procédé très astucieux, puisqu'on ne prend jamais trop de risque à s'aventurer sur des sentiers où d'autres sont passés sans échouer. Vous êtes rusé, Maître Vignac, et cela nous plaît. Mais dans l'art, la ruse est un poison. Elle est la mère de la prudence, et donc un ennemi de toutes les grandes œuvres. Elle ne peut pas trouver de vérités, tout au plus, dans le meilleur des cas, une pointe, une surprise qui nous lasse très rapidement, car c'est une jouissance de bien courte durée, une trouvaille prétendument exceptionnelle dont on est déjà lassé avant même de l'avoir pleinement comprise. On voit le châssis, la corde et les poulies dans les coulisses. On entend le grincement et le couinement des petites roues dissimulées et l'on souhaite aussitôt qu'un tremblement de terre colossal vienne mettre un terme rapide à cet échafaudage de bonnes intentions.

« On décèle en vous des capacités, mais vous manquez de direction. Votre regard est capable d'appréhender les plus petits détails, mais souffre d'une cécité regrettable à l'égard de l'ensemble. Vous vous êtes servi d'un prédécesseur à l'époque duquel ces tours de passe-passe étaient à la mode, et cela peut suffire à vous justifier. Mais vous avez aussi prouvé votre esprit en tentant d'attirer d'une manière aussi inouïe l'attention sur votre personne. On peut donc pardonner l'outil émoussé, puisque l'intention qui le guidait était plus affûtée.

Vignac regardait, ensorcelé, la bouche d'où sortaient ces mots. Le ton sévère et posé produisait un effet assoupissant. Mais dans le même temps, entre ces interminables successions de mots, il lui semblait deviner un tout autre sujet, qui ne devait en aucun cas lui échapper. Il sentit germer en lui l'indignation face au mépris avec lequel cette personne parlait de son travail. De quel droit lui infligeait-elle un bavardage aussi insupportable ? On pouvait lui jeter à la figure sa condition, sa foi, son origine, tout cela, sans doute, mais le traiter de copiste à trois francs six sous ! Cela le faisait bouillir de rage. Que savait-elle de son talent ? Et pourtant, il sentait que les paroles de cette femme rencontraient en lui un écho d'approbation. Il la fit taire, mais un doute s'insinua en lui, brisant sa colère avant qu'elle n'éclate.

Soudain, le long discours de la femme s'interrompit, et Vignac sentit qu'il venait de commettre une erreur impardonnable. Il tenta désespérément de retrouver la question qu'on lui avait posée un instant plus tôt, mais ce bref moment d'inattention l'avait empêché de l'entendre. La crainte qu'il ressentait le disputait à l'admiration lorsqu'il vit avec quelle habileté cette inconnue avait perçu cette courte absence et s'en était servie pour l'humilier à nouveau. Soit, on ne voulait pas lui laisser ici d'espace pour réfléchir. Quoi qu'ils veuillent de lui, il n'aurait pas le temps de penser aux conditions. Il inspira profondément pour donner du volume aux mots qu'il s'apprêtait à prononcer, mais elle prit les devants.

— Je n'ai pas l'habitude de m'entretenir avec des personnes de votre condition et, si j'abuse de votre capacité de concentration, je vous prie de m'en excuser. Je vous demandais où vous pratiquez votre profession.

— Je travaille pour un Flamand à Villejuif.

— Quelqu'un a-t-il vu le portrait de la duchesse avant que vous ne l'ayez envoyé au château ?

— Non, Madame. Hormis mon ami, un certain Lussac. Je le lui ai montré après l'avoir peint. Nous séjournions alors en Bretagne où j'ai réalisé ce tableau en cachette. Personne ne l'a vu. Enfin, une fille nommée Valeria qui m'a servi de modèle à quelques reprises connaît naturellement l'existence de ce tableau. C'est elle qui l'a apporté à la duch...

— Je sais. Êtes-vous lié par contrat à ce Flamand ?

— Non.

— Bien. Dans ce cas, dites-lui que désormais vous ne travaillez plus pour lui.

— Comment dois-je l'entendre ?

— La duchesse a besoin de vos services. Vous ne pouvez obéir à deux maîtres à la fois. Quand vous quitterez la maison tout à l'heure, on vous remettra une somme qui vous permettra de travailler sans avoir à rechercher d'autre source de revenus. Étant donné la situation actuelle, il n'est pas opportun que vous vous montriez à la Cour. Vous allez donc accomplir en secret les travaux qui vous seront commandés, ce qui ne vous sera pas difficile puisque vous avez déjà une certaine expérience en la matière. Il ne me revient pas de vous informer plus longuement des motifs de la duchesse. Les rapports à la Cour vous demeureront étrangers et insondables. Pour remplir la mission qui vous est assignée, vous n'avez pas à en savoir plus que ce que je vous ai déjà dit. La duchesse et le roi courent un immense danger. Comme vous, ils poursuivent un grand objectif et plus ils s'en rapprochent, plus nombreux sont les périls qui se lèvent autour d'eux. Le roi ignore cet abîme qui s'ouvre devant lui et il ne voit pas que la mort encercle déjà la créature qui a enflammé son cœur.

« Votre mission sera de lui ouvrir les yeux, car si vous n'y parvenez pas, nous risquons tous d'être anéantis et la France pourrait subir un préjudice incommensurable. C'en serait aussi fini de vos espoirs. Rester dans l'ombre et exécuter *incognito* les travaux dont nous vous confierons l'exécution sera donc aussi une manière d'assurer votre propre sécurité. Non, ne dites rien. Écoutez-moi et retenez bien ce que je vais vous dire : lorsque je vous aurai donné congé, vous vous rendrez d'abord dans la salle que le valet vous indiquera depuis le vestibule. N'ayez pas peur lorsque vous y entrerez.

Vous n'y verrez d'abord qu'un rideau fermé. Au milieu de la pièce que ce valet vous aura désignée se trouve une chaise sur laquelle vous pourrez prendre place. Lorsque le rideau s'ouvrira, vous y verrez quelque chose qui pourra vous paraître énigmatique. Comme je vous l'ai déjà dit, je n'ai pas assez de temps pour vous fournir de longues explications. Gravez bien dans votre mémoire tout ce que vous y verrez. Lorsque cela sera chose faite, levez la main droite. Le rideau se refermera et vous pourrez quitter la pièce.

« Vous avez six semaines pour peindre cette scène. Lorsque vous aurez achevé le travail, faites-le-moi savoir par le biais de la jeune fille, chez Zamet. Je viendrai voir le résultat et je le ferai prendre. Vous trouverez d'autres détails dans la bourse que le valet va vous remettre. Si vous ne vous jugiez pas en mesure d'exécuter ce travail, ne prenez pas l'argent au moment de quitter la maison. Nous considérerons alors que cette rencontre n'a jamais eu lieu. On ne vous importunera plus, et vous oublierez tout ce que vous avez vu et entendu ici.

— Pardonnez-moi, mais je ne comprends pas...

— Vous allez devenir un homme riche, Vignac. Vous savez ce que vous avez à savoir, et je suis sûre que vous avez compris ce que l'on attend de vous. Toute autre information ne ferait qu'entraver votre tâche. Travaillez soigneusement et n'utilisez que le meilleur matériel. Vous recevrez suffisamment d'argent pour acheter les produits nécessaires. Nous vous laissons le soin de veiller à ce que personne ne vous observe pendant votre travail. Mais soyez assuré qu'à vous seul incombera la tâche de garder le secret de la paternité de la toile. Sortez à présent. Au nom de la duchesse, je vous remercie pour votre visite. Ne la décevez pas et vous n'en tirerez que des avantages.

Il regarda autour de lui. La porte par laquelle il était entré était grande ouverte. Il chercha encore une fois les yeux de son interlocutrice, mais elle s'était déjà levée et lui tournait le dos. Il laissa encore une fois glisser son regard étonné sur la robe rouge corail, puis se retourna d'un geste décidé et suivit le valet dans le vestibule.

L'homme en livrée lui fit signe d'attendre et disparut. Un silence de mort régnait dans la maison. Il ne restait plus que des braises dans la cheminée. Les fauteuils vides semblaient le regarder fixement et un souffle froid lui entourait les jambes. Sa tête était à la fois remplie et vide. La voix inconnue y dansait encore comme un spectre. Il se rendit à la porte d'entrée et appuya sur la poignée. Elle ne bougea pas. L'instant d'après, il entendit le sifflement discret du valet et lorsqu'il se retourna, il s'aperçut que la porte qu'il avait franchie pour entrer dans le vestibule s'était de nouveau ouverte. Vignac songea aux derniers mots de l'inconnue, prit le masque que lui tendait le serviteur, le posa sur son visage et entra dans la pièce.

1

2

3

4

5

6

7

8

9

13.

13 octobre 1598

Ne t'en va pas encore. Serre-moi contre toi. Offre-moi encore un bref instant la chaleur de ton corps contre mon dos, la douceur de tes mains sur mon corps, qui est tien et ne sera jamais qu'à toi. Oui, je sais, il appartient à un autre, mais celui-là est loin. Mes pensées et mon âme sont auprès de lui car il a besoin de moi. Mais mon cœur et tout ce pour quoi notre pauvre langage n'a pas de mots sont auprès de toi, mon ami que j'aime par-dessus tout. Et c'est à toi, à toi seul que mon désir s'ouvre dans l'ivresse, épelant ton nom en balbutiant et je suis seule au monde lorsque ton regard ne repose pas sur moi, lorsque ta voix ne m'enveloppe pas et que je ne sens pas la chaleur de ton souffle sur ma peau. Quand tu t'éloignes, une nuit froide et noire s'empare de mes sens, et je vole, inanimée, traversant les espaces glacés vers des lointains infinis où même un Saturne ne dresse pas sa table cruelle. Mais lorsque tu viens auprès de moi, tout n'est plus qu'avenir et promesse. Un frisson délicieux parcourt mon être et je sais que je viens au monde, ta présence transforme cette chair et lui donne vie. Viens, mon aimé, et embrasse-moi mille fois.

Un flot de bonheur la parcourut et se libéra dans un gémissement vite étouffé par des mains posées en toute hâte sur sa bouche. L'homme au-dessus d'elle, tendu, les yeux fermés, haletant, attendit que les traits du visage de la créature aimée, au-dessous de lui, se soient apaisés. Lorsqu'il vit les larmes, il se sentit soudain habité par une force puissante et inconnue que son être minuscule et misérable contenait à grand-peine. Ses lèvres cherchèrent les larmes salées de la femme et sa langue parcourut le visage brûlant qui semblait en total abandon. Puis ils restèrent allongés, immobiles, comme deux petits animaux étroitement enlacés sur lesquels vient de passer un violent orage.

Au bout de quelque temps, la femme se défit de l'étreinte de l'homme, se laissa prudemment glisser hors du lit et s'approcha de la fenêtre. Elle entrouvrit les lourds rideaux et savoura la chaleur du rayon de soleil qui tombait sur sa peau. À l'extérieur, les objets qui s'offraient à sa vue paraissaient avoir été posés comme des jouets dans le paysage. Les deux petites tours, à gauche et à droite, sur le mur, les bottes de paille au fond, sur le champ moissonné et, sombre masse à l'horizon, la forêt qui le jouxtait.

Tout était tranquille au château de Monceaux. La cour intérieure paraissait abandonnée. De lourds caissons de marbre italien étaient empilés un peu partout et attendaient les tailleurs de pierre qui s'étaient éloignés du château pour leur pause vespérale. Une calèche était abandonnée près de la fontaine, comme si les chevaux s'étaient débarrassés de leur attelage pour boire et avaient ensuite oublié de le reprendre pour rentrer à l'écurie. Les aboiements d'un chien et le cri d'un enfant laissèrent pressentir pour quelques instants la proximité d'un village. Puis ces bruits disparurent derrière une fine rangée d'arbres et tout rentra dans l'ordre éternel établi par Dieu. Elle sentait la présence de son amant derrière elle. La chaleur de son corps irradiait son dos et son souffle caressait sa nuque. Les seins de la femme se dressèrent lorsqu'il la serra contre lui et fit glisser ses mains, aussi tendres que des cils, le long de son corps, où sa virilité se glissa, pressante, entre ses cuisses. Elle crut soudain voir des cavaliers accourir de la forêt. Elle se raidit. Les mains de l'homme s'arrêtèrent, en attente. Puis la vision se dissipa, ne lui laissant que la peur dans les yeux, comme un mauvais cauchemar.

Bellegarde quitta la fenêtre. Elle entendit le froissement des draps et le bruit sourd d'un oreiller qui tombait par terre.

— Venez, chuchota-t-il. Ce n'était rien.

Elle se retourna et marcha lentement vers le lit. Alors, soudain, il leva la main.

— Non, ne bougez pas, s'exclama-t-il. Restez où vous êtes.

Gabrielle lui lança un regard interrogateur, mais elle s'arrêta.

L'homme se laissa glisser sur le sol, un pan de drap rouge jeté entre ses jambes, projetant une ombre autour de ses reins. Il resta assis là, inspirant comme un parfum la beauté de la femme. Au-dessus de lui, dans la pénombre de cette soirée d'automne, elle le regardait avec un léger sourire moqueur. Puis elle passa par une porte tapissée dans la pièce voisine. Lorsqu'elle revint, elle portait une robe de chambre vert foncé. Sa peau sous le tissu scintillait comme du massepain.

Bellegarde s'assit sur le lit.

Elle s'assit près de lui et posa la tête sur sa poitrine.

— *Tu es belle, mon amie. Vois comme tu es belle. Tes cheveux sont comme un troupeau de chèvres des-*

cendant du mont Gilead. Tes lèvres sont semblables à un ruban écarlate, et ta bouche est aimable...

La bouche aimable le fit taire d'un baiser.

— Ne parlez pas, Bellegarde, je vous en prie. Ma tête est emplie de mots et de pensées, et je ne veux rien penser ni rien dire. À l'instant, lorsque nous nous tenions à la fenêtre, j'ai cru qu'il était déjà revenu et qu'il allait nous trouver ici, comme jadis, à Cœuvres. Comment pourrais-je me présenter devant lui ? Et pourtant je ne ressens même pas de culpabilité. Ne devons-nous pas suivre les élans de notre cœur ? Mais que faire lorsqu'un roi revendique un cœur sur lequel règne déjà un autre roi ?

— Divise et règne, chuchota Bellegarde en serrant fermement la femme délicate dans ses bras.

— Vous dites cela et vous fuyez par le jardin lorsque l'autre approche.

— Que demandez-vous ? Dois-je faire de mon roi mon rival ? Du reste, vous l'aimez autant que moi et autant que moi je l'aime.

Elle ferma les yeux et pressa la tête contre sa poitrine.

— Oh oui, je vous aime, Bellegarde, de toute mon âme, et pourtant j'aime aussi mon seigneur et mon roi. Cela se peut-il ? Pourquoi un amour ne ternit-il pas l'autre à mes yeux, pourquoi l'un ne me rassasie-t-il pas, pourquoi me donne-t-il au contraire faim de l'autre ?

L'homme éclata de rire.

— L'un ne peut jamais vous donner que ce qui manque à l'autre. Je peux vous faire la reine de mon cœur. Mais vous ne serez reine du royaume qu'à ses côtés.

— Oh, Bellegarde, vous parlez comme si la cause était déjà entendue.

Il lui embrassa tendrement les cheveux, puis chercha du bout des lèvres la proximité de son oreille et chuchota :

— Tandis que nous sommes couchés ici, le Conseil délibère à Fontainebleau pour savoir qui il faut envoyer à Rome et qui partira pour Usson afin de lancer la procédure de divorce du roi.

Gabrielle se redressa.

— D'où tenez-vous cela ?

Bellegarde l'embrassa sur les lèvres.

— De La Varenne. Il s'est rendu hier à Fontainebleau, il en est revenu dès aujourd'hui. En réalité, le Conseil s'était réuni afin d'établir les dépenses pour l'année prochaine, mais on s'est mis à parler de votre mariage. Bien que la plupart des personnes présentes soient opposées à cette liaison, on a décidé d'envoyer Messire Langlois à Usson obtenir de Marguerite son accord pour le divorce. Dès que la procuration sera là, Sillery partira pour Rome. On n'a pas eu le temps de discuter plus longuement les détails. Ensuite, vous le savez, le roi a été victime d'une crise.

— Honte à moi, qui me prélasse à vos côtés tandis que le roi repose, malade, à Fontainebleau.

— Si l'on tient compte de la nature de son mal, il lui serait de toute façon difficile de me remplacer.

— Bellegarde !

— Chut, on pourrait vous entendre.

— Je ne permets pas que vous parliez ainsi de lui. Il ne vous a jamais rien fait de mal et vous a toujours pardonné vos erreurs.

— Y compris l'erreur de vous aimer ?

— Non. Mais là où il n'y a pas d'erreur, il n'y a pas de blâme non plus. Henri est un grand roi. La France lui doit tout et ne le remercie de rien. Mais on ne peut pas attendre d'un grand homme ce que les dieux eux-mêmes sont impuissants à donner. Il m'aime et sait pourtant que celui qui l'a mené jusqu'à moi ne disparaîtra jamais de mon cœur. Il pourrait vous détruire et ne le fait pas parce que vous êtes son ami. Et nous le remercions de sa confiance en le trompant. Comme nous nous comportons mal... et comme ce mal-là est agréable.

Bellegarde lui passa la main dans les cheveux et laissa sa tête retomber sur les oreillers. Ils se turent un moment, épiant seulement le souffle de l'autre. Gabrielle ferma les yeux et tenta de chasser les pensées que cette conversation avait fait naître en elle. Comme elle n'y parvenait pas, elle voulut distraire ses sens en réglant son souffle sur celui de son aimé. Elle constata qu'elle suffoquerait si elle suivait plus de quelques minutes le rythme de celui-ci et y vit un mauvais présage.

— Roger, j'ai peur. Que se passera-t-il s'il lui arrive quelque chose ? Que deviendront mes enfants ? Nul ne défend ma cause dans l'entourage du roi.

— Ce n'est nullement nécessaire, le roi s'en charge lui-même. Je vous le dis, très chère, très belle, très douce Gabrielle, vous l'entourez jour et nuit comme la chaleur accompagne la lumière. Ne doutez pas de sa fidélité. Je connais le roi comme moi-même. Lisez ses lettres, regardez ses yeux lorsqu'il entre et vous voit, entourée de vos enfants. S'il n'y avait pas ce mariage maudit et obscène avec Marguerite, il vous ferait monter dès demain sur le trône.

Elle savait qu'il avait raison. Les lettres du roi. Existait-il une preuve plus éloquente de son amour ?

Mon cher cœur, vous vous êtes plainte d'être restée deux jours sans nouvelles de moi, mais c'est que je séjourne à l'extérieur et que j'ai été tellement malade. À peine arrivé ici, je vous écrivis un mot. Je ne puis me libérer de mon humeur mélancolique et je crois bien devoir prendre une potion demain. Mais rien ne m'aidera tant que votre vue, le seul remède à tout mon chagrin. Je viendrais vous visiter demain s'il n'y avait ces affaires urgentes à régler avec le Conseil pour l'année prochaine. Lors de notre prochaine rencontre, je vous dirai toutes les nouvelles. Je vous envoie la lettre destinée à Fourcy, pour le marbre, et Monsieur de la Rivière est là pour vous dès que vous le souhaiterez. Bonne nuit, mon cœur. Reçois mes baisers par millions. Remis ce 13 octobre 1598...

Bellegarde la dévisagea avec curiosité.

— Je veux le croire.

Elle se serra contre lui et respira profondément. Puis, dans un souffle, elle prononça quelques mots, comme une prière :

— Dieu, si je lui offrais encore un fils...

Le soleil s'était couché et l'on ne voyait plus qu'une étroite bande de lumière sous les lourds rideaux. Bellegarde regardait, songeur, cette petite masse sombre qui reposait sur ses jambes, mais ne laissa rien deviner de l'inquiétude que cette dernière phrase avait déclenchée en lui.

Le roi ne viendrait sans doute que quelques jours plus tard. Mais même s'il devait arriver avant cette date, il lui resterait assez de temps, à lui, Bellegarde, pour quitter discrètement les appartements de la duchesse. La Varenne lui avait décrit l'état de santé d'Henri. Le dimanche soir, après la première réunion du Conseil à Fontainebleau, son vieux mal l'avait repris : une rétention urinaire et une forte fièvre qui s'installait rapidement. Depuis des mois déjà, une excroissance située sur les parties génitales posait des problèmes au roi lorsqu'il montait à cheval ; ses calculs à la vessie étaient devenus si sérieux que l'on pouvait craindre qu'ils ne dégénèrent. Le médecin du roi, La Rivière, attendait avec impatience l'ordre de commencer un traitement, mais Henri redoutait l'intervention. Bellegarde avait toujours interprété son attitude comme une peur compréhensible de l'opération, mais les mots de Gabrielle faisaient tout d'un coup apparaître la maladie sous un tout autre jour. Y avait-il une possibilité que le roi... ? Non, c'était impensable. Il inspira profondément, comme si cela pouvait lui permettre de chasser cette pensée. Mais elle ne fit que laisser place à une autre, qui l'étonna tout autant. Il osa à peine prononcer cette phrase dans son esprit : que se passerait-il si l'opération faisait perdre au roi sa fertilité ? Cette idée lui fit battre le cœur plus fort. Il sentait qu'elle recelait un péril insoupçonné, un enchaînement de possibles qu'il ne parvenait pas à concevoir jusqu'à son terme.

Et si cette situation s'était déjà installée depuis longtemps ? La succession du royaume était le plus grand souci d'Henri. Il ne pouvait protéger les enfants de Gabrielle au-delà de sa propre mort que s'il en faisait les héritiers légitimes de sa couronne. Mais les deux fils avaient été conçus dans le péché. Leur prétention au trône était discutable. Toutefois si Henri épousait à présent Gabrielle et si elle lui donnait ensuite un autre fils, nul ne pourrait remettre en cause la légitimité de ce prince.

À peine émise, cette hypothèse s'effondrait à son tour face au risque que l'opération empêche le roi de procréer encore. Ce beau plan ne serait plus alors qu'un souvenir. Tout ne dépendait-il pas de ce que la femme qui dormait contre son ventre porte encore une fois les espérances du roi et qu'elle l'épouse avant d'accoucher ?

Bellegarde sentit son corps se couvrir de sueur. Était-ce pour cette raison qu'elle lui avait accordé cette faveur inouïe ? Après toutes ces années ? Et peut-être...

Mais non, c'était impensable. Henri lui-même aurait-il... ? D'un mouvement des reins, il souleva la femme et rapprocha sa tête de son visage. Mais il ne vit rien. Noyés dans l'obscurité, il ne sentait que son souffle brûlant, le parfum de sa peau. Avant qu'il ne prononce un mot, il retomba dans cette pénombre habitée par des lèvres tendres, des mains expertes et une langue agile et douce qui cherchait la sienne avec avidité.

On entendit au loin le pas et le bruit des harnachements de chevaux qui accouraient. Bellegarde se releva soudain et tendit l'oreille. Des portes battirent dans le château. Des pas rapides traversèrent la cour et l'odeur des torches allumées pénétra dans la chambre par la fenêtre. Avant même que l'on ait tiré les lourds battants de fer du portail, Bellegarde se tenait près des rideaux, tout habillé, et regardait à l'extérieur. Ils avançaient au trot à la lisière du bois. Il devait y avoir entre huit et dix chevaux, sans compter la calèche qu'escortaient les cavaliers. Lorsqu'il revint près du lit, il était déjà vide. Il se glissa sans bruit vers la porte qu'il entrebâilla et referma aussitôt, rejoignit rapidement la fenêtre et, d'un bond, se hissa sur la balustrade. Il eut juste le temps d'entendre frapper énergiquement à la porte, puis sauta sur l'appentis couvert de mousse, le parcourut à grands pas et se dissimula jusqu'à ce que les premiers chevaux arrivent à grand fracas dans la cour. Alors seulement, il se risqua à sauter du toit et se mêla aux gens qui couraient en tout sens et peuplèrent d'un seul coup la cour intérieure.

Le duc de Montbazon et Monsieur de Mainville, capitaine de la Garde, menaient le train. Les cavaliers mirent immédiatement pied à terre et entourèrent la calèche. Deux valets qui se tenaient à l'arrière du véhicule en sautèrent et se dépêchèrent d'ouvrir les portes et de déplier le petit escalier qui y était encastré. On apportait déjà une civière ; mais lorsque le roi descendit de son carrosse, blême et fébrile, il agita brièvement la main et se fit conduire vers la maison en s'appuyant sur Montbazon. Avant même qu'il n'ait atteint l'escalier, Gabrielle se précipita vers lui.

Bellegarde, à l'écart, n'entendit pas ce qu'ils se disaient. Lorsqu'il se retourna, il vit Rosny venir vers lui. Sa sombre mine en disait long. Il se dirigea droit vers Bellegarde et ne prit pas de gants.

— Depuis dimanche soir vomissements et forte fièvre. Où est La Rivière ?

— Je pensais qu'il avait été appelé à Fontainebleau. À ma connaissance, La Varenne l'a envoyé chercher.

— Dans ce cas nous nous sommes manqués. Nous voilà bien ! Je vais immédiatement envoyer un messager à Bérault, à Paris. De toute façon nous aurons besoin des deux.

— C'est si grave que cela ?

— Je ne souhaiterais pas un pareil mal à mon pire ennemi.

Il regarda de l'autre côté, en direction de l'escalier où le roi et Gabrielle échangeaient quelques mots. Rosny se taisait, mais son silence était plus éloquent qu'un long discours. Puis il regarda fixement Bellegarde.

— Je ne savais pas que la duchesse avait coutume de se coucher si tôt.

— Il fait froid dans le château. Les cheminées tirent mal.

Le regard de Rosny tomba comme une pluie glacée sur l'homme pris sur le fait.

— Vous devriez vous chercher un nouveau valet de chambre. Votre serviteur actuel semble avoir une telle tremblote qu'il n'est même plus capable de boutonner correctement le pourpoint de son maître.

Et Rosny l'abandonna sur ces mots. Il se dirigea vers les cavaliers qui se tenaient encore autour du carrosse et ordonna à deux d'entre eux de partir pour Fontainebleau afin d'intercepter La Rivière et de le ramener à Monceaux.

Bellegarde le suivit des yeux. Il réprima un juron, reboutonna sa tunique, puis suivit d'un pas mesuré le cortège des courtisans qui, empruntant le portail, se pressaient vers le hall d'entrée du château.

La Rivière arriva quelques heures plus tard. Au petit matin, Bérault apparut en compagnie d'autres médecins et de chirurgiens venus de la capitale. Un bain chaud et des lavements à base d'huile d'amande douce avaient atténué les maux dont souffrait le roi ; mais après un examen détaillé effectué par le corps médical au grand complet, on en vint à la conclusion qu'une élimination chirurgicale des calculs était inévitable.

Au cours des jours suivants, les médecins délibérèrent devant la Cour assemblée et se disputèrent sur le bon diagnostic. Il fallait dans un premier temps réfléchir à la date de l'opération. Tous s'accordaient pour dire que la saison était favorable. Le froid et la sécheresse étant considérés comme les éléments principaux de la vessie, il était recommandé de choisir pour opérer cet organe un moment où Mars et Saturne ne se trouveraient pas dans l'axe de la Lune. On n'était pas d'accord, en revanche, sur le point où l'intervention devrait être effectuée. Certains plaidaient pour opérer le membre lui-même. Il serait moins dangereux d'extraire le calcul à cet endroit-là. L'expérience, disaient-ils, avait montré que l'incision entre l'anus et le scrotum était non seulement risquée, mais aussi plus douloureuse que l'incision latérale sur le membre. En outre, pour cette dernière procédure, on pouvait profiter du fait que le prépuce, susceptible d'être tiré loin vers l'avant du pénis pendant l'incision, reviendrait sur la plaie une fois l'opération réussie et opposerait une barrière naturelle aux infections. La Rivière défendit cette méthode pendant tout un après-midi, mais dut ensuite concéder à Bérault que, *primo*, le calcul était encore loin de s'être frayé un chemin aussi loin dans l'urètre et que, *secundo*, il ignorait si sa taille permettrait une telle opération. On ne savait pas non plus, qui plus est, à combien de calculs on avait affaire, or il serait regrettable d'avoir extrait un calcul dans l'urètre pour constater ensuite qu'il s'en trouvait d'autres dans la vessie, lesquels ne tarderaient pas à produire des douleurs analogues.

Le collège des médecins convint finalement de préparer l'opération sous la direction de Bérault. Au matin du 20 octobre, l'aréopage se retrouva dans la bibliothèque du château. La Rivière et Bérault présidaient. Outre les médecins Marescot, Martin et Roset, ainsi que le chirurgien en chef Regnault, qui avait déjà libéré le roi d'une fistule dans la région génitale mais avait laissé à Bérault la direction de l'opération décidée, on trouvait aussi dans la salle quelques autres confrères de la branche. Mais ils avaient pris place derrière, contre le mur, et prenaient des notes avec application.

La Rivière fut le premier à prendre la parole et à rappeler à ses collègues l'extraordinaire importance de l'intervention. Dans un long discours d'introduction qu'il sut admirablement orner de nombreuses digressions rhétoriques, il souligna devant l'assemblée les mérites et les prouesses du roi : les services qu'il avait rendus au royaume et à tous ceux qui y vivaient, et que chacun avait désormais le devoir de prier et de demander grâce à Dieu pour le salut du souverain. Quant à eux, ils avaient reçu une charge plus lourde que la simple obligation de prier. Car tout comme le

Seigneur avait déposé un talent particulier dans le berceau de chacun – pour l'un, c'était de parcourir les mers, pour tel autre de faire cuire du pain, pour un autre encore de connaître les Écritures et leur signification pour l'humanité – il avait plu à Dieu de conférer à ceux qui étaient réunis ici la connaissance du corps humain.

Lorsqu'il eut enfin terminé, il pria son collègue Bérault d'expliquer aux personnes présentes selon quelle méthode il songeait libérer le roi de son mal, afin que chacun, une fois venu le moment d'agir avec rapidité et efficacité, soit informé et puisse accomplir son devoir.

Bérault se leva de son banc, passa au pupitre et prit la parole :

— Le grand Marianus Sanctus Barolitani et son exceptionnel élève Ambroise Paré nous ont laissé d'admirables connaissances qui nous permettront, avec l'aide de Dieu, d'éloigner le mal qui afflige notre roi bien-aimé. C'est à la nature, à la volonté de Dieu et à l'habileté des médecins présents qu'il reviendra de soigner les blessures que nous sommes obligés d'infliger au corps du roi. Il n'est pas utile que je vous explique de quelle manière le patient devra être préparé pour l'intervention. Tout comme l'âme doit se purifier par la prière et la confession avant de pouvoir recevoir la Sainte Communion, il faut avant l'opération purger et purifier l'intérieur du corps, vider la vésicule biliaire, fluidifier le sang par la saignée et n'administrer aucune médecine au corps afin de ne point l'affaiblir. Il faut nettoyer les parties génitales du patient, les raser, les maintenir souples et tendres par des bains et des huiles, ce qui facilitera l'opération et simplifiera l'extraction du calcul. Nous avons examiné l'urine du roi et l'avons trouvée claire, mais souillée de sang. Nous en avons conclu qu'il s'agit d'un calcul tranchant, anguleux et, par ailleurs, qu'il n'y a sans doute pas d'autres calculs dans la vessie. Nous ne pouvons pas en être certains, mais l'expérience nous apprend que, lorsqu'il y a plusieurs calculs, ils se frottent et se polissent les uns les autres. Ces fines particules dues au frottement sont excrétées par l'urine qu'ils troublent et rendent laiteuse, ce qui n'est pas le cas ici. Si nous attendions que le calcul se soit frayé un chemin dans l'urètre, nous risquerions de le voir causer de nouvelles lésions à l'intérieur du corps. Nous ne connaissons pas non plus ses dimensions. Il nous paraît donc recommandé d'entreprendre l'intervention sur la vessie, sans attendre le moment où nous devrons la pratiquer sur le membre. Mais vous me demanderez à juste titre comment doit se dérouler une opération aussi difficile. De quelle manière pouvons-nous trouver le point d'incision idoine ? Je vous réponds que la nature nous désigne elle-même le chemin pour arriver au foyer du mal. Mais laissez-moi d'abord dire quelques mots sur la manière dont nous installerons le patient afin de pouvoir accomplir les préparatifs nécessaires.

« Il nous faudra une table fermement arrimée au mur. Quelques coussins à la hauteur des reins soutiendront le dos du malade tandis que son postérieur reposera sur des couvertures molles garnies de paille ou de son, à même d'absorber le sang et l'urine. Les genoux du patient, qui sera étendu plus assis que couché, devront être soulevés et arrimés avec des courroies de cuir en sorte que le champ de l'opération soit totalement dégagé. La présence de quatre hommes forts et vaillants sera tout de même nécessaire. Deux tiendront les bras, deux autres les genoux et les pieds du patient, afin que celui-ci ne complique pas l'incision par un mouvement brusque. Mais avant que nous ne placions le malade dans cette posture peu agréable, il faudra préparer les instruments que vous voyez ici : la sonde à éclisse cannelée, le scalpel, la canule, le dilatoire et les tenailles, les pinces d'obturation et le spéculum, puis les pinces à bec de corbin dentelé, pour découper ou broyer les calculs, ainsi que d'autres pinces et ciseaux de moindre dimension. Je porterai les quatre instruments principaux sous ma robe, dans mes manches. Cette mesure est nécessaire pour que leur vue ne perturbe pas le patient. Cela permettra par ailleurs de les réchauffer suffisamment pour qu'ils ne causent pas de dommages à l'intérieur du corps. Les manches devront être entourés de compresses pour que le sang ne tache pas prématurément les instruments.

Tout en parlant, Bérault brandissait les différents instruments et les posait, après les avoir présentés, sur une petite table couverte de velours noir où ses collègues pouvaient les examiner de plus près. Aucun des instruments n'était plus grand que la main. Ils reposaient près de Bérault comme des bijoux et les personnes présentes tendaient le cou avec curiosité. Tous les instruments portaient des décorations emblématiques liées à leur fonction. Le manche de la sonde était ainsi composé de deux têtes de serpent, les pinces d'obturation ressemblaient à des épées de duel et l'on avait incrusté dans la poignée des ciseaux de petites plaques nacrées qui rappelaient la carapace de crabes ou de homards.

Bérault reprit :

— Lorsque tout cela sera prêt, l'opération pourra commencer. Je reviens à présent à la question que j'ai posée au début : comment pouvons-nous être certains que le scalpel atteindra le bon endroit du premier coup ? Il faut pour cela faire progresser la sonde cannelée, assouplie avec de l'huile, à travers l'urètre et jusque dans la vessie. Une fois arrivée là, le chirurgien doit s'assurer que la pointe courbée et arrondie de la sonde est légèrement décalée vers la gauche et pointée vers le bas, ce que l'on peut facilement obtenir en pratiquant de délicats mouvements de rotation. Nous disposons alors à l'intérieur de la vessie d'un socle pour pratiquer l'entaille : l'encoche qui se trouve sur la sonde. L'assistant, à ma droite, a pour mission de maintenir soulevé vers la droite le scrotum du patient afin de dégager le point d'incision. Nous voici donc arrivés à l'incision elle-même. Elle doit se produire un peu à gauche du périnée et pas trop près du siège. Si l'on blessait le muscle detrusor lors de l'incision, il en résulterait un épanchement incontrôlé de la vessie. Si l'incision se faisait trop près de l'anus, on courrait le risque d'atteindre tout de suite ou lors de l'élimination du calcul les veines hémorroïdales gorgées de sang, ce qui provoquerait de fortes hémorragies impossibles à juguler, et donc la mort certaine du patient. Même si cela ne se produisait pas, une incision pratiquée trop près de l'anus déchirerait le tissu de la vessie en élargissant la plaie. Nous effectuerons donc l'incision exactement au milieu de l'espace séparant l'anus du point le plus externe de l'os iliaque. L'incision sera pratiquée dans la longueur des fibres du tissu et ne dépassera pas la taille d'un pouce. Plus tard, on élargira l'entaille à l'aide du dilatoire et comme un tissu déchiré guérit mieux qu'un tissu découpé, l'incision devra être aussi petite que possible.

« À ce stade, nous cherchons du doigt le point de résistance dans la sonde qui se trouve dans la vessie. Une fois que nous avons identifié ce point, nous pratiquons une incision rapide et énergique, le métal de la lame devant rencontrer celui de l'encoche située sur la sonde. De la sorte, la lame découpe à la fois la peau et la paroi de la vessie. La sonde a désormais rempli sa mission et peut être retirée. Nous introduisons ensuite deux conducteurs à travers la plaie jusque dans la vessie et nous élargissons la voie d'opération. Il est pour cela nécessaire d'écarter avec force les conducteurs afin de faire suffisamment de place pour les autres instruments. Si l'espace ainsi obtenu ne suffit pas à introduire le spéculum, il faudra utiliser les ciseaux. Sur ce, nous élargissons autant que nécessaire l'incision de la vessie à l'aide du spéculum. Il sera peut-être déjà possible d'extraire le calcul avec cet instrument.

« Lorsque l'ouverture a atteint une taille suffisante, nous pénétrons avec la pince à bec à l'intérieur de la vessie et nous saisissons le calcul avec précaution. Celui-ci ne doit pas être arraché, mais détaché et extrait de la vessie par un léger mouvement de va-et-vient. S'il devait être trop grand pour être extrait de cette manière, il faudrait le broyer puis en ôter les morceaux. C'est à cela que sert le bec de corbin dentelé. Une fois le calcul effrité, nous procédons comme avec un calcul ordinaire. Avant de conclure l'opération, il faut s'assurer qu'aucun autre calcul ou caillot de sang susceptible de provoquer la formation de nouveaux calculs ne se trouve encore dans la vessie. Nous étudions soigneusement à cette fin le calcul déjà extrait pour y trouver des traces de frottement ou d'usure de polissage. S'il n'y en a pas, nous pouvons être sûrs qu'il n'y a pas d'autres calculs dans la vessie.

« Il faut alors refermer la plaie aussi vite que possible. Si nécessaire, on effectue quelques points de suture à l'aide d'un fil de soie résistant qui doit être ciré pour ne pas découper les chairs et ne pas être désagrégé par l'urine et le suintement de la plaie. Il faut poser les points en profondeur afin que la plaie ne se déchire pas et que les douleurs endurées par le patient ne l'aient pas été en vain. Il faut cependant ménager une petite ouverture dans laquelle on glissera jusqu'à la vessie une canule d'argent à travers laquelle pourront s'écouler le sang et l'urine. Mais cette canule ne doit pas rester trop longtemps dans la vessie, sinon la nature s'habituerait à utiliser cette issue pour l'excrétion de l'urine. La canule ne restera donc en place que jusqu'au moment où l'urine en sortira claire et sans trace de sang. Il faudra alors l'ôter et refermer définitivement la plaie.

« Ainsi s'achève le travail du chirurgien. Il faut bander le patient et l'allonger jambes croisées dans une chambre obscure et chaude pour que Morphée s'empare de lui et apaise ses douleurs. Au bout de quelques jours, il faut injecter dans la vessie du convalescent un baume concocté à base de plantain, de solanum et d'eau de rose. Si, après l'opération, des caillots et d'autres particules bouchaient la vessie, il faudrait de nouveau poser la sonde pour libérer l'urètre. Voilà, Dieu m'en est témoin, ce qu'il faut faire pour préserver notre roi de la mort. Que Dieu veille sur lui. Amen.

Bérault quitta le pupitre et regagna sa place. À l'autre extrémité de la pièce, on entendait encore le grattement des plumes qui couraient sur le papier. Puis celles-ci se turent à leur tour. La Rivière se leva et se tourna vers l'assistance.

— Ainsi soit-il. Loué soit le Seigneur. Prions.

Un silence recueilli se fit dans l'assemblée. Les têtes étaient baissées et il ne fallait pas beaucoup d'imagination pour deviner ce qui se passait dans les esprits. Un peu plus tard, l'assistance se dispersa, chacun s'empressant d'aller préparer consciencieusement la mission qui lui avait été assignée.

Mais mis à part Bérault lui-même, désormais entouré de deux gardes triés sur le volet, on n'aurait sans doute trouvé personne dans le château, après cette conférence, pour ne pas considérer que les jours du roi étaient comptés.

14.

Post-Scriptum

Excellence,

L'homme, ce pécheur, porte sur les épaules le poids de ses fautes. Il attend son salut de la grâce de Dieu, et chacun garde toujours en son cœur une prière muette : Seigneur, pardonne-moi car je suis pécheur. Ma foi est vacillante, mes pensées sont impures et pleines d'orgueil, mon âme inconstante est une proie facile pour les puissances obscures. C'est une bonne chose que nous sachions à quel point la créature humaine est mauvaise et perfide, rusée et sournoise ; s'il en était autrement, nous serions exposés à ses intrigues et à ses pièges comme des agneaux aux loups. Il ne suffit pas que j'aie été, au cours de cette enquête, forcé de regarder dans les abîmes de folie et d'hébétude que recèle une âme d'alchimiste, car ce que j'ai dû vivre dans la maison de cet apothicaire, Allheboust, défie toute description. Je n'ai pu tirer un seul mot raisonnable de cet habitant du microcosme, sans même parler de son auxiliaire à demi fou, Sébastien, qu'à la fin de notre visite nous avons aussi arraché à ses étranges potions pour faire vérifier par des médecins compétents s'il reste encore une lueur de lumière divine dans le sombre labyrinthe de son âme.

Pour ce qui concerne Allheboust, cette faculté que nous désignons communément par l'entendement ne lui fut sans doute pas donnée à la naissance. Il est plus facile de faire pousser un arbre dans une noix que de faire entrer une once de raison dans son crâne. Mais là où il n'existe pas de conscience claire, il ne faut pas chercher non plus de faute, même s'il nous aurait été très utile d'apprendre, dès cette époque, à quelles activités se livraient le pharmacien et les deux personnes disparues au mois d'octobre, sur le champ situé devant la ville.

Si je vous adresse aujourd'hui ce rapport, c'est que nous avons fini par le découvrir – cela et d'autres choses encore. Comme vous pouvez le déduire du compte rendu d'interrogatoire de Monsieur Perrault, joint à cette lettre, le propriétaire de la maison n'a appris que deux jours avant mon arrivée, par une dépêche, l'incident qui nous a valu à tous de tels désagréments. Le neveu de Monsieur Perrault – son nom est Lussac – y informait son oncle de l'incendie qui s'était déjà déclaré au moment où il était arrivé en ville. Vous pouvez lire les propos de l'interrogé. Je vous fais également parvenir une copie de la lettre que celui-ci m'a confiée avec un portrait dessiné de la personne recherchée. Cette lettre vous confirmera les propos de Perrault : Lussac a atteint vers minuit le but de son voyage, a trouvé la rue en grand émoi et la maison de son oncle en flammes ; il a quitté le lieu du sinistre sans donner de motif afin de chercher son ami. La lettre était datée du 13 avril, mais avait été remise deux jours seulement avant mon arrivée.

J'étais encore en route pour Clermont lorsque je fus pris des premiers doutes sur la véracité de ces déclarations. Mais comme je n'avais aucun motif sérieux de nourrir des soupçons et que Monsieur Perrault m'avait fait l'impression d'un homme sincère, je me rendis, après que le maître de poste m'eut confirmé que ce samedi, en effet, une roue brisée avait retardé jusqu'à une heure avancée de la nuit l'arrivée de la calèche postale à Paris, je me rendis donc à l'auberge pour dicter au greffier une copie de ladite lettre. En relisant le passage dans lequel son auteur racontait son arrivée à Paris, je compris soudain quel tissu de mensonges on avait déroulé devant moi. On n'y trouvait pas un seul mot évoquant la rupture d'une roue. Je revins donc voir le maître de poste et lui demandai s'il avait parlé avec Monsieur Perrault depuis Pâques. Il répondit par la négative et ajouta que Perrault ne venait plus souvent en ville, son neveu se chargeant sans doute d'y faire les courses à sa place. Celui-ci était donc parti pour son compte à Paris le samedi de Pâques et – je n'en crus pas mes oreilles – en était revenu le lundi ou le mardi.

Pouvait-il le jurer ? Le maître de poste en était sûr et me fit de la personne une description dans laquelle je reconnus tout de suite le portrait que m'en avait brossé Perrault.

J'appelai immédiatement quelques gardes et partis aussitôt. Je parcourus de nouveau à cheval les quatre lieues qui me séparaient de cette propriété isolée. Avant que nous ne soyons à portée de vue, je demandai aux cavaliers de se répartir autour de la propriété, suffisamment loin pour qu'on ne les entende pas, et d'arrêter toute personne qui voudrait s'éloigner de la ferme. Moi-même, je me faufilai à pied vers la maison, escorté par deux gardes. Un bref coup d'œil à la fenêtre éclairée me confirma ce que je supposais depuis longtemps. Tandis que la famille était assise dans la salle commune, autour du feu de cheminée, je vis Perrault arpenter la pièce voisine, hors de lui. Le son de sa voix me parvenait, parfois interrompu par une autre voix tout aussi énervée qui tentait de s'imposer face à ses cris de rage.

Les deux hommes s'étaient lancés dans une dispute si violente qu'ils ne remarquèrent même pas les exclamations de surprise et d'effroi déclenchées par notre apparition dans la maison. C'est seulement lorsque nous eûmes brutalement ouvert la porte donnant sur la pièce annexe et que les gardes firent irruption, hallebarde pointée, que la peur leur cloua la bouche ; en me voyant, ils reculèrent, livides, les mains en l'air, puis se jetèrent au sol en implorant ma grâce. Je les fis attacher et enfermer. Mais lisez vous-même ce qu'il me fallut découvrir le lendemain.

15.
Un poème

Vignac n'oublierait jamais ce mercredi des Cendres.

Avait-il deviné qu'on l'avait trompé ? Ou bien avait-il été abusé par ses sens surexcités ?

Il regardait, consterné, le dessin qui figurait sur le billet et qui lui avait sauté au visage comme une araignée. Était-ce son œuvre ? C'était bien son tableau, gravé grossièrement et à la hâte dans un morceau de bois. Mais non, ce n'était que la reproduction fidèle de ce qu'il avait vu l'autre soir dans la maison de la duchesse et peint au cours des semaines suivantes, conformément aux indications qu'il avait trouvées dans la bourse, avec l'argent. Mais de quelle signification diabolique cette scène s'était chargée dans ce dessin ! Ahuri, il survola les quatrains qui s'étalaient en dessous comme de grotesques grimaces...

Mariez-vous de par Dieu, Sire !
Votre lignage est bien certain :
Car un peu de plomb et de cire
Légitime un fils de putain.

Putain dont les sœurs sont putantes,
Comme fut la mère jadis,
Et les cousines et les tantes,
Hormis Madame de Sourdis !

Il vaudrait mieux que la Lorraine
Votre royaume eût envahi,
Qu'un fils bâtard de La Varenne
Ou fils bâtard de Stavahi.

Abasourdi, Vignac laissa le flot des passants le pousser dans l'un des estaminets voisins, et avant qu'il ne puisse s'en rendre compte il se retrouva dans une gargote obscure où les corps humains s'entassaient par dizaines. Autour de lui, on riait. Des bouches édentées déversaient les rimes qui passaient en cascade d'une table à l'autre et chaque nouveau venu qui entrait en s'ébrouant et en riant dans la salle surpeuplée entonnait avec enthousiasme la mélodie qui, sortie du néant, était venue accompagner ces vers acérés.

— Une couronne de lauriers pour le poète ! hurla l'un d'eux.

— Un hourra pour la duchesse de Beauporc ! brailla un autre.

Ce beau jeu de mots fut accueilli par les rires mugissants de toute l'assemblée. De nouveaux clients arrivaient de tous les côtés et se frayaient un chemin entre les hommes déchaînés pour qui ce poème au vitriol était une source de plaisir sans fin.

Vignac percevait tout comme dans un brouillard. Il ne quittait pas des yeux la feuille qu'il tenait à la main et le dessin qui s'y trouvait : il le transperçait du regard. De la sueur perlait sur son front. Quelqu'un le poussa dans un coin. On renversa du vin qui lui coula sur la veste. Dans la confusion, il trébucha sur un tabouret et faillit tomber. Mais toute cette agitation n'était rien par rapport au tumulte qui grondait dans son âme.

Comment avait-il pu été aussi bête ? Toute cette mise en scène n'avait eu qu'un seul but : se servir de lui pour infliger à la duchesse la plus vile des offenses. Mais il ne comprenait pas. C'est bien dans la maison de la duchesse qu'il avait été reçu. C'est bien elle qui lui avait ordonné de peindre ce tableau. Elle l'avait même payé. Mais à quelle fin ?

Et si ce n'était pas la duchesse qui l'avait convoqué ? Était-il possible que certaines personnes, dans l'entourage immédiat de Mme de Beaufort, aient eu intérêt à la calomnier de la sorte ? Quelle monstruosité de salir la future reine en usant d'une raillerie aussi cruelle ! Et pour comble, ces vers étaient surmontés d'une xylographie du tableau qu'il avait peint. La peur s'empara de lui. S'ils le trouvaient, c'en était fini de lui. On ne lui imputerait pas seulement le tableau, mais aussi les vers eux-mêmes. Réflexion idiote. S'ils le trouvaient... Mais il ne leur serait même pas nécessaire de le chercher ! Quelque chose ne tournait pas rond. Voulaient-ils l'éliminer ? Mais qu'avait-il fait ? Personne en ville ne le connaissait.

Plus il y réfléchissait, plus il était perplexe. Et plus la perplexité s'emparait de lui, plus l'angoisse lui serrait la poitrine. Il ferma les yeux et se rappela cette soirée d'automne où on l'avait convoqué dans la maison de la duchesse. Le bruit des rideaux que l'on tire. Les pas qui s'éloignent rapidement. Puis la discussion avec cette femme. Il n'oublierait jamais le son de sa voix. Pourquoi n'était-il pas parti comme il en avait eu l'intention ? Il s'était au contraire dirigé vers la pièce que le valet lui désignait, avait mis le masque que celui-ci lui avait tendu sans un mot, puis était entré, s'était assis sur la chaise comme on le lui avait ordonné et avait regardé les rideaux rouges que l'on avait tirés au fond de la pièce. C'étaient des rideaux pourpres, le rouge carmin des rois, taillé dans un lourd tissu ourlé de galon d'or. Puis les rideaux s'étaient écartés, dévoilant la scène la plus énigmatique qu'il lui ait jamais été donné de voir. Dans son souvenir, cela ressemblait à un rêve incompréhensible, semblable à cette vision qui s'était emparée de lui un an plus tôt, dans la forêt. Mais tandis que jadis son âme lui avait fait apparaître le souvenir de tableaux, ici c'était le contraire. Ce qu'il avait vu devant lui dans cette pièce n'était pas une réminiscence, mais une réalité, si mystérieuse fût-elle, une réalité qu'il fallait à présent transformer en un tableau. Deux femmes se tenaient devant lui dans une baignoire de pierre au bord de laquelle on avait jeté un drap blanc. À l'arrière-plan on voyait un deuxième rideau rouge sur lequel les deux corps blancs se détachaient avec netteté. Les femmes étaient nues et il s'écoula un certain temps avant que Vignac parvînt à détacher son regard de la beauté parfaite des deux corps, pour diriger son attention vers l'étrange jeu auquel elles se livraient avec leurs mains. La femme qui se tenait à sa droite était assise et regardait dans le vide, comme s'il n'était pas là. On ne voyait que son buste. Sa main gauche reposait sur le bord de la baignoire et y tenait un pan du drap blanc saisi entre le pouce et l'index. Vignac avait immédiatement reconnu ce geste : c'était précisément celui qu'il avait prêté à la duchesse dans son premier tableau. Cette femme, dont le corps était beau et parfait comme celui de Gabrielle mais dont le visage n'avait rien de commun avec le sien, devait donc représenter la duchesse. Mais que faisait-elle donc de sa main droite ? Elle la tenait à hauteur d'épaule, le bras plié. Le pouce et l'index accomplissaient un mouvement de préhension, comme pour montrer une bague. Mais on n'en distinguait aucune. À gauche, la deuxième femme se tenait assise sur le rebord de la baignoire. Elle lui tournait le dos, mais son visage était dirigé vers lui et elle le regardait. Son regard avait beau être totalement inexpressif, il semblait pourtant qu'elle voulait lui révéler un secret. De la main droite, elle s'appuyait sur le rebord. Sa main gauche était tendue en avant, comme si la duchesse était censée l'épouser et lui glisser au doigt la bague invisible.

Qui était cette femme ? Quelles noces imaginaires concluait-on ici ? Où que se porte son regard, la scène dégageait un attrait à la fois séduisant et repoussant. Il s'imprégnait de cette vision comme on respire un parfum capiteux et inconnu, et c'est en vain qu'une partie de lui-même tentait de résister à ce charme. Puis il avait observé de nouveau les visages, dans l'espoir d'y découvrir un signe, un indice. Mais il avait su aussitôt que ce n'étaient pas ces visages-là que l'on voudrait voir. La femme à sa droite trahissait son identité par la main qui tenait le drap. Mais qui était l'autre ? Son corps était aussi beau et parfait que celui de la duchesse. On avait l'impression qu'elle s'apprêtait à quitter le bain et qu'elle n'attendait plus que l'instant où l'autre dame aurait achevé le mouvement de sa main et lui aurait passé la bague. Alors seulement il remarqua la pâleur de la duchesse, la tonalité claire, blanchâtre de sa peau, comparée à la teinte plus chaleureuse de l'autre corps. Et tandis que, les yeux encore écarquillés par l'étonnement, il cherchait à percer le secret qui planait, invisible, entre ces deux personnages, tandis que les questions et les pressentiments traversaient son âme comme des chevreuils effarouchés au crépuscule, il sut déjà qu'il allait peindre ce tableau, ne serait-ce que pour trouver, sinon une réponse, du moins une forme au mystère qui s'offrait à ses yeux.

Il perçut des bribes de conversation. Quoi ? On avait déjà montré les vers au roi ? Sacrebleu ! Oui, le lundi. C'est-à-dire avant-hier. À Saint-Germain ? Une bonne chose qu'il soit au courant. Il réfléchira à deux fois avant d'épouser cette traînée. Honte et opprobre sur la maison royale. Allons, allons. Une belle plaisanterie de mardi gras. L'autre ne valait pas mieux. Pour un trône d'hérétique, il faut des fesses de putain. Ha, ha, ha ! Où les a-t-il trouvés ? Dans l'orangerie de Saint-Germain-en-Laye ? Oui, plantés sur l'écorce d'un des arbres, pour qu'il soit forcé de les voir. Et après ? Qu'a dit le roi ? Qu'il clouerait volontiers, lui aussi, l'auteur de ces vers, mais pas à un oranger, à un chêne. Ha, ha ! Bien dit ! Vive le roi ! À bas la duchesse !

Vignac n'y tenait plus. Il se leva d'un bond, repoussa les corps qui lui barraient le chemin et dont les lourdes exhalaisons lui coupaient le souffle et se fraya laborieusement un chemin vers la porte. Le brouhaha reprit de plus belle. Chacun hurlait ce qui lui passait par la tête. Avant même que Vignac n'ait atteint la sortie, cette phrase l'atteignit comme un coup :

— Et il veut l'épouser après Quasimodo.

Vignac se retourna et attrapa l'homme par le col :

— Qu'est-ce que tu as dit ?

— Il l'a annoncé hier. Au banquet. Bas les pattes, sans ça...

En deux pas il fut dehors. Il descendit la rue en courant, sans savoir dans quelle direction il allait. Il apercevait partout ces feuillets vénéneux et de petits groupes de personnes qui discutaient avec animation.

Consterné, il se faufila entre les charrettes qui bouchaient la rue. Le soleil de mars brillait faiblement derrière des nuages gris-blanc. La rue des Deux-Portes n'était qu'à cinq minutes de là, mais Vignac se surprit à l'éviter malgré lui. Il remonta la rue Saint-Jacques vers le sud, atteignit la porte du même nom, dirigea ses pas vers la droite, indécis, et reprit finalement, vers la gauche, le chemin par lequel il était venu.

Son esprit travaillait fébrilement. Il avait beau savoir que, pour pouvoir mettre de l'ordre dans ses idées, il aurait mieux valu qu'il se rende dans un endroit silencieux et tranquille, l'excitation dans laquelle l'avait placé le pamphlet le forçait à être constamment en mouvement. Une pensée lui vint subitement. Sur un coup de tête, il traversa la rue. Quelques instants plus tard, il franchit le fleuve et tourna dans la rue de la Vénerie, qui menait sur la place de Grève, devant l'Hôtel de Ville. Peu après, il laissa la place derrière lui et suivit la rue de la Martellerie jusqu'à l'Arsenal. Tout près de là débutait la rue de la Cerisaie. Il y marcha un instant avant de retrouver le haut mur qui protégeait de la rue l'hôtel particulier du financier italien. À l'entrée, il donna son nom au gardien et demanda qu'on aille lui chercher une jeune fille qui répondait au prénom de Valeria et faisait partie du personnel de la maison. Mais le garde répliqua qu'en ce jour férié le personnel était sorti et qu'il lui faudrait revenir le lendemain.

Vignac réfléchit un bref instant, sortit une pièce de sa poche, la remit au gardien et le pria d'informer Valeria, à son retour, qu'elle devait se rendre auprès de Monsieur Vignac dès que possible. L'affaire était très urgente.

L'homme hocha la tête, empocha la monnaie et rentra dans sa guérite en haussant les épaules.

Vignac avait fait tout ce qui était en son pouvoir. Il prit donc le chemin du retour. Le soir assombrissait inexorablement sur les ruelles, et lorsqu'il fut de nouveau à la bifurcation de la rue des Deux-Portes et de la rue Saint-Jacques, le soleil se couchait déjà sur la ville. Désemparé, il s'attarda quelques minutes encore au coin de la rue. Mais quand l'humidité du soir commença à le saisir jusqu'aux os, il se décida à s'y engager.

Tout était calme dans la maison. Lussac n'était pas encore rentré. Il ferma la porte à clef, traversa la pièce sans allumer la lumière et se dirigea vers le coin obscur situé sous l'escalier. Il ouvrit une porte qui était dissimulée dans l'ombre et entra dans la salle à l'arrière. Lorsqu'il eut refermé la porte à clef, il alluma une lampe à huile, la déposa sur la grande table au milieu de la pièce et s'assit sur une caisse en bois appuyée contre le mur.

Son regard parcourut les objets sur la table ; il examina attentivement chaque détail. Rien n'indiquait que quiconque ait pénétré dans l'atelier en son absence. Le mur de bois qui lui faisait face était couvert d'esquisses qui semblaient lui lancer un regard interrogateur. Derrière un réseau de lignes verticales et horizontales, on apercevait, en suspension, le contour de deux corps féminins. D'autres lignes tracées entre les deux silhouettes convergeaient précisément vers le point où les deux dames se livraient à cet étrange jeu de mains.

Il détourna le regard, contrarié, et passa en revue les outils et les ustensiles qu'on avait mis à sa disposition. Non, il ne trouverait ici que ce qui était né de sa propre main et de sa propre imagination. Peut-être tout cela n'était-il qu'une erreur. Peut-être n'y avait-il qu'une relation fortuite entre les vers satiriques et le dessin inspiré par son tableau. Qu'avait bien pu devenir sa toile depuis qu'on était venu la chercher ? Si seulement il avait trouvé Valeria ! Dès le lendemain, il se présenterait de nouveau chez Zamet. Il se tranquillisa peu à peu. Non, si l'on voulait lui nuire d'une manière ou d'une autre, il n'était pas nécessaire de se donner tant de peine. Qui pouvait avoir un intérêt à lui jouer un aussi mauvais tour ?

Il évoqua de nouveau les diverses possibilités, tentant de mettre en ordre ses pensées confuses. Si quelqu'un voulait offenser la duchesse avec ce tableau, il était difficilement concevable qu'elle en ait elle-même passé la commande. Par conséquent, quelqu'un, dans la maison de la duchesse, avait abusé Vignac. Mais qui ? C'est le lundi, c'est-à-dire deux jours plus tôt, que le roi avait découvert le billet en inspectant les orangers. Quelle ignominie ! On insultait sa maîtresse, on la traitait de putain et l'on présentait sa famille comme une écurie de prostituées. Il valait mieux, disait-on, confier l'héritage du trône à la Ligue catholique abhorrée plutôt qu'aux fils putatifs du roi, dont on disait qu'ils étaient les bâtards de courtisans comme La Varenne ou ce Bellegarde.

Des rumeurs aussi invraisemblables que stupides couraient depuis le début de la liaison entre le roi et la duchesse. La Cour, à son habitude, crachait son venin sur quiconque montait trop haut dans les faveurs du roi. Il n'y avait pas un mot de vrai là-dedans. Le roi promettrait-il le mariage à une femme dont il croirait qu'elle lui a confié, pour les porter aux fonts baptismaux, les enfants d'autres hommes que lui ? Son aventure avec Bellegarde remontait à plusieurs années. Et La Varenne, ce jésuite clandestin ? C'est avec lui, disait-on, que la duchesse... Cette idée était totalement absurde. On sait bien comment naissent ce genre de rumeurs. Une stupidité lancée par un ivrogne auquel ses sens embrumés font prendre ses désirs cachés pour des réalités, et voilà déjà la rumeur qui court de bouche en bouche, de couloir en couloir, dans toutes les chambres, jusqu'aux oreilles du roi, qui l'éloigne d'un geste, en riant, comme on écarte une mouche importune.

C'est donc le lundi qu'il avait trouvé ce billet griffonné. Et le lendemain, au banquet de mardi gras, il avait publiquement promis le mariage à Gabrielle. Par tous les saints ! Que s'était-il passé à ce banquet ? Quelle qu'ait été l'intention des auteurs de cette calomnie, son effet était désormais visible de tous. Le roi allait épouser la duchesse. Gabrielle était officiellement désignée comme reine. Aucun pouvoir de ce monde ne pourrait désormais l'empêcher de recevoir la couronne de France.

Vignac se passa nerveusement la main sur le visage. Quelle mouche l'avait piqué d'accepter cette maudite commande ? On s'était servi de lui. Dès le début, cette peinture avait pour but d'offenser la duchesse de la manière la plus infâme et seule la volonté du roi avait pu étouffer la calomnie d'un geste courageux, mettant un terme à toutes les spéculations sur son mariage.

Qu'il avait été bête ! Comment avait-il pu croire que la duchesse avait réclamé un portrait aussi inouï ? Que lui avait-on dit, en cette soirée d'automne ? Que le roi et la duchesse couraient le plus grand péril. Mais de quel danger s'agissait-il ? Le roi, lui avait-on expliqué, ne voyait pas l'abîme qui s'ouvrait devant lui et menaçait autant son avenir que celui du royaume tout entier. Un fichu tissu de mensonges. Le danger existait, certes, mais il venait de ceux qui l'avaient si généreusement rétribué pour ce tableau. Quoi qu'il soit arrivé à la toile elle-même, elle avait pour but d'accomplir son œuvre de calomnie non seulement à la Cour, mais aussi dans les rues de la capitale et parmi les Parisiens.

Mais le plan avait échoué. La duchesse que l'on avait traitée de putain sortait de cette mauvaise farce avec le titre de future reine. On l'avait couverte de boue, et cette fange s'était transformée en or. Mais elle allait traquer les conjurés, tenter de comprendre à qui elle devait cette intrigue perfide. Et ceux qui avaient tiré les fils en coulisse se débarrasseraient dès que possible du seul témoin qui pouvait les accabler.

Vignac bondit sur ses jambes. Il fallait partir, quitter cette maison et cette ville au plus vite. Sans réfléchir plus longtemps, il arracha les croquis des murs et les roula dans un étui de cuir. Il jeta les autres dessins pêle-mêle dans la cheminée. Quelques minutes plus tard, les flammes les avaient consumés. Vignac avait profité de ce laps de temps pour remplir une besace avec les ustensiles de peinture qu'il ne voulait pas laisser sur place. Puis il saisit le pamphlet au dos duquel il écrivit en toute hâte quelques mots. Il ferma soigneusement l'atelier à clef, poussa une commode devant la porte et se rendit en vitesse au premier étage pour prendre quelques vêtements. Lorsqu'il revint dans la pièce principale, ses bagages préparés et les bottes aux pieds, il déposa le feuillet sur la table, le coinça sous le candélabre et le plia légèrement afin que l'on puisse voir son écriture rapide au dos du papier. Puis il ouvrit la porte de la maison avec précaution et regarda à l'extérieur.

Il n'y avait personne dans la rue. La cloche sonna sept heures. Avant de sortir, il imagina de nouveau le chemin qu'il allait parcourir. Traverser la rue des Deux-Portes vers la rue de la Harpe, puis la rue du Foin, jusqu'à la rue Saint-Jacques. Ensuite, tout droit par Sainte-Geneviève, jusqu'à la porte Saint-Marcel. Il passerait la nuit dans les faubourgs et, le lendemain, poursuivrait son chemin jusqu'à Villejuif, où il serait bien accueilli et se trouverait en sécurité.

L'ombre n'avait été visible qu'une fraction de seconde, mais Vignac reconnut immédiatement la silhouette. Il se faufila sans bruit dans l'obscurité protectrice de la maison et ferma la porte à clef. La serrure produisit un léger claquement. Adossé à la porte, il fit glisser la clef dans la poche de son gilet et attendit, immobile. Rien ne se produisit. Il retint son souffle et tendit l'oreille. Lorsque ses poumons commencèrent à brûler, il respira deux fois profondément et se pétrifia de nouveau. Puis il entendit des pas juste derrière son dos. On introduisit une clef dans la serrure. Un bruissement fin, un grincement, indiqua que les dents du panneton testaient la résistance de la serrure. Puis la porte s'ouvrit brutalement. Depuis sa cachette sous la table, où il s'était réfugié en toute hâte, Vignac vit les jambes d'un homme se dessiner un bref instant contre la façade grise, plongée dans la nuit, de la maison d'en face. Puis la porte se referma et il ne vit plus rien.

L'intrus haletait comme s'il avait couru. Les planches grinçaient sous ses pas hésitants. Les yeux écarquillés, Vignac scrutait l'obscurité. L'étranger passa devant la table et se dirigea vers la porte de derrière. Un frottement et un léger cognement indiquèrent à Vignac que l'homme examinait les boiseries à tâtons. Puis on appuya sur une poignée et un courant d'air froid lui fit comprendre que l'intrus avait trouvé la porte de la cour. Il entendit des bottes crisser sur le sable. Et de nouveau le bruit de mains qui cherchaient quelque chose et frottaient le bois.

Il cherche l'entrée, se dit Vignac. Il ne sait pas où est l'entrée de l'atelier. Le peintre se leva tout d'un coup. D'un bond il fut à la porte de la maison, et quelques instants plus tard il descendait la rue. Il courut au hasard, parcourut à vive allure des ruelles étroites, changea plusieurs fois de direction jusqu'à ce qu'il se retrouve soudainement au bord du fleuve. Il ne savait même pas si l'inconnu l'avait suivi : sa peur était telle qu'il n'avait pas osé se retourner.

Il attendit de reprendre son souffle puis courut, à la faveur de l'obscurité, en direction de la porte Saint-Marcel. Il ne faisait aucun doute à ses yeux que cet intrus était l'homme qui l'avait reçu à l'automne au guichet Saint-Nicolas. Ils étaient à ses trousses. Épuisé, hanté par de mauvais pressentiments, il parcourut en titubant les rues désertes, sans parvenir à chasser de son esprit la silhouette qui, quelques minutes plus tôt, avait glissé devant lui comme un fantôme.

16.

Lussac

Charles Lefebre : Si l'on vous a amené ici enchaîné, vous ne pouvez vous en prendre qu'à vous-même. Gardes ! Ôtez ses chaînes à cet homme et fermez la porte. Bon, asseyez-vous. Non, là-bas, sur la chaise à côté de la table. Greffier, notez : Gaston Lussac, né le 27 avril 1568 à Lyon. Interrogatoire effectué le vingt-quatrième jour du mois d'avril de l'an 1599 dans la ferme de Pierre Paul Perrault, commune de La Roque, à proximité de Clermont. Début de l'interrogatoire à trois heures de l'après-midi. L'interrogé est en bon état physique. Depuis son arrestation la veille au soir, il a reçu un repas et suffisamment d'eau potable. Interrogatoire mené par le soussigné Charles Lefebre en présence du greffier Bartholomé Leroux et des gardes Michel Castel et Nepomuk de Vries.

Monsieur Lussac, êtes-vous prêt à répondre aujourd'hui aux questions qui vous sont posées, et me garantissez-vous de le faire en toute conscience et de dire tout ce que vous savez, avec l'aide de Dieu ?

Lussac : Oui.

C.L. : Il ne vous arrivera rien. Il s'agit d'une enquête policière liée à l'incendie de la rue des Deux-Portes...

Lussac : Inutile d'employer vos ficelles habituelles. Je ne sais pas qui vous a envoyé, mais je ne suis pas assez bête pour croire qu'il s'agit d'un simple feu. Mais après tout, si vous le voulez, jouons donc votre petite pièce. C'est sans doute pour cela qu'on vous paie, n'est-ce pas ? De toute façon, vous connaissez sans doute la fin mieux que moi.

C.L. : Votre oncle m'a déjà prévenu que vous aimiez parler sous forme d'énigmes...

Lussac : ... Eh bien, d'accord, dans ce cas ce sera une comédie. Vous jouez l'empereur, et moi...

C.L. : Cela suffit.

Lussac : Ah oui ? Cela suffit. C'est aussi mon avis. Une pièce de premier ordre. Joliment ficelée. Cela devait être une farce, n'est-ce pas ? On cherche une dupe pour lancer toute l'intrigue. Il n'a pas la moindre idée du bourbier où il s'est engagé. Lorsqu'il s'y trouve, il est trop tard. Mais ce n'est pas seulement trop tard. Non. Cette farce n'était pas une gaminerie innocente. À moins que les desseins de deux personnes qui ne se connaissaient pas ne se soient contrecarrés ? Un bouffon aurait marché sur la queue d'un diable ? Qui sait ? Vous ne voulez rien apprendre de moi, de cela j'en suis aussi sûr que je vois la sueur sur votre front. Vous voulez juste vous assurer de tout ce que je ne sais *pas*, et cela fait beaucoup. Ce qui me manque surtout, c'est le dernier petit morceau de mosaïque qui donnera leur logique à tous ces événements. Voilà où en sont les choses. Ce devrait être à moi de poser les questions ici, ça m'éviterait de mourir idiot, la tête emplie de demi-certitudes et d'ouï-dire.

C.L. : Eh bien, nous pouvons peut-être trouver ensemble une manière de vous tirer de votre ignorance...

Lussac : Pour que je puisse aller griller en enfer d'autant plus vite, n'est-ce pas ?

C.L. : Bridez un peu votre langue. Je ne comprends pas encore à quoi vos propos font allusion, mais je vous garantis que j'écouterai patiemment ce que vous avez à dire, à supposer que vous respectiez un certain ordre dans votre exposé.

Lussac : Je vous en prie, remplissez votre office.

C.L. : Où est Vignac ?

Lussac : Ah ! Vous ne tournez pas autour du pot, vous. Oui, où est-il passé ? Si je le savais, croyez-moi, j'y serais avant vous pour lui apprendre ce que je pense de ses manigances et de ses cachotteries.

C.L. : Quand l'avez-vous vu pour la dernière fois ?

Lussac : Le mercredi des Cendres au matin.

C.L. : C'est-à-dire le 3 mars.

Lussac : Oui, c'était bien en mars. Je ne peux pas jurer que c'était le 3.

C.L. : Et où vous êtes-vous séparé de lui ?

Lussac : Il a quitté la maison au petit jour.

C.L. : Savez-vous où il est allé ?

Lussac : Non.

C.L. : Il est parti sans dire un mot ?

Lussac : Oui.

C.L. : Rien ne vous a frappé en lui ?

Lussac : Non.

C.L. : Avait-il un rendez-vous, ou bien quelqu'un l'avait-il envoyé chercher ?

Lussac : Si tel était le cas, je n'en ai rien su.

C.L. : À quelle heure a-t-il quitté la maison ?

Lussac : Deux heures après le lever du soleil.

C.L. : Au cours des journées précédentes, quelque chose en lui vous avait-il frappé ?

Lussac : Non. Il était aussi taciturne que d'habitude.

C.L. : Taciturne ? Votre ami a toujours été taciturne ?

Lussac : Non, seulement depuis qu'il a reçu cette commande, à l'automne.

C.L. : Quelle commande ?

Lussac : Comme si vous ne le saviez pas ! Tout a pourtant commencé avec cette lettre que Valeria lui a apportée à l'automne. Et puis ce tableau affreux. Je lui ai demandé cent fois quelle était son intention, mais il n'y avait pas moyen de lui arracher un mot. Qu'il aille au diable !

C.L. : Chaque chose en son temps. Vous êtes arrivés tous deux à Paris au mois de juin de l'an passé. Auparavant, vous séjourniez dans un château en Bretagne, n'est-ce pas ?

Lussac : Oui, au château de Bellefort. Nous y avons passé l'hiver.

C.L. : D'où vous connaissiez-vous ?

Lussac : Nous nous étions rencontrés à Lyon, deux ans auparavant. Vignac revenait tout juste d'Italie. Il est originaire de La Rochelle, où il a passé son enfance chez un apothicaire. Pendant quelques années, il a travaillé comme dessinateur pour un chirurgien. Vers 1590, il s'est séparé de lui, puis il est parti pour l'Italie afin d'étudier les maîtres anciens. Il a travaillé dans différents ateliers du nord de l'Italie. Vignac connaît de précieuses recettes qui ont pu lui ouvrir certaines portes. Quelques années plus tard, il a de nouveau rencontré le chirurgien, parce que celui-ci lui avait demandé de l'aider à transporter les manuscrits.

C.L. : Quels manuscrits ?

Lussac : Il s'agissait d'un manuel de chirurgie. Il fallait transporter les manuscrits de Montpellier à Lyon, où l'imprimeur les attendait. Vignac était en outre chargé de revoir les illustrations. Ils sont partis au printemps 1596 et sont arrivés à Lyon au cours de l'été. Je les ai aidés à décharger les mules lorsqu'ils sont arrivés à l'imprimerie lyonnaise. Voilà comment nous avons fait connaissance.

C.L. : Quand avez-vous quitté Lyon ?

Lussac : Au printemps suivant. Les illustrations étaient terminées en décembre. Vignac recevait constamment de nouvelles commandes, et je l'accompagnais, car là où il y a du travail pour un, il y en a pour deux. Je sais travailler la pierre et le bois. La ferronnerie, la soudure, le plomb et la découpe du verre ne me sont pas inconnus non plus. Je voulais quitter Lyon.

C.L. : Et pourquoi êtes-vous venu à Paris ?

Lussac : C'était l'idée de Vignac. Il s'était mis en tête de devenir peintre à la Cour. Il était rare qu'une journée s'écoule sans qu'il en parle. Il n'avait aucune chance et il le savait, bien entendu. Et puis il était trop fier pour s'adresser à d'autres peintres qui jouissaient déjà d'une certaine notoriété à la Cour et auraient peut-être pu l'aider. Il était convaincu qu'il ne pourrait récolter de ce côté qu'hostilité et jalousie et qu'il serait totalement absurde de prendre contact avec eux. Si on le jugeait incapable, on le chasserait. Et, dans le cas contraire, on pouvait s'attendre à ce que les peintres établis veillent jalousement à lui barrer tout accès à la Cour, surtout s'il était susceptible de leur faire de l'ombre. Vignac était profondément convaincu de son propre talent. Il cherchait un chemin direct pour obtenir une protection à la Cour, sans faire le détour par les peintres. Une entreprise insensée. Mais il y est parvenu.

C.L. : Vraiment ?

Lussac : Il a peint un portrait de la duchesse de Beaufort. Il l'avait dans ses bagages au mois de juin lorsque nous sommes partis pour Paris. Le tableau a été transmis à la duchesse par le biais de Valeria. Peu après, on a passé à Vignac commande d'un nouveau tableau.

C.L. : À quelle date ?

Lussac : En octobre.

C.L. : Le portrait a été remis en octobre ?

Lussac : Non, c'est en octobre qu'il a reçu l'invitation de la duchesse. Le portrait était arrivé à la Cour dès le mois de septembre.

C.L. : Vous avez mentionné un nom... Valeria ?

Lussac : Avant que nous ne rejoignions le château de Bellefort, nous avions recueilli une jeune fille dont la famille avait péri lors d'une attaque. Elle s'appelait Valeria. Son père, un Italien, s'était séparé de son escouade quelques années plus tôt, dans le Sud, pour rejoindre des réfugiés huguenots. Je ne sais rien de précis sur ce point. Elle ramassait du bois au moment où le village a été attaqué. Vignac et moi-même nous trouvions par hasard dans les environs et quand nous avons vu la colonne de fumée à l'horizon, puis des cavaliers qui venaient dans notre direction, nous nous sommes cachés dans un fourré. Nous y avons trouvé cette jeune fille qui s'était elle aussi mise à l'abri. Lorsqu'un peu plus tard les cavaliers furent partis et que nous passâmes à cheval devant les lieux du désastre, nous ne trouvâmes que des amas fumants et des tombes recouverts à la hâte. Une patrouille du roi avait surpris et chassé les pillards. Mais il n'y avait pas de survivants. La fille est restée avec nous.

C.L. : Et elle vous a accompagnés à Paris ?

Lussac : Oui. Mais nous l'avons logée dans une auberge. Je ne voulais pas l'avoir dans la maison de mon oncle, il ne l'aurait certainement pas tolérée. Mais c'est elle qui a eu l'idée de proposer ses services aux cuisines, chez Zamet, et d'y attendre une occasion de faire parvenir le tableau à la duchesse. Elle a réussi, ne me demandez pas comment. Un marmiton répondant au nom d'Andrea l'a fait entrer dans les lieux. L'hôtel particulier de ce Zamet offrait bien assez de moyens et de voies pour faire passer son portrait à la duchesse. Autant que je sache, la toile est partie de là pour Monceaux et elle lui a fait grande impression.

Quelques semaines plus tard, Valeria est revenue avec un message de la duchesse : on demandait à Vignac de se trouver le lendemain soir au guichet Saint-Nicolas. Il devait veiller à ce que nul ne le voie. Vignac était beaucoup trop heureux pour soupçonner le moindre danger. Il se rendit à l'heure convenue au point de rendez-vous et n'en revint que bien après minuit ; ensuite il ne lâcha plus un mot. Le simple fait de vous raconter tout cela m'expose à sa colère. Il me répétait sans arrêt de ne rien révéler de cette rencontre. Rien, à personne. Je voulus bien sûr obtenir une explication à son comportement étrange, mais comme je vous l'ai déjà dit cent fois, et comme je ne cesserai de le répéter : il ne m'a rien dit. Pour toute explication, il m'a montré une bourse remplie de pièces d'or. J'ignore combien d'argent on lui avait donné, mais pareille somme suffit sans doute à clore toutes les bouches. Il me donna deux pièces et me demanda de ne point chercher à lui en faire dire plus. Ce fut tout.

C.L. : Que se passa-t-il ensuite ?

Lussac : Il se mit au travail. Il lui fallut d'abord, naturellement, se procurer les pigments et les autres substances, ce qui lui prit quelques semaines. Puis il fallut aménager l'atelier. Ces cachotteries ne me plaisaient pas car il est dangereux d'ouvrir un atelier dans la ville sans l'accord des corporations. C'est la raison pour laquelle Vignac avait jusque-là travaillé chez un Flamand, à Villejuif.

C.L. : Le connaissez-vous, ce Flamand ?

Lussac : Non. Mais si vous questionnez les gens à Villejuif, vous le trouverez sans aucun doute. Vignac y a tout de même travaillé trois mois et l'on s'y souviendra certainement de lui. Comme je vous l'ai dit,

Vignac connaît un très grand nombre de recettes fort recherchées.

C.L. : Dans ce cas, ces étranges cruches de vinaigre que l'on a trouvées dans un tas de fumier, devant la ville, ont un rapport avec le travail sur ce tableau ?

Lussac : Vous êtes au courant ?

C.L. : Oui. Vous avez été observé.

Lussac : Alors c'est sans doute ce petit curieux anonyme qui aura renversé le vinaigre.

C.L. : Il est donc vrai que vous avez, avec Allheboust, enterré dans du fumier des cruches en terre cuite remplies de vinaigre ?

Lussac : Oui. Vignac avait besoin de blanc de plomb pour le fond, et comme on lui avait bien recommandé d'utiliser uniquement des produits de première qualité, il tenait à le préparer lui-même. C'est Allheboust qui nous fournissait les cruches. Dieu soit loué, le benêt qui a vidé la première n'a pas trouvé les autres, sans quoi le tableau n'aurait pas été achevé à temps.

C.L. : Le témoin qui vous a observés a prétendu qu'il avait découvert un serpent dans la cruche.

Lussac : Un serpent ? Quel imbécile !

C.L. : Que contenait ce récipient ?

Lussac : Du plomb, naturellement. Un ruban de plomb aplati. On le suspend dans les vapeurs de vinaigre, on ferme l'ensemble et on l'enterre dans le fumier. Les vapeurs mêlées désagrègent le plomb ; il se transforme alors en une poudre blanche que vous pouvez trouver dans n'importe quel atelier d'artiste. Un serpent ? Qu'est-ce qu'il ne faut pas entendre !

C.L. : Le témoin a en outre prétendu qu'il vous avait vus le 31 octobre dans ce champ, devant la ville. Est-ce exact ?

Lussac : Eh bien, s'il se le rappelle aussi précisément, les choses se sont sans doute passées ainsi. Il pleuvait des cordes, et la maladie du roi avait plongé la ville dans une grande excitation.

C.L. : Dans ce cas, la commande avait été passée quelques jours plus tôt ?

Lussac : Oui, si les choses sont ce que vous dites, cela doit être juste. Pourrais-je avoir un peu d'eau, je vous prie ?

C.L. : Castel ! Va chercher un verre d'eau pour cet homme. Bien, continuons. Au mois d'octobre, Vignac a été reçu par la duchesse. Vous dites qu'on parlait alors en ville de la maladie du roi. À cette date, Sa Majesté séjournait à Monceaux. La duchesse également. Nous pouvons en déduire que ce n'est pas la duchesse en personne qui a reçu Vignac.

Lussac : Je l'ignore.

C.L. : Comment la commande a-t-elle été passée ? Lui a-t-on décrit le tableau ? Lui a-t-on fourni un croquis ?

Lussac : Je n'ai vu aucun croquis qui n'ait été de sa propre main.

C.L. : Et lorsque le tableau a été achevé, quelqu'un est venu le chercher ?

Lussac : Non. C'est Valeria qui l'a apporté à l'hôtel de l'Italien.

C.L. : Chez Zamet ?

Lussac : Oui. C'est là qu'il devait être déposé, comme l'avait été le premier portrait. Il est vrai que le roi et la duchesse fréquentaient assez souvent ce lieu.

C.L. : Zamet était-il informé de ces transactions ?

Lussac : Je l'ignore. Mais je le présume.

C.L. : Avez-vous vu la toile ?

Lussac : Oui.

C.L. : Oui, et puis quoi ?

Lussac : Que voulez-vous que j'en dise ? C'était une abomination qui me déplut considérablement. Je crois que lui-même ne savait pas vraiment à quoi ce tableau était destiné. Il l'a sans doute peint pour l'argent et dans l'espoir de s'attirer la protection de la duchesse.

C.L. : Décrivez la peinture.

Lussac : On y voyait deux femmes. L'arrière-plan était masqué par de lourds rideaux rouges. Devant, on avait accroché d'autres rideaux de la même couleur, mais ils étaient ouverts et encadraient la scène, comme dans un théâtre : de la marge supérieure pendaient des bordures et des pompons. Les deux dames représentées étaient dévêtues, elles se tenaient assises dans une baignoire en pierre sur le rebord de laquelle on avait posé un drap blanc. On ne voyait que le buste de la duchesse. Elle était assise à droite dans la baignoire, tenait la tête légèrement tournée sur le côté et semblait ne pas voir l'observateur. Sa main gauche reposait sur le rebord et y tenait le drap blanc plissé entre le pouce et l'index, dévoilant le rebord de la baignoire. Vignac avait repris ce détail du premier tableau, peut-être pour s'assurer que le lien avec la toile précédente sauterait aux yeux, car le visage de la duchesse était très différent de la première version où Vignac lui avait donné des traits très juvéniles, presque ceux d'une petite fille. Dans cette version-ci, son visage était plus mûr et son corps plus épanoui, plus féminin, avec des seins plus galbés et des épaules plus larges. Sa coiffure était en hauteur, à la dernière mode, et non nouée en couronne tressée comme on avait coutume de le faire jadis.

À sa gauche, une autre dame se tenait sur le bord de la baignoire. On ne voyait que son dos, mais sa tête était tournée vers l'observateur par une légère rotation du buste. Tout cela était en soi très curieux. Mais que dire du jeu étrange de ces mains qui semblaient suspendues au-dessus de la baignoire ? Le bras droit de la duchesse était levé. Elle écartait les doigts comme si elle voulait attraper quelque chose entre le pouce et l'index. Il semblait qu'elle tenait une bague invisible et qu'elle voulait la passer au doigt de l'autre dame, laquelle paraissait tendre la main à la duchesse dans la même intention. La dame de gauche portait une coiffure identique à celle de la duchesse ; en revanche, ses cheveux n'étaient pas blonds, mais bruns. De la main droite elle s'appuyait au rebord de la baignoire et tendait la gauche vers la duchesse, comme pour un mariage ; celle-ci lui glissait au doigt une bague invisible. C'est tout.

C.L. : Qui était l'autre femme ?

Lussac : Je l'ignore. Toute la toile était tellement hors du commun. Que dire ? Le geste était en soi tout à fait digne, mais tellement décalé dans ce contexte, qu'il produisait un contraste frappant et indécent. L'exécution était magistrale. On aurait cru que les deux dames allaient s'animer sous nos yeux. Je me suis souvent échiné, en pure perte, à comprendre ce que ce geste étrange pouvait bien signifier. Vignac est pour moi une énigme, et ce tableau l'est tout autant.

C.L. : Et cette Valeria, a-t-elle vu le tableau ?

Lussac : Oui, naturellement. C'est elle qui lui servait de modèle. Sans elle, il n'aurait jamais terminé sa toile aussi vite.

C.L. : Et c'est Valeria qui l'a porté chez Zamet ?

Lussac : Oui.

C.L. : Le tableau y a-t-il été exposé ?

Lussac : Je l'ignore. Quelques semaines plus tard, d'un seul coup, ces vers satiriques où l'on s'en prenait à la duchesse ont été mis en circulation, illustrés par une reproduction du tableau. C'est pour cette raison que j'ai dû quitter Paris.

C.L. : Vignac vous a fait partir ?

Lussac : Oui.

C.L. : Quand ?

Lussac : Je suis revenu à la maison le mercredi des Cendres, après la tombée de la nuit. J'ai su tout de suite que quelque chose n'allait pas, car la porte n'était pas fermée à clef alors qu'il n'y avait personne à l'intérieur. J'entrai dans la salle commune et je l'appelai, pensant qu'il se trouvait à l'atelier. Mais je n'y vis personne. Les croquis accrochés aux murs avaient disparu. Lorsque je revins dans la salle commune, je découvris un morceau de papier sur la table. Au verso de l'un des pamphlets, que l'on ramassait encore dans les rues le lendemain, figurait un bref message. Je n'eus pas besoin d'explication. En lisant ce morceau de papier où figuraient le tableau et les vers, je compris qu'il avait pris peur. Il me demandait de quitter immédiatement la ville et de l'attendre à Clermont.

C.L. : Et alors ? C'est ce que vous avez fait ?

Lussac : Oui. Mais j'ai été retenu.

C.L. : Retenu ?

Lussac : J'étais encore à la table sur laquelle j'avais trouvé la nouvelle lorsqu'on frappa tout d'un coup à la porte. Cela me causa une grande peur : je craignais que ceux qui recherchaient l'auteur des vers ne commencent par s'occuper de celui de la peinture. Mais comme je ne pouvais plus sortir de la maison sans me faire voir, j'ouvris et vis devant moi un individu qui demandait à entrer d'urgence. Je lui demandai ce qui l'amenait ici et qui il était. Il me poussa alors sur le côté, ferma la porte et la verrouilla. Avant que je ne puisse le remettre à sa place, il ferma les volets en toute hâte et m'annonça à voix basse qu'il devait parler au plus vite à Vignac. À sa voix, je finis tout de même par le reconnaître. C'était le médecin avec lequel Vignac était parvenu à Lyon à l'époque. Giacomo Ballerini.

C.L. : Ballerini !

Lussac : Oui.

C.L. : Trahison !

Lussac : Que dites-vous ?

C.L. : Rien. Qu'est-il arrivé ensuite ?

Lussac : Je lui demandai de nouveau à quelles fins il était venu ici. L'homme ne m'inspirait guère confiance. Il faisait les cent pas dans la pièce, s'arrêtait sans arrêt devant la porte et épiait les bruits qui pouvaient venir de l'extérieur. Son attitude singulière avait tout pour me rendre très nerveux, et lorsque je le lui eus signifié en quelques mots, il se posta devant moi et me dit que, si je savais quel désastre se préparait à l'extérieur, je ne resterais pas là sans rien faire avec une telle indifférence. C'en était trop : je lui demandai brutalement de quel droit il se permettait de surgir ici comme un oiseau de mauvais augure et de m'assaillir avec de telles questions. Je ne sais pas s'il se reprit alors ou si mon ignorance manifeste le poussa à la résignation. En tout cas, il me pria de lui faire savoir où il pourrait trouver Vignac. Je lui rétorquai que je ne ferais rien de tel tant qu'il ne voudrait pas m'expliquer pourquoi il se présentait ici sans prévenir. Il me dit d'abord qu'il n'en avait pas le temps. Mais comprenant sans doute qu'il ne tirerait rien de moi s'il ne me répondait pas, il me raconta en quelques phrases lapidaires que Vignac se trouvait en grand danger et qu'il était donc absolument nécessaire qu'il puisse lui parler. Lui-même séjournait à Paris depuis le mois d'octobre : on l'avait appelé pour une opération délicate à la Cour. Il lui était impossible, me dit-il, de me détailler comment il avait été informé du séjour de Vignac dans la ville. Mais il me priait, pour le bien de notre ami commun, de lui faire savoir où il pouvait le trouver : dans le cas contraire, il ne pourrait arrêter le désastre annoncé.

Quelque chose, dans le style de ses propos, me laissa

croire qu'il était effectivement préoccupé et inquiet au-delà de toute mesure. Je lui racontai donc ce que j'avais découvert à mon retour. Ballerini connaissait déjà le pamphlet que je lui avais remis à l'appui de mes dires, mais avant que nous ne puissions reprendre notre entretien, nous entendîmes un bruit et l'on frappa à la porte. Ballerini la rejoignit d'un bond. Il me fit signe de l'ouvrir. J'y allai et constatai qu'il s'était emparé d'un tisonnier. Je le regardai, effaré, mais son regard n'admettait aucune contradiction. J'appuyai sur la poignée. Dès que je vis qui était dehors, je fis comprendre à Ballerini qu'il devait baisser son arme. Devant moi, au seuil, se tenait un jeune garçon brun qui devait avoir dix-sept ans. Il était pauvrement vêtu et courba gracieusement la tête avant de m'adresser la parole. Il me dit s'appeler Andrea et me pria à de nombreuses reprises de l'excuser pour s'être présenté ici sans prévenir et sans y avoir été invité. Mais il cherchait une jeune fille prénommée Valeria, dont il savait qu'il lui arrivait de fréquenter cette maison.

Il n'alla pas plus loin : Ballerini était sorti de derrière la porte et demanda au gamin d'entrer. Aussitôt se noua entre les deux une conversation dont la teneur était à peu près la suivante : Andrea était un marmiton employé dans les cuisines de l'hôtel particulier du sieur Zamet. C'est lui qui avait introduit Valeria dans le logis de l'Italien. Il s'avéra qu'Andrea avait parfois suivi la jeune fille en secret pendant les mois d'hiver, lorsqu'elle allait poser dans l'atelier de Vignac. Comme Valeria ne s'était pas présentée au rendez-vous qu'ils s'étaient fixé cet après-midi-là, il avait pris la liberté de venir la chercher ici, dans l'espoir d'apprendre où elle se trouvait. Je peux peut-être encore mentionner ce qu'un aveugle aurait remarqué : il était follement amoureux de cette fille. Ballerini l'écouta patiemment, puis lui posa quelques questions. Je l'entendis tout d'un coup expliquer que Valeria était partie passer quelques semaines chez des parents à la campagne et qu'il n'avait pas de souci à se faire : elle allait bientôt revenir. Après s'être assuré à plusieurs reprises que le jeune homme était venu de son propre chef et n'avait pas, par exemple, été envoyé par Zamet, il lui demanda de rentrer à l'hôtel particulier pour y attendre le retour de Valeria.

Je dois avouer que je commençais à ne plus rien y comprendre. Mais je n'eus pas un instant pour y réfléchir : à peine le garçon était-il reparti que Ballerini me pressa de quitter la maison au plus vite. Il dit qu'il n'y avait plus un instant à perdre. Manifestement, ils avaient déjà la fille, et ils ne tarderaient pas à venir ici.

C.L. : Et ensuite, vous avez quitté la ville.

Lussac : Oui, le lendemain matin.

C.L. : Vous avez donc encore passé cette nuit-là sur place ?

Lussac : Non. J'ai passé la nuit dans la maison de Ballerini. Il m'a accueilli chez lui, m'a proposé un lit et m'a fait comprendre que le lendemain matin, il me faudrait me rendre dans la propriété de mon oncle. Je devrais y attendre que Vignac me fasse signe, exactement comme il l'avait dit dans sa lettre. À cet instant, j'étais tellement confus et inquiet que je n'ai rien trouvé à y redire.

C.L. : N'avez-vous pas demandé à Ballerini quel lien existait entre ce danger supposé et le tableau ?

Lussac : Non, à quoi bon ? Je l'avais compris tout seul. Vignac avait mortellement offensé la duchesse avec sa toile. Les vers qui accompagnaient le dessin ne permettaient qu'une seule conclusion : on avait abusé de lui. On lui avait joué un mauvais tour, comme je l'ai dit au début. Et le pire, c'est que vous venez ici jouer l'ignorant et me questionner sur des choses que vous devriez déjà savoir. Je ne sais pas qui a imaginé cette bouffonnerie, mais la duchesse ne manquait sans doute pas d'ennemis. Qui aurait cru qu'ils étaient aussi nombreux, et influents, qui plus est ! Même la main du roi n'a pu la protéger contre les comploteurs...

C.L. : Taisez-vous !

Lussac : ... et qui sait si, peut-être, de ce côté aussi...

C.L. : Il suffit à présent ! Je ne vois aucun motif d'entendre vos élucubrations. Continuez plutôt à parler des choses que votre entendement limité est capable de comprendre. Je vous préviens : votre cas est déjà assez grave. Quand êtes-vous arrivé ici, à Clermont ?

Lussac : Le jeudi qui a suivi le mardi gras.

C.L. : Votre oncle m'a déjà raconté le tissu de mensonges que vous lui avez servi.

Lussac : Qu'aurais-je dû lui dire ? Je ne savais pas ce qui s'était passé à Paris. Vignac avait disparu tout d'un coup. Ensuite Ballerini avait surgi comme un diable de sa boîte. Et pour finir ce garçon. Mon oncle aurait été furieux s'il avait entendu parler de l'atelier. Il m'a donc fallu lui taire certaines choses. Je ne pensais pas que cela finirait ainsi.

C.L. : Vous pensiez quoi, au juste ?

Lussac : Que Vignac allait me rejoindre à Clermont et me raconter ce qui s'était passé. Comme ses projets avaient échoué, il chercherait fortune ailleurs. Je voulais revenir ultérieurement à Paris et commencer les travaux pour le Pont-Neuf.

C.L. : Mais vous êtes resté cinq semaines ici à Clermont ?

Lussac : Oui. J'attendais.

C.L. : Et tout d'un coup vous êtes revenu à Paris ?

Lussac : Oui.

C.L. : Pourquoi ?

Lussac : Parce que je n'avais plus aucune nouvelle de Vignac.

C.L. : Mais pourquoi le samedi de Pâques ?

Lussac : À cause de la duchesse.

C.L. : Qu'avait-elle, la duchesse ?

Lussac : Vous le savez aussi bien que moi, elle est morte le samedi de Pâques. J'avais appris le vendredi que quelque chose d'effroyable avait dû se produire à Paris. Nous étions à Clermont pour écouter le sermon. La nouvelle passait déjà de bouche à oreille lorsque nous arrivâmes devant l'église. Je ne parvenais pas à y croire. Je priai pour elle en silence et entrai dans l'édifice. Mais je ne me rappelle presque plus cette matinée, tant mon esprit était ailleurs. Je ne pouvais m'empêcher de penser à Vignac, à ce tableau étrange et aux circonstances singulières dans lesquelles il avait été peint, à l'apparition soudaine de Ballerini et aux dangers dont il avait parlé. Je ne pouvais plus penser à rien d'autre.

Au cours des semaines précédentes, on avait partout évoqué le mariage imminent du roi avec la duchesse de Beaufort. Personne n'appréciait beaucoup la duchesse et pourtant, sa mort subite en consterna plus d'un. Elle avait été l'une des nôtres, même si elle avait suivi le roi dans la foi catholique. Ma réflexion déboucha sur une vague idée. Je fus soudain certain que Vignac ne viendrait pas à Clermont. Je décidai donc de partir pour Paris afin de comprendre ce qui s'y passait. Et puis je ne pouvais plus continuer à abuser mon oncle. Je comptais aller veiller au grain, remettre la maison en ordre et faire disparaître l'atelier. Vignac me devait une explication. Je voulais parler à Valeria, croyant qu'elle saurait bien où l'on pouvait le trouver. Et je comptais aussi aller voir Ballerini. Voilà pourquoi je me suis rendu à Paris le samedi de Pâques.

C.L. : Mais votre arrivée a été retardée parce que la calèche a cassé une roue.

Lussac : Oui, c'est exact. Je ne suis arrivé à Paris qu'après la tombée du soir.

C.L. : Après la tombée du soir ? Dans votre lettre, vous avez écrit qu'il était près de minuit.

Lussac : Oui, je sais. Ce n'est pas la vérité.

C.L. : Et quelle est la vérité ?

Lussac : J'avais été dans la maison deux heures avant que le feu n'éclate.

C.L. : Et alors ?

Lussac : Il n'y avait personne. Tout était exactement dans l'état où je l'avais laissé au mois de mars. Les fenêtres étaient fermées, on n'avait touché à rien dans la salle commune. Quant à l'atelier, il était verrouillé.

C.L. : Êtes-vous entré dans l'atelier ?

Lussac : Non. Je suis immédiatement ressorti de la maison et me suis rendu rue de la Cerisaie, à la recherche de Valeria. Mais l'hôtel particulier était fermé. Je ne vis pas non plus de garde posté à l'entrée. Je frappai à la porte sans résultat. Quelques mendiants qui traînaient là me dirent que l'hôtel était fermé depuis le jeudi saint. Je repartis bredouille et dirigeai mes pas vers la place de Grève. Dans les rues tout paraissait mort. J'avais faim et passai une bonne heure à chercher une soupe chaude et un morceau de pain. Puis je dirigeai mes pas vers le quartier de l'université. Lorsque je fus arrivé devant la maison de Ballerini, je n'y trouvai personne. Je revins finalement rue des Deux-Portes.

Dès l'entrée de la rue, je vis les gens qui affluaient devant la maison. On sonnait le tocsin. De toutes parts on accourait pour aider à éteindre le feu. Une fumée épaisse flottait entre les maisons et j'entendais déjà derrière moi les chevaux de la garde que l'on avait appelée au secours. Un profond effroi m'envahit. Après tout ce qui s'était produit jusqu'ici, ce malheur ne pouvait être qu'une étape supplémentaire dans la chaîne maléfique des événements déclenchés par les manigances de Vignac. Sans me préoccuper plus longtemps du destin de cette maison maudite, je tournai des talons et courus à la demeure de Ballerini.

Après avoir tambouriné à la porte jusqu'à m'ensanglanter les poings, je la vis enfin s'ouvrir et je demandai à parler immédiatement au médecin. Mais celui-ci n'était pas dans sa chambre. J'insistai pour attendre son retour et l'on me proposa un siège dans la salle commune. Je m'endormis sans doute car, lorsque j'ouvris les yeux et le vis soudain devant moi, le jour commençait à poindre. Ballerini semblait descendre de son cheval. Il était trempé de sueur et paraissait livide et fatigué. Avant qu'il n'ait pu prononcer un seul mot, je le saisis par le col, le jetai par terre et lui criai que s'il ne me disait pas immédiatement où se trouvait Vignac, je lui fendrais le crâne.

Même à cet instant, il ne put abandonner ses manière arrogantes, et je faillis bien l'assommer d'un seul coup. Il m'assura d'un ton tranquille qu'il allait tout m'expliquer, qu'il fallait d'abord que je le lâche et que je lui donne la possibilité de se relever : il n'avait pas l'habitude de marcher à quatre pattes. Je finis par le libérer et attendis qu'il ait ôté sa cape. Puis je le suivis dans l'escalier, jusqu'à sa chambre, et m'assis sur la chaise qu'il m'offrait.

Je lui racontai ce qui s'était passé pendant la nuit. Il fut horrifié et voulut immédiatement aller inspecter la maison. Je le menaçai de lui tordre le cou s'il ne répondait pas aussitôt à mes questions. Il me demanda alors de bien vouloir attendre qu'il ait vérifié si rien n'était arrivé à Vignac. Je lui dis que la maison était vide, mais Ballerini m'exhorta à ne pas bouger avant qu'il ne soit sûr que son pressentiment ne correspondait pas à la réalité. Et moi, imbécile, je le crus. Je le laissai partir et ne le revis plus jamais. Quelques heures plus tard, deux gardes se présentèrent et demandèrent le médecin. Je les entendis parler en bas avec la logeuse. Je fus de nouveau pris de panique et m'en allai au plus vite.

Je me rendis rue des Deux-Portes. Une grande animation régnait devant la maison. Mais le feu semblait avoir été éteint à temps et ne pas avoir causé de trop grands dommages. Comme je craignais d'être reconnu, je quittai immédiatement le lieu du désastre et décidai de rentrer aussitôt à Clermont et de dire la vérité à mon oncle. Vous n'avez qu'à lui demander. Il vous confirmera que je suis arrivé ici, à Clermont, le lundi. Je l'ai imploré de ne pas me trahir. J'étais certain qu'il y aurait une enquête, et c'est à ce moment-là que nous avons imaginé la ruse de la lettre. C'est la vérité, Dieu m'en est témoin.

C.L. : Arrêtez ! Cela suffit. Terminons-en. J'en ai assez entendu. Mais soyez assuré que je ne suis pas assez bête pour avaler les billevesées d'un voleur et d'un assassin.

Lussac : D'un voleur et d'un assassin ?

C.L. : Tout à fait ! C'est ce que vous êtes. Toute votre histoire n'est qu'un amas de mensonges mal ficelés dans le but de sauver votre tête. Où est donc l'argent que votre ami a si généreusement reçu de ses commanditaires ?

Lussac : L'argent ?

C.L. : Oui, l'argent. Le sac rempli de pièces qu'il a reçu en rémunération de son travail.

Lussac : Que voulez-vous dire ?

C.L. : Ne faites pas l'idiot. Croyez-vous que ce soit la première fois qu'un homme vole son ami avant de lui fracasser le crâne ? Vous avez bien monté votre histoire, mais il n'y a pas un mot de vrai là-dedans. Personne d'autre que vous deux ne connaissait cet atelier. Vous êtes le seul à avoir su que Vignac avait reçu une somme considérable pour son travail, puisque dans sa magnanimité il vous en a même offert une partie. Mais ça ne vous a pas suffi. Vous vouliez tout avoir, et vous, Caïn que vous êtes, vous l'avez tué. Vous avez voulu effacer toutes les traces et faire croire aux autorités je ne sais quelle histoire fumeuse de toiles énigmatiques, vous avez pendu le mort à une corde dans son atelier et mis le feu au réduit. C'est bien ainsi que cela s'est passé ?

Lussac : Le mort...

C.L. : Ne jouez pas l'ignorant avec moi. La maison était verrouillée de toutes parts. Nul n'aurait pu y entrer sans clef. Mais vous en possédiez une. Il vous fut facile de liquider Vignac, de le pendre dans l'annexe, de mettre le feu et d'attendre que l'incendie ait consumé toutes les traces de votre crime. Par ailleurs, vous avez pris la fuite dès que l'incendie a été découvert. Existe-t-il plus bel aveu de votre culpabilité ? Vous n'êtes même pas revenu pour savoir ce qui s'était passé dans la maison de votre oncle. Mais vous n'en aviez aucun besoin, puisque vous étiez vous-même l'auteur de ce crime qui a mené au déclenchement de l'incendie et donc à la mort de votre ami.

Lussac : Mon Dieu que vais-je devenir ! Vignac est mort, dites-vous ?

C.L. : Oui, mort. Brûlé dans l'incendie que vous avez allumé.

Lussac : Ah, scorpion, retenez votre langue !

C.L. : Garde !

Lussac : Si l'on me disait que les fleuves montent vers le ciel et que les poissons volent...

C.L. : Garde !

Lussac : ... ou que les animaux parlent, que du sang coule des arbres abattus...

C.L. : Mais tenez-le donc !

Lussac : ... je le croirais. Mais me dire que j'ai assassiné mon ami...

C.L. : Mais frappez donc enfin, s'il se débat ainsi. Non, pas si fort. Vous lui brisez le cou. Allez, emmenez-le. Hors de ma vue ! *Greffier !*

17.

Le banquet

Chicot, le bouffon, avait tout préparé. Depuis des semaines, il répétait avec les danseurs, danseuses et musiciens le déroulement des cérémonies. Sur sa table, dans l'atelier, se trouvaient les plans de la grande salle de bal du Louvre.

Celle-ci était décorée depuis plusieurs jours déjà. De front, à l'écart des autres tables et légèrement surélevée par une estrade, on avait disposé la table du roi et de la duchesse. À gauche et à droite se faisaient face celles où prendraient place les autres invités. À l'autre extrémité, une scène légèrement inclinée vers la piste de bal refermait le fer à cheval.

On avait accroché, le long de la galerie de bois qui courait au-dessus des tables, de grandes lampes à huile dont les miroirs réfléchissant la lumière étaient orientés vers la scène. De cette galerie, en regardant vers le sol, on distinguait un singulier motif étalé sur le parquet, au pied de l'estrade. Il était inspiré d'une carte du monde et c'est sur ce tapis que se déroulerait le ballet des peuples étrangers.

Mais il fallait d'abord installer les victuailles. Un grand char peint en or, en forme de gigantesque coquillage, qui avait été livré quelques jours plus tôt et avait coûté huit cents livres, se trouvait devant la scène. Et tandis que Chicot récapitulait une fois de plus les différentes étapes de la fête, on était déjà en train de préparer les plats en cuisine.

Dans la cour intérieure du Louvre, on se livrait aussi aux derniers préparatifs. Deux rangées de tambours formeraient une haie devant la rampe d'accès. Des torches étaient fixées aux murs, des lampions multicolores en papier ciré étaient accrochés aux piquets que l'on avait plantés dans la terre meuble, le long du chemin, entre les pavés branlants. Dans la cour intérieure, on avait érigé un arbre haut comme une maison sous lequel étaient disposés des fagots. Comme le voulait l'usage, les sacs contenant les chats étaient déjà suspendus aux branches. On les voyait parfois s'agiter. Allumer les fagots et ouvrir les cérémonies sous les cris épouvantables des animaux livrés aux flammes était le privilège du roi.

Le temps était doux et sec. La pluie n'était plus qu'un souvenir et un vent doux, presque déjà printanier, balayait les rues de la ville.

Chicot s'entretint une dernière fois avec les comédiens. Puis il passa voir à la cuisine où en étaient les préparatifs. Jugeant que tout y était en ordre, il se rendit dans la salle d'habillage et demanda le maître costumier. Celui-ci, qui l'attendait, lui remit une pile de sacs en lin. Chicot les compta rapidement et constata avec satisfaction qu'il y en avait sept, puis les coinça fermement sous son bras droit et se dirigea vers l'aile est du château. En chemin, il repassa dans son esprit tous les détails de la fête. L'entrée solennelle dans la cour intérieure, l'allumage de l'arbre, l'arrivée du roi et des convives. Le banquet, puis le ballet et finalement l'apogée, la surprise dont nul ne connaissait la teneur, hormis lui-même et deux autres personnes. Cette seule idée lui donnait des palpitations. Il imaginait déjà la joie et la fierté avec lesquelles la duchesse réagirait à cet hommage.

Quelques semaines plus tôt, lorsqu'on s'était présenté à lui pour lui proposer ce spectacle, il avait d'abord hésité. Pouvait-il oser organiser un jeu pareil sans demander auparavant l'accord du roi, même si c'était la duchesse qui l'en avait prié ? Au bout du compte, il s'était déclaré disposé à regarder au moins les peintures. Marie Hermant, gouvernante de la duchesse, le reçut joyeusement lorsqu'il se présenta chez elle au début du mois de février. Sa maîtresse, lui dit-elle, saurait apprécier le concours qu'il acceptait d'apporter à sa petite plaisanterie. Cela faisait déjà longtemps que l'on n'avait plus pratiqué à la Cour le jeu fort prisé des tableaux à devinettes, et la duchesse voulait offrir cette joie inattendue au roi à l'occasion du banquet de carnaval. Chicot avait aimablement répondu qu'il ferait tout pour l'aider dans cette tâche : elle n'avait qu'à, dans un premier temps, lui montrer les exemplaires qu'elle avait choisis pour ce beau jeu. Elle répondit qu'elle pouvait le faire tout de suite, qu'il lui suffisait de regarder autour de lui : il s'agissait justement des tableaux qui ornaient les murs.

Il en dénombra sept. Trois étaient accrochés sur chacun des deux murs opposés. Le septième, sur le mur de pignon, au-dessus de la cheminée. Chicot courut de l'un à l'autre, observant les tableaux avec autant de curiosité que d'incompréhension. Sur les trois premières toiles, on voyait la même scène légèrement modifiée. Une dame parée de nombreux bijoux s'y tenait à une table et paraissait avoir tout juste fini sa toilette. Au fond, une servante était assise sur le sol en tomettes, devant un coffre ouvert d'où elle sortait apparemment des vêtements. La noble dame, au premier plan, n'était vêtue que d'un voile diaphane qui laissait transparaître les charmes de sa poitrine. Devant elle, sur la table où l'on avait jeté une somptueuse nappe en velours rouge brodé, se trouvait un coussin où reposait son avant-bras droit. Toutes sortes de fleurs, d'œillets et de roses entouraient un coffret à bijoux ouvert et richement décoré dans lequel la dame venait de prendre une bague qu'elle tenait du bout des doigts de sa main droite, sans doute dans l'intention de la passer à un doigt de sa main gauche. Elle avait une magnifique coiffure ornée de perles et de pierres précieuses. À sa gauche se trouvait un miroir porté par un couple nu qui, sur l'un des tableaux, se tenait enlacé et s'embrassait. Ce miroir-là, lui aussi, était orné d'une multitude de perles et de pierres précieuses et dans son cadre sculpté et doré, on pouvait reconnaître le profil de la noble inconnue. Elle portait autour du cou un long collier qui lui tombait entre les seins, où les doigts de la main gauche le retenaient.

Chicot observa les toiles avec méfiance. Était-il convenable d'exposer ainsi une dame noble à sa toilette ? Cette indiscrétion réjouirait certainement le roi, mais les autres dames, à commencer par la duchesse, ne seraient-elles pas heurtées par ces représentations ? D'un autre côté, c'étaient de magnifiques peintures qui rendaient hommage à la beauté féminine. Les attributs de la chasteté – les œillets – et le symbole du miroir où se reflétait le profil de la belle dame, mise en garde contre le caractère éphémère de l'existence, ne toléraient aucune interprétation malséante. Et puis le Carnaval était le temps des masques, des messages cryptés.

Il se tourna vers les tableaux du mur opposé et se réjouit d'y découvrir deux scènes dont le thème lui était bien connu. Dans une clairière, la déesse de la chasse, Diane, sortait tout juste du bain, entourée de nymphes qui la recouvraient d'un drap. À sa droite se tenait un satyre qui jouait de la flûte, les joues gonflées, tandis qu'aux pieds de la déesse un autre esprit de la forêt regardait fixement l'observateur, l'air malicieux. À l'arrière-plan, un cavalier vêtu d'une tenue royale faisait remonter à son cheval la lisière de la forêt et se dirigeait vers un cerf que quelques chiens accourus avant les autres avaient déjà couché au sol. Cruel destin d'Actéon, qui avait surpris Diane nue au bain : par vengeance, elle l'avait transformé en cerf et fait déchiqueter par ses propres chiens. Ces deux tableaux, eux aussi, se distinguaient à peine l'un de l'autre. Chicot ne put reconnaître les personnages qu'on y avait représentés. Sur la deuxième toile, il vit toutefois du premier coup d'œil que la déesse Diane portait les traits de la duchesse.

Cette ronde de tableaux commençait à amuser Chicot. Il comprenait peu à peu que les différents éléments de la peinture composaient un charmant hommage à la duchesse de Beaufort. Si l'on avait représenté au premier plan la ravissante Gabrielle sous les traits de la déesse Diane, le cavalier royal à l'arrière-plan était forcément Henri de Navarre. Ce que signifiait l'allégorie de l'histoire d'Actéon, c'était sans doute que le roi saurait bien vite ramener à la raison quiconque approcherait sa bien-aimée sans autorisation. S'agissait-il d'une allusion voilée aux différents bruits qui couraient sur les amours secrètes de Gabrielle ?

La dernière paire de tableaux constituait un fondu enchaîné à peu près parfait. Les deux peintures qui suivaient les scènes d'Actéon montraient elles aussi une dame au bain ; dans un cas, c'était une noble inconnue qui y était représentée ; dans l'autre, la duchesse

Gabrielle d'Estrées. Chicot se frotta les yeux, ahuri, tout en faisant aller et venir sans cesse son regard d'un tableau à l'autre. Si l'on observait les toiles dans l'ordre qui avait été choisi, leurs innombrables allusions mystérieuses se rejoignaient pour culminer provisoirement dans le portrait de la duchesse. Dans quelle illustre généalogie ces toiles situaient-elles Gabrielle ? À la Cour, cela n'échapperait à personne. On constaterait avec étonnement que la disposition de ces peintures donnait à la duchesse une dimension allégorique qui la désignait, autant dans l'art que dans la vie courante, comme la quintessence de la beauté féminine.

— Je vois que notre petite galerie ne vous déplaît pas.

— Me déplaire ? (Chicot battit des mains d'enthousiasme.) On pourrait croire que nos peintres n'attendaient que cette beauté qui a enchanté le cœur de notre roi, pour mesurer leur savoir-faire et leur inventivité. Il ne fait aucun doute que l'étonnement et l'admiration laisseront les gens sans voix, et je suis sûr que cette série de tableaux sera appréciée de tous. Mais dites-moi, comment imaginez-vous ce jeu ?

Marie Hermant hocha la tête, satisfaite, et fit sortir le fou du roi dans le hall de réception.

— Eh bien, pour tout vous dire, nous pensions à vous, qui savez si admirablement chanter. La duchesse souhaite que les tableaux soient accrochés dans la salle, voilés, après le ballet des peuples étrangers. Votre tâche serait de chanter en quelques rimes joliment choisies la beauté et le destin extraordinaire des dames représentées, tout en dévoilant les tableaux les uns après les autres.

— Oh ! Quelle idée magnifique ! (Chicot, surexcité, marchait dans la grande salle.) Je sais déjà comment je vais la mettre en œuvre. Ne vous en souciez plus. J'ai déjà une mélodie à l'oreille et les mots qui l'accompagneront s'y ajoutent d'eux-mêmes. La duchesse sera ravie, et le roi aussi.

Il rejoignit la pièce de l'aile est où l'on avait déposé les tableaux, ferma la porte derrière lui, posa les sacs de lin sur le sol et referma les rideaux. Alignées comme elles l'étaient à présent, les toiles confirmèrent sa première impression : ces œuvres étaient liées par une signification secrète. Il n'aurait pu dire en quoi consistait précisément ce lien, mais n'était-ce pas après tout l'attrait dont la duchesse comptait tirer profit ce soir ?

Il étendit les sacs de lin par terre, devant les tableaux, et chercha les numéros brodés en rouge sur les ourlets. Lorsqu'il eut trouvé les numéros I à III, il glissa les trois premières toiles dans leurs étuis. Puis il prit les sacs IV et V et en recouvrit les deux scènes d'Actéon.

Seules les deux dernières toiles, désormais, étaient encore sans voile. Il fit un pas en arrière et les regarda longuement.

Lorsqu'il avait vu les tableaux pour la première fois, quelques semaines plus tôt, ils lui avaient paru à peu près identiques. Une noble dame se trouvait dans une baignoire de pierre ; elle tenait de la main gauche un morceau du drap blanc qu'on avait jeté sur la baignoire, serré entre le pouce et l'index, tandis que les doigts de sa main droite se refermaient sur un œillet. À côté d'elle, on avait posé sur une planche de bois, elle-même calée sur les rebords, une coupe au-dessus de laquelle s'élevait la main d'un petit garçon qui se hissait sur la baignoire, derrière la dame, pour attraper un fruit. Chicot regarda la nourrice qui, assise à côté, allaitait un nouveau-né. Puis il vit la servante qui, à l'arrière-plan, déposait une cruche sur une table couverte de drap vert. Entre la fenêtre et la cheminée, qui formaient le fond de la peinture, étaient accrochés un miroir sombre et, en dessous, la représentation d'une licorne.

Mais en regardant plus précisément les tableaux, Chicot remarqua de subtiles différences. Sur le premier, la dame inconnue avait une coiffure somptueuse. Une petite coiffe de velours ornait ses cheveux, et depuis la raie, au milieu, pendait un somptueux diadème orné d'une perle qui reposait sur le front, juste au-dessous de la naissance des cheveux. Elle avait aux poignets des bracelets d'or et l'on distinguait une bague au petit doigt de sa main gauche. Le deuxième tableau montrait la duchesse de Beaufort dans la même pose. Elle aussi avait une coiffure élégante, mais les bijoux qui ornaient ses cheveux ne semblaient pas être complets. Elle portait sur la tête un diadème auquel manquaient plusieurs perles. Son cou et ses poignets étaient eux aussi parés de colliers et de bracelets de perles et une bague agrémentait son petit doigt. Mais on voyait à son annulaire un anneau qui n'était qu'à moitié glissé sur le doigt. Chicot observa avec étonnement ce détail singulier. Bien sûr, se dit-il, elle est à deux pas d'être reine. Un mot du roi, et la bague qui l'unira au royaume sera bel et bien à son doigt, la couronne de perles sur sa coiffure sera complète. Puis le regard de Chicot s'arrêta sur la cheminée. Là encore, le peintre du deuxième tableau avait un peu divergé du premier et ajouté un étrange bas-relief au-dessus de l'âtre. Un sphinx y reposait et tenait entre ses pattes antérieures... non, comment se pouvait-il ? Chicot approcha du tableau pour regarder de plus près ce dessin qui n'avait l'air de rien. Oui, aucun doute, le sphinx tenait un masque qui présentait une grande analogie avec le profil du roi.

Chicot en resta bouche bée. Quelle mouche avait bien pu piquer le peintre ? Il regarda le même emplacement sur l'autre tableau : on n'y voyait qu'un détail de paysage. Chicot fronça les sourcils. Pourtant, ce rébus lui causait un plaisir croissant. Une idée le traversa. Oui, c'était forcément cela. Le sphinx, symbole de la prudence, tient la tête du roi, tandis qu'au premier plan la bien-aimée, dans le cercle de ses enfants, entourée par les attributs de la virginité et de la fécondité, attend un signe du monarque. Échappez aux serres paralysantes de la prudence et épousez votre préférée. Parachevez sa parure royale et unissez-la au royaume. Tel était le sens profond du tableau. Regardez, semblait-il dire, admirez la charmante image de votre bien-aimée dans le cercle illustre des plus belles dames du royaume. Surmontez vos hésitations, car il n'y a rien que l'on pourrait blâmer en elle. C'est elle qui vous offre les enfants auxquels vous aspirez si ardemment et dont le royaume a tant besoin. L'œillet et la licorne attestent de sa chasteté et de sa fidélité. Il est vrai que son jeune fils attrape déjà les fruits du pouvoir, car votre union fera de ce petit le futur roi. Mais n'est-ce pas ce que vous désirez ? Quel mystérieux enchantement vous empêche donc d'agir ? N'est-elle pas la femme que vous aimez plus qu'aucune autre ? Pourquoi la laissez-vous attendre, parée de bijoux incomplets ? Regardez donc cette unique petite cerise tombée à côté de la coupe de fruits, sur le lin blanc. Où est l'autre, sa suave compagne ? Ce fruit, symbole par excellence de l'amitié et de l'amour, ne va-t-il pas toujours par paire ? Suivez la voix de votre cœur, ô roi de France !

Chicot attrapa les autres étuis et recouvrit les deux dernières toiles. Il quitta la pièce, satisfait, ferma soigneusement la porte à clef et revint, joyeux et excité, mettre la main aux derniers préparatifs dans la salle de bal.

Les invités arrivèrent deux heures précisément après le coucher du soleil. Une foule considérable s'était massée autour de l'entrée et accompagnait le défilé des invités de la Cour par des hourras et des applaudissements. Les tambours battaient un rythme de marche qui, enveloppant peu à peu l'assistance, l'ensorcelait et la mettait en liesse. Une trompette retentit. Tirée par quatre chevaux blancs, une calèche à laquelle on avait donné la forme d'un gigantesque cygne entra dans la cour intérieure et s'arrêta à quelques mètres de l'arbre qu'on y avait dressé. Les tambours roulèrent de nouveau, la portière du carrosse s'ouvrit, accouchant d'un faune et d'une nymphe. Les personnes qui l'entouraient poussèrent des cris de joie et se mirent à battre des mains avec excitation. Le faune prit la nymphe par la main, lui fit faire deux fois le tour de l'arbre et salua de tous les côtés en agitant joyeusement ses mains couvertes de mousse et de lichen en direction de la foule. Son accompagnatrice, qui semblait avoir été recouverte d'un liquide argenté, avançait à côté de lui et donnait l'impression de voler. Une couronne en branches de saule et en fleurs de soie ornait sa tête. Sept bougies blanches allumées dépassaient des fleurs et plongeaient son masque dans une lumière de fête.

Le faune se retrouva soudain muni d'une torche et, sans attendre que la foule l'y invite, alluma rapidement différents points sur les tas de fagots. Le silence s'installa, comme sur un signe convenu. Les tambours se turent. Dégageant une fumée de plus en plus épaisse, les flammes se frayèrent en crépitant un chemin dans le petit bois sec et s'attaquèrent aux branches de l'arbre. Les sacs qu'on y avait accrochés battaient comme des cœurs mis à nu. Le cri épouvantable des animaux qui brûlaient tourna dans la cour comme un écho qui enfla avant de s'éteindre dans un feulement dément, laissant subitement place au cri de joie de la foule.

Le spectacle ne dura que quelques minutes. Des gens masqués dansaient, exubérants, autour de l'arbre qui n'était plus qu'une grande flamme. Tandis que les curieux étaient de plus en plus nombreux à rejoindre la ronde, le cortège des invités, peut-être une centaine de personnes, franchissait le portail ouest au son des tambours et des trompettes avant d'entrer dans la gigantesque salle de bal.

Le faune conduisit sa nymphe à la table située devant le mur au fond de la pièce et constata avec satisfaction que les autres tables se remplissaient peu à peu. Dès que l'assemblée fut au grand complet, d'autres faunes et d'autres nymphes accourant de toutes parts convergèrent vers le milieu de la salle, formèrent un grand cœur et entamèrent au son des violons, des flûtes et des cithares une danse féerique et merveilleuse. Leurs pieds, chaussés d'étranges souliers de bois rappelant les sabots des chevaux, battaient la mesure au rythme de la musique. La ronde se transforma peu à peu en une sarabande. Des couples s'échappaient du cœur du ballet, décrivaient quelques pas de danse et s'immobilisaient pour laisser la place à un autre couple. Le cœur se transforma lentement et, lorsque le dernier couple eut lui aussi trouvé sa place dans la nouvelle formation, les corps dessinaient un « G » sur la piste. Mais il s'effilocha ensuite pour former la silhouette d'un lys. La mesure changea encore. Vingt-quatre paires de sabots, accompagnées d'un claquement de mains en contrepoint, annoncèrent la dernière figure, et le public étonné découvrit un grand « H » qui semblait sorti du néant et disparut presque aussitôt. Les danseurs laissèrent place au grand char du banquet qu'on fit entrer au même instant.

Les applaudissements adressés aux danseurs se muèrent en acclamations : les plats du festin arrivaient. Le pain blanc et les miches de pain noir accompagnaient une rognonnade à la moutarde et au gingembre. Aux pâtés et soupes de toutes sortes succédèrent des saucisses à la moutarde, à bouillir ou fumées que l'on déversa sur des plateaux abondamment décorés. À peine les avait-on servies que l'on présentait déjà des langues de bœuf fumées et du gibier – bécasses, perdreaux, chapons, coqs et canards. On avait même fait frire et rôtir des hérons et des chèvres que l'on apporta de la cuisine, juste avant de laisser place au fromage, aux douceurs, à la crème battue et aux fruits confits. On servit du vin, puis une tournée de pain grillé, du caviar, du beurre frais, de la purée de pois, des épinards, des dizaines de salades différentes, du saumon fumé et des huîtres. Et comme si tout cela ne suffisait pas, on avait pillé les rivières : truites, barbeaux, ombres, brochets et tanches furent servis dans des gerbes de cuisses de grenouilles et d'écrevisses. Ce furent enfin la crème de semoule, les quetsches, les figues, le raisin, les dattes, les noix, les artichauts et tous les autres plats de ce repas qui eût fait honneur à un Mandacus.

Chicot observait avec satisfaction le déroulement de la fête. Le roi et la duchesse mangeaient de bon cœur et se chuchotaient toutes sortes d'amabilités derrière leurs masques d'elfes. L'éclairage de la salle était somptueux, le parfum des mets se mariait admirablement à l'odeur du vin et des fines herbes qu'on faisait distiller dans des récipients en laiton disposés aux coins de la pièce. L'ambiance était détendue, comme toujours dans l'entourage de ce roi qui avait passé la moitié de sa vie sous la tente et dans les tranchées, et fuyait chaque fois qu'il le pouvait la vie trop rigide de la Cour pour aller chasser dans les forêts et se retrouver dans la nature avec ses compagnons. Chicot pensait à l'impression étrange qu'avaient laissée les Espagnols à la cour de France après la signature de la paix de Vervins, l'année précédente. Ils avaient été scandalisés en constatant le relâchement des mœurs, avaient assisté, l'air pincé, à la partie de tennis du roi, en observant du coin de l'œil sa chemise déchirée. Chicot ne pouvait s'empêcher de sourire en se rappelant les Espagnols, la tête profondément enfoncée dans leurs larges collerettes, l'air de pissenlits trempés par la pluie. Ils ne cessaient de se plaindre que l'on ne pouvait guère dormir à la cour de France où les divertissements semblaient ne jamais vouloir finir. Lorsqu'ils prirent le chemin du retour, plus tôt que prévu, on les vit partir à cheval, exténués. Qu'auraient-ils dit devant une fête comme celle-ci ?

Le regard du bouffon se posa de nouveau sur le couple royal. Navarre était d'excellente humeur, faisait goûter à sa maîtresse adorée les plats les plus raffinés et embrassait de temps en temps ses joues légèrement rougies par l'émotion, témoignant ainsi de son manque de respect habituel pour l'étiquette. La duchesse rayonnait comme un buisson de magnolias aux fleurs tout juste écloses. Le germe de vie qui grandissait en elle depuis quelques mois avait donné à sa beauté un éclat que même son déguisement laissait transparaître. Quel couple splendide, pensa le nain installé au seuil de la porte ; il contemplait les deux personnages d'un air envieux. Vraiment, dans tout le monde chrétien, on ne trouverait pas de reine plus belle et plus gracieuse. Avec quelle dignité, mais aussi avec quelle modestie elle tenait sa belle tête ! Avec quelle simplicité inimitable et dépourvue de toute prétention se déplaçait-elle ! On aurait dit que la nature s'était plu à réunir dans cette créature toutes les qualités imaginables en oubliant pour finir de lui donner la conscience de sa perfection. Elle était comme un cadeau que la nature se serait amusée à créer pour pouvoir contempler le miracle de la beauté qui s'oublie.

Il se détacha de ce tableau et fit aux éclairagistes le signal convenu. On éteignit les lumières de la salle. Au même instant, on alluma les lampes à huile disposées sur la galerie. Tous les regards se tournèrent avec curiosité vers le roi ; mais celui-ci se contenta de lever la main, impérieux, et attendit ce qui allait se passer sur la scène.

Une nymphe entra en courant, se jeta au sol pour demander grâce et implora d'une voix larmoyante Madame Catherine, la sœur du roi, de libérer la France d'un grand mal. De son récit emberlificoté, on retint qu'une grande et maléfique sorcière semait l'émoi dans le royaume et l'asservissait. Que Madame devait tout faire pour mettre le pays à l'abri de cette malédiction. À peine avait-elle mis un terme à sa plainte qu'un trône noir entouré de flammes, sorti des ténèbres de l'arrière-scène, fut poussé vers l'avant. Une Médée hideuse et épouvantable y était assise. De la main gauche elle tenait les insignes de la France et de Navarre, de la droite ceux de l'Espagne. Une rangée de colonnes apparut derrière elle. Deux lutins aux gestes vifs lui ôtèrent de la main les insignes des deux royaumes, jetèrent par terre ceux de la France, méprisants, et allèrent ficher ceux de l'Espagne victorieuse au chapiteau de la colonne la plus éloignée. Deux cavaliers français et deux cavaliers espagnols entrèrent et s'installèrent à côté du trône. Médée fut folle de joie en constatant leur victoire, qu'elle chanta dans un long hymne à leur pouvoir et à leur influence.

Lorsqu'elle eut terminé, quatre nymphes apparurent. Elles avancèrent en trottinant, tout excitées, le long de la balustrade, finirent par se camper devant le trône, le dos à la sorcière, et crièrent d'un ton indigné que la victoire de l'Espagne était injuste, puisqu'en la personne de Médée elle avait profité de l'aide d'un pouvoir magique. Entre-temps, les cavaliers français avaient avancé au premier plan et mimaient une discussion sur les moyens de mettre à bas ce pouvoir illégitime. Le plus grand des deux semblait hésiter, mais le plus petit voulait prendre immédiatement les armes et attaquer les Espagnols victorieux. Dès qu'elles eurent remarqué les deux cavaliers, les nymphes se dirigèrent vers eux sur un charmant pas de danse. Le plus grand les accueillit avec joie et leur annonça que les jours de la domination espagnole étaient comptés. Après quelques discussions, on décida d'aller demander l'oracle de la sibylle et, tandis que les cavaliers se mettaient en route, les nymphes se livraient à un nouveau pas de danse, implorant silencieusement Jupiter de mettre un terme au pouvoir de Médée sur la France. Pendant ce temps-là, on poussait dans la salle le temple de la sibylle. Celle-ci apparut au son des violons et un soleil couvert de feuilles d'or descendit des cintres. La sibylle était interprétée par une dame blonde dont la tenue blanche contrastait vivement avec celle de la brune Médée. Les deux cavaliers dansaient avec les quatre nymphes au son des violons ; ils s'arrêtèrent devant le temple. La sibylle se leva et annonça d'une voix solennelle que la victoire leur serait bientôt accordée. Ils sauveraient la France. Henri de Navarre mènerait cette mission à bien avec l'appui de sa sœur Catherine. Les deux cavaliers tirèrent leur épée, clamèrent le nom du roi et de sa sœur, se dirigèrent vers les deux cavaliers espagnols et l'emportèrent après un bref combat. Les trompettes et les bombardes retentirent, apportant une note musicale à leur triomphe. Les deux Espagnols prisonniers se présentèrent devant la table du roi et lui firent allégeance. Médée, furieuse de sa défaite, sauta de son trône, maudit son malheur et annonça finalement qu'elle se soumettrait désormais à la volonté de Catherine. Enfin, la sibylle se leva à son tour, entraîna les comédiens dans une ronde et ordonna au nom de Jupiter quelques journées de joyeuses festivités.

La représentation ne manqua pas son effet sur le public. Avant même que la dernière note ait fini de résonner, les invités enthousiastes se levèrent et applaudirent le spectacle. Le roi ramena les deux Espagnols vers la scène, embrassa les danseuses avec ravissement et donna aux autres comédiens une accolade reconnaissante. Chicot se tenait à l'arrière-plan, heureux de ce succès. Mais qu'est-ce que Madame Catherine aurait pu penser de ce spectacle ? Après tout, c'est elle qui avait soumis son cœur aux intérêts supérieurs du royaume et, conformément à la volonté du roi, épousé le duc de Bar plutôt que le comte de Soissons, son véritable amour. Elle, cette protestante aux mœurs rigoureuses, avait été unie à la maison catholique de Lorraine pour réconcilier les deux lignées. Mais les applaudissements du public, qui avait bien sûr immédiatement compris le sens politique du ballet, donnaient raison au roi. Vive le roi ! Longue vie à Madame Catherine ! Chicot était satisfait.

Tandis que la salle vibrait encore sous les applaudissements, Chicot rejoignit l'arrière de la scène en toute hâte afin de surveiller les préparatifs du ballet suivant. Les six couples de danseurs étaient déjà en costumes et mettaient la dernière touche à leur maquillage. L'année précédente, le ballet des peuples étrangers avait connu un tel retentissement à la Cour que Chicot avait décidé de le faire rejouer à l'occasion du banquet de carnaval.

Tandis qu'il regardait les comédiens déguisés en Persans, en Indiens et en Turcs, son regard tomba soudain sur Henriette d'Entragues. La jeune fille, âgée de dix-sept ans, faisait partie du groupe des Indiennes et était donc fort peu vêtue. Sa chevelure brun foncé était dissimulée sous un turban rouge feu, son beau visage hâlé par le fard. Elle portait au cou un ruban de velours orné de brillants d'où partaient de fines bandes bleu marine tissées d'or qui lui descendaient jusqu'à la taille. Ses bras étaient nus, des bracelets d'or resplendissants les enserraient comme des serpents au-dessus de ses poignets. Le bas de son corps était couvert d'un long pantalon de velours jaune brillant maintenu aux chevilles par de larges manchettes ornées de perles. Chicot était étonné, mais avant qu'il ne puisse se diriger vers la jeune femme, Marie Hermant le rejoignit et s'adressa à lui.

— Salut à vous, vénéré Sieur Chicot. Mes compliments, la représentation était de tout premier ordre.

Chicot se tourna vers la femme. Comme toutes les personnes présentes, elle aussi portait un masque, mais sa fameuse chevelure rousse débordait de sa capuche d'elfe et la trahissait.

— Je vous remercie, fit le bouffon avant de baisser la voix : Pourquoi danse-t-elle dans le groupe des Indiens ?

La femme lança un bref regard en direction d'Henriette et la toisa.

— Vous devrez admettre qu'il eût été navrant de dissimuler ses attraits sous l'habit d'une Persane.

Chicot regarda de nouveau fixement Henriette. La jeune fille le sentit sans doute et se tourna vers lui en souriant. Les bandes de soie bleu marine s'écartèrent et dévoilèrent deux seins bien formés.

— Est-ce vous qui avez décidé ce changement de distribution ?

— Eh bien, j'en ai naturellement parlé à Monsieur de Bassompierre. Mais tout à fait entre nous, c'était le désir du roi de la voir danser parmi les Indiennes. Ne le répétez pas. Sa Majesté a déjà vu le ballet à l'automne et connaît les avantages du costume indien. Je dois avouer qu'en la regardant ainsi je ne peux que féliciter le roi pour sa proposition. On dit qu'en réalité, les Indiennes sont petites et laides, et qu'elles ont le nez plat. J'en ai vu quelques-unes exposées à Marseille. Mais dites-moi, mon cher Chicot, où en sont les préparatifs de notre petit jeu ?

Chicot lança un dernier regard à Henriette et haussa les épaules. Si tel était le vœu de Sa Majesté, il n'y avait sans doute rien à objecter.

— Tout se passera comme nous en sommes convenus. Les tableaux sont déjà voilés et se trouvent en haut, dans la galerie.

Marie Hermant hocha la tête, satisfaite.

— La duchesse m'a priée de vous remercier une fois encore de votre gentillesse. Vous allez bien remplir votre mission, j'en suis sûre. Mais vous m'excuserez, je ne voudrais pas manquer le début du ballet.

Il s'inclina et la suivit des yeux ; elle rentra dans la salle de bal. Mais il ne la vit pas la traverser ni monter peu après l'escalier menant à la galerie.

Il était déjà minuit lorsque l'éclairage de la salle s'éteignit pour la deuxième fois, annonçant la représentation suivante. Une toile descendit des cintres et transforma la scène en un gigantesque paysage marin agité par les vagues. La toile branlait dangereusement. On entendait gronder le tonnerre. Un éclair traversa la salle et, lorsque la fumée de l'explosion se fut dissipée, un navire approcha. Il avança laborieusement sur la carte du monde dessinée au sol. Six galériens mimaient de lourds battements de rame. Au bastingage se tenait un grand seigneur qui scrutait la mer. Le grondement cessa subitement, une lumière chaude et agréable emplit la salle. La toile remonta et de la musique turque retentit. Le capitaine et l'équipage, aveuglés, se frottèrent les yeux et regardèrent avec étonnement les danseurs turcs qui donnaient sur la scène une joyeuse danse de bienvenue. La mer baissa de nouveau, le navire mit le cap sur la Perse, échappa par bonheur à une tempête que trompettes et tambours firent éclater dans un fracas assourdissant, et fut accueilli à son arrivée devant la côte perse par des couples de danseurs tout aussi charmants. Le même spectacle se répéta une troisième fois. La mer descendit, la tempête augmenta. On triompha d'un monstre marin. On trouva un trésor. Puis le vaisseau atteignit le continent indien. La mer s'éloigna alors en glissant au son d'une musique inconnue. Un temple indien avait remplacé la côte persane. Des statues de lions et de tigres bordaient le temple. Des fleurs tombaient du ciel. Les matelots et le capitaine se couchèrent, enchantés, et regardèrent ce spectacle avec ravissement.

Six danseurs se précipitèrent dans la salle pour une danse du sabre haletante. Pour finir, ils s'alignèrent en deux rangées de trois, l'épée au-dessus de la tête, et les danseuses apparurent. La première se plaça sous le passage formé par les épées et laissa les bras pendre vers le sol. La deuxième prit place derrière elle, et lorsque les quatre autres se furent installées à leur tour, le public étonné découvrit une unique silhouette féminine disposant de six paires de bras, tel un éventail autour de son corps ravissant. Le public ravi applaudissait. Les danseurs s'éloignèrent, abandonnant la scène aux danseuses. Elles se tenaient à présent côte à côte, bras croisés, et laissaient leurs têtes ballotter de part et d'autre comme des boules posées entre les épaules. Puis elles se retrouvèrent tout d'un coup en bas, au parterre, et se disposèrent en demi-cercle autour du navire. Chaque danseuse avançait en dansant avec des mouvements de bassin très suggestifs en direction du vaisseau avant de revenir dans le demi-cercle. Puis elles se retournèrent et répétèrent cet enchaînement de pas juste devant la table du roi.

L'effet que produisait la jeune d'Entragues sur le roi n'échappa pas à Chicot. Alors que les autres venaient vers lui en ondulant des hanches pour lui présenter, ainsi qu'à la duchesse, les mystères érotiques de l'Inde lointaine, le roi semblait n'avoir d'yeux que pour une seule danseuse. Lorsque vint son tour et qu'elle dirigea vers le roi sa silhouette d'elfe au son d'une musique exotique, il sembla que pour un instant, hormis elle-même et le roi, tous ceux qui se trouvaient dans la salle s'étaient pétrifiés. Cent paires d'yeux ensorcelés regardaient cette belle fille. Elle se tenait à présent juste devant le roi, lança la tête en arrière, écarta les bras, tendit une jambe, saisit son pied et le souleva vers la nuque. Puis, par un léger mouvement du pied qui se trouvait encore au sol, elle tourna à plusieurs reprises sur elle-même. Chicot déglutit, mais fut incapable de détourner les yeux des charmes dénudés de la danseuse. Cette posture acrobatique avait totalement dévoilé ses seins et, entre les bandes de tissu qui descendaient de son cou en bataille, on voyait à chaque rotation latérale son dos chaud, tendre, aux muscles gracieusement tendus.

— Voilà, une autre putain pour le roi, chuchota quelqu'un.

Chicot se retourna, mais il ne vit derrière lui qu'une rangée de masques rigides et de sombres cavités orbitales tournées vers le spectacle.

Henriette d'Entragues acheva sa danse sur une profonde révérence et se fondit à nouveau au groupe des Indiennes. Celles-ci retournèrent sur la scène, la toile descendit et l'équipage du navire chercha, comme le public, à apercevoir encore une dernière fois cet enchantement qui s'éloignait au fur et à mesure que déclinait la musique. Mais ce beau jeu était arrivé à son terme. Le bruit de la mer et du vent s'abattit sur l'assemblée et la lumière s'éteignit.

On n'attendit pas longtemps les applaudissements. Les comédiens durent revenir s'incliner à la rampe à plusieurs reprises. Chicot fut appelé sur la scène où il reçut des acclamations reconnaissantes. L'ovation ne cessa qu'au moment où la musique recommença et où le public, en dansant, reprit possession du parterre.

Une heure, sans doute, s'écoula encore avant que Chicot ne donne l'ordre aux serviteurs d'aller chercher les tableaux de la galerie. La fête battait son plein. Le roi et la duchesse étaient assis dans un large fauteuil et laissaient se dissiper la chaleur de la danse. Des yeux curieux suivirent les sept serviteurs qui descendaient lentement l'escalier de la galerie, chacun portant dans ses mains un tableau voilé. Les invités ouvrirent le chemin à cet étrange cortège. Deux autres serviteurs entrèrent dans la salle, chargés de chevalets en bois. Lorsque cet étrange fardeau fut installé devant la scène, un silence tendu se déposa sur l'assemblée. Le roi étonné observait les sept sacs de toile et lançait à la duchesse des regards interrogateurs. Mais celle-ci se contenta de hocher la tête à l'attention de Chicot et s'adossa à son fauteuil, impatiente.

Le bouffon prit son luth, se rendit devant le couple royal et fit une profonde révérence. Les derniers invités, étonnés par cet étrange comportement, se rendirent à leur place et regardèrent la scène sans rien dire. Chicot revint au milieu de la salle, s'inclina de nouveau devant le public, joua un accord et se mit à chanter.

Nul ne sut dire plus tard avec précision ce qui s'était passé. Le choc produit par l'événement inattendu avait dû laisser une si forte impression auprès du public, que tout souvenir des minutes précédentes parut avoir été effacé de la mémoire des spectateurs. La plupart, sans doute fatigués à cette heure avancée, n'écoutaient le chant que d'une seule oreille et n'accordaient que peu d'attention aux peintures que l'on dévoilait après chaque strophe. Tous s'accordèrent en revanche pour dire que la duchesse avait soudain poussé un cri strident et s'était brutalement levée de son siège. La voix du bouffon était restée coincée dans sa gorge. Le roi, lui aussi, s'était levé et regardait Chicot avec haine. Celui-ci ne comprit pas et regarda autour de lui pour déterminer si c'était sa personne qui avait déclenché la colère soudaine du roi et de la duchesse. Puis un murmure parcourut l'assemblée, enfla, et Chicot crut que son cœur allait s'arrêter de battre lorsque son regard tomba sur le septième tableau, celui que l'on venait de dévoiler. Comment était-ce possible ? D'où venait cette toile ignoble ? Il se retourna aussitôt, fit quelques pas en direction du roi, écartant les bras des deux côtés en signe d'excuse. Mais le roi ne le regardait pas. Il était penché au-dessus de la duchesse, qui s'était effondrée sur son siège, le visage comme glacé. Des valets accouraient déjà pour remettre leur voile aux tableaux et les remporter. Le roi se leva. En un instant le silence se fit dans la salle.

Ce qui suivit fut bien étrange. Navarre se mit à rire. Il fit retentir son rire mugissant et contagieux, prit la duchesse par la main, attendit qu'elle se soit redressée, ôta un anneau de sa propre main et le lui passa ostensiblement à l'annulaire de la main gauche.

Le lendemain, ceux qui sortirent de chez eux ne tardèrent pas à apprendre la nouvelle : il l'épouserait après Quasimodo. Gabrielle d'Estrées allait devenir reine. Ce serait le premier dimanche après Pâques...

18.

Vignac

Vignac arriva à Villejuif le jeudi soir. Vandervelde, le Flamand chez qui il avait travaillé l'année précédente, le reçut avec surprise mais fut heureux d'accueillir de nouveau chez lui ce peintre talentueux. Vignac lui expliqua qu'il avait renoncé à tenter sa chance à Paris et qu'il voulait retourner dans le Sud après Pâques. L'affaire fut vite conclue et Vignac promit de se rendre utile à l'atelier jusqu'à son départ définitif. La discussion n'alla pas plus loin.

Il prit une chambre sous les toits de la maison et passa seul le reste de la soirée. Les rares effets qu'il avait, dans sa hâte, emportés rue des Deux-Portes, se trouvaient sur le sac de paille qui lui servait de lit. Il percevait le bruit que produisaient au rez-de-chaussée les douze personnes que comptait la famille du Flamand.

Vignac tenta de remettre ses idées en ordre. Il n'avait plus peur. Personne ne viendrait le chercher ici. Dans quelques semaines, il serait en route pour le sud et nul n'entendrait plus jamais parler de lui. Mais jusqu'à Pâques, il attendrait et observerait. Avait-il eu une mauvaise réaction, la nuit précédente ? Aurait-il dû maîtriser l'inconnu qui avait fait intrusion dans la maison et le faire parler ? Qu'en dirait Lussac ? Peut-être était-il revenu et avait-il rencontré l'inconnu, peut-être était-ce lui qui devait à présent payer les conséquences de son projet absurde ?

Il sortit les esquisses, les posa les unes à côté des autres sur le lit et les étudia en détail. C'est là, quelque part devant lui, que se trouvait la solution. Quelle mystérieuse union ces deux dames célébraient-elles dans la baignoire ? Pourquoi la duchesse voulait-elle se voir ainsi représentée ? Avait-il commis une erreur ? Sa mémoire l'avait-il trompé ? Non, c'était impossible. Ce soir d'automne, dans la maison de la duchesse, les deux femmes lui étaient apparues exactement comme il les avait dessinées ici. À droite Gabrielle, tenant plissé entre le pouce et l'index le drap posé sur la baignoire à gauche une dame inconnue assise sur le rebord et recevant de la duchesse une bague invisible. Mais de qui s'agissait-il ? Vignac ferma les yeux et se remémora son visage. Elle était très jeune, peut-être dix-sept ans, et avait une coiffure brun foncé. Mais avait-il d'autres indices sur son identité ? Le tableau à lui seul ne pouvait lui donner la réponse, car les deux dames qu'il avait vues ce soir-là n'étaient que des figurantes. Mais qui la dame de gauche était-elle censée représenter ?

Vignac s'approcha de la fenêtre. La rue était déserte. L'éclat mat du ciel rappelait un marbre noir moucheté d'étoiles. Les bruits du voisinage s'étouffaient peu à peu. On n'entendait que de rares battements de sabots au loin. Peu après, ils résonnèrent à quelques maisons de là et s'arrêtèrent aussitôt. On ouvrit une porte. Des bribes de phrases lui parvinrent dans la nuit. Puis le bruit des sabots retentit de nouveau sur le pavé. Il put alors apercevoir le cavalier. Il remontait la rue à pied, à côté de son cheval, et se dirigeait vers la maison. Il n'était visiblement pas du quartier. Il alla lentement d'une maison à l'autre, examinant les linteaux. Puis il échappa au regard de Vignac.

Peu après, celui-ci entendit frapper à la porte d'en bas. Il bondit sur ses pieds. Vandervelde avait ouvert. On échangea quelques mots, mais de sa place, en haut, ils étaient incompréhensibles. Puis il entendit des pas dans l'escalier. Vignac tâtonna dans la pénombre à la recherche d'une arme, parvint à saisir un lourd chandelier et se posta derrière la porte. Les pas se rapprochèrent. Il entendit alors la voix de Vandervelde.

— Maître Vignac ?

Il ne bougea pas. On appuya sur la poignée, mais la porte fermée à clef ne céda pas.

— Vous dormez, monsieur ?

Puis une autre voix s'éleva. Vignac tendit l'oreille, incrédule. Il baissa lentement le lourd chandelier de fer, déverrouilla la porte et ouvrit. Devant lui se tenait Vandervelde, qui le regardait avec curiosité. Derrière le Flamand, à l'éclairage vacillant de sa lampe, il reconnut le visage de Giacomo Ballerini.

Vignac fit un pas de côté et le laissa entrer. Vandervelde leur remit la lampe, ferma la porte et disparut. Ballerini jeta un rapide coup d'œil sur les croquis disposés autour de lui, posa sa cape et resta au milieu de la pièce comme s'il attendait quelque chose.

— Tu ne veux pas me faire une place ? J'ai eu un long trajet à cheval et je me reposerais volontiers avant de repartir.

Vignac ôta les croquis de sa paillasse. Ballerini s'assit.

— Comment m'avez-vous retrouvé ?

Ballerini eut un mouvement dédaigneux de la main.

— Si j'ai pu te trouver si facilement, d'autres le peuvent aussi. Cela ne m'étonnerait pas que demain matin quelques soldats viennent te chercher ici.

Le médecin regarda autour de lui dans la chambre. Puis il toisa de nouveau le peintre qui se mordait nerveusement les lèvres.

— L'époque est tendue. Trop tendue pour un lèse-majesté.

— C'est un tissu de mensonges. Si vous connaissiez la vérité...

— Cela n'a rigoureusement aucune importance. La vérité, c'est que tu n'es pas le seul à t'être fait des illusions. Tous s'en sont fait, même les conspirateurs. Même le roi. Tout cela ne fait que rendre les choses encore plus dangereuses pour toi.

Vignac écarquilla les yeux.

— Je ne comprends pas un mot de ce que tu dis.

Le médecin sortit un morceau de papier de sa poche et le défroissa. Vignac reconnut le billet qu'on avait distribué en ville et le dessin qui y figurait.

— Est-ce le tableau dont tu m'as parlé en janvier ?

Vignac hocha la tête.

— C'est une mauvaise copie. Mais il ressemblait à peu près à cela.

— Je sais à quoi il ressemblait.

Vignac le dévisagea, étonné.

Ballerini reprit :

— Vous êtes arrivés à Paris l'été de l'an passé. Tu avais dans tes bagages un portrait de la duchesse, et tu le lui as fait parvenir par l'intermédiaire de Valeria, n'est-ce pas ?

Vignac hocha la tête.

— À l'époque, au mois de janvier, lorsque nous nous sommes rencontrés aux halles, tu m'as raconté qu'il s'agissait de la copie d'une toile que tu avais vue à Chenonceaux. Une allégorie de la fécondité et de la chasteté.

— Oui, la duchesse au bain parmi ses enfants.

Valeria l'a portée à Zamet, et de là elle est arrivée chez la duchesse, à Monceaux.

— D'où tiens-tu cela ?

Vignac toisa le médecin. Il n'avait pas changé d'un pouce. Il portait les mêmes vêtements que jadis, à Montpellier : un pantalon noir serré et un froc, noir lui aussi, qui lui descendait à mi-cuisse. Le chapeau à large bord reposait sur le lit, près de la sacoche de cuir que le médecin ne quittait jamais des yeux.

Vignac savait ce qui s'y trouvait. Il avait un souvenir trop vif de cette atroce amputation à Toulouse et des outils épouvantables qui étaient tout d'un coup sortis de ce sac.

— Lorsque la gouvernante de la duchesse m'a reçu, elle a dit que Madame avait été enchantée quand les menuisiers ont livré le tableau à Monceaux.

Ballerini secoua la tête. Puis il dit lentement :

— La duchesse n'a jamais vu ce tableau.

— Quoi ?

— Ce tableau n'a jamais quitté Paris.

— D'où tenez-vous cela ?

— J'étais moi-même à Monceaux en octobre et en novembre, je devais faire office d'assistant à l'opération du roi. Ce que t'a raconté la gouvernante – au fait : elle s'appelle Marie Hermant – n'a jamais eu lieu.

Le peintre regarda dans le vide, incrédule. Puis il se détourna et alla à la fenêtre.

— La vipère.

Il regardait la nuit, immobile.

— C'est Valeria qui a apporté le tableau chez Zamet ?

La question semblait venir de loin. Qu'est-ce que tout cela voulait dire ? Il s'entendit répondre par l'affirmative.

— Pourquoi ?

— Elle a dit que là-bas, il lui serait facile de remettre le tableau à la duchesse. Le cadre peu formel de l'hôtel nous paraissait être un bon endroit pour lui faire parvenir la toile.

— Et Valeria lui a remis le portrait personnellement ?

— Oui, je pense. Elle a dit qu'elle s'était rendue dans l'appartement de la duchesse et qu'elle y avait remis le tableau.

Vignac se tut un instant. Comment avait-elle fait, au juste, pour arriver jusque-là ?

— J'avais joint une lettre pour m'expliquer. Je demandais à la duchesse de considérer mon cadeau comme un hommage à son avenir grandiose. Quelques jours plus tard, Valeria m'informa qu'on me priait de venir pour une commande dans le logis de la duchesse, rue Froidmenteau. La réception que l'on me fit était assez étrange. Mais cela, je vous l'ai déjà raconté au mois de janvier.

— Où est Valeria ?

— Je l'ignore. Après avoir trouvé ce pamphlet, le mercredi, je lui ai rendu visite à l'hôtel de Zamet. Mais on m'a dit qu'elle n'était pas là. Je lui ai laissé un message : elle devait me rejoindre dès que possible dans la maison de Perrault, mais...

— ... elle n'est pas venue.

— Non. Ce soir-là, c'est ce valet de Marie Hermant qui s'est présenté à sa place. Il avait une clef de la maison... Oh non, mon Dieu...

Ballerini ferma les yeux. Vignac s'écroula par terre et y resta recroquevillé. Dehors, un merle chantait. Des grillons stridulaient. Ballerini raconta en quelques mots ce qui s'était passé ce soir-là entre lui et Lussac. Lorsqu'il évoqua l'arrivée d'Andrea, Vignac réprima un cri. Ballerini se pencha vers lui et parla plus vite.

— Nous ne savons pas encore ce qui s'est vraiment passé. Vignac, réfléchis. La peur est dans leur camp. Leur plan a échoué, mais la cause de cet échec est totalement inattendue.

Le peintre leva les yeux.

— Quel plan ? De quoi parlez-vous au juste ?

Le médecin se redressa.

— On ne trouve aucune personne sensée pour approuver ce mariage. Les périls qu'il pourrait faire naître sont si nombreux qu'il faudrait un jour et une nuit pour les énumérer tous. Dans tout le royaume, il n'y a que deux personnes pour ne pas vouloir l'admettre : la duchesse et le roi lui-même.

Les mots de la femme rousse revinrent, de très loin, à la conscience de Vignac. Qu'avait-elle dit à l'époque, avant de le congédier ? *La duchesse et le roi courent un immense danger. Comme vous, ils poursuivent un grand objectif, et plus ils s'en rapprochent, plus nombreux sont les périls qui se lèvent autour d'eux. Le roi ne voit pas cet abîme qui s'ouvre devant lui... Votre mission sera de lui ouvrir les yeux.* Les explications de Ballerini donnaient soudain à ces mots un tout autre sens. La duchesse, un péril pour le roi ? Quelle histoire de fous lui servait-on ici ? Mais le ton de Ballerini se faisait de plus en plus pressant.

— En septembre, j'ai reçu une lettre de Bérault, le chirurgien personnel du roi. Il me demandait de venir à Paris : il allait prochainement devoir entreprendre une opération difficile et avait besoin de l'aide de collègues expérimentés. J'arrivai à Paris au mois d'octobre, et quelques jours plus tard, je me rendais avec Bérault à Monceaux, où le roi malade était alité. Magistralement menée par Bérault, l'opération fut un succès. Sa Majesté guérit très rapidement. Les médecins purent apprécier pendant tous les mois d'octobre et de novembre l'hospitalité du roi et de la duchesse. Mais le mal qui affectait le roi était d'une nature très singulière et il y avait un risque que les conséquences de la maladie et de l'intervention lui fassent perdre sa virilité. Pendant tout mon séjour à Monceaux, on ne parla que d'une seule chose : la succession au trône. Il ne se passait pas une journée sans que cette question fût abordée, d'une manière ou d'une autre, par les personnes présentes.

« La duchesse elle-même était faible et irritée. Le Conseil se réunit de nouveau pour débattre de la question embarrassante du divorce. C'était un secret de polichinelle : le pape Clément ne prononcerait jamais le divorce d'Henri si celui-ci songeait à épouser ensuite sa maîtresse. Les négociations avec Rome s'enlisaient. On annonça tout d'un coup que la duchesse était à nouveau enceinte. Alors survint une chose étrange. Navarre obtint enfin que l'on envoie un messager à Usson pour arracher à la reine son accord au divorce. Avant même que la procuration ne soit arrivée, le roi ordonna à Sillery de se rendre à Rome pour défendre auprès du pape cette demande de divorce. Navarre prit en outre toutes sortes de mesures pour atténuer la tension politique dans le royaume. On conclut quelques mariages. Navarre maria sa sœur, une ardente protestante, au duc de Bar, un catholique. Alexandre, le plus jeune fils de Gabrielle, fut baptisé en décembre avec tous les honneurs dus à un héritier du trône.

« Tu peux imaginer l'accueil que la Cour réserva à ces événements. Chacun savait que le roi voulait épouser la duchesse, mais personne ne s'attendait sérieusement à ce qu'il accomplisse pour de bon cette démarche dangereuse. Ce prince voulait-il risquer à cause d'une amourette tout ce pour quoi il avait combattu pendant des décennies ? Que se passerait-il après sa mort ? Avant même que son corps ne soit refroidi et installé sur son catafalque, les prétendants se mettraient sur les rangs pour se répartir l'héritage des bâtards.

« Imagine à présent un esprit calculateur, mais au fond naïf, une personne dont la ruse et le goût de l'intrigue n'ont d'égal que sa bêtise abyssale, quelqu'un qui veut empêcher à tout prix que ce malheur se produise. Place-toi dans la situation d'un être comme celui-là, dont on trouve plus de spécimens à la Cour que de vers dans un cadavre. Que ferait-il ? Il imaginerait une ruse exactement semblable à celle dont tu as été victime. Lui, ou plutôt elle, car je parle naturellement de cette Marie Hermant qui t'a attiré dans le piège, a pensé que ses intrigues pouvaient influer sur le cours des choses. Elle te fait peindre un tableau qu'elle présente au roi au moment opportun afin que celui-ci, dénoncé en public, revienne sur ses projets insensés. Je vois que tu ne me crois pas. On dirait que je te parle en latin. Mais écoute ce qui s'est produit le soir du mardi gras, c'est-à-dire avant-hier, pendant le banquet du Louvre.

Ballerini se leva et, tout en parlant, se mit à faire les cent pas dans la chambre.

— Ma modeste contribution à la glorieuse opération de Bérault m'a valu de jouir de toutes sortes de faveurs royales pendant mon séjour à Paris, auquel je songe d'ailleurs à mettre rapidement un terme. J'ai ainsi reçu voici quelques semaines une invitation au banquet donné par le roi pour le mardi gras. Je ne sais pas comment cette Hermant s'est débrouillée pour manipuler les tableaux, mais au bout du compte, le pauvre bouffon de la Cour qui dirigeait la cérémonie a été le dindon de la farce. Le roi et la duchesse, tous deux déguisés en elfes, mangeaient joyeusement au pied du mur principal de la salle de bal tandis que les invités s'étaient répartis dans le reste de la pièce. Comme d'habitude, on donna quelques-unes de ces pièces dansées qui valent à juste titre à la cour française la jalousie de toute l'Europe. J'en avais déjà beaucoup entendu parler et je dois reconnaître que, si mes compatriotes italiens sont certes sans égaux dans le domaine de la peinture et de la sculpture, ils devraient en revanche aller à l'école des Français pour ce qui concerne ces spectacles dansés.

« Au cours du dernier ballet se produisit quelque chose que je dois te dépeindre dans les moindres détails. Ce *Ballet des peuples étrangers* était une sorte de tour du monde dansé. Un navire, avec son capitaine et ses matelots, croisait sur les océans et accostait au fil de la représentation dans des pays fort éloignés. Chaque fois qu'ils arrivaient quelque part, les habitants venaient leur souhaiter la bienvenue. Tout au contraire des récits que j'ai lus sur ce genre d'expédition, on les accueillait avec des danses et des chants, et l'on finissait par prendre congé d'eux de manière très pacifique. L'Inde était l'une de ces étapes. Un groupe d'Indiennes fort peu vêtues monta sur la scène et exécuta une danse enchanteresse. À la fin le groupe se déplaça vers la table du roi et de la duchesse, et chacune de ces danseuses prit le temps de montrer ses charmes au roi. Cela n'avait rien d'extraordinaire, à l'aune des mœurs qui règnent ici. Navarre n'en perdit pas une miette et laissa ses regards aller là où ses mains ne le pouvaient. Mais lorsque fut venu le tour de l'avant-dernière danseuse, l'ambiance changea d'un seul coup.

« Toute la salle sembla retenir son souffle. Une charmante Aphrodite indienne se dirigea vers le roi en exécutant un petit pas de danse. Navarre parut tout d'un coup redevenu un jeune homme confronté pour la première fois à un corps féminin. « Voilà, encore une putain pour le roi », murmura quelqu'un près de moi. Je regardai la duchesse, mais son visage ne trahissait aucune émotion. Je demandai à Bérault, debout à mes côtés, qui était cette jeune fille, et il me répondit à voix basse qu'il s'agissait de la jeune d'Entragues. Elle se prénommait Henriette, ajouta-t-il, et je ne devais pas m'étonner de cette mise en scène : on servait de la viande fraîche au vieux lion, rien de plus. Le ballet fut longuement applaudi et Navarre ne se priva pas du plaisir de serrer dans ses bras ces servantes tellement agiles. Je n'aurais certainement pas gardé ces détails en mémoire si cet incident incroyable n'avait pas, peu après, replacé la démarche de Bérault sous un tout autre jour.

« Chicot, le fou du roi, apparut soudain dans la salle, un luth à la main ; on avait installé derrière lui sept toiles qui, à cet instant, se trouvaient encore toutes dans leur étui. Il joua quelques accords et se mit aussitôt à chanter. Je ne comprenais pas grand-chose à ses vers, ils étaient rédigés dans un français qui ne m'est pas courant. Mais il louait manifestement la beauté des femmes, célébrait leurs attraits, leurs vertus et l'enchantement qu'elles étaient capables d'exercer sur nous, les hommes. Après chaque strophe, un valet dévoilait l'un des tableaux et, comme s'il s'agissait de prouver la justesse de l'hommage qu'on venait de rendre, le portrait magnifique d'une dame à sa toilette rayonna soudain devant nous. Ce jeu ne m'intéressait guère, mais il semblait procurer un grand plaisir aux invités du banquet, et tout particulièrement au roi.

« Une transformation intéressante se produisit cependant peu à peu dans les scènes représentées sur les tableaux. Pour ce que je comprenais à ses strophes embrouillées, Chicot avait chanté la légende d'Actéon. On voyait déjà la scène sur l'un des chevalets. Diane sort du bain tandis qu'à l'arrière-plan un noble cavalier se dirige vers le lieu où ses chiens sont en train de déchiqueter le malheureux Actéon transformé en cerf. Lorsque le tableau suivant fut dévoilé, on vit exactement la même scène. Mais désormais, à la place de Diane, on distinguait...

— ... la duchesse de Beaufort.

— Oui. Et l'homme à l'arrière-plan...

— ... avait les traits de Navarre.

— Tu connais ces tableaux ?

— Comme la paume de ma main.

— Eh bien, dans ce cas, tu connais certainement aussi la suite. Chicot chanta l'amour éternel, la fidélité des époux, le bonheur que nous apportent les enfants, la chasteté. Il agrémentait sans doute ses propos de toutes sortes d'absurdités, car autour de moi, on accueillit nombre de ses strophes par un éclat de rire. On ôta l'étui et l'avant-dernier tableau apparut. Il montrait une dame noble au bain, en compagnie de ses deux enfants, d'une nourrice et d'une femme de chambre qui, à l'arrière-plan, posait une cruche d'eau sur une table.

— Grand Dieu... le tableau de Chenonceaux ?

— À côté de la dame se trouvait une coupe de fruits, et son jeune fils...

— ... debout derrière la baignoire, attrapait une pomme. Ne vous fatiguez pas. Je connais mieux ce tableau que vous ne connaissez vos cœurs et vos poumons disséqués. Il m'a servi de modèle pour mon premier portrait de la duchesse.

— Mais sur ton portrait, tu as remplacé le visage de la noble inconnue par celui de la duchesse, n'est-ce pas ?

— Oui, entre autres modifications. Mais celle-ci était la plus importante.

— Dans ce cas Chicot a sans doute cru que le dernier tableau, celui qu'il lui restait à dévoiler, montrerait la duchesse dans la même pose, au bain, entourée de ses enfants...

Ballerini se tut un instant. Puis il rit doucement.

— Pauvre Chicot. Comme elle l'a berné. Quel choc il a dû ressentir en ôtant le dernier étui, en découvrant que la putain honnie du roi tenait la place de la charmante Gabrielle. Dès que la toile fut dévoilée, tous eurent un mouvement de recul. La duchesse poussa un cri et s'affaissa dans son fauteuil, livide, comme morte. Le roi, furieux, observa fixement Chicot, que la honte et la fureur faisaient alternativement blêmir et rougir. Il parut avoir perdu non seulement l'usage de la parole, mais aussi, pour un instant, celui de sa raison. Du beau travail, Vignac, si l'on songe que tu n'as encore jamais vu cette d'Entragues.

— Qui vous dit cela ?

— Il ne fallait pas beaucoup d'imagination pour comprendre que la femme à côté de la duchesse, dans la baignoire, ressemblait beaucoup à la danseuse qui avait plongé le roi dans un tel ravissement.

Vignac regardait fixement le médecin, mais celui-ci poursuivit son récit, imperturbable.

— La signification était plus qu'évidente. Regardez, disait le tableau, les putains du roi se transmettent leurs anneaux nuptiaux imaginaires, mais le roi n'en épousera jamais aucune, c'est la raison pour laquelle on ne voit pas de bague. Celle-là aura bientôt terminé sa partie. Mais la suivante est déjà prête.

Le peintre pâlit. C'était donc ça ! De la sueur lui perla au front.

— Cette vipère ! Elle me le paiera.

— Attends donc de connaître la fin. Navarre se pencha vers la duchesse et la releva. La salle s'agitait. Nul ne savait quelle attitude adopter. Chicot se dirigea vers le roi, écarta les bras et assura qu'il n'avait jamais vu ce tableau auparavant. Le roi ne lui prêta aucune attention, occupé qu'il était à enlacer et à embrasser sa bien-aimée. Il fit comme si elle s'était simplement étranglée avec un morceau de pain et qu'il fallait la réconforter. C'est alors que se produisit l'inconcevable.

« Navarre se dressa de toute sa hauteur. Le calme revint instantanément. Tous les yeux étaient tournés dans sa direction. Il jeta un coup d'œil au malheureux Chicot, puis observa le tableau que deux valets venaient de saisir pour l'enlever au plus vite. Et d'un seul coup, le roi se mit à rire. Un rire joyeux, libre, sorti du plus profond de son âme, résonna dans toute la pièce. Il ne fallut pas longtemps avant que l'assistance au grand complet se mette à rire. Même la duchesse parut contaminée par cette hilarité, et les traits de son visage se détendirent à vue d'œil. Le roi s'exprima alors en ces termes : « Une belle plaisanterie de mardi gras, mon bon Chicot. Bravo ! Je vous remercie pour vos chansons. La dame qui me gouverne et vous gouvernera bientôt tous vous remercie particulièrement. Car entendez-moi bien : après Quasimodo, elle sera mon épouse et la reine de France. » Sur ces mots, il glissa sa bague au doigt de Gabrielle et guetta la réaction du public.

« L'assemblée paraissait avoir été foudroyée. Un silence absolu régna pendant quelques secondes. Alors Chicot se dressa et cria, avec la voix tremblante d'un homme dont l'arrêt de mort vient d'être levé : « Vive le roi ! Vive la reine ! » La foule reprit l'acclamation et ceux qui n'en pensaient pas un mot avaient tout intérêt, ce jour-là, à brailler encore plus fort que les autres.

Ballerini s'adossa au mur. Il observait Vignac. Celui-ci regardait par la fenêtre, les lèvres serrées.

— Elle me le paiera, chuchota-t-il, à peine audible.

Ballerini le regarda, l'air soucieux.

— Tu ne comprends donc pas ?

Furieux, Vignac se retourna brusquement.

— Comprendre ? Si, je comprends tout à fait. Accepteriez-vous que pareil tour reste impuni si on vous l'avait joué ? Je me suis barré tout accès à la Cour avant même d'avoir pu y apparaître. Mais ce n'est pas tout : la duchesse doit me haïr. Si elle apprend qui a peint cette toile, ne fera-t-elle pas tout pour me punir ? Je vais aller la trouver, je vais tout lui expliquer et lui désigner les véritables coupables. J'irai voir le roi, je lui demanderai son pardon et son indulgence...

— Vignac !

La voix de Ballerini s'abattit sur lui.

— Tu ne comprends pas que ce n'est pas toi qui as été abusé ? Le roi a ri. Tout ce plan soigneusement conçu lui a paru ridicule. Et c'est en riant qu'il a promis la couronne à la duchesse. Ça ne te fait pas réfléchir ?

Le peintre se tut. Où le médecin voulait-il en venir ? Sa fureur était comme un filtre à travers lequel les mots de Ballerini passaient à peine. Il allait revenir à Paris, oui, c'est ce qu'il ferait. Et il punirait cette Hermant. Il lui fallait en outre trouver Valeria, et s'il lui était arrivé quelque chose, il débusquerait ceux qui lui auraient porté tort. Pourquoi ce médecin lui faisait-il la leçon ?

— Écoute-moi, mon ami. J'ai vu beaucoup de choses dans ce pays. J'ai connu les guerres et la folie, la maladie et la souffrance. J'ai vu des enfants brûlés vifs pour sorcellerie, des animaux traînés comme assassins devant le tribunal et exécutés. J'ai connu la folie et la déraison sous toutes leurs formes, notamment dans ma propre corporation particulièrement généreuse en erreurs et en paralogismes. Mais je n'ai jamais vu un roi doté d'une telle puissance intellectuelle, d'une telle intelligence politique que le vôtre. Écoute donc bien ce que je vais te dire, car tu es à juste titre furieux d'avoir été trompé. Mais dans ta colère, tu ne vois pas que vous vous battez tous pour des trésors imaginaires, aussi bien toi que les ennemis de la duchesse de Beaufort.

« Tu voulais obtenir la protection de la duchesse, croyant ainsi te procurer un emploi honorable chez la future reine de France. Ses ennemis ont utilisé ton ambition et ton talent pour faire éclater un scandale et empêcher que ce mariage n'ait lieu. Et vous avez tous été abusés. Toi parce que ton tableau n'avait quasiment aucune chance de plaire à la duchesse, ses ennemis parce que la réaction du roi a été exactement à l'inverse de ce que la toile devait provoquer. Qu'a fait le roi, en réalité ? Navarre s'est contenté de rire. Comprends-tu enfin ?

Non. Vignac ne comprenait rien. Et il ne voulait rien comprendre. Il voulait rentrer à Paris.

Ballerini l'attrapa par les épaules.

— Le roi a ri parce qu'il n'avait jamais sérieusement envisagé ce mariage. Gabrielle d'Estrées ne sera jamais reine de France. Ce serait une folie, et Navarre le sait bien. La duchesse aussi. Mais ils ne peuvent pas se l'avouer parce qu'il existe entre eux quelque chose qui n'a rien à faire entre des personnes de ce rang : ils s'aiment.

Vignac prit sa tête entre ses mains, comme si les dernières phrases du médecin lui avaient soudain donné un poids infini. Quelque chose en lui se dressait de toutes ses forces contre le discours de Ballerini. Mais le médecin ne se laissa pas distraire.

— Mets-toi à sa place. Cela fait huit ans qu'elle est sa compagne. Elle lui offre les enfants dont son royaume a tant besoin. Elle finance ses guerres, quitte à mettre toute sa fortune en gage. Pendant ce temps-là, son épouse légitime, la reine, lève des troupes contre lui. Inutile de te dire qu'aucune femme au monde n'égale

Gabrielle en beauté. Elle est douce et joyeuse. Aucune espèce d'amertume ou de mesquinerie ne trouble la franchise de son caractère. Peut-on en vouloir à Navarre d'avoir à ce point succombé à ses charmes ? Regarde donc qui on veut placer dans le lit d'Henri, au nom de la politique. L'infante d'Espagne. Les princesses allemandes, toutes plus laides les unes que les autres. Et même la Médicis, cette vulgaire matrone bourrée d'or. Ce serait à elle de monter sur le trône de France et d'offrir au pays des héritiers catholiques tandis que sa charmante et fidèle Gabrielle resterait à la Cour avec ses bâtards et conserverait le statut de maîtresse ? Il ne peut pas lui faire ça. Cela lui briserait le cœur. Et pourtant il n'aura jamais le droit de l'épouser. Ce serait la ruine de la France : qui gouvernerait le pays après sa mort ? Gabrielle et ses fils ? Quelques heures à peine et ils seraient taillés en pièces, les vieilles factions se disputeraient de nouveau la couronne. Même Navarre doute que ces enfants soient de lui. Tu as rêvé, Vignac. Il ne l'épousera jamais, jamais. C'est pour cette raison qu'il a ri. Il a ri parce qu'il n'avait pas le droit de pleurer.

Vignac l'avait écouté sans rien dire. L'incrédulité et l'étonnement se succédèrent sur son visage. Puis il secoua la tête. Non, le médecin se trompait. À moins qu'il ne lui raconte tout cela dans le seul but de le dissuader de commettre un acte qu'il avait décidé en son for intérieur depuis longtemps. Ils allaient lui payer cette plaisanterie. On ne se serait pas moqué de lui impunément.

Ballerini s'apprêtait à reprendre, mais Vignac lui coupa la parole.

— J'en ai assez entendu. Descendez, je vous prie, et dites à Vandervelde que je vais vous accompagner. Je voudrais par ailleurs vous remercier de m'avoir proposé votre aide une deuxième fois dans une situation difficile. J'espère avoir un jour l'occasion de vous rendre la pareille. À présent allez, je vous prie. Je vous rejoins tout de suite.

Ballerini ne répondit rien. Le médecin revint en ville le soir même. Vignac se mit en route à l'aube.

Il passa les semaines qui précédèrent Pâques dans la maison de Ballerini, où celui-ci lui procura le nécessaire et où il put attendre la suite des événements. Les bonnes relations dont le chirurgien jouissait à la Cour permirent au peintre de s'informer quotidiennement des développements les plus récents. Le Saint-Siège paraissait prendre au sérieux le message d'Henri : on disait au Vatican que le pape s'était retiré afin de méditer et de tenir avec Dieu un colloque sur le divorce imminent du roi de France. Rome faisait carême.

À Paris, on attendait fébrilement la date annoncée. Les premières délégations de nobles venus des quatre coins du royaume arrivèrent. Dans le logis de Madame de Sourdis, qui jouxtait le Louvre, on avait déjà exposé la tenue de noces rouge carmin de la duchesse.

Près de deux semaines s'écoulèrent avant que Vignac n'ose de nouveau sortir dans les rues. Veillant toujours soigneusement à ne pas se faire reconnaître, il arpenta la ville et se rendit régulièrement rue des Deux-Portes. Mais il n'entra pas dans la maison de Perrault. Il restait toujours à distance et s'assurait de loin que les volets étaient fermés. La vie dans la rue suivait son cours ordinaire et aucun des riverains ne semblait l'avoir remarqué.

Sur les conseils pressants de Ballerini, il avait renoncé à son premier projet : venir se présenter à la duchesse ou même au roi en personne. Que leur aurait-il dit ? Il n'avait que des suppositions et des racontars à leur servir. La joyeuse attente des noces désormais imminentes semblait avoir tranquillisé tous les esprits.

Personne ne parlait plus de l'incident survenu au banquet ni du pamphlet offensant. Nul ne semblait plus s'intéresser au scandale que Vignac avait provoqué bien malgré lui avec son tableau. Toute la ville attendait, captivée, cette date magique que le roi avait indiquée : après Quasimodo. Et plus ce jour approchait, plus les cris de haine et d'opprobre des adversaires se faisaient discrets. La parole résolue du roi avait étouffé tous les doutes et il n'aurait pas été avisé, non, il aurait même été dangereux de troubler ce silence ordonné au plus haut niveau.

Valeria demeurait introuvable. Vignac, condamné à l'inactivité, suivait donc les événements avec nervosité. L'avant-dernier dimanche avant Pâques, il se rendit à l'église de Saint-Germain. Il savait que le roi s'y trouverait pour écouter le prêche des capucins. Il n'en crut pas ses oreilles, mais il entendit les mots furieux que le prédicateur réserva au livre du protestant Du Plessis. C'était, affirma-t-il, un ouvrage détestable, exécrable, une offense au Seigneur et à tous les bons catholiques, car il contenait des passages fallacieux sur les Pères de l'Église. Le roi, qui se tenait dans la foule avec le marquis de Rosny, fut invité à le faire brûler publiquement en place de Grève. Puis le prédicateur se modéra et ajouta que cela ne valait que pour le livre, et non pour son auteur, auquel on demandait seulement de se convertir à la vraie foi. Mais pour ce qui concernait l'ouvrage proprement dit, il demandait à l'assistance si les catholiques de la ville de Paris ne devaient pas avoir au moins les mêmes droits que les huguenots qui n'auraient jamais eu à supporter dans leurs places fortes pareil pamphlet contre leur religion.

Lorsque le roi quitta la messe, il ordonna qu'on interdise le livre et qu'on cesse de le vendre. Lorsqu'on rappela à Sa Majesté que le capucin était un séditieux et un agitateur, le roi répondit que, pour chaque personne qui l'affirmait, on en trouverait autant qu'on en voudrait pour témoigner du contraire. Cet homme, estima-t-il, avait bien prêché.

Quant à la duchesse, elle avait déjà quitté Paris avec sa suite et, à l'approche des fêtes de Pâques, le roi la suivit à Fontainebleau.

Ballerini s'est trompé, pensa Vignac. Quelques jours encore, et le mariage sera célébré. On n'avait toujours aucune nouvelle de Rome, mais une rumeur disait que, faute de jugement du Saint-Siège, le roi chargerait un évêque français docile de prononcer son divorce avec Marguerite. Seul un miracle pouvait encore empêcher Gabrielle d'Estrées de devenir reine.

Vignac savait pourtant que son plan avait échoué. Plus il réfléchissait aux circonstances qui l'avaient placé dans cette fâcheuse situation, plus sa colère montait. Soit, il avait été stupide et s'était laissé prendre à une ruse grossière. N'avait-il pas eu parfois un pressentiment au moment où il peignait la toile ? La vague impression de faire quelque chose d'inouï ? Aveuglé, possédé par l'idée du succès, il avait accompli sa mission et n'avait à aucun moment réfléchi aux conséquences de ses actes. Mais au bout du compte, n'avait-il pas rendu service à la duchesse ? N'était-ce pas son tableau qui avait convaincu le roi hésitant de mettre un terme à la situation impossible où se trouvait sa bien-aimée et d'oser enfin la démarche qui l'en libérerait ? Son unique salaire serait-il de devoir quitter les lieux comme un voleur ? Il tournait et retournait cette histoire dans son esprit. Mais plus il y réfléchissait, plus il devenait clair à ses yeux que, dans son malheur, le risque qu'il courait était bien secondaire. Une autre question le contrariait beaucoup plus : il ne connaissait pas le sens de son tableau. Sa propre peinture était pour lui une énigme.

Dix jours avant Pâques, il finit tout de même par revenir dans l'atelier. Profitant de l'obscurité, il entra dans la maison sans se faire remarquer. Son cœur battait fort lorsqu'il eut refermé la porte derrière lui. La pénombre qui l'entourait exerça sur lui un effet bienfaisant. Il se fraya un chemin à tâtons dans la salle commune, trouva la porte cachée sous l'escalier, la déverrouilla et entra dans l'atelier.

Le plancher en bois mince grinça, révélant sa présence, et Vignac esquissa quelques pas hésitants dans cette petite pièce. Il rejoignit la table, tâtonna jusqu'à ce qu'il trouve le chandelier et s'apprêtait à allumer la bougie lorsque sa main toucha subitement quelque chose de mou. Il la retira, effrayé. On entendit un léger cliquetis. Ses muscles se tendirent. Il retint son souffle et ouvrit grand les yeux. Un petit courant d'air lui balaya les cheveux. Il resta sur place, immobile. Mais rien ne se produisit. Il finit par rassembler tout son courage et alluma la bougie. Elle dégagea tout d'un coup une vive lumière et éclaira un petit sac de couleur pourpre posé devant lui, sur la table.

Il contempla avec étonnement cette étrange trouvaille. Il plongea la main dans la poche intérieure de sa veste et en sortit le sac en velours rouge qu'il avait reçu du valet à l'automne, après sa visite dans la maison de la rue Froidmanteau. Les deux bourses étaient identiques. Mais celle qui se trouvait sur la table regorgeait de pièces. Il la prit et la soupesa, ahuri. Puis, sur un coup de tête, il la jeta et laissa son contenu se déverser sur la table. Incrédule, il glissa la main parmi les pièces et saisit un petit rouleau de papier dissimulé dans le tas. Il brisa le sceau, déroula le parchemin et lut : *Maître Vignac, nous vous devons des remerciements pour vos bons et loyaux services. Comme nous n'avons plus besoin de vous désormais, acceptez ceci en signe de notre attachement et de notre gratitude. Bonne continuation.*

Le billet n'était pas signé.

Vignac s'assit. Il eut l'impression de tomber. Il sentait le sol sous ses pieds, mais cela ne voulait rien dire. La salle, ce misérable atelier, la maison, la rue tombaient sans doute en même temps que lui. Mieux, c'est toute la ville qu'un gigantesque tourbillon emportait avec lui dans sa chute. Rêvait-il ? Il se passa la main sur le visage. Non, il était bien éveillé. Dieu tout-puissant !

Il entendit un bruit et se retourna. À l'instant même, il éteignit la lumière et sortit en toute hâte dans la pièce commune. Cela recommençait. Quelqu'un secouait la porte. Avant qu'il ne puisse se demander quoi faire, elle s'ouvrit brutalement. Aussitôt une silhouette s'élança dans sa direction et, tandis que Vignac titubait vers l'entrée pour fermer la porte à clef, la jeune fille apeurée s'accrochait à lui et l'implorait en bredouillant de l'emmener loin d'ici au plus vite. Vignac se hâta de dire qu'il ferait tout ce qu'elle souhaitait, qu'elle ne devait pas avoir peur, que rien ne pouvait se passer ici, mais ses mots apaisants ne firent qu'accroître son anxiété. Il l'entraîna derrière lui dans l'atelier et verrouilla soigneusement la porte. Lorsqu'il eut rallumé la bougie, Valeria se tranquillisa peu à peu. Vignac la serra dans ses bras, lui dit qu'il avait eu grand-peur pour elle et lui demanda où elle avait passé les dernières semaines.

Son état physique témoignait de manière éloquente de ce qu'elle lui relata en quelques phrases hâtives. Elle avait mis deux nuits pour revenir à Paris depuis la maison éloignée où on l'avait conduite le mercredi des Cendres. On avait certainement remarqué sa disparition depuis longtemps ; il devait à présent quitter avec elle cette maison et cette ville, car un grand malheur surviendrait forcément si elle retombait entre les mains de cette méchante femme et de son valet scélérat.

Le soir du mardi gras, raconta-t-elle, une fois son travail accompli, elle alla se coucher dans sa chambre, chez Zamet. On l'arracha soudain à son sommeil. Sandrini, le valet de cette femme rousse qui lui avait jadis remis un message pour lui, Vignac, se trouvait devant son lit, vêtu d'un très étrange déguisement ; il l'invita brutalement à s'habiller aussitôt et à le suivre. À peine eut-elle passé une robe qu'il la poussa devant lui, lui fit descendre l'escalier et emprunter une sortie située derrière la maison ; une fois dans la rue, on la força à monter dans une calèche qui attendait là. La voiture se mit aussitôt en marche, et Sandrini ordonna à la jeune fille de lui remettre la clef de la maison Perrault. Elle lui répondit qu'elle n'en possédait pas. Il la frappa alors si violemment au visage qu'elle perdit un instant connaissance. Lorsqu'elle revint à elle, elle était seule. Elle reposait, fourbue, sur le plancher de la calèche qui semblait avancer sans cocher dans la nuit. Sa robe était déchirée à hauteur de la poitrine et la clef qu'elle y portait attachée au cou par une chaînette avait disparu.

Le soir tombait déjà lorsque le coche s'immobilisa. Valeria fut conduite à travers une écurie, dans une buanderie où elle dut se déshabiller. On déversa sur elle quelques seaux d'eau, puis on l'enveloppa dans une couverture et on lui fit gravir un escalier jusqu'à une petite chambre ; de sa fenêtre fermée par des barreaux, elle pouvait voir des champs et des prairies. On lui apporta un repas que l'on déposa sans un mot dans une écuelle à même le sol de pierre, devant le lit.

Le lendemain soir, Sandrini se présenta en compagnie de la femme rousse. On lui demanda où se trouvait Vignac. Elle répondit qu'il habitait rue des Deux-Portes et qu'elle ignorait dans quel autre lieu il pouvait séjourner. Puis ils lui demandèrent avec insistance tout ce qu'elle savait de lui. D'où il venait, comment il était arrivé à Paris et où était passé l'autre homme, celui qui répondait au nom de Lussac.

Comme elle répétait qu'elle ne savait pas non plus où il se trouvait, Sandrini l'avait de nouveau frappée. La femme, qui assistait à la scène, l'avait menacée de la faire battre à mort comme un chien si elle ne se décidait pas à parler. Puis la rousse avait disparu, et l'homme avait abusé d'elle de manière ignominieuse, lui faisant faire des choses qu'elle garderait éternellement dans son âme, jusqu'au jour où le Grand Tribunal déciderait de leur sort à tous : alors, elle irait chercher au plus profond d'elle-même le feu qui alimenterait une vengeance destructrice. Il ne s'était pas contenté de la violer une fois, non, chaque nuit il avait étalé sur elle sa chair de dépravé en se repaissant de sa peur et de son désarroi. Jusqu'à cette nuit où elle avait échappé à l'homme que le sommeil avait bien voulu enchaîner, descendu l'escalier et réussi à s'enfuir de cette maison maudite, à rejoindre les champs et à se placer sous la protection de la forêt. Traquée par les chiens, elle s'était frayé un chemin dans les sous-bois, et seul le gibier effarouché lui avait permis d'échapper à ses poursuivants : comme un essaim d'esprits protecteurs, les animaux s'étaient interposés entre elle et la meute, qu'ils avaient dispersée.

Vignac écouta sans rien dire. Lorsque la jeune fille eut terminé, il la releva, l'assit sur la table et chercha rapidement quelques chiffons qu'il enroula autour de ses pieds nus. Puis ils quittèrent la maison de Perrault et se dirigèrent vers le logis de Ballerini. Lorsqu'ils y furent arrivés, Vignac servit un peu de vin à la jeune fille, la coucha sur son propre lit et attendit qu'elle se fût endormie.

Lorsqu'un peu plus tard Ballerini entra dans la pièce, Valeria était plongée dans un profond sommeil. Assis à la table, Vignac écrivait. Il raconta à voix basse au médecin ce qui s'était passé. Ballerini, la mine renfrognée, regarda autour de lui, rejoignit la fenêtre en quelques pas nerveux et vérifia que tout était calme à l'extérieur. Puis son regard tomba sur les pages écrites qui se trouvaient devant lui, sur la table.

Il expliqua au peintre qu'à son avis, le mieux était qu'il quitte la ville sur-le-champ. Quoi qu'il arrive désormais dans cette affaire, cela ne pouvait que lui nuire. Si ce que disait la jeune fille était vrai, quelques jours suffiraient pour qu'ils la retrouvent ici, chez lui. C'était bien lui, Vignac, que l'on traquait ; désormais, il ne pourrait donc plus se montrer en ville qu'au péril de sa vie.

Vignac secoua la tête. Il avait encore un compte à régler avec ces gens, répliqua-t-il en continuant à écrire, imperturbable. Le médecin, que cette obstination mettait hors de lui, répondit qu'il se faisait des illusions s'il croyait pouvoir exercer la moindre influence sur le cours des choses. C'était un moins-que-rien, un barbouilleur que le hasard et le destin avaient conduit à proximité d'un monde dans lequel il n'avait strictement rien à faire. Si ce monde-là lui avait accordé un bref instant d'attention, il n'y était strictement pour rien. Une feuille que le vent pousse par hasard peut, elle aussi, penser que le vent souffle à son intention. Que savait-il de ce qui se déroulait à la Cour ? On lui avait passé une commande et on l'avait payé pour cela. Au lieu de s'estimer heureux et de partir satisfait, il songeait à un avenir que son ambition démesurée faisait briller devant lui comme un mirage. Il ne faudrait plus longtemps avant qu'une face de diable ne vienne, d'un éclat de rire, le sortir de sa chimère et lui retourner la peau comme un gant. Il devait faire sortir Valeria saine et sauve de la ville et chercher une place honorable dans le Sud, chez ses frères protestants. Qu'elle ait échappé à ce Sandrini tenait du miracle. La prochaine fois, elle ne s'en tirerait pas à si bon compte dans ces contrées où plus d'un grand seigneur avait coutume de se réchauffer les pieds dans le ventre ouvert de jeunes paysannes.

Vignac leva vers lui un regard désapprobateur et lui coupa la parole en désignant d'un geste rapide la jeune fille endormie. Comptait-il aussi gâcher son sommeil réparateur avec ses discours ? Ballerini le regarda, contrarié. Vignac s'approcha de lui et lui prit la main. Il savait bien, dit-il, qu'il courait un grand danger. Mais le médecin le croyait-il vraiment capable de quitter la ville sans avoir au moins tenté de prévenir la duchesse ?

Ballerini retira sa main et leva les yeux au ciel, furieux. Mais Vignac reprit :

— J'ai cru jusqu'à ce jour que vous aviez raison, Maître Ballerini. Ces dernières semaines, depuis que vous m'avez ramené de Villejuif, je n'ai cessé de repasser dans mon esprit tout ce qui s'était déroulé, pour aboutir constamment aux mêmes conclusions que vous. Mais aujourd'hui je ne crois plus que le roi n'épousera pas la duchesse. Rendez-vous compte, ses robes de noces sont exposées. Chaque jour arrivent de nouvelles délégations de nobles venus assister à la fête. La ville entière ne parle plus que de cela. On loue déjà les places aux fenêtres et aux balcons. Les marchands viennent par légions afin de profiter de l'aubaine. Il est inconcevable que le roi laisse tout cela se dérouler dans le seul but de sauver les apparences. Vous voyez bien à quel point cette Hermant et son valet, Sandrini, tiennent à se débarrasser de moi. Se comporteraient-ils ainsi s'ils n'avaient pas à craindre qu'un peintre répondant au nom de Vignac se présente prochainement chez la nouvelle reine de France pour lui révéler qui, dans son entourage, lui a fait cette plaisanterie ? Dans le cas contraire, pourquoi auraient-ils pourchassé Valeria ? La peur les tenaille, et à juste titre, car je vais faire précisément ce qu'ils tentent d'empêcher. Je vais prévenir la duchesse.

Ballerini éclata de rire :

— Espèce de fou ! Tu crois vraiment savoir une chose que la duchesse ne connaîtrait pas depuis bien longtemps ? Par mon âme, elle-même souhaite que tu quittes Paris. C'était bien la teneur du message joint à l'argent ?

— Ce message est un faux.

— Possible. Bien que je n'y croie pas. Mais cela n'a aucune importance. On n'a plus besoin de toi. Accepte-le et suis ton chemin avant qu'un malheur ne survienne.

Vignac rassembla les feuilles de papier.

— Je ne vous comprends pas. Je vais prévenir la duchesse et elle m'en sera reconnaissante. Elle me pardonnera et punira ceux qui m'ont trompé.

— Vignac, cher, très cher ami...

— Je ne quitterai pas Paris avant que le mariage ne soit célébré, et je n'aurai pas de repos avant d'avoir parlé à la duchesse. Si elle ne me reçoit pas, mes mots lui parviendront par cette lettre. Et si tel n'est pas le cas, je trouverai un autre moyen.

Ballerini secoua la tête avec mauvaise humeur mais Vignac continua, imperturbable :

— Ne pouvez-vous donc pas comprendre à quel point il est important pour moi de mettre de l'ordre dans ce chaos ? J'ai parcouru un long chemin depuis que vous m'avez fait sortir de cette maudite échoppe d'apothicaire à La Rochelle. Je vous ai fidèlement servi pendant quatre ans. J'ai souvent cru défaillir, et pourtant je me suis assis devant vos cadavres ouverts, j'en ai dessiné les os et les intestins. À l'époque, je me suis juré de ne plus jamais peindre quelque chose de mort ou de laid. Je ne sais pas pourquoi vous observez des corps disséqués. Cherchez-vous à y étudier la vie ? Chez les morts ? Vous êtes peut-être devenu un grand guérisseur. Mais moi, dans toutes vos expériences et dans toutes vos études, je n'ai jamais vu que le gouffre de l'éphémère, la mort misérable et douloureuse qui nous attend tous. Et c'est à elle que je voulais résister, à cette mort amère, ennuyeuse, absurde. Je voulais utiliser toute ma force créative pour arracher à l'éphémère la beauté de l'instant... et, oui, je l'admets volontiers, je voulais moi-même sortir de cette chute vers le néant, dérober au temps, ce voleur de grand chemin, une partie de son butin. Si tous mes espoirs d'obtenir une charge à la Cour devaient se dissiper à présent, je voudrais au moins apprendre à qui je le dois. Je dois savoir à la demande de qui j'ai peint ce portrait. Tout en dépend.

Le sang était monté à la tête de Vignac. Il se laissa tomber sur une chaise, devant la table, et passa les mains dans sa courte chevelure. Ballerini comprit que parler n'avait aucun sens. Il regagna la fenêtre en silence, mais ne jeta qu'un rapide regard à l'extérieur : d'un seul coup, il lui parut soudain invraisemblable que quiconque ait l'idée de venir chercher ici, chez lui, Vignac ou la jeune fille. Il observa le peintre qui semblait réfléchir, assis à table, les yeux fermés. La fille s'était retournée sur sa couche. À cet instant seulement, Ballerini remarqua qu'elle s'était réveillée et l'observait attentivement. Ses yeux sombres le fixaient et procurèrent à Ballerini un sentiment désagréable. Peu après ses paupières se baissèrent comme si elle l'avait suffisamment scruté, mais le chirurgien ne se défit pas de cette étrange impression. Il laissa son regard aller de l'un à l'autre, écouta attentivement les bruits qui venaient de la rue et admit, résigné, que ses conseils n'étaient pas les bienvenus pour le moment. Il finit par hausser les épaules et se dirigea vers la porte. Une semaine s'écoulerait encore avant le dimanche de la Quasimodo. Vignac devrait attendre jusque-là. On verrait bien ensuite où en seraient les affaires du Royaume.

Vignac aperçut la duchesse lorsqu'elle arriva à Paris, le mardi avant Pâques, et débarqua près de l'Arsenal. Un soldat la soutint lorsqu'elle traversa, visiblement affaiblie, la passerelle branlante qui menait sur la berge. Les curieux affluaient, mais la duchesse, entourée de ses plus proches parents, monta aussitôt dans une chaise à porteurs et échappa aux regards de la foule.

Vignac suivit le cortège. Gabrielle passa quelques heures dans la maison de sa sœur, la maréchale de Baligny, puis on la porta rue de la Cerisaie. Arrivée devant l'hôtel particulier de Zamet, c'est Mainville, capitaine de la Garde, qui l'aida à descendre de sa chaise à porteurs. Le maître de maison, qui n'avait voulu laisser à personne l'honneur d'accueillir cette noble visiteuse devant son logis, multiplia les courbettes tout en lançant des ordres entre ses dents. Vignac observa attentivement ce spectacle, mais dut constater avec déception qu'approcher la duchesse en ces lieux était impensable. Comment, dans ce cas, entrer dans l'hôtel ? Il vit la femme livide et visiblement affaiblie franchir le portail au bras d'un noble. C'était sans doute ce La Varenne. Vignac le toisa mais fut soudain distrait par un autre visage qui était apparu dans l'escorte de la duchesse. Sandrini courait, l'air pincé, derrière la suite du duc de Montbazon. Un inconnu l'accompagnait et lui parlait énergiquement tandis que le valet regardait le sol, la mine récalcitrante, en hochant de temps en temps la tête. Vignac se dissimula dans la foule des badauds. Lorsqu'elle commença à se disperser, le cortège des courtisans avait disparu à l'intérieur de l'hôtel.

Vignac fit demi-tour, descendit en courant la rue de la Cerisaie et tourna dans une ruelle étroite à laquelle nul n'avait jamais pris la peine de donner un nom. Sous un escalier de bois branlant qui, au-dessus de sa tête, menait à un entrelacs vertigineux de balcons encastrés les uns dans les autres, il écarta un rideau gris et taché et entra dans la cuisine que celui-ci dissimulait. Comme convenu, Valeria était assise dans un coin, mais Vignac la reconnut seulement au moment où, d'un bref signe de la main, elle lui fit signe de s'asseoir avec elle. Vêtue de noir, elle se fondait presque dans les murs couverts de suie. Vignac s'assit à côté d'elle sur le banc de bois peu confortable et lui raconta en quelques mots la scène à laquelle il venait d'assister devant l'hôtel. La jeune fille hocha la tête et lui expliqua que, lorsqu'elle descendait dans la maison de Zamet, la duchesse logeait dans trois appartements situés au-dessus d'une galerie à colonnes qui reliait le bâtiment principal au jardin.

Vignac demanda s'il pouvait y accéder depuis le jardin. Valeria expliqua qu'il existait un escalier que nul n'empruntait jamais mais qu'Andrea lui avait montré à l'automne, lorsqu'elle était venue déposer le premier portrait de la duchesse. Elle avait à l'époque choisi ce chemin avec Andrea, elle était montée par l'escalier, était entrée dans la première chambre, y avait déposé le tableau et la missive qui l'accompagnait, puis avait immédiatement quitté les lieux.

Vignac en resta bouche bée. Elle n'avait donc pas remis le tableau en mains propres ?

Valeria secoua la tête. Non, fit-elle. Elle n'avait pas osé. Elle regardait la table, consternée. Vignac sentit la colère s'emparer de lui. Cela signifiait-il qu'elle n'avait aucune idée de ce qu'était devenu le tableau ? Était-il possible qu'un domestique l'ait trouvé et l'ait apporté à Zamet ? Valeria fit un nouveau geste de dénégation. Non, la duchesse était arrivée à l'hôtel particulier peu après et s'était immédiatement installée chez elle. Il était certain qu'aucun membre du personnel de Zamet n'avait pénétré dans les appartements avant l'arrivée de la duchesse – conformément d'ailleurs à ce qu'elle avait prévu avec Andrea. On ne pouvait cependant pas exclure qu'un domestique de la duchesse ait découvert la toile avant elle. Mais puisque c'était la duchesse elle-même qui l'avait fait convoquer, lui, Vignac, tout avait sans doute suivi le cours prévu ?

Vignac n'alla pas plus loin dans son interrogatoire. Valeria n'était pas coupable. Ballerini avait raison, la duchesse n'avait jamais vu la toile. C'est la gouvernante, cette Marie Hermant, qui l'avait récupérée et s'en était servie comme point de départ pour son coup fourré. Gabrielle n'avait aucune idée de ce qui l'attendait au moment où les toiles avaient été dévoilées, pendant le banquet, et seule la force de caractère du roi avait fait échouer cette mauvaise farce.

La gouvernante n'avait certainement pas agi seule et ses complices n'hésiteraient peut-être pas à poursuivre par d'autres moyens leur objectif final : empêcher le mariage de la duchesse. On était mardi. Douze jours s'écouleraient encore avant Quasimodo. Vignac perdit soudain son calme. Pourquoi donc Gabrielle était-elle venue à Paris ? Pourquoi n'était-elle pas restée en compagnie du roi pour les fêtes de Pâques, comme tous les ans ? Et pourquoi la conduisait-on à l'hôtel particulier de Zamet ?

Ballerini, auquel il posa ces questions pendant la soirée, ne put, lui non plus, lui apporter de réponse satisfaisante. Pour ce qu'il en avait entendu, le roi voulait, afin d'éviter un scandale, que la duchesse passe les fêtes loin de Fontainebleau. Il n'était pas convenable de célébrer Pâques dans le péché. Vignac ajouta que, dans ce cas, il était tout de même étrange d'aller justement faire loger la duchesse dans la maison mal famée de Zamet. À quoi Ballerini répliqua que c'était le seul lieu où la duchesse se sentait bien et en sécurité lorsqu'elle se trouvait seule à Paris. Elle n'entrait jamais au Louvre sans le roi. La maison de sa tante avait été désertée, puisque Madame de Sourdis séjournait à Chartres. Il ne restait donc plus que l'hôtel particulier de Zamet, auquel la liaient les doux souvenirs des heures qu'elle y avait passées en compagnie du roi.

Ce que Vignac constata le lendemain parut confirmer la supposition de Ballerini. On conduisit la duchesse à l'église du Petit Saint-Antoine, où elle voulait entendre la messe. Elle passa à quelques mètres de lui seulement. Son visage était blême, mais une aura sacrée entourait toute sa silhouette. Elle lui donna l'impression d'avoir déjà reçu la bénédiction, de porter depuis longtemps le titre de reine. En raison de la fête religieuse, aucune perle ni pierre précieuse n'ornait sa belle chevelure châtain clair, mais celle-ci était tressée avec tant d'art que la coiffure elle-même ressemblait à un bijou. Comme chaque fois qu'il l'avait vue de près – les occasions avaient été rares –, Vignac fut comme enivré par le spectacle qu'elle offrait. Il prit conscience avec d'autant plus de douleur que son rêve, se retrouver un jour face à elle, s'éloignait à chaque heure qui passait. Il ne parviendrait jamais à obtenir une audience. Une fois qu'elle aurait atteint son objectif, elle n'aurait certainement aucune envie qu'on vienne lui rappeler ce maudit tableau à l'aide duquel on avait tenté de la perdre et qui lui avait valu son salut. Il avait beau retourner le problème dans tous les sens, lui – Vignac – restait le dindon de la farce.

Il suivit sans vraiment savoir pourquoi le cortège qui se dirigeait vers l'église. Il se fraya un chemin dans la foule et réussit à avancer dans l'édifice surpeuplé jusqu'à ce qu'il puisse, de sa place, voir Gabrielle dans la loge qui lui était réservée. Il régnait dans la petite église une chaleur insupportable. Les gens se pressaient, toujours plus nombreux, pour écouter la belle musique et apercevoir la future reine. Immobile dans sa loge, Gabrielle écoutait Mademoiselle de Guise lui lire des lettres arrivées de Rome le matin même.

Puis, alors que le chœur venait de commencer à chanter, il y eut de l'agitation sur la galerie. Des gardes descendirent l'escalier, fendirent brutalement la foule et ouvrirent un chemin à la duchesse et à Mademoiselle de Guise. Vignac vit la sueur sur le visage de Gabrielle et le tressaillement imprimé par un souffle trop court aux muscles de son cou. Elle roula des yeux et manqua tomber. Dehors, elle se reprit et sourit, comme libérée, lorsque sa chaise à porteurs se mit en route vers l'hôtel particulier de Zamet.

C'est Ballerini qui lui apprit, le soir venu, ce qui était arrivé à la duchesse. Après son retour, elle avait fait quelques pas dans le jardin de Zamet où une convulsion l'avait terrassée. Un peu remise, elle s'était rendue dans son appartement pour se reposer. Elle avait commencé à écrire une lettre au roi, mais n'avait pu l'achever : une deuxième convulsion s'était emparée d'elle avec une telle force qu'elle était restée recroquevillée au sol pendant plusieurs minutes. La crise avait été si sérieuse qu'on n'était pas parvenu à la remettre debout. Lorsque la convulsion s'était atténuée, elle avait réclamé avec insistance de quitter immédiatement la maison de Zamet et d'être conduite rue des Poulies, dans la maison de sa tante. On s'était conformé à son ordre. Mais elle avait été prise d'une nouvelle crise qui, dépassant de loin les deux précédentes, avait fait naître le soupçon que la duchesse souffrait d'un mal extraordinaire et courait un sérieux danger. Son état s'était toutefois amélioré au cours de la soirée. Selon Ballerini, elle s'était endormie vers huit heures.

Vignac adressa au médecin un regard éloquent. Mais celui-ci secoua la tête. C'était sans doute un poison qui lui avait valu ces convulsions, dit-il, mais pas un qu'on lui ait administré. Il ne connaissait pas un seul cas d'empoisonnement provoqué artificiellement qui n'ait pas débuté par des vomissements. Le mal dont souffrait la duchesse venait de l'intérieur : elle en était elle-même la cause.

Vignac n'en crut pas un mot. Sans attendre la fin des explications de Ballerini, il courut dans la rue et se retrouva peu après sur la place située devant le décanat. La nouvelle de la maladie de la duchesse avait couru dans Paris comme le feu sur une traînée de poudre : en quelques heures, les curieux avaient rempli la rue des Poulies. Les bourgeois de Paris regardaient, incrédules, la petite fenêtre illuminée derrière laquelle leur future reine se tordait sous les convulsions. On ne put rien apprendre des soldats qui gardaient encore les entrées le mercredi. L'angoisse et l'effroi leur avaient sans doute coupé la langue. N'étaient-ils pas tous responsables sur leur tête de la sécurité de la duchesse ?

Comme aucun autre événement n'eut lieu ce soir-là, la foule se dispersa. Mais les badauds furent d'autant plus nombreux à se presser le lendemain autour du logis. L'idée qu'une fin rapide serait sans doute ce qui pourrait arriver de mieux s'installa peu à peu. Vignac se rappela cette effroyable matinée où le pamphlet contre Gabrielle avait fait les délices des bourgeois parisiens. Il perçut, cette fois encore, la haine qu'on vouait ici à la duchesse. On ne voulait pas voir cette femme-là au côté du roi, et encore moins sur le trône. Le roi, lui, était un homme de bien. Mais sa maîtresse et la famille de celle-ci saignaient le royaume comme des sangsues. Le roi le savait bien. Quelques semaines plus tôt, lorsque lui-même et la duchesse, vêtus en paysans, avaient pris une péniche incognito pour rejoindre le Louvre, Navarre avait encore demandé au pilote ce qu'il pensait du roi. Et le marinier lui avait sincèrement répondu que le roi convenait fort bien, mais que sa maîtresse n'avait pas le sens de la mesure, qu'il lui fallait plus de bijoux et de robes que la reine de Saba, raison pour laquelle on lui prenait jusqu'au dernier thaler gagné avec sa barge. Gabrielle, furieuse, avait ordonné que cet homme soit sévèrement puni, mais le roi s'était contenté de rire et avait ordonné que le marinier soit désormais exempté d'impôts.

Que le diable l'emporte, cette maudite Gabrielle ! Navarre semblait partager cette opinion : il ne se montra pas de tout le jeudi, resta à Fontainebleau sans rien faire et laissa les choses suivre leur cours. Lorsque le médecin personnel du roi se présenta, l'après-midi, beaucoup considérèrent que l'affaire était déjà réglée. Quand un docteur apparaissait, le fossoyeur n'était plus loin. Et la sueur sur le front de Monsieur de La Varenne, qui se fraya le soir un chemin dans la foule pour rejoindre Fontainebleau à cheval, était un signe infaillible : on pouvait s'attendre sous peu à recevoir de grandes nouvelles.

Dans la nuit du vendredi, un étrange sortilège parut s'être abattu sur la maison de la rue des Poulies : le lendemain matin, aucun des gardes qui avaient été chargés de surveiller les lieux ne s'y trouvait plus. Le logis émergea dans la lumière du matin comme un navire sans équipage, portes d'entrées ouvertes et salles désertes. Mais au premier étage, à un jet de pierre du Louvre qu'elle avait sans doute eu devant les yeux à chaque regard par la fenêtre, Gabrielle reposait à peine consciente, presque déjà anéantie par des convulsions sans fin. Ce Vendredi saint serait une longue journée et une longue nuit. Pâques n'y succéderait pas : ce seraient ses dernières heures, juste avant Quasimodo.

L'après-midi, lorsque le médecin eut épuisé toute sa science, le visage de Gabrielle commença à se teinter de noir. C'en fut trop, même pour ceux qui étaient restés jusque-là à ses côtés dans l'espoir de pouvoir arrêter malgré tout la progression du mal. La mêlée était indescriptible. Valets, religieux, courtisans, laquais, cochers, femmes de chambre, bonnes, soldats, bref, tous ceux qui avaient surgi au cours des journées précédentes dans la chambre où agonisait la duchesse quittèrent les lieux à la hâte, en se signant. C'est alors le petit peuple qui afflua dans la maison et qui, animé par une curiosité morbide, se pressa autour du corps bizarrement recroquevillé de la mourante que l'on avait fermement attachée au lit. S'il s'était agi d'un animal, on aurait eu la pitié de l'abattre. Mais elle n'avait d'autre choix que de mourir à petit feu. Elle s'étiolait un peu plus à chaque crise.

C'est ainsi que Vignac la vit finalement lorsqu'il rassembla tout son courage, le vendredi soir, et entra dans la chambre de la mourante. La pièce était noire de monde, mais un silence presque complet régnait, qui semblait provenir du lit et de la femme qui y reposait comme sur un catafalque. Vignac, consterné, observa le visage aux couleurs violacées, les lèvres mordues et couvertes de croûtes de sang bleu-noir, les orbites blanches où rien ne bougeait plus. Il eut un bref instant l'impression que les yeux de la mourante tentaient de se retourner et de regarder vers l'intérieur pour assister à l'œuvre destructrice qu'y accomplissait la maladie à laquelle elle était livrée sans défense. Vignac se sentit mal. Il replongea dans la foule des curieux, le souffle court. Lorsqu'il fut redevenu maître de lui-même, il constata qu'il avait les larmes aux yeux. Il les essuya et écouta le chuchotement qui emplissait la chambre. Son regard revenait constamment sur cette chose noire qui, couchée à l'autre extrémité de la pièce, tressaillait ou se cabrait légèrement par instants, puis retombait sur elle-même et crachait parfois un mélange de salive, de sang et d'autres sucs, comme si de petits diables lui faisaient minutieusement sortir les intestins.

Il était dans une sorte de brouillard lorsqu'il vit tout d'un coup la gouvernante de la duchesse s'effondrer devant le lit. Était-elle dans la chambre depuis le début ? Il n'avait pas remarqué son arrivée. Lorsqu'il regarda vers l'entrée, il découvrit le visage impassible de Sandrini qui suivait la scène et ne l'avait certainement pas encore reconnu dans la foule. Pourquoi n'avait-il pas peur ? N'étaient-ils pas à ses trousses ? La vue de cette atroce agonie l'avait-elle rendu ivre ou indifférent ? Mais que faisait la gouvernante là-bas, devant le lit ? Vignac entendit ses lamentations : ce qui se passait ici était épouvantable. Elle prit dans ses bras la femme inanimée, embrassa et serra contre elle les mains qui pendaient mollement et, submergée par la douleur et la tristesse, finit par reculer devant l'agonisante pour se confier aux bras consolateurs de son mari.

La scène avait quelque chose d'irréel. Vignac vit les bijoux que Madame Hermant avait ôtés à la duchesse inanimée, glisser dans la poche de son époux.

Puis une autre dame d'honneur bouleversée s'effondra devant le lit. Vignac était à bout ; il sortit de la chambre sans se faire remarquer.

Lorsque Gabrielle mourut enfin, le samedi, Vignac resta toute la journée chez Ballerini, dans la pièce commune, sans bouger. Les heures n'en finissaient plus de passer. Valeria était avec lui. Elle avait peur. Elle implorait Vignac de la faire sortir de la ville et lui arracha finalement la promesse de partir le dimanche. Elle ne comprenait pas non plus ce qui désormais retenait encore Vignac. Celui-ci se réfugia dans le silence. Il ne l'écoutait pas. Dans le labyrinthe où il errait, aucun conseil bienveillant ne pouvait parvenir jusqu'à lui. Assis à la fenêtre, il regardait fixement devant lui. Le soir enfin, constatant que l'obscurité était tombée et que le médecin n'était pas encore revenu, il quitta la maison.

La ville baignait dans une pénombre lugubre. Le ciel était sombre, couleur lilas. Une chaleur inhabituelle pour la saison pesait sur les ruelles. Il se rendit rue des Deux-Portes. Pendant un moment, il observa à bonne distance la maison de Perrault. Il attendit pour entrer que l'obscurité fût complète. Il passa dans l'atelier, ferma la porte à clef et attendit. Quoi donc ? Il l'ignorait. Tendu, il guetta les bruits qui venaient de la rue et de la cour intérieure, devant la baraque. Mais tout était silencieux. Les aboiements des chiens. Le chant des grillons. Parfois le hennissement d'un cheval.

Il repensa à sa vie, à sa quête démesurée de gloire et de reconnaissance. Tout cela lui paraissait insensé. Quel démon moqueur avait placé sur son chemin les tableaux de la Diane au bain ? N'aurait-il pas dû se contenter du travail qu'il avait et qui ne lui promettait certes pas la gloire, mais un revenu assuré ? La vie ne lui avait-elle pas constamment montré que les œuvres bonnes et belles peuvent certes être le fruit de l'effort humain, mais que les œuvres glorieuses, celles qui résistent au temps, jaillissent d'un acte de grâce qui dépasse largement la capacité humaine ? Dieu avait-Il voulu lui démontrer cette amère vérité en lui donnant un talent et en lui refusant la grâce de pouvoir s'en servir ? Serait-il condamné, toute sa vie, à sentir en lui une force créatrice qui ne pourrait jamais s'exprimer pleinement dans une forme ?

Les cloches sonnèrent huit heures. Que faisait-il encore ici ? Il rassembla quelques ustensiles que la hâte de son départ l'avait empêché d'emporter quatre semaines plus tôt. Ces précieux pigments, comment avait-il pu les oublier ? Les tamis d'huile étaient eux aussi encore utilisables. Mais à peine avait-il rassemblé ces objets devant lui, sur la table, qu'ils lui furent de nouveau indifférents. Où devait-il aller à présent ? Rejoindre Lussac à Clermont ? Ou retourner dans le Sud ? Paris lui était définitivement fermé. Tant que la duchesse avait été en vie, il avait encore eu un espoir de voir cette mauvaise plaisanterie se retourner en sa faveur. Ce n'était plus le cas. Quels tombereaux de haine s'étaient déversés sur Gabrielle au cours de ses dernières heures ! Personne ne l'aimait. Sa famille était un objet de mépris. Il avait été fou de lier son bonheur au succès de cette femme. Ballerini avait-il eu raison ? Au lieu d'accourir à Paris pour l'assister dans ses dernières heures, le roi avait laissé passer trois jours sans rien faire avant de se mettre en route. Et il était revenu sur ses pas à mi-parcours, en apprenant qu'elle était déjà morte.

— Je vois que vous vous apprêtez à partir ?

Vignac se retourna brusquement et aperçut Sandrini par la porte entrouverte.

Sandrini leva la main, d'un geste rassurant, mais resta sur le seuil. Derrière lui, dans le bâtiment principal, l'obscurité était complète. Vignac aurait été incapable de dire si d'autres personnes s'y trouvaient aussi. La peur le fit reculer ; il chercha malgré lui un objet susceptible de lui servir d'arme.

Sandrini l'observait avec une curiosité chagrinée.

— N'ayez pas peur. Je ne suis qu'un homme faible, malade et sans escorte. Me permettez-vous d'entrer ?

Vignac toisa sans rien dire le personnage qui ferma la porte et s'installa sur une chaise, au bout de la table.

— Je comprends votre crainte et votre réserve. Mon nom est Sandrini, si vous le permettez. Nous avons déjà eu le plaisir de nous rencontrer, mais on ne nous a jamais présentés.

Il lui tendit la main, mais Vignac ne bougea pas.

— Que voulez-vous ?

— Rien, Maître Vignac. Nous ne voulons plus rien de vous. Vous avez rempli à notre entière satisfaction la mission qui vous avait été confiée. Que la Providence ait finalement fait échouer le beau plan qui avait été conçu est un accident que nul ne pouvait prévoir. Mais la corde a rompu. La duchesse ne vit plus. Dieu seul connaît les dessous de cette affaire. Mais vous, vous devez savoir que nous n'avons pas abusé de vous. Madame serait très profondément malheureuse si elle apprenait dans quelle rage vous quittez la ville. Avez-vous trouvé sa dernière marque d'attention ?

L'homme leva les sourcils et désigna des yeux l'endroit où Vignac avait trouvé la bourse, quelques jours plus tôt. Le peintre hocha la tête sans rien dire. Son esprit s'embruma. La peur l'anesthésiait. Il tentait d'écouter ce que lui disait cet homme, mais une seule idée l'accaparait : désormais, il était prisonnier.

— Eh bien, voilà, tout est en ordre. J'ai beaucoup d'admiration pour votre talent, Maître, et je regrette beaucoup que dans l'avenir, nous n'ayons plus à employer vos services. Mais cela vous consolera peut-être d'apprendre que mes jours à la Cour sont eux aussi comptés. Le personnel domestique de la duchesse a été congédié aujourd'hui par le roi. Madame Hermant et son mari ont été arrêtés. Cela dit, la chute de ces deux-là était prévisible. La liste de leurs manquements est très longue. Mais la mort subite de la duchesse fait régner à la Cour une tension extrême. Vous voyez que vous avez tout intérêt à quitter la ville.

Vignac scrutait l'homme assis sur la chaise, devant lui. Pourquoi était-il venu ici ? Il observa ce visage blême et étroit, ces yeux brun foncé qui le regardaient avec curiosité. Ses sourcils étaient mystérieusement rasés en une fine ligne. Son front s'élevait bien au-dessus des yeux, surmonté d'un crâne puissant où ne restaient plus que quelques cheveux.

L'homme semblait lire dans les pensées.

— J'espérais bien vous rencontrer ici. Nous avons souvent parlé de vous, nous nous sommes demandé comment vous réagiriez à l'usage fait de votre tableau. La duchesse voulait que l'on vous mette dans le secret, mais elle se laissa facilement convaincre du contraire quand on lui eut démontré les risques qu'il y avait à vous expliquer tous les détails du plan. Vous auriez peut-être refusé ou jugé l'entreprise trop risquée. Vos mains auraient sans doute tremblé pendant l'exécution de l'œuvre si vous aviez connu la véritable destination de la peinture. Tous mes respects. Vous avez admirablement reproduit notre petite saynète.

Vignac était incapable de répondre. Ses genoux tremblaient. Que lui racontait cet homme ? Une fois déjà, on lui avait servi ce genre de discours, de la poudre aux yeux. D'innombrables questions lui passèrent par la tête, mais il résista à la tentation de discuter avec l'homme au risque de se concentrer non plus sur sa personne, mais sur son discours douteux. Il en avait fait déjà l'expérience ; il ne se laisserait plus tromper par de belles paroles.

Mais Sandrini continuait à parler.

— Je peux comprendre que vous ne soyez pas bien disposé à notre égard après tout ce qui s'est passé.

Il se leva lentement et fit quelques pas dans la pièce. Les muscles de Vignac se tendirent malgré lui.

— Restez où vous êtes ! fit-il d'une voix menaçante.

Sandrini s'arrêta et sourit.

— Votre peur est totalement injustifiée, mais je respecte votre vœu. Voyez-vous, votre toile était le dernier moyen de faire comprendre au roi la situation impossible où se trouvait la duchesse. Il ne comprenait pas le danger que ses fâcheuses hésitations faisaient courir à sa maîtresse. La manière était certes un peu grossière, mais extrêmement efficace, vous en conviendrez. S'il avait accepté cette offense publique, il aurait reconnu à la face du monde qu'il avait abandonné la duchesse. La démarche était risquée, mais au fond, nous n'avons jamais douté qu'il se marierait bel et bien le moment venu. Mais de quelle manière pouvait-on inciter Sa Majesté à l'annoncer publiquement et de manière irrévocable ? Vous admettrez que le plan était remarquable, taillé sur mesure pour le caractère à la fois hésitant et offensif de notre roi et seigneur bien-aimé. Pouvait-il accepter cet affront ? Il ne savait pas qu'elle s'était elle-même jetée dans la fosse d'où il devait à présent aller la tirer. Qui se montrerait plus rusé qu'une femme ? Pareille idée vous serait-elle venue à l'esprit, à vous ?

Le cerveau de Vignac travaillait fébrilement. Il sentait que l'homme qu'il avait devant lui mentait. Rien de tout cela ne correspondait à la vérité. Ce n'était qu'une vague intuition, mais il était certain qu'elle ne le trompait pas. À moins que les mots de Ballerini ne l'aient immunisé contre ce bavardage ? Si seulement il avait su pourquoi cet homme lui rendait visite. Les mots de Ballerini lui revinrent à l'esprit : Ils se sont *tous* trompés.

L'homme se tenait à quelques pas de lui et le regardait avec curiosité. Vignac constata qu'il respirait difficilement et qu'il avait visiblement du mal à tenir sur ses jambes. Soudain, il vacilla, se retint d'une main à la table et retomba lourdement sur le siège. Vignac voulut le rejoindre, mais Sandrini leva la main pour l'arrêter, puis la posa sur sa poitrine et inspira profondément en serrant douloureusement les paupières à chaque respiration.

— Laissez donc. C'est bon. Je sais que vous ne me croirez pas. Mais c'est du passé, maintenant, cela n'a plus d'importance.

Ses mots se perdirent dans un râle. Sa tête tomba en avant, mais se releva aussitôt et resta dans une position peu naturelle, légèrement inclinée.

Vignac se rapprocha encore.

— Dois-je aller vous chercher de l'eau ?

— Non, laissez. Le petit diable qui ronge mon cœur de pécheur aura bientôt mangé à sa faim. Mais je vous serais reconnaissant si vous pouviez ouvrir un peu. Comme tous les mauvais esprits, il évite l'air frais.

Vignac se rendit à la fenêtre, leva le verrou qui céda en grinçant et secoua le cadre enflé par l'humidité. Lorsque le battant céda enfin, un léger courant d'air passa par les volets fermés.

Il n'avait pas quitté l'intrus des yeux un seul instant. Effondré sur son siège, Sandrini respirait lourdement. Vignac se posta à l'autre bout de la pièce et s'adossa au mur. Pour le moment il n'avait rien à craindre de cet homme. On voyait bien que Sandrini tenait à peine sur ses jambes. Au bout d'un moment, le souffle de l'Italien s'apaisa.

— Je ne crois pas un mot de ce que vous dites, finit par répondre Vignac. Tout cela est désormais indifférent, c'est exact. Mais rien de ce que vous voulez me faire croire n'est vrai. Votre projet était de faire subir un affront public à la duchesse pour que le roi renonce à ce mariage. C'est à Navarre, et à lui seul, que l'on doit l'échec de cette plaisanterie. Et vous avez eu peur que je n'aille raconter à la duchesse à qui elle devait ce mauvais coup. C'est la raison pour laquelle vous avez éloigné la fille, contre sa volonté, de l'hôtel de Zamet. Vous l'avez battue et vous avez abusé d'elle pour qu'elle vous révèle où je me trouvais. Vous lui avez arraché du cou la clef de cette maison, et vous avez guetté mon arrivée ici. Me croyez-vous vraiment assez bête pour me laisser tromper par vos fables ?

Sandrini sourit.

— Ah ! oui, la jeune fille. Elle s'appelle Valeria, n'est-ce pas ?

Une lueur glaciale brilla dans les yeux de Vignac. Il posa la main derrière lui et attrapa une bûche de bois.

— La réussite de cette plaisanterie a rendu la duchesse de Beaufort folle de joie. Mais vous ne connaissiez pas cette femme et vous ne comprenez donc pas sa manière d'agir. Elle a eu peur, tout d'un coup, qu'on ne puisse révéler la clef de sa jolie petite comédie. Elle comptait envoyer quelqu'un vous prendre le lendemain et vous demander de quitter la ville jusqu'à nouvel ordre. Je ne vous ai pas trouvé. Faute du peintre, je me suis rabattu sur la fille et je lui ai ordonné de m'indiquer où vous séjourniez. Elle s'est montrée butée, obstinée, elle n'a pas voulu me dire un mot. Je n'ai pas l'habitude de discuter avec les domestiques. Les quelques gifles qu'elle a reçues ne lui auront pas fait de mal. Lorsque la duchesse a su que vous étiez introuvable, elle a été prise d'un accès de colère et a ordonné qu'on enferme la fille et qu'on vous amène immédiatement, à n'importe quel prix.

— Et vous avez su mener cette affaire comme il fallait.

— Je vous ai déjà dit mon aversion pour les domestiques entêtés.

— Assez. Épargnez-moi vos histoires. Rien de tout cela n'est vrai.

Sandrini grimaça.

— Vous êtes un méfiant, Maître Vignac. Je le serais peut-être tout autant si je me trouvais à votre place. Mais mettez-vous un instant dans la situation de Madame de Beaufort. Elle avait d'un seul coup son objectif à portée de main. Les lettres arrivées de Rome lui étaient favorables. Navarre s'était décidé et avait officiellement annoncé leur mariage. Était-il étonnant que la duchesse veuille éviter le moindre écueil susceptible de remettre en cause ses grands projets ? Si vous ne vous étiez pas caché, elle vous aurait fait un pont d'or et vous aurait fait raccompagner hors de Paris, aussi vrai que je suis assis devant vous. Nous n'avons jamais eu l'intention de nuire à l'homme auquel nous devons le succès de toute l'entreprise. Celui qui gouverne nos destins à tous en a décidé autrement. La duchesse a été victime de son exaltation. Aujourd'hui, on lui a ouvert le ventre et on en a ressorti le corps inanimé de l'enfant qu'elle portait.

Vignac se laissa lentement glisser vers le sol. Assis sur sa chaise, Sandrini le regardait d'un air las : son cœur semblait à nouveau le faire souffrir. Vignac refusait obstinément de se laisser apitoyer par l'inconnu. Il voulait le haïr, il lui aurait brisé les membres pour ce qu'il avait fait à Valeria, il lui aurait mis ses poings dans la bouche pour faire taire ses mensonges ignobles. Mais son ton tranquille, son discours réfléchi et pondéré faisaient naître des doutes en Vignac. L'avait-on vraiment traqué ? Avait-on jamais eu de mauvaises intentions à son égard ? Était-il possible qu'il n'ait fait qu'imaginer cette menace ? La visite de Sandrini le mercredi des Cendres. Vignac avait pris la fuite devant lui sans avoir entendu de sa part ne fût-ce qu'un mot d'explication. Ils avaient maltraité Valeria, mais la peur de la duchesse n'était-elle pas compréhensible ? Peut-être avait-elle craint que l'angoisse ne le pousse à commettre une bêtise, peut-être est-ce pour cette raison qu'elle l'avait fait rechercher avec tant d'insistance.

Le mouvement fut aussi agile et rapide que l'avancée soudaine d'un reptile. C'est seulement au moment où la lame plongea, brûlante, dans son épaule, qu'il comprit que l'homme le frappait comme s'il était devenu fou. Il se précipita sur le côté en criant, se retourna et heurta la table. Il entendit un craquement sourd, puis la lumière s'éteignit. Une ombre noire vola juste au-dessus de sa tête. Il sentit un coup brutal contre son pourpoint de cuir. À cet instant, il comprit clairement que cet homme voulait le poignarder. Le coup suivant lui passa sur le flanc et se perdit dans sa veste. Vignac parvint à saisir la main, la serra de toutes ses forces, se redressa à moitié, plia son bras libre et laissa son coude s'abattre de tout le poids de son corps en dessous de lui, dans l'obscurité. Lorsqu'il frappa, il entendit une sorte de craquement. La main captive se ramollit. Soudain une autre main se leva vers lui et s'agrippa à son visage. Vignac ouvrit la bouche et mordit un doigt. Un flot de sang lui jaillit dans la gorge et sur le visage. Il cracha et repoussa la tête de toute ses forces vers le sol et l'obscurité. Puis il plongea dans une rage aveugle dont il n'émergea que lorsque son adversaire fut couché au sol à côté de lui, inanimé, le crâne ensanglanté.

La suite se déroula comme une succession de gestes soigneusement répétés. Il se vit lui-même déshabiller le mort. Puis il ôta ses propres vêtements et les passa au cadavre. Il alla chercher un pot dans un coin de la pièce, l'ouvrit et enduisit le corps inanimé d'une pâte noire et épaisse. Il ne semblait plus maître de ses gestes. Tout, tout doit disparaître, se dit-il à voix basse. Rien ne doit rester. Barbouille-lui le visage. Et les mains. Mais surtout son crâne fracassé.

Il le fit rouler sur le ventre et lui badigeonna le dos de poix. Puis une autre idée lui vint. Il abandonna soudain le corps et arpenta de nouveau la pièce. Lorsqu'il eut trouvé un morceau de cordage, il revint vers le mort, enroula par deux fois l'extrémité de la corde autour de son cou et la noua. Puis il souleva le corps sur la table, le redressa, jeta l'autre bout de la corde sur la poutre du toit et hissa le cadavre quelques mains au-dessus du sol. Tandis que le mort se balançait dans la pièce, Vignac étalait le reste de poix sur les murs de la baraque. Puis il amassa de la paille tout autour, dans laquelle il planta plusieurs bougies en ne les laissant dépasser que d'un doigt. Lorsqu'il les eut allumées, il enfila les vêtements du mort. Alors seulement, la monstruosité de son acte lui arracha un frisson. Les membres tremblants, il contempla son ouvrage. Le cadavre pendait à sa corde et pivotait lentement, vers la gauche, vers la droite, vers la gauche. La poutre craquait sous son poids. Puis, sans se retourner, Vignac ferma la porte de la cabane et quitta en toute hâte ce lieu de malheur.

Un peu plus tard, il se retrouvait face à Ballerini, qui le regardait, incrédule. Que lui racontait le peintre ?

Mais son aspect ne laissait guère de doute sur la véracité de ses propos. Sa chemise était imbibée de sang, ses mains et ses bras étaient enduits de poix noire. Le visage de Vignac était inexpressif, le ton de sa voix tranquille. Il voulait juste demander au médecin un dernier service : il fallait que Ballerini leur fasse quitter la ville immédiatement, à lui et à Valeria. Au matin, une fois rentré, il devrait se rendre à la maison de Perrault et dire que l'homme retrouvé dans les cendres était bien lui, Vignac. Rien de plus. Non, il n'avait rien à expliquer, il n'était coupable de rien. Le médecin l'implora de le laisser d'abord le soigner et panser ses plaies, et de ne quitter la ville que le lendemain. Mais le peintre, persuadé que s'attarder encore lui vaudrait une mort certaine, ne voulut rien savoir.

Troisième partie

La main du peintre

1.

Le soir tombait déjà à l'extérieur lorsque je levai les yeux du manuscrit. J'avais lu jusqu'aux premières heures de la matinée puis, vaincu par la fatigue, j'avais dormi jusqu'à onze heures. J'avais fait monter mon petit déjeuner dans ma chambre et je n'avais plus quitté mon bureau jusqu'à la fin de la journée. Lorsque je me redressai, ma montre indiquait presque vingt heures. Je pris dans le réfrigérateur un sachet de chips et une bière puis m'allongeai sur le lit.

J'avais la mine défaite, me sentant à la fois surexcité et abattu. Koszinski avait raison : les documents n'apportaient aucun élément concluant. Je pris le téléphone, composai le numéro de sa chambre mais raccrochai avant la première sonnerie. J'attrapai les feuilles de papier à lettres sur lesquelles j'avais griffonné quelques questions pendant ma lecture et relus rapidement mes notes. La duchesse avait-elle ou non été empoisonnée ? Bonciani existait-il réellement ? Qu'en était-il du tableau du Louvre ? Avait-il été peint ultérieurement ? Où ? Pourquoi ?

Je me débarbouillai le visage et descendis dans la salle de restaurant. L'heure du dîner était passée depuis longtemps, mais le garçon m'informa qu'au bar, on trouverait certainement encore un petit quelque chose à me servir. Je ne vis Koszinski nulle part. Il était vraisemblablement déjà allé se coucher. Je commandai un sandwich mais n'en mangeai que la moitié. Puis j'allai faire une promenade dans le parc. Mes yeux me faisaient mal et la lassitude qui s'empara soudain de moi m'incita à revenir rapidement dans la chambre. Les scènes inspirées par ma lecture repassèrent dans mon esprit jusqu'à ce que je sombre dans un sommeil profond et sans rêve d'où seule me tira la sonnerie du téléphone, le lendemain matin.

— Je pensais vous voir au petit déjeuner, l'entendis-je dire.

— Quelle heure est-il ?

— Neuf heures. Avez-vous bien dormi ?

— Oui, merci.

— Le restaurant ferme dans une demi-heure. Nous nous retrouvons ensuite en salle de lecture ?

Je répondis par l'affirmative et me dépêchai d'aller prendre une douche. Après le petit déjeuner, je revins dans ma chambre et rassemblai mes papiers. Puis je me mis en quête de Koszinski et le trouvai, comme convenu, dans la salle de lecture. Il était penché sur un échiquier. Son visage s'éclaira lorsqu'il me vit venir vers lui avec la liasse de papiers. Il désigna le cadran de sa montre et y fit tourner le doigt, ce qu'il était facile d'interpréter comme une invitation à attendre la fin de la partie. Il n'y avait plus beaucoup de pièces sur l'échiquier. Artillerie lourde et pions inamovibles : selon mon évaluation, une recette pour fins de parties acharnées. Je me rendis au bar de l'hôtel, commandai un thé et feuilletai un quotidien.

La défense de Koszinski présentait manifestement une faiblesse que je n'avais pas remarquée en jetant un coup d'œil furtif sur l'échiquier. On venait tout juste de me servir le thé lorsqu'il sortit de la salle de lecture, se dirigea vers moi et me dit que cela faisait la troisième fois que ce chef de chœur de Nuremberg l'attirait dans un piège. C'était du reste un homme intéressant auquel son habitude de ne pas mâcher ses mots avait valu quatre années de prison à Bautzen, à l'Est, où il s'était creusé une petite place au paradis des joueurs d'échecs – ce que lui, Koszinski, ne réussirait sans doute jamais à faire. De toute façon la journée était trop belle pour réfléchir à des combinaisons complexes.

Il prit le manuscrit, le laissa à la réception et nous quittâmes l'hôtel par le jardin. Quelques minutes plus tard, la fraîcheur silencieuse de la Forêt-Noire nous enveloppait déjà. Mes pensées se projetaient dans l'avenir. D'ici à quelques jours, je serais en route pour Bruxelles, où j'irais préparer mes cours. Je respirai profondément et chassai cette idée déplaisante.

Nous suivîmes le chemin de randonnée avant d'obliquer dans un sentier étroit. Celui-ci se ramifia peu à peu, et nous choisîmes une fois de plus la voie la moins praticable qui nous offrit peu après une vue enchanteresse. Au bout d'une demi-heure de montée abrupte, nous atteignîmes une avancée rocheuse dont l'extrémité soudaine révélait un paysage déployé dans la plaine comme un gigantesque drap. Mis à part quelques moutons en suspension, le ciel paraissait avoir été balayé.

— Alors ? finit-il par demander. Que dites-vous de cette histoire ?

— Je l'ai lue presque d'un trait, répondis-je. Mais vous avez raison. La fin est ratée. En réalité, tout reste possible.

— Je suis persuadé, répliqua-t-il, que la conclusion n'est qu'une première ébauche. La discussion avec Ballerini aurait permis d'aller beaucoup plus loin. Au bout du compte, c'est l'incertitude sur le véritable commanditaire qui retient le peintre dans la ville. Ce thème mériterait certainement qu'on l'approfondisse. Imaginez ce qu'on aurait pu faire de la scène dans la chambre funèbre ! Vignac se tient devant le cadavre de la duchesse. Et voilà qu'apparaît la femme rousse qui lui a joué cette mauvaise plaisanterie. D'ailleurs, elle a réellement existé. Dans les documents d'époque, on parle parfois d'une certaine *La Rousse*, une femme auréolée de scandale qui gravitait dans l'entourage de la duchesse. Elle et son mari, Mainville, capitaine de la Garde, ont été embastillés pendant six ans après la mort de Gabrielle. Personne ne sait pourquoi. Vous vous le rappelez peut-être, la question est brièvement abordée au cours de l'interrogatoire du marquis de Rosny. Vers 1605, ces deux personnages retrouvent tout d'un coup charges et dignités, là encore sans la moindre explication. Mais c'est un fait attesté par les documents. Et puis cette scène finale dans l'atelier. On veut éliminer le dernier témoin. Morstadt laisse Sandrini affirmer que c'est la duchesse elle-même qui a passé commande de la toile afin de faire pression sur le roi. Une idée bien étrange. Vignac ne sait plus à quel saint se vouer. Une fin abrupte, dommage. Non, à bien y regarder, pas une fin du tout. J'espère que vous n'avez pas été déçu ; mais je vous l'avais dit, j'ai eu l'impression que Morstadt n'était pas allé au bout de cette histoire.

Koszinski retira sa veste.

— Oui, dis-je, on aimerait bien savoir qui a effectivement passé commande du tableau. Il y a malheureusement un autre point qui demeure parfaitement opaque : ce sont les circonstances exactes de la mort singulière qu'a connue la duchesse.

— Oui, c'est effectivement ce qu'il y a de plus étrange dans toutes ces notes. Y a-t-il eu un complot contre la duchesse, ou bien ce que Morstadt fait dire au médecin est-il exact ? Le roi a-t-il, en réalité, jamais eu l'intention d'épouser la duchesse ? Car si l'on pouvait prouver le contraire, on montrerait qu'il n'était pas nécessaire d'attenter aux jours de Gabrielle.

— Et vous, demandai-je, qu'en pensez-vous ?

— Je pense que la duchesse a été empoisonnée. Morstadt s'est trompé. C'est aussi pour cette raison que le livre n'a jamais été achevé. Il a laissé son imagination l'entraîner dans une belle théorie et il n'en a plus trouvé la sortie. Il n'aurait pas dû donner à cette histoire une forme aussi complexe, il en aurait tiré un beau roman policier.

— Mais il fallait bien qu'il tienne compte des faits. À moins que tout ce qui se trouve dans ces notes ne soit pure invention ?

Il haussa les épaules.

— Bien entendu, je n'ai pas tout vérifié. La plupart des événements sont historiquement attestés. Pourtant, cette affaire n'a jamais été élucidée. Pour moi, c'est la solution la plus vraisemblable. La mort de Gabrielle, si près du trône, ça ne peut pas être un hasard.

— Mais on trouve une tout autre version dans le manuscrit, répondis-je.

— Vous voulez parler de Ballerini ?

— Oui. Le médecin affirme que la duchesse est morte en raison de son état de surexcitation. Aucun signe d'empoisonnement provoqué de l'extérieur. Pas de vomissements après le repas dans la maison de l'Italien.

— Mon cher ami, le médecin est une invention de Morstadt.

— Soit, mais dans le cadre du récit, ce qu'il affirme est parfaitement logique. Il est tout de même difficilement concevable que la duchesse ait été empoisonnée avec l'accord du roi !

— Pourquoi avec l'accord du roi ? demanda-t-il.

— Parce que tous les passages du manuscrit qui évoquent la possibilité d'un empoisonnement font indirectement peser des charges sur le roi lui-même. Rappelez-vous. Henri et Gabrielle se trouvent au château de Fontainebleau. Il décide tout d'un coup de l'envoyer passer les fêtes de Pâques seule à Paris. C'est la première fois que cela se produit. Gabrielle plonge dans un profond désespoir. Pourquoi doit-elle se séparer de lui deux semaines avant leur mariage ? Mais Henri reste de fer. Les adieux au débarcadère de Melun sont déchirants. Après, on la conduit justement chez Zamet, qui semble être à la botte des Italiens. À peine y a-t-elle mangé qu'elle s'effondre, prise d'épouvantables convulsions. Lorsque le roi apprend sa maladie, il laisse deux jours s'écouler avant de partir pour Paris. À mi-chemin, on l'arrête et on lui fait croire que la duchesse est déjà morte, alors qu'il lui restait encore une journée et une nuit entière à vivre. Et cette trahison reste impunie. Tout indique que le roi a une part quelconque dans ce malheur.

— Je n'exclurais pas entièrement la possibilité qu'Henri ait été informé du complot. Selon toute apparence, il était heureux que cette affaire se règle ainsi.

L'affirmation de Koszinski me parut monstrueuse.

— Je suis tout simplement incapable de l'imaginer, répliquai-je. Par ailleurs, une chose est clairement établie dans les interrogatoires de Rosny et de La Varenne : aucun des contemporains n'a sérieusement pensé à un empoisonnement.

Il se mit à rire.

— Il n'y a rien d'étonnant à cela. Tous deux auront sans doute veillé à écarter tout ce qui aurait pu les compromettre. Après cette mort inexplicable, Rosny et La Varenne avaient l'un comme l'autre de bonnes raisons de se laver de tout soupçon de conjuration. Rosny vouait à Gabrielle une haine démesurée. Il craignait en outre pour la légalité de la succession au trône. La Varenne était un jésuite inavoué. Depuis qu'un de ses pairs avait commis un attentat contre la vie de Navarre, l'ordre avait été chassé du pays. Si le roi épousait la catholique Marie de Médicis, les jésuites reviendraient en France dans le sillage de cette dernière. Les assassins de Gabrielle auraient même ainsi contribué indirectement à la réhabilitation de cet ordre. Enfin, le roi lui-même n'a pas manifesté un grand intérêt à étudier cette affaire de plus près. Après coup, la mort de Gabrielle a dû lui apparaître comme un don du ciel.

— Vous le croyez réellement ?

— Je ne veux pas dire qu'Henri en personne ait trempé dans cette affaire. Mais il a consciemment mis Gabrielle en danger et n'a décidé aucune mesure pour éviter qu'on s'en prenne à sa vie. On sait bien d'autre part que le grand-duc Ferdinand de Médicis entretenait à Florence une équipe d'empoisonneurs patentés.

Les arguments de Koszinski ne me parurent guère convaincants, mais il avait encore en réserve d'autres considérations auxquelles je ne sus que répondre, du moins dans un premier temps.

— Pour Ferdinand de Médicis, la situation était claire, dit-il. Une fois Gabrielle écartée, il ne serait pas difficile de faire accéder Marie, sa nièce, au trône de France. Au fond, c'était la meilleure solution pour tout le monde. Pour Rome, pour Florence, mais aussi pour la France. Morstadt s'exprime à ce sujet. D'un point de vue dynastique, l'union d'Henri et de Gabrielle aurait été une catastrophe. Pourquoi, dans ce cas, ne pas aider un peu le destin ? Une fois Gabrielle éliminée, on ne s'interrogerait pas longtemps sur les motifs de sa disparition, heureux qu'un terme ait été mis à cette situation précaire. Par ailleurs, ce n'était pas le premier empoisonnement que l'on mettait sur le compte de Ferdinand. On le soupçonnait d'avoir empoisonné son frère, François, et l'épouse de celui-ci, Bianca Capello. C'est une histoire étrange et qui n'a jamais été élucidée, comme tant d'autres décès dans cette famille. Ferdinand, son frère François et l'épouse de celui-ci, Bianca, se trouvaient dans leur propriété à la campagne. En l'espace de quelques heures, ces deux derniers moururent subitement d'une mystérieuse maladie. Chacun savait que Ferdinand n'appréciait guère Bianca, cette intrigante, et l'on continue à se demander si, en même temps que cette belle-sœur indésirable, il n'avait pas aussi voulu écarter son frère de son chemin. Cet homme avait fait ses preuves comme empoisonneur.

— Mais ne pouvait-on pas attribuer les symptômes que manifestait Gabrielle à une maladie liée à sa grossesse ?

— Il faudrait interroger un médecin légiste sur ce point. Mais croyez-vous qu'à cette époque il ait été possible de diagnostiquer les empoisonnements à coup sûr ? Vous avez lu la liste des instruments chirurgicaux dont les médecins disposaient en ce temps-là, et la situation n'était certainement pas beaucoup plus réjouissante dans le domaine du diagnostic. Il y a en outre cette anecdote étrange en provenance de Rome. Vous vous rappelez qu'à la fin du premier chapitre, on raconte que le samedi 10 avril au matin, le pape Clément VIII est tout d'un coup sorti de sa chapelle privée et a annoncé que le problème était résolu, que Dieu avait fait jouer la Providence. J'ai d'abord pensé qu'il s'agissait d'une invention de Morstadt. Mais c'est exact, j'ai vérifié. Plusieurs témoins confirment cet épisode. À l'époque, une dépêche mettait au moins cinq jours pour aller de Paris à Rome. Même un pigeon voyageur parti à l'aube du lit de mort de Gabrielle n'aurait pu arriver à Rome avant le déjeuner et déposer chez le pape la nouvelle que l'un de ses problèmes les plus délicats avait été résolu. En revanche, on pouvait sans doute prévoir le temps qu'il faudrait pour qu'une personne succombe à un poison déterminé.

Les propos de Koszinski me laissèrent sans voix. D'un certain point de vue, cette interprétation donnait une logique interne à l'histoire. Le complot contre Gabrielle était parti de Florence. Dans un premier temps, on avait fait pression sur le pape : Clément VIII refusait de prononcer le divorce entre Marguerite et le roi si celui-ci songeait à épouser Gabrielle par la suite. Comme les intentions d'Henri ne changeaient pas, on lança à Paris la campagne de propagande contre Gabrielle. La duchesse fut outragée en public, on traita ses enfants de bâtards. Billets, pamphlets et satires circulèrent dans la ville. On tenta enfin, avec l'aide du tableau de Vignac, d'exposer le roi devant toute la Cour pour qu'éclate le scandale de cette liaison. Et où se trouve-t-il, aujourd'hui, ce tableau ? Au Palazzo Vecchio, à Florence ! Un beau souvenir de l'intrigue soigneusement ourdie par Ferdinand. Mais le roi s'obstinait dans son projet. Il annonça même la date du mariage et commanda les tenues de noces. Il ne restait plus qu'un seul remède, et c'est chez Zamet qu'on l'administrerait à la duchesse. Que le roi en ait été averti ou non, une chose est certaine, il ne l'avait pas empêché. La perte de sa bien-aimée lui fut d'autant moins douloureuse qu'elle lui facilita la solution d'un problème politique délicat.

Les choses s'étaient-elles déroulées de cette manière ? Et si l'intention de Morstadt avait été de raconter l'histoire dans ce sens, pourquoi ne l'avait-il pas fait ? Il avait pourtant rassemblé dans son récit tous les éléments d'une conjuration contre la vie de Gabrielle. Mais quelques passages du manuscrit ne s'intégraient pas à ce schéma. Dans la partie finale du récit, l'histoire prenait un tournant entièrement nouveau. Le médecin n'avait-il pas affirmé que le roi n'épouserait jamais Gabrielle ? Et n'avait-il pas laissé transparaître l'idée qu'Henri ne subordonnerait jamais la sécurité de son royaume à ses sentiments ? Ne parlait-on pas à plusieurs reprises, dans le manuscrit, de l'orgueil démesuré de Gabrielle, qui menaçait de plonger une nouvelle fois la France dans le malheur ?

Je fis part de mes réflexions à Koszinski. Mais il en resta à sa première idée.

— C'est exact, dit-il. L'auteur du manuscrit s'est empêtré dans ces contradictions. Il a perdu le contrôle de son sujet. L'histoire de la fausse commande et du sens caché du tableau était pourtant très originale...

— ... mais inachevée, objectai-je.

— Oui, dit-il, le cadre narratif ne va pas.

— Non, m'exclamai-je. Il manque encore quelque chose.

Koszinski marqua un moment de surprise.

— Ah, bon ! Quoi donc ?

— Le tableau du Louvre !

Il voulut répondre quelque chose, mais se contenta de me regarder, l'air dubitatif. Je ne savais pas moi-même d'où m'était venue cette idée. Bien entendu. C'était forcément cela. Si le récit n'était pas terminé, c'est que le peintre n'avait pas terminé non plus. Les documents n'en disaient rien, mais une piste devait forcément mener à cette dernière toile.

— Peut-être n'avez-vous pas encore trouvé tous les documents. Il est possible que d'autres papiers se soient trouvés dans l'un des autres cartons...

Koszinski grimaça, l'air chagrin.

— Oui, peut-être. Mais ces cartons-là ont été détruits depuis longtemps.

Il se tut un instant. Puis il ajouta :

— Ça serait vraiment trop bête, n'est-ce pas ?

Je ne l'écoutais pas vraiment. Une tout autre idée m'était venue et me plongeait dans une extrême excitation. Je revis tout d'un coup le tableau, les deux dames au bain, le pincement sur la pointe du sein, la bague, la femme de chambre à l'arrière-plan et le tableau à moitié caché au-dessus de la cheminée. Une vague intuition s'empara de moi. Non, si le récit s'était interrompu ici, c'était par la force des choses. S'il n'y avait pas d'autres documents, c'est que ce que l'on indiquait dans ceux-là ne suffisait pas pour prolonger le fil du récit jusqu'à ce dernier tableau. Morstadt avait pressenti quelque chose, j'en était sûr. Mais il s'était arrêté peu avant d'atteindre l'objectif. Pourtant, le peintre avait laissé une dernière piste, là-bas, dans ce tableau exposé au Louvre, quelque part entre les deux dames au bain, le récit continuait. Mais où ?

2.

Je repartis l'après-midi même pour Fribourg afin de photocopier les documents. Mes adieux à Koszinski furent chaleureux.

— Prévenez-moi si vous trouvez quelque chose de nouveau, demanda-t-il. Le mieux sera de me renvoyer les originaux directement à Stuttgart.

J'allai d'abord récupérer le reste de mes bagages à la maison des professeurs. Pour la forme, je demandai s'il serait possible de louer une chambre quelques jours encore dans l'établissement, mais le portier répondit par la négative, avec tous ses regrets. Je rendis la voiture et trouvai un hôtel à quelques pas de l'agence de location. Le lendemain matin, je commençai par faire photocopier et relier le manuscrit. Puis je me rendis à la bibliothèque de l'université et passai ma journée à chercher les documents sur lesquels Morstadt s'était appuyé. Mais le butin fut maigre. On ne trouvait dans la bibliothèque que les manuscrits de ce Pierre de l'Estoile, mentionnés par Koszinski. Je commandai les volumes et attendis leur arrivée dans le département des biographies. Dans le *Diccionario de Mujeres Celebres*, je découvris une note concernant Gabrielle d'Estrées :

« ... célèbre dame de cour française, marquise de Monceaux et duchesse de Beaufort. Née (en 1573) au château de La Bourdaisière. Morte en 1599. Son père était le marquis Antoine d'Estrées. Sa mère était une belle femme qui quitta son époux et ses enfants à l'âge de quarante ans pour le marquis d'Allègre. Selon certains auteurs, Gabrielle avait été la maîtresse d'Henri III, du cardinal de Guise, du duc de Longueville et de beaucoup d'autres avant qu'Henri IV ne fasse sa connaissance. Le roi tomba passionnément amoureux d'elle, même s'il lui fallut deux ans pour en faire son amante. Pour dissimuler le scandale de sa liaison avec le roi, son père, le marquis d'Estrées, la maria à Nicolas d'Amerval, seigneur de Liancourt. Mais Henri IV parvint à faire annuler aussitôt ce mariage sous prétexte que l'époux ne pouvait remplir son devoir conjugal. À partir de 1593, Gabrielle et Henri IV ne se quittèrent plus. Leur passion était inextinguible. Son premier fils fut reconnu comme enfant d'Henri IV, qui se prépara à divorcer de Marguerite de Valois afin d'épouser Gabrielle. Celle-ci exerça une forte influence sur l'esprit et le caractère d'Henri, et celui-ci la couvrit de tous les honneurs imaginables : titres, domaines, bijoux, argent... Tous les courtisans la considéraient comme l'épouse du roi, et elle le serait effectivement devenue si une maladie rapide et mystérieuse ne l'avait emportée. On disait encore, au début, qu'elle avait été empoisonnée à la demande du grand-duc de Toscane. En réalité, elle mourut vraisemblablement d'une crise d'éclampsie, car elle était au sixième mois de grossesse. La douleur d'Henri fut considérable. Gabrielle lui avait donné deux fils et une fille : César, le duc de Vendôme, Alexandre et Catherine-Henriette. Gabrielle était blonde, elle avait la peau claire, les yeux bleus, c'était une beauté, une sorte de Vénus flamande dotée d'un charme très féminin et d'un naturel joyeux et sympathique. *Délicieuse*, comme le disaient les Français. »

Sous ces lignes, on trouvait quelques références bibliographiques ;

Von ALBRECHT, J.F.E. : *Die schöne Gabrielle. Leitenstuck zu Lauretta Pisana*, 1795. - (ANONYME :) *Amours de Henri IV. Avec ses lettres galantes à la Duchesse de Beaufort et à la Marquise de Verneuil.* Amsterdam, 1754 ; *Lebens- und Liebes-Beschreibung der weiland, wunderschönen Gabrielle d'Estrées*, Strasbourg, 1709.

Je parcourus rapidement les autres entrées.

CAPEFIGUE : *Gabrielle d'Estrées*, Paris, 1859. – COULAU : *Les Amours de Henri IV*, Paris, 1818. – CRAUFURD, Q. : *Notices sur Agnès Sorel, Diane de Poitiers et Gabrielle d'Estrées*, Paris, 1819. – DE LERNE, E. : *Reines légitimes et reines d'aventure*, Paris, 1867. – DESCLOZEAUX : *Gabrielle d'Estrées*, Paris, 1889. – LAMOTHE-LANGON, E. : *Mémoires de Gabrielle d'Estrées, Duchesse de Beaufort*, 4 vol., Paris, 1829.

Aucune des œuvres nommées ne figurait au catalogue de la bibliothèque. Je me rendis au service de prêt inter-bibliothèques et remis ma liste à la dame qui tenait le guichet d'information. Elle entra les données bibliographiques dans l'ordinateur et me rendit la liste peu après, l'air désolé. Non, ces ouvrages n'étaient inventoriés nulle part en Allemagne. Elle n'avait qu'une seule mention, à Berlin, pour le nom de Desclozeaux. Elle pouvait me procurer le livre d'ici quatre à six semaines. Je lui dis que ce n'était pas nécessaire, la remerciai et revins dans la salle de lecture. Entre quatre et six semaines !

Entre-temps, les Mémoires de Pierre de l'Estoile étaient sortis des rayons. Je portai les volumes à ma table de lecture, cherchai la mention concernant le 10 avril 1599 et lus les lourdes phrases en ancien français : *Le samedi 10e de ce mois, à six heures du matin, mourust, à Paris, la Duchesse de Beaufort ; mort miraculeuse et de conséquence pour la France, de laquelle elle estoit désignée Roine, comme elle-mesme, peu auparavant, disoit tout haut qu'il n'y avoit que Dieu et la mort du Roy qui l'en peust empescher.*

Je recopiai le texte. Quelques pages plus haut, je découvris l'original du poème satirique que Morstadt avait utilisé dans le manuscrit. Il avait donc largement puisé à cette source. Je pris aussi note de ce passage et recopiai le poème original.

MARS : Le lundi premier de ce mois, sur le bruit qui couroit par tout que le Roy espouseroit la Duchesse de Beaufort, sa maistresse, les mesdisans de la Cour, où on ne bruioit d'autres choses que de ce mariage, semèrent les vers suivans, qu'on disoit avoir esté trouvés, ce jour, sur le lit du Roy :

Mariez-vous, de par Dieu, Sire !
Vostre lignage est bien certain :
Car un peu de plomb et de cire
Légitime un fils de putain.

Putain dont les sœurs sont putantes,
Comme fut la mère jadis,
Et les cousines et les tantes,
Horsmis Madame de Sourdis !

Il vaudroit mieux que la Lorraine
Votre roiaume eust envahi,

Qu'un fils bastard de La Varaine
Ou fils bastard de Stavahi.

Sous ces quatrains, on racontait la scène de l'orangerie :

Le Roy, estant à S.-Germain en Laye, visitant ses orangers, trouva, enté sur le pied d'un, les vers susdits, qu'on y avoit mis exprès, sachant que Sa Majesté ne faudroit à les y trouver. Le Roy, les aiant leus, dit : « Ventre saint-gris ! Si j'en tenois l'auteur, je ne le ferois pas enter sur un orenger, mais sur un chesne ! »

Cette lecture me plongea dans une agitation croissante. Morstadt n'avait rien inventé. Dans les volumes qui se trouvaient devant moi sur la table, je rencontrerais certainement d'autres passages qu'il avait repris dans son texte. Je n'hésitai pas longtemps, portai le tome des Mémoires qui contenait les années 1598 et 1599 à la photocopieuse et fis un double de ces pages. Mais lorsqu'elles se trouvèrent à côté de moi, des doutes me prirent. J'allais bien sûr retrouver partout les traces des recherches de Morstadt. Il avait été historien, mais aussi membre d'une société historique à laquelle il avait peut-être rendu compte de ses recherches. Il avait indubitablement étudié avec soin les documents d'époque et la littérature secondaire disponible. Il fallait que je poursuive mes recherches au point où lui avait échoué, où il avait laissé des failles dans son manuscrit. Je rapportai les livres au guichet de prêt et quittai la bibliothèque. La canicule avait vidé Fribourg de ses habitants. En l'absence des étudiants qui peuplaient d'ordinaire les environs de la bibliothèque, ces lieux rappelaient le désert qu'étaient les collèges américains pendant les vacances d'été. Les garages à vélos, où d'innombrables bicyclettes étaient d'ordinaire suspendues comme à un gigantesque aimant, étaient abandonnés. Hormis quelques touristes et quelques habitants réfractaires aux voyages, il n'y avait sans doute personne en ville. Je passai prendre le manuscrit et les copies reliées, puis j'achetai une grande enveloppe, y rangeai les documents originaux et partis à la recherche d'un bureau de poste. Mais, avant de fermer le pli et de le déposer au guichet, j'y glissai une feuille de papier où figurait le poème original repris par Pierre de l'Estoile. Cela ferait plaisir à Koszinski.

Arrivé à l'hôtel, je réfléchis à la suite des opérations. L'étude détaillée des documents me prendrait des semaines, voire des mois. Le manuscrit avait un peu moins de cent ans, les événements que l'on y traitait remontaient à près de quatre siècles. La littérature secondaire devait être immense. Il était cependant facile de vérifier si l'on avait fait beaucoup de découvertes depuis le début du siècle sur l'affaire Gabrielle d'Estrées. Le plus simple serait d'interroger un spécialiste, un historien ou un biographe d'Henri IV. Un entretien avec un historien me permettrait aussi de me faire confirmer la véracité de certains détails mentionnés dans le manuscrit. Il ne me faudrait pas longtemps pour découvrir les noms des chercheurs les plus compétents sur ces questions. J'avais assez souvent pratiqué ce genre d'exercices. L'un de ces spécialistes ne me refuserait certainement pas un bref entretien sur Gabrielle d'Estrées. Mais il me fallait d'abord préciser mes questions.

Je pris une feuille de papier et y dessinai une fois encore, sous forme de croquis, les deux possibilités diamétralement opposées qui coexistaient dans le manuscrit de Morstadt. On y trouvait d'abord la théorie de l'empoisonnement, à laquelle Koszinski s'était rallié. Je dressai la liste de ses arguments. Seule la mort de Gabrielle pouvait encore empêcher son mariage avec Henri. Les circonstances de sa mort étaient plus qu'inhabituelles. Les médecins n'avaient encore jamais rien vu de tel. Gabrielle avait pris son dernier repas dans la maison d'un Italien que l'on devait considérer comme un vassal de Ferdinand. Ce dernier avait de toute évidence déjà utilisé le poison pour résoudre d'autres problèmes. Le pape avait jugé réglée l'affaire Gabrielle d'Estrées avant même que Sa Sainteté ne puisse en être informée par des voies normales.

Mais voilà, Morstadt avait intégré à son manuscrit des éléments qui réfutaient la théorie de l'empoisonnement. Bien sûr, tous ces propos avaient été placés dans la bouche de personnages imaginaires. C'est la raison pour laquelle Koszinski les avait lui aussi rejetés. Mais dans quel but Morstadt avait-il agi ainsi ? Koszinski avait peut-être raison : Morstadt s'était perdu dans une théorie qui débouchait sur des contradictions insolubles. Mais dans quelle direction tout cela était-il censé aller ? L'idée qu'Henri avait envoyé sa maîtresse à Paris pour la livrer aux conjurés continuait à me paraître totalement absurde. Si le roi avait changé de projets matrimoniaux, à quoi bon faire empoisonner Gabrielle ? La chose était certes possible, mais hautement invraisemblable. Pourquoi aurait-il fait une chose pareille ? Non, cette idée était parfaitement absurde. Il y avait ensuite l'affirmation de Ballerini : le roi ne commettrait jamais la bêtise politique de sacrifier la sûreté de son royaume à une affaire de cœur. Or, pareil mariage aurait été une absurdité pour un homme d'État. C'est sans doute aussi dans cette perspective que Morstadt avait développé cette intrigue autour du tableau que l'on avait commandé à Vignac. Fait intéressant, il y avait là aussi deux possibilités. Ou bien Gabrielle avait elle-même passé commande du tableau pour lui montrer la situation impossible où elle se trouvait et le forcer à affirmer publiquement l'amour qu'il lui portait, ou bien cette peinture s'intégrait à la campagne d'agitation menée par les Italiens contre les prétentions démesurées de Gabrielle.

J'observais avec étonnement l'étrange symétrie des possibilités que j'avais notées sur mon morceau de papier tout en y réfléchissant. Les circonstances inexpliquées de la mort de Gabrielle et les portraits mystérieux constituaient une équation à quatre inconnues et deux solutions possibles. Ou bien Henri voulait réellement épouser Gabrielle et l'empoisonnement l'en avait empêché ; dans ce cas, la peinture aurait été commandée par les Italiens, à des fins de propagande. Ou bien Henri avait trompé Gabrielle, l'avait fait lanterner, ne lui avait pas dit la vérité, et personne n'aurait eu aucun intérêt à attenter aux jours de la duchesse puisque de toute façon le mariage n'aurait pas eu lieu. Dans un cas comme dans l'autre, la ruse de Gabrielle aurait un sens. Peut-être avait-elle senti que le doute sur la légitimité de leur mariage s'emparait peu à peu du roi. Elle avait alors perdu son calme et avait mis en scène le scandale pendant le banquet de mardi gras. Oui, ce schéma-là avait sans doute sa place dans le manuscrit. Sandrini en parlait dans la dernière scène. Vignac, certes, ne croyait pas un mot de ce que lui disait cet homme. Mais le récit ne tranchait pas, ensuite, entre ces deux possibilités.

Cela n'avait rien d'étonnant : il aurait fallu pouvoir prouver qu'Henri avait sciemment trompé Gabrielle. Dans cette hypothèse, il ne l'avait pas fait empoisonner. Non, c'était bien pire ! Il lui avait menti publiquement devant toute la Cour ! Tout ce qui avait suivi, les préparatifs de la noce, les tenues de mariage, les meubles, n'avait été qu'une comédie, une pièce cruelle mise en scène par le roi pour préserver les apparences, les rêves d'un monarque trop pleutre pour s'avouer la vérité.

Mais n'était-ce pas aussi peu crédible que de soupçonner Navarre d'avoir consciemment organisé un attentat contre les jours de Gabrielle ? J'observai mon croquis, découragé :

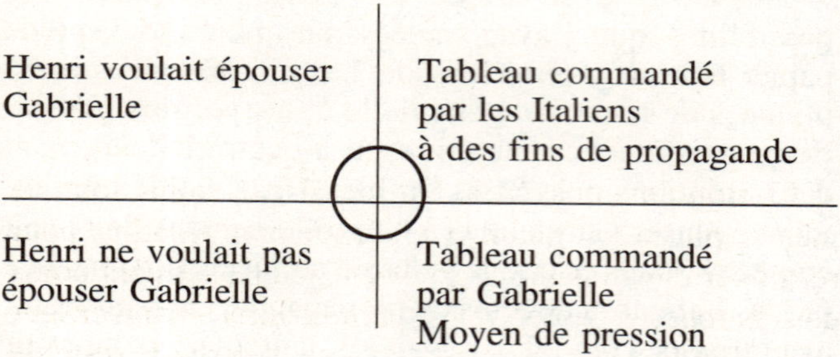

Les lignes qui séparaient les quatre possibilités ressemblaient à un réticule. Je restai un certain temps à regarder fixement ce schéma, plongé dans le désarroi. Soudain, je me laissai retomber sur le dossier de ma chaise et dessinai, résigné, un point d'interrogation à l'intersection des deux droites.

3.

Contrairement à mon attente, il me fallut tout de même plusieurs heures, le lendemain matin, pour retrouver dans les bibliographies spécialisées les noms des chercheurs susceptibles de m'éclairer. Trouver leur adresse et leur numéro de téléphone absorba le reste de ma matinée. La dernière publication en date était celle d'un historien de la Sorbonne : un gros ouvrage en deux tomes, consacré au règne d'Henri IV. Un certain Kurt Katzenmaier, de Zurich, avait publié une autre monographie sobrement intitulée *Henri IV de Navarre*, une somme en un seul volume, mais très imposant. Les autres publications des années précédentes que j'avais trouvées dans ma hâte étaient des articles et des rapports de recherches. Je compris alors seulement dans quoi je m'engageais. Je connaissais pourtant les ramifications infinies et frustrantes de la littérature secondaire dans ma propre discipline : on n'y trouvait pas un seul thème, si pointu et marginal soit-il, épargné par une montagne d'études. Lorsqu'il s'agissait de personnages historiques, les livres et les articles devaient s'étendre à perte de vue.

Je finis par choisir le biographe de Zurich, et j'eus de la chance. Il s'avéra qu'il enseignait à l'université de

Bâle, où il proposa de me recevoir dans son bureau, le lendemain, à l'heure du déjeuner. Au téléphone, j'avais prétendu avoir lu son livre et lui avais indiqué que j'aurais aimé évoquer avec lui quelques détails concernant le mariage manqué d'Henri IV et de Gabrielle d'Estrées. Compte tenu du manque de clarté des documents d'époque, m'avait-il répondu, il n'avait fait qu'effleurer cette histoire ; il pouvait cependant me raconter deux ou trois choses à ce sujet.

Je passai l'après-midi à lire le livre de Katzenmaier et y retrouvai nombre des scènes que Koszinski m'avait si vivement dépeintes quelques jours plus tôt, lors de notre promenade dans la forêt. Quelques jours plus tôt ? Cela faisait-il seulement trois jours que j'avais entendu parler de cette histoire ? Je dus constater que Koszinski ne m'avait guère fourni qu'un schéma historique grossier et général. Replacés dans le gigantesque panorama que déployait devant moi l'époque des guerres de Religion, la plupart des scènes et des personnages mentionnés dans le récit de Koszinski avaient l'air d'étoiles filantes : ils ne brillaient qu'un court instant dans le tourbillon des innombrables figures et événements que l'étude de Katzenmaier faisait défiler devant moi.

Je ne fis bien sûr que lire en diagonale les quelque six cents pages du livre. J'avais perfectionné cette technique de lecture pendant mes études. L'index et la table des matières me renvoyèrent vite aux passages qui m'intéressaient. Le destin de Gabrielle occupait moins d'une demi-page. Sa mort subite était mentionnée comme un épisode sans importance, lui-même discrètement intégré à un chapitre sur les négociations menées avec Florence en vue du mariage du roi. Une note où l'on évoquait les incertitudes qui pesaient sur les documents de l'époque était censée justifier la brièveté de ce traitement :

« De mon point de vue, savoir si la duchesse de Beaufort a été victime d'un empoisonnement ou d'une maladie n'est pas du ressort de la science historique. Depuis Loiseleur (1878) et Desclozeaux (1889), on n'a plus rien dit d'essentiellement nouveau sur ce sujet. La plupart des études récentes n'atteignent pas le niveau des connaissances exposées chez ces deux auteurs ou bien se perdent dans des spéculations qu'il est presque impossible d'examiner sous un angle scientifique. (Cf. par exemple Bolle, J., *Pourquoi tuer Gabrielle d'Estrées ?*, Florence, 1955.) »

J'avais déjà rencontré Loiseleur et Desclozeaux. Mais qui était J. Bolle ? Je notai son nom et revins au catalogue, qui ne m'apporta aucune indication supplémentaire. L'ordinateur du prêt inter-bibliothèques ne me fournit pas plus de renseignements. J'étais déçu. Le titre du livre paraissait prometteur. *Pourquoi tuer Gabrielle d'Estrées ?* Il était sans doute vain de poursuivre mes recherches en Allemagne. Je trouverais à coup sûr tous ces titres à Paris.

Lorsque la bibliothèque ferma, j'en avais lu suffisamment pour pouvoir mener l'entretien du lendemain. Je dînai dans un restaurant, passai quelques coups de téléphone depuis ma chambre d'hôtel et finis par composer le numéro de Koszinski.

Il répondit après la deuxième sonnerie :

— *Ah, Monsieur Michelis. Quoi de neuf ?* demanda-t-il en français pour plaisanter.

— Je pars demain à Bâle pour discuter avec un historien.

Il éclata de rire.

— Vous continuez donc vraiment à enquêter sur cette affaire ? J'espère que mon histoire ne vous empêche pas de dormir.

— Je ne sais pas encore précisément pourquoi, répliquai-je, mais je ne me défais pas de l'impression que Morstadt supposait que la réponse se trouvait dans le tableau du Louvre. Au fait, j'ai découvert l'original du poème satirique. Il vient des Mémoires de Pierre de l'Estoile.

— Ça ne m'étonne pas, dit-il sèchement. C'est une source à laquelle il a sans doute beaucoup puisé.

— L'un des tableaux est bien exposé à Bâle, n'est-ce pas ?

— Oui, c'est l'une des trois peintures qu'on dévoile au banquet.

— Savez-vous par hasard où il se trouve ?

— Il me semble que c'est au Musée des Beaux-Arts. Oui, certainement. Au Musée des Beaux-Arts.

Je notai le nom du musée.

— De la gare, vous y serez en dix minutes. Voulez-vous aussi visiter les autres musées ?

— À vrai dire, je ne sais pas encore. Ces tableaux sont certainement reproduits quelque part...

— Oui, bien sûr. Je ne vous l'ai pas dit ? *Les Dames de Fontainebleau.* J'ai oublié le nom de l'auteur parce que je ne possède pas le livre. Mais vous le trouverez dans toutes les bonnes librairies. L'éditeur s'appelle Franco Maria Ricci. L'ouvrage est malheureusement d'un prix inaccessible au commun des mortels. Tous les tableaux y sont reproduits, à l'exception de l'une des scènes d'Actéon.

Je pris rapidement note des références.

— Et après ? demanda-t-il finalement.

— Après quoi ? répondis-je.

— Après Bâle ?

— Vraisemblablement Paris. Je ressens une irrésistible envie d'aller visiter le Louvre. Et puis il est impossible de se procurer les textes en Allemagne.

— Toujours les vieux papiers, finit-il par dire. Eh bien, je vous souhaite bonne chance ! ajouta-t-il, non sans une pointe de moquerie.

4.

Bâle m'enchanta. Je m'étais attendu à trouver une ville balisée de zones piétonnes et me retrouvai soudain dans une boîte à bijoux urbaine. Je regrettais seulement qu'un autre enchantement m'empêche de prendre plus de temps pour admirer ces joyaux. Je brûlais d'envie d'arriver au musée, et lorsque je me retrouvai devant la toile, je sentis que cette étrange série de portraits commençait à m'ensorceler.

Anonyme. Dame à sa toilette. Non daté. J'ai dû observer ce tableau une bonne demi-heure. La plupart des éléments des autres toiles y sont déjà présents. On y montre une dame faisant sa toilette. Un voile transparent tombe sur ses épaules, laissant son buste nu. Une nappe de velours rouge est posée sur la table devant elle. Son bras droit est plié et sa main, qui tient une bague du bout des doigts, est en suspens à la hauteur de son nombril. Les doigts de sa main gauche jouent avec une chaîne qui pend entre ses seins. À sa gauche se trouve un miroir magnifiquement biseauté dans lequel se reflète son beau profil. Le pied du miroir est formé par un couple enlacé dans un baiser. À l'arrière-plan, une femme de chambre agenouillée devant une fenêtre ouverte cherche quelque chose dans un coffre. Le regard de la femme, dirigé vers l'observateur, m'a paru à la fois pudique et provocateur. La mention au catalogue était aussi instructive que vague :

« La composition est influencée par des œuvres italiennes conservées au château de Fontainebleau (Raphaël et Léonard) ou renvoie à de célèbres précurseurs (Titien). Elle rappelle aussi un original incunable de Clouet. On en connaît plusieurs reproductions, copies et variantes ; les plus belles sont les versions de Worcester, de Dijon, et celle-ci, vraisemblablement peinte par un Allemand.

« Il s'agit d'un portrait idéalisé ; ni le modèle ni le peintre n'ont pu être identifiés en toute certitude. Le peintre a certainement été influencé par la poésie de son époque. Ronsard fait dans ses vers le portrait de sa maîtresse qui se tient nue devant lui et se regarde dans le miroir. Mais ce thème est beaucoup plus rare (une copie se trouve au musée de Chalons).

« Sur les toiles qui se trouvent à Dijon, Worcester et Bâle, la jeune femme représentée de trois quarts, debout derrière une table, vient de choisir une bague dans son coffret à bijoux. Elle porte des perles, et des roses sont éparpillées devant elle – des fleurs traditionnellement liées à Vénus à laquelle on compare manifestement la dame. Dans le présent portrait, cependant, ces fleurs sont absentes. Un miroir, à gauche, reflète le visage de la femme. Sa main gauche, qui repose entre ses seins, mettant ainsi en valeur leur écartement et leur fermeté, dissimule ou bien une petite croix (allusion au catholicisme de Diane de Poitiers) ou bien un médaillon. Parfois, comme ici, la main ne cache rien du tout. À l'arrière-plan du tableau, une servante prépare les habits de la dame : contrairement à ce qui se passe sur le fameux portrait de Gabrielle d'Estrées et de l'une de ses sœurs (Louvre), elle ne coud pas la petite robe de baptême.

« Nous voyons ici les derniers préparatifs, la belle est déjà coiffée avec soin et élégance. Autour de ses épaules, elle porte un léger voile transparent dont l'encolure est brodée de fils d'or, qui laisse ses charmes dénudés. Aucun de ces trois tableaux ne représente la même femme. Les toiles sont l'œuvre de différents peintres jusqu'ici anonymes, qui célèbrent cependant cette dame avec le même sens affirmé de la féminité et une vénération presque religieuse. Même si les gestes de la femme, notamment la manière dont sa main tient la bague, ont pu être interprétés comme des allusions érotiques, son charme est représenté avec une élégance et une pudeur qui le mettent à l'abri de toute vulgarité. On a voulu voir dans ces images une allusion au motif chrétien de la vanité ; le visage qui se reflète dans le miroir admet tout à fait pareille interprétation. Mais si ce motif est aussi présent, la symbolique morale, dans ces tableaux consacrés à la séduction, est, quant à elle, totalement masquée par la beauté de l'apparence. »

Ma conversation avec Koszinski sur les titres des tableaux et les mentions dans les catalogues d'art me revint à l'esprit : ils étaient aussi peu éloquents que des épitaphes.

Vingt minutes plus tard, j'arrivai devant l'université. Le portier m'expliqua comment parvenir au bureau de Katzenmaier et je me retrouvai peu après face à lui, un homme d'une cinquantaine d'années, les cheveux gris, une silhouette athlétique, vêtu d'un costume gris clair coupé large. Il était manifestement flatté que quelqu'un ait fait spécialement le voyage jusqu'à Bâle pour lui poser des questions sur son livre. Je lui donnai mon nom et lui expliquai brièvement que j'étais spécialiste en littérature comparée et vivais d'ordinaire aux États-Unis. Lorsque j'énumérai les universités dans lesquelles j'avais travaillé ces dernières années, son visage s'éclaira, et il me pria de lui donner des nouvelles de collègues que je ne connaissais pas tous. Puis il me demanda comment moi, un américaniste, j'avais pu m'égarer dans la France du XVIe siècle.

Je lui racontai l'histoire du manuscrit de Koszinski. Je ne mentionnai pas les toiles. Je lui exposai ensuite très brièvement les questions qui m'étaient venues à la lecture des papiers. Lorsque j'abordai, en passant, les circonstances de la mort de la duchesse, ses traits se crispèrent. Je me rappelais parfaitement la note que j'avais lue dans son livre et je me hâtai donc d'ajouter qu'il s'agissait certainement d'un faux problème historique. Je ne croyais pas non plus que l'histoire de l'empoisonnement ait eu un quelconque fondement. C'est pour cette raison que je venais le voir. Il pouvait certainement m'expliquer cette affaire en me donnant quelques informations de fond.

— Vous savez, monsieur Michelis, dit-il, on a gaspillé sur ce sujet une incroyable quantité d'encre. Depuis quatre cents ans, on cherche l'assassin de cette femme, et manifestement personne ne s'est dit que tout assassinat suppose un mobile. Or, il n'y en a pas. Toutes ces spéculations sont une sorte de chasse aux œufs de Pâques de l'Histoire.

La formule m'amusa et je lui répondis en riant :

— Mais Henri voulait tout de même épouser la duchesse et l'aurait fait si elle n'était pas morte subitement ! Gabrielle était un obstacle sur le chemin de Marie de Médicis, non ?

— Certes, répliqua-t-il en secouant la tête. Mais en avril 1599, personne ne pouvait savoir qu'Henri épouserait Marie de Médicis. Bien au contraire. Les relations entre Paris et Florence étaient au point mort.

— Pourriez-vous m'expliquer cela ?

— Oui, mais cela va prendre un certain temps. Puis-je vous offrir un café ?

J'acceptai volontiers. Il passa un bref coup de téléphone. Lorsqu'il eut raccroché, je lui demandai si je ne le retenais pas trop longtemps ; il m'indiqua qu'il avait un rendez-vous à quatorze heures, mais que je pouvais d'ici là disposer de son temps. Il me renseignerait avec plaisir.

— Au fond, dans toute cette histoire, il faut répondre à deux questions, n'est-ce pas ?

— Oui. Le roi voulait-il vraiment épouser Gabrielle ?

— Et deuxièmement, est-ce pour cette raison qu'elle a été empoisonnée ?

Je hochai la tête.

— Bien, fit-il, commençons par la première question. Si l'on s'en tient aux documents officiels, au printemps 1599, Henri voulait qu'on l'autorise à divorcer de Marguerite et à se marier avec sa maîtresse. Il est avéré que le négociateur d'Henri, Brulart de Sillery, a quitté Paris le 20 janvier pour se rendre à Rome. Quelques jours après son départ, le roi a écrit une lettre au pape pour préparer la réception de son ambassadeur. Le ton de la lettre, soumis et pressant, ne laisse aucun doute sur ses intentions. Navarre écrit au Saint-Père qu'il a chargé Monsieur de Sillery de lui confier un message qui concerne au plus haut point sa personne et son État, depuis qu'il a plu à Sa Sainteté de l'accueillir dans sa Grâce et de lui donner sa bénédiction. Il prie de tout son cœur le pape Clément de lui accorder la faveur que son émissaire vient demander en son nom.

« Une deuxième lettre suit le 28 janvier. Henri propose de l'argent. Il veut faire construire un hospice pour les pèlerins français désireux de visiter les lieux sacrés à Rome. Il propose de lever, pour son financement, une taxe de deux pour cent sur les revenus de l'Église, ce que l'on appelait les bénéfices consistoriaux. Cela paraît lumineux : si Henri fait de telles propositions c'est qu'il tient beaucoup au divorce. On est donc forcé de croire que la volonté du roi est de faire rompre son mariage avec Marguerite afin d'épouser Gabrielle. Dans ce cas seulement, un complot est tout à fait possible. Nous en arrivons ainsi à la deuxième question. Gabrielle a-t-elle été empoisonnée ? Et si oui, par qui ? Qui aurait pu planifier et mettre en œuvre l'assassinat de la duchesse ?

— Eh bien, peut-être les jésuites, afin de placer une princesse catholique sur le trône français ? objectai-je.

— Soit, prenons donc cette possibilité. Vous soupçonnez ce La Varenne, n'est-ce pas ?

— En tout cas, il aurait eu la partie facile, puisque c'est à lui qu'on avait confié la duchesse.

— Oui, bien sûr, répondit-il, mais il faut savoir que l'ambassadeur de Navarre à Rome était venu avec d'autres propositions alléchantes. Sillery portait dans ses bagages des passeports pour les jésuites. Depuis des années déjà, la question des jésuites empoisonnait les relations entre la France et Rome. Vous savez sans doute qu'après l'attentat contre le roi, en 1595, l'ordre avait été banni du pays. Tandis qu'au Nord, les parlements expulsaient effectivement ses membres, certaines villes du Sud, notamment Bordeaux et Toulouse, se refusaient à exécuter l'édit royal. Il était de toute façon impossible de le faire appliquer contre la volonté des parlements régionaux.

« Incapable de régler cette question, Navarre l'utilisa comme atout dans un plus large marchandage. Henri fit au fond la proposition suivante : si le pape prononçait le divorce, le roi serait prêt, en contrepartie, à lever le bannissement des jésuites. On peut en déduire, à l'inverse, que dans une situation de négociations aussi délicate, les jésuites n'auraient guère osé protester publiquement contre la liaison scandaleuse entre le roi et Gabrielle d'Estrées, et encore moins ourdir un complot visant à l'assassiner. Le risque d'être découverts et de gâcher cette occasion de faire abolir le bannissement était immense. À cette époque, c'est-à-dire au printemps 1599, la mort de Gabrielle leur aurait en outre fait perdre le gage qui leur permettait d'espérer leur retour en France.

— Mais la mort de Gabrielle aurait bien ouvert la voie à Marie de Médicis et permis, elle aussi, le retour des jésuites en France.

Katzenmaier sourit.

— Non, c'est justement l'erreur. C'est bien l'impression que nous en avons aujourd'hui, mais je vous ai déjà dit qu'aux alentours de 1599, le mariage avec Marie de Médicis n'était absolument plus à l'ordre du jour. Il est facile de le démontrer. Mais procédons méthodiquement.

On frappa à la porte et l'on servit le café. Lorsque la cafetière fumante se trouva devant nous sur la table, je demandai :

— Et les autres factions, quel jeu jouaient-elles ? Rosny, par exemple. Les Italiens n'étaient pas les seuls auxquels Gabrielle posait un problème.

— C'est vrai, pour Rosny, Gabrielle était la quintessence du mal. Il l'écrit très clairement dans ses Mémoires. Pour tous ceux qui avaient un peu de clairvoyance politique, le projet d'Henri était totalement incompréhensible. Mais ils se plièrent à sa volonté et ce, pour une simple raison : en mars 1599, personne ne pouvait espérer tirer un véritable avantage du fait que cette union n'ait pas lieu. Je vous l'ai dit, l'option Médicis n'existait pas. Or, la France avait absolument besoin d'héritiers légitimes du trône. Henri devait se remarier. Les protestants, avec leur rigueur morale, grinçaient sans doute des dents quand on leur parlait de Gabrielle, mais une reine française que ses sentiments rapprochaient de la Réforme leur était plus utile qu'une princesse catholique étrangère. Gabrielle avait en outre pour amies deux protestantes, des dames nobles et influentes : Madame Catherine, sœur du roi, et la princesse d'Orange, veuve de l'amiral de Coligny assassiné pendant la nuit de la Saint-Barthélemy, autant dire au-dessus de tout soupçon. Si ces deux femmes soutenaient effectivement la duchesse, le camp réformé était presque déjà gagné à sa cause.

— Mais les catholiques, en tout cas, étaient contre Gabrielle ?

— Certainement, répondit-il. Côté catholique, il existait deux groupes, ceux que l'on appelait les « politiques », c'est-à-dire les modérés, et les anciens partisans de la Ligue, des catholiques extrémistes. Les deux factions s'opposaient à ce mariage. Ce qui rendait Gabrielle digne de confiance aux yeux des protestants la faisait forcément paraître suspecte aux catholiques. Les « politiques », c'est-à-dire des gens comme Rosny, craignaient pour la légitimité de la succession au trône. Les fanatiques croyaient que Gabrielle ferait pression sur le roi afin que celui-ci, après le funeste édit de Nantes, accorde encore d'autres concessions aux protestants sur les questions religieuses. Mais à y regarder de plus près, toutes ces objections étaient vaines. Au moins du point de vue juridique, la succession au trône était parfaitement réglée. Par une invalidité *ab initio* des deux mariages, les enfants de Gabrielle seraient devenus les héritiers du trône après le divorce d'Henri et leur reconnaissance officielle par le roi. Bien des années plus tard, une procédure destinée à résoudre des querelles dynastiques et portant justement sur cette question fut tranchée dans ce sens. Au regard du droit religieux et du droit civil, tous les enfants que Gabrielle avait eus avec Henri auraient été considérés comme légitimes, un fait dont les contemporains n'étaient cependant pas forcément conscients.

« Quant au favoritisme à l'égard des protestants, il n'existait peut-être que dans l'imagination des fanatiques catholiques ; les faits prouvent même exactement le contraire. Henri veillait jalousement à ce que ses anciens compagnons de lutte protestants, en contrepartie de l'édit, rouvrent désormais leurs territoires à la foi catholique. On promit également à Rome qu'on promulguerait prochainement en France le texte du Concile de Trente, publication retardée depuis des années. Rien, dans l'action politique du roi, n'indiquait qu'il ait plutôt penché pour le camp catholique ou protestant. C'est l'inverse. Toutes ses décisions visaient à maintenir un état de paix obtenu au prix d'incommensurables sacrifices. Les efforts de Gabrielle allaient dans la même direction. Aucun des deux grands partis religieux n'avait quoi que ce soit à craindre d'elle. On ne trouve nulle part l'idée que l'un des partis, après la promesse de mariage faite par Navarre en mars 1599, ait sérieusement cherché à dissuader le roi de contracter cette union annoncée. Un attentat mené par les catholiques contre la vie de la duchesse aurait fait courir d'immenses risques politiques.

— Il ne nous reste donc que Ferdinand de Médicis comme suspect numéro un, ajoutai-je.

Katzenmaier sourit.

— Votre soupçon a beau vous placer en bonne compagnie, il n'est pas tenable pour autant. Mais soit, suivons cette piste. Que Ferdinand ait voulu voir sa nièce, Marie de Médicis, accéder au trône de France était un secret de polichinelle. Des négociations sur ce point avaient déjà eu lieu vers 1592, mais elles avaient été suspendues. Au XIXe siècle, deux historiens célèbres, le Suisse Sismondi et le Français Michelet, ont ouvertement accusé Ferdinand d'avoir fait assassiner la duchesse. Sismondi écrit en substance que les négociations concernant le mariage d'Henri IV et de Marie de Médicis étaient déjà engagées et que Gabrielle constituait un obstacle insurmontable à leur conclusion. Il affirme que Gabrielle est morte dans la maison d'un Italien, et que ce n'était pas la première fois que Ferdinand utilisait le poison pour éliminer quelqu'un.

— L'affaire Bianca Capello ?

— Oui. Encore une histoire où rien n'est prouvé. Michelet enfonce le même coin. Il affirme que le grand-duc était sans doute parfaitement informé, car c'étaient ses intérêts qui étaient en jeu. Rosny, que Michelet considère comme un allié de Gabrielle, a selon lui chassé les Italiens du monde des finances français. Gabrielle, quant à elle, était pour la nièce de Ferdinand un obstacle sur le chemin du trône. Enfin, on nous ressert la fable de Bianca Capello, cette histoire à dormir debout. Ce n'est pas, dit-on, le premier meurtre que l'on ait mis sur le compte de Ferdinand, et l'on peut aussi lui prêter des empoisonnements que personne n'avait identifiés comme tels.

Le peu d'estime que Katzenmaier accordait à ce genre de théories s'exprimait dans ses gestes. Il ôta ses lunettes et se frotta les yeux.

— Et vous considérez que tout cela est absurde ? demandai-je prudemment.

Il écarta les bras, comme pour réclamer ma compréhension.

— Que voulez-vous que je pense, si les faits ne sont pas exacts ? Au premier regard, effectivement, quelques éléments plaident en faveur de l'idée que Ferdinand a trempé dans cette affaire. Les indices qui le désignent sont trop nombreux. Sismondi et Michelet pouvaient donc tranquillement soupçonner Ferdinand d'être un empoisonneur et l'écrire. Mais que dire de leurs autres affirmations ? Gabrielle n'est pas du tout morte dans la maison d'un Italien. Il est vrai qu'elle a pris son dernier repas chez Zamet, chacun peut en conclure ce qu'il veut. Mais comment justifier l'affirmation de Michelet pour qui Rosny, le futur duc de Sully, a été l'allié de Gabrielle et a réduit à néant l'influence des Italiens sur les finances françaises ? Rosny a certes réformé le système fiscal et libéré les revenus de l'État français de l'emprise directe de Ferdinand, mais il est absurde d'affirmer qu'il l'ait fait en s'appuyant sur la duchesse. Personne, sans doute, n'a voué à Gabrielle une plus grande haine que Rosny. Quant à la situation financière compliquée du pays, tout avait été réglé depuis le printemps 1598, à la satisfaction de Ferdinand.

Je fronçai les sourcils, perplexe, et Katzenmaier me fournit immédiatement l'explication :

— Cela faisait des années que Ferdinand soutenait Henri. Tout comme le pape, il estimait que seule une Couronne française forte pouvait briser la suprématie des Habsbourg. Il avait donc tout fait pour dresser la France et l'Espagne l'une contre l'autre chaque fois qu'il en avait eu la possibilité. Il soutint secrètement Navarre en lui accordant de gigantesques prêts pour financer ses guerres. Ancien cardinal, il avait de bonnes relations avec Rome et joua un rôle essentiel dans les négociations qui menèrent à l'absolution d'Henri. Lorsque Navarre s'apprêta à assiéger Paris, Ferdinand envoya quatre mille Suisses. Plus tard, mille autres s'y ajoutèrent et Henri demanda en outre un prêt de deux cent mille thalers. Il en avait un besoin urgent, ses propres vassaux commençaient à l'abandonner. D'autres prêts suivirent. Ferdinand réclamait des intérêts et des garanties : huit pour cent et un quart, plus une hypothèque sur la gabelle. Henri s'en offensa, mais obtempéra. La guerre était trop importante. Il n'avait pas le choix.

« Mais le grand-duc en voulait plus. Il avait depuis très longtemps des vues sur Marseille, dont il craignait qu'elle ne tombe entre les mains des Espagnols ou du duc de Savoie qui avait déjà commencé à briguer Saluzzo. C'est la raison pour laquelle Ferdinand avait commencé, en 1591, à faire fortifier le château d'If, sur l'une des îles situées devant Marseille.

« Le conflit s'exacerba ; en 1597, Ferdinand prit par la force les trois îles situées devant Marseille et en chassa les Français. Les habitants de Marseille appelèrent le roi à leur secours. Mais celui-ci ne put rien faire et les habitants de la ville menacèrent de se livrer aux Espagnols si le roi ne les libérait pas des usurpateurs italiens. Navarre, hors de lui, exigea du grand-duc Ferdinand qu'il rende les îles. Celui-ci répondit qu'il y serait disposé lorsque le roi lui aurait payé ses dettes. Navarre, dans sa colère, en serait volontiers venu aux armes ; mais lorsqu'on ne dispose pas de la force, il faut se contenter de la diplomatie. On négocia un traité prévoyant que Ferdinand évacuerait les îles dans un délai de quatre mois, sous réserve que soient réglées les dettes dont douze suzerains français se porteraient désormais garants, et que l'on rembourserait le coût des fortifications. Le traité fut signé le 1er mai 1598.

« Compte tenu de tous ces événements, on peut se demander quels sentiments liaient Navarre à la Maison Médicis. On aurait peine à imaginer deux personnalités plus opposées que Ferdinand, cette âme de joueur d'échecs et de commerçant, et Henri de Navarre. Quel affront pour un roi d'être exposé aux caprices d'un marchand, d'un parvenu ! Et puis Henri oublierait-il jamais l'horreur de la nuit de la Saint-Barthélemy, à laquelle il n'avait survécu que par miracle ? Les Médicis ! Le sang de milliers de huguenots massacrés sans pouvoir se défendre collait encore à ce nom. Au cours de cette nuit, la fine fleur de la noblesse protestante avait été assassinée perfidement sur ordre de Catherine de Médicis, et Navarre venait de faire à nouveau l'expérience personnelle de ce dont le Florentin était capable.

— Et pourtant il a épousé la nièce de Ferdinand.

— Oui, certes. Mais seul le souci de la pérennité de ce royaume laborieusement unifié explique qu'Henri, après le décès de Gabrielle, ait tout de même fini par accepter l'union avec Marie de Médicis. La crainte d'un nouvel embrasement de la guerre civile et la perspective de voir effacées les dettes de la France pesaient plus lourd que son aversion pour la maison Médicis. Avant la mort de Gabrielle, cependant, personne ne pouvait supposer qu'on envisageait encore pareil mariage. Les contentieux financiers étaient réglés, mais les relations diplomatiques étaient trop tendues. D'ailleurs, il n'existait à cette époque aucune espèce de relations diplomatiques entre Florence et Paris. La correspondance secrète entre Ferdinand et son agent à la cour de France s'interrompt même le 2 décembre 1598 et ne reprend qu'en novembre 1599. Personne n'aurait donc pu espérer tirer un avantage certain d'un attentat contre la vie de Gabrielle.

Katzenmaier se pencha en avant et but son café du bout des lèvres.

— De quelle correspondance secrète parlez-vous ? demandai-je.

— Ferdinand entretenait plusieurs espions à Paris. Le mieux placé était un certain Bonciani. On a conservé ses dépêches, mais elles n'ont été publiées qu'au siècle dernier, par un certain Desjardins. Pour la période en question, c'est-à-dire presque toute l'année 1599, on n'a aucune trace de correspondance. Une autre preuve du fait que les négociations avec Florence n'ont repris que plusieurs mois après la mort de Gabrielle.

Bonciani ! C'était un nouveau petit carreau qui se révélait authentique dans ce manuscrit aux allures de mosaïque.

Katzenmaier se leva, se dirigea vers la bibliothèque qui s'élevait sur la totalité du mur, derrière son bureau, et parcourut du bout du doigt le dos des livres.

— Je vois bien que vous ne me croyez pas, mais je suis forcé de vous décevoir. Il n'y a pas eu de complot contre la duchesse. Selon toute vraisemblance, pour ne pas dire en toute certitude, elle est morte d'une maladie ordinaire, liée à la grossesse, que l'on appelle l'éclampsie. La seule bizarrerie a été le moment de ce décès. Mais attendez, j'ai ici deux études qui vous apporteront la preuve détaillée de ce que je viens de vous dire sommairement. Attendez, où sont donc passés ces livres ?

Son regard balaya les étagères. Lorsqu'il déposa devant moi les deux volumes photocopiés, je reconnus aussitôt les noms des auteurs : Loiseleur et Desclozeaux.

— Je suis tombé sur ces noms hier à la bibliothèque, dis-je. Mais on ne trouve pas ces livres en Allemagne.

Il haussa les sourcils.

— Bien sûr que non. Cette affaire n'intéresse plus personne depuis au moins un siècle. Je me suis procuré ces livres à Paris et je les ai fait photocopier. Je n'ai malheureusement que ces exemplaires-là, mais les volumes se trouvent encore à la Bibliothèque nationale. Ce Loiseleur a rassemblé et analysé magistralement tout ce que l'on sait du cas Gabrielle d'Estrées. Pour ce qui concerne les circonstances de la mort de la duchesse, Desclozeaux a pratiquement tout recopié chez lui. Mais vous trouverez aussi dans son texte un commentaire intéressant des autres sources, notamment sur la question de la fiabilité des Mémoires de Rosny. Attendez un instant, je vous fais en vitesse la liste des titres.

Cette aimable proposition indiquait sans doute aussi que notre conversation arrivait à son terme. Je le remerciai vivement pour le temps qu'il m'avait consacré et Katzenmaier répondit qu'il avait été ravi de parler, pour une fois, à un auditeur intéressé. Si j'avais d'autres questions, je pourrais toujours m'adresser à lui. Pour l'heure, il lui fallait malheureusement aller à son rendez-vous.

— Voici les données bibliographiques. Êtes-vous accrédité à la Bibliothèque nationale ?

Je l'observai avec étonnement :

— Accrédité ?

Il éclata de rire.

— Vous avez passé trop de temps aux États-Unis, cher collègue. Sans lettre de recommandation, il vous sera difficile d'y entrer. Mais attendez, je vais demander à ma secrétaire de vous en remettre une.

Je voulus refuser poliment, mais il était déjà au téléphone et écarta d'un revers de main les objections que je formulais par mimiques.

— Madame Galian ? Katzenmaier à l'appareil. Avez-vous encore des formulaires de visite pour la Bibliothèque nationale à Paris ? Oui, en français. (Il posa la main sur le micro et dit :) Ça prendra cinq minutes et ça vous évitera des heures de palabre avec l'administration sur place... Oui, au nom de Monsieur Michelis. Je vous l'envoie tout de suite.

Nous quittâmes le bureau et parcourûmes le couloir peint en blanc. Arrivé devant l'escalier, il m'indiqua le chemin du secrétariat et me tendit la main pour me dire au revoir.

— Vous m'avez vraiment beaucoup aidé.

— Je vous en prie. Entre collègues.

— Dans votre livre, vous mentionnez encore un nom. Un certain Bolle.

— Oui, dit-il avec un air de résignation dont je crus d'abord qu'il concernait mes questions interminables.

Mais c'était le nom de l'auteur qui l'avait fait grimacer.

— Celui-là aussi, vous le trouverez là-bas, reprit-il. Une étude passablement absconse sur la théorie de l'empoisonnement et de prétendues failles dans la correspondance secrète. Je n'ai encore jamais compris pourquoi l'on continuait à le citer. Mais le monde de la recherche est ainsi. Une fois qu'il est pondu, on couve attentivement n'importe quel œuf. Même ceux des coucous.

Sur ces mots, il descendit l'escalier et échappa à mon regard.

5.

Le train de nuit arriva à Paris aux premières lueurs de l'aube. Je descendis dans un hôtel de la rue Rameau, non loin de la Bibliothèque nationale, et me retrouvai peu après devant le gigantesque portail scellé dans le haut mur qui entourait cette institution comme l'enceinte d'une citadelle. J'avais près de deux heures d'avance ; je parcourus donc la rue Richelieu vers le sud, à la recherche d'un café. Paris s'éveillait. L'arôme du pain frais s'accrochait à l'entrée des boulangeries comme un goût de campagne. Des voitures sans âge passaient en pétaradant, chargées de piles de journaux ou de baguettes attachées en gerbes blondes. Les trottoirs luisaient d'humidité sous les premiers rayons de soleil qui, depuis les toits, descendaient dans les rues étroites ; la rosée nocturne s'échappait des pavés et, pour un bref instant, emplissait l'air d'une clarté méditerranéenne.

Je trouvai un café sur la place du Palais-Royal et profitai des derniers instants de ce « petit lever » de Dame Paris. À un jet de pierre s'élevait l'imposante façade nord du Louvre ; quelque part derrière elle était accrochée la toile représentant les deux sœurs au bain. Je passai le temps, jusqu'à dix heures, en survolant les notes que j'avais prises après ma conversation avec

Katzenmaier. La lettre de recommandation, rédigée dans un français tarabiscoté sous en-tête de l'université de Bâle, ressemblait à un document diplomatique ; mais un peu plus tard, lorsque j'eus traversé la cour intérieure de la Bibliothèque et franchi la porte à tambour en verre qui donnait sur le bâtiment principal, il me fallut constater que ce genre de recommandation était effectivement nécessaire.

On me remit un laissez-passer sur lequel figurait un numéro de place. Un goût d'interdit s'attachait à toute cette procédure. Je me rendis dans la salle des catalogues, remplis les formulaires d'emprunt, les apportai au guichet et m'installai à la place qui m'avait été attribuée. Dans la salle de lecture régnait ce silence grave propre aux salles d'écriture monastiques. De temps en temps, un employé de la Bibliothèque traversait la pièce, portait de gros ouvrages reliés en cuir à l'une des tables de travail et les déposait en échange d'un reçu. Chacune de ces places de lecture était pourvue d'une lampe de bureau, elle-même dotée d'un abat-jour en verre couleur émeraude. Le bois des tables semblait avoir des siècles. Des générations de chercheurs et d'écrivains s'étaient assises ici, penchées sur des ouvrages, pour tenter d'apporter une réponse à une question ou à une autre.

En attendant mes livres, je m'étais de nouveau plongé dans mes notes et je sursautai lorsque quelqu'un me tapa sur l'épaule. Un jeune homme déposa trois volumes à côté de moi, me demanda de signer les reçus de prêt et ajouta à voix basse que l'une de mes commandes m'attendait au département des ouvrages rares. Je le remerciai et pris le bon de la commande en question. Abel Desjardins : *Négociations diplomatiques de la France avec la Toscane.*

Deux heures plus tard, j'avais lu en diagonale deux des trois livres. Le *Gabrielle d'Estrées* de Desclozeaux ne contenait rien de vraiment nouveau. L'élément intéressant était l'exposé des négociations ayant débouché sur le divorce entre Gabrielle et son premier époux, Nicolas d'Amerval, seigneur de Liancourt. Manifestement, dès le début de la procédure de dissolution de ce mariage, on avait veillé à préserver la possibilité de légitimer ultérieurement les enfants de Gabrielle et d'Henri. Gabrielle, je me le rappelais, quitta d'Amerval en 1592 pour rejoindre définitivement Henri. Je pus lire que deux années plus tard, à l'occasion de son divorce, d'Amerval avait écrit dans son testament :

« ... devant obéissance au roy et redoutant pour ma vie, je me déclare prêt à accepter le divorce de mon mariage avec ladite Gabrielle d'Estrées devant le Magistrat d'Amiens, mais je proclame et jure devant Dieu et devant les hommes que ce divorce m'est imposé contre ma volonté, par contrainte et en respect pour le roi et que ce serait mensonge que d'affirmer, déposer et déclarer que je suis incapable de m'unir par la chair et de procréer. »

Singulier, me dis-je. Pourquoi déployer tant d'efforts pour une simple maîtresse ? Ou bien y avait-il dès le début, derrière tout cela, plus qu'un amour passager ? Peut-être Gabrielle avait-elle entre-temps donné un fils au roi et voulait-elle donc rompre ce mariage que son père l'avait forcée à accepter deux ans plus tôt. Mais pour-quoi ne se contentait-on pas d'un simple divorce ? Pour quelle raison tenait-on à sa nullité *ab initio*, alors que l'annulation n'avait pu être fondée que sur des prétextes cousus de fil blanc, telle la prétendue impuissance de d'Amerval ? Il avait tout de même engendré quatorze enfants ! Il n'existait qu'une seule explication plausible à cette manière d'agir : on voulait exclure d'emblée et définitivement le risque de voir remise en cause la légitimité des enfants que Gabrielle avait eus avec le roi.

Desclozeaux expliquait la situation : le droit civil et religieux de l'époque n'autorisait la légitimation ultérieure des enfants naturels que dans le cas où ces enfants illégitimes n'étaient pas le fruit d'un adultère. La progéniture d'Henri et de Gabrielle était-elle le fruit d'un adultère ? À l'époque de la naissance de leur premier fils, César, tous deux étaient encore mariés – Gabrielle à d'Amerval, Henri à Marguerite de Valois. Comme de nos jours, il existait à l'époque une possibilité d'obtenir la nullité d'un mariage en faisant valoir l'illégalité de cette union. On en trouvait des motifs dans le droit naturel et civil, mais aussi dans le droit canon. Le mariage forcé et l'impuissance relevaient de la première catégorie ; l'appartenance à des religions différentes ou la consanguinité jusqu'au quatrième degré de parenté, de la seconde. Un jugement de divorce fondé sur un ou plusieurs de ces motifs ne dissolvait pas seulement un mariage, il l'annulait avec effet rétroactif, ce qui signifiait que du point de vue juridique l'union en question n'avait jamais existé.

Les mariages précédents de Gabrielle et du roi avaient donc été déclarés nuls et non avenus afin que les enfants issus de l'union extra-conjugale entre Henri et sa maîtresse puissent être légitimés après coup. Bien que d'Amerval ait eu quatorze enfants d'un premier mariage, Gabrielle invoqua dans sa demande l'incapacité de son époux de remplir ses devoirs conjugaux. On se mit d'accord pour renoncer à la procédure normale qui supposait que l'on apporte publiquement la preuve de l'incrimination ; on leur préféra les expertises d'un médecin et d'un chirurgien qui en confirmèrent tous deux la véracité. À cette accusation principale, on en ajouta une deuxième qui résultait de la parenté supposée des deux époux. Gabrielle était parente au troisième degré d'Anne Gouffier, la première épouse de d'Amerval. Bien que les deux moyens de droit aient été plus que douteux, l'union conjugale de Gabrielle d'Estrées et de Nicolas d'Amerval, seigneur de Liancourt, fut jugée contraire aux lois de l'Église et donc annulée. Le document officiel s'achevait par les mots : *Praetensum matrimonium inter dictos d'Amerval et d'Estrées, contra leges et statua Ecclesiae attentatum, ab initio nullum et ideo irritum, declaravimus et declaramus.*

J'en restai bouche bée. Cela transformait bien sûr la situation du tout au tout. La question de la succession au trône n'aurait donc pas constitué un problème. Katzenmaier avait raison. Après la mort d'Henri, le premier fils de Gabrielle serait devenu l'héritier légitime de la Couronne. Tel avait précisément été l'objectif du cadre juridique imposé pour le divorce de Gabrielle et de d'Amerval. C'est donc qu'Henri avait sérieusement envisagé d'épouser Gabrielle.

Mais dans ce cas, comment Morstadt pouvait-il faire affirmer par Ballerini qu'Henri n'épouserait jamais la duchesse ? Il connaissait pourtant le livre de Desclozeaux !

Je découvris peu après que le texte de Loiseleur lui était tout aussi familier. Les interrogatoires de Rosny et La Varenne étaient empruntés, presque mot pour mot, à cette étude. Le livre de Loiseleur avait tout d'une enquête criminelle, ce qu'annonçait déjà son titre : *Gabrielle d'Estrées : est-elle morte empoisonnée ?* Je connaissais sa réponse depuis mon entretien avec Katzenmeier. Loiseleur démontrait minutieusement ce dont mon interlocuteur à Bâle m'avait déjà donné les grandes lignes : il n'existait aucun mobile convaincant à une tentative d'assassinat contre la duchesse. Les symptômes apparus pendant l'agonie de Gabrielle correspondaient en outre parfaitement à l'image clinique de l'éclampsie. Je lus l'extrait du *Dictionnaire des sciences médicales* que Loiseleur citait à l'appui de son affirmation :

« Les femmes, durant le cours de leur grossesse, mais surtout aux approches de l'enfantement, sont très-sujettes aux convulsions... Or, ces convulsions ont des caractères particuliers ; elles participent à certains égards de l'hystérie et de l'épilepsie et ne sont précisément ni l'une ni l'autre ; le sentiment de resserrement au gosier, ou même celui d'un globe qui semble remonter de la région ombilicale dans la poitrine ou jusqu'au larynx, les accompagne quelquefois, surtout lorsqu'elles ont lieu avant l'accouchement et qu'elles sont peu considérables. Lorsqu'elles sont très-violentes, il y a presque toujours perte de connaissance, symptôme que l'on a regardé comme caractéristique des accès d'épilepsie ; mais elles en sont différentes néanmoins, non seulement par leur durée, qui est quelquefois très-prolongée, mais par les autres symptômes dont elles se compliquent, tels que le délire, l'assoupissement, le hoquet, etc. »

Le tableau d'une crise de ce type que l'auteur brossait au paragraphe suivant semblait décrire les dernières heures de Gabrielle :

« Quelquefois on entendait craquer toutes ses articulations en même temps et, dans l'instant, ses membres se tordaient d'avant en arrière ; d'autres fois, le tronc se pelotonnait et la malade roulait sur le lit, où l'on était obligé de la retenir pour l'empêcher de tomber. Au moment où l'on y pensait le moins, la tête se portait en avant jusqu'aux genoux ou aux pieds, ou bien se renversait en arrière et touchait jusqu'aux talons... »

L'observation de Ballerini me revint à l'esprit : *C'était bien un poison qui lui avait valu ces convulsions, dit-il, mais pas un qu'on lui avait administré. Il ne connaissait pas un seul cas d'empoisonnement provoqué artificiellement qui n'ait pas débuté par des vomissements. Le mal dont souffrait la duchesse venait de l'intérieur : elle le produisait elle-même.*

Vignac n'en crut pas un mot...

Mais Ballerini avait sans doute eu raison. Les prédispositions, mais aussi les premiers signes, concordaient avec le tableau clinique de Gabrielle : lassitude, frissons et douleurs aux membres, accès d'étouffement, migraines, troubles de la vision et vertiges, cécité ou surdité. Lorsque j'eus lu la dernière partie de ce passage, je ne doutais plus de la conclusion de Loiseleur : la duchesse était morte d'une crise d'éclampsie.

« Les convulsions partielles n'offrent rien d'alarmant ; celles qui sont générales sont plus fâcheuses, et beaucoup de femmes y succombent. Mauriceau regarde surtout comme funestes celles qui surviennent après la mort du fœtus dans le sein de la mère. »

Je quittai la bibliothèque et partis à la recherche d'un restaurant. J'avais couru après un fantôme. Le manuscrit de Morstadt était précisément ce dont Koszinski l'avait qualifié : un salmigondis de textes, un fragment de roman sans colonne vertébrale, bricolé à partir de sources historiques. C'est la raison pour laquelle il avait fini par s'émietter entre ses mains. Henri aurait épousé Gabrielle si la duchesse n'avait succombé à une maladie, certes terrible, mais parfaitement connue. Quel que soit le fond de l'affaire des tableaux, les derniers documents qui m'attendaient encore à la bibliothèque, une étude douteuse et des dépêches poussiéreuses, scelleraient la fin de cette affaire. L'affaire ? Il n'y avait aucune affaire.

Ma déception s'apaisa provisoirement au fil d'un délicieux déjeuner. L'euphorie produite par l'absorption d'une carafe de vin fit même apparaître sous un jour plus supportable les préparatifs auxquels j'allais sous peu devoir me livrer en vue de mon activité à Bruxelles. La capitale belge n'était qu'à trois heures de train. Un petit appartement m'y attendait dans la maison d'un collègue. Après tout, j'avais toute la Flandre à visiter, Gand, Bruges, Anvers ; quant à Bruxelles, elle n'était certainement pas aussi épouvantable que me l'avait décrite Koszinski.

Encore une brève visite au Louvre, le lendemain, et mon excursion dans l'histoire française serait arrivée à son terme. J'éprouvais presque une satisfaction secrète à l'idée que ces deux dames au bain, malgré toutes les informations que j'avais rassemblées à leur propos, avaient conservé leur aura mystérieuse. Je n'étais pas parvenu à dissiper le voile impénétrable qui s'était déposé sur elles au fil des siècles.

Morstadt, lui aussi, avait tenté de résoudre l'énigme du tableau, mais il s'était fondé sur des suppositions erronées. Sur deux points importants, son manuscrit allait à l'encontre de l'historiographie officielle. Il prétendait qu'Henri n'avait pas vraiment voulu épouser Gabrielle et qu'un empoisonnement de la duchesse n'était donc pas nécessaire. Les deux hypothèses étaient invérifiables. Pourtant, d'une certaine manière, elles offraient un cadre non seulement à la toile commandée, mais aussi au singulier portrait du Louvre. Je sortis mon croquis, observai de nouveau cette étrange symétrie et regardai le point d'interrogation que j'avais tracé à l'intersection des différentes possibilités. Qu'avait imaginé le peintre en réalisant cette toile ? Quand l'avait-il exécutée et pourquoi ? Était-ce une sorte de réponse au tableau de commande ? Et dans quel but Morstadt avait-il lancé son affirmation ? Avais-je négligé un détail quelconque sur la toile ? Je me levai. J'avais encore tout l'après-midi devant moi, ce qui me laissait largement le temps de faire une rapide visite du Louvre, dont ne me séparaient que quelques minutes de marche. Peut-être un coup d'œil sur le tableau original m'aiderait-il à progresser ? Ma résignation se dissipa tandis que je parcourais les longs couloirs du musée, laissant place à une nervosité légère, mais qui s'intensifia à chaque pas qui me rapprochait de la salle d'exposition. Lorsque j'aperçus finalement le tableau, de loin, je ralentis le pas malgré moi.

La composition n'avait rien perdu de sa force mystérieuse. Pendant quelques instants, je m'immobilisai à une distance respectueuse. Puis j'approchai du tableau et regardai les personnages, comme hypnotisé, jusqu'à ce que cette contemplation attentive finisse par me rendre les yeux douloureux et m'étourdir.

Je remarquai tout d'un coup un détail qui ne m'avait jamais frappé auparavant. Qu'il était blême, le corps de Gabrielle, quelle pâleur cadavérique en comparaison avec le teint chaud et sanguin de l'autre dame ! Cette légère différence de ton n'était pas visible sur les reproductions que j'avais vues jusqu'ici. C'est au bout des doigts que cette nuance colorée apparaissait le plus clairement. Chez Gabrielle, leur teinte était nettement plus blanche que chez l'autre dame, dont la chair rose contrastait de manière frappante avec le blanc sépulcral de la duchesse. Et l'absence d'expression de son visage n'était-elle pas elle aussi très peu naturelle ? Son corps tout entier n'était-il pas figé dans une attitude immobile, inanimée ? L'arrière-plan sombre du tableau accentuait encore cette impression. Le feu qui déclinait dans la cheminée, la table couverte d'un drap vert, le miroir noir à côté de la femme de chambre qui semblait planer, irréelle, à l'arrière-plan : rien n'était vivant dans ce tableau, hormis le geste triomphant de la dame inconnue à côté de Gabrielle et son regard arrogant et provocateur. L'aura cadavérique de Gabrielle, son immobilité qui rappelait celle d'une marionnette ou d'un masque grotesque, exprimaient aussi une très profonde mélancolie.

Les dernières scènes du manuscrit de Morstadt me revinrent à l'esprit. Le combat de Vignac avec Sandrini. Le feu rue des Deux-Portes. Le cadavre pendu et badigeonné de poix. La fuite précipitée de Vignac hors de Paris. Vignac avait certainement peint ce tableau ultérieurement, bien après la mort de Gabrielle. Quelque part devant moi, sur la toile, dissimulé dans les gestes des deux dames ou, peut-être, caché à l'arrière-plan, le peintre avait commenté les événements énigmatiques survenus à Paris. Mais le tableau ne donnait pas de réponse, pas plus que le manuscrit de Morstadt n'en apportait aux questions sur le destin de Gabrielle. Il devait pourtant bien exister quelque part une intersection, un croisement qui ferait surgir la solution. Il suffisait peut-être de trouver la bonne perspective pour que l'image et le manuscrit s'assemblent. Mais comment ?

Je passai une fois encore en revue dans mon esprit tout ce que j'avais lu et entendu. Mon regard tomba sur la légende, en dessous du tableau. *Gabrielle d'Estrées et l'une de ses sœurs.* L'une de ses sœurs ? La femme qui se tenait à côté de Gabrielle ne ressemblait-elle pas trait pour trait à la dame du tableau commandé à Vignac ? Ballerini, dans sa description de la scène du banquet, n'avait-il pas dit qu'on avait aussitôt reconnu en elle la danseuse dont la prestation avait tellement enchanté le roi, cette Henriette d'Entragues ? Je me remémorai l'interprétation que Ballerini donnait de cette image calomnieuse : Regardez, semble clamer le tableau, les putains du roi se transmettent leur anneau nuptial imaginaire. Mais le roi n'épousera jamais ni l'une, ni l'autre. Celle-là aura bientôt fini la partie, mais la suivante est déjà prête...

Je fis un pas en arrière. Évidemment ! C'est exactement ce que l'on avait représenté ici. Gabrielle était morte. Elle n'avait pas atteint son but. La bague de la promesse de mariage était encore suspendue comme un gage sans valeur au bout de ses doigts livides, tandis que la prochaine maîtresse du roi s'apprêtait, triomphante, à prendre sa place. La prochaine maîtresse ? Mais l'avait-elle vraiment été ?

Je me détachai de la toile et retournai en toute hâte à la bibliothèque. Pourquoi cette idée ne m'était-elle pas venue plus tôt ? Une nouvelle amante ! Je n'avais pas songé un seul instant à cette possibilité. Je trouvai dans les rayons des usuels un exemplaire du *Diccionario de Mujeres Celebres* et lus peu après, les yeux écarquillés d'étonnement, la mention qui concernait Henriette d'Entragues :

Entragues, Catalina Henriette de Balzac de

Marquise de Verneuil. Belle dame noble française. Favorite d'Henri IV. Née en 1579, morte en 1633 à Paris. Très cultivée, mais d'une nature froide et opportuniste. Deux mois après la mort de la très belle maîtresse du roi, Gabrielle d'Estrées, Henri IV tomba passionnément amoureux de la fille du seigneur d'Entragues, comte de Malesherbes. La jeune femme n'hésita pas à devenir la maîtresse du roi, mais exigea pour cela une somme de cent mille thalers et la promesse écrite que le roi l'épouserait si elle devait lui donner un héritier mâle dans un délai d'une année...

Je relus ce passage. Cent mille thalers pour une aventure avec Henriette, deux mois seulement après la mort de Gabrielle ? Et assortis d'une promesse écrite de mariage ? Henri avait accepté. Le document original, daté du 1er octobre 1599, était reproduit en fac-similé dans le livre. Henri y faisait le serment d'épouser Henriette d'Entragues avec tous les honneurs dus à une reine si elle lui donnait un fils d'ici à une année. Comment était-ce possible ? À cette époque, Henri avait pourtant déjà repris les négociations avec Florence en vue de son mariage avec Marie de Médicis ! Le document n'était pas un faux. Le numéro d'archives était authentique et inscrit dans le catalogue des manuscrits de la Bibliothèque nationale. Et pourtant Henri n'avait jamais eu l'intention d'épouser Henriette. La promesse de mariage qu'il avait faite à Gabrielle avait-elle été aussi mensongère que celle-ci ?

Je ne savais plus que penser. Les livres de Loiseleur et Desclozeaux se trouvaient à côté de la monographie de ce Jacques Bolle que je n'avais pas encore ouverte. Je tournai la couverture du livre et parcourus la page de titre en diagonale. La piètre estime de Katzenmaier pour ce texte publié en 1955, en français, mais curieusement imprimé à Florence, paraissait justifiée. L'avant-propos, où l'auteur faisait grossièrement étalage de ses connaissances, n'augurait pas d'une enquête sérieuse. On n'y annonçait pas un essai historique, mais une sorte de roman policier dont le but était justement de rompre avec toutes les traditions de l'historiographie. Avec la meilleure volonté du monde, je ne pouvais pas m'expliquer comment on pouvait se targuer avec une telle impudence de mettre en œuvre un principe aussi douteux. Par ailleurs, l'auteur avait manifestement l'intention de démontrer la théorie de l'empoisonnement, ce que le titre annonçait déjà : *Pourquoi tuer Gabrielle d'Estrées ?* Cette supposition me paraissait avoir perdu tout fondement. Qu'avait dit Katzenmaier ? Un œuf de coucou. Je mis le livre de côté, la mine renfrognée.

Mon regard tomba sur le bon d'emprunt de la correspondance secrète qui m'attendait dans la section des ouvrages rares, au sous-sol. *Salle de la réserve*, lisait-on en lettres rouges sur le formulaire.

Au bout de quelques minutes de recherche, je trouvai le guichet en question. Je survolai la notice portant les instructions sur le traitement des livres anciens, signai et portai les épais volumes vers l'une des tables peu nombreuses de la salle. *Négociations diplomatiques de la France avec la Toscane. Documents recueillis par Giuseppe Canestrini et publiés par Abel Desjardins, Paris 1859-1886.* Les cinq volumes et leur index mesuraient, empilés, au moins cinquante centimètres d'épaisseur. Je dus constater avec une certaine tristesse que tous les documents qui m'intéressaient étaient rédigés en italien. Bonciani avait bien évidemment écrit dans sa langue maternelle. Je ne pouvais donc même pas vérifier précisément si les propos de l'agent secret mentionnés dans le manuscrit provenaient de cette édition. Je feuilletai les livres, tombai ici et là sur un paragraphe que mes connaissances en latin me permettaient de traduire, mais abandonnai bientôt cette entreprise absurde. De toute façon, on ne trouvait aucune lettre pour la période la plus importante. La dernière dépêche reproduite par Desjardins datait du 27 septembre 1598. Une note de l'éditeur avait été jointe à ce passage :

« Quelques jours après, on annonçait la mort du roi d'Espagne. Bonciani confirme cette nouvelle dans sa dépêche du 8 octobre, qui renferme en outre le compte rendu de l'audience donnée par le roi à l'assemblée du clergé. Enfin, dans sa dernière dépêche, datée du 2 décembre, l'ambassadeur s'alarme une fois encore des conséquences que pourrait avoir le fol amour du Roi pour Gabrielle : *E da questo amore estraordinario si puó dubitare che alla fine non nascano de'mali d'importanza.* »

Je feuilletai l'ouvrage. On ne trouvait pas d'autres dépêches de Bonciani. Mais le recueil n'était manifestement pas complet. Le courrier du 8 octobre n'était mentionné qu'en passant. La dernière phrase de l'agent secret me laissa bouche bée : *On peut craindre que de grands maux ne naissent encore de cet amour hors du commun.*

Cette phrase avait été écrite le 2 décembre 1598, quatre mois avant la mort de Gabrielle. Florence avait donc observé avec la plus grande attention les événements survenus à Paris. L'union qui risquait d'être conclue entre Henri et Gabrielle était pour l'agent secret une source de grande inquiétude. Il y avait quelque chose d'anormal là-dedans. Je revins dans la salle de lecture et cherchai dans le manuscrit de Morstadt le chapitre concernant Bonciani. Je trouvai les passages en question et relus les paragraphes portant sur ce point : une année auparavant, déjà, il avait effectué un relevé de la situation : « *Sans la duchesse de Beaufort, le mariage de votre nièce Marie avec le roi serait affaire réglée en l'espace de quatre mois. Mais l'amour du roi pour sa dame ne cesse de croître. Un mal incurable va sévir ici si la main sacrée de Dieu ne s'interpose pas.* » Je trouvai enfin plus bas un passage contenant une vague indication de date : « *L'espion écrivit pendant tous les mois de l'été, il avait des oreilles partout et cherchait à déchiffrer les grandes lignes de la lutte de pouvoir qui commençait, sans jamais perdre de vue le fait qu'Henri était désormais le roi le plus puissant du monde chrétien.* »

Je pris le manuscrit et revins au sous-sol. Bonciani avait mentionné le fait que la Cour séjournait à Nantes. Les dépêches dataient donc de l'été 1598. Je pris en main le dernier volume de l'édition Desjardins et trouvai cette mention dans une dépêche du 10 juin. Bonciani avait noté : « *Ricordando che questo è il più potente re del Cristianismo.* » Morstadt avait repris cette phrase mot pour mot. Je parcourus les lettres suivantes, celles de juin et de juillet. On n'en trouvait pas une qui ne mentionnât pas l'amour croissant d'Henri pour la duchesse. Manifestement, Ferdinand n'avait jamais abandonné l'espoir d'influencer à son profit les projets de mariage du roi de France. Les relations diplomatiques n'étaient pas du tout rompues. Le 1er mai 1598, on avait mis un terme aux conflits concernant Marseille. Au cours des mois qui suivirent, Bonciani écrivit de plus en plus souvent depuis Paris que seule Gabrielle faisait obstacle à l'union entre Henri et Marie. À l'automne 1598 encore, il envoyait des rapports réguliers depuis la capitale et évoquait les possibilités d'un mariage entre Marie et Navarre. L'agent ne se lassait pas de souligner qu'une telle union serait impensable tant que le roi continuerait à être sous le charme de sa maîtresse. Il semblait inutile de chercher à le dissuader de ses projets. Était-il concevable qu'au printemps 1599 Ferdinand n'ait pas été informé de ce qui se passait à Paris ? La promesse de mariage faite par Henri au mois de mars. Les préparatifs des noces. La mort subite de Gabrielle, qui avait forcément produit sur Ferdinand l'effet d'un don du ciel. Tout cela se serait déroulé à l'insu de Florence ?

Je bondis de mon siège comme si j'avais reçu une décharge électrique. Des failles dans la correspondance secrète ! Je laissai tout en plan et remontai à grands pas dans la salle de lecture. Le petit texte insignifiant de Bolle se trouvait toujours à l'endroit où je l'avais laissé avec mépris quelques instants plus tôt. J'ouvris nerveusement le livre et me trouvai soudain devant le fac-similé illisible d'une lettre. Je ressentis un choc en lisant la légende : *Lettre du 17 mars 1599 déchiffrée par nous au moyen du code secret du Grand-Duc Bonciani.*

17 mars 1599 ? La dernière dépêche ne datait-elle pas du 2 décembre 1598 ? Je feuilletai l'ouvrage avec impatience, mais ces paragraphes qui semblaient avoir été jetés pêle-mêle et sans structure ne permettaient pas une lecture cursive. Espérant trouver un index, j'ouvris les dernières pages du livre. J'y découvris une liste de lettres et un paragraphe qui me fit retomber sur ma chaise, totalement décontenancé :

> « En note, Desjardins dit que “dans sa dernière dépêche, du 2 décembre 1598, Bonciani s'alarme une fois encore des conséquences que pourrait avoir le fol amour du roi pour Gabrielle”. D'après cette note, plus aucune missive de Paris n'est citée avant novembre 1599. Il y a donc un trou de onze à douze mois.
>
> « À la suite de nos recherches, rien que pour la période de décembre 1598 à mai 1599, et uniquement dans l'ordre de préoccupations inspirées par Gabrielle d'Estrées, nous avons relevé les messages chiffrés suivants... »

Je regardai fixement, incrédule, l'inventaire des lettres. 18 janvier 1599 : Bonciani de Paris. Puis une lettre du 31 janvier. Trois autres en février. Trois dépêches étaient du même jour, le 9 mars. Pour le mois d'avril, on en comptait cinq, dont une datée du 10 avril, le jour de la mort de Gabrielle. Deux autres étaient recensées pour le mois de mai. Dans la postface, Bolle expliquait aussi pourquoi Desjardins avait vraisemblablement omis les lettres dans son édition. Les documents venaient d'être regroupés aux Archives Médicis à Florence. Le volume considérable de cette collection avait sans doute incité l'éditeur à ne recenser dans un premier temps que les lettres des personnalités les plus connues et à ne traiter que des extraits du courrier de celles qui l'étaient moins. Par ailleurs, le chiffrage de ces lettres devenait de plus en plus complexe au fil du temps.

Je revins à la copie en fac-similé qui figurait au début du livre de Bolle et j'examinai la reproduction de la lettre du 17 mars. La photographie en noir et blanc montrait un parchemin chiffonné aux bords rognés, noirci de haut en bas de chiffres minuscules, sans le moindre espace entre les séries pour marquer le début d'un nouveau mot ou d'une nouvelle phrase.

Il y avait donc bien eu des dépêches, et ce Bolle les avait trouvées ! Une découverte phénoménale ! L'excitation qui avait dû s'emparer du jeune historien, à l'époque, face à sa trouvaille exceptionnelle, transpirait à chaque ligne de cette publication qui comptait un peu plus de cent pages ; je la ressentis moi aussi lorsque je lus les chapitres à la file. Des fautes de frappe et des erreurs manifestes s'étaient glissées un peu partout dans le texte. Le plan de l'étude était parfaitement illogique, on sautait constamment du coq à l'âne. On avait l'impression que l'auteur craignait de voir ce qui lui venait à l'esprit se dissiper aussitôt s'il ne l'écrivait pas immédiatement. Son procédé ressemblait à celui d'un détective inexpérimenté qui vient de tomber sur une valise pleine de pièces à conviction et que l'excitation pousse à prendre indistinctement en main tous les objets, à les observer et à les inventorier sans tenir compte du fait que toute modification de leur disposition originelle amoindrit la valeur de ces indices. Totalement subjugué par son incroyable découverte, il l'avait clamée à la face du monde où son appel avait résonné sans que nul ne l'entende, comme le balbutiement incohérent d'un témoin oculaire encore sous le choc. Rien d'étonnant à ce que les spécialistes aient ignoré ce texte. Et puis Katzenmaier n'avait-il pas dit que ce sujet n'intéressait plus personne depuis cent ans ?

Je lus avec étonnement, ligne après ligne, les lettres de Bonciani citées çà et là dans le livre et les recopiai mot à mot sur le papier, à côté de moi. Alors, soudain, tout cela prit un sens. Grâce à ces lettres, toutes les suppositions, toutes les incongruités, la fin en queue de poisson et les pistes qui n'aboutissaient nulle part, se rassemblaient pour former une image – laquelle menait à son tour à une toile accrochée à moins de cinq cents mètres de moi, dans un coin de ce château dont les portes s'étaient refermées à tout jamais quelques jours avant Quasimodo, aussi bien pour Gabrielle d'Estrées que pour le peintre inconnu qui avait peut-être porté le nom de Vignac.

Je ne sais plus combien d'heures je passai là-bas, concentré sur les dépêches de Bonciani, animé par une tension croissante et à peine supportable. Lorsque je finis par lever la tête et regarder autour de moi, ce fut pour constater que la salle était presque vide. Je rassemblai mes notes, rapportai les livres au guichet, pris mon reçu et quittai la bibliothèque, épuisé.

Je marchai dans les rues, les yeux rivés au sol. La circulation bruyante de l'après-midi s'écoulait devant moi sans que j'y prenne garde. Un flot interminable de piétons pressés défilait à mes côtés. Je traversai la rue de Rivoli, la suivis en direction de l'est et me retrouvai sur la place, devant le Louvre. L'église de Saint-Germain-l'Auxerrois se dressait comme de toute éternité. Je contemplai cette façade en filigrane illuminée par le soleil couchant, puis laissai mon regard glisser sur les bâtiments voisins. Non, ces édifices-là étaient sans doute plus récents. Le décanat, et avec lui la chambre où avait agonisé Gabrielle, avaient disparu depuis très longtemps. Je traversai le quai du Louvre et m'appuyai à la balustrade, au-dessus de la promenade sur les berges.

À quelque distance de là, le Pont-Neuf dressait ses arches au-dessus de la Seine. En son centre, à la pointe de la Cité, je vis s'élever, fantomatique, la statue équestre d'Henri IV. C'était là-bas, à un jet de pierre du lieu où la femme qu'il voulait élever sur son trône avait trouvé la mort, que l'on avait érigé le monument d'Henri de Navarre, sans doute le plus populaire des rois de France. On le voyait à cheval, bien entendu, soldat chargé d'une couronne qui lui pesait. Le cavalier tournait le dos au logis de Madame de Sourdis et au Louvre. On avait même presque l'impression qu'il s'était demandé un certain temps dans quelle direction il devait partir. Mais au bout du compte, il avait fait faire demi-tour à sa monture, préférant au chevet de sa maîtresse sa ville et son royaume.

6.

À qui d'autre qu'à Koszinski aurais-je pu raconter la fin de l'histoire ? J'envisageai d'abord de lui écrire ; je décidai finalement de lui rendre une ultime visite avant la fin de sa cure. Lorsque le train arriva à Kehl, je ne pus m'empêcher de penser que quatre ou cinq années plus tôt, Koszinski avait accompli le même trajet, à cette différence près que, moi, je ne ferais qu'y prendre une correspondance, sans aller consulter les archives poussiéreuses d'une maison d'édition.

Je tenais ouvert sur mes genoux *Les Dames de Fontainebleau* publié par Franco Maria Ricci. Un deuxième exemplaire de cette édition de luxe se trouvait près de mon sac de voyage, sur le porte-bagages, emballé dans du papier cadeau. Tandis que le train s'ébranlait en direction de Fribourg, j'observai les reproductions des peintures en grand format, et bien que le sens iconographique des tableaux m'apparût désormais dans ses moindres subtilités, leur aura mystérieuse ne me paraissait nullement entamée. Les dames avec leurs gestes maniérés devenues éloquentes demeuraient pourtant plongées dans un silence mélancolique et méditatif. Koszinski resta lui aussi un moment sans rien dire lorsqu'il eut déballé le cadeau que je lui avais rapporté de Paris. Le décor où nous nous trouvions était aussi enchanteur qu'une semaine plus tôt. La pelouse lumineuse descendait en pente douce devant la terrasse, décrivait des méandres autour des premiers arbres et débouchait sur un paysage où l'on pouvait admirer toutes les nuances imaginables du vert. J'ignore pourquoi ce vert ne cesse de revenir dans mon souvenir. Peut-être parce que c'était *sa* couleur, la couleur préférée de Gabrielle d'Estrées, duchesse de Beaufort et marquise de Monceaux, la plus belle femme de son temps.

Koszinski m'écouta avec une grande attention lorsque je lui relatai les étapes de mes recherches. Je lui racontai pourquoi les incohérences du manuscrit de Morstadt et le peu de documents que j'avais trouvés à Fribourg sur cette affaire m'avaient incité à partir pour Bâle et à y interroger un historien. Il me remercia d'un hochement de tête reconnaissant pour le résumé de cet entretien, preuve que la thèse de l'empoisonnement était intenable.

— Eh bien, fit-il, dans ce cas je me suis sans doute laissé berner par le manuscrit de Morstadt.

— Absolument pas, répondis-je. Le manuscrit laisse totalement la question en suspens. C'est ce qu'il y a d'étrange dans toute cette histoire. Tout fait penser à un empoisonnement. C'est une fausse piste. Mais ça n'éclaircit pas toute cette affaire, car il existe une seconde piste, et elle aussi nous induit en erreur.

— Vraiment ?

— Il y a deux bizarreries dans le manuscrit de Morstadt. D'un côté, il fait affirmer par Ballerini que la duchesse n'a pas été empoisonnée. Il est effectivement très vraisemblable, pour ne pas dire certain, qu'elle est morte d'une maladie liée à sa grossesse. Mais sa deuxième affirmation est encore plus étonnante. Vous vous la rappelez ?

Koszinski réfléchit un bref instant.

— Il affirme que Navarre n'avait jamais vraiment voulu épouser Gabrielle.

— C'est une accusation qu'il est seul à porter, répondis-je. Personne n'a jamais exprimé ce soupçon. Pour quelle raison Morstadt a-t-il donc placé ces propos dans la bouche du médecin ?

Koszinski s'adossa à son siège, l'air satisfait.

— Dans ce cas, je n'étais pas aussi éloigné de la réalité. Morstadt s'est trompé.

— Pas si vite. Je vais vous demander de vous remémorer les toiles. Celle qui a été commandée à Vignac et le tableau du Louvre se ressemblent tellement qu'il existe forcément une relation entre les deux. C'était exactement ce que supposait Morstadt. Mais il n'a pas trouvé d'explication logique pour le tableau du Louvre. Commençons par la toile commandée. Qui lui a confié cette mission ? En réalité, il n'y a que deux réponses possibles : ou bien Gabrielle, pour faire pression sur le roi, ou bien les Italiens, pour dénoncer la duchesse.

— Jusque-là, je vous suis.

— Cette toile n'avait de sens dans le cadre d'une campagne de calomnie que si le mariage d'Henri et de Gabrielle était bel et bien prévu. Mais une autre question se pose alors : en constatant l'échec de leur campagne, les Médicis n'auraient-ils pas employé des moyens plus radicaux pour empêcher ce mariage ?

Koszinski fronça les sourcils.

— Le poison, donc, tout de même ?

— Non, répondis-je. Le corps de la duchesse a été autopsié et présentait toutes les caractéristiques d'un décès lié à sa grossesse. Seuls ont parlé de poison ceux qui étaient à l'écart des événements. Les récits des témoins oculaires et les diagnostics des médecins permettent de conclure avec une vraisemblance proche de la certitude que Gabrielle est morte d'éclampsie.

— Éclampsie ?

— Oui, ce sont des convulsions subites survenant pendant la grossesse ou l'accouchement et dont les conséquences peuvent souvent être mortelles. Rappelons-nous ce que nous savons des derniers jours de Gabrielle. Elle se trouvait à Fontainebleau avec le roi. Elle était à cette époque au sixième ou septième mois, et sa grossesse l'incommodait. Elle faisait des cauchemars. Elle souffrait de nervosité et d'angoisses alimentées par les sombres prédictions de ses astrologues. Qu'a-t-il bien pu se passer dans son esprit ? Elle se sait désormais à deux pas du trône. À Rome, les négociations en vue du divorce sont en cours. Il ne reste plus que quelques jours avant Quasimodo, la date qu'a envisagée le roi pour le début des noces. La Cour a été congédiée, et l'on prévoit que Gabrielle, comme tous les ans, passera Pâques avec le roi au château de Fontainebleau. Comme tous les ans ? Voilà que le roi décide de l'envoyer à Paris pour les fêtes. Il faut, dit-il, éviter un scandale. Après tout, elle n'est pas encore son épouse, et il serait déplacé que le roi passe cette période avec sa maîtresse. Mais pourquoi ce retournement ? Les années précédentes, pareille précaution n'avait jamais été envisagée. Tout le monde sait bien qu'ils vont se marier. On s'est fait à cette idée, et l'on comprendrait parfaitement que le roi veuille garder auprès de lui cette femme enceinte et affaiblie. Mais Navarre en décide autrement.

« Les nerfs de Gabrielle craquent. Elle implore, crie, supplie, fond en larmes. Il faut des heures pour que le roi l'apaise, et même à ce moment-là, elle ne se tranquillise qu'en apparence. De noirs pressentiments et des doutes cruels lui rongent l'âme. Un étrange épisode survient pendant la nuit. Tous deux font le même rêve. Gabrielle se voit consumée par un grand incendie, et le roi rêve que sa maîtresse est victime des flammes sans qu'il puisse rien faire pour la sauver. Ils se racontent leur songe et pleurent. Dehors, devant la porte, le valet les entend sangloter. Mais rien n'y fait. Au matin ils partent pour Melun, ils y dînent et passent à Savigny leur dernière nuit ensemble.

« Le lendemain matin, une fois préparé le coche d'eau, Gabrielle s'effondre de nouveau. Elle est certaine qu'ils ne se reverront jamais. La séparation a tout d'adieux définitifs. Le roi vacille. Comme elle est blême, comme elle est faible ! Il la serre tendrement dans ses bras, tient son corps tremblant contre le sien et lui jure à l'oreille qu'il lui voue un amour éternel. Gabrielle s'agrippe de plus en plus fort à son seigneur, lui recommande ses enfants et l'assure de son amour. Serments et affirmations solennelles sont étouffés par des larmes qui assombrissent le pourpoint du roi. Puis il se détache d'elle et la suit des yeux, inquiet, tandis qu'elle se dirige vers la barge, escortée par Bassompierre, La Varenne et Montbazon. Les chevaux halent, l'embarcation se met en mouvement. Gabrielle se tient debout au bastingage. Jusqu'au dernier moment, on entend ses appels qui faiblissent peu à peu, et Navarre la regarde s'éloigner ; le bateau finit par disparaître à l'horizon. Jusqu'au dernier instant, il l'y voit debout, un petit point blanc sur l'eau, dans le silence où la plonge la distance, la silhouette minuscule de sa Gabrielle, la compagne qu'il a aimée plus que nulle autre.

« Nous connaissons la fin. Cela commence par des migraines et des serrements de cœur. Suivent des pertes de connaissance qui débouchent sur les premières convulsions. Puis des troubles de l'ouïe et de la vue. Le corps tourmenté échappe à tout contrôle. Les muscles se tendent à l'extrême, les articulations craquent, les mâchoires s'entrechoquent, mordent langue et lèvres. Les yeux sortent de leur orbite, la tête se retourne presque totalement vers l'arrière. C'est ensuite le coma, et pour finir la mort. L'enfant a vraisemblablement perdu la vie dès la première crise. Comme on n'a pas pu l'extraire par des moyens chirurgicaux, il a empoisonné le corps de la duchesse, provoquant son décès. L'autopsie confirme ce diagnostic. Lorsque l'enfant a été extrait de l'utérus, il était mort et en lambeaux. Les poumons et le foie de la duchesse étaient détruits. Le rein était dur comme de la pierre, le cerveau avait été attaqué.

— Vous avez aussi trouvé le rapport d'autopsie ?

— Oui. Les deux auteurs que j'ai lus à Paris citent des récits de témoins oculaires.

— Il n'y avait donc effectivement pas de poison, dit-il.

— Tout dépend de la manière dont on voit les choses. Les angoisses et les craintes de Gabrielle n'avaient-elles pas provoqué ces convulsions, et par conséquent la mort de l'enfant et de la mère ? Il était sans aucun doute risqué et peu avisé d'envoyer Gabrielle à Paris dans l'état de surexcitation où elle se trouvait. Pourquoi le roi y a-t-il tenu à ce point ? Au cours des années précédentes, jamais personne n'avait prétendu que passer les fêtes avec sa maîtresse était inconvenant. Pourquoi justement cette année-là ? Gabrielle avait-elle pressenti quelque chose ? Qu'est-ce qui avait incité le roi à l'éloigner de Fontainebleau ? Plus j'y réfléchissais, plus j'avais l'impression que le comportement de Navarre était totalement inexplicable. Sauf s'il existait encore quelque chose dont je ne savais rien. Menait-on tout de même des négociations parallèles avec Florence ? Les conseillers d'Henri avaient-ils imposé leurs vues et persuadé le roi que seule une union avec Marie de Médicis pouvait garantir la pérennité du royaume ?

— Vous n'y croyez sans doute pas vous-même.

— Non, effectivement, je n'y ai jamais cru. Mais le manuscrit fait tout de même allusion à cette possibilité. Et cela expliquerait d'un seul coup la toile commandée à Vignac. L'idée que les Médicis se seraient servis de ce tableau pour dénoncer Gabrielle n'est de toute façon pas très crédible. Quel effet ce tableau était-il censé produire ? Et s'il existait vraiment un complot contre Gabrielle, les conjurés, après l'affaire du tableau, n'auraient certainement pas hésité à mener leurs projets à terme.

— Je ne suis toujours pas convaincu. Après tout, vous ne faites que supposer qu'il n'y a pas eu de poison. On ne peut pas le prouver.

— Certes, répondis-je. D'une manière générale, on ne peut rien prouver. Mais supposons provisoirement que Ballerini ait eu raison. Le médecin est absolument certain que ce mariage n'aura jamais lieu. Et supposons par ailleurs que Gabrielle a pressenti quelque chose de ce genre. Cela explique qu'elle passe commande de ce tableau offensant et qu'elle force le roi à professer publiquement l'amour qu'il lui porte. Elle sentait qu'Henri était en train de la berner et avait imaginé cette intrigue comme ultime recours pour lui arracher une promesse à laquelle il ne pourrait se dérober sans perdre la face. Si Henri négociait avec Florence dans le dos de Gabrielle, il était sans doute superflu d'essayer de la tuer, non ?

— Soit. Mais comment Morstadt l'aurait-il su ?

— C'est exactement le problème, répondis-je. Du vivant de Morstadt, il n'existait aucun document qui aurait étayé cette hypothèse monstrueuse. Vous l'avez déjà dit, c'est son imagination qui lui avait dicté cette belle théorie ; mais l'historien qu'il était en premier lieu devait certainement se sentir mal à l'aise face à cette supposition sans fondement. Je présume que c'est pour cette raison qu'il n'a pas trouvé de conclusion satisfaisante. Ce qui est fou, c'est que c'est forcément le dernier tableau de Vignac qui lui a donné cette intuition. Mais il ne pouvait rien prouver. C'est pour cette raison qu'il n'a pu arriver au bout de son histoire. Pas plus que le peintre lui-même, lequel n'a jamais su non plus qui, en dernier ressort, lui avait passé commande de ce tableau. Pour faire le lien entre les deux perspectives, il faudrait apporter la preuve que la supposition de Morstadt était exacte.

Koszinski fronça les sourcils. Puis il rit :

— Vous me mettez sur des charbons ardents.

— Prenons les faits dans l'ordre. Cette incohérence a fini par m'obséder. Katzenmaier, l'historien de Bâle, m'a confirmé que Ferdinand entretenait à Paris un espion du nom de Bonciani, et que l'on avait conservé les dépêches de celui-ci. Je me suis donc fait remettre, à Paris, la correspondance secrète entre Ferdinand et son agent. La partie connue à l'époque – mais cela n'a pas changé depuis – avait été déchiffrée et publiée au XIXe siècle par un certain Desjardins. Morstadt connaissait du reste certainement ces lettres, car on en retrouve une partie dans le chapitre consacré à Bonciani. Cette correspondance s'interrompt subitement à l'automne 1598. Au cours des mois précédents, Bonciani a régulièrement envoyé des rapports depuis Paris et étudié la possibilité de conclure un mariage entre Marie et Navarre. L'agent ne cesse de souligner qu'une union de Navarre et de la princesse Marie est inconcevable tant que le roi continue à se laisser accaparer par sa maîtresse. Il semble impossible de le dissuader de ses intentions de mariage. Sa dernière dépêche, le 2 décembre, s'achève sur une singulière mise en garde : l'amour fou du roi pour Gabrielle pourrait, au bout du compte, engendrer un mal encore plus grand. Ensuite, la correspondance s'interrompt. Après le 2 décembre, on n'a plus trace d'autres dépêches. Florence avait-elle abandonné ? L'agent avait-il été rappelé ? C'est seulement à l'automne 1599, six mois après la mort de Gabrielle, que Bonciani réapparaît. Les négociations avec Florence reprennent, et l'année suivante, l'union est scellée.

Koszinski me regardait sans comprendre.

— Je ne vois pas ce que cela prouverait. Après l'annonce publique du mariage, Florence se sera accommodée de la décision d'Henri. Il me semble que ce manuscrit vous a totalement embrumé l'esprit. Vous avez dit vous-même que personne n'a jamais affirmé qu'Henri ne voulait pas épouser Gabrielle. Et moi, je vous dis que mon défunt parent s'est tout simplement trompé.

— Attendez un peu. Rappelez-vous le tableau du Louvre. Les deux femmes y ressemblent au cheveu près aux dames représentées sur la toile commandée à Vignac. Et vous vous rappellerez certainement qui la dame figurant dans la baignoire, à côté de Gabrielle, sur la toile de commande est censée représenter.

Koszinski en resta bouche bée :

— Vous voulez parler de cette danseuse ?

— Oui, Henriette d'Entragues. En un mot, voici la situation. Gabrielle est enfin morte. Le trône de France est de nouveau libre. À l'automne 1599, les négociations en vue d'un mariage reprennent avec Florence. Mais entre-temps, un nouveau problème est apparu. Vous souvenez-vous encore de la scène du banquet ?

— L'histoire des peintures échangées ?

— Oui. Mais je pense là aux danseuses, notamment à cette Henriette d'Entragues qui a tellement enchanté le roi.

— Oui, vous avez déjà mentionné cette jeune fille. Quel rapport a-t-elle avec cette histoire ?

— Un rapport considérable. Imaginez que quelques semaines déjà après la mort de Gabrielle, Henri a été pris d'une telle passion pour Henriette d'Entragues, qu'il a presque fallu lui dissimuler cette fille. Il lui a fait la cour des mois durant, l'a couverte de cadeaux et l'a poursuivie de ses assiduités chaque fois qu'il le pouvait. Son père a fini par intervenir : il a fait savoir au roi que sa fille ne céderait à sa cour que s'il la prenait pour épouse. Cette demoiselle avait fait perdre la tête au souverain. Maintenant, écoutez ce que j'ai trouvé à la Bibliothèque nationale.

Je sortis mon bloc-notes, cherchai la feuille en question et lus à Koszinski la promesse de mariage faite par le roi :

> « Nous, Henry Quatrième, par la grâce de Dieu, roi de France et de Navarre, promettons et jurons devant Dieu, en foi et paroles de Roi, à messire François de Balzac, sieur d'Entragues, Chevalier de nos ordres, que, nous donnant pour compagne damoiselle Henriette-Catherine de Balzac, sa fille, au cas que, dans six mois, à commencer du premier jour du présent, elle devienne grosse, et qu'elle en accouche d'un fils, alors et à l'instant nous la prendrons à femme légitime épouse, dont nous solemniserons le mariage publiquement et en face de notre sainte Église, selon les solennités en tels cas requises et accoutumées. Pour plus grande approbation de laquelle présente promesse, nous promettons et jurons comme dessus de la ratifier et renouveler sous

notre seing, incontinent après que nous aurons obtenu de Notre Saint-Père le Pape la dissolution du mariage entre nous et dame Marguerite de France, avec permission de nous remarier où bon nous semblera. En témoin de quoi nous avons écrit et signé la présente. Au bois de Malesherbes, ce jourd'hui premier octobre 1599. »

Je tendis à Koszinski la copie du texte et observai sa réaction. Comme je m'y attendais, il regarda le document d'une mine incrédule. Après tout, j'avais éprouvé exactement les mêmes sentiments quelques jours plus tôt à Paris.

— Et ce texte est authentique ? finit-il par demander.

— Le manuscrit se trouve encore aujourd'hui à la Bibliothèque nationale. Je n'ai cependant pas vu le document original. Je ne serais vraisemblablement pas en mesure de le déchiffrer. Mais j'ai retrouvé cette source dans plusieurs publications et en plusieurs endroits. Il n'y a aucun doute.

Il me rendit le papier :

— Mais bien évidemment, il n'a pas épousé cette fille ?

— Non. Il ne l'aurait jamais épousée. Les négociations avec Florence étaient à deux doigts d'aboutir. Henriette croyait certes qu'elle se montrerait plus maligne que Gabrielle en demandant une promesse de mariage écrite. Mais bien entendu, Navarre n'avait jamais eu l'intention de la tenir. Il avait signé pour qu'elle vienne dans son lit. Du reste, le plan d'Henriette échoua. Elle perdit son premier enfant, ce qui rendit le contrat caduc. Elle resta malgré tout la maîtresse du roi. Henri épousa Marie et, au cours des années suivantes, reine et maîtresse donnèrent au roi, à intervalles réguliers, fils et filles. Navarre était fier de l'une comme de l'autre, pensant simplement que la première lui offrait des héritiers et la seconde de fidèles serviteurs. Mais c'est une autre histoire.

Koszinski alluma une cigarette et laissa s'échapper la fumée d'un air pensif.

— Et maintenant, vous pensez que Navarre a aussi joué double jeu avec Gabrielle ?

— On est bien forcé de le soupçonner. Peut-être n'avait-il aucune intention de l'épouser ; peut-être avait-elle peu à peu compris qu'elle ne monterait jamais sur le trône et ne jouerait jamais qu'un rôle subalterne ? Est-ce le comportement du roi qui lui brisa le cœur, au sens propre comme au figuré ? Faute de preuve, je ne pouvais pas aller au-delà de ce faisceau de suppositions. Mais il existait forcément des documents quelque part. Était-il concevable que Ferdinand n'ait pas été informé des événements survenus à Paris au printemps 1599 ? Était-il concevable qu'il n'y ait employé aucun agent pour le tenir au courant ? Pourquoi n'existait-il aucune trace de lettres, de quelque nature que ce soit ? Personne ne semblait avoir relevé ce fait singulier, et par conséquent nul n'avait cherché les documents. Était-il possible que l'on soit passé au-dessus d'une faille aussi évidente dans les sources ? Pour être sincère, je n'y croyais pas moi-même. Les historiens sont des gens méthodiques. Lorsque des documents existent, un chercheur débrouillard finit tôt ou tard par les découvrir. En irait-il autrement pour une affaire aussi célèbre et sulfureuse ?

— Et alors ?

— Ce n'était naturellement pas le cas. Les documents avaient été découverts dans les années 1950 et partiellement déchiffrés. Le hasard avait voulu qu'ils soient cités de manière fragmentaire dans un texte totalement confus publié en 1955 et jamais réédité depuis, mais qu'ils n'aient jamais fait l'objet d'une véritable édition. Une fois encore, c'est Katzenmaier qui y a fait allusion : il mentionne le livre dans une note de bas de page et le présente comme une étude dépourvue de sérieux. Son contenu est sensationnel, mais sa forme est tellement inacceptable que le livre a tout simplement sombré dans l'oubli. L'auteur, un jeune historien belge répondant au nom de Jacques Bolle, s'était demandé dans les années 1950 pourquoi l'édition Desjardins, qui contient la correspondance secrète, s'interrompt brutalement en décembre 1598. Il était parti pour Florence et s'était rendu aux archives Médicis avec un collègue italien. Une première comparaison entre l'édition Desjardins et les dépêches originales chiffrées détenues aux archives révéla immédiatement que Desjardins n'avait publié qu'une partie de cette correspondance secrète. Il était facile d'en comprendre la raison : le chiffrage des lettres devenait de plus en plus complexe.

« Comme je le supposais, la correspondance ne s'achevait pas le 2 décembre, mais couvrait aussi les mois de l'année 1599 au cours desquels Bonciani semblait avoir été frappé de mutisme. Desjardins avait tout simplement mis ces lettres de côté. Bolle était parvenu, en dépit des difficultés, à déchiffrer une partie des documents. Il publia les résultats de son étude en 1955, dans cet opuscule intitulé *Pourquoi tuer Gabrielle d'Estrées ?* C'est un petit livre étrange, écrit à la va-vite avant d'être porté très rapidement chez un imprimeur, à Florence même. Bolle s'est en outre appuyé sur des suppositions totalement erronées. Fait étrange, l'auteur tente de prouver que la duchesse a été victime d'une conjuration, alors qu'il avait découvert un document laissant penser que rien n'obligeait plus à attenter aux jours de Gabrielle.

— Quel genre de document ? demanda Koszinski.

J'allai chercher une autre pile de notes dans ma serviette et déposai les feuillets devant nous sur la table. Puis j'en sortis un du lot et le tendis à Koszinski.

— Voilà, voyez vous-même. Bolle cite une lettre de Bonciani dont il ressort clairement que l'agent, dès le 9 mars 1599, c'est-à-dire une semaine seulement après le banquet de mardi gras, n'a plus aucun doute sur le fait que Navarre va épouser la princesse Marie. Tenez, lisez les nouvelles que Bonciani envoie de Paris à Florence le 9 mars 1599.

Koszinski, pris de curiosité, baissa les yeux vers la feuille de papier. Je l'observai puis parcourus du regard le cadre magnifique où nous nous trouvions. J'aurais aussi bien pu lui réciter cette lettre par cœur, tant je l'avais lue ces derniers jours :

Bonciani à Son Excellence,
Le Grand-Duc de Toscane
Mediceo Filza 4613 (inédite)

J'ai été ce matin chez Monsieur De Rosny pour la lettre qu'il écrit à Votre Altesse. J'ai rencontré son secrétaire qui m'informa plus largement que le fit Villeroi de ce qu'on a écrit à Monsieur De Sillery. Il devra s'informer près du Cardinal de Florence et du Cardinal d'Ossat si le Pape est disposé à accepter la demande du Roi. Si, de crainte de rendre jaloux les Espagnols, le Pape n'acceptait pas de traiter l'affaire, le Roi soucieux de sa réputation ne veut pas qu'on lui en parle officiellement, mais qu'on lui fasse simplement savoir comment il peut épouser la Princesse. Il souhaite que ce soit le Cardinal qui en parle à Votre Altesse.

J'ai de nouveau traité avec Rosny la question des dépenses relatives à la dot ; celui-ci m'a confirmé être à votre dévotion. Il m'a prié, qu'en écrivant à la Princesse, je lui fisse savoir sur sa foi qu'il en fut et en demeurera le fidèle serviteur. Il a ajouté que le Roi est satisfait que j'aie bien servi Votre Altesse, et lui a demandé s'il croyait que je dusse rester en France avec la Princesse. Et ayant répondu ne pas le savoir, il lui dit qu'il lui procurât l'information.

Je lui ai dit à ce sujet que je ferai ce qui me sera commandé par Votre Altesse et ce qui sera Son service, car Elle est mon maître... »

Koszinski dut visiblement lire la lettre à plusieurs reprises avant d'en saisir le sens.

— C'est incroyable, dit-il finalement.

Je me laissai retomber sur mon siège avec satisfaction.

Koszinski secoua la tête.

— Le 2 mars, il promet le mariage à Gabrielle et une semaine plus tard, il se renseigne sur la dot de Marie de Médicis.

— Étonnant, n'est-ce pas ? Le 2 mars eut lieu le banquet au cours duquel le roi fit connaître officiellement ses projets de mariage. L'incident des tableaux dont parle le manuscrit n'est pas attesté. Mais c'est bien ce jour-là que l'annonce a été faite. Et l'existence des vers satiriques est, elle aussi, un fait attesté par les historiens. Une semaine plus tard, Bonciani informe Florence qu'il a discuté avec Rosny de la dot de Marie de Médicis ; il affirme par ailleurs que Rosny, à la demande du roi, a voulu savoir si Bonciani devait rester en France avec la princesse après l'arrivée de Marie. C'est écrit noir sur blanc dans l'original : « Il a ajouté que le Roi est satisfait que j'aie bien servi Votre Altesse, et lui a demandé s'il croyait que je dusse rester en France avec la Princesse. » Encore un élément qui plaide contre la thèse d'un complot. Ferdinand est disculpé. Pourquoi irait-il encore se soucier de la maîtresse si le roi en est déjà à négocier la dot de Marie ? Pourtant cela ne prouve rien. Peut-être ces négociations étaient-elles une manœuvre de Navarre pour imposer le divorce. Qui sait ?

Koszinski regardait dans le vide, étonné. Il paraissait réfléchir. Son regard revenait constamment sur les feuillets qui se trouvaient devant lui sur la table. Puis il écrasa sa cigarette, sourit tout d'un coup et dit :

— C'est donc bien Gabrielle qui a passé à Vignac la commande du tableau pour le banquet. Pendant tout ce temps, elle a deviné que Navarre se jouait d'elle. Le scandale au banquet, tout ce théâtre autour des toiles, n'avaient qu'un seul but : faire pression sur le roi et lui arracher une promesse de mariage sur laquelle il ne pourrait plus revenir.

— Oui, dis-je, c'est certainement ainsi que les choses se sont passées. Et Morstadt a orienté son livre vers cette conclusion. Mais il n'a pas trouvé de preuves à l'appui de sa théorie. En tant qu'historien, cela a dû lui valoir quelques migraines. Et au bout du compte, il n'a sans doute pas osé confronter ses collègues avec cette ébauche de récit, sans doute audacieuse, mais indémontrable. Le manuscrit est resté dans le tiroir.

— Oui. Henri IV ne sort pas particulièrement grandi de cette histoire. Il a toujours été très apprécié, et les collègues français de Morstadt auraient certainement mal pris sa théorie.

— La situation de Navarre ne lui laissait pas le choix, répondis-je. Il a certes joué un sale tour à Henriette d'Entragues, mais pour ce qui est de Gabrielle, Henri n'est pas vraiment responsable de son sort. Qu'aurait-il pu faire ? Il ne pouvait en aucun cas l'épouser. Mais il n'a pas trouvé la force de lui dire la vérité. Il lui a certainement porté un amour démesuré. Mais que pèsent les sentiments lorsqu'un royaume est en jeu ? Et qui était Gabrielle ? Une charmante jeune femme entraînée par sa famille et par un roi amoureux dans la tourmente politique d'une grande puissance. Elle a consacré toutes ses forces à jouer son rôle du mieux qu'elle le pouvait. Lorsqu'elle a deviné comment allait s'achever cette affaire, elle a baissé les bras. Personne ne l'a pleurée. Sauf Navarre, peut-être, mais pas très longtemps, comme le montre la suite.

— Triste histoire.

— Oui, mais elle n'est pas encore tout à fait terminée.

— Vraiment ?

— Gabrielle n'a pas été la seule dupe de cette affaire. Le peintre Vignac l'a été lui aussi.

— Dites-moi, il a vraiment existé ?

— J'ignore bien sûr s'il portait ce nom. Tout ce que nous détenons de lui, c'est son dernier tableau, le portrait du Louvre. Mais tous ces éléments ne nous montrent-ils pas son œuvre sous un jour nouveau ? N'a-t-on pas l'impression que le peintre berné rassemble dans ce tableau tous les motifs qui convergent vers la fin énigmatique de la duchesse ? Quelle était sa situation lorsqu'il s'est enfui de Paris ? Ne peut-on pas imaginer qu'il ait tenté, à sa manière, de mettre sous forme d'image un point final à son échec ?

Je pris en main le livre que j'avais rapporté de Paris à Koszinski et l'ouvris à la double page où était reproduit le tableau.

— Regardez, le jeu des mains, la Parque aux cheveux roux à l'arrière-plan, la table et sa nappe de tissu vert, le feu qui décline. N'est-on pas tenté de donner des noms aux personnes représentées ici ? Nous savons que c'est Gabrielle d'Estrées qui tient du bout des doigts l'anneau qui devait l'unir au royaume. Henri le lui a remis pendant le banquet de mardi gras, en symbole de sa promesse de mariage. Mais qui est la femme à côté d'elle ? L'une de ses sœurs, comme on peut le lire dans le catalogue ? Quel sens cela aurait-il ? N'est-il pas plus vraisemblable qu'ici, comme sur l'autre tableau, nous ayons devant nous Henriette d'Entragues, celle qui succédera à Gabrielle comme maîtresse d'Henri et qui fut elle aussi abusée ? Et la femme à l'arrière-plan ? Ne pourrait-on pas, d'après ses cheveux roux, l'identifier à celle que les contemporains n'appelaient jamais que *La Rousse* : Marie Hermant, la gouvernante de Gabrielle, celle qui reçut Vignac en octobre 1598 pour lui commander la toile destinée au banquet ? Cette femme était la seule personne à laquelle Vignac pouvait se raccrocher dans cette histoire. Mais qui avait réellement passé la commande ? Le peintre l'ignorait. L'incertitude sur les véritables commanditaires s'est exprimée dans la représentation de la femme aux cheveux roux. Comme une Parque absorbée par son ouvrage, elle se tient à l'arrière-plan du tableau et tisse les fils du destin. Elle-même est cependant étrangement recroquevillée, elle semble suspendue, telle une ombre funeste et irréelle devant le miroir noir voilé comme pour un deuil. Et au-dessus de l'âtre, sur le tableau à demi caché, ne faut-il pas reconnaître Bellegarde, le premier grand amour de Gabrielle, cet homme qui conduisit le roi à l'automne 1590 au château de Cœuvres et perdit ainsi sa bien-aimée ravie par Navarre ? Les mauvaises langues n'ont-elles pas toujours affirmé qu'il était le vrai père des enfants de Gabrielle ? Est-ce pour cette raison qu'il ne nous est pas donné de voir son visage ? Le catafalque qu'on voit dépasser dans la pièce est recouvert d'un drap vert. Vert. La couleur préférée de Gabrielle. Les doigts qui effleurent la pointe du sein de Gabrielle sont-ils encore une énigme à vos yeux ? Que signifie ce geste ? Il fait allusion à une grossesse. Et quand Gabrielle a-t-elle de nouveau été enceinte ?

— Grand Dieu, chuchota Koszinski. Au mois d'octobre, lorsque le roi a été opéré !

— Eh oui ! m'exclamai-je. Morstadt raconte précisément la scène où Bellegarde et la reine ont été surpris par le retour inattendu du roi.

— Et c'est pour cette raison, glissa-t-il, qu'il a décrit l'opération dans tous les détails, pour démontrer qu'Henri ne pouvait pas être le père de l'enfant.

— Bien sûr, autrement pourquoi aurait-il consacré autant de place à cette intervention ? C'était sans doute uniquement pour démontrer qu'à cette époque, il était physiquement impossible à Navarre de procréer. Comment se pouvait-il donc que Gabrielle soit de nouveau enceinte au mois d'octobre 1598 ? Le roi venait de subir une grave opération dans la région génitale et tous craignaient qu'il ne perde sa fertilité. La grossesse de Gabrielle, à cette époque, n'était-elle pas le signe certain de son infidélité ? Sa rencontre amoureuse avec Bellegarde était peut-être une tentative désespérée pour faire croire au monde qu'Henri n'avait pas été atteint par l'opération, ou bien pour le lier définitivement à elle par une nouvelle grossesse ? Et cet état de fait n'est-il pas amèrement dénoncé dans la toile ?

« Vignac connaissait parfaitement, de la bouche de Ballerini, l'opération subie par Henri et les conséquences qu'elle était susceptible d'entraîner. Mais il n'a jamais su à qui il devait l'échec de ses plans ambitieux. À Gabrielle ou à La Rousse, à la duchesse ou à un complot des Italiens ? C'est la raison pour laquelle il a placé les deux femmes sur son dernier tableau, dans cette scène incongrue où plane l'ombre de la mort. Regardez, semble crier le tableau, Gabrielle croyait pouvoir utiliser sa grossesse pour s'attacher le roi et recevoir l'anneau du royaume ! Mais elle n'a fait que se trahir elle-même ! À l'arrière-plan se trouve le véritable père, et à côté d'elle la future maîtresse du roi, Henriette d'Entragues, dont la liaison avec le monarque alimente les conversations de tout le royaume six mois seulement après la mort de Gabrielle. Celle-ci était au sixième mois de grossesse lorsqu'elle mourut le 10 avril 1599. L'enfant a donc dû être conçu après le 13 octobre 1598, car au cours des semaines précédentes, Gabrielle et Navarre étaient séparés. Henri se trouvait à Fontainebleau avec le Conseil, tandis que Gabrielle séjournait à Monceaux.

« On raconte que Navarre, malade et fiévreux, revint à l'improviste à Monceaux, à une heure tardive, dans la soirée du 13 octobre. On diagnostiqua une rétention d'urine et un abcès. L'opération eut lieu quelques jours plus tard. Le roi ne retrouva une santé à peu près normale qu'à la mi-novembre. Si la conception avait eu lieu à cette époque, Gabrielle aurait été au cinquième mois de grossesse, tout au plus, le jour de sa mort. Non, l'enfant qu'elle emporta dans la tombe était à n'en pas douter celui de Bellegarde, qui séjourna à Monceaux pendant tout le mois de septembre et octobre, alors qu'Henri était loin du château. Nous ignorons si Navarre avait eu des soupçons. Quelqu'un, dans son entourage, le lui aura sûrement laissé entendre. C'est ce qu'exprime la toile en s'en moquant. La toile, ai-je dit ?

« Je serais presque tenté de donner le nom du peintre. Je l'imagine revenant à La Rochelle après avoir fui Paris en compagnie de Valeria. Là-bas, bien loin des événements parisiens, il réfléchit à tout ce qu'il a vécu et à son échec, qu'il finit petit à petit par comprendre. Les mois passent. Il entend parler de la nouvelle liaison du roi et de son mariage avec Marie de Médicis. Il s'échine à élucider les événements qui ont anéanti ses projets et son avenir de peintre de la Cour. Il réfléchit au sort de Gabrielle, dont il avait espéré que l'exceptionnelle destinée lui apporterait tout ce qu'il désirait. Mais aucune lignée royale ne devait naître de Gabrielle, le pourpre de la monarchie ne devait pas orner sa traîne. Avait-elle été victime d'un complot des Italiens ? Henri s'était-il détourné d'elle par calcul politique ? Avait-il seulement observé avec inquiétude les tentatives désespérées de Gabrielle pour l'attacher à elle, sachant que ces menées étaient vaines, quoi qu'il arrive ? La grossesse de Gabrielle, impossible à ce moment-là, le scandale mis en scène pendant le banquet de mardi gras : tous ces éléments ne se retrouvent-ils pas sur la toile ?

« Le peintre n'a pas trouvé de réponse à ses questions, mais il leur a donné une forme dont on perçoit encore aujourd'hui l'effet mystérieux. Le sens véritable de la peinture qu'on lui avait commandée est resté à ses yeux un insupportable mystère qui ne le laissait pas en paix. Il l'a donc recouvert d'un deuxième mystère. Un jour, bien après la mort de Gabrielle, il a réalisé les premières esquisses. Puis il a peint le fond sur le bois et a frotté les couleurs. Blanc de plomb. Vert-de-gris. Cinabre foncé. Une intuition lui a dicté la ligne. Il l'a suivie. Elle s'estompait sous ses yeux. Il l'a suivie tout de même, comme s'il croyait qu'à son terme, il trouverait la réponse. Mais il n'y en avait pas. La solution se déroba à lui et prit dans son œuvre la forme d'un emblème : deux femmes au bain, une Parque et, à peine reconnaissable dans la partie supérieure du tableau, le bas du corps d'un homme nu, un drap rouge enroulé sur les reins. Peut-être est-ce là que le peintre voyait converger les fils, vers ce petit tableau dans le tableau où l'on ne voit que le bas-ventre d'un homme et le jeté rouge plissé, presque invisible à l'œil nu, à peine plus qu'une ligne pourpre ?

Épilogue

Dois-je ajouter que sur la route de Bruxelles, je fis une nouvelle halte à Paris pour présenter une dernière fois mes hommages à ces deux dames au bain ? Je descendis sous la pyramide de verre de la cour intérieure, achetai un billet d'entrée et me promenai dans les galeries des peintures. Peu avant d'atteindre la salle où elle était exposée, je fus pris d'un accès d'agitation nerveuse, comme si je m'apprêtais à retrouver un amour d'enfance. Mais lorsque je me tins devant elle, ma tension intérieure avait laissé place à un calme recueilli.

Dans la pénombre, faiblement éclairée par la lumière tamisée du musée, elle regardait sans me voir la salle qui s'étendait derrière moi.

Située à ma droite, elle paraissait encore plus immobile que le tableau lui-même, d'où tout mouvement avait fui. Elle tenait la tête bien droite au-dessus de son corps dénudé et crayeux, illuminé par un puissant éclairage latéral. Sous ses cheveux coiffés en hauteur, à la manière d'une perruque, son visage exprimait l'étonnement ; un instant plus tard on aurait peut-être pu y lire une émotion, mais le peintre n'avait pas voulu nous la montrer.

Je restai là longtemps, laissant défiler dans mon esprit les étapes qui avaient mené à ce dernier portrait. Je revis les scènes d'Actéon qui avaient donné à Vignac l'idée d'utiliser le tableau de la noble dame au bain pour en faire un hommage à Gabrielle et à son avenir grandiose. Je pensai à l'étrange toile de Florence, celle dont on lui avait passé commande : les noces imaginaires des deux dames au bain. Vignac n'avait certes jamais découvert le véritable sens de sa propre peinture. Il n'avait pas cru ni su que cette représentation offensante était une tentative désespérée menée par Gabrielle pour faire comprendre au roi la situation impossible dans laquelle elle se trouvait et lui arracher une promesse de mariage qu'il n'avait aucune intention de tenir. Et à partir de tous ces impondérables, il avait réalisé ce dernier portrait, trouvant ainsi sinon une réponse, du moins une forme pour exprimer le mystère qui entourait la commande de ce tableau et la mort de Gabrielle. Un autre mystère ne s'était-il pas alors révélé à lui, celui de l'art qui s'empare des énigmes et les mène non pas vers une solution, mais vers une forme ?

Ce serait aller trop loin que d'affirmer que ce tableau et les chemins sinueux de sa genèse avaient fait de moi un autre homme. Mais les énigmes de l'art ont retrouvé leur valeur à mes yeux. Parfois, lorsque je vois son portrait et me rappelle l'histoire de cette toile, je m'imagine un bref instant être entré dans le monde situé *derrière* la peinture, dans cet atelier de La Rochelle où Vignac, après s'être enfui de Paris, avait cherché à apporter une conclusion picturale à ce qu'il avait vécu, dans cette misérable baraque, où la puanteur des bougies et de leur suie se mêlait à l'odeur âcre du vernis, par une nuit silencieuse de l'an 1600. Parfois, il me semble même voir le visage du peintre devant moi, sentir où s'est posé son regard tendu et interrogateur. Et lorsque cette impression a depuis longtemps disparu, j'entends encore, pour quelques instants, le grattement doux et discret d'un pinceau qui trace avec soin les derniers traits des personnages afin de sceller à jamais le mystère de leur histoire et de le dissoudre dans la magie de leur forme.

Annexe

Une affaire criminelle dans l'histoire de l'art ?

Depuis la parution en Allemagne de *La Ligne pourpre*, en 1996, on n'a cessé de me poser la question : Tout cela est-il vrai ?

Il n'est pas vraiment simple d'y répondre.

Tous les détails historiques qui traitent des événements survenus autour de la mort mystérieuse de Gabrielle d'Estrées sont empruntés à des récits d'époque. Les ouvrages mentionnés dans le roman sont tout aussi authentiques, ainsi que les documents sans doute les plus ahurissants que l'on ait découverts sur cette affaire : la correspondance secrète entre Bonciani et Ferdinand de Médicis.

La partie centrale du roman, le « manuscrit de Kehl », est composée à partir de sources historiques. La description du siège de La Rochelle s'inspire de récits de témoins oculaires des guerres de Religion. Les notes du Journal de Vignac sont inspirées des récits de voyage (1598-1600) d'un étudiant en médecine bâlois, Felix Platter.

Les éléments scientifiques, médicaux et socio-historiques du roman s'appuient eux aussi sur plusieurs années d'étude des documents d'époque. Les *Dix livres de la chirurgie* d'Ambroise Paré (1563) contiennent les instructions détaillées pour une extraction de calculs dans la vessie. La technique d'amputation couramment utilisée à cette époque est empruntée à *De Gangraena et Sphacelo* (1617) de Fabricius Hildanus, pour ne citer que deux œuvres particulièrement fascinantes.

Pour ce qui concerne la série énigmatique de portraits, je n'ai rien inventé non plus. Au contraire. La difficulté consistait plutôt à réduire l'abondance des sources pour pouvoir les maîtriser.

Si l'on voulait résumer avec justesse, en une formule un peu paradoxale, les multiples facettes de l'affaire Gabrielle d'Estrées, on pourrait le faire en ces termes :

D'un certain point de vue, tout est effectivement vrai... mais c'est loin d'être tout.

Des tableaux ou des codes ?

Au mois d'octobre 1986, je séjournai pour un mois à Paris afin d'améliorer mes connaissances en français. Lors d'une visite dominicale au Louvre, je me trouvai tout d'un coup devant le tableau étrange qui orne la couverture de ce livre. Étonné, un peu déconcerté par ce motif singulier, je tentai, au cours des journées et des semaines suivantes, de trouver une explication à cette scène qui m'était parfaitement incompréhensible. Mais dans les ouvrages de référence en histoire de l'art que je consultai à cette fin, je ne lus que les mentions utilisées d'ordinaire pour dissimuler que l'on ne sait rien de précis. Même le titre de cette toile n'était qu'une source nouvelle de questionnement :

Gabrielle d'Estrées et l'une de ses sœurs
École de Fontainebleau. Vers 1600.

Un peintre anonyme. Deux sœurs qui se touchent le sein ? Une datation incertaine. Singulier, me dis-je. Le ver était dans le fruit. Mais à l'époque, je ne le savais pas encore.

Je poursuivis mes études de lettres à Berlin. L'année suivante, je m'envolai vers les États-Unis avec une bourse d'une

Ill. 1 : François Clouet (?), Dame au bain, Washington

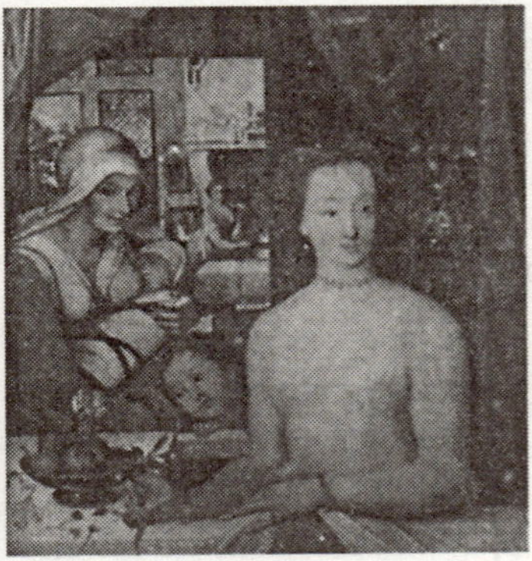

Ill. 2 : Anonyme, Dame au bain, Chantilly

année, revins ensuite à Berlin pour terminer mes études – mais quel que soit le lieu où je séjournais, j'avais toujours au-dessus de mon bureau une reproduction de cette toile de la taille d'une carte postale. Chaque fois que j'arrivais à grappiller un peu de temps, j'allais fouiller dans les bibliothèques et les archives, tentant d'établir ce que pouvait bien cacher ce portrait déconcertant.

J'eus bientôt fait le tour des rares sources disponibles en Allemagne, et je savais que, pour mener un travail sérieux sur les documents d'époque, il me faudrait sans doute me rendre en France. J'achevai mes études, mis en attente la thèse de doctorat que je prévoyais encore de présenter à l'époque, et partis pour Paris, sans date de retour. Déchiffrer le sens de ce tableau était déjà plus qu'une idée fixe. Je devais absolument résoudre cette énigme, et j'écrirais un livre à son sujet. Mais au lieu d'explications sur *une* toile, je trouvai d'abord... d'autres tableaux.

Le lecteur du roman connaît déjà ces deux toiles (ill. 1 et 2).

La version suivante, celle d'Azay-le-Rideau (ill. 3), est la copie d'un original qui se trouvait jadis au château de Chenonceaux et a disparu depuis.

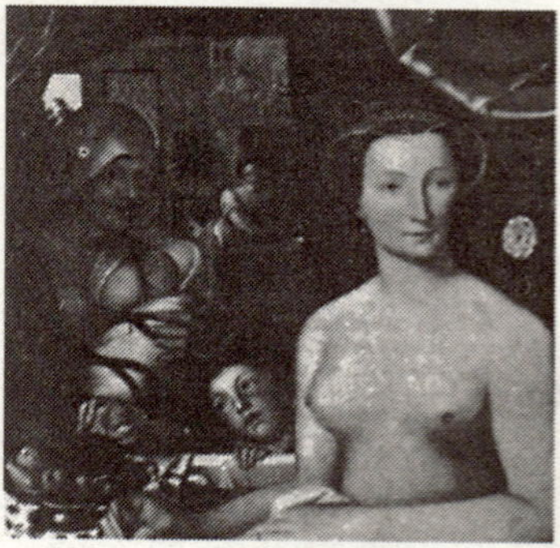

Ill. 3 : Anonyme,
Dame au bain,
château d'Azay-le-Rideau

Il existe ou a existé une bonne douzaine d'autres versions de cette scène au bain ; la plupart ont cependant été détruites ou perdues, et l'on n'en a trace qu'à travers les descriptions d'époque. Il ne reste aujourd'hui que quatre ou cinq exemplaires que l'on trouve dans des collections privées ou en possession de musées qui, le plus souvent, ne peuvent les exposer par manque de place.

L'étrange motif des deux dames nobles dans la baignoire a sans aucun doute été très apprécié à cette époque ; dans le cas contraire, il n'aurait pas inspiré tant de copies ni animé pendant des siècles après sa réalisation l'imagination des peintres et des dessinateurs.

Ill. 4 : Gabrielle d'Estrées et la duchesse de Villars. Anonyme, non daté. Collection Faucigny-Lucinge

Peu après, je trouvai deux autres tableaux.

Ill. 5 : Gabrielle d'Estrées et la duchesse de Villars. Anonyme, XVIe siècle (?). Musée Languedocien, Société Archéologique de Montpellier

Ces deux toiles, dont il existe du reste deux autres copies (Lyon, collection du Dr. Trillat ; Paris, Hôtel Drouot), sont celles qui m'ont amené pour la première fois à penser qu'il ne s'agissait peut-être pas de portraits, au sens propre du terme, mais plutôt de « montages » maniéristes, d'arrangements mystérieux de signes et de gestes qui renvoient à un contexte plus profond ou accessible aux seuls initiés. Le début du XVIIe siècle, et le maniérisme en général, aimaient ce procédé. Le monde était mis en énigmes. Même Henri IV succomba à cette mode et fit peindre sur les boiseries du château de Fontainebleau des codes exprimant son amour pour Gabrielle :

Ill. 6 : Boiseries du château de Fontainebleau.
Rébus sur le nom « Estrées »
– De chaque côté du « M » (Majesté),
un « S » percé d'un trait, soit
Ess-trait,
Estrées.

Fait remarquable, les artistes ont constamment trouvé de nouveaux arrangements pour cette étrange scène de bain. Sur l'une des toiles, les deux dames sont auréolées d'une sorte de bonheur familial et intime (ill. 4). Sur la version de Montpellier (ill. 5), une main soucieuse de pudeur et de décence (vraisemblablement influencée par la morale sexuelle bourgeoise du XIXe siècle) a caché la nudité des dames derrière des négligés peints après coup. L'élément énigmatique et indécent de la version du Louvre est ainsi atténué. Le pincement sur la pointe du sein disparaît. L'arrière-plan inquiétant – la dame d'honneur recroquevillée sur son siège, le feu déclinant, l'homme sans visage au-dessus de la cheminée –, tout cela est oublié et remplacé par une nourrice portant un bébé, une servante chargée d'un broc et une Gabrielle qui joue avec un collier de perles, l'air songeur. Il s'agit donc de pastiches, c'est-à-dire de peintures dans lesquelles on imite la manière de précurseurs admirés en copiant des éléments empruntés à différentes œuvres et en les assemblant, comme on le montre ici schématiquement.

Version du Louvre

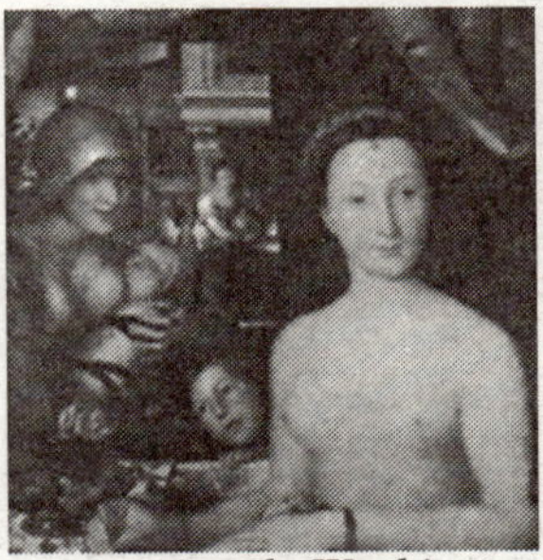

+ version de Washington

égale

version de Montpellier

La plupart de ces « plagiaires » ne se contentaient cependant pas de copier leur modèle, mais l'interprétaient, comme le montre l'ill. 7. L'auteur, lui aussi anonyme, de ce médaillon du XVIIIe ou du XIXe siècle, ne laisse en tout cas aucun doute sur sa « lecture » de la scène du bain. « L'homme de l'arrière-plan », dont on ne voit pas le visage sur la toile du Louvre, prend ici sans ambiguïté les traits d'Henri IV. Il se cache derrière le rideau pour regarder la scène et, détail piquant, n'a pas les yeux dirigés vers sa Gabrielle bien-aimée, mais vers l'autre femme.

L'artiste inconnu laisse-t-il entendre que le roi avait des vues sur la sœur de Gabrielle ? Le « Vert-Galant », pour reprendre le surnom populaire d'Henri, avait plus qu'un simple penchant pour le sexe faible. Ses amours innombrables sont largement documentées. Mais il est prouvé qu'il ne s'intéressa jamais aux sœurs de Gabrielle. Hormis Gabrielle, qu'il aima passionnément, toute la famille d'Estrées lui inspirait de l'aversion.

Ill. 7 : Vignette (Louvre, cabinet des estampes).
N° d'inventaire R.S. 221, vers 1800 ?

La main de la sœur ?

Cette vignette me valut des migraines et me ramena à ma question initiale : qu'est-ce qui avait pu déclencher cette série de portraits totalement anonymes ? Pourquoi diable une future reine de France avait-elle dû se faire représenter ainsi ? Il était difficilement concevable que Gabrielle ait elle-même passé commande de ce tableau. Aucun récit mythologique ne pouvait être pris comme prétexte de la nudité des deux femmes. Et à bien y regarder, on n'indiquait pas même clairement de qui était l'enfant que la nourrice portait à l'arrière-plan.

J'avais entre-temps passé quelques mois à étudier dans le détail les documents disponibles à la magnifique bibliothèque Sainte-Geneviève et beaucoup lu sur le destin de Gabrielle. Il s'en est fallu d'un cheveu qu'elle ne devienne reine de France : elle le serait devenue si elle n'était pas morte subitement, d'une maladie énigmatique, quelques jours avant d'épouser Henri IV. Les historiens se disputaient depuis quatre siècles pour savoir si Gabrielle avait ou non été empoisonnée à la demande de Ferdinand de Médicis. Pourquoi Gabrielle est-elle morte si soudainement ? Avait-elle été victime d'un empoisonnement, ou peut-être, tout de même, d'une maladie liée à sa grossesse (l'éclampsie) ? Ce débat encore inachevé et que je suivis avec fascination remplissait des volumes entiers. Les tenants des différentes versions n'étaient d'accord que sur un seul point : en avril 1599, Henri voulait épouser Gabrielle et aurait tenu sa promesse si elle n'avait pas connu une mort subite, que celle-ci ait été due à un empoisonnement ou à une maladie.

Les projets de mariage d'Henri faisaient courir un grand danger politique et provoquèrent des tensions considérables aussi bien à la cour de France qu'à l'étranger. Il est donc tout à fait concevable que l'auteur de ces tableaux étranges ou leur commanditaire, quels qu'ils soient, aient voulu faire allusion à la situation politique délicate de l'époque

Les tableaux requièrent bien entendu une part d'interprétation beaucoup trop importante pour pouvoir être considérés comme des sources historiques fiables. Mais l'idée était trop séduisante pour qu'on ne l'envisage pas au moins une fois : ces portraits énigmatiques ne présentaient-ils pas des indices susceptibles d'expliquer les événements qui avaient entouré la mort mystérieuse de Gabrielle ?

En d'autres termes : le destin de Gabrielle d'Estrées avait-il été scellé uniquement par la haute politique, ou, tout simplement, par l'ARRIVÉE D'UNE AUTRE FEMME, ce à quoi font allusion certaines de ces toiles. Existait-il une rivale ?

Car nulle part dans le réseau complexe des conflits d'intérêts noués autour du mariage d'Henri et Gabrielle, aucune sœur de Gabrielle ne joua jamais le moindre rôle.

Qu'est-ce qu'une sœur venait donc faire sur ce tableau ?

Légendes erronées

La supposition selon laquelle la partenaire de Gabrielle au bain est sa sœur remonte à la version Faucigny-Lucinge (ill. 4). Elle y est désignée par son nom et son titre.

Tout étudiant de première année en histoire de l'art sait qu'il faut prendre ce type de légendes et d'inscriptions avec précaution. Elles ont souvent été ajoutées après coup, soit pour rappeler l'identité des personnes représentées, soit, au contraire, pour la brouiller. Les représentations jugées gênantes ou peu glorieuses faisaient souvent l'objet d'une nouvelle dédicace ; elles étaient ainsi élégamment réattribuées à d'autres personnes.

Inscription en lettres d'or :
À gauche : JVLIETTE HIPPOLITE DESTREES DVCHESSE DE VILLARS
Au centre : CESAR DVC DE VENDOSME
À droite : GABRIELLE DESTREES DVCHESSE DE BEAVFORT

Au premier regard, le tableau ne contient aucun point de repère qui permette une datation. Il est tout à fait possible qu'il ait été réalisé seulement après la mort de Gabrielle (10 avril 1599), soit pour entretenir son souvenir, soit pour se repaître du malheur de la défunte en réalisant d'autres copies de portraits peu flatteurs ou du moins ambigus. Mais il est possible d'établir au moins une fourchette de dates de création. Il pourrait avoir été peint juste à la fin de la vie de Gabrielle ou très peu de temps après sa mort, disons entre

1598 et 1600. À cette époque-là aussi, les choses allaient vite. L'ascension et la chute de Gabrielle, semblables à la trajectoire d'une comète, ont suscité beaucoup d'intérêt. Peu après sa mort, cependant, elle était déjà oubliée. Quelques semaines plus tard, le roi s'engageait dans une nouvelle liaison ; et l'année suivante, il épousait Marie de Médicis. À l'avènement de la nouvelle reine, déjà, et surtout après l'assassinat d'Henri en 1610, le thème d'Henri et de Gabrielle était définitivement passé de mode. On est donc quelque peu ahuri de trouver sur la peinture reproduite une légende qui n'a pu être rédigée avant 1627 (!).

La dame située à gauche du tableau, qui est censée être la sœur de Gabrielle, Juliette Hippolite d'Estrées, est désignée ici comme la *duchesse* de Villars. Or Villars fut un comté jusqu'en 1627, et c'est seulement à cette date qu'il est devenu un duché. Vingt-huit ans au moins s'étaient donc écoulés depuis la mort de Gabrielle lorsqu'une main inconnue désigna la femme située à gauche de Gabrielle comme sa sœur, ce qui rend l'identification pour le moins douteuse. Si l'on compare en outre le visage de la dame représentée ici, à gauche, avec d'autres portraits de la duchesse de Villars, on constate qu'il n'y a pas la moindre ressemblance entre les deux femmes.

Qui pouvait donc être l'autre femme qui apparaît au côté de Gabrielle sur toutes ces toiles ?

Tourments royaux

Au printemps 1599, Henri de Navarre déclara publiquement qu'il avait l'intention d'épouser sa maîtresse Gabrielle d'Estrées. Pour toute une série de raisons, ce projet soulevait des questions extrêmement délicates et mettait en péril une paix civile obtenue au prix d'un immense tribut du sang après trente années de guerre de Religion. Personne cependant n'a jamais remis en doute l'intention du roi. Pourquoi l'aurait-on fait ? Une parole royale est une parole d'honneur. La robe de noces était déjà commandée, les balcons pour le cortège loués depuis longtemps.

Mais soudain, d'étranges phénomènes survinrent. Quelques jours avant les noces, Henri renvoya Gabrielle, qui séjournait à Fontainebleau, pour qu'elle aille passer Pâques seule à Paris. La duchesse réagit si vivement que plusieurs épistoliers et mémorialistes ont laissé à ce propos des récits inquiétants. Mais on n'en sut pas plus sur le contexte de cette étrange décision. On dit que le confesseur d'Henri avait jugé immoral que le monarque passe les fêtes de Pâques avec sa maîtresse. Une objection grotesque, si l'on considère les trois enfants illégitimes qu'ils avaient déjà eus ensemble, les fêtes de Pâques qu'ils avaient passées de conserve au cours des années précédentes et leur mariage imminent.

De nombreux contemporains ont décrit les dernières minutes de Gabrielle et d'Henri. Leurs adieux présentent tous les signes d'une séparation définitive. Gabrielle finit même par recommander ses enfants au roi. Elle croit qu'elle va être sacrifiée.

Est-il concevable qu'Henri ait envisagé de ne pas tenir sa promesse de mariage ? En d'autres termes : que signifie au XVIe siècle la parole d'honneur donnée par un roi à sa maîtresse ? On dispose sur ce point d'un document éloquent.

Quelques semaines seulement après la mort de Gabrielle, Henri IV tomba amoureux d'une certaine Henriette d'Entragues au point de lui promettre par écrit, après quelques semaines d'une cour infructueuse, de l'épouser si elle lui donnait un fils. Ce document, conservé à la Bibliothèque nationale de Paris, est cité dans le roman :

« Nous, Henry Quatrième, par la grâce de Dieu, roi de France et de Navarre, promettons et jurons devant Dieu, en foi et paroles de Roi, à messire François de Balzac, sieur d'Entragues, Chevalier de nos ordres, que, nous donnant pour compagne damoiselle Henriette-Catherine de Balzac, sa fille, au cas que, dans six mois, à commencer du premier jour du présent, elle devienne grosse, et qu'elle en accouche d'un fils, alors et à l'instant nous la prendrons à femme légitime épouse, dont nous solemniserons le mariage publiquement et en face de notre sainte Église, selon les solennités en tels cas requises et accoutumées. Pour plus grande approbation de laquelle présente promesse, nous promettons et jurons comme dessus de la ratifier et renouveler sous notre seing, incontinent après que nous aurons obtenu de Notre Saint-Père le Pape la dissolution du mariage entre nous et dame Marguerite de France, avec permission de nous remarier où bon nous semblera. En témoin de quoi nous avons écrit et signé la présente. Au bois de Malesherbes, ce jourd'hui premier octobre 1599. »

Pour anticiper sur la fin de cette histoire : Henriette tomba effectivement enceinte peu de temps après, ce qui plaça Henri dans une situation extrêmement difficile au cours des mois suivants. Sans tenir compte de cette promesse écrite, on avait en effet poursuivi les négociations à Florence et réglé les détails de la dot de Marie de Médicis. Au printemps 1600, on annonça publiquement le mariage avec la Florentine, prévu pour l'automne. Henriette menaça de se servir du texte compromettant pour provoquer un scandale diplomatique si le roi ne revenait pas sur ce parjure ; la cour de France tenta alors à plusieurs reprises de racheter le document. Au bout du compte, l'affaire se régla, là encore, par une « troublante coïncidence ». Pendant un séjour au château de Fontainebleau, Henriette d'Entragues fit une fausse couche ; elle était alors au septième mois de grossesse. La légende veut que la foudre ait frappé sa chambre pendant un orage et déclenché l'accouchement prématuré. Son enfant, un fils, était mort-né.

Un roi vieillissant succombe aux charmes de jeunes femmes et signe, pour une passade, un chèque en blanc sur son royaume. Le mécanisme était toujours le même : des promesses de mariage faites avec légèreté par le roi à ses maîtresses menaient l'État au bord de la crise. Et des « incidents dus à la main du Ciel » éliminaient ensuite les problèmes politiques ainsi créés. Gabrielle mourut « de manière totalement inattendue » une semaine avant son mariage, d'une « maladie mystérieuse ». Henriette d'Entragues perdit son fils, son « gage sur le trône », à la suite d'un « coup de foudre ».

Hasard ? Peut-être. On avait ouvertement menti à Henriette, on l'avait humiliée et trompée. Henri avait-il joué un jeu similaire avec Gabrielle ? Lui avait-il laissé espérer, jusqu'au dernier moment, un mariage dont il savait pertinemment qu'il n'aurait jamais lieu ?

En d'autres termes : les négociations avec Florence étaient-elles déjà engagées alors que Gabrielle se croyait à quelques pas du trône ? Et si oui, pourquoi ne dispose-t-on d'aucun document écrit sur ces négociations ?

Étaient-elles secrètes au point que l'on n'en trouve plus de traces, aujourd'hui encore ?

Marque-page

J'avais déjà passé près de cinq années à travailler sur ce sujet et je me trouvais finalement dans une impasse. J'étais désormais certain que le peintre ou le commanditaire de la toile du Louvre avait, dans son tableau, voulu faire allusion au double langage que tenait Henri à l'égard de ses maîtresses.

Ce n'est pas la sœur de Gabrielle qui lui tient la pointe du sein avec un air de triomphe. La femme à sa gauche était forcément Henriette d'Entragues, celle qui succéda à Gabrielle dans la longue série des maîtresses du roi épousées « de la main gauche ». C'est la main gauche de la femme qui touche le sein de Gabrielle, et la main gauche de celle-ci qui tient la bague. Le tableau se moquait des amours de Navarre, mais aussi des victimes de ses « mariages de la main gauche », créatures haïes et pourtant prises en compassion, qui sont alignées ici comme des mannequins de cire et dont le destin est exposé de manière emblématique.

Mais à quoi sert la plus belle des théories si l'on ne peut l'étayer par des preuves ?

J'entrepris de relire une fois encore le courrier diplomatique des ambassadeurs de Ferdinand de Médicis à la cour de France. Je l'avais déjà fait en 1991 à Paris, où j'avais passé quelques semaines à la Bibliothèque nationale et parcouru l'édition en six volumes des *Négociations diplomatiques de la France avec la Toscane*. Ce n'était pas une tâche facile : de nombreux échanges épistolaires étaient rédigés en italien ancien et employaient des noms de code énigmatiques pour dissimuler, lorsqu'il était question d'affaires délicates, l'identité réelle des personnes qui tenaient certains propos. Mais j'avais surtout été déçu en constatant que l'édition de la correspondance établie entre 1859 et 1886 par Desjardins-Canestrini s'interrompait précisément là où elle devenait intéressante, c'est-à-dire quelques mois avant la mort subite de Gabrielle. Et qu'elle reprenait seulement neuf mois plus tard.

Quand on songe aux événements qui se déroulèrent pendant ce « silence radio » diplomatique (décembre 1598-octobre 1599), on ne peut pas imaginer que Florence n'ait pas été informée des événements survenus à la cour de France. Mais où était passé le courrier diplomatique qui les évoquait ?

Les circonstances m'avaient entre-temps amené à m'installer à Bruxelles. Fort heureusement, l'édition Desjardins-Canestrini était disponible à la Bibliothèque Royale, si bien qu'il ne me fut pas nécessaire de me rendre spécialement à Paris pour vérifier si quelque chose ne m'avait pas échappé la fois précédente. Je ne devinais pas, bien entendu, quelle découverte incroyable m'attendait lorsque je portai les six gros volumes à ma place. Si j'avais poursuivi mon enquête non pas à Bruxelles, mais à Paris, je n'aurais sans doute jamais trouvé la réponse à toutes ces questions. Ce que le hasard plaça entre mes mains à Bruxelles était tellement fantastique que seule une postface est capable d'en rendre compte : dans un roman, nul n'y croirait !

Je lus de nouveau les dépêches des ambassadeurs toscans qui, depuis Paris, transmettaient leurs informations à Ferdinand de Médicis. Un certain Bonciani, notamment, revenait constamment sur le même sujet : l'amour fou d'Henri pour Gabrielle. Inlassablement, et en montrant des signes de frustration croissante, l'ambassadeur écrit depuis Paris que, sans cette Gabrielle, le mariage de Marie de Médicis avec le roi de France serait une affaire réglée en quelques mois. Mais, dit-il, l'inclination du roi pour cette femme ne cesse de croître. Bonciani laisse même entendre, dans l'une de ses missives, que seule l'élimination de Gabrielle peut résoudre le problème ; un mal incurable va sévir ici, écrit-il, si la main sacrée de Dieu ne s'interpose pas.

La dernière dépêche retransmise intégralement, datée du 27 septembre 1598, traite à nouveau du même sujet et décrit le travail d'influence mené par Bonciani à la cour de France. Une note de l'éditeur conclut cette correspondance en ces termes :

> « Enfin, dans sa dernière dépêche, datée du 2 décembre, l'ambassadeur s'alarme une fois encore des conséquences que pourrait avoir le fol amour du Roi pour la Gabrielle : *E da questo amore estraordinario si puó dubitare che alla fine non nascano de'mali d'importanza.* (On peut craindre que de grands maux ne naissent encore de cet amour hors du commun.) »

Ainsi s'achève la correspondance, pour ne reprendre qu'à l'automne 1599. Mais comment est-ce possible ? Le 2 décembre 1598 ! Après cette date, les événements se précipitent. Le fils de Gabrielle, Alexandre, est baptisé en décembre en grande pompe, avec tous les honneurs dus à un héritier potentiel du trône. En janvier 1599, Henri accentue sa pression sur Marguerite afin d'obtenir le divorce. En février, il envoie un ambassadeur à Rome pour convaincre le pape de le lui accorder. En mars, il annonce publiquement qu'il va épouser Gabrielle. En avril, celle-ci meurt subitement. Et Bonciani n'aurait rien relaté de tout cela ? Inconcevable !

Je feuilletai le livre. Une nouvelle correspondance débutait. Mais ces documents n'avaient aucun rapport avec mon sujet, ni par la date, ni sur le fond.

Quelqu'un avait laissé, ou peut-être oublié ici, une sorte de marque-page. Je pris la carte en main.

C'était une invitation à un vernissage. Non datée. Mais le carton avait nettement jauni : cela faisait visiblement quelques années qu'elle se trouvait dans ce livre. Monsieur et Madame Jacques Bolle. Ce nom me fit tiquer, mais je ne sus pas tout de suite pourquoi. Je regardai le verso de la carte.

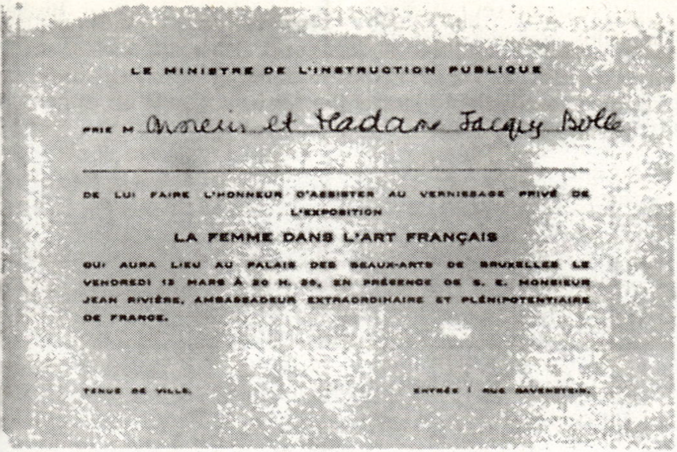

LE MINISTRE DE L'INSTRUCTION PUBLIQUE

PRIE M Monsieur et Madame Jacques Bolle

DE LUI FAIRE L'HONNEUR D'ASSISTER AU VERNISSAGE PRIVÉ DE L'EXPOSITION

LA FEMME DANS L'ART FRANÇAIS

QUI AURA LIEU AU PALAIS DES BEAUX-ARTS DE BRUXELLES LE VENDREDI 13 MARS À 20 H. 30, EN PRÉSENCE DE S. E. MONSIEUR JEAN RIVIÈRE, AMBASSADEUR EXTRAORDINAIRE ET PLÉNIPOTENTIAIRE DE FRANCE.

TENUE DE VILLE. ENTRÉE : RUE RAVENSTEIN.

Ill. 8 : Carte d'invitation, recto

L'EXPOSITION
LA FEMME DANS L'ART FRANÇAIS
EST ORGANISÉE DANS LE
CADRE DE
L'ACCORD CULTUREL
FRANCO-BELGE.

Ill. 9 : Carte d'invitation, verso

LA FEMME DANS L'ART FRANÇAIS. Apparemment, ce M. Bolle avait les mêmes centres d'intérêt que moi. Mais qu'avait-il écrit au crayon et en marge ? Je retournai la carte et tentai de déchiffrer la note manuscrite. Lorsque j'y fus parvenu, je restai un instant pétrifié. Je croyais rêver.

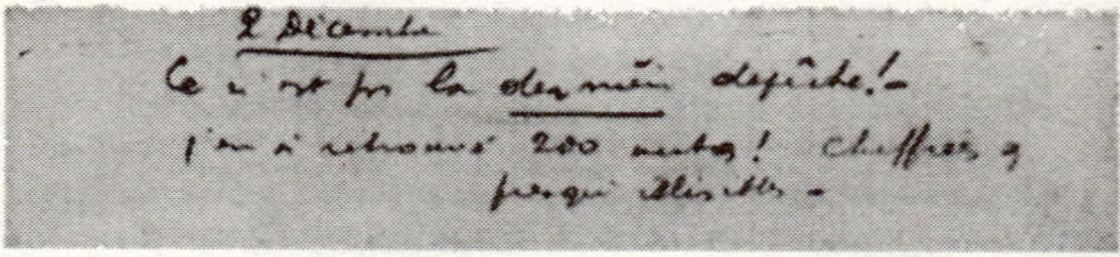

Ill. 10 : Carton d'invitation - détail

2 décembre
Ce n'est pas la <u>dernière</u> dépêche ! –
J'en ai retrouvé 200 autres ! Chiffrées et presque illisibles –

On imaginera sans peine ce qui se passa dans mon esprit à cet instant. Je me rappelle que la perspective triomphale de pouvoir disposer prochainement de ces dépêches et de pouvoir les lire m'arracha, après le premier choc, un petit cri de joie que le surveillant de la salle sanctionna d'un regard sévère. Je dénicherais Jacques Bolle, je passerais sa trouvaille au peigne fin. Et je pourrais enfin terminer mon roman, car ces dépêches contenaient forcément les réponses à toutes les questions demeurées en suspens.

En reprenant mes notes, je constatai que j'avais déjà eu affaire à Jacques Bolle lors de mes recherches à Paris, trois ans plus tôt. *Pourquoi tuer Gabrielle d'Estrées ?* était le titre de l'opuscule qu'il avait publié en 1954 à Florence. Un vieux bon de prêt prouvait que cette étude avait dû passer entre mes mains, en même temps que beaucoup d'autres livres, à la Bibliothèque nationale. Je ne me rappelais pas celui-là, je l'avais sans doute demandé par pure curiosité, puis mis de côté en constatant qu'il défendait une thèse qui me paraissait erronée. J'étais déjà tout à fait certain, à l'époque, qu'Henri s'était moqué aussi bien de Gabrielle que d'Henriette d'Entragues, et qu'il n'y avait donc eu aucune nécessité d'assassiner la duchesse, contrairement à ce qu'affirmait avec aplomb le titre du livre de Bolle. Est-ce pour cette raison que je m'étais contenté de regarder brièvement cet ouvrage avant de l'écarter ?

La Bibliothèque de Bruxelles possédait un exemplaire de cette étude. Je lus alors avec étonnement que l'historien belge s'était rendu aux archives Médicis à Florence au début des années 1950 et avait retrouvé les dépêches manquantes. On trouvait dans la postface une explication à l'absence de ces lettres dans l'édition Desjardins-Canestrini : après le 2 décembre 1598, Bonciani et les autres agents de Ferdinand s'étaient mis à chiffrer leurs messages. Les éditeurs qui relurent cette correspondance près de trois siècles plus tard ne le savaient manifestement pas, si bien qu'ils n'avaient pas tenu compte des dépêches codées et ne les avaient donc pas publiées. Jacques Bolle avait trouvé ces dépêches, mais aussi le code du grand-duc Ferdinand. Cependant, même en connaissant ce système, transcrire les dépêches semblait être une tâche colossale. En tout cas, l'historien belge n'en déchiffra qu'un petit nombre avant de rédiger une étude fort peu orthodoxe dont l'objectif était d'attirer l'attention des chercheurs sur cette affaire. *Pourquoi tuer Gabrielle d'Estrées ?*

Oui, pourquoi au juste ? Pourquoi Jacques Bolle tenta-t-il de démontrer cette thèse alors que son incroyable découverte laissait entendre que Gabrielle ne jouait strictement aucun rôle dans les véritables projets de mariage d'Henri ?

Les lettres déchiffrées prouvaient en effet qu'Henri avait mené au cours du printemps 1599 des négociations de mariage secrètes avec Florence. Jacques Bolle s'était manifestement laissé prendre par la théorie du complot ; l'arbre lui avait caché la forêt. On n'avait par conséquent jamais vraiment pris au sérieux cette étude un peu confuse. Et cette découverte sensationnelle fut tout simplement oubliée.

Sur l'agrandissement, on discerne le mode de fonctionnement du code : les lettres sont remplacées par des chiffres.

Je compris vite pourquoi le marque-page m'était justement tombé entre les mains à la Bibliothèque Royale : Bolle était originaire de Bruxelles. Il avait malheureusement perdu la vie dans les années 1980 à la suite d'un accident de la route. Après quelques recherches difficiles, je parvins à entrer en contact avec sa veuve. Mais lorsque je lui demandai si le fonds documentaire de son époux avait été conservé et s'il était accessible, elle me répondit que tous les papiers de son mari défunt avaient été détruits peu de temps après sa mort.

Une grande partie des quelque deux cents dépêches secrètes que Jacques Bolle a inventoriées dans son livre se trouve aujourd'hui encore aux Archives Médicis, à Florence, codées et inédites. L'une des rares lettres que Jacques Bolle a déchiffrées et traduites de l'italien ancien est citée à la fin de mon roman. Elle date du 9 mars 1599 et prouve qu'une semaine après avoir déclaré publiquement son intention d'épouser Gabrielle, Henri menait des négociations détaillées sur la dot de Marie de Médicis. Après des années de recherche, je voyais ainsi confirmée une vague intuition que le tableau du Louvre avait fait naître en moi.

Histoire et histoires

Ces lettres ne font pas apparaître à elles seules de manière probante, bien entendu, le faisceau de circonstances qui a scellé le destin de Gabrielle. On ne peut pas exclure un dernier doute : le roi aurait pu faire semblant de négocier, afin que Rome se croie en sécurité et lui accorde plus facilement son divorce. Nous nous heurtons ici aux limites de l'historiographie : aucune source historique, si sensationnelle soit-elle, ne nous ouvre le cœur d'un être humain et ne nous révèle le mystère de ses mobiles. Qui veut s'aventurer dans ces contrées-là, doit changer de discipline.

Je n'ai donc pas d'ultime vérité à offrir, uniquement un morceau du puzzle, perdu et inconnu jusqu'à ce jour. Mais ce fragment-là apporte une vision entièrement neuve sur l'œuvre d'art, et c'est ce point de vue que j'ai exprimé sous la forme d'un roman. J'ai superposé deux énigmes – celle de la peinture et celle des dépêches secrètes –, découvrant ainsi les contours d'un drame psychologique et politique qui constitue la trame et le ressort de mon récit. C'est aux historiens de l'art et aux

Ill. 11 : Fac-similé de la correspondance chiffrée

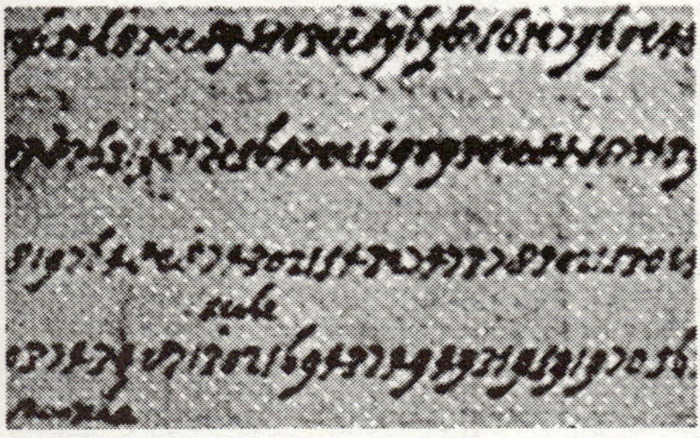

Ill. 12 : Détail

historiographes qu'il reviendra de dire dans quelle mesure celui-ci est plausible. Qui sait, peut-être se trouvera-t-il un jour un historien de l'art, lecteur de romans, qui aura envie de déchiffrer et d'éditer cette correspondance apocryphe conservée aux Archives Médicis de Florence ?

On me demande souvent pourquoi je n'ai pas écrit ou voulu écrire d'articles scientifiques sur ce sujet. Cette question m'a toujours inspiré un peu de désarroi et de tristesse. Comme s'il était dommage d'avoir « gaspillé » dans une fiction une découverte historique aussi stupéfiante.

Le plus souvent, je ne réponds rien. Mais en mon for intérieur, je pense toujours la même chose.

J'ai bien écrit un essai d'histoire de l'art ! Mais sous la forme d'un roman.

L'interprétation romancée d'un tableau.

Ne pensez-vous pas qu'il aurait été vraiment dommage de traiter pareil sujet dans une revue spécialisée, avec notes et bibliographie, pour une poignée d'initiés seulement ?

À vous de juger !

Genzano di Roma
Novembre-décembre 2001

Chronologie

Dans la seconde moitié du XVIe siècle, l'opposition entre catholiques et protestants s'exacerbe en France. C'est le début des guerres de Religion.

1572

On marque une première pause au terme de la quatrième guerre de Religion. La paix doit être garantie par un mariage. Henri de Navarre, protestant, épouse la catholique Marguerite de Valois, la fille de Catherine de Médicis et d'Henri II. Le mariage a lieu le 17 août. Mais le parti catholique décide de profiter de l'occasion et d'éliminer d'un seul coup tous les huguenots rassemblés à Paris. Le 22 août a lieu l'attentat contre leur chef, Coligny. Au cours de la nuit de la Saint-Barthélemy, celle du 23 au 24 août, on assassine entre trois et cinq mille protestants à Paris, plus de vingt mille dans l'ensemble de la France. Henri de Navarre est fait prisonnier à Paris.

1573

Siège du bastion protestant de La Rochelle interrompu en juillet. Gabrielle d'Estrées naît au château de La Bourdaisière.

1574

Charles IX, accablé par ses sentiments de culpabilité, meurt après avoir perdu la raison. Henri III devient roi de France. La cinquième guerre de Religion éclate.

1576
Henri de Navarre parvient à s'enfuir de Paris.

1584
La mort du duc d'Alençon fait d'Henri de Navarre l'héritier du trône de France.

1585
La Ligue catholique élit, contre Henri III, le cardinal Charles de Bourbon comme successeur au trône.

1588
L'édit de l'Union stipule que le roi de France doit être catholique. La « guerre des trois Henri » commence pour la possession de Paris. En décembre, assassinat du chef de la Ligue, le duc Henri de Guise, et de son frère, le cardinal Louis de Guise.

1589
Henri III cherche à se rapprocher d'Henri de Navarre et se réconcilie avec lui au mois d'avril. Le 1er août, Henri III est victime d'un attentat. La mort du dernier des Valois fait d'Henri de Navarre Henri IV, héritier légitime de la Couronne de France.

1590
Henri assiège Paris occupée par l'Espagne, mais doit se retirer en août devant les troupes catholiques. Pendant la pause hivernale, le duc de Bellegarde, Roger de Saint-Larry, conduit le roi à Cœuvres pour lui présenter sa nouvelle amante. Première rencontre d'Henri et de Gabrielle.

1592
En juin, le père de Gabrielle, Antoine d'Estrées, marie Gabrielle à Nicolas d'Amerval. Le même mois, la mère de Gabrielle et son amant sont assassinés à Issoire. En septembre, Gabrielle quitte son époux et devient la maîtresse du roi.

1593
Henri se convertit au catholicisme.

1594
Henri entre dans Paris. La population le reçoit avec enthousiasme. L'armée d'occupation espagnole évacue la ville sans résistance. Gabrielle met au monde son premier enfant, César. Son mariage avec d'Amerval est annulé en décembre.

1595
Henri reçoit l'absolution pontificale.

1596
Gabrielle devient marquise de Monceaux. Mayenne, puissant général catholique, abandonne sa résistance à Henri IV. La paix est conclue au château de Monceaux.

1597
Gabrielle devient duchesse de Beaufort.

1598
Avril. Dernier général catholique, le duc de Mercœur baisse les armes. César épouse la fille de Mercœur à Angers. Gabrielle met au monde son deuxième fils, Alexandre.

Mai. Conclusion de la paix avec l'Espagne à Vervins et signature de l'édit de tolérance de Nantes, qui règle l'égalité de droits entre les deux religions. Fin provisoire des guerres de Religion et de la scission religieuse.

Octobre. Henri tombe gravement malade. L'éventualité de son décès provoque des troubles dans tout le royaume.

Novembre. Après sa guérison, Henri consolide son pouvoir. On entame des négociations avec Rome en vue d'un divorce.

Décembre. Le deuxième fils d'Henri et Gabrielle, Alexandre, est baptisé avec tous les honneurs réservés à un prince héritier.

1599

Janvier. Marguerite de Valois accepte le divorce avec Henri IV. Quelques semaines plus tard, elle revient sur cet accord.

Février. Départ de Brulart de Sillery, le négociateur d'Henri, qui se rend à Rome *via* Florence pour obtenir du pape qu'il accède à la demande de divorce exprimée par Henri.

Mars. Des pamphlets contre Gabrielle d'Estrées circulent à Paris. Lors du banquet de mardi gras, le 2 mars, Henri annonce publiquement qu'il épousera Gabrielle après Quasimodo (le dimanche d'après Pâques).

Avril. À la demande du roi, qui reste seul à Fontainebleau, Gabrielle va passer Pâques à Paris. Le mercredi 7 avril, elle est prise par les premières convulsions, qui se renforcent rapidement et deviennent plus fréquentes. Le vendredi 9 avril, le roi est retenu à quelques lieues de Paris alors qu'il se rend au chevet de Gabrielle mourante. On lui fait croire que la duchesse est déjà défunte. Henri rentre à Fontainebleau. Gabrielle meurt dans d'atroces souffrances, défigurée jusqu'à en être méconnaissable, le 10 avril, vers cinq heures du matin.

1600

Le 2 octobre, Henri IV, représenté par le duc de Bellegarde, épouse à Florence la princesse Marie de Médicis.

1610

Le 14 mai, Henri IV est assassiné dans son carrosse, à Paris. Le meurtrier, François Ravaillac, est exécuté le 26 mai.

Les spécialistes font remonter à la seconde moitié du XVIe siècle les peintures reproduites dans le cahier photo central. Bien que ces tableaux soient très connus, leur origine et leur signification iconographique n'ont pas encore été établies à ce jour et restent mystérieuses.

La couverture montre un détail de la toile *Gabrielle d'Estrées et l'une de ses sœurs.*

1. Anonyme : *Gabrielle d'Estrées et l'une de ses sœurs* ; huile sur bois, Paris, Musée du Louvre.

2. Anonyme (attribué à François Clouet) : *Dame à sa toilette* ; huile sur bois, Washington, The National Gallery of Art.

3. Anonyme : *Gabrielle d'Estrées à sa toilette*, toile, Chantilly, Musée Condé.

4. Anonyme : *Dames au bain* ; bois, Florence, Palazzo Vecchio.

5. Attribué à François Clouet : *Diane au bain* ; bois, Rouen, Musée des Beaux-Arts.

6. Anonyme (d'après François Clouet) : *Diane au bain* ; bois. Tours, Musée des Beaux-Arts.

7. Anonyme : *Dame à sa toilette* ; bois, Bâle, Öffentliche Kunstsammlung.

8. Anonyme : *Dame à sa toilette* ; bois, Worcester, Art Museum.

9. Anonyme : *Dame à sa toilette* ; toile, Dijon, Musée des Beaux-Arts.

Table des matières

L'art de l'énigme

(Pocket n° 13005)

1497, Milan, monastère de Santa Maria delle Grazie. Léonard de Vinci achève sa nouvelle fresque, qui suscite questions et méfiance : on dit que sa représentation de la Cène propagerait des idées hérétiques… Envoyé par le Vatican, un enquêteur accumule de curieux indices. Et bientôt, deux moines, modèles du peintre, sont assassinés dans des circonstances étranges qui rappellent les coutumes cathares. Que cache réellement cette fresque ? Quels secrets Léonard de Vinci a-t-il dissimulés dans son œuvre ?

Il y a toujours un Pocket à découvrir

Mise en page PCA
44400 Rezé

Impression réalisée sur Presse Offset par

CPI

Brodard & Taupin

44892 – La Flèche (Sarthe), le 02-01-2008
Dépôt légal : janvier 2008

POCKET – 12, avenue d'Italie - 75627 Paris cedex 13

Imprimé en France